Brandon Sanderson

布蘭登・山德森

Brandon Sanderson

布蘭登・山德森

BEST 嚴選

奇幻基地出版

迷霧之子

執法鎔金：悼環

Mistborn: The Bands of Mourning

Brandon Sanderson

BEST 嚴選

緣起

在繁花似錦的奇幻文學花園裡，你或許還在門外徘徊，不知該如何抉擇進入的途徑；也或許你已經置身其中，卻因種類繁多，或曾經讀過不合口味的作品，而卻步、遲疑。

BEST嚴選，正如其名，我們期許能透過奇幻基地對奇幻文學的瞭解，以及對讀者的理解，站在出版者與讀者的雙重角度，為您精選好作家與好作品。

他們是名家，您不可不讀：幻想文學裡的巨擘，領域裡的耀眼新星。

它們最暢銷，您怎可錯過：銷售量驚人的大作，排行榜上的常勝軍。

這些是經典，您務必一讀：百聞不如一見的作品，極具代表的佳作。

奇幻嚴選，嚴選奇幻。請相信我們的眼光，跟隨我們的腳步，文學的盛宴、幻想世界的冒險，就要展開。

excellent bestseller classic

獻給班・歐森（Ben Olsen）——

總是像朋友般包容、忍受一群瘋癲任性的作家，同時想方設法抽出時間來完善我們的作品。

目錄

致謝

此書出版的這一年，也是《迷霧之子》系列的十週年。回顧細數，我在十年之間竟創作了六本書，實在是很大的成就！我仍然記得剛動筆的前幾個月，日日如火如荼地寫啊寫，一心想要打造出足以展現自己寫作才華的作品。如今，《迷霧之子》系列已然成為我最重要的代表作之一，衷心盼望讀者們能在此系列的引導下，進入我的創作世界一覽。

一如以往，這本書同樣是在一群人的協助之下完成。書裡出色的插圖來自Ben McSweeney和Isaac Stewart之手，Isaac設計了地圖和符號，Ben則是負責傳紙的編排設計。兩人同時也協助傳紙的內文創作，Isaac獨自寫了〈妮奇．薩瓦奇〉專欄，因為賈克已開始受僱為人效力，所以我們想要有些不同的文風，以區別出賈克的變化，而結果出其地美妙。

美國版的封面由Chris McGrath繪製，英國版則是Sam Green，兩位皆是本系列長期合作的藝術家，畫作功力也與時俱進。編輯由Tor出版社的Moshe Feder負責，英國版則由Gollancz出版的Simon Spanton操刀。Jabberwocky經紀公司的Eddie Schneider、Sam Morgan、Krystyna Lopez、Christa Atkinson、Tae Keller在傑出的Joshua Bilmes全權監督下，負責美國市場的經銷。至於英國的出版，要感謝Zeno經紀公司John Berlyne的努力，這位十全萬能的好手經過多年奮鬥，才突破屏障，將我的作品帶進英國文壇。

我還必須感謝Tor出版社的Tom Doherty、Linda Quinton、Marco Palmieri、Karl Gold、Diana Pho、Nathan Weaver，以及Rafal Gibek。審稿的Terry McGarry。有聲書說書人Michael Kramer，他是

我最愛的說書人（一想到他必須向所有聽眾唸誦此句，我就臉紅了）。我也想謝謝Macmillan錄音公司的Robert Allen、Samantha Edelson，以及Mitali Dave。

本系列書稿的連貫性校稿反饋，以及無數的繁鎖事務，皆是由Immaculate Peter Ahlstrom完成。同時還有我的團隊Kara Stewart、Karen Ahlstrom、和Adam Horne，當然還有我摯愛的妻子愛蜜莉。

因爲本書沒有機會先請寫作會的朋友閱讀書稿，所以我特別仰仗試讀群的意見，謝謝Peter Ahlstrom、Alice Arneson、Gary Singer、Eric James Stone、Brian T. Hill、Kristina Kugler、Kim Garrett、Bob Kluttz、Jakob Remick、Karen Ahlstrom、Kalyani Poluri、班．「此書是獻給我的，看看我多重要」．歐森、Lyndsey Luther、Samuel Lund、Bao Pham、Aubree Pham、Megan Kanne、Jory Phillips、Trae Cooper、Christi Jacobsen、Eric Lake和Isaac Stewart（爲免有人納悶，班是我最初的寫作會的創會人之一，是他與Dan Wells和Peter Ahlstrom共同創辦。他是一位買賣電腦的生意人，也是寫作會裡唯一一位沒有從事出版業意願的會員，以及我多年好友兼讀者——很重要的讀者。也是他推薦我「異塵餘生」遊戲系列，他眞是我的大貴人）。協助編修的社會大眾，除了上述讀者，尚有Kerry Wilcox、David Behrens、Ian McNatt、Sarah Fletcher、Matt Wiens，以及Joe Dowswell。

大恩不言謝！這些人太棒了，若拿我近期的作品與早期比較，你們必定發現在這些人的幫助下，大量的錯別字不見了，文字也變得精簡許多。最後，我還是想謝謝所有忠實讀者這十年來的不離不棄，願意接受我丟給你們的怪點子。「迷霧之子」系列在我的規畫中，進展尚且不到一半。我等不及讓你們看看這系列未來的故事發展，而本書就是另一個里程碑的開始。

好好享受吧！

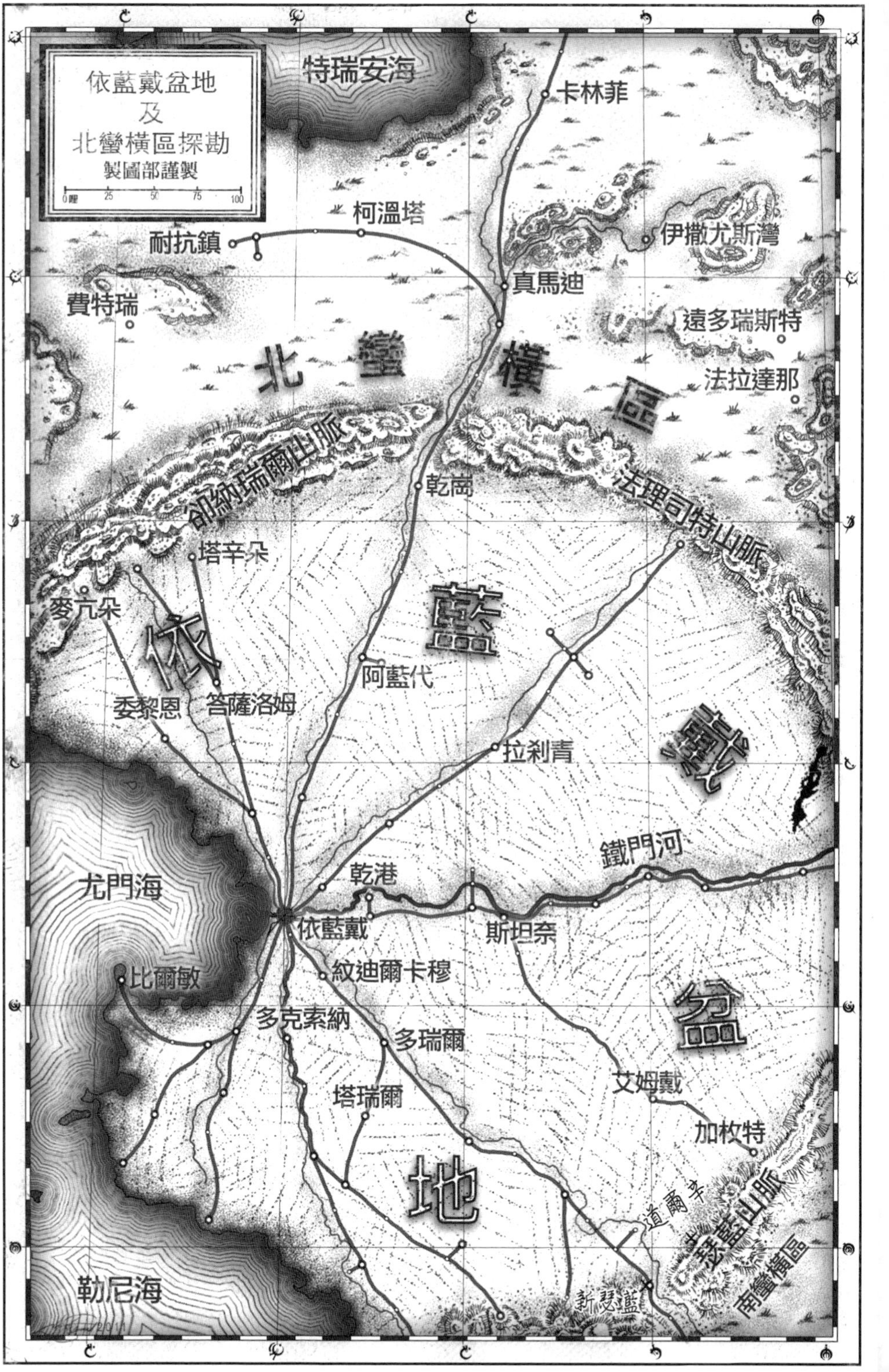

依藍戴盆地
及
北蠻橫區探勘
製圖部謹製
0哩 25 50 75 100
特瑞安海
卡林菲
柯溫塔
耐抗鎮
伊撒尤斯灣
真馬迪
費特瑞
遠多瑞斯特
北蠻橫區
法拉達那
部納瑞爾山脈
乾崗
法理司特山脈
塔辛朵
麥亢朵
依藍戴盆地
阿藍代
委黎恩
答薩洛姆
拉剎青
鐵門河
尤門海
乾港
依藍戴
斯坦奈
比爾敏
紋迪爾卡穆
多克索納
多瑞爾
艾姆戴
塔瑞爾
加枚特
辛爾道
瑟藍山脈
南蠻橫區
勒尼海
新瑟藍

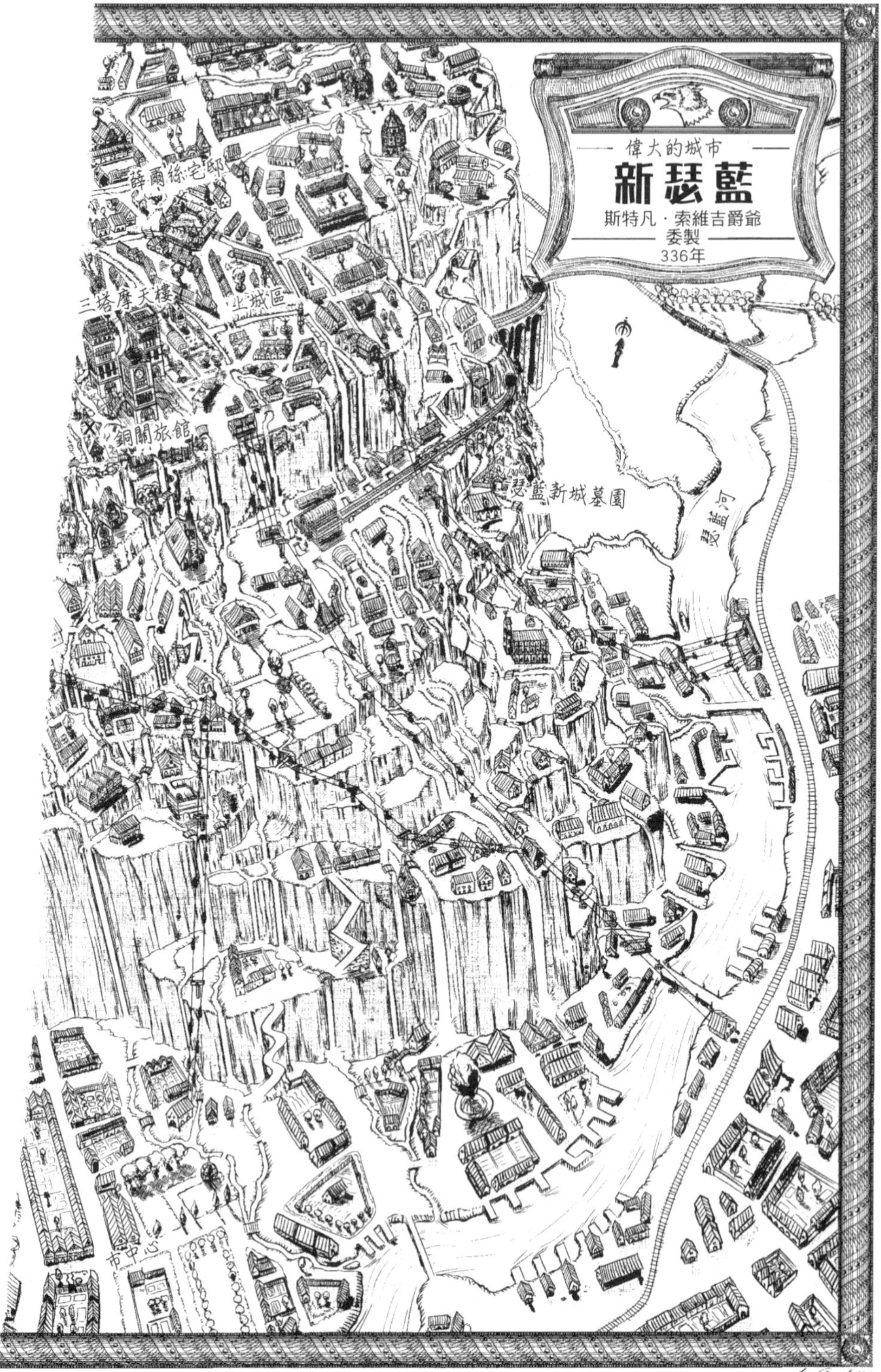

偉大的城市
新瑟藍
斯特凡·索維吉爵爺
委製
336年
薛爾絲宅邸
三塔摩天樓
上城區
銅關旅館
瑟藍新城墓園
瑟藍河
市中心

楔子

「黛兒欣！」瓦希黎恩壓低音量喊了一聲，隨即爬出了訓練小屋。

黛兒欣回頭一瞥，厭煩地皺了皺臉，連忙蹲得更低。姊姊比十六歲的瓦希黎恩大一歲，她有長長的黑髮和玲瓏小巧的鼻子，線條嚴謹的紅唇，今天她身上色彩繽紛的V領領緣，點綴著傳統的泰瑞司長袍。那些袍子穿在姊姊身上，總是比他更順眼。她穿著它們時顯得高貴優雅，在他身上則像個麻布袋。

「走開，亞辛修。」姊姊一邊說，一邊躡手躡腳地繞過小屋的側邊。

「妳會錯過晚課。」

「沒人會注意到我沒去上課。他們從沒點過名。」

小屋內，泰林瓦教長（Master Tellingdwar）絮絮叨叨講解著泰瑞司美德：要謙恭，要溫順，還有所謂的「令人舒服的高貴」。他現在講課的對象是年紀較小的孩子，至於年長如瓦希黎恩和他姊姊的學生，此時正應該端坐冥想。

黛兒欣匆匆走開，穿過被依藍戴人簡稱為「村莊」的森林區。瓦希黎恩擔憂地看著她，連忙跟了上去。

「妳在自找麻煩，」瓦希黎恩趕上了她，跟著她繞過一顆粗大的老橡樹，「妳也在給我找麻煩。」

「所以呢？」姊姊問，「跟你、跟規定有什麼關係？」

「是沒關係，」瓦希黎恩說，「我只是——」

她逕自走進了森林，瓦希黎恩嘆口氣，也跟了進去。他們遇到另外三個泰瑞司青少年：二名少女，和一位高個子男孩。其中一個名叫卡瓦琪（Kwashim）的女孩，上下打量著瓦希黎恩。這個皮膚黝黑，身材修長的女孩隨後問：「妳帶他來？」

「是他自己跟來的。」黛兒欣說。

瓦希黎恩討好地對卡瓦琪一笑，然後也給了另一個女孩艾達胥薇（Idashwy）一個微笑。艾達胥薇有著大眼睛，與他同齡，而且，和諧啊……她好漂亮。她發現瓦希黎恩目不轉睛地盯著自己瞧，眨了眨眼，連忙移開目光，嘴角羞答答地勾了起來。

「他會去告狀，」卡瓦琪說，這才把瓦希黎恩的注意力拉回來，「妳知道他會的。」

「我才不會。」瓦希黎恩頂了回去。

卡瓦琪瞪他一眼，「你會錯過晚課，到那時，誰來回答老師的提問？沒人討好老師，教室會安靜得一塌糊塗。」

那個叫弗奇（Forch）的高個子男孩站在陰影中，瓦希黎恩沒看他，兩人的眼神也就沒有相遇。他不知道吧？他不會知道的。弗奇是幾個孩子中年紀最大的，卻幾乎沒開口發言。

弗奇跟瓦希黎恩一樣是雙生師，不過兩人現階段都甚少使用鎔金術。在村莊中，只有泰瑞司世襲的藏金術才受到褒揚，他和弗奇皆是射幣的這一面，泰瑞司人並不放在心上。

「我們走吧，」黛兒欣說，「別再吵了。時間不多了，我弟弟想當跟屁蟲就隨便他吧。」

其他人跟上黛兒欣，行走在樹冠之下，腳下落葉窸窣作響，在綠葉繁茂、蔥鬱的森林中，人很容易就忘了自己其實正處在一座大都市之中。喧嚷吵鬧的人聲、石板路上躂躂的鐵蹄，都遙遠得似乎不存在，在這裡也聞不到煤煙味，看不到一絲絲的黑煙。泰瑞司人費盡心思，在大都市中保留了這一片寧靜祥和的淨土。

照理說，瓦希黎恩應該很喜歡這樣的地方。

小隊很快就來到席諾德小屋前，這裡是泰瑞司高級長老的辦公室。黛兒欣打手勢要大家止步等待，她則快步潛到一扇窗戶邊竊聽。瓦希黎恩意識到自己正焦慮地四下張望，夜暮降臨，森林逐漸昏暗，但任何獨行者仍然可以瞧得見他們。

別瞎操心，他告訴自己。姊姊現在的姿勢古怪滑稽，但他應該學她那樣半蹲著，這樣，他們就會把他視爲自己人了，對吧？

汗水從他的臉頰兩側滑下，他卻瞥見卡瓦琪悠哉地斜倚在一棵大樹上，嘴角逐漸上揚，嘲笑地看著神經緥緊的他。弗奇則站在陰影中，人雖然沒蹲低，表情卻波瀾不驚，鐵鏽的——他活脫脫就像是一棵樹。瓦希黎恩瞥了艾達胥薇一眼，剛巧迎上那雙大大的眼睛，女孩羞紅了臉，連忙望向別處。

黛兒欣輕手輕腳地潛了回來，「她在裡面。」

「那是外婆的辦公室。」瓦希黎恩說。

「是啊，」黛兒欣說，「她剛被緊急召回辦公室。對吧，艾達胥薇？」

文靜的女孩點點頭，「我看到弗瓦菲達長老從我的冥想室前跑過去。」

卡瓦琪開心笑著說，「她離開了，現在沒人監看了。」

「監看什麼？」瓦希黎恩問。

「錫門，」卡瓦琪說，「所以我們可以溜出去進城啦，這次輕鬆多了！」

「這次？」瓦希黎恩驚訝地看看卡瓦琪，又看看姊姊，「妳們之前溜出去過了？」

「當然，」黛兒欣說，「村莊裡沒什麼好喝的，出去後走兩條街就有很棒的酒吧。」

「你是外人，」弗奇一邊走來，一邊對瓦希黎恩說。他說話很慢，很謹愼，感覺每個字都經過深思熟慮，「何必在意我們是不是溜出去？而你現在居然在發抖，到底在怕什麼啊？你不是一年到頭都待在那邊嗎？」

你是外人，他們都這麼說。爲什麼姊姊每次都能輕易融入新團體？而他每次都被當成外人？

「我才沒發抖，」瓦希黎恩對弗奇說，「我只是不想惹麻煩。」

「他會去告發我們。」卡瓦琪說。

「我不會。」不會因爲這種事，瓦希黎恩這麼想著。

「我們走。」黛兒欣說完，帶頭穿過森林，朝錫門而去。錫門，其實是另一條街，但它的地位不同凡響，因爲它有座石拱門，門上刻有古泰瑞司的十六個金屬符號。

過了這條街，就是一個完全不同的世界：沿街有著閃亮亮的瓦斯燈，夜晚收工的報僮臂下夾著未售出的傳紙，踩著疲憊的步伐回家；工人朝喧鬧的酒吧而去，打算小酌一杯。瓦希黎恩從未眞正認識那樣的世界，只因他成長於一棟充斥著華美衣裳、魚子醬和香醇美酒的豪宅內。

但那樣的簡單人生似乎有種魔力，一直在召喚著他。也許他能在其中找到某種別人都有，而他甚至無法言明的東西。

其他四個人小步快奔出去，跑過那棟窗戶黑暗的小屋，瓦希黎恩和黛兒欣的外婆通常這個時候都會坐在小屋內閱讀。泰瑞司人雖然沒僱用門衛來守護家園，卻也從未怠慢門禁這件事。

瓦希黎恩待在原地，還沒打算移動。他先檢視背後的街道，再掀開長袍的袖子，露出戴在手臂上的金屬意識腕甲。

「你要來嗎？」黛兒欣大叫著問。

瓦希黎恩沒有回答。

「當然了，你不會跟來，你不想惹麻煩。」

黛兒欣帶著弗奇和卡瓦琪走了，艾達胥薇卻意外地逗留在原地。文靜的女孩帶著疑問，回頭望著他。

我可以的，瓦希黎恩心想，這沒什麼。姊姊剛才說話的口氣在耳內迴蕩，他強迫自己朝艾達胥薇走去，渾身不自在地來到女孩身旁後，在她靦腆的微笑中放鬆下來。

「所以，是什麼樣的急事？」他問艾達胥薇。

「啊？」

「把我外婆叫走的，是什麼急事？」

艾達胥薇聳聳肩，掀起長袍就開始脫，把瓦希黎恩嚇了一跳。只見她長袍下面穿著樣式普通的裙子和排釦襯衫，女孩把長袍往灌木叢一扔，「不太清楚。我只看見你外婆朝席諾德小屋跑去，又剛好聽到塔斯德（Tathed）問起，應該是臨時發生的急事吧。我們本來就打算今晚要溜出去，我一聽，就知道機會來了。」

「但那件急事……」瓦希黎恩回頭張望。

「好像有個警官來問話。」艾達胥薇說。

警察？

「我們走吧，亞辛修。」艾達胥薇抓起他的手，「你外婆應該三兩下就會打發警察走了，可能現在就在回來的路上！」

他愣住了。

艾達胥薇看著他，那雙靈活的棕色眼睛讓他無法思考。「走吧，」女孩催促，「溜出去根本不算犯法，你不也是在外生活了十四年嗎。」

鐵鏽的。

「我必須去一趟。」瓦希黎恩轉身朝森林跑去。

艾達胥薇愣在原地，看著他跑進森林，朝席諾德小屋而去。這下可好了，她一定以爲你是懦夫，心裡有個聲音說，他們全部都會。

瓦希黎恩跑到外婆辦公室的窗戶外，心臟砰砰跳著。他用耳朵緊貼著外牆，聽見聲音從敞開的窗戶飄了出來。

「警官，你知道的，村莊的治安向來由我們自己負責。」辦公室內的弗瓦菲達外婆說。

瓦希黎恩大著膽子拉長脖子，偷瞄到外婆就坐在辦公桌後，完全一副泰瑞司人的模樣，綁著一根髮辮，長袍潔淨無瑕。

站在辦公桌對面的警官，將警帽夾在手臂下，以示尊重。老先生留著長長的鬍鬚，胸前的徽章顯示他是個大隊長兼刑警，地位崇高的高階警察。

沒錯！瓦希黎恩翻找著口袋內的筆記本。

「泰瑞司人自己維持治安，」警官說，「是因爲你們的治安本來就不太需要維持。」

「現在也一樣不需要。」

「我的線民——」

「你現在有線民了？」外婆問，「我以爲都是匿名的情報。」

「匿名，沒錯，」警察放了一張紙在辦公桌上，「但我想這不只是一個『情報』。」

外婆拿起紙張。瓦希黎恩知道那上面寫了什麼——因爲那就是他寄給警察的，同時還附有一封信。

一件帶著菸味的襯衫掛在他門後。

沾了泥的靴子大小符合燒毀小屋外的腳印。

油瓶被放在床下的箱子內。

清單上寫了十幾條線索，直指弗奇就是月初燒毀餐廳小屋的縱火者。現在親眼看到警察認眞看待自己的調查發現，瓦希黎恩忍不住激動起來。

「看起來是讓人有些不安，」外婆說，「但我仍看不出來這份清單哪裡給了你權力擅自闖進我們的地界，大隊長。」

警官傾身向前，雙手撐在桌緣上，直視外婆，「上次我們派消防隊來滅火，妳倒是大大方方接受了我們的援助，並沒拒絕啊。」

「救命是大事，任何人的援助我都會接受。」外婆說，「但我不需要別人進來幫我抓人入大牢。謝謝你。」

「就因爲這個弗奇是雙生師嗎？妳害怕他的力量？」

外婆不屑地看著他。

「長老，」警察深深吸了口氣，「現在有個罪犯混在你們之中——」

「就算有，」外婆說，「我們也會親自處置他。我去過你們外人所謂的大牢，那裡十分淒慘絕望，大隊長。我不會眼睜睜看著你們拿著一封匿名信，還是一封郵寄的匿名信，道聽塗說就抓走我們的人。」

警察吐口長氣，挺直身子，砰地又放了一樣東西在辦公桌上。瓦希黎恩瞇眼細瞧，但警察的手並沒有拿開。

「妳瞭解縱火案嗎，長老？」警官輕聲問，「警方認爲罪犯通常不會爲了縱火而縱火，反倒是經常被用來掩飾搶劫、詐欺，或是黑道給的一個警告。由此看來，縱火通常只是預謀犯案的第一步。從好的來說，妳已經有底，知道這裡有個等著再犯案的縱火犯。最壞的打算……唔，就是更大的麻煩正朝妳而來，長老，妳會後悔莫及的。」

外婆緊抿著嘴唇。警察拿開了手，展露出放在辦公桌上的東西。是一顆子彈。

「這是什麼？」外婆說。

「一個提醒。」

外婆啪地手一揮，子彈飛過來就撞在瓦希黎恩藏身的附近牆上，嚇得他一跳，又連忙蹲低，心跳飛快。

「別把你們的殺人工具帶進來這裡。」外婆咬牙切齒說。

瓦希黎恩再次就定位看去，剛巧看到警察戴上帽子，「下次那男孩再縱火，」警察輕聲說，「就交給我吧。希望還來得及。晚安。」

警察說完便離去。瓦希黎恩貼牆一縮，就怕警察一個回頭就發現自己，幸好只是杞人憂天。他目送警察走下小徑，消失在黑夜陰影之中。

但外婆……並沒有被說服。她沒看到嗎？弗奇犯罪了，就這樣放過他？爲什麼——

「亞辛修，」外婆一如往常叫著他的泰瑞司名字，「你要進來嗎？」

瓦希黎恩一凜，尷尬得無以復加，只好站起來。「妳怎麼發現的？」瓦希黎恩在窗外說。

「鏡子上的倒影，孩子。」外婆用兩手捧著一杯茶，看也沒看他，「好吧，請你進來一下。」

瓦希黎恩繃著臉，繞過小木屋從前門進去。整棟屋子都是他幫忙塗上的木器漆氣味，他的指甲到現在都還有殘留的漆劑。

他踏進小屋，關上門，「妳怎麼——」

「坐，亞辛修。」外婆輕聲說。

瓦希黎恩走到辦公桌前，但沒坐下，就站在剛才警察站立的地方。

「你的筆跡。」外婆輕拂過警察留下的那張紙，「我不是跟你說過，弗奇的事已經在我們的掌控之中？」

「妳是說了很多，外婆。但我看到了證據，我相信證據。」

外婆傾身向前，雙手中的茶杯冒著煙，「噢，亞辛修，我以為你下了決心要融入這裡。」

「我是啊。」

「那你為什麼躲在窗邊偷聽，沒去做晚課？」

瓦希黎恩移開目光，羞紅了臉。

「泰瑞司人講究規矩，孩子。」外婆說，「我們規矩嚴明，是有理由的。」

「放火燒屋就沒破壞規矩？」

「當然是壞了規矩，」外婆說，「但你沒必要插手。我們已經找弗奇談過了，他很後悔。他孤單了太久才會誤入歧途，我已經請人去跟他作伴了。他也會為自己的罪行做出補償的——當然是按照我們的規矩來。難道你想看他爛在牢裡？」

瓦希黎恩想了一下，才嘆口氣，洩氣地在辦公桌前的椅子上坐下，「我想知道什麼是對的，」他嘟囔著，「然後做對的事。怎麼就這麼難呢？」

外婆眉頭一蹙，「對錯並不難辨別，孩子。我承認，選擇做該做的事，並不總是——」

「不。」瓦希黎恩皺臉，又突然意識到打斷外婆並不明智。外婆雖然沒有斥責，但她的不滿卻像逼近的暴風雨，瓦希黎恩只好輕聲說：「不，外婆，知道什麼是對的，並不容易。」

「泰瑞司人認爲的對錯，都在白紙黑字上寫了下來，也在課堂上教授給你了。」

「那只是單方面的看法，」瓦希黎恩說，「一種價值觀，而外面有那麼多……」

外婆伸手越過辦公桌，按在外孫手上，她的手因爲茶杯而顯得溫熱，「啊，亞辛修，我明白你這樣周旋在兩個世界，總是很爲難。」

兩個世界，但沒有家，瓦希黎恩心想。

「但你要謹慎對待自己所受的教育。」外婆繼續說，「你答應我，只要你人在這裡，就會遵守這裡的規矩。」

「我一直循規蹈矩。」

「我知道。泰林瓦教長給你很好的評語，其他導師也是。他們都說你的學習比其他……都好，如果你一輩子都住在這裡的話，我會以你爲榮。」

「但其他孩子都不接納我。我一直按照妳說的做——努力比其他人更像個泰瑞司人，向他們證明我的血統。但那些人……我永遠融不進他們的圈子裡，外婆。」

「少年人總愛把『永遠』掛在嘴邊，」外婆啜了口茶，「卻根本不懂其中的涵意。你好好照著規矩做，就會找到平靜。若是別人因此而排擠你，就隨便他們吧。透過冥想，他們終究會跟規矩和解。」

「妳能不能……也命令一些孩子來跟我做朋友？」他沒想到自己會開口要求這個，因而滿心羞愧，「就像妳爲弗奇做的那樣？」

「我安排看看，」外婆說，「現在你可以走了。這次的小插曲我不會寫報告，亞辛修，但你得答應我不再追究弗奇的事，把他交給席諾德來處置。」

瓦希黎恩正打算起身，腳下卻踩到一個東西滑了一下。他彎腰一探，是那顆子彈。

「亞辛修？」外婆問。

他把子彈藏在拳頭中，站直身子，快步走出大門。

「金屬是你們的生命。」泰林瓦教長一邊說，一邊從上晚課的小屋前方往後排走來。瓦希黎恩跪著靜坐，聆聽教誨。四周是一排排靜默的泰瑞司人，全都虔敬地低著頭，向古老的神祇——存留——致上敬意。

「金屬是你們的靈魂。」泰林瓦教長說。

在這個安靜的世界裡，一切是那麼的美好，但瓦希黎恩有時候會覺得自己格格不入，為什麼呢？他們就像是一片白色的大帆布，而他就是底下的一點髒汙？

「祢保全了我們，」泰林瓦教長說，「所以我們皆臣服於祢。」

一顆子彈，那個金屬小物仍然握在他的手掌心，警官為什麼留下一顆子彈當作提醒？什麼意思呢？太奇怪了。

冥想完畢，孩童、少年和剛成年的青年，全都起身伸懶腰。大家快活地互相七嘴八舌，但就快宵禁了，未成年的人必須上路回家，像瓦希黎恩這類的少年人，也必須趕緊回到宿舍。不過，他仍然跪著不動。

泰林瓦教長開始收拾用來靜坐的墊子。他總是剃著光頭，身穿明亮的橘黃色長袍。抱著墊子的他，注意到瓦希黎恩沒和其他人一起離開，於是停了下來，「亞辛修？你還好吧？」

瓦希黎恩疲累地點點頭，爬了起來，才發現腳都跪麻了。他踏著沉重的步伐，緩緩走到門口後，停步，「泰林瓦教長？」

「什麼事，亞辛修？」

「村莊曾經出過重大傷害的案子嗎？」

矮個子管事抓著墊子的手一緊，「怎麼會問起這個？」

「只是好奇。」

「別擔心，都是很久以前的事了。」

「什麼很久以前的事？」

泰林瓦繼續收拾剩下的墊子，動作卻加快了。別人或許會規避他的問題，但泰林瓦坦坦蕩蕩，泰瑞司人經典的美德之一在他眼裡閃閃發亮，規避問題就等同於說謊。

「原來他們還在拿這個說事，也是啊，」泰林瓦教長說，「十五年不足以洗刷掉那場血案。但謠言不是眞的。只有一個人被殺，是個女人，她死在丈夫手裡。兩個都是泰瑞司人。」他頓了一下，「我認識他們。」

「那個丈夫怎麼殺害妻子的？」

「你一定知道吧？」

「唔，謠言說……」

泰林瓦教長嘆口氣，「槍。外人的武器。我們不知道他是從哪裡拿到那把槍的。」泰林瓦搖搖頭，把一疊墊子丟到屋子的一側，「其實也沒什麼好驚訝的，無論到哪裡，男人都是一樣的，亞辛修。你要記住這點，千萬別以爲自己穿了泰瑞司長袍，就比其他人來得優秀。」

泰林瓦教長總能將一場談話轉成諄諄教誨。瓦希黎恩點點頭，轉身潛進了黑夜之中。頭頂上的天空隆隆作響，預告著即將下雨，但空氣中一點水氣也沒有。

無論到哪裡，男人都是一樣的，亞辛修……這樣說來，既然不能防止男人變成野獸，每晚

教導的守則又有什麼意義？

瓦希黎恩來到男子宿舍，四周一片寂靜。已過了宵禁時間，瓦希黎恩向舍監點頭致歉，才衝入走廊，回到他在一樓的房間。因爲他身上的貴族血統，他父親堅持村莊必須分配給他單人房，結果卻讓他更加孤立。

他脫掉長袍，用力打開衣櫃，櫃裡就掛著他以前的衣服。雨滴敲著窗戶，他穿上了襯衫和長褲，覺得這些衣服比陳舊僵硬的長袍舒服太多。他調好燈火的亮度，坐到帆布床上，打開書，想在睡前來點閱讀。

外頭的天空像空蕩蕩的胃部翻攪出聲，瓦希黎恩勉強讀了幾分鐘，就把書拋到一邊去——差點撞倒油燈——雙腿一蹬，下了床，朝窗戶走去，望著雨水不停淌流而下。雨滴從茂密的樹冠層成片、成柱地落下，他伸手過去熄掉燈火。

他盯著嘩啦啦的大雨，腦子飛快地轉著，很快就做出了決定。他外婆和爸媽協議他要在村莊待上一年，如今只剩下一個月了，之後會由他決定去留。

外面等著他的是白桌巾、鼻音濃重的矯情人們和政治手腕。

而這裡呢？安靜的房間、冥想和無聊。

是選擇他厭惡的生活，或是日復一日的單調日子，一天又一天，一天……又一天……

是不是有人穿林而過？

瓦希黎恩精神一振，額頭貼上冰涼的玻璃窗，眼睛左右梭巡。剛才有人穿過大雨滂沱的樹林，那道黑影的身高和姿態都很眼熟。那人彎著身，肩上扛著一只麻袋走進黑夜。

這麼說，他們回來了？沒想到這麼快。黛兒欣打算如何潛回宿舍呢？爬窗，再扯謊說她們早在宵禁前就回來，所以舍監才沒看到她們？

瓦希黎恩默默等待，想看看另外三個女孩是否也回來了，卻一直沒看到其他人影。只有弗奇一個人消失在黑夜中。他要去哪裡？

縱火？這個想法冒了出來。但弗奇應該不會在大雨中放火吧？

瓦希黎恩盯著牆上靜靜移動指針的時鐘。宵禁已過一個小時了，原來自己賞雨已經這麼久了。

與我無關，他堅定地告訴自己，走到床邊，倒頭睡下；但很快就發現自己又下了床，在房內踱步。雨聲淅瀝不休，令他心神焦躁，就是無法制止自己採取行動。

宵禁……

你好好照著規矩做，就會找到平靜。

他走到窗邊停下腳步，再一推，推開窗戶，跳了出去。瓦希黎恩光腳踩進軟綿綿的溼泥中，蹣跚前進，一道道的水流從他頭上淌下，滑進背部的上衣內。弗奇剛才走的是哪個方向？

他極力回想，憑著印象推測，走過了宛如刀痕累累巨石般的千年古樹，大雨和水流全都爲它繞道而過。後來在一株樹幹附近的泥地上，發現一個腳印，證明了他的推測正確。不過他也必須把腰彎得很低才能看清楚腳印，鐵鏽的，天色越來越暗了。

接下來該走哪個方向？他四下張望。那裡，他心想，貯藏樓。那是原本閒置許久的宿舍，現在被拿來存放多餘的傢俱和毯子。好一個完美的縱火目標，不是嗎？有一大堆可燃燒的物品，而且誰能想到居然有人會在雨夜中放火。

可是外婆跟他談過了啊，瓦希黎恩心想，在雨中蹣跚踄泥而過，冰冷的光腳踢翻了落葉和苔蘚，別人一猜就猜得到是他。難道他不在乎？他是故意闖禍的？

瓦希黎恩朝舊宿舍走去。黑夜中的三層樓龐然大物門前，傾盆大雨從屋簷流下。他試了試門把，當然是沒上鎖的——這裡可是村莊啊。他溜了進去。

那裡。地上有一灘水，有人才剛進來過。他蹲低身子，摸著一個個溼腳印前進，最後來到樓梯口，爬上一層階梯，接著又一層。樓上有什麼？他上到二樓，看到前方有燈光。瓦希黎恩爬過中央鋪著地毯的走廊，發現原來燈光是從一個小房間桌上的蠟燭流瀉而來，房內塞滿了傢俱，牆上掛著黑漆漆的厚重簾幔。

他朝蠟燭走去，燭光抖動，脆弱且孤單。弗奇幹麼在這裡留下點燃的蠟燭？什麼——

一個沉重的東西擊中他的背，他痛呼一聲，整個人往前撲去，撞上兩張疊在一起的椅子。背後傳來靴子踏地的聲音。瓦希黎恩使勁往一旁側滾而去，弗奇手中的舊木柱正好打在椅子上，椅子被打得四分五裂。

瓦希黎恩手忙腳亂地爬起來，肩膀陣陣作痛。弗奇轉了過來，臉龐因爲背光陷在陰影中。

瓦希黎恩一邊退開，一邊說：「弗奇！沒事的，我只是想跟你談談。」他的背部撞上牆壁，痛得臉皺成一團，「你不必——」

弗奇大搖大擺地朝他走來，瓦希黎恩大叫一聲，彎腰低身朝走廊溜去，「救命！」弗奇跟了出來，「救命！」

瓦希黎恩原本打算從樓梯逃跑，但那樣就必須回頭，只好將錯就錯，越跑離樓梯越遠。眼看前面的走廊盡頭有扇門，他以肩膀用力一撞。門後可能是通往上層會議室的走道，但前提是這棟宿舍必須和他住的宿舍是一樣的格局。所以也可能是另一道樓梯？

瓦希黎恩穿門而過，進入一間明亮的房間。老舊的桌子交疊在一起，圍繞一圈，中央空出一塊空地，看起來像觀眾席和舞臺。

空地正中央燃著十幾支蠟燭，一個年約五歲的小男孩被五花大綁，躺在兩張桌子架起的木板上。他被剪破的上衣掉落在地，被堵住的嘴巴嗚嗚叫著，軟弱無力地企圖掙脫。

瓦希黎恩連忙止步，呆呆地打量男孩，附近一張桌子上居然放著一排閃亮的刀子，而男孩胸口上有傷口，鮮血直流。

「噢，該死。」瓦希黎恩驚呼一聲。

弗奇跟著進來，喀的一聲關上了門。

「噢，該死，」瓦希黎恩轉身，兩眼大睜，「弗奇，你瘋了嗎？」

「不知道。」少年人低聲回答，「我只知道一定要打開來，看看裡面是什麼，你懂嗎？」

「你剛才跟那幾個女孩溜出去，」瓦希黎恩說，「這樣就有不在場證明。就算別人指證你不在房內，你可以辯稱和她們在一起。說個小謊，就把一切撇得乾乾淨淨。鐵鏽的！我姊她們不知道你又溜回來了，對不對？她們好不容易才溜出去喝酒，根本沒工夫搭理你，很可能根本不記得你半途離開，甚至會發誓你——」

弗奇抬眼看著他，瓦希黎恩見狀呆住，死盯著弗奇倒映著燭光的沉沉眼睛，和冷冰冰的臉孔。弗奇抬起手，掌心上是一把鐵釘。

對了，弗奇是——

瓦希黎恩急叫一聲，連忙朝一堆傢俱撲去。鐵釘疾速射來，被弗奇的鎔金術推送，像冰雹一顆顆撞在木桌上，擊中椅腿和地板。瓦希黎恩手忙腳亂地後退，手臂猛地一痛。

他痛呼出聲，抓著受傷的手臂找了個掩護躲進去。低頭一看，手肘附近被一根鐵釘刮掉一層肉。

金屬。他需要金屬。

他上次燃燒鋼，已經是好幾個月前的事，外婆希望他專注在泰瑞司的傳統上。他抬起雙臂，想起手腕上是空的，他的腕甲……

在你房裡，笨蛋。瓦希黎恩翻找著褲子口袋，他向來都會在口袋裡放……

一袋金屬薄片。他連忙一邊抽出來，一邊逃開，弗奇撥桌甩椅地追上來，房內淨是小男孩的嗚咽聲。

瓦希黎恩顫抖的手指想打開小袋子，但袋子啪地脫手飛開。他猛一回頭，只見弗奇從桌上抓來一支金屬棒，再用力一拋。

瓦希黎恩往旁一躲，但太遲了，被鋼推而來的金屬棒直直撞上他的胸口，力道使他往後一飛。弗奇痛哼一聲，也踉蹌了幾步。他的鎔金術練習得不夠，無法在傷人的同時自保，鋼推傷瓦希黎恩多少，後座力就有多大。

就算如此，瓦希黎恩還是重重地撞上牆壁，感覺體內有個東西喀嚓一聲裂了。他細細喘氣，眼前一黑，跪了下去，整個房間開始晃來晃去。

小袋子，找到小袋子！

他在地板四下摸找，慌亂得無法思考。他需要金屬！好不容易，血淋淋的手指碰到了小袋子，連忙抓來，拉開布袋口，腦袋後仰，他準備一口吞下。

一個黑影逼壓而來，抬腳往瓦希黎恩的肚子一踹。他體內裂開的骨頭應聲而斷，使他放聲痛喊，而金屬還沒完全到他嘴裡。弗奇揮掉他手上的小袋子，金屬片散落一地，再一把揣起瓦希黎恩。

那個少年看起來更壯了，他正在汲取金屬意識。瓦希黎恩驚慌的腦袋很想鋼推他的腕甲，但要利用藏金術的金屬意識施展鎔金術，難如登天。而他的鋼推，更是力道不足。

弗奇掐著他脖子，把他架出敞開的窗外懸吊著。在大雨的洗刷下，瓦希黎恩奮力掙扎，試著呼吸，「拜託……弗奇……」

弗奇鬆開手。

瓦希黎恩跟著雨水往下掉落。

窗外三層樓高的楓樹枝葉之下，散落著漉溼的落葉。

殘存在瓦希黎恩體內的鋼燃燒起來，從胸口放射出藍線，射向四周的金屬。但藍線全部向上，沒有一條向下，下方沒有任何的金屬，他也就無法鋼推自救！

除了褲袋內的那條藍線。

在空中翻滾而下的瓦希黎恩別無選擇，只能鋌而走險地朝它一個鋼推。小金屬塊從口袋射出，沿著腿而下，劃傷了他的腳後，才在重力加速度的作用下射進底下的地面。半空中的瓦希黎恩猛地一頓，墜落的力道減緩下來。

但他的雙腳仍重重地落在溼淋淋的小徑上，劇痛霎時沿著腿往上竄。他向後仰倒在地，頭暈眼花，卻終究活了下來。他的鋼推救了他的命。

雨水落在臉上，他等了又等，但弗奇並沒有追下來了結他。那少年已經闔上了窗板，也許是擔心有人會看到燭光。

瓦希黎恩從頭到腳疼痛不已，肩膀是被弗奇打痛的，雙腳是在墜落時受創，胸口被金屬棒揮中，還不知斷了幾根肋骨？他躺在大雨中，忍痛咳了幾聲，才有力氣翻身尋找救了他的金屬塊。他依循著鎔金術放射出的藍線，輕易就找到了它，挖出來後拿高仔細一瞧。

原來是警察留下的子彈。雨水洗刷過他的手，洗淨了子彈，他甚至忘了口袋內有這顆子彈。

由此看來，縱火通常只是預謀犯案的第一步……

他應該去求救，可是樓上的小男孩已經在流血了，刀子也早就一字排開。

更大的麻煩正朝妳而來，長老，妳會後悔莫及的。

瓦希黎恩突然恨起了弗奇。這片土地明明就是世外桃源，寧靜安詳，景色優美，不應該有一絲邪念滋生。如果瓦希黎恩是白帆布上的一個汙點，那少年就是地獄般的大黑洞。

瓦希黎恩大叫一聲，奮力爬了起來，從宿舍後門鑽了回去。他忍痛踉踉蹌蹌爬上了兩層樓梯，再撞開會議室的門。弗奇就站在嗚咽男孩的旁邊，手裡拿著一把血淋淋的刀。他緩緩轉過頭來，瓦希黎恩看著他的側臉和一隻眼睛。

接著他拋起子彈，子彈在燭光下閃閃發亮，再使盡全身力氣一推。弗奇轉過身來，反向推回來。

子彈立刻在半空中定住，距離弗奇的臉只剩下幾吋。兩個人同時倒退幾步，弗奇被疊起的桌子擋住，很快就穩住了身子，而瓦希黎恩則是一路退到門邊，才撞上了牆壁。

弗奇微微一笑，肌肉鼓起，開始汲取金屬意識，再從放著刀子的桌上抓來金屬棒，朝瓦希黎恩丟去，瓦希黎恩大叫一聲，連忙鋼推阻止金屬棒的來勢。

但他的力量不夠。弗奇繼續推，而瓦希黎恩的金屬存量又太少，金屬棒在空中前進，最後終於抵住瓦希黎恩的胸口，將他壓制在牆上。

時間凍結，一顆子彈就懸在弗奇面前，而兩人的主要戰力全都集中在那根金屬棒上。金屬棒一吋吋地嵌壓著瓦希黎恩，他的胸口被壓制出灼燒般的劇痛，一聲淒厲的慘叫爆發出來。

他的性命就要結束在這裡了。

我只想做對的事，怎麼就這麼難呢？

弗奇笑嘻嘻地往前走來。

瓦希黎恩死死盯著子彈，子彈金光閃閃。他不能呼吸了，但那顆子彈……

金屬是你們的生命。

一顆子彈，有三處結構是金屬製的。

彈頭。

金屬是你們的靈魂。

彈殼。

祢保全了我們……

底火。也就是擊針擊發的裝置。

此時此刻，這三個結構在瓦希黎恩的眼裡，分解成三條線、三個零件，他一下子全部照收無誤。就在金屬棒的壓力大增之時，瓦希黎恩釋放了兩個零件的力量。

並且在底火猛地推一下。

子彈轟然爆炸，彈殼在弗奇的鎔金術下向後彈入空中，彈頭卻不受影響地向前疾射，筆直鑽進弗奇的腦殼內。

瓦希黎恩摔倒在地，金屬棒也落地彈開。他全身癱軟，氣喘吁吁，水珠流下他的臉頰，滴落在木地板上。

昏昏沉沉中，他聽到樓下有人聲傳來。終於有人聽到慘叫和爆破聲響而過來探查。他強迫自己爬起來，一瘸一拐地穿過房間，沒去回應爬上樓梯男男女女的探詢，逕自來到小男孩的身旁，為他解開繩索。重獲自由的小男孩並沒有驚慌逃跑，反倒是緊抱著瓦希黎恩的一條腿，哭得稀里嘩啦。

一群人湧了進來。瓦希黎恩彎身從溼地板上撿起彈殼，直起身子，面對那些人。泰林瓦、外婆和幾位長老，全都一臉驚訝，瓦希黎恩當下就知道他們會遷怒於他，因爲他把暴力帶進了村莊。

憎恨他，只因爲他的推測是正確的。

他站在弗奇屍首旁，一隻手緊握著彈殼，另一隻手放在發著抖的小男孩頭上。

「我會找到自己的路。」他輕聲說。

二十八年後

那扇暗門砰的一聲飛撞上牆壁，震下一地的灰塵。一團迷霧包圍著將門踹開的男人，勾勒出他的剪影：迷霧外套、隨著動作飄動的流蘇，以及舉在身側的霰彈槍。

「開槍！」米格斯大叫。

小伙子紛紛上膛，八個人全副武裝，藏身在舊酒吧內的掩護後，朝黑影射擊。子彈大批蜂擁而至，卻又都在長長的迷霧外套之外轉向，有的射進牆壁，有的射穿門板、射毀門框。雖然迷霧被子彈劃出一條條的彈道，但身在霧中的執法者宛如一團鬼影，不動如山。

米格斯絕望地開了一槍又一槍。手槍沒子彈了，換了一把，又沒子彈，再換上步槍，並以最快的速度上膛、射擊。他們怎麼會來這裡？鐵鏽的，事情怎麼會演變到這個地步？不應該這樣的。

「沒用的！」一個小伙子大叫，「他會殺光我們，米格斯！」

「你杵在那裡幹麼？」米格斯對著執法者大叫，「動手啊！」他又開了兩槍，「你死人啊？」

「也許他只是誘餌，」一個小伙子說，「好讓同夥趁我們不備，從後方潛進。」

「嘿，那是……」米格斯猶豫了一下，看著剛才講話的小伙子。這個人有一張圓滾滾的臉，頭頂戴著樣式簡單的馬車伕圓帽，很像圓頂禮帽，但帽頂較平。這是誰啊？他轉頭數了數隊友。

九個？

米格斯身旁的小伙子微微一笑，抬手輕壓帽沿一下，隨即一拳朝他的臉揮了過去。

這一拳來得太快，看都來不及看清楚。那個戴著馬車伕帽的小子眨眼間就撂倒了史林克和基里恩，又瞬間晃到遠方的兩個小伙子面前，兩支決鬥杖一揮，同時打倒兩人。米格斯連忙轉身摸找被打落的槍，執法者跳過掩護，流蘇翻飛，一腳踹中佐魯爾的下巴，再一個轉身，霰彈槍直指著對面的幾個小伙子。

他們嚇得趕緊丟下槍。米格斯跪在翻倒的桌子旁邊，全身直冒冷汗，認命等待槍聲響起。卻一直沒等到。

「接下來交給你了，大隊長！」執法者大叫。接著，門口湧入一大群警察，把迷霧攪得亂七八糟。反正酒吧外的清晨陽光也已經開始在驅散迷霧了，鐵鏽的，他們真的在這裡埋伏了一個晚上？

執法者放低槍口，指向跪著的米格斯，「你最好把槍丟到一旁去，朋友。」口吻像是在跟米格斯聊天。

米格斯遲疑著，「開槍殺了我吧，執法者。我脫不了身了。」

「你射殺了兩個警察，」執法者扣著扳機說，「但他們都活了下來，年輕人。依我看來，你不會被吊死，快把槍丟下。」

剛才酒吧外也一直在招降他，要他把槍丟下，但這次，米格斯終於妥協了。「爲什麼？」他問，「你們不費吹灰之力就可以殺光我們，爲什麼不殺？」

「說白了，你們根本不值得殺。」執法者友善地一笑，「制服你們，我已經對得起良心。把槍丟下吧，大家都省事。」

米格斯丟下槍，站了起來，並揮手制止拿槍爬起來的佐魯爾。那個人也心不甘情不願地把槍丟下。

執法者轉身施展鎔金術，躍上了掩護，再將特製的短式霰彈槍插回腿上的槍套中。戴著車伕帽的年輕人來到他身旁，輕輕吹了聲口哨。看來他偷了基里恩最喜愛的刀子，象牙刀柄從他的口袋冒了出來。

「他們交給你了，大隊長。」執法者說。

「不留下來做筆錄，瓦？」大隊長一邊問，一邊轉身。

「可惜不行，」執法者說，「我必須趕去參加婚禮。」

「誰的？」

「我的。」

「你今天要結婚，一大早還來參加圍捕？」大隊長問。

執法者瓦希黎恩·拉德利安在門口停下腳步，「在此澄清一下，這可不是我的主意。」他的下巴朝聚集的警察和幫派份子一揚，才大踏步走進迷霧之中。

PART I

1

瓦希黎恩．拉德利安快步走下櫃檯權充的沙包階梯，轄區警察這裡一堆那裡一堆鬧哄哄地忙亂著，他從其中穿梭而過。迷霧開始消散，破曉的晨光宣告了夜晚的終結。他檢視手臂上的傷口，剛才感覺到一顆子彈穿透袖口，跟著貫穿外套的一側，結果在手臂上留下一處相當大的彈孔。

「喂，」偉恩匆忙過來，「這招妙吧，嗯？」

「你每次都是這套，」瓦說，「老是拿我當誘餌。」

「兄弟，又不是我的錯，誰叫大家都喜歡開槍射你。」偉恩說。兩人來到了馬車旁，「你應該高興的，你在發揮專長耶，我爺爺奶奶都說男人就該好好使用自己的才幹。」

「我不需要『當槍靶』這種才幹。」

「這個嘛，你總得善用手中的資源。」偉恩斜倚著馬車車廂，馬車伕考伯為瓦開了門，「所以我的煲湯裡都會有一點老鼠肉。」

瓦望著車廂內高級的坐墊和豪華的擺設，但沒爬上馬車。

「你沒事吧？」偉恩問。

「當然，」瓦說，「又不是第一次結婚，早就熟門熟路了。」

偉恩笑嘻嘻，「哦，是這樣嗎？照我的經驗看來，婚姻這檔子事，是隨著次數越多，下場越淒慘。除了婚姻，活下來也是。」

「好深奧的道理啊，偉恩。」

「可惡，我以爲你會說我是眞知灼見。」

瓦直挺挺站著，眼睛死盯著車廂內。馬車伕見狀清清喉嚨，依舊扶著門，等他上車。

「好漂亮的圈套。」偉恩說。

「別危言聳聽。」瓦傾身爬上了馬車。

「拉德利安爵爺！」背後傳來一聲呼喚。

瓦回頭一望，看到一位穿著深棕色西裝、打著領結的高個子，推開兩名警察朝馬車而來，「拉德利安爵爺，能談談嗎，拜託？」

「交給你，」瓦說，「我先走了。」

「可是——」

「我們在那裡會合。」瓦的下巴朝偉恩一揚，拋下一顆空彈殼，再鋼推把自己送上天空。何必浪費時間坐馬車？

燃燒鋼讓腹部一陣暖意洋洋，他在附近電燈燈柱上一推——儘管已經天亮了，路燈依然亮著——這一借力，他竄得更高了。依藍戴在眼前鋪展開來，這是一座被煤灰燻黑了的壯觀都市，成千上萬的住宅和工廠冒著白煙。瓦鋼推附近一座鋼鐵建築半成品，再加上一連串的縱躍後，人已穿過了第四捌分區。

他飛躍過出租馬車叫車區，只見成排的馬車默默地等待著客人，大清早上工的馬車伕仰頭看著他飛過。其中一位甚至抬手指他，也許是被迷霧外套所吸引。在依藍戴城中，射幣信使很常見，所以有人在半空中飛來竄去，市民見怪不怪。

再幾個蹤躍後，他飛過了一連串成排的倉庫。真沒想到這樣的飛躍會如此暢快。半空中拂臉而過的微風，以及瞬間感受到的輕盈，都令他心情愉悅。

但快感也結束很快。地心引力和責任感立刻又把他拉回現實中。他離開了工業區，越過用柏油和碎石子精心鋪設的馬路，比起圓石鋪成的道路，這樣的馬路平坦許多，更適合那些呼嘯而過的汽車。倖存者教堂大大的玻璃鋼架圓頂沖天而起，鶴立雞群。回想在耐抗鎮時，一座簡樸的木製禮拜堂就已足夠居民使用，但對依藍戴來說，那樣的簡樸又太過寒酸。

教堂圓頂是為了讓信徒在夜間全方位無死角地崇拜迷霧而設計。瓦則認為他們簡直多此一舉，直接走到戶外，不是看得更清楚？不過話說回來，此事與他何關，何必費神。那座鋼筋玻璃圓頂可是被打造成橘子般一瓣瓣的，在特殊節日可以從內打開，讓迷霧下貫而入。

他降落在教堂對面的一座屋頂水塔上。圓頂當初完工時，應該是這一區最高大雄偉的建築，黑影庇蔭著附近的樓房，讓人不覺心生敬畏。然而現在，周遭的樓房越蓋越高，逐漸淹沒了教堂，時不我予，令人唏噓。偉恩必定能從這個變化中找出一番哲理，而且是相當不客氣的哲理。

他蹲在水塔上，俯視教堂，他終於還是來了。但他只覺眼皮顫動，心中抽痛。

就算是那天，我依然愛著你。好傻，但我是真心……

六個月前，是他扣下了扳機。那一聲槍響，現在依然迴蕩在腦海中，揮之不去。

他起身站直，默默為自己打氣。他曾經從同樣的傷痛中自癒過一次，這次想必也可以。縱使他因爲這次的創傷而鐵了心腸，也許這就是他需要的歷練。他縱身一躍，拋出一枚彈殼，再一推以減緩下墜的速度。

他落地後，大步經過一長排停靠在街邊的馬車，參加婚禮的賓客已經到場了——倖存者教派的信徒舉行婚禮，不是選在一大清早，就是深夜。瓦快步追過了幾位與會賓客，一一向他們點頭招呼，又忍不住一邊從槍套中抽出霰彈槍，扛在肩上，一邊躍上門階，再一個鋼推，推開大門。

史特芮絲在門廳來回踱步，身上一襲光滑晶亮的白色禮服，是她翻閱數本雜誌，從中精挑細選出最受讚賞、最時尚的款式。經由婚禮專家打造的髮妝，使得今天的她美麗動人。

瓦在見到她時緩緩一笑，壓力和緊張減輕了一些些。

史特芮絲抬眼望見走進門的他，趕緊趨前，「還好嗎？」

「我沒被殺，」瓦說，「如妳所見。」

史特芮絲瞥了時鐘一眼，「你遲到了。但還好沒遲到太久。」

「我……抱歉？」正是她堅持瓦去參加警方這次的突襲。她早就在安排婚禮流程時，預留了這個空檔，以免瓦臨時要出任務。看來，未來他與史特芮絲的生活，就是這個模式了。

「我知道你已經盡力趕來了。」史特芮絲勾住他的手臂，似乎十分開心，甚至還微微發抖。也許她爲人嚴謹，但絕不像他人口中那樣的冷淡無情。

「這次的突襲如何？」她問。

「很順利。無人傷亡。」瓦挽著她朝教堂側翼走去。瓦的貼身男僕祖魯坦站在鋪展著白色新郎禮服的桌旁等著他，「妳知道，我在婚禮當天清晨還去參加警方的突襲，只會更加深我的社會形象。」

「什麼樣的形象？」

「流氓形象。」瓦一邊說，一邊脫下迷霧外套遞給祖魯坦，「一個從蠻橫區出來的野蠻粗人，還會在教堂內罵粗話，攜帶槍械出席各大宴會。」

史特芮絲瞥了被他丟在沙發上的霰彈槍一眼，「你不是很享受耍弄那些一本正經的文明人嗎？不拿他們的想法當一回事？你不就是想讓他們看不順眼，想讓他們尷尬？」

「史特芮絲，這是我唯一殘存的一點小樂趣。」瓦微微一笑，由祖魯坦爲他解開背心的釦子，再脫下背心和襯衫，裸露出胸膛。

「看來，我也被你歸到想逗弄尷尬的人群去了。」史特芮絲說。

「我只是善用手中的資源。」瓦說。

「所以你的煲湯裡，總有一些老鼠肉。」

瓦若有所思地把衣服遞給祖魯坦，「他也這麼跟妳說過？」

「沒錯。我越來越覺得他是故意的，想試試我的底線在哪裡，」史特芮絲雙手交抱，「小混蛋。」

「我要換衣服了，妳不打算迴避一下？」瓦逗著她說。

「還剩不到一個小時，我們就要結婚了，瓦希黎恩爵爺。」她說，「我能忍受你袒胸露背。更何況，你可是道徒呢，信仰要求你們守清規，但我不是道徒，不受限制。我拜讀過凱西爾的著作，有些納悶他會在乎——」

瓦解開褲頭上的木鈕釦，史特芮絲瞬間羞紅了臉，連忙轉身背對他。一會兒後，才又開口說話，口氣卻有些慌亂，「好吧，起碼你同意舉行一場合乎體統的儀式。」

瓦微笑，穿著內褲坐下來，讓祖魯坦以最快的速度爲他刮鬍子。史特芮絲站在原地，聆聽他們的動靜，直到祖魯坦擦掉瓦臉上的刮鬍霜，才開口問：「你有帶對戒嗎？」

「給偉恩了。」

「你……什麼？」

「我以爲妳想別出心裁，在婚禮中製造點騷亂，」瓦起身接下祖魯坦手中的新郎西褲穿上。打從蠻橫區回來後，他就不常穿白色的衣服。在蠻橫區那裡，白色很容易弄髒，所以才值得經常穿。「所以就交給他了。」

「我想要的是經過精心策劃的騷動，瓦希黎恩爵爺。」史特芮絲氣沖沖地說，「沒有經過沙盤演練、仔細推敲，一旦失控，就是天下大亂！偏偏偉恩完全在控制外，你還不知道他嗎？」

瓦扣上釦子，祖魯坦從旁邊衣架取下襯衫。史特芮絲聞聲立刻轉過來，雙臂仍然交抱著，努力維持正常，不讓人看出她的羞赧，「幸好我有備分。」

「妳複製了婚飾？」

「對，」她噘嘴想了一下，「六對。」

「六？」

「另外四對沒有準時送來。」

瓦笑起來，扣好襯衫釦子，再讓男僕幫他扣上袖釦，「妳眞是與眾不同，史特芮絲。」

「這麼說來，偉恩其實也很與眾不同——滅絕也算是。仔細一想，你說我與眾不同，就不算是恭維了。」

瓦紮妥吊帶，再由祖魯坦幫他繫好領巾，「我都被妳搞糊塗了，史特芮絲。」他直挺挺站著，好方便男僕工作。

「妳費盡心思，就是要讓場面失控？妳似乎認定生命經常是意外連連？」

「是的，所以呢？」

「沒什麼，生命的確充滿了意外。因此我們唯一能做的，就是做好心理準備，臨機應變。」

「你這麼說，就太認命了。」

「多年蠻橫區生涯的結果。」瓦看著光鮮亮麗的她，雙臂交抱，右手食指輕敲著左手臂。

「我只是……試過之後，會比較安心。」史特芮絲終於說了出來，「如果真的出事了，起碼我努力做了準備。你瞭解我在說什麼嗎？」

「應該吧。」

祖魯坦退開一步，滿意地欣賞著自己的工作成果。他的新郎套裝搭配了高級的精緻黑色領巾和背心，是瓦偏愛的傳統樣式。他總覺得領結是業務員才用的。瓦穿上燕尾外套，那兩條尾巴輕拂著他大腿後側，猶豫片刻後，終究還是繫上了槍套，插上問證。上次的婚禮，他已經攜槍上場，這次爲什麼不帶？史特芮絲點點頭應允。

最後剩下鞋子了。全新的一雙鞋，他的腳要吃點苦頭了。「我們遲到得夠久了嗎？」他問。

史特芮絲看看牆角上的時鐘，「按照行程表，我們再兩分鐘就要進場。」

「啊，眞好。」瓦挽起她的手臂，「這樣我們就可以自動自發地提早進場，呃，晚到的『提早進場』。」

史特芮絲勾住他的手臂，由瓦領著走出小禮堂，朝圓頂中殿的入口而去。祖魯坦尾隨在後。

「你……確定要走下去？」史特芮絲在踏上通往中殿的走道前，拉住了他。

「妳猶豫了？」

「完全沒有。」史特芮絲連忙回答，「我們的結合對我的家族有利，可以提升家族的社會地位。」她雙手握著瓦的左手，「可是瓦希黎恩爵爺，」她輕聲說，「我不希望綁住你，尤其是你在今年年初才剛經歷過那件事。如果你想反悔，我能理解。」

史特芮絲說這些話時抓著他的手的力道，傳遞一種前所未有的訊息，但她似乎沒注意到。瓦看著她，心頭一陣茫然，當初他會答應這門婚事，也是爲了盡一族之長的責任。

而現在，他對史特芮絲的感覺變了。過去幾個月來，在瓦傷心欲絕的時候，史特芮絲一直陪伴著他……眼前這個女人注視他的眼神……

鐵鏽滅絕的，他居然會打從心底喜歡史特芮絲。這不是愛，他也許永遠無法再愛人了。所以與她結成連理，絕不是問題。

「不，史特芮絲，」瓦說，「我不會反悔。我……那樣對妳的家族不公平，你們已經給了我那麼多的資金。」

「錢不重——」

「沒事的，」瓦輕捏了她的手一下，「我的心情已恢復得差不多了，足以應付這個。」

史特芮絲張口想回應，但一聲敲門聲響起，瑪拉席探頭進來，確認新人是否準備出場了。瑪拉席擁有一頭黑髮，以及比史特芮絲柔和的五官，今天她塗抹著鮮紅色唇膏，一身改良式晚禮服和緊身排釦外套之下，是一襲褶裙。

「終於，」她說，「客人都等得不耐煩了。瓦，有位先生想見見你。我打發他走，可是……嗯……」

瑪拉席走進房間，拉開門，只見門外有位身材修長的男人，棕色西裝外加棕色領結，身旁還有幾位撒灰女孩，一行人就站在通往圓頂中殿的廳堂內。

「你們，」瓦說，「怎麼比偉恩還早到？」

「你的朋友不會來了。」男人走到瑪拉席身旁，對她點點頭，然後關上門，幾位女孩被隔開在門外。男人轉身朝瓦扔去一團紙球。

瓦接住紙球，紙球叮噹一聲。打開後，裡面卻是那對婚戒。紙上潦草寫著：我得去把自己灌醉，最好醉得尿在腳上。祝新婚東東愉快。

「絕妙的比喻。」史特芮絲給了評論，拿過瓦的婚戒放在戴著白色手套的手中，瑪拉席則踮腳從瓦的肩膀後偷瞄紙上的字，「起碼他沒忘了婚戒。」

「謝謝你，」瓦對棕衣男子說，「但如你所見，我今天忙著結婚。無論你找我有什麼事，都——」

男子的臉瞬間透明化，頭骨和頸椎清晰可見。

史特芮絲一僵，驚呼一聲，「神明顯靈！」

「製造痛苦的神明。」瓦說，「叫和諧去找別人吧，我很忙。」

「叫……和諧……」史特芮絲喃喃著，眼睛睜得大大的。

「問題就在這裡，」棕衣男子說著，肌膚回復正常，「和諧最近也分身乏術。」

「神怎麼會分身乏術？」瑪拉席問。

「不知道，但我們很擔心。我需要你，瓦希黎恩·拉德利安。我手上有個任務，你一定會感興趣。我知道你現在要舉行婚禮，但婚禮完畢後，我們可以談……」

「沒什麼好談的。」瓦說。

「可是——」

「請回吧。」

瓦拉著史特芮絲的手臂，一個鋼推，推開了門，大步從瑪拉席身旁走過，丟下那頭坎得拉。他被這些生物操控、玩弄、欺騙了六個月，結果呢？一個女人死在他懷裡。

混帳。

「那眞的是無相永生者？」史特芮絲回頭一望。

「沒錯，經過之前的教訓，我不想再和牠們有牽連。」

「別氣了，」史特芮絲握住他的手臂，「你想靜一靜嗎？」

「不必。」

「確定？」

瓦停下了腳步。史特芮絲在一旁默默等待，瓦緩緩地吸氣吐納，從腦海中驅逐出他一個人跪在橋上、抱著蕾希的痛苦畫面。蕾希，他到最後才知道自己從沒瞭解過這個女人。

「我沒事。」瓦咬牙切齒地說，「但神應該有自知之明，別再來煩我，尤其是今天。」

「你的人生……眞是奇特，瓦希黎恩爵爺。」

「我知道，」瓦領著她往前走，兩人來到中殿的大門前，「準備好了嗎？」

「是的，謝謝你。」她……淚眼矇矓？瓦從未見過她這樣情感流露。

「妳沒事吧？」瓦問。

「沒事。」她說，「抱歉，我失態了。只是……這一切比我想像得更美好。」

他們推開門走進去，閃耀的玻璃圓頂映入眼簾，陽光穿透玻璃，灑落在等待的賓客群身上。全都是認識的熟人，有遠房親戚，有自家的女裁縫師和鐵工廠的工人。瓦四下搜尋偉恩的蹤影，那個人居然沒到，只把賀詞寫在紙上送來。他可是瓦唯一的、眞正的親人。

撒灰女孩蹦蹦跳跳地跑出來，在環繞中殿一圈、鋪著地毯的走道上，撒下一小把一小把的灰燼。瓦和史特芮絲邁開步伐，莊重地向前走去，迎向賓客的祝福。倖存者的儀典向來不演奏音樂，只布置鋪有綠葉、會爆出細碎劈啪聲的火盆，燒出裊裊白煙來象徵迷霧。

白煙升騰，灰燼撒落，瓦想起小時候參加倖存者儀典時祭司說的話。他們兩人繞著賓客走了一圈，看到史特芮絲的家人最起碼還是出席了，以顯示寬容大度，而她的父親滿臉通紅，激動地向瓦握拳示威。

瓦沒想到自己居然在微笑。這是蕾希一直以來的願望。夫妻倆總是拿他們的簡樸道教婚禮開玩笑，到最後還不得不騎馬逃開一群暴民。蕾希總是唸叨著，總有一天要瓦補償她一個像樣的婚禮。

眼前是閃閃發亮的水晶、靜默的人群，腳下踩著灰燼斑斑、喀嚓作響的地毯，瓦的笑容加深了，然後他往旁邊一看。

那個不對的女人，他的冤家——恩特隆貴女——當然就站在那裡。

瓦一個失神，差點絆倒。*蠢蛋*，他暗罵自己。*專心*。今天這個日子對史特芮絲非常重要，他能爲新娘做的不多，最起碼不能毀了它，不能以史特芮絲意想不到的方式毀了它。不管是哪種意思。

但事與願違，就在接近他們繞殿一圈的尾聲時，瓦剛才所感覺到的不安增強了。他突然一陣反感，汗水直冒，渾身不舒服。那感覺就像他幾次爲了躲避凶手的攻擊，不得不丟下無辜的受害者逃生那般。

最後，這些情緒逼得他只能正視一個艱難的事實：他其實並沒有準備好。他指的不是史特芮絲，而是這場婚姻。

這場婚姻表示他必須放手讓蕾希離開。

但他早已被困住了。

他必須振作起來，於是咬緊了牙關，與史特芮絲踏上聖壇，迎向兩旁放置插著梅兒花的水晶花瓶的架子，與站在架子之中的祭司。婚禮所有儀式出自《創始之書》裡，和諧所寫的〈信仰重生〉一篇中的古老拉司達族信仰。

祭司朗誦婚禮的開場白，但瓦完全聽不進去，只覺得全身麻木，牙根緊咬，眼睛死盯著前方，肌肉緊繃。曾經有個祭司在這座教堂裡被謀殺，凶手就是神智失常的蕾希。難道他們除了派他出來追捕蕾希，就束手無策了？爲什麼不直接了當地告訴他？

振作。他不能逃，不能做個縮頭烏龜。

他牽起史特芮絲的雙手，卻無法直視她的眼睛，只好抬頭仰望玻璃圓頂外的天空，但視線內大多塞滿了一棟棟的高樓大廈。教堂兩側大廈的窗戶在晨光下閃閃發亮，那座水塔眞是礙眼，擋住了視線，但水塔就在他的注視下……移動了……

移動？

瓦震驚地看著龐大鐵桶下的支柱逐漸彎曲，像是要跪下似的，被上面沉重的負荷壓得側倒下去。桶頂被切斷，數公頓的大浪像冒著泡泡的千軍萬馬灌了下來。

他立刻將史特芮絲攬到懷中，緊緊摟著她的腰，再扯下背心的第二顆鈕釦，拋下，朝鈕釦一推，在祭司的驚叫聲中，將他和史特芮絲送離聖壇。

大水撞擊玻璃圓頂，一開始，圓頂扛住了，但隨即某個區塊劈啪一聲龜裂，鉸鏈鬆掉，滔天水浪轟然灌下。

2

「你確定沒事，爵爺？」瓦一邊問，一邊扶著第六捌分區的警察總長佐瑞本勛爵走下階梯，朝私家馬車走去。小小的水流從他們兩側流下，注入水溝內，加入溝中的小溪流陣營。

「我最棒的手槍毀掉了，你知道嗎？」佐瑞本說，「我還得送它去清理和上油！」

「把帳單寄給我，我來買單，爵爺。」不過瓦認為一把好槍是不會被一點——呃，是很多——水給毀掉。他輕柔地把年邁的紳士轉過去面向自家馬車，再給後者一個認命的表情，才轉身爬上階梯，回到教堂內。地毯在他的腳下嘎吱響，不過也可能是他的鞋子在響。

他經過正在和保險鑑定員爭吵的祭司。那是艾力凱爾保險公司派來的人，要做理賠的初步鑑定。瓦走進圓頂中殿，唯一一塊被撞開的玻璃片仍然懸吊在鉸鏈上，而那座倒塌的水塔依然遮住一大片天空，它被另一側的支柱拉住，才不至於整個砸下來。

瓦經過翻倒的長椅和散落一地的梅兒花花瓣，眼前滿目瘡痍。教堂內，除了祭司說話的回音，就只有滴滴答答聲。瓦嘎吱嘎吱地走上聖壇，史特芮絲就坐在聖壇的邊緣，溼透的新娘禮服緊貼在她身上，兩頰黏著從髮辮鬆脫出來的髮絲。她以雙手抱膝，兩眼呆呆地盯著地板。

瓦在她身旁坐下，「以後遇到大水天上來的時候，我會記得不要往上跳。」他抽出口袋裡的手帕，用力一擰。

「你同時也往後跳了，只是來不及而已，瓦希黎恩爵爺。」

他咕噥著：「從表面看來，像是水塔結構不佳而造成的意外，但骨子裡其實是暗殺……只是殺人未遂。水塔裡的水量不足以構成嚴重傷害。受傷最重的是史坦明爵爺，他從長椅上逃開時摔倒，撞到了頭部。」

「這麼說來，這不是意外。」史特芮絲一邊說，一邊往後坐，靠向聖壇，地毯隨著她的動作輕輕嘎吱一聲。

「抱歉。」

「又不是你的錯。」史特芮絲嘆口氣，「難道你都沒想過，這會不會是寰宇想要制服你，瓦希黎恩爵爺？」

「寰宇？妳是說和諧嗎？」

「不是，不是祂。」史特芮絲說，「只是宇宙那麼大，怎麼偏偏讓我遇上這種事？大水天上來，想想也滿有詩意的。」她閉上眼睛，「這婚禮注定不會成功。幾噸的水從屋頂灌下？我怎麼沒預料到呢？誰能料想到會發生這種怪事，最起碼這次祭司沒被殺害。」

「史特芮絲，」瓦伸手搭在她手臂上，「我們一起面對，沒事的。」

史特芮絲張開眼睛，看著他說：「謝謝你，瓦希黎恩爵爺。」

「謝什麼？」瓦問。

「謝謝你對我這麼好。謝謝你願意承諾跟……我共同面對人生。我知道這麼說，你可能聽得不太順耳。」

「史特芮絲……」

「你覺得我過分貶低自己，瓦希黎恩爵爺。」她說完，坐直起來，做了一個深呼吸，「別覺得我不好相處，我就是我，我接受這樣的自己，至於另一半對我的看法，我不會抱持太美的期望。但謝謝你，不像其他人那般武斷，讓我難堪。」

瓦不知該如何回應。別人會如何應付這個局面？「事情沒妳想的那麼糟，史特芮絲，我覺得妳滿可愛的。」

「那婚禮一開始，你怎麼咬緊牙關，一副被人趕鴨子上架的模樣？你雙手交握得好緊，像是在橋的那一頭猶豫不決是否要走過？」

「我……」

「我們的婚禮延遲了，你難過嗎？能請你以執法者的身分誠實回答我嗎，瓦希黎恩爵爺？」

可惡，他不知所措。他知道可以輕描淡寫地敷衍過去，但腦海裡就是總結不出一個說法，掙扎好久，他才想出一句比較平易近人的話。

「也許，」他微笑，「我們下次結婚時，我必須想個辦法好好放鬆自己。」

「我可不贊成你在婚禮前把自己灌醉。」

「我沒說要把自己灌醉。也許在婚禮前，來個泰瑞司冥想。」

史特芮絲看著他，「你仍然願意繼續下去？」

「當然，」只要不是今天就行。「妳應該有備用禮服吧？」

「兩套，」史特芮絲坦率地回答後，伸手讓瓦扶她站起來，「而且也預訂好另一場婚禮的時間，就在兩個月後。在另一座教堂——以免這座突然爆炸。」

他嘀咕說：「妳現在說話怎麼都跟偉恩一個樣？」

「只要有你在，似乎就會有爆炸發生，瓦希黎恩爵爺。」史特芮絲抬頭望著圓頂，「至於這次大水天上來，算是別開生面了。」

瑪拉席揹著手，沿著鬧水災的教堂外繞了一圈，外套口袋內是重量熟悉的筆記本。附近有幾位警察——全是警佐——應該是在執勤中。危機處理時，這樣的安排相當重要，研究顯示，有穿著制服的執法人員在附近，人們的恐慌會減輕許多。

當然還是有很小比例的人，反倒是有執法人員在場會更恐慌。因爲人就是人，一樣米養百種人，世上就是有特立獨行的怪人存在。當局勢切合一群人獨特的瘋狂念頭，就會出現集體倒行逆施的怪誕行爲。

譬如今天，她就在搜捕一群獨特的神經病。她先到附近的酒吧找了一圈，但酒吧太過顯眼，神經病不會躲到那裡去。接著，她去了貧民窟、一家救濟廚房，還——無厘頭地——去找了一位「新奇小物」供應商。但運氣不好，倒是得到三個對她的臀部的稱讚。

最後，她實在沒想法了，就想也許神經病會去偷婚禮早餐使用的叉子。結果，在教堂對面一家食堂的廚房內，她看到偉恩穿著白外套，頭戴一頂廚師帽，正在喝斥幾位快手快腳用糖漬水果裝飾蛋糕的廚房助手。

瑪拉席倚靠著門框，觀賞眼前的奇景，手上的鉛筆輕敲著筆記本。偉恩說話的腔調完全變了樣，聲音尖細，帶著鼻音，而那個口音……好像是東方人的口音？依藍戴城外，有些地方的口音很重。

廚房助手對他唯命是從，一個口令一個動作，在偉恩嚐過一鍋冷湯的味道後，恭敬地聆聽他的斥罵。就算他注意到了瑪拉席的存在，也完全沒表現出來，反而一副沒事般拿布擦擦手，繼續發號施令，要求查看早上送來的食材。

瑪拉席終於走進廚房，還巧妙地避開抱著跟她一樣高鍋子的矮個子助手，然後走到偉恩面前。

「我怎麼看到有新鮮的萵苣被丟在垃圾堆中！」偉恩對著一個全身縮在一起的送貨男孩說，「你管這東西叫葡萄？它太熟了，都可以拿去釀酒了！還有——噢，哈囉，瑪拉席。」最後一句話他恢復了原本愉悅的腔調。

送貨男孩連忙夾著尾巴逃跑。

「你在幹麼？」瑪拉席問。

「煮湯啊，」偉恩一邊說，一邊舉高木湯匙示意。附近幾個助手停在手邊的工作，驚訝地看著他。

「全都滾出去！」他又用剛才大廚的腔調下令，「我得把握時間把湯煮好，去、去、滾！」

助手全被趕了出去，只剩下笑嘻嘻的偉恩。

「你早就知道婚禮早餐已經取消了。」瑪拉席斜倚著一張桌子說。

「當然知道。」

「那幹麼……」

瑪拉席看著他拿起一整個水果蛋糕往嘴裡一塞，還對她呵呵一笑，話都講不下去了，「我得來盯著，不能讓他們偷懶，免得沒東西吃。」他一邊嚼一邊說，碎屑掉了一身，「我們可是付過錢了，唔，是瓦付的啦。再說，婚禮取消，不表示就沒得慶祝了，是吧？」

「這要看你想慶祝什麼了。」瑪拉席拿起筆記本翻閱，「固定水塔的螺栓確定是鬆掉了，下面的馬路顯然也被淨空，看來應該是別區來的黑道份子，在事發當時暴力管制交通，不放任何車輛進入。」

偉恩一邊咕噥，一邊走進櫥櫃搜尋食物。「有時候我眞恨妳的那本小筆記。」

瑪拉席哀嚎一聲，閉上眼睛，「可能有人受傷，偉恩。」

「欸，錯了，完全錯了。是已經有人受傷了，那個光頭胖傢伙就是了。」

瑪拉席按著太陽穴，「你明知道我現在是一位警察，偉恩。有人蓄意危害他人性命和財產，我不能視若無睹。」

「啊，那沒事，」偉恩依然在找東西吃，「瓦會賠償的。」

「如果眞的有人受傷呢？我指的是重傷？」

偉恩繼續搜尋，「那些小伙子有點激動。我告訴他們『快看，教堂淹大水了』。其實我的意思是祭司難得一大早對外開放教堂，卻發現抽水馬桶『壞掉』，把那個鐵鏽的地方淹得到處都是。但那些小伙子有點太興奮了。」

「『小伙子』？」

「就幾個朋友。」

「地痞流氓。」

「才怪，」偉恩說，「妳以爲他們會四處嚷嚷？」

「偉恩……」

「我教訓他們了，打得他們哭爹喊娘，瑪拉席。」偉恩說，「我發誓我眞的教訓過了。」

「他會發現的，」瑪拉席說，「你打算怎麼辦？」

「才怪，妳錯了，」偉恩終於拿著一個大玻璃壺走出櫥櫃，「瓦在這種事上有個盲點。他的內心深處，其實很高興我阻止了婚禮。當然他會發現是我搞的鬼，但在潛意識裡，無論財產估價員說什麼，他都會默默地、心甘情願地賠償損失，甚至不會追查下去，等著瞧。」

「我不知道……」

偉恩飛身一躍，跳上料理檯，再拍拍身邊的位置。瑪拉席盯著他瞧了一陣子，嘆口氣，也往料理檯上一坐。

偉恩把玻璃壺遞給她。

「那是料理用的雪莉酒，偉恩。」

「是呀，」偉恩說，「酒吧這個時候只供應啤酒。人啊，要懂得舉一反三。」

「這裡一定有別的酒——」

偉恩仰頭灌了一大口酒。

「算了。」瑪拉席說。

他放下酒壺，摘下廚師帽往櫃檯一扔，「對了，妳幹麼爲今天的事苦著一張臉？妳應該高聲歡呼、蹦蹦跳跳的在街上摘花之類的啊。他又還沒娶她，妳還有機會。」

「我不需要機會，偉恩，他已經做了決定。」

「妳聽聽妳自己在說什麼？」偉恩問，「妳放棄了？昇華戰士都是這麼做的？啊？」

「不，事實上，」瑪拉席說，「她直接走向心上人，揮掉男人手中的書，湊上去吻了他。」

「看到沒，這才像樣！」

「不過，昇華戰士同時也走向依藍德打算迎娶的女人，並且殺了她。」

「什麼，眞的？」

「是的。」

「好狠辣的女人。」偉恩的口氣帶著讚賞，又仰頭灌了一大口雪莉酒。

「這哪算什麼！」瑪拉席往後一坐，用雙手撐著上半身，「狠辣的還在後頭。據稱她還把統御主的內臟都挖出來了，我在幾本泥金裝飾手抄本上讀過這樣的記載。」

「的確是很生動的宗教故事。」

「其實，宗教故事都是這樣的，要夠刺激，人們才會想讀下去。」

「啊。」偉恩的口氣有些猶疑。

「偉恩，你到底讀沒讀過宗教經文？任何宗教都算在內。」

「當然有。」

「眞的？」

「是呀，我讀過的東西都有很多宗教經文，比如『魔鬼，該死』、『下地獄』、『自負，就是專拍馬屁的飯桶』。」

瑪拉席狠狠地瞪了他一眼。

「最後一句是出自《哈姆德書》。起碼書裡的篇章都有這樣的風格。」他又是一大口灌下。她認識的人中，沒有一個人的酒量足以與偉恩匹敵。不過話說回來，他能有如此的酒量與本身能運用金屬意識自癒有關，讓他能在眨眼間燃燒掉酒精——再從零開始。

「扯遠了。」偉恩繼續，「所以妳要跟隨迷霧之子貴女的腳步，痛下殺手。千萬別打退堂鼓。他是妳的，妳要讓大家都知道。」

「痛下……殺手？」

「是啊。」

「殺我姊姊？」

「妳可以做得文雅點，」偉恩說，「比如，捅她一刀之類的。」

「謝了。」

「妳不必真的殺了她，瑪拉席。」偉恩跳下料理檯，「我只是打個比喻。但妳必須爭取，別讓瓦娶她。」

瑪拉席仰頭望著懸掛在上方的杓子，「我不是昇華戰士，偉恩，也不想變成她。我不要去說服一個男人來愛我，也不要拿出一串條件談判而達成協議的愛情。說服和談判，是在法庭上用的，不是臥房裡。」

「好，聽著，別人一定會說——」

「注意用詞。」

「——妳的想法很明智。」他灌了一大口酒。

「我不是慘遭遺棄、痛苦發狂的妖怪，偉恩。」瑪拉席對著自己在一支杓子上的扭曲倒影一笑，「我不會枯坐發夢，幻想某人會爲我帶來快樂。太不實際了。無論他爲何對我沒有男女之情，還是只是他的固執在作怪，都不重要了，都過去了，我要往前走。」

瑪拉席低頭一看，遇上了偉恩的目光。偉恩歪頭，「嗯，妳認真的？」

「要命的認真。」

「往前走……」偉恩說，「鐵鏽的傻瓜，妳做得到？」

「絕對可以。」

「嗯，妳想……我應該……妳知道的……拉奈特……」

「偉恩，別人的暗示已經很明顯了，是你自己不願意接受。對，往前走。眞的。」

「噢，我有接受她的暗示啊。」他又灌了一大口雪莉酒，「只是忘記放在哪件外套裡了。」他低頭盯著玻璃壺瞧，「妳確定？」

「她有女朋友了，偉恩。」

「只是玩玩啦。」他咕噥著，「一個持續十五年的……」他放下玻璃壺，嘆了口氣，從櫃正面伸手進去，拿出一瓶酒。

「噢，存留啊，」瑪拉席說，「那裡面藏了酒？」

「先嚐嚐洗碗水般的酒，再喝這個，就會是美酒了，」偉恩用牙齒咬開軟木塞，那本事令瑪拉席不得不佩服。偉恩先倒了一杯酒給她，再爲自己倒一杯，「敬往前走？」他問。

「當然，敬往前走。」她舉高酒杯，卻看見酒中有倒影，一個人站在她背後。

瑪拉席倒抽口氣，伸手去拿手提袋裡的槍。然而偉恩一臉沒事兒似的舉著酒杯，向剛進來的人致敬。那個人緩步繞過料理檯而來。是那位一身棕色西裝，繫著棕色領結的男人。不，不是男人，是坎得拉。

「如果你是來勸我去說服他，」偉恩說，「就該知道，除非他酩酊大醉，否則不會聽我的。」他一仰而盡，「也許這就是他能活到現在的原因。」

「其實，」坎得拉說，「我不是來找你的。」他轉向瑪拉席，點頭致意，「我的第一順位拒絕了我的請求，希望妳不介意當我的第二個。」

瑪拉席的心臟狂跳，「什麼意思？」

坎得拉咧嘴一笑。

「告訴我，科姆斯小姐，妳對『授予（Investiture）和身分（Identity）』的瞭解有多少？」

3

瓦起碼還有稍早參加警方突襲的乾衣服可以替換，因此他舒爽地搭著馬車，回到拉德利安宅邸。至於史特芮絲則必須回到她父親家才能更衣。

他把手上的傳紙往身邊一放，等著新來的馬車伕考伯跳下車，前來為自己拉開車門。他感覺那位矮個子男人有些急於表現，似乎已經察覺到瓦只在參加正式場合時才會乘坐馬車。其實運用一排排的鋼鐵鋼推回家，速度會快上許多，但就像身為勛爵的他不能四處閒逛一樣，在大白天、且不是追捕犯人的情形下鋼推飛躍，會讓家族成員蒙羞，也不符合一個名門望族的身分。

瓦對考伯點頭致謝，再把傳紙交給他。考伯頓時笑得闔不攏嘴，看來他喜歡傳紙。「你今天可以提早下班休息，」瓦跟他說，「我知道你原本很期待參加婚宴，熱鬧一下。」

考伯的笑容加大了，點頭如搗蒜，趕緊爬上馬車瞄一眼傳紙，等會兒安置好馬匹下班，就能好好關注紙上的賽事。

瓦嘆口氣，爬上了宅邸的門階。這座豪宅是依藍戴城數一數二的住宅——有著奢華的石雕，深色的硬木，以及高雅的大理石。但瓦依然感覺它是座監獄，一座富麗堂皇的大牢。

瓦沒有進屋去，杵在門階上半晌後，才轉身坐下。他閉上眼睛，讓心情沉澱一下。

他一向擅長隱藏傷疤，都被射傷不下十數次了，甚至有幾次傷口還十分嚴重，在蠻橫區時，他早就學會無論傷勢多重，都要死撐下去，往前移動。

但是蠻橫區的那段時光，一切單純多了。雖然日子並不輕鬆，但很單純。只是有些傷口依然時不時地發作疼痛，症狀似乎越來越嚴重。

他使勁站了起來，痛吟一聲，拐著一隻坐麻的腿，繼續爬上門階。進屋時，沒有人前來為他開門，也沒人接下他的外套。他僱用了幾位家僕，都只用在刀口上。若是僱用太多僕人，他又習慣自己動手，只會把人家晾在一旁不知所措，還會讓人感覺自己很多餘……

瓦眉頭一蹙，從臂上槍套中抽出問證，側舉在腦袋旁。他說不清楚哪裡不對勁。這時，樓上傳來腳步聲。而他今天放僕人一天假了。還有茶几上的那個杯子，杯裡還有一點殘餘的酒水。

他的手指一撥，從皮帶上彈起一個小瓶子，一仰而盡瓶內漂浮著金屬片的威士忌，使體內泛起一陣熟悉的溫熱感，從肚腹向外擴散出去，周遭頓時冒出一條條的藍線。藍線隨著他緩緩往前移動，彷彿他被成百上千的絲線纏住。

他縱身一躍，鋼推大理石地板上的金屬鑲嵌，沿著樓梯飛上二樓，朝挑高大廳上方的平臺而去，再一個輕掠，掠過了扶手，落地時，槍已就位。此時，書房的門抖動一下，接著打開了。

他輕手輕腳往前走去。

「等等，我——」穿著淺棕色西裝的男子全身一僵，因為瓦的槍口已按在他的太陽穴上。

「是你。」瓦說。

「我還滿喜歡這顆腦袋的。」坎得拉說，「它是六世紀大地寸草不生時的遺物。這是鄔都一個金屬商人的頭殼，他的墳墓在和諧重建世界時被遷移，現在受到保護。你也可以說它是個古董，如果你開槍在上面打了個洞，我就麻煩大了。」

「我說過，我沒興趣。」瓦對他咆哮。

「是，你的每一個字，我都刻在心上了，拉德利安爵爺。」

「那你幹麼來這裡？」

「有人邀請我來的。」坎得拉說完，抬手用兩隻手指夾住槍管，輕輕地往旁邊一挪，「我們需要找個隱蔽的地方談一談，於是你的搭檔就提議，可以趁僕人不在時借用這裡一下。」

「我的搭檔？」就在這個時候，前方傳來一陣大笑聲，「偉恩。」瓦看著坎得拉，無奈地嘆口氣，把槍收回到槍套中，「你是誰？坦迅？坦迅，是你嗎？」

「我？」坎得拉說著，大笑一聲，「坦迅？怎麼，你有聽到我喘得像條狗嗎？」坎得拉咯咯笑著，一隻手恭敬地一滑，邀請瓦進入他自己的書房，「我是第六代的文戴爾。很高興認識你，拉德利安爵爺。如果你眞的想開槍，請射左腿，因為我並不怎麼喜歡那幾根腿骨。」

「我沒打算開槍射你。」瓦推開他，走進書房。百葉窗已經闔起，厚重的窗簾也拉上了，房內昏暗，只剩兩盞新置的小檯燈散放著微弱的光芒。爲什麼拉上窗簾？難道那頭坎得拉擔心被人瞧見？

偉恩懶洋洋地躺在瓦的躺椅上，兩腳蹺在茶几，懷中揣著一碗核桃，自顧自地享用。旁邊躺椅上，一個女人以類似的姿勢躺著，寬鬆的襯衫搭配著緊身褲，閉著眼睛，腦袋枕在交叉的雙手上面。雖然她這次借用了和上次不同的軀體，但那個姿態——以及身高——瓦一猜就知道是宓蘭。

瑪拉席則在後面細細打量放置在臺座上的一個古怪設備，那是個正面裝著幾顆小鏡頭的盒子。她一看到瓦進來就挺直身子，羞紅了臉。瑪拉席就是瑪拉席。

「抱歉，」瑪拉席說，「我們原本要去我的公寓，但偉恩堅持……」

「我需要吃些核桃。」偉恩滿嘴的核桃，「你當初邀我過來住的時候說過，要我把這裡當成自己的家，兄弟。」

「我還是沒搞清楚，你們為什麼需要找個地方談事情，」瓦說，「我都說過了，我不會插手。」

「是沒錯，」門口的文戴爾說，「既然你沒空，我不得已只好另找人選。幸好科姆斯貴女心腸好，願意聆聽我的心聲。」

「瑪拉席？」瓦問，「你去找瑪拉席？」

「怎麼？」文戴爾問，「很吃驚嗎？追剿百命邁爾斯時，她確實出了很大的力，更別提平定『盼舞之亂』的功勞了。」

瓦注視著坎得拉，「你想變法子引我入甕？我勸你還是省省吧。」

「看看他，真自以爲是。」宓蘭說。

「他一直都這樣。」偉恩說著，喀嚓一聲剝開了核桃殼，「連自己的指甲也看成寶貝似的要吃下肚去。我親眼看到的。」

「他們居然來找我幫忙，很荒謬嗎？」瑪拉席問。

「抱歉，我不是那個意思。」瓦轉過去對著她說。

「那麼你的意思是？」

瓦嘆口氣，「我也不知道，瑪拉席。我今天很不順，先是被射傷，後來又被澆了一整缸的水，婚禮也搞砸了。現在又看到偉恩剝核桃，剝得我的整張椅子都是殼屑。說實在的，也許我現在最需要的就是小酌一杯。」

他朝書房裡的酒吧走去。瑪拉席看著他從身邊經過，低聲說：「也能給我一杯嗎？我也快被搞瘋了。」

瓦微微一笑，挖出一瓶單一麥芽威士忌，倒了兩杯給自己和瑪拉席。門口的文戴爾退出書房，但一會兒後又轉回來，手裡拿著一樣零件，然後把它鉤在那件古怪設備上，再從設備牽了一條電線出來朝壁燈走去，拔出燈泡，將電線線頭轉進去。

若是現在馬上離開，感覺有點孩子氣，瓦只好斜倚在牆壁上，啜飲著威士忌，沉默地看著文戴爾打開設備的開關，只見牆壁上顯現出一個畫面。

瓦全身一僵。那是張類似埃諾瓦式的圖像，只是它在牆上，而且尺寸相當大。畫面上出現位於依藍戴城中心的重生之野，也就是紋和依藍德．泛圖爾墳墓的出土地。他從沒看過那樣的畫面，似乎全然只用光線創作出來的。

瑪拉席倒抽一口氣。

偉恩拿了一顆核桃朝畫面丟去。

「幹麼？」大家都瞪著他，「我只是想看看那是不是眞的。」他遲疑一下，又丟了一顆核桃。核桃飛去的時候，在畫面上形成一道陰影。看來，那眞的是光線構成的。

「投影機，」文戴爾說，「他們叫它『埃諾瓦鏡』。明年這玩意兒應該就會很普遍，到處都見得到。」他頓一下，「和諧暗示，如果我們只是這樣就覺得不可思議，等那些畫面開始移動時，會嚇得下巴掉下來，會震驚到燃光金屬。」

「移動？」瓦往前走去，「要怎麼移動？」

「沒人知道。」宓蘭皺著臉說，「和諧是不小心說溜嘴的，後來無論我們怎麼問，祂都不說。」

「神怎麼會不小心說溜嘴？」瑪拉席問，眼睛依然盯著畫面。

「我說過，」文戴爾說，「祂最近心煩意亂，心思無法集中。大家一直哄祂，想套祂的話，多多瞭解所謂的移動畫面，但都沒成功。祂經常這樣——要我們自己去找答案，說獨立對我們很重要。」

「就像小雞必須自己破殼而出，」宓蘭說，「祂說沒有經歷磨難，不自己尋找答案，就不會成長茁壯，未來很難存活下來。」

她的話在書房內懸蕩，瓦和瑪拉席四目相望。

「這個……」瑪拉席慢慢地說，「聽起來不太妙。祂有再提到關於特雷的事嗎？」

瓦交抱雙臂。特雷，是古書中的一位神祇，比「落灰之終」要早好幾百年出現，甚至比統御主還早許多。和諧在還是凡人時，記住了這個宗教，以及其他許多宗教。

瑪拉席特別著迷於特雷神，一個有根有據的神明。她認爲蕾希的死和特雷神崇拜有關，瓦並不確定她的說法是否正確，但他們發現的尖刺……卻似乎是由人類不認識的金屬打造出來的。

當時的瓦陷入痛苦的深淵，等心情稍微回復時，尖刺已經那隻坎得拉被拿走了。

「沒有。」文戴爾說，「我也沒特別關注尖刺，不知道它們現在的下落，如果妳想問的是這個的話。但這次想請妳負責的任務，也許能給妳答案，科姆斯貴女。長話短說——我們有點擔心另一個神祇入侵了這塊土地。」

「嘿，」宓蘭說，「我們女孩子要怎麼做，才能弄點威士忌來嚐嚐啊？」

「姊妹，」文戴爾一邊說，一邊轉動機器上的一個旋扭，牆上的畫面變得更加明亮，「妳現在代表和諧，以及祂的榮耀。」

「是滴，」宓蘭說，「而且還是最一絲不苟的那個，眞悲慘。」

瓦給了她一杯酒，她嘻嘻一笑道謝。

「敬大俠客。」她舉高杯子說。

「眞會裝。」文戴爾說，「科姆斯貴女，我之前跟妳提到授予和身分時，答應要好好解釋。來，請看這個。」他彈起機器上的一個零件，牆上的畫面變成一串藏金術金屬的清單，以及各個金屬的屬性和本質。這份清單不像瓦經常看到主流學術界精心編排過的報告，一點也不賞心悅目，但內容相當充實和詳細。

「大家都很清楚各種金屬的藏金術基本能力，」文戴爾一邊說，一邊向前走去，拿著一根長蘆葦稈指著投影出來的圖表，「泰瑞司人探索藏金術的歷史起碼有一千五百年，和諧也在《創始之書》中留下詳盡的記載。

「所謂的金屬象限表的功能已經被概述和討論，也被測試過和下了定義。但我們的理解僅限於此——沒人知道儲存於金屬意識中的記憶在搬移時，爲何會退化；也不清楚從金屬意識中汲取速度時，人爲何感到饑餓，諸如此類問題等等。然而，我們運用金屬意識的經驗依然豐富。」

他頓了一下，才用蘆葦稈比了比圖表底部的幾種金屬，以及它們的能力：運氣、授予、身分、聯繫。瓦傾身向前，仔細一瞧。少年時在村莊的那一年，他聽他們提過這些金屬能力，但都是在講解藏金術和泰瑞司信仰時順帶一提的，並未深入說明這些能力眞正的意義。當時，這些金屬能力被視爲未知領域，跟神和時間一樣深奧無解。

「鉻、」文戴爾說，「鎳鉻、鋁、硬鋁，這幾種金屬是古代沒有的，直到近代通過冶金術的加工，才成爲平日常見的普通金屬。」

「普通？」偉恩說，「老兄，單單一顆鋁製子彈，就足夠買一套合身又時髦的西裝，讓你看起來沒現在這麼蠢，而剩下的錢，還能買一、兩頂高級帽子呢。」

「曾經是這樣，」文戴爾說，「在落灰之終以前，鋁的產量的確較少，但現在它已算是普通金屬了。鋁土礦的精煉技術，以及現代化學的進步，讓我們有辦法打造出前所未有的金屬。所以，『最後聖務官』（The Last Obligator）才會在自傳中解釋最初的鋁是從灰山內部獲得的。」

瓦沿著機器照射出來的光柱走去，「這些能力能做什麼？」

「還在研究中，」文戴爾說，「擁有這些能力的藏金者（Ferrings）相當相當稀少——而且直到最近幾十年，才有足夠的金屬存量進行實驗。重新打造世界是個……艱難的辛苦活。」

「你們也生存於古代，」瑪拉席說，「在昇華戰士的年代就已經存在了。」

文戴爾轉身，挑眉說：「沒錯，但我沒見過她，只有坦迅見過。」

「那時候的人過著什麼樣的生活？」瑪拉席問。

「困苦。」文戴爾說，「那時候的日子……很苦。」

「我們的記憶有些殘缺，」宓蘭輕聲補充，「自從一根尖刺被拔除後，我們的記憶都不完整，也很難彌補回來。」

瓦喝了一口酒。與這些坎得拉對話，心情是有些沉重的，牠們都是在灰燼世界（World of Ash）末日就存在，至今已存活好幾百年的古老生物。對於牠們的倚老賣老，他其實不該大驚小怪，對坎得拉來說，所有活著的人都還只是孩子。

「身分。」文戴爾手中的蘆葦稈啪地往牆上一打，畫面上出現一道陰影，「拉德利安爵爺，別的藏金術師能使用你的金屬意識嗎？」

「當然不行，」瓦說，「這是常識，大家都知道。」

「爲什麼不行？」

「嗯……因爲，那是我的金屬意識。」

藏金術既簡單樸素，但又講究。花一個小時，以該種金屬的屬性塡滿金屬意識——比如瓦儲存體重，以及偉恩儲存健康和自癒力——之後就能汲取與一個小時等量的能力，或者，你也可以壓縮並汲取高濃度的力量，瞬間爆發。

「鎔金術和藏金術這種燃燒、儲存和汲取的能力，」文戴爾說，「被我們叫作『授予』。『授予』具有舉足輕重的分量，就像藏金術一樣，個人的『授予』都是獨一無二的，根據『身分』將特定能力嵌入技藝師的靈魂中。」

「我很好奇，」瓦看著牆上的畫面說，文戴爾則悠哉地朝機器走回去，「金屬如何識別『身分』？我的金屬意識……能夠認出我？」

「算是吧，」文戴爾一邊說，一邊更換牆上的畫面，換上一位看似正在汲取力量的藏金術師。那個女人高舉一匹駿馬過頂，她的肌肉脹大了好幾倍。「每個男女都有各自的靈魂定位，也就是說，每個人都會有一小部分的自己存在於另一個完全獨立的靈界中。你可以稱這一小部分的自己爲『靈魂』。你的『授予』刻印在你的靈魂中——其實，它應該是你靈魂的一部分，就像血液是身體的一部分。」

「所以，如果有人能夠儲存『身分』，」瑪拉席說，「就像瓦希黎恩儲存體重那般……」

「那個人會暫時失去『身分』，」文戴爾說，「變成一張白紙。」

「這樣他們就可以使用任何人的金屬意識？」瑪拉席問。

「有可能。」文戴爾說。他連續更換了好幾張正在汲取力量的藏金術師相片，最後停留在一對腕甲的畫面。那是一對樣式簡單的金屬環，就像寬邊手鐲，一般是戴在前臂的衣袖之下。因爲沒有顏色，看不出來是何種金屬，但腕甲上刻有古泰瑞司的圖騰。

「有人跟妳有同樣的推測，他們做過實驗。」文戴爾說，「初步結果顯示這個推測方向正確，値得做更進一步的探索。『一個能夠運用他人金屬意識的藏金術師』，聽起來就很詭異，卻也不是不可能。生活周遭本來就存在一些特異功能人士，這應該也算是其中一種。但我感興趣的是與妳相反的推測，科姆斯貴女。如果一位藏金術師能夠分身成各種『身分』，並在他人的金屬意識中儲存某種金屬特性，比如力氣，會有什麼樣的結果？」

「創造一個未刻印的金屬意識？」瑪拉席猜測，「讓其他藏金術師可以自由運用的金屬意識？」

「有這個可能，」文戴爾說，「還有沒有有另一種可能呢？現今大部分的人身上都有一些藏金術師的血統，這個現象會不會造成我剛才所說的，沒有刻印的金屬意識，以至於任何人都可以運用？」

像緩緩燃燒的金屬那般，瓦逐漸明白了。坐在機器旁邊椅子上的偉恩，也徐徐吹出一個口哨。

「任何人都可以成爲藏金術師。」瓦說。

文戴爾點點頭，「『授予』——這是種與生俱來燃燒金屬或汲取金屬意識的能力——本身也是藏金術師能夠儲存的一種能力。瓦希黎恩爵爺……我們對這些技藝的理解，才在起步階段而已，但它們蘊含的祕密足以改變世界。

「在古昔，末代帝王發現一種讓他變成迷霧之子的金屬。也就是說，這種金屬人人皆可燃燒它。那就顯示出一種不易被發現的可能性，雖然不像前兩種那麼的可怕，但依然驚人。如果有人可以同時操控『身分』和『授予』，創造出一對金屬意識腕甲，用來把藏金術或鎔金術法力傳授給戴著腕甲的人？那不就可以讓人變成迷霧之子或是藏金術師，甚至同時成爲兩者。」

書房陷入一片寂靜。

一顆核桃擊中文戴爾的腦袋。

他猛地轉身，狠狠瞪著偉恩。

「抱歉，」偉恩說，「我只是無法相信居然有人可以如此聳動人心，以爲你應該只是我的幻覺，就想測試看看，你懂吧？」

文戴爾搓揉著頭，忿忿地哼了一聲。

「好精采的推測。」瓦坦承，「可惜的是，太匪夷所思了，不可能。」

「爲什麼不可能？」文戴爾問。

「你連自己都還沒說服，」瓦指著畫面說，「就算你弄清楚了，也需要一個全能的藏金術師，至少要一個能操控兩項藏金術的人，他必須能在金屬意識中儲存『身分』，以及其他藏金術能量。鐵鏽的！你剛才的推測，以及無中生有創造出一位鎔金術師，基本上都需要一個兼具迷霧之子和全能藏金術師能力的人。」

「的確。」文戴爾說。

「等待一個全能藏金術師的誕生，要多久的時間？」

「非常、非常久。」文戴爾說，「但是，以我的推測來看，不必非要等到一個全能藏金術師的誕生。」

瓦頓了一下，朝正在注視他的瑪拉席望去。瑪拉席點點頭，瓦隨即穿過書房，拉開木鑲嵌板，展露出藏在裡面的保險箱。輸入密碼開箱後，從裡面拿出鐵眼交給他的書，轉身，把書舉高，「血金術？和諧對它深惡痛絕。我讀過迷霧之子大人針對血金術的闡述。」

「是，」文戴爾說，「血金術是……有問題的。」

「在某種程度上，沒有血金術就沒有我們，」宓蘭說，「知道必須殺掉一個人才能帶給你智慧，這點讓我們深感內疚。」

「創造全新尖刺的手段很可怕。」文戴爾附和，「我們並不打算用這種手段來實驗對『身分』的推測，所以我們選擇等待。人類一定會誕生出一位全能藏金術師，尤其是在泰瑞司精英殫精竭慮保存純正泰瑞司血統的情況之下。但可惜的是，我們的……約束措施，不是人人都願意遵從。有些外人因爲與泰瑞司人有姻親關係，在頻繁接觸的情況下，相當清楚純正泰瑞司血統對藏金術的重要性。」

我叔叔，瓦低頭看著手上的書本。截至目前爲止，他能斷定愛德溫——也就是人稱「套裝」的男人——正在培育鎔金術師。如果他知道血金術的存在，他會做出什麼樣的事？

「我們必須趕在那些人誤用血金術之前找出答案。」文戴爾說，「我們必須繼續實驗，確認這些『身分自由』的金屬意識是如何運作的。」

「這麼做相當危險，」瓦說，「用人爲的方式在一個人身上混合兩種法力，太危險了。」

「沒想到這些話會出自一位雙生師之口。」宓蘭說。

「我是安全的，」瓦瞥了她一眼，「我的力量不是混合的——它們分別來自兩種不同的金屬。」

「不是混合的，」文戴爾說，「但依然物以稀爲貴，瓦希黎恩爵爺。任何鎔金術和藏金術的結合，都會產生出人意料的結果。」

「你能少說一句嗎？」瓦說，「你讓我好想揍你一頓，即便你言之有理。」

「沒人搞得清楚這些，」宓蘭朝偉恩招手，要他丟顆核桃過來，「這是寰宇的奧祕之一。」

「嘿、嘿，拉德利安勛爵，」文戴爾舉起雙手說，「這是對裝著你祖先雙手的人說話的態度嗎？」

「他的……手？」瓦說，「你是在比喻嗎？」

「噢，不是，」文戴爾說，「微風說過，他死後，我可以保留他的手。那雙手掌相當出色。於是我這次出任務，爲了應付特殊場合就帶了出來。」

瓦愣住了，手捧著書，試著消化這隻坎得拉的話。他的祖先，也就是第一位拉德利安勛爵，神之顧問……把雙手贈送給這頭怪物。

這麼說來，他之前和這隻坎得拉握手招呼時，其實握的是微風遺體的手。他瞪著杯子，看見杯裡的酒已經沒了，於是又倒了一些威士忌。

「這堂課，啓發性十足。」瑪拉席說，「不過，抱歉，聖使大人，你還是沒提到你爲何需要我。」

文戴爾換上一張肖像。那是一個留著黑色長髮的男人，裸胸，身上的披風向後飄揚，飄入無窮無盡的黑色背景。他雙手抱胸，手臂上各戴著一支設計怪異的精緻腕甲。瓦認出那張肖像，獨一無二的肖像，那是拉刹克（Rashek），第一位帝王。統御主。

「妳對哀悼之環（Bands of Mourning）的瞭解有多少，科姆斯貴女？」文戴爾問。

「那是統御主的金屬意識。」瑪拉席聳聳肩，「神話裡的聖物，跟迷霧之子貴女（Lady Mistborn）的刀，以及噴泉長矛（the Lance of the Fountains）一樣的古物。」

「就我們所知，」文戴爾說，「有四個人握有昇華的力量：拉剎克、倖存者、昇華戰士，以及和諧大人本人。和諧的昇華使祂對金屬技藝有了精闢透徹的認識。同理可證，統御主也同樣瞭解金屬技藝。他瞭解『身分』在藏金術中的地位，也知道那些神祕的金屬。事實上，他把鋁給了他的審判者。」

文戴爾更換相片，換上一張戴著腕甲的手臂的細節，「詭異的是，沒人知道哀悼之環的下落。統御主垮臺時，坦迅尚未加入昇華戰士，但發誓曾經聽他們提起過，然而記憶中的破洞讓他想不起來何時聽到，又聽到了什麼？

「關於哀悼之環的傳說很多，在落灰之終前就已存在。現在轉角的酒吧中，還可以聽到關於它們的全新故事，它已經是大家茶餘飯後的消遣了。但所有傳說都圍繞著一個主題——只要得到統御主的腕甲，就能得到他的力量。」

「那只是傳說，」瓦說，「人會有這樣的願望很自然，只是編編故事來圓夢罷了，不必認眞。」

「眞是這樣嗎？」文戴爾問，「傳說中，那對腕甲擁有一種特殊能力，這種能力是科學家直到現在才確定爲類似聚集的能量。」

「巧合罷了。」瓦說，「他或許有創造的能力，不表示他眞的能創造，況且你剛才提出的『身分』的作用，是你自己認爲的，不表示你就是對的。更何況，那對腕甲應該在和諧重造世界時就被毀了。再想一想，統御主會那麼蠢嗎？親手打造一種武器，讓別人有機會拿來反抗他。」

投影機喀嚓一響，牆上的畫面換上一張的埃瓦諾式壁畫圖片。畫中描繪的是一間位於金字塔剖面裡的密室，密室中央有座柱形高臺。臺上就放著一對腕甲，看來是用柔韌性高的金屬打造的盤旋式腕甲。

不過就是一張壁畫而已，但卻描繪出哀悼之環可能的樣貌。

「那是什麼？」瑪拉席問。

「是我們的一位兄弟，」宓蘭坐挺起來，「叫作雷魯爾（ReLuur）的坎得拉拍攝的。」

「他著迷於哀悼之環的傳說，」文戴爾說，「過去兩百年來一直在追尋此環的下落，直到最近才回到依藍戴。他的背包裡就裝有一臺埃瓦諾相機和這些相片。」文戴爾換了下一張圖，只見一片巨大的金屬盤嵌在牆壁中，盤上刻有奇怪的文字。

瓦瞇起眼睛，「我不認得這種文字。」

「沒人認得。」文戴爾說，「這是完全陌生的文字，不屬於泰瑞司文、帝國文字，以及其他任何語系。即使在和諧記錄下來的古老語文中，也找不出跟這種文字近似的語文。」

牆上的畫面持續更換，瓦不禁全身一涼。眼前的影像先是一幅那種怪異的文字，後又換成一尊手持長矛、神似統御主的雕像，雕像似乎覆蓋了一層霜；最後換上的，還是那張壁畫，但這張細節更加清楚，可看出腕甲是由各種不同種類的金屬纏繞而成。可見那不是瓦這類藏金者戴的，而是專門打造給全能藏金術師的腕甲。

不過就是一張壁畫而已，但仍然令人贊嘆。

「雷魯爾相信哀悼之環真的存在，」文戴爾說，「他說他親眼見過，但相機裡沒有一張那對神器的實物相片，所以我對他的話持保留態度。」

文戴爾更換畫面，這次是另一張不同的壁畫。畫中，一個男人站立在峰頂，雙手高舉過頂，一枝晶亮的長矛就飄浮在雙手上方，而他腳邊，倒著一具屍體。瓦走上前，進入光束中，最後站到畫面的正前方，抬頭看著沒被他的陰影擋住的部分。馬賽克壁畫裡的男人，兩眼仰望上方，張著嘴，似乎相當敬畏托在手上的事物。

他的雙臂上就戴著那對腕甲。

瓦一轉身，卻因爲正對光源而眼前發黑，霎時什麼也看不見，「你們是想告訴我，你們的兄弟，這個叫作雷魯爾的坎得拉，眞的找到了哀悼之環？」

「他找到某物。」文戴爾說。

「在哪裡？」

「他不知道。」文戴爾輕聲回答。

瓦踏出光束，蹙起眉頭，看看文戴爾，又看看宓蘭，「什麼？」

「他的一根尖刺不見了。」宓蘭說，「我們推測，他很可能是從南蠻橫區附近山區回來的途中，遭遇埋伏。」

「他無法給我們任何正面的回答，」文戴爾說，「失去一根尖刺的坎得拉……嗯，神智是不正常的。這點，你很清楚。」

瓦打了一個哆嗦，感覺心裡浮上一陣失落，「沒錯。」

「所以，科姆斯貴女，」文戴爾一邊說，一邊離開了投影機，「我們要請妳從這裡切入。雷魯爾以前是……現在也是……最優秀的坎得拉之一。在第三代中，他屬於探險家，也是一個屍體專家，才華洋溢。失去他，對我們的打擊很大。」

「我們不能重造一個他，」宓蘭說，「我們的數量是固定的。雷魯爾這樣的第三代……是我們的父母和榜樣，也是我們的領袖。他是無價之寶。」

「我們希望妳能從搶走他尖刺的人手上奪回它，」文戴爾說，「好讓雷魯爾恢復理智，幸運的話，也讓他恢復記憶。」

「他失去尖刺的時間越久，記憶缺口就會越大。」宓蘭說。

「妳現在應該能理解我們有多著急了。」文戴爾說，「這也是我爲何在這麼重要的日子裡，打擾拉德利安爵爺的原因。雷魯爾回來的時候只剩下一隻手臂，也沒了半邊的胸膛。儘管他說不出相片是在何處拍攝的，但他想起是在新瑟藍（New Seran）遭受攻擊。我們認爲有人事先在他返家必經之路設下埋伏，搶走他發現的文物。」

「他們拔走了他的尖刺，」宓蘭的聲音緊繃，「尖刺還在那裡，必須在那裡。」

「等等，」瑪拉席說，「再給他一根尖刺，問題不就解決了？你們不是有足夠數量的尖刺，等著打造成先前送給瓦的那種耳環嗎？」

兩隻坎得拉看著她的眼神，似乎把她當成了瘋子，瓦不明白牠們爲何有如此這般的反應，他覺得瑪拉席的提議相當合理。

「妳誤解了尖刺的本質。」文戴爾幾乎氣急敗壞地說，「首先，我們沒有『多餘』的坎得拉祝福尖刺。妳剛才提到的耳環，是由古代的審判者尖刺打造出來的，並不具有法力。瓦的耳環的確能讓他在六個月前的決戰中險中求勝，但不足以修復一名坎得拉。」

「對，」宓蘭說，「如果耳環能幫助雷魯爾恢復正常，我們早就用那些尖刺來生產坎得拉小寶寶了。可是不行。坎得拉的祝福只在特殊情況下才會產生。」

「我們確實嘗試過類似妳剛才提議的辦法，」文戴爾補充，「坦迅……捐出一根尖刺給我們受傷的兄弟幾個月，想讓他清醒。坦迅經歷了很大的痛苦，然而——可惜……我們失敗了。

雷魯爾只是斷聲亂吼，哭求著自己的尖刺，然後，就把坦迅的尖刺吐了出來。我們失去自己的尖刺而借用別人的，只會促使當事人在個性、性情和記憶上發生根本性的激烈變化。」

「蕾希，」瓦的聲音沙啞，「她……她經常更換尖刺。」

「她使用的每一根尖刺都是專門爲她打造的，」文戴爾說，「全都不是其他坎得拉使用過的二手尖刺。更何況，瓦希黎恩爵爺，你說她情緒穩定嗎？這點，你必須相信我們。能試的我們都試過了。至少在依藍戴這裡，我們盡力了。

「宓蘭會去新瑟藍探查雷魯爾尖刺的下落。科姆斯貴女，我們想請妳和她同行，協助我們的兄弟恢復正常。我們會找妳的長官協調，請他調派妳出外勤，執行政府的祕密任務。如果能找到雷魯爾的尖刺，相信我們就能找到答案。」

文戴爾看著瓦，「我們不是瞎忙，盲目地追尋某個不存在的工藝品。我們只是想要救回朋友。沒錯，你們發現的任何線索都與他尋寶的地點有關，也能協助我們辨識他拍攝那些相片的位置。有些人對新瑟藍相當感興趣，都是些達官貴人，雷魯爾也對他們言聽計從，但我們從他那兒問不出原因。」

瓦又盯著最後一張相片瞧了一會兒。那的確是對神祕誘人的工藝品，但居然有人會爲了它差點殺了一位無相永生者？有意思。

「我去。」他身後的瑪拉席說，「我去，但……我不介意別人插手幫忙。瓦希黎恩？」

他是有點想去，想逃離沒完沒了的宴會、舞會、政治應酬和商業會議。坎得拉心知肚明這點，和諧也是。

一想到這兒，一股怒氣突然湧上他心頭。他們都瞞著他，全都不告訴他在追捕的瘋子就是蕾希。

「聽起來，妳可以好好磨練鎔金術了，瑪拉席。」他聽見自己如此回應，「我不認爲妳會需要我，妳絕對可以勝任。也許妳不是有意的，但妳的邀請讓我覺得自己是可有可無的助手。如果妳眞的想找旅伴，也許偉恩願意當護花使者，我恐怕必須——」

牆上的影像又換了一張，相片中的城市有座氣勢磅礡的大瀑布。新瑟藍？他沒去過那裡。街道綠蔭蔥鬱，行人不是一身的條紋棕色西裝，就是輕柔的白洋裝。

「啊，我忘了，」文戴爾說，「雷魯爾的行李中還有一張相片，我們是最後才發現它的。之前只注意到被小心包在一起、等待沖洗成相片的底片。我們猜測這張是在新瑟藍拍攝，就在他被人襲擊前。」

「跟我有什麼關係？」瓦說，「它……」

他全身一涼，震驚地看著相片中的一個人。驚詫不已的他又走回到光束中，抬手貼在白色牆壁上，妄想感受那個人的存在，「不可能。」

她就站在中央，左右兩側的男人緊緊拽著她的雙臂，看起來像是在強迫她向前走，彷彿就在光天化日下，強搶良家婦女。相片拍攝時，她剛好回頭望著相機的方向。這是最近流行的照相風格，拍照時不採用靜態人物姿勢。

女人大約四十多歲，身材精瘦，長長的黑髮包裹著臉龐。那張臉，儘管多年未見，瓦依然記憶猶新。

黛兒欣，他的姊姊。

4

那場莫名其妙的會議結束兩個小時後，偉恩悠哉地在瓦的宅邸內閒逛，一一探查牆壁上每幅掛畫的背面，還耐心地拿起每支花瓶檢查。瓦到底把那個好東西藏在哪裡呢？

「是她，史特芮絲。」附近一樓的起居室內，瓦對史特芮絲說，「那個拽著她手臂，轉過身去的男人，很可能是我叔叔。這件事和他們有關，我必須去。」

偉恩一直覺得有錢人認定物品價值的角度相當有意思。他打量著一幅畫的畫框，估計很可能是純金打造的。爲什麼每個人都如此看重這種閃閃發亮的東西呢？黃金在藏金術領域的確擁有奇效妙用，但在鎔金術中，簡直就是廢物了。

唔，然而有錢人就是愛它，願意爲它花大筆的金錢，所以它就成了珍奇異寶。就這樣，沒別的原因。

有錢人是如何論定一件物品的價值呢？難道是穿著西裝和晚禮服坐在一起討論的？「好，我們開動吧，請享用這些魚卵，好讓它們變成高價位的商品。平民百姓就會被洗腦，被我們牽著鼻子走。」於是有錢人會一一大笑，再把僕人從頂樓扔下去，好看看他們落地時，能濺起多大的水花。

偉恩放下掛畫，對於有錢人的遊戲規則很不以為然，堅信一定要由自己來決定事物的價值。而且那副畫框醜斃了，對於金框內埃瓦諾式圖片裡那個一張魚臉的人，也就是史特芮絲的堂兄，一點幫助都沒有。

「那你真的應該去一趟，瓦希黎恩爵爺。」史特芮絲說，「還猶豫什麼？我們可以協調，把其他事務延後。」

「他們太過分了，史特芮絲！」即使偉恩身處大廳，也能從瓦的語氣中聽出他正氣得來回踱步，「他們兩個，還有和諧，一句道歉都沒有。文戴爾提到我槍殺蕾希時，還一派輕鬆地說是『險中求勝』。他們利用我。而蕾希只是想救我脫離他們的掌控，儘管她用的是兩敗俱傷的方法。現在他們一副什麼也沒發生過的樣子回來，提也不提我的失去和傷痛，還期待我像以前一樣領命出任務！」

可憐的瓦，那件事給他的打擊相當大，偉恩很清楚原因。然而，想要一句道歉？那些被洪水淹死的人有向神討過公道嗎？神就是神，只按照自己的意思行事，人們只能祈求別被颱風尾掃到，就像在俱樂部裡調情，千萬別倒楣遇上保鏢的姊妹。

反正和諧又不是唯一的神，偉恩今天就忙著應付他的神。

瓦沉默了一會兒，又繼續說，但語氣緩和了一些，「即使他們如此無賴，如果我叔叔真的捲進這……如果我能救出黛兒欣……我必須去。今晚，外市的高官會在新瑟藍聚會。亞拉戴爾總督相當重視這場宴會，預定派代表團過去坐鎮，這樣我就能跟著混進新瑟藍。瑪拉席會去找尖刺，而我去追捕我叔叔。」

「那就這麼定了，」史特芮絲說，「我們立刻出發？」

瓦愣了一下，「我們？」

「我想……你帶我妹妹同行，卻不是我，這不是很奇怪？」偉恩彷彿看見她羞紅了臉說話，「我不想讓你爲難，你當然可以按原定計畫，但——」

「不，」他說，「妳說得對，我一個人去的確很怪。再者，高官聚集一定有迎賓宴會，我不想讓人誤會……我是說……」

「我也去，但會跟你保持距離，絕不礙事。」

「我不能帶妳涉險。」

「既然你認定有義務提槍上陣，我就不怕。」

「我……」

鐵鏽的，這兩個人跟教堂裡突然拔刀往臉上劃的人一樣莫名其妙。偉恩搖搖頭，拿起門廳的一支花瓶。眞是件好陶瓷，上面的迴旋花紋也很精緻，或許是個好禮物。

聽到有人敲門，他放下了花瓶。但感覺不對，於是抽出了一枝花，再從褲子後面的口袋拔出一隻落單的襪子，以物易物。啊，他的另一個口袋裡有套銀餐具，是婚禮早宴上拿的？對，沒錯。他們特地安排了一個位置給他，還放上了名牌，這就表示銀餐具是屬於他的。

他把刀叉、湯匙放回口袋內，再把花塞在耳後，然後朝門口走去，剛好趕在男管家之前抵達。他瞪了後者一眼，幸好他比男管家快了一步，一旦讓男管家開了門，大家很可能都會沒命。偉恩打開了門。

結果門外站的卻是那個坎得拉小子。他身上的西裝比之前的棕色更粉亮。「你，」偉恩指著他說，「怎麼又來了，不是才閃人嗎？」他離開後才過了……多久？兩個小時而已。

「午安，小伙子，」坎得拉說，「爵爺回府了嗎？」

達里安斯極其輕柔地把偉恩往旁邊一推，然後示意文戴爾入內，「爵爺正在等您，先生。」

「他來作客？」偉恩說。

「拉德利安爵爺請您直接進去。」男管家指著起居室說。

「謝謝。」文戴爾說完，朝起居室而去。

偉恩連忙追了上去。

「花很漂亮，」坎得拉說，「你死後，能把頭骨送給我嗎？」

「我的……」偉恩摸摸頭。

「你是製血者，對吧？能自癒？製血者的骨頭特別有意思，因爲你在自癒身體時，關節和骨頭內部會產生變化，變得與眾不同。我很願意接受它，如果你不介意的話。」

偉恩聞言停步愣了一下，趕緊又追了上去，趕在他前頭推開門，走進瓦和史特芮絲交談的起居室。「瓦，」偉恩指著坎得拉告狀，「這傢伙，這個無相永生者又陰陽怪氣的了。」

「你好，拉德利安爵爺。」文戴爾一邊說，一邊走進起居室，舉高一份文件夾，「這是你的車票，以及我們從雷魯爾那裡探聽到的資料。我先提醒你，大部分的內容都沒什麼邏輯。」

偉恩瞥了瓦的酒櫃一眼。也許那裡面有他需要的禮物。

「我又沒說要去。」瓦對無相永生者說，「你現在是想拿繩套套羊了嗎？」

「沒錯。」無相永生者又舉起文件夾，「這裡面有雷魯爾曾經提到的人名列表。名單上有幾個人和你叔叔有來往，包括我請你去參加的宴會的女主人。你會感興趣的。」

瓦嘆口氣，接下文件夾，然後往史特芮絲一指，史特芮絲起身答禮，「我的未婚妻。我們剛才在爭論她是否能與我同行。」

「你決定，我們全權配合。」文戴爾說，「哈姆司貴女，若妳能同行，爵爺比較不會引起對手的注意，但我不能保證妳的人身安全。」

「你跟我們同行比較有用吧，文戴爾，」瓦說，「我們會需要金屬之子援軍。」

文戴爾的眼睛都快掉出來了，臉色霎時間蒼白，一副剛聽說他的新生兒有兩個鼻子的樣子，「出外勤？我？拉德利安爵爺，我保證你不會想要我的。」

「為什麼不？」瓦將背靠到牆壁上，「敵人根本殺不死你，你還可以隨心所欲地變身。」

「等等，」偉恩轉過來，「你可以隨意變身？比如變成小兔子？」

「太小型的動物就不行，我們需要一定的肉體來支撐神智功能和——」

「小兔子，」偉恩說，「你能變成小兔崽子。」

「在絕對必要的情況下。」

「原來那本書說的，就是這個。」

文戴爾嘆口氣，朝瓦望去，「宓蘭能按照你的需要變身。我遵守初約，拉德利安爵爺。再者，外面的世界並不適合我，有太多……」他兩手在面前揮了又揮。

「太多什麼？」瓦蹙眉問。

「一切都太多。」文戴爾說——偉恩沒有漏掉他答話時，那雙兔子眼送過來的鐵鏽的一瞥。

偉恩搖搖頭，抬手拉開酒櫃，結果它是上了鎖的。太不幸了。瓦還眞是信任他！

「我的同胞姊妹會在火車站與你會合，」文戴爾說，「十七號鐵軌，四小時後。」

「四小時？」史特芮絲說，「我需要安排同行的女僕，還有貼身男僕！還有……」她抬手按在額頭上，似乎快昏倒了，「我需要列張清單。」

「我們會準時到的，文戴爾。」瓦說。

「很好，」坎得拉傢伙一邊說，一邊掏著口袋，這動作引起偉恩的興趣。只見他掏出一個老舊的彎月型耳環，樣式簡單且復古，「我帶了一個給你。」

「不用了，謝謝。」

「但如果你需要——」

「不用了，謝謝。」瓦說。

那兩個人四目對望，氣氛越來越不對勁，似乎都在指控著對方，「很好，很好，」偉恩朝大門飄去，「我們火車站見。」

「你不收拾行李嗎？」史特芮絲在偉恩的背後說。

「我的麻袋在房間，」偉恩回頭喊著說，「床底下。我早就打包好了，隨時可以走人，兄弟。誰知道我們兩個哪一天會翻臉。」他一說完，就轉身走開，摘下衣帽架上的帽子往頭上一套，低頭走出了大門。

隨他們討論去吧，想怎麼吵就吵。管他的見鬼的無相永生兔崽子。他還有事要忙。唔，至少有件事必須先搞定。

偉恩有他自己的追尋。

他吹著口哨，手足舞蹈地跑下階梯，腦海裡迴響著一個熟悉的單音節奏，叭噗，叭噗，叭噗，輕快又有活力。他走下街道，卻發現自己越來越不愛那朵花了，不能用它來供奉待會要見的神祇，它太平凡、太溫柔了。

花朵在指間轉動，他一邊想事情，一邊低聲吹著口哨。但沒有更好的想法了。這裡是高級住宅區，眼前只有豪宅、花園，以及正在修剪籬笆的男人，樣樣美侖美奐。街道上甚至沒有一絲馬糞的臭味。在這樣的區域很難思考，大家都知道絕妙的點子只會發生在窮街陋巷和貧民窟，因爲在那種地方，腦袋會自動進入警戒甚至慌張的模式——在那裡混的都知道，如果不提高警覺，就等著被捅一刀。

只有折磨腦袋，才能阻止自己做出蠢事。偉恩朝附近一條運河走去，想找個無所事事的平底船船伕。

「我的好朋友，」偉恩自言自語，「我的好朋友，」對，就用這樣的腔調說話，像是呼吸有問題似的——用第一捌分區的尖細口音，再來點泰瑞司口音。濃厚的腔調，相當濃厚。

「你，船伕！」偉恩招手大喊，「嘿！快，我趕時間！」

船伕搖著船過來了。

「快、快，我的好朋友！」偉恩大喊，「說，一天多少？」

「一天？」船伕說。

「沒錯，沒錯，」偉恩說著跳上了船，「我今天一整天都需要坐你的船。」他沒等船伕回答，逕自找了個位置坐好，「往前划，到了四五區之間的運河右轉，繞過圓環，往東朝鐵門河划去。第一站在第三捌分區內。她正等著我呢。」

「一整天，」船伕的口氣熱切，「是，先生，呃……爵爺……」

「拉德利安。」偉恩說，「瓦希黎恩．拉德利安。船沒動啊，怎麼還不走？」

船伕這才開始搖槳，一想到能賺好幾個小時的收入，高興的都忘了先收船費。

「五十。」船伕終於開口要錢了。

「嗯？」

「五十，一整天。」

「是，好的，」偉恩嘴裡應著，心裡卻暗罵土匪，敲老實人的竹槓，把爵爺都當傻瓜糊弄。只因爲他剛才故意裝出心煩意亂的樣子？這世界是怎麼了？看在拉德利安打從祖父就是個爵爺的份兒上，總該知道要表現出最起碼的敬意吧。以前的船伕只要多賺一些船費，就會感激地跳到運河裡！

「爵爺，恕我冒昧，」船伕說，「我不是想讓您難堪……但您的服裝……」

「怎麼了？」穿著蠻橫區式外套的偉恩，理直氣壯地抬頭挺胸。

「是不是有些不妥？」

「不妥？」偉恩將口音填滿了上流人士憤慨且心痛的語氣，「不妥？你是沒跟上流行嗎？」

「我——」

「我這身服裝是桑頓．迪拉克爾親自設計的！」偉恩說，「靈感來自北邊的高山。就是因爲有那樣的高度，才有如此精采的設計，我告訴你！就算再會飛的射幣，也達不到這種極致的高度。」

「抱歉、抱歉，爵爺。是我有眼不識泰山！」

「你以爲一句『恕我冒昧』就能隨心所欲亂講話？天啊！」偉恩交抱雙手，往後一靠。

船伕識相地不再囉嗦。船行大約十分鐘後，偉恩心想，是時候了。

「好，」偉恩似乎在自言自語，「我們要在微光之尖碼頭停一下，然後沿著史坦塞爾區滑去。」

他故意調整口音，加了一些圓丘貧民窟的腔調進來。那裡的人講話都像是嘴裡含了個滷蛋，而且很喜歡用「滑去」這個詞。很有特色的詞，「滑——去」，有點黃色的意思。

「呃，爵爺？」

「嗯？」偉恩說，「噢，沒有，我只是在覆述待辦事項。我的外甥要結婚了——你可能聽說過，整個依藍戴都在談論這件盛事，所以我有好多事要辦。今天還眞是都要在船上滑去。」

這次的腔調帶著一股狠勁，但只有一點點，就像在甜熱的威士忌裡來點檸檬汁，而且是潛藏在上流社會的高尚口音裡。

船伕開始侷促不安了，「您剛才是說史坦塞爾區？那裡的治安不太好。」

「我要去找些工人。」偉恩敷衍了一下。

船伕繼續搖著槳，但動作變得僵硬，腳尖不斷點地，搖槳的速度也變快，甚至完全不理會迎面而來的同行的招呼。他察覺到事情不太對勁，好像聞到藏在沙發底下多天的肉餅臭味。僱船一整天？二話不說就接受他的漫天要價？會不會是詐騙？先假裝成爵爺騙他進貧民窟，再把他洗劫一空……

「爵爺！」船伕說，「我突然想起來我今天必須回老家一趟，我母親需要我，所以不能跑船一整天。」

「搞什麼？」偉恩問，「我沒閒工夫跟你扯淡！我的時間寶貴，另外再叫一艘船很浪費時間耶。我付你雙倍的錢。」

這下可好，船伕眞的嚇壞了，「抱歉，爵爺，」他開始把船靠岸，「抱歉，我實在不行。」

「那你至少要送我到史坦塞——」

「不行！」船伕大叫起來，「不，我實在不行，必須現在就回家。」

「好吧，」偉恩氣呼呼地下了船，「從沒有人敢把我這樣丟下來！我們根本還走不到一半的路程啊。」

「抱歉，爵爺！」船伕連忙把船划走，「抱歉！」

偉恩頂高帽沿，咧嘴一笑，抬頭望了一眼路燈上的路標。沒錯，就是這個目的地，而且沒花他一毛錢。他吹著口哨，沿著運河漫步而去，同時物色適當的供品。那位神祇想要什麼呢？也許那個？他望著在路邊排隊等著買「老丹炸薯條」的隊伍。似乎不錯。

偉恩走過去，「需要幫忙嗎，丹？」

老先生抬頭一看，抹抹眉頭，「小份五夾幣，大份八夾幣，偉恩。不准偷吃薯條，否則我炸乾你的手指。」

偉恩嘻嘻一笑，趁老先生轉回去攪拌炸鍋裡的薯條，溜到餐車後方幫忙收錢——順帶偷吃了一點炸好的薯條，一直忙到最後一位客人上前來。這人穿著門衛的制服大衣，很可能是巷內某家酒店的門衛。那活兒可是能賺到爲數不少的小費。

「三包大的。」客人說。

偉恩給了他三包大薯條，收下錢之後，遲疑地問：「嗯，等等，請先別走，你有零錢嗎？」他高舉一張紙鈔，「大鈔太多了，想找開。」

「應該有。」客人在他精緻的鰻魚皮皮夾內翻找著。

「太好了，跟你換二十元夾幣。」

「我這裡有二個五塊錢，還有十個一塊。」客人一邊說，一邊把錢放到餐車上。

「謝謝，」偉恩收下零錢，卻又遲疑起來，「我們有很多一元。我看你皮夾裡有個十元，能給我們嗎？」

「好吧。」

偉恩把方才換得的一塊硬幣們還給他，收下了十元。

「喂，」客人說，「這裡只有七塊錢。」

「哎唷！」偉恩說。

「你在幹麼，偉恩？」老丹說，「下面那個盒子裡有零錢。」

「眞的？」偉恩瞥了盒下一眼，「鐵鏽的。這樣好了，你把二十元紙鈔還給我，好嗎？」他數了十三塊錢，再把硬幣和紙鈔塞進客人手裡。

客人嘆口氣，把二十元還給了偉恩，「能給我一些醬料嗎？」

「當然可以。」偉恩在小袋子裡的薯條旁邊，擠了一些醬料，「好漂亮的皮夾，你想賣多少錢？」

客人看著皮夾遲疑了一會兒。

「我用這個跟你換。」他拿下夾在耳後的花朵，連同一張十元紙鈔遞出去。

客人聳聳肩，把空皮夾交給他，收下紙鈔，塞進口袋裡，卻把花朵往旁邊一扔，「白癡。」說完，就拿著薯條走開了。

偉恩拿著皮夾向上一拋，再接住。

「你是不是少找錢給他了，偉恩？」老丹問。

「怎麼會？」

「你糊弄他五十元，卻只給他四十元。」

「哪有？」偉恩把皮夾塞進褲子後面的口袋，「你知道我不太會數數，數不到五十的，丹。再說，我後來不是又給他十元了。」

「那十元是買皮夾的錢。」

「才怪，」偉恩說，「我是用花朵跟他換皮夾的。給他的十元紙鈔，只是因爲我突然多了十元，完全是意外，我絕對是無辜的。」他勾唇一笑，逕自拿了一袋薯條，掉頭悠哉地走了。

這個皮夾是個好東西。他的神會喜歡的。大家都需要一個皮夾，不是嗎？他抽出皮夾，打開又闔上，打開又闔上，直到發現皮夾側邊有個破口。

鐵鏽的，被糊弄了！不能拿這東西當供品。他搖搖頭，沿著運河邊的人行道往前走去。只見兩個淘氣鬼坐在走道側邊，伸手討錢。前頭不遠處，又傳來一個街頭藝人的吟唱，曲調哀怨。偉恩已快到了突圍區（Breakouts），一個不錯的貧民窟，他已經能聞到它們獨有的氣味了。幸好那氣味被附近一家麵包店傳來的烤麵包香味掩蓋了大半。

「事情是這樣的，」偉恩對其中一個淘氣鬼說。那女孩看來不超過七歲。他一屁股往地上一坐，「我不是一個刻苦耐勞的人。」

「……先生？」女孩問。

「以前很多萬里尋親的故事，都教導我們要刻苦耐勞，就像旅行一樣，只不過會落下一身的病痛，頭痛之類的，也可能是背痛。」

「能……能給我一個硬幣嗎，先生？」

「我沒有錢，」偉恩說完，想了一想，「可惡，尋親故事裡都會給淘氣鬼小費的，是吧？所以他們就成了大英雄。妳等等。」

他起身，往麵包店衝去，渾身一股義無反顧的英雄氣概。櫃檯後方的女人，剛好從爐子裡拉出一盤肉餡麵包。偉恩把叉子往原木櫃檯一放，叉子像傳說中生鏽的古劍般，在木板上熠熠生輝。

「這能換幾個麵包？」偉恩說。

師傅蹙起眉頭，看看他，這才拿起叉子反覆打量。「先生，」她說，「這是銀製的。」

「所以……多少？」偉恩問。

「一堆。」

「一堆可以，很划算。」

一會兒後，偉恩從麵包店出來，手裡抱著三個大紙袋。每個紙袋裡各裝有十二個麵包。他在兩個淘氣鬼手裡各放了一把師傅硬塞過來的零錢，然後對著下巴掉下來的孩子，豎起一隻手指。

「錢不是白給你們的，」他說，「要自己出力賺。」

「怎麼賺，先生？」

「拿著，」他把紙袋交給他們，「把裡面的東西發出去。」

「給誰？」女孩問。

「有需要的人，」偉恩說，「不過你倆要先保證，每個人最多只能吃四個麵包，好嗎？」

「四個？」女孩說，「都是給我的？」

「好吧，五個。但你們一定要說到做到，小騙子。」他丟下兩個目瞪口呆的孩子，手足舞蹈地沿著運河前進，經過漫不經心彈著吉他的街頭藝人。

「來點活潑的，大音樂家！」偉恩大喊，隨即把那支銀湯匙丟到收小費的帽子裡。

「幹麼，」那個人說，「這什麼？」斜睨一眼，「湯匙？」

「這玩意，任何商人都搶著要！」偉恩大喊，「一支就能幫你換來五十個肉餡麵包，外加一些零錢。現在，我要聽〈最後一口氣〉，大音樂家！」

那個人聳聳肩，手指撥動，彈出了盤旋在偉恩腦海裡的歌曲。叭噗，叭噗，叭噗，輕快且有活力。偉恩閉著眼睛隨著節奏前後擺動，一個時代的結束。一個等著被討好的神祇。

聽到那兩個孩子大聲嬉笑，偉恩張開眼睛，看到他們拿著肉餡麵包朝路過的行人扔去。他微微一笑，沿著運河邊的軟泥河岸輕快滑行而去。他勉強滑行了十呎遠，才失去平衡，東倒西歪地滑倒。

當然，這一滑，就滑進了運河。

他爬上河岸，因爲嗆到水，咳了幾聲。唔，這應該算是刻苦耐勞吧。就算不是，想想早上爲瓦操辦的事，也滿詩情畫意。

他掏出帽子，轉身背對著運河。人生就該這樣，向前看，不要回頭。沒必要把鼻子死貼在不再重要的往事上。他繼續前行，一邊沿著河水走，手指一邊旋轉著那支銀刀。他相當確定銀刀不能拿來當供品，但什麼行呢？

他在下一座橋前停下腳步，又後退一步。一個穿著制服的陌生矮子，手裡拿著一本小書沿街而來。這裡零亂地停了幾輛汽車，大部分都停上了人行道。而那個穿著制服的男人，一輛接著一輛地停下，拿筆在小本子上書寫。

偉恩跟著他，好奇地問：「你好，在幹麼呢？」

制服矮子瞥了他一眼，注意力又回轉到筆記本上，「新法令，要求汽車要停放整齊，而且不能像這樣停到人行道。」

「所以……」

「所以我記下每輛車的註冊號碼，」制服男說，「找到車主，要他們繳納罰款。」

偉恩輕輕吹了聲口哨，「好壞噢！」

「胡說什麼，」制服男說，「這是法律規定的。」

「這麼說，你是條子囉。」

「罰鍰執行員。」制服男說，「上個月之前，我大部分時間都在檢查各家的廚房安全。我跟你說，現在這個查締違規停車比較有賺頭，這──」

「太棒了，」偉恩說，「你想要我拿什麼跟你換那本？」

制服男看著他，「這不能換。」

「我這裡有個不錯的皮夾，」偉恩拿起皮夾，只見水從皮夾側邊流淌下來，「剛洗過的。」

「你走吧，先生，」制服男說，「我不是──」

「那這個呢？」偉恩抽出了銀刀。

制服男趕緊往後一跳，嚇得手中的筆記本都掉了。偉恩一把接住筆記本，銀刀一扔，「划算，謝啦，掰。」隨即拔腿就跑。

「喂！」制服男大叫，追了上去，「喂！」

「貨物既出，概不退回！」偉恩大叫回應，一隻手壓著溼帽子，拚命地往前跑。

「回來！」

偉恩衝進沿河的大街，經過兩個坐在貧民窟入口附近一棟公寓門階上的老漢。

「那個是艾迪普的兒子，」一位老漢說，「經常惹是生非。」

然後，一個肉餡麵包正中他的臉。

偉恩理也沒理他，只是緊壓著帽子往前衝。但那位執行員相當的固執，硬是追著偉恩跑過了十條街才放慢，最後終於停下，兩手撐著膝蓋，大口喘氣。偉恩嘿嘿一笑，閃身繞過街角，這才鬆口氣，背靠著磚牆的一扇窗戶邊氣喘吁吁。

他可能會向上級報告，偉恩心想，希望警方給瓦的罰款不會太多。

他該找個賠禮做補償。也許瓦會需要一個皮夾。

旁邊響起一個聲音，偉恩轉頭過去，看見一個戴眼鏡的女人傾身探出窗戶，好奇地看著他。女人拿著一支鋼筆，窗邊書桌上寫了一半的信就放在她的面前。正好。

偉恩壓一下帽沿，隨後搶走她手中的鋼筆，「謝啦。」他說完，打開筆記本，胡亂地寫了幾個字。女人放聲大叫，偉恩連忙把筆丟回去，邁步又上路了。

他的目的地，也就是那位神明的住所，就在不遠處了。他轉進一條街，眼前有成排的路樹和小型的連棟公寓。他一棟一棟數著，然後右轉，面對著神祇的新神殿。她是幾個月前才搬來這裡的。

偉恩做了一個深呼吸，趕走腦海裡的旋律。他必須保持靜默。他小心翼翼地走下漫長的門前小徑，來到了大門前，然後輕手輕腳地把筆記本卡在門把和門板之間。他不敢敲門，拉奈特是個忌妒心很重的神祇，擅長拿槍殺人——對她來說，不過是自保，是合法的。警方每個星期必定會在她門前發現幾具屍體，若是沒有，就會懷疑她是不是身體微恙。

他又輕手輕腳地溜走，嘴角帶著微笑，幻想著拉奈特翻開筆記本後的反應。結果因為太專心，直接撞上迎面而來的拉奈特。

他踉蹌地後退幾步，呆望著眼前將美麗棕髮往後梳起，展露出一張漂亮臉蛋的女人。女人曾在蠻橫區待過一段時間，面帶風霜，但身材豐滿，比例完美，而且修長，甚至比偉恩還要高。偉恩必須抬頭仰視她。

「偉恩！你在我家門前幹麼？」

「我——」

「白癡，」她一把推開偉恩，走過去，「你最好沒闖空門。回去告訴瓦，我剛才把繩索寄過去給他了，不用派人過來。」

「繩索？」偉恩問。什麼繩索？

拉奈特沒理會他的疑問，「我發誓我一定會殺了你，你這個小蛆蛆。」

偉恩看著她離開，傻傻一笑，才轉身走開。

「這是什麼東西？」身後的拉奈特問。

但偉恩只是繼續走。

「偉恩！」她大叫，「我要殺了你，現在。我發誓一定做到。說，你到底做了什麼？」

偉恩回身，「是個禮物，拉奈特。」

「一本筆記本？」她一邊問，一邊翻閱。

偉恩將兩手往褲袋一插，聳聳肩，「那上面可以寫些東西。我看妳都是邊想事情邊寫，我想找個妳需要的，經常會用到的東西，做爲禮物送給妳，結果找到這本能寫的小書。妳腦袋裡一定塞滿了靈感和點子，會需要找個地方儲存下來。」

「那怎麼是溼的？」

「抱歉，」偉恩說，「我沒多想，就把它往口袋塞，放了好一陣子。但一想到，就馬上拿出來了。我希望妳知道，這可是我打敗十個警察才拿到手的。」

拉奈特繼續翻頁，兩眼猜疑地瞇了起來，直翻到最後一頁，「這什麼？」她拿高筆記本，仔細打量偉恩寫在那一頁上的字句，「『謝謝妳。再見』？你腦子有問題啊？」

「沒問題。只是覺得時候到了。」偉恩回答。

「你要離開了？」

「是要離開一陣子，但那不是我的意思。我們會再見面的，也許還會經常見面。我見到妳……但不會再想看見妳的心，明白嗎？」

拉奈特久久地看著他，然後，似乎鬆了一口氣，「你是認眞的？」

「是呀。」

「終於。」

「我得長大，對不對？我發現……唔，想要，不代表你會得到，是吧？」

拉奈特微微一笑。偉恩似乎好久好久沒見過她笑了。她朝偉恩走去，伸手過去，偉恩見狀甚至眨也沒眨眼一下，他眞爲自己感到驕傲。

他握住拉奈特的手，拉奈特抬起他的手，吻了他的手背一下，「謝謝，偉恩。」

偉恩一笑，放開手，隨即轉身離開，但才走了一步，就猶豫了。他把重心換到另一腳上，再次傾向拉奈特，「瑪拉席說妳在追求另一個女孩。」

「……我是。」

偉恩點點頭，「我不想再錯下去，我要瀟灑一些，要長大。但妳不能怪男人聽到這種事會胡思亂想，所以……我是不認爲啦……但我們三個能有機會——」

「偉恩。」

「我不介意她是不是胖子，拉奈特。我喜歡豐滿一點的女孩，有料。」

「偉恩。」

偉恩看著她，發現暴風雨即將到來，「好，好，好啦。對，希望妳以後懷念這次意義非凡的告別時，能忘記我剛才最後一句話。」

「我盡力。」

偉恩再一笑，摘掉帽子，朝她深深一鞠躬。那是他在第四捌分區宙貝兒貴女的宴會上，向一位祖傳六代的大門接待員學來的。他挺直身子，重新戴上帽子，轉身背對著拉奈特邁步離去時，發現自己居然吹著口哨。

「吹的是哪首歌？」她對著他大叫，「我聽過。」

「〈最後一口氣〉，」偉恩頭也不回地說，「我們第一次見面時，鋼琴彈的就是這曲。」

他沒再回頭，最後繞過了轉角，甚至也沒回頭確認拉奈特是否拿著槍指著他的背。他覺得腳下輕快起來，直走到一個繁忙的十字路口，拿出空皮夾往水溝裡一丟。不久，一輛出租馬車行經而過，馬車伕往路旁一瞥，看到那個皮夾，連忙下車撿起。

偉恩從小巷子衝出，大手一揮，揮掉車伕手中的皮夾，再朝皮夾撲去，接住，落地滾開，「這是我的！我先看見的！」

「胡說，」馬車伕拿起馬鞭就要打偉恩，「那是我掉的，你這個流氓。還我！」

「哦，是嗎？」偉恩說，「那皮夾裡有多少錢？」

「我沒必要回答你。」

偉恩嘻嘻一笑，拿高皮夾，「聽好，你可以拿走皮夾和裡面的所有東西，但你要載我到第四捌分區的火車西站。」

馬車伕盯著他瞧，然後才伸出手要皮夾。

半個小時後，馬車來到了火車站——平凡乏味的火車站，有幾個人字形的屋頂，所有的窗戶都很小，似乎想用小小的天空來挑逗被困在車站裡的人。偉恩坐在馬車後面的僕人站臺上，兩腿掛在側邊盪來盪去。附近有火車冒著蒸汽駛進月臺，等著吞沒新一波的乘客。

他一躍而下，朝嘴裡唸唸有詞的馬車伕一壓帽沿，然後穿過敞開的車站大門。馬車伕似乎已發現搶來的皮夾的眞面目了。偉恩將兩手往口袋一插，四處張望，找到幾乎被小山一樣的行李堆淹沒的瓦、瑪拉席和史特芮絲，他們旁邊還有幾個等著搬運行李的僕人。

「終於來了，」瓦不滿地說，「偉恩，我們的火車就快到了，你到底去哪裡了？」

「拿供品敬拜一位美麗的神祇。」偉恩抬眼望著高高的天花板，「你覺得他們幹麼把火車站蓋得這麼大？火車又不會開進來這裡，是吧？」

「偉恩？」史特芮絲皺著鼻子嗅聞，「你喝醉了？」

偉恩故意語帶含糊地說：「當然沒有。我幹麼……幹麼這個時候喝醉？」他沒精打采地看著史特芮絲。

「眞受不了你，」史特芮絲朝女僕招招手，「爲了喝點小酒，還差點遲到。」

「不是小酒。」偉恩說。

火車進站，偉恩和其他人上了車。史特芮絲和瓦包下了一整節車廂，用以容納所有人的行李。但可惜的是，因爲預約得太晚，他們只能坐最後一節，一路都要掛在火車尾巴，還有就是，他必須和男僕荷弗共享一間臥鋪。倒楣。那個人會打呼，他得另外找個地方睡覺，否則就別想睡了。幸好這班去新瑟藍的火車車程用不到一整夜，日出前就能抵達目的地。

事實上，當火車終於軋軋移動時，他從臥鋪的窗戶爬了出去——在荷弗震驚的注視下——爬上火車的屋頂。坐在上面輕快地吹著口哨，看著依藍戴飛馳而過，大風吹著他的頭髮亂飛。吹著一個簡單且熟悉的弦律，伴著下面鐵軌上的單音節奏，叭噗，叭噗，叭噗，輕快……且有活力。

他往後躺下，仰望著天空、白雲和太陽。往前看，轉身背對過往。

PART II

5

看著車窗外的景物飛馳而過，瓦被依藍戴城外南邊的人口密集度震懾住了。

人們很容易忽略有多少人住在首都之外的二、三線城市。鐵軌沿著一條大河鋪設，大河的寬度足以吞下鑾橫區內所有的小鎮。沿線燈火通明的村莊、小鎮，甚至城市，距離如此之近，火車幾乎是每五分鐘就經過一座。而在村鎮之間，則是綿延無盡頭的果園，田中的小麥垂著頭，隨著微風左右搖擺。這滿眼的綠意盎然，在晚間冒出來的迷霧之中再次活潑起來。

瓦轉頭回來，又一頭鑽進拉奈特送來的包裹中。箱內，厚絨布模型盒中放著一把大型的雙管霰彈槍。槍旁邊的模型盒則各自放著三顆球狀物，每一顆上面都纏著一條繩索。

球狀物和繩索是在他預期之中的，至於那把槍，則是買一送一。

試試看超強力彈藥，紙條上寫著，大彈丸設計，專門對付暴徒或精力過剩的克羅司。請一定要測試。你開槍時，要增加自己的體重，以防止預期中的強大後座力。

鐵鏽滅絕的，這彈丸的直徑幾乎跟男人的手腕一樣寬，像顆砲彈。他拿起其中一顆彈丸，這時火車放慢了速度準備進站。天色尚未全黑，但車窗外小鎮的電燈已經亮起。

電燈。瓦放下彈丸，打量著窗外的電燈。外市也有電燈了？

當然，笨蛋，他自問自答。以前他在蠻橫區時，瞧不起那些總以為只有依藍戴才時髦，才進步，才會發生驚天動地大事的人，現在他自己居然也落入同樣的窠臼中。

一些乘客下車，再上來幾名，可是月臺上明明人群湧動，怎麼上車的人如此之少。難道月臺上的人是在等下一班火車？他探頭出去，想看仔細一些。原來不是在等車……人群都聚在一起，聆聽一個人大叫大喊，但瓦聽不清楚。他伸長脖子，才看到人群都拿著牌子，有人丟了一顆雞蛋，正中他旁邊的車窗。

他縮身回車上。火車又開動了，這次的靠站時間比平常短少許多。火車緩緩出站，卻引來了更多雞蛋。瓦終於看清楚牌子上的標語了：**「終止依藍戴城的迫害」**。

迫害？他蹙起眉頭。火車繞過了一個彎道，他隨著彎道傾斜，看到月臺上的人群有些跳進了鐵軌，朝他們揮拳示威。

「史特芮絲？」瓦收起拉奈特給的包裹，「妳注意過外市的新聞嗎？」

沒有回應。他瞥了未婚妻一眼，史特芮絲仍然坐在他對面，整個人包裹在毛毯裡，似乎對剛才的靠站和扔雞蛋事件渾然不覺，她的臉全埋進書本裡，書都快碰到她的鼻子了。

她的貼身女僕蘭祖兒已經去為她鋪床；而偉恩呢，天知道他在忙什麼，所以車廂內只剩下他倆。

「史特芮絲？」

仍然沒有回應。瓦於是頭一歪，想看看書脊上的書名，到底是什麼書令她如此著迷，沒想到她包了書套。瓦只好輕手輕腳繞到旁邊窺探，只見未婚妻杏眼圓睜，還飛快地翻頁。

瓦乾脆站了起來，傾前過去想一瞥那一頁的內容。史特芮絲這才注意到他，嚇了一跳，啪地把書闔起來。「噢，」她說，「你說什麼？」

「妳在看什麼書？」

「新瑟藍的歷史。」史特芮絲把書塞進手臂下。

「那怎麼一臉驚訝？」

「好吧，不知道你是否能明白，瑟藍命名的過程眞是千辛萬苦。你剛才問我什麼？」

瓦坐了回去，「我剛才看到月臺上的人群，似乎對依藍戴很不滿。」

「噢，嗯，是的。這樣看來，外市……的政局。」她似乎需要冷靜一下，組織語言。她究竟讀到了什麼樣的歷史，如此心神不定。「這個，我一點也不詫異，他們因爲一些議題而相當不滿。」

「妳是指稅收？惹得他們如此憤怒？」瓦朝窗外望去，但距離太遠，已經看不到人群了，「我們向他們徵收的稅收並不多啊，都是用來支付基礎建設和政府機關的營運費用。」

「他們認爲他們並不需要我們的政府，他們有自己的行政機構，瓦希黎恩。盆地內有許多外市覺得依藍戴政府像是專制的皇帝——而中央集權的專制，早在迷霧之子大人統治百年退位後，就應該結束了。」

「但他們的稅收並不支付亞拉戴爾總督的薪水，」瓦說，「稅收主要是支付負責看守碼頭和鐵路維修的警察。」

「理論上是這樣，沒錯。」史特芮絲說，「但貨物通過依藍戴城負責的鐵道路段和河流段時，就必須課稅。你有注意到嗎？出了依藍戴城，就沒有城與城之間直通的鐵道？除了多瑞爾的轉運站，外市的居民若想去另一個城市，都必須先進入依藍戴。艾姆戴的貨物想要船運到拉剎青？必須經由依藍戴。塔辛朵的金屬製品想要外銷？也必須經由依藍戴。」

「圓環是完美的交通運輸系統。」瓦說。

「同時，也讓我們順理成章徵收一切經由盆地轉運出去的貨物稅。」史特芮絲說，「外市的論點是，我們重複徵稅。第一次徵的稅，是支付鐵道的維修費；第二次，是徵收一切經由依藍戴轉運的貨物稅。他們爭取了好多年，要修建環繞盆地外圍的環城鐵道，但都被否絕了。」

「嗯。」瓦往後一坐。

「船運也遭受同樣的待遇。」史特芮絲說，「當然，我們不能掌控河流的流向。但所有河流都流經依藍戴，所以我們也控制了水運交通的樞紐。城和城之間建設了公路，但和水運、鐵道相比，效率差太多了，於是，依藍戴課徵的關稅基本上決定了整個盆地的商品價格。依藍戴城內自產的貨品從未有過折扣，而不是我們自己生產的商品，卻需要折扣、促銷來刺激買氣。」

瓦緩緩地點點頭。他對外市的怨言有所聽聞，略知一二。但關於這類報導，他都是在依藍戴傳紙上讀到的，現在聽到史特芮絲侃侃而談，突然深感自己目光短淺，見識狹隘。

「我早該多關心一點這方面的議題，也許可以去找亞拉戴爾談談。」

「關於這部分，亞拉戴爾按照舊規距辦事，一定有他的理由。」史特芮絲把書本往旁邊一放站起來，伸手要取下一件行李。瓦看著那本書，看見她在讀到的頁數上做了個標記，於是伸手過去想拿起書來瞧瞧，但火車一晃，史特芮絲砰地坐回原位，手上的行李箱跟著重重掉在書本上，「瓦希黎恩爵爺？」

「抱歉，請繼續。」

「好吧，總督和參議院想在盆地內維持一個完整統一的國家，而不是分裂成許多城市的城邦國家。他們運用經濟的掌控權，促使外市接受中央集權的體制，以換取較低廉的關稅。亞拉戴爾是個溫和的自由主義者，但就連他都認爲這麼做，對整個盆地的穩定是最好的策略。至於名流貴族，當然更不會關心中央集權就意味著壟斷和獲益。」

「那我應該也屬於既得利益的一員。」

「既得利益？」史特芮絲說，「你根本就是踩著他們的頭成長茁壯的，瓦希黎恩爵爺。若是沒有這些關稅制度，你家的紡織品和金屬製品都會便宜許多。你有兩次投票贊成維持原狀，還有一次，是投票贊成提高關稅額度。」

「我……有嗎？」

「這部分，至少我有，」史特芮絲說，「是你告訴我要站在你的家族利益角度來決定投票——」

「是，我知道了。」瓦嘆了口氣。

火車在鐵軌上搖搖晃前進，車廂底下傳來有節奏的叩叩叩聲。瓦轉回去望著車窗外，但外面黑壓壓一片，火車沒有路過任何的鄉鎮。今晚也沒有迷霧。

「怎麼了，瓦希黎恩爵爺？」史特芮絲問，「每次我們一涉及到國家政策或家族財務時，你就似乎變得好遙遠。」

「因爲有時候，我依然是個男孩，史特芮絲。」瓦說，「請繼續授課。妳剛才講的那些有很多值得我學習之處，千萬別因爲我的無知而洩氣。」

史特芮絲傾前，伸手放到他手上，「你這六個月來，日子不太好過。沒心思關心政策議題，也是情有可原的。」

他繼續望著窗外。蕾希第一次死亡時，他變成行屍走肉，後來下定決心振作起來，把所有心力都投入到警方工作上，不斷找事情做，不讓自己閒下來，害怕自己又陷入剛失去她時的懷憂喪志。

「無論怎麼說，我仍然是個笨蛋，可能更笨。史特芮絲，我從來沒把心思放在國家政事上，即使我很努力地扛起族長之責，但也許我天生沒有政治家的天分。」

「我們來往的幾個月以來，我一直覺得你聰明絕頂。我看著你破解謎題，看著你談笑間說出答案……這些全都不簡單。你絕對有能力勝任族長之職。恕我直言，你所說的政治天分與你的智力無關，只看你有沒有心要做。」

瓦微微一笑，看著她，「史特芮絲，妳這個人滿有意思的，怎麼會有人覺得妳無趣呢？」

「但我是無趣啊。」

「胡說。」

「那我請你幫忙複檢行前準備清單時呢？」

那份清單足足有二十七張之多，「我到現在都還不能相信，妳居然真的把清單上所有東西都裝進行李箱了。」

「所有——」史特芮絲眨眨眼，「瓦希黎恩爵爺，我並沒有把所有物品都帶來啊。」

「可是妳列了清單。」

「我只是先列出一切可能需要的物品。如果遇上緊急狀況，而我有事先準備，就比較能從容應急。至少這樣，就算忘了帶某樣東西，但我其實有想到，也會比較舒坦。」

「好，妳沒把所有東西帶來，那麼那些箱子裡都裝了什麼？有些箱子，荷弗可是費了九牛二虎之力，才把它們搬上火車。」

「噢，這個啊，」史特芮絲打開了剛才拿下來的行李箱，「當然是我們家的財務。」

箱裡是一大疊的帳務表單。

「這趟旅行來得突然，」史特芮絲說，「而我必須在下個月前準備好給銀行的財務報表。你叔叔欠的債，拉德利安家族已償還了一大部分——但我們仍然必須嚴格記帳，才能說服債主相信我們的償付能力，這樣他們就會願意合作。」

「我們有會計，史特芮絲。」瓦說。

「沒錯，這是他們的工作，」她說，「但我必須複審啊——你不能沒檢查，就把別人做的財務報告交出去。再說，這個財務季度我們短少了三夾幣。」

「三夾幣？」瓦說，「總額是多少？」

「五百萬。」

「五百萬短少了百分之三個盒金，」瓦說，「不壞啊。」

「算是低空飛過銀行要求的底限，」史特芮絲說，「但仍然不多！這些財務數字是我們向世界展現自己的媒介，瓦希黎恩爵爺。如果你想顛覆外界對拉德利安家族揮霍無度的壞印象，就必須接受我們有責任向——你又來了。」

瓦瞪大眼睛，把上半身挺得更直，「抱歉？」

「你的眼神又飄遠了。」史特芮絲說，「你不是總說，有肩膀的男人就要遵守法律規定？」

「這完全是兩碼子事。」

「但你對家族的責任——」

「——所以我才會在這裡，史特芮絲。」瓦說，「我認可、接受，當初才會決定回來。」

「但你並不喜歡扛起這個重擔。」

「男人不需要喜歡身上的重擔，只需要扛起它。」

史特芮絲兩手一拍大腿，打量著他，「來，我讓你看看一個東西。」她起身，伸手到行李架上拿另一個行李箱。

瓦趁她分心，把她剛才閱讀的書從藏匿處拉出來，翻了幾頁，翻到她做標記的那一頁，急著想搞清楚新瑟藍究竟爲何令她著迷。

沒想到這一看，卻無比——錯愕，那一頁上面並沒有關於該城市的歷史敘述，而是幾張解剖圖，外加一長段的說明……人類生殖的解說？

車廂瞬間陷入一片寂靜。瓦抬眼一看，史特芮絲正震驚地盯著他。她的臉龐變得跟甜菜根一樣紅，砰地坐回到座椅上，兩手摀住臉龐，大聲呻吟。

「唔……」瓦說，「我想……呃……」

「我快吐了。」史特芮絲說。

「我不是故意要窺探的，史特芮絲。妳的神情看起來怪怪的，所以我才想看看書裡到底寫了——」

她又呻吟一聲。

車廂晃動，瓦尷尬地坐著，絞盡腦汁想找話說，「所以……妳沒有……這方面的經驗，我猜。」

「我問過別人細節。」史特芮絲說完，往後躺靠在椅背上，頭靠牆壁，兩眼仰望著天花板，「但大家都不說，都只給我一個眨眼，然後笑笑說『妳以後就會知道了』、『妳的身體知道怎麼做』。但假如我的身體不知道怎麼辦？假如我做錯了呢？」

「妳可以問我。」

「那太難爲情了。」史特芮絲閉上眼睛，「我知道一些粗淺的概念，我不是笨蛋。可是我的職責是要繁衍後代，這是至關重要的責任。如果我對這種事一無所知，要如何完成任務？我找了幾位妓女來問——」

「等等，妳眞的？」

「是的。找了三個爲人不錯的年輕女孩，約她們一起喝茶，但她們一發現我的身分，就都閉上嘴，什麼都不說——她們變得很奇怪，突然豎起防備心，不願意再深入談論細節。她們說我很可愛，一個老處女怎麼會可愛？你知道我已經要三十歲了嗎？」

「也是，已經一隻腳踏進棺材了。」瓦說。

「你是男人，當然不急，還能拿年齡來開玩笑。」史特芮絲不悅地頂回去，「在這場協議中，你還不到提供有效物質的截止期限。」

「妳的價值不只建立在生殖能力上，史特芮絲。」

「沒錯，還有我的錢。」

「而我在這協議中的價值，就只能給妳一個好聽的頭銜，」瓦說，「協議是雙方的事。」史特芮絲往後一坐，用嘴巴做了幾個深呼吸，最後才閉上一隻眼，做出瞄準的模樣，「你還可以拿槍殺人。」

「淑女需要男人去殺人！」

「爲保護淑女而殺人是傳統慣例，千百年來都是。」瓦微微一笑，「事實上，若妳眞想嚴守傳統——效法古老的皇室風範——那在男女關係中，殺人的都是淑女。」

「無論如何，我道歉，我太偏執了，是我無理取鬧。我應該努力自我堅定，才能好好沿續我們的聯盟。」

「別傻了，」瓦說，「我喜歡看妳偶爾鬧脾氣。」

「你喜歡看淑女耍脾氣？」

「每次都能發掘出妳不尋常的一面也不錯，能提醒我，人有很多的面向。」

「好吧，」她拿起那本書，「我可以換個主題繼續研究了，反正，我們的婚禮延後了。」

今晚應該是洞房花燭夜，瓦突然想到，兩人的第一夜。他當然知道，但只要一想到這件事，就覺得……怎麼說？鬆口氣？傷感？或者兩者皆是？

「我是這樣想的，如果能讓妳比較放鬆。」瓦說著，史特芮絲則把書塞進行李箱中，「我們可以不用……太頻繁，尤其是在孩子出生之後。十幾次，應該足夠妳研究了。」

史特芮絲的肩膀一垮，頭垂得低低的。她仍然躲著他，假裝忙著翻找行李箱，但他看出來了。

該死。這種事，哪能說得這麼露骨？如果是蕾希，早就一腳踹過來了。他的心裡一陣內疚，於是清清喉嚨說：「抱歉，是我說話不經大腦，史特芮絲。」

「實話實說，永遠不會錯，瓦希黎恩爵爺。」史特芮絲挺直身子，看著他，顯然已經鎮靜下來，「我很清楚協議書上是這樣寫的。那還是我自己寫的。」

瓦起身，換位到她身旁，伸手按在她手上，「我不喜歡妳，或者是我，如此談論我們的婚姻，感覺好像我們的關係只是建立在頭銜和金錢的交換。蕾希死……」瓦咳了幾聲，深吸口氣後繼續，「大家都想找我說話，或者私下評論，或者絮絮叨叨他們有多瞭解我的心情。只有妳，任由我傷心哭泣，而那是我最最需要的，謝謝妳。」

史特芮絲看著他的眼睛，捏捏他的手。

「我們的結合，」瓦對她說，「以及未來的生活，都不需要白紙黑字寫下來。」至少，其中大部分不需要寫下來，「別讓協議綁住我們的手腳。」

「抱歉，但那不就是簽定協議書的目的？雙方坐下來，定義權利與義務，以法律約束彼此。」

「而人生的目的不就是要突破限制，」瓦說，「粉碎並逃脫約束。」

「對一個執法者來說，這樣的想法眞是出人意表。」史特芮絲歪頭說。

「一點也不。」瓦想了一會兒，走到旁邊，在拉奈特的包裹裡翻找著，最後拿出一個纏了長長繩索的球體，「妳還認得這個嗎？」

「我看你剛才拿著它在檢視。」

瓦點點頭，「她的第三版鉤繩，跟我們用來攀升宙貝兒塔的那個很類似。看好。」

他燃燒鋼，再朝球體一推，球體跳出他的手指，朝車頂的橫槓行李架而去，他手中握著尾隨在後飛去的繩索的一端。球體快碰到行李架時，他再朝鎔金術所感應到的細藍線一推。細藍線直指隱藏在球體內側的彈簧鎖，類似於問證內關閉保險的機制。

隱藏在球體內部的一組鉤子，喀嚓張開，瓦再一拉繩索，只見球鉤便抓住了行李架的橫槓。他看到如此的成果，會心一笑。

這次的設計，比前幾次順手多了，讓瓦另眼相看。他再次推動球體的開關，鉤子鬆脫，隨後啪地收闔起來。球體掉落在史特芮絲身旁的沙發上，他再一拉繩索，把球收回到手中。

「精采，」史特芮絲說，「這跟我們說的事有什麼關係？」

瓦又推球體，但這次並沒有啓動剛才的機制。他只是緊握著繩索，讓球體飛了大約三呎遠時，猛地一拉，讓球體懸盪在空中，他繼續鋼推球，把球向斜上方推遠，另一隻手緊握著繩索，這樣球體便不至於掉落。

「人呢，」瓦說，「就跟繩子一樣，史特芮絲。飛出去，這邊撞撞、那邊碰碰，不斷地找新鮮，不斷地嘗試新事物。人的天性就喜歡探索隱藏在表象背後的祕密。世界之大，等著我們去探險、去體驗。」他挪了挪身體調整重心，使得繩索那端的球體旋轉而上。

「如果沒有界限，」瓦說，「我們就會糾纏在一起。想想看，如果車廂裡有數千條繩子飛來飛去會發生什麼事。法律是用來防止我們在探索的過程中傷人又傷己，沒有法律，就沒有自由。這就是我成為執法者的原因。」

「那追捕呢？」史特芮絲相當好奇，「你就不感興趣？」

「當然感興趣，」瓦微微一笑，「追捕是探索的一部分。找出凶手，破解祕密，發掘答案。」

當然還有另一個部分——是被邁爾斯逼出來的，一種異於常人的嫉惡如仇。惡人怎麼還有臉逃亡？憑什麼膽大妄為、為非作歹？

他放開球體，任由它掉落下來，史特芮絲撿起它，仔細地打量一番，「你提到了答案、祕密和探索，那為什麼討厭政治呢？」

「嗯，可能是因為坐在悶熱的會議室裡聆聽一大堆抱怨，根本不是探索。」

「才不是！」史特芮絲說，「每一場會議都是一次追根究柢的機會，瓦希黎恩爵爺。對方的動機是什麼？又隱瞞了什麼？真相是什麼？」她把球體丟回給瓦，再拿起行李箱，放在車廂中央的小茶几，「管理家族財務也是。」

「家族財務。」瓦淡淡地說。

「沒錯！」史特芮絲翻找著行李箱，拿出一份帳本，「你看。」她翻開帳本，指著一個帳目。

瓦看看那一頁帳單，又看看她。這麼興奮，他心想，但……帳目？

「三夾幣，」他說，「這些報表的報價只差三夾幣。抱歉，史特芮絲，我看不出這有什麼——」

「你沒看到嗎？」史特芮絲挪到他身旁坐著，「答案就在裡面，在帳本裡面。難道你不好奇嗎？這其中所暗藏的奧祕又是什麼？」她對瓦點點頭，滿臉是難掩的興奮。

「嗯，看來妳得指點指點我。」瓦其實心裡有些排斥，但是，她看起來好快樂。

「來，」史特芮絲給了他一份帳單，自己又抽了另一份出來，「看一下商品收訖單，再比較不同日期的支出！我要來研究生活開銷。」

瓦瞥了門窗一眼，滿心以爲會看到偉恩在走道上竊笑，爲惡作劇得逞而洋洋得意。但偉恩不在外面，所以也就沒有他以爲的惡作劇。史特芮絲已抓起她的那一份帳單埋頭苦幹，一副餓死鬼正狼吞虎嚥一塊極品牛排的模樣。

瓦嘆口氣，往後一坐，只好乖乖地認眞拜讀那些數字。

新　異

第六版，二二〇號

新

鉻金賈克與禮物

妮奇．薩瓦奇的超自然偵查……

遠古物種

竊賊偷走一張大型新瑟藍的地圖，薩瓦奇小姐一肩扛起本案的偵查工作。地圖的暗袋內藏有她父親留下的告別禮，也就是一個叫作「卡爾奇斯」的金屬人部落的所在地。此金屬人種是統御主創造出來的，已從世上消失多年。儘管薩瓦奇小姐是初入社交界的少女，但生性大膽勇敢，目前能阻止她進一步深入探索此金屬人祕密的，只有這個被她稱作憂鬱男的神祕大盜。

第二部

可怕的纜車

我抵達的當下，纜車的門板正好砰地闔上，車身猛地抖動，發動起來。而玻璃門的後面，陰陽怪氣男微微一笑，他的儀器放射出翠綠色光芒，從底下照耀他本人。

我跟著纜車一邊跑，一邊翻找出我可靠的小瓶鉻液，仰頭灌下。一股暖意從腹中升到喉嚨，我的信心也跟著高漲。

就在纜車滑離車站的同時，我縱身一躍。

（右下欄待續！）

比爾敏最新型
為依藍戴官員

一個星期前，比爾敏的貝斯汀．賽弗里頓市長站在該市壯闊的港口，迎接依藍戴議會的高層和名流貴族。就像該市的吉祥物海龜一般溫馴親人，賽弗里頓總督對依藍戴精英的盛請邀請，被視為友好和團結的表態。

比港口更令人激賞的，是那一排排停在港內的船隻。大多是常見的帆船和貨船，但其中漂蕩著金屬獸，它們像悠游在一群海龜中的鯊魚。那是賽弗里頓爵爺和已故的弗洛林．馬林博士——前盆地科技大臣——聯手研發打造出的軍艦。

「每艘軍艦配備有八套十二吋長的雙管大砲，每支大砲的射程可達十六哩。」賽弗里頓說，「先進設備尚包括強力裝甲船殼、電子測距儀，而且船

行最高時速達二十
我們叫軍艦為海
鑞。」

不過依藍戴代表
有些成員並不稀奇
艦。

「是很不錯的
示，」英毅斯．朱
員說，「但我們幹
軍艦？無論陸地
上，盆地都是獨立
防範誰？」

（背頁

纜車纜繩故障
乘客

新瑟藍交通局官方發言人聲稱鋅線纜車段於昨天傍晚發生故障而中斷，原因不明。交通局調動驢子和人力車，以古老的方式將乘客沿著之字形坡道送下山。此次事故顯然再次證明我們需要備用的應急運輸系統。

（背頁待續）

可怕的
纜車

巴茲寇爾修道士
練得很好，他們精
式可以像水蛭一樣
乾鎔金術師的金屬
不過我能從月臺跳

6

瑪拉席在怪獸的畫像前愣住了。

夜幕降臨，四周是火車餐廳客人的低語交談聲，列車繞過一個風景如畫的彎道，但她卻被那個畫面嚇傻了。狂亂粗暴的素描線條，描繪出一個可怕的人。文戴爾寄過來的一大疊文件中，大部分都是一些手抄的疑問，那隻受傷的坎得拉已給了部分的解答，但更多的問題，尚未有答案。

而這張不同。以兩種色鉛筆畫出的狂野筆觸，勾勒出一個恐怖的輪廓，火紅色的臉，扭曲的嘴，獸角和尖刺突出畫紙的邊界。但紅臉上的黑色眼睛，畫得像兩個黑洞。整幅畫，像是孩童直接從惡夢中撕扯出來的。

畫的底部有一行標題：雷魯爾的素描，描繪三四二年八月七日提到的怪獸。昨天。

下一張是訪談內容。

文戴爾：請再次描述你看到的東西。

雷魯爾：怪獸。

文戴爾：是，怪獸。是牠在看守腕甲嗎？

雷魯爾：不是，不是！那是之前的事。從天上掉下來的。

文戴爾：天上？

雷魯爾：頭頂上黑漆漆的一片。牠空空的，沒有眼睛，卻看著我！牠現在就看著我！

接下來的問答往後推延了一個小時，因為雷魯爾一直縮在角落裡哭得很傷心。等他情緒恢復，能再繼續訪談時，就拿起筆畫了這幅素描，一邊畫，嘴上一邊喃喃自語著他看到的東西。那怪物的眼睛有異常，可能是尖刺？

尖刺。瑪拉席抽出桌子下的手提袋，打開翻找著，後面那桌的男女爆笑出來，並大喊著要服務生再送酒過去。瑪拉席推開塞在袋內的兩發子彈手槍，拿出一本薄薄的書，這是鐵眼給瓦希黎恩的那本書的複本。

打開書，翻到她想找的內容，那是迷霧之子大人雷司提波恩寫的：就我現在所能理解的，血金術藉由重寫靈魂定位，幾乎可以呼風喚雨、無中生有。但要命的是，就連統御主也無法完全掌握其中的奧妙。他所創造的克羅司，的確是刀槍不入的士兵——我是指牠們只要吃土和吞下其他物質就能存活——但只要活著，牠們幾乎整天互相殘殺，滿心怨恨自己變成人不像人的鬼東西。至於坎得拉，牠們的情況比較幸運，可是只要失去尖刺，就會變成一群笨蛋，而且牠們無法自我複製。

我其實是想告訴你們，不要花太多心力去探索和試驗血金術的這一個面向，那根本上就是白費力氣，因為每一個實驗方法都會有百萬種變數，進而影響結果。你們只要專注在金屬力量的轉化，就綽綽有餘了。相信我。

讀著迷霧之子大人親手寫的書，隨興的筆調像是尋常的聊天，給人一種古怪的感覺。他是火焰倖存者，是以德政治理天下一個世紀、帶領百姓篳路藍縷重建文明的領導者。沒想到他的書寫如此平易近人，甚至還提到他大部分的演講稿都是命令微風，也就是神之顧問，幫他擬稿的，因此所有注明是迷霧之子大人的發言、引文和題詞，他都只是掛名而已。

但這不表示他是昏庸無能的領袖。對，這本書內涵豐富，隨處可見精闢獨到的見解，同時也充滿爭議。迷霧之子大人主張召集年邁或重病難癒的金屬之子奉獻生命，以製造……尖刺，進而創造出威猛雄壯的個體。

雖然他在書中舉證歷歷以支持自己的主張，但一件事若是三言兩語就能說得清道得明，也就不存在所謂的爭議性了。

她沉思書中關於血金術試驗的描述，不去理會背後那對男女的喧鬧。那幅畫，畫的會不會是新型的血金術怪獸？瓦在依藍戴地底遇到的那種怪獸？是「套裝先生」設計的？還是試驗失敗的產物？或是與那位身擁不知名金屬的神祇，神龍見首不見尾的特雷神有關？

她終於決定把書和畫都放到一邊去，先專注於眼前的任務。要從哪裡著手尋找雷魯爾的尖刺呢？雷魯爾在一次爆炸中受傷，造成身殘，不得不丟下斷肢——和尖刺——匆匆逃命。

坎得拉的肉體一旦被砍掉，就會保留人體時的模樣，所以爆炸後進行清理工作時，應該會跟著其他殘肢、屍體一起被清掉吧？她必須找找看那場爆炸後是否有所謂的亂葬崗。不過，若是「套裝」知道要找的坎得拉屍體應該是什麼模樣，可能早就找到那支尖刺了。那些相片，以及那些人也許正在進行血金術試驗的推測，更加提高了尖刺在他們手上的可能性。這麼說來，這又是一條線索了。況且……

那是偉恩的聲音嗎？瑪拉席轉身查看背後那對大聲說笑的男女。果然，偉恩正在友善地和那對酒醉的男女談天說地。男女兩人都是盛裝打扮，而偉恩呢，一如往常的蠻橫區褲裝加吊帶，他的披風就掛在桌邊的衣椿上。

他一看到瑪拉席就咧嘴一笑，順手拿起那對男女面前的一只酒杯仰頭灌下，丟下一句道別就掉頭走開。就在這個時候，車廂猛地一跳，桌上的杯盤乒乓震動，只見偉恩滑進了瑪拉席對面的座位，滿臉的笑容。

「紅酒？指油？」瑪拉席問。

「才怪，」他說，「他們喝的是香檳酒，眞受不了那個東西。我要指的是口音。這些全都是新瑟藍人，跟他們聊聊天，好好感受一下當地人的說話方式。」

「啊。你知道室內必須脫帽吧？那是禮貌。」

「當然囉，」他朝瑪拉席一摁帽沿，往後一躺，再把腳往小桌上一蹺，「妳在這裡幹麼？」

「這一節不是餐廳嗎？」瑪拉席問，「我只是想找個大一點的地方放鬆一下。」

「瓦包了一整節的車廂給我們，女人，」偉恩朝經過的服務生招手，再指指自己的嘴巴，做倒水的手勢，「我們至少有六個專屬的房間。」

「也許我就是想被人包圍。」

「我們不是人？」

「你，就要看情況了。」

偉恩哈哈一笑，看見服務生走了過來，朝瑪拉席眨眨眼。

「請問你要——」服務生問。

「酒。」偉恩說。

「能再明確一點嗎，先生？」

「很多很多的酒。」

服務生嘆口氣，瞥了瑪拉席一眼，瑪拉席搖搖頭，「我不用。」

服務生領命退開。「不要香檳酒！」偉恩朝著他的背大叫，迎來了許多客人的瞪視，他一副沒事的樣子轉回來看著瑪拉席，「怎樣？要回答我的問題嗎？妳在躲什麼，瑪拉席？」

瑪拉席愣了一下，感覺到火車有節奏地晃動，「做他的影子曾經困擾你嗎，偉恩？」

「誰的影子？瓦？他的體重是一直在增加中，但他還沒那麼胖啊，是吧？」他嘻嘻一笑，但瑪拉席並沒有報之以微笑。接下來的氣氛不尋常地嚴肅起來，偉恩把腳移下來，換上一隻手肘，上半身朝她傾過去。

「才不，」偉恩想了想，「不，不會。我不在乎別人是否注意到我。有時候還覺得沒人注意我，日子簡單多了，是吧？我喜歡聆聽。」偉恩看著她，「他認為妳無法獨自完成這次任務，妳生氣了？」

「沒有，」瑪拉席說，「但是……我不知道，偉恩。我一開始是學法律的——專門研究過知名的執法者——因為我想做出一點成績，讓大家對我另眼相看。後來進入警察局，自以為可以大展身手，結果卻發現亞拉戴爾之所以聘用我，是因為他要找個能接近並監視瓦希黎恩的人。

「我們兩個都知道坎得拉想找的人，是他，他們還特地設計了那場會議，引他上鉤。在警察局裡，我每次完成一項任務，大家都認為那是因為我有瓦希黎恩在背後撐腰。我總是感覺自己好像只是某種附屬器官。」

「妳才不是，瑪拉席。」偉恩說，「妳很重要，妳出了很大的力。再說，妳很好聞，都沒有血腥味。」

「太好了，我完全聽不懂你在說什麼。」

「附屬器官不會那麼好聞，」偉恩說，「它們的味道噁心死了。我曾經幫一個人切除過。」

「你是指盲腸吧？」

「是啊，」偉恩頓了一下，「所以……」

「那是兩回事。」

「對，妳不是在打比方嗎？人不需要那些器官。」

瑪拉席嘆口氣，往後一躺，用手腕揉揉眼睛。幹麼又跟偉恩談這種事？

「我懂，」偉恩說，「我知道妳的感覺，瑪拉。瓦……他是有些過分了？」

「他無懈可擊，」瑪拉席說，「能幹，甚至沒意識到自己的專橫。他為大家排憂解難，我幹麼因為這個難過？鐵鏽的，偉恩，我研究過他，很羨慕他的所作所為。其實有幸能為破案盡一分力，我已經很滿足了。大部分時候，是這樣的。」

偉恩點點頭，「但妳也想獨自撐起一邊天。」

「完全正確！」

「沒人逼妳跟我們攪和在一起。」偉恩說，「印象中，瓦一開始花了很多心思把妳隔絕在外，不讓妳牽扯進來。」

「我知道，我知道，我只是……我以為這次終於有機會能獨力完成一件重大任務。」她做了一個深呼吸，「我知道這麼想很蠢，但一想到我們一起行動，找到尖刺，還給那隻坎得拉——然後，大家都會感謝瓦希黎恩，我就覺得很挫敗。」

偉恩若有所思地點點頭，「我認識一個人，」他往後一靠，又把腳蹺上桌，「他就覺得帶人去打獵是個不錯的點子。城市佬，妳知道吧？他們看過的最大的動物，就是吃太飽的老鼠。而蠻橫區有獅子，猛獸，有一口的利牙——」

「我知道獅子長什麼樣，偉恩。」

「好吧。企浦，就是這個人的名字，他印了一些傳紙來宣傳，是跟女朋友借錢來印的，結果他女朋友就認爲這趟打獵行程賺的旅費，她應該有份。好，等第一筆錢進來了，情侶倆就吵起來，最後他女友刺中他的『手槍皮套』——如果妳懂我的意思。於是他血淋淋地衝到街上，警察發現了他，告訴他，你不能獵殺獅子，那是法律規定的，好像是說獅子是高貴的自然珍寶之類。

「總之，警察抓了他，把他關進大牢。更慘的是，獄卒拿棍子敲欄杆時，不小心敲中他的手指，敲得他重傷，從此以後指尖都彎不起來了。」

酒來了，服務生在桌上放了一瓶威士忌和一個小杯子。偉恩告訴服務生把酒錢記在瓦希黎恩的帳上，倒了一杯酒，人又往後躺下。

「結束了？」瑪拉席問。

「什麼？」偉恩說，「妳是嫌那傢伙還不夠可憐？妳太殘酷了，瑪拉席，太殘酷了。」

「我不是……」瑪拉席深吸口氣，「這故事和我有關係？」

「倒也沒有。」偉恩啜了口酒，從口袋掏出一個小木盒，再從盒中拿了一球口香糖，「但我告訴妳啊，企浦，他眞的很慘。每次我心情低落時，都會想起他，就告訴自己『偉恩，至少你沒搞到一敗塗地，沒落魄成沒鳥男，以及想擤鼻涕也做不到的地步』，然後心情就變好了。」

他一隻眼睛朝瑪拉席一眨，把口香糖往嘴裡一拋，一溜煙滑出了座位，朝身穿高級蕾絲長禮服、頭戴帽沿過寬帽子的宓蘭招手。普通女人都需要束腹才穿得下那一身的禮服，而這名坎得拉的曲線，簡直就像是特地爲禮服而雕塑出來的。太不公平了。

瑪拉席回頭盯著筆記瞧。偉恩把她搞得糊里糊塗的，這現象不太尋常，但也許他的話的確有些道理，可以啓發她。她繼續手上的調查工作，沒多久就昏昏欲睡了。天色已晚，夕陽餘暉完全消失，而他們還要好幾個小時才會抵達目的地，於是她把一疊資料收回原本的大文件夾裡。

從文件夾滑出了一個東西。她眉頭一蹙，撿起來一瞧，原來是個小布袋。打開一看，袋中有支小小的道徒耳環和一張紙條。

以防萬一，瓦希黎恩。

她打了個呵欠，把布袋收好，起身從人群中擠出餐廳。瓦希黎恩包下的車廂就在兩節車廂後的火車尾巴。她緊緊拽著文件夾，踏上了兩節車廂之間的露天平臺，勁風便狂掃而來。一個矮個子列車職員就站在那裡，看著她走進下一節車廂。列車職員這次什麼也沒說，但上次他試圖說服瑪拉席不要在車廂之間移動，還堅持如果她需要餐飲，可以幫忙送到她的車廂。

下一節車廂是頭等廂，除了走道，另一邊全是私人包廂。瑪拉席在牆上電燈的照耀下，穿過車廂。上次搭火車時，牆上掛的是有著明亮且沉靜燈罩的瓦斯燈。她是喜歡進步，但這些電燈給人的感覺就是不踏實——比如只要火車一慢下來，燈光就會閃爍不定。

她來到最後一節車廂，經過她自己的臥舖，朝瓦希黎恩和史特芮絲剛才用晚餐的房間走去，想看看他們是否還在那裡。沒想到他們都還在，瓦希黎恩是在她預料中的人，但史特芮絲從來都不是夜貓子。

瑪拉席滑開門，朝門裡一瞥，「瓦希黎恩？」

那男人跪在地板上，坐椅上放滿了帳冊和紙張，兩眼聚精會神地盯著帳單，一隻手朝她豎起，無聲地阻止了正要開口詢問的瑪拉席。

瑪拉席皺皺眉，爲什麼——

「啊哈！」瓦希黎恩大叫，站了起來，「我找到了！」

「什麼？」史特芮絲說，「哪裡？」

「小費。」

「我核對過小費了。」

「一個碼頭工人延遲了報帳。」瓦希黎恩抓起一張紙，轉過去給史特芮絲看，「他給了一個幫他跑腿送信的男孩四夾幣當小費，然後請款報銷。工頭支付了他，也塡了請款單，但四寫得很像三，會計就記成三夾幣了。」

史特芮絲圓睜著眼睛說：「你這個見鬼的壞蛋，」瑪拉席不相信地眨眨眼，她從沒聽過史特芮絲那樣說話，「你怎麼想到的？」

瓦希黎恩得意一笑，交抱雙臂，「偉恩會說，是因爲我聰明啊。」

「偉恩的智力相當於果蠅，」史特芮絲說，「跟他比，每個人都是聰明的。我……」她這才注意到瑪拉席的存在，眨眨眼，表情變得含蓄，「瑪拉席，歡迎加入我們。請坐。」

「坐哪裡？」瑪拉席問。桌上、椅上全是帳冊和紙張，「行李架上？那些是家庭帳簿嗎？」

「我找出漏掉的一夾幣，」瓦希黎恩說，「也是最後一筆，所以今晚我找到了兩筆，史特芮絲一筆。」

瑪拉席盯著正在爲她清出座位的史特芮絲，再看看瓦希黎恩。那男人容光煥發地站在那裡，一看再看手中拿著的那張紙，彷彿那是他從魔王迷宮中搶救回來的失落金屬。

「漏掉的一夾幣，」瑪拉席說，「太好了，這樣你或許能從這裡面發現一些端倪。」她拿高文戴爾給她的資料，「我要去睡幾個小時。」

「嗯？」瓦希黎恩說，「噢，當然。謝謝。」他不情不願地放下手裡的帳單，接過了文件夾。

「別忘了看看那些怪獸的畫，」瑪拉席打了個呵欠，「噢，還有這個。」她把裝著耳環的小布袋丟過去，掉頭回到了走道上。

她朝自己的臥鋪走去，感覺火車又放慢了速度。又要進城了？還是鐵軌上又有過馬路的綿羊群？火車應該進入了這趟車程中風景最美麗的一段，可惜外面漆黑一片。

她來到房門前，那是這節車廂中的第一間臥鋪。她從走道窗戶探頭出去，往前望著火車的其他節車廂，卻震驚地發現它們已經遠離，朝黑暗駛去。她愣了一下，聽到車廂另一頭的門砰地飛開。

剛才站在露天平臺的男人平舉著一把槍，朝走道開火。

7

「你滿有天份的，瓦希黎恩爵爺，我跟你說過——」

瓦轉開注意力。

火車放慢下來了。

軋軋聲逐漸遠去。

門砰地飛開。

瓦驟燒鋼。

史特芮絲繼續說話，瓦敷衍地點點頭，人已經進入戒備狀態。他聽到一聲喀嚓，隨即朝左邊一推，定住，推力鎖定在車廂的骨架上，以穩住身體。

子彈從外面的走道飛射而過時——推力已就定位——剛好把子彈撞歪，射進廂壁中。

走。剛才一推已推開了廂門，他拋下耳環——該死的文戴爾——往右朝車廂的金屬窗框推動，整個人向左彈開，滑進了走道。隨後，猛地撞上嵌著子彈的廂壁，拔出問證開槍，子彈打穿走道盡頭的男人額頭。那個男人一臉震驚，無法置信。

瑪拉席這才放聲大叫。史特芮絲探頭出來，兩隻眼睛睜得好大。這個動作相當危險，但畢竟她遇上槍戰的機會不多。

「謝謝。」瑪拉席說。

瓦點了一個頭，「帶妳姊姊去找掩護。」他從瑪拉席身旁輕掠而過，走出車廂，踏上車廂之間的小平臺。只有他們的車廂被解開，在鐵軌上獨自漂流。有三個人滿臉驚訝地騎著馬，跟在減速中的車廂旁邊。

馬？瓦心想，眞的？

夜空萬里無雲——地平線也沒有紅裂（Red Rip）出現——在格外明亮的萬點星光下，他看到那三個人在襯衫之外都穿了背心，下面是粗厚的褲子。而車廂前面尚有一大群同樣裝扮的騎士，策馬奔馳。從陣仗看來，那些人不是來截殺他們的，而是大張旗鼓的搶劫。

這表示他必須動作快。

他朝腳下的平臺用力一推，再瞬間減輕體重。跟在車廂旁邊的三名搶匪開槍射擊，但瓦已騰空飛起，躲開了子彈，因爲體重減輕而被強風往後朝車廂吹去。他只好落地，增加體重，順手把一個搶匪拽下馬背。

其餘的歹徒往前飛奔而去，一邊狂踹馬肚，一邊大叫著：「鎔金術師！鎔金術師！」

混帳，瓦撂倒一個歹徒，其他人則躲進了樹林，躲在他的射程之外，要不了多久就會追上他們的同夥。

瓦降落在平臺上，隨即衝入走道。剛才和史特芮絲待過的廂房已空無一人，不過他仍然在隔壁房間看到了幾條顫抖的藍線。原來瑪拉席精明地把大家都塞進了僕人房中。

「搶劫。」瓦踢開房門，僕人、瑪拉席和史特芮絲全嚇了一大跳。房內的人大多坐在地板上，瑪拉席則躲在窗邊，不時地朝車窗外偷窺。史特芮絲坐在嵌壁式的椅子上，一派鎮靜沉著。

「搶匪？」史特芮絲問，「真是的，瓦希黎恩爵爺，無論我們到哪裡，你一定要隨身攜帶這些業餘愛好嗎？」

「他們去追前面的火車了。」瓦往前一指，「應該是猜到這節車廂是私人包廂，以為能大撈一筆，所以才設法鬆脫鉤索。只是有件事，很不對勁。」

「他們不就是想殺掉我們？」瑪拉席問。

「在我的經驗裡，」史特芮絲說，「搶錢殺人，很正常。」

「不對勁的是，」瓦說，「他們騎馬。」

所有人瞪著他看。

「土匪騎馬打劫火車，」瓦說，「只會出現在小說情節裡，沒人會做這種事。他們大可以學消賊明目張膽地逼迫火車停下來，何必冒著生命危險，強行登上行駛中的火車？」

「所以追我們的這些土匪……」瑪拉席說。

「是新手，」瓦說，「再不然就是劣質小說讀太多了。不管如何，他們仍然是危險人物，我不能冒險把你們留在這裡，免得他們掉頭回來。你們躲著，要抓緊。」

「抓緊？」荷弗說，「為什麼——」

瓦潛回去走道上，朝車廂的後面跑去。四下張望，確定沒人後，才從已靜止下來的車廂跳到鐵軌上，汲取金屬意識，增加體重。

大大地增加體重。

腳下的石子地逐漸下陷，他一咬牙，驟燒鋼，再推。

車廂像被另一輛火車撞上一般，突地往前衝去。鋼推使車廂沿著鐵軌喀啦滑去，瓦鬆了一口氣。身上的肌肉並不疼痛，只有種狠狠撞上牆的感覺。

他鬆開金屬意識，讓體重恢復正常，再朝鐵軌推動，把自己從石子地中拔出來，差點掉了一隻靴子。

又一次往鐵軌反推，他整個人朝滑動中的車廂飛去。不夠快，他落地後，再次增加體重。車廂被推得搖搖晃晃地前進，他一個蹤躍，跟了上去，就這樣重複三次，車廂的速度終於上來了。他最後使出全力推出，整個人疾射而去，用肩膀頂著車廂後面的廂壁，朝後面的鐵軌施展鎔金術，以補強車廂前進的動力。

不斷向後退的地面模糊成一片，一排排的枕木閃過，鐵軌上源源不間斷的金屬藍線直指向瓦的胸膛。他呻吟一聲，調整位置，讓背貼著廂壁。但反作用力依然壓得他喘不過氣來，因爲他在這裡無法大量增加體重，也不敢冒險中斷推送。

車廂飛掠過一群馬匹，牠們被幾個牧童看護著，顯然是土匪的備用坐騎。瓦舉起問證朝空中開了幾槍，但馬匹訓練精良，已經習慣了槍響。

前方傳來槍聲，瓦連續幾推，趕了過去。一會兒後，車廂力道適中地撞上前面的火車車廂。他一鬆手，落在了平臺上，背部疼得快直不起來。不過聯結器已經接上，車廂成功歸隊。

他朝車廂內瞄了一眼，然後閃身而入，越過其他人藏身的房間，來到他自己的臥舖，把問證插回槍套，再從上方的架子拉下槍盒。

「瓦希黎恩？」瑪拉席輕手輕腳地溜進來。

「有看到偉恩嗎？」瓦問。

「我不久前在餐廳看到他。」

「他應該在反擊了。如果妳遇到他，告訴他我先去突襲前面的車廂，再回頭往後清掃土匪。」他用力一頂，把史特瑞恩裝好子彈的彈匣扣回，再伸手去拿第二把。

「明白。」瑪拉席頓了一下，又說：「你看起來很擔心。」

「他們沒戴面具。」

「沒戴……」

「搶匪都會戴面具。」喀嚓一聲，瓦扣回第二把史特瑞恩的彈匣，再扣好槍帶，把重新裝填子彈的問證插回到肩上槍套內。

「那不戴面具表示？」

「表示他們不在乎被人看見眞面目，」他直視她的眼睛說，「他們是累犯，已經沒什麼好怕的，這樣的歹徒最容易下殺手。更糟糕的是，他們顯然沒搶過火車，所以若不是走投無路了，就是被逼的。」

她的臉一下子變得蒼白，「你覺得這不是臨時起意。」

「如果是，我就吃掉偉恩的帽子。」他看著拉奈特送他的霰彈槍，然後綁好大腿上的槍套，把霰彈槍插進去，再在槍帶上掛了兩個球繩新玩意，最後伸手去上面的櫃子拿下步槍的袋子，丟給瑪拉席。

「保護史特芮絲。」他說，「去下一、兩節車廂找找看偉恩，如果遇到阻力，就不要再往前走。留守陣地，保護好這裡的人。」

「收到。」

他朝走道走去，但腳一踏出去，就被一陣彈雨逼退回來。瓦咒罵一聲。剛才只要有一顆他無法反推的鋁製子彈，他就沒命了。

他深吸口氣，探頭一瞥，同時推出，只見前一節車廂的後平臺上站著四個匪徒。匪徒再次開槍。瓦閃了回去，看著子彈帶著藍線咻咻飛過去，炸碎的木屑飛濺開來，他身旁的門框也被削去一大片。看來他們並沒有鋁製子彈。

「分散他們的注意力？」瑪拉席問。

「是的，拜託妳了。」瓦增加體重，朝窗框一推，整扇窗戶猛地飛出，撞上路過的大樹，「妳先開幾槍，掩護我離開，然後數二十下，再開槍。」

「沒問題。」

瓦飛身出窗洞，隨即朝下開了一槍，子彈射進地面，他再反推，借力向上飛起。房內的瑪拉席開了數槍，瓦暗自期望匪徒會以爲他剛才開的那一槍也是從房內射出的。

他向上高飛而去，勁風颳過髮絲和西裝外套，他朝地面再開一槍，但這次的角度刻意偏斜一些，讓他借力向右盪去，最後落到火車頂部。

尚未落地前，他逕自朝一顆顆釘子反推，整個人向前方疾飛而去。越過自己的包廂以及匪徒所在的下一節車廂，最後在倒數第三節的餐車頂上降下。

他轉身面向火車尾部，在心裡默數二十。一會兒後，就聽到瑪拉席開槍。他就是在等這個暗號，於是立即動身，飛身降落在餐車和匪徒車廂之間。

沒想到，正巧落在一個從第二節車廂退出的土匪頭頂上。瓦才剛一舉起槍，就被那個驚嚇萬分的男人一拳擊中肚子。

瓦悶哼一聲，暗中增加體重。腳下的木板受力繃緊，他用肩膀往匪徒撞去時，木板的彈力助他把匪徒撞下了火車，往鐵軌滾落而去。匪徒好心地留下了一扇敞開的門，只見車廂另一頭的匪徒，注意力全在瑪拉席所在的最一節車廂上。

他並沒有開槍射擊，只是推掉他們手中的金屬槍械，匪徒紛紛翻落平臺，從兩節車廂之間掉下去。其中一個抓住了欄杆，瓦朝他的手臂開了一槍，然後轉身舉槍對準餐車。

車廂內的乘客都嚇傻了，躲在餐桌下啜泣。鐵鏽的……沒有印花大手帕之類的辨識標誌，他根本無法判別哪個是土匪。他展開鋼圈，四面八方地朝外輕輕推送，這麼做當然也會把他身上所有的武器都包裹起來。鋼圈並不好用——他好幾次在使用鋼圈時被射傷——但仍然有點幫助。

他轉身從後面走進剛才匪徒所在的第二節車廂，一一檢查隔間，門把在鋼圈的磁力作用下喀啦撼動。頭等廂的乘客全藏在這裡，而且沒有人受傷。

在瓦的包廂中，瑪拉席戴著瓦最愛的帽子閃身來到走道，對著廂壁上無數的彈孔，無奈地聳聳肩。

「我若找到偉恩，會叫他過來妳這邊。」瓦一邊跟她說，一邊伸手到槍帶拿金屬液小瓶，手指卻碰到溼溼的液體，槍帶上只剩下叮噹響的碎玻璃。

該死，剛才的那一拳，擊碎了玻璃瓶。他趕緊跳過車廂之間的縫隙，回到他們的包廂，「我需要金屬。」他向一臉疑問的瑪拉席解釋。

他來到自己的臥鋪，卻看到隔壁房間伸出一隻手，手裡拿著一個小玻璃瓶。

「史特芮絲？」瓦朝她走去。她依然坐在嵌壁長椅上，只不過臉色比剛才更蒼白。「鋼片懸浮液。」她搖搖玻璃瓶。

「妳什麼時候開始隨身攜帶這些玻璃瓶的？」瓦接下瓶子。

「大約六個月前。我在手提袋內放了一瓶，以免你臨時需要。」史特芮絲抬起另一隻手，手掌中又放了兩瓶，「還有隨身帶著兩瓶，沒辦法，誰叫我神經質。」

瓦微勾嘴角，接過另外兩個小瓶子。但他灌下第一瓶時，差點嗆到，「這裡面到底是什麼鬼東西？」

「金屬片之外嗎？」史特芮絲說，「加了魚肝油。」

瓦目瞪口呆地看著她。

「威士忌對身體不好，瓦希黎恩爵爺。一個妻子必須照顧丈夫的健康。」

瓦嘆口氣，又喝了一瓶，再把最後一瓶塞進槍帶中。「照顧自己，我去巡查一下火車。」他轉身離開，從後門竄出，朝鐵軌推出，整個人呈弧線飛升而去。

平原在眼前延展開來，沐浴在星光之下。盆地的南緣接近瑟藍山脊，地形上比北部來得多樣化。而在這裡，丘陵滾滾而去，逐漸拔高。

瑟藍河直切丘陵而過，形成許多大大小小的峽谷。鐵軌環繞著丘陵的較高處而過，不可避免地需要二、三座結構橋來橫跨河谷。

火車共有八節載客車廂，外加幾節的貨運車廂和一節餐廳車箱。他往下降落，目標鎖定前面爆出槍響的車廂。就在他降落於那節車廂的下一節車廂頂上時，有個人急急忙忙衝到平臺上，一隻手摀著臉。

他注意到那個人的制服，是個武裝的銀行保安人員。他心想。這班火車的一節車廂應該中載有一筆薪資，只不過包裝成一般的普通郵袋。那是什麼氣味？甲醛？那個保全在喘氣？隨後一個人也跟著衝了出來。

放郵件的車廂中響起槍聲，兩人應聲而倒。瓦落到平臺上，蹲下去檢查兩人的傷勢。其中一個還在抽動，瓦於是單膝跪下，拿那個人的手摀住他肩上的傷口。「用力按著，」火車軋軋前進，他大聲喊著，「我待會回來救你。」

那個人虛弱地點點頭。瓦深吸一口氣，走進郵件車廂中，眼睛因爲甲醛條地一陣刺痛。廂內人影晃動，都戴著奇怪的面具，圍著中央的大保險箱忙碌著。地板上，散亂地躺著大約六個身亡的保安人員。

瓦開槍擊倒幾個搶匪，隨即鋼推退出車廂，再向上飛躍而去，剩下的匪徒紛紛找到掩護，開槍反擊。他降落在下一節的車廂頂，把用光子彈的問證插回槍套中，拔出一把史特瑞恩。

他正準備下去撂倒更多匪徒時，郵件車廂砰地一聲爆炸。只是一場小爆破，但已經造成他的耳鳴。他的臉難受得扭曲在一起，而人已降落在平臺上，看到煙霧中有人影閃動，幾個人正彎身在保險箱旁邊，搬動箱內的物品。其餘匪徒則朝他開槍反擊。

他往旁邊一閃，用力一推將廂門關上，以加厚過的金屬門當盾牌，阻擋子彈。然後拖著受傷的保全人員越過兩個平臺之間的窄縫，進入下一節車廂中。這節車廂也都是臥舖，屬於經濟廂等級，好幾個人共用一個房間。

現在房間內已淨空，乘客聽到前面車廂爆出槍響，早就逃到下一節車廂去了。但他仍然一間間地檢查，然後才把受傷的保全人員安置在其中一間，再拿手帕綁住傷口上方止血。

「錢……」保全人員說。

「搶匪已經得手，」瓦回應他，「不值得冒生命危險把錢搶回來。」

「可是……」

「我看清楚了其中幾個人的長相，」瓦說，「希望你也是。我們可以提供警方線索，查出他們的來歷，再設計捕捉。再說，他們離開了，我們就可以馬上去救你的朋友。」

保全人員有氣無力地點點頭，「我們打不過他們。他們從窗戶丟了好幾個瓶子進來……接著廂門飛開。鋼門，就那樣被推得直接從鉸鏈上扯下來，像撕紙一樣輕鬆……」

瓦心中一寒。可見搶匪中有金屬之子。他探頭朝郵件車廂一瞥，發現被他關上的門又被打開了。一個瘦削的男子站在平臺上，一身的長外套，手持一根柺杖。男子一邊打手勢，一邊催趕著一名彪形大漢往前衝來。那大漢足足有七呎高。

太好了。「進來這裡，」瓦一邊對保全人員說，一邊拉開地板上行李收納格的暗門。「把頭壓低。」

保全人員爬進又淺又擠，儘管裡面已經放了幾件行李，仍足以容納一個人的收納格。瓦拔出兩把史特瑞恩，蹲伏在門口。火車搖搖晃晃前進，繞過了一個彎道，完全沒有停下來的跡象。難道司機不知道火車被偷襲了？還是，他把希望寄託在趕緊抵達下一站？

鐵鏽的，郵件車廂推翻了瓦的預期，也許搶匪不是針對他而來。但為何不乾脆在荒野中強迫司機停下火車，痛痛快快地搶劫？疑點太多，現在也沒時間找答案，眼前有個大漢需要對付。他打算等對方快接近時，猛地跳出去，嚇得對方自亂陣腳，再一舉撂倒。但如果大漢就是金屬之子，那麼驚嚇將會——

走道上有個物件砰砰地彈跳而來，最後停在門口、瓦身旁的地板上。仔細一看，是個小小的金屬方塊。瓦連忙往後跳開，以防方塊爆炸，但那東西紋風不動，一點動靜也沒有。

接著他全身一涼，萬分驚恐地發現自己不再燃燒鋼。體內空蕩蕩的，沒有可供燃燒的金屬存量。

他的鋼存量，在不知不覺間已消失無蹤。

瑪拉席舉著步槍開了三槍，逼得搶匪退回到下一節車廂找掩護。了不起，她順手將步槍遞給史特芮絲裝填子彈。以前她都是用打靶步槍，扣一次扳機，射一顆子彈，再上膛，再扣扳機，但瓦的步槍像左輪手槍一般，有個填滿子彈的自動轉輪。

史特芮絲裝填好後，把步槍遞回去，她接下，再次瞄準，等待匪徒探頭出來偵察動靜。她就躲在僕人臥鋪的門邊，而匪徒也尚未進行猛烈的攻堅。

旁邊有人在說話。瑪拉席瞥了房內一眼，看見祖魯坦正在說話，於是抽出一個耳朵裡的蠟製耳塞。

「什麼？」她問。

「那是耳塞嗎？」男僕問。

「不然它們看起來像什麼？」她說完，舉槍瞄準，開了一槍。

祖魯坦立刻抬手摀住耳朵。在這小小的房間內，槍響大得讓人耳朵刺痛，她氣惱都是那個男僕害得她要拔下耳塞。

「妳帶來的？」祖魯坦問。

「史特芮絲帶的。」想也知道。史特芮絲拿出一對耳塞塞入耳朵時，瑪拉席有些吃驚，但史特芮絲隨後又鎮定地拿出第二對耳塞，遞給她。

「所以槍戰在妳預料之中？」

「多多少少。」瑪拉席專心盯著匪徒的動靜。

男僕似乎嚇到了，「這種事經常發生？」

「妳認為經常嗎，史特芮絲？」瑪拉席問。

「唔？」史特芮絲拔下一邊的耳塞，「妳說什麼？」

瑪拉席開了一槍之後，翻翻白眼，又不是我問的，「男僕想知道我們是不是經常遇到這種事情。」

「妳比較有經驗，」史特芮絲像是在話家常，「不過只要有瓦希黎恩爵爺，日子就不會太平靜。」

祖魯坦說，「日子不會太平靜？鐵鏽的，這可是火車搶劫！」

史特芮絲冷冷地看著男僕，「你接下工作前，沒先打聽一下你的主人？」

「呃，我知道他的愛好是偵察辦案，而其他爵爺比較喜歡聽交響樂，他的喜好是有些古怪，但無傷大雅，反正又不需要他眞槍實彈去打仗。」

他們太安靜了，瑪拉席緊張起來，一隻手指輕敲著槍托。難道他們又想爬到車頂上伏擊？天花板上的彈孔還滴著爬到車頂上的人的鮮血。

她身旁的史特芮絲不滿的嘖了一下嘴，在史特芮絲眼裡，對於男僕顯然沒做功課就糊里糊塗做出決定，不只十惡不赦，還萬分恐怖。

「他……他會回來嗎？」祖魯坦問。

「辦完事後，就會回來。」史特芮絲說。

「辦完什麼事？」

「在他殺完那些罪犯後，希望如此。」她說。

瑪拉席萬萬沒想到史特芮絲也有無情的一面。不過早在十八個月前，她從綁匪手中脫險後，就不再是以前的那個她了。不是那種身心受創後的變化——反正就是不一樣了。

「他們沒再開槍，」祖魯坦說，「難道是撤退了？」

「也許。」瑪拉席說，更可能沒有。

「我們要出去看看嗎？」祖魯坦問。

「我們？」

「呃，妳，」他拉扯著衣領，「我想都沒想過會遇上槍戰。如此精采的額外待遇，不是都沒有僕人的份？」

「大部分是。」瑪拉席說。

「但宅邸爆炸就沒辦法了。」史特芮絲補上一句。

「是啊。」

「而且……妳知道的。」史特芮絲說。

「還是別提了，對大家比較好。」

「別提什麼？」祖魯坦問。

「別擔心，」瑪拉席盯了史特芮絲一眼。說實在的，若不是他在接下工作前沒做功課——

「等等，」祖魯坦皺起眉頭，「拉德利安爵爺的前一位貼身男僕，出了什麼事？」

走道又有動靜了。瑪拉席舉起步槍，準備開槍。但走過來的不是匪徒，而是一位穿著高級行旅洋裝的年長婦人。一名匪徒跟在她後面，手中的槍指著婦人的頭部。

瑪拉席的子彈正中匪徒的額心。

她倒抽一口氣，被自己的果敢勇猛嚇到，手中的槍差點掉下去。其他搶匪看到這一幕，知道挾持人質的計策失敗了，一溜煙地逃走，全朝前面的車廂跑去。

鐵鏽的！瑪拉席感覺汗水流下了太陽穴。她毫不猶豫，想都沒想就開了槍。可憐的人質嚇呆了，直挺挺僵立在那裡，死者的鮮血濺得她一身都是。瑪拉席很清楚那是什麼樣的感覺，非常清楚。

祖魯坦在一旁咒罵，罵聲難以入耳，也許和諧聽了都會臉紅。「妳到底在想什麼？」他問，「妳很可能會射中那位太太。」

「統計數字……統計數字說……」瑪拉席深吸一口氣，「閉嘴。」

「啊？」

「閉嘴。」她站起來，雙手緊張地握著槍，朝下一節車廂走去。

婦人找到了她的丈夫——大難不死還活著——整個人埋在他的手臂中啜泣。瑪拉席跨過匪徒的屍身，回頭仰望著包廂的車頂，那裡也躺倒了一個。她憎恨殺戮。這一年半來與瓦希黎恩共事的時光，並沒有讓她習慣取人性命。那只會帶來挫敗和傷害，卻不能解決問題——一旦到了必須殺人才能維護治安的地步，這個社會基本上已經崩潰了。

她穩住自己的情緒，手腳俐落地檢視了頭等車廂的每一間房，才確定匪徒真的撤退了。她問了問，車廂中的一位乘客自稱會使用槍枝，於是她把步槍交給他，要他原地鎮守，以免匪徒折返回來傷人。

她朝餐廳車廂走去，一一確認乘客的狀況，設法安慰他們。此時，槍響從遠處的上方傳來。看來瓦希黎恩正以雷厲風行的手段掃蕩匪徒。而下一節車廂，也就是從火車尾端數來的第四節，是二等車廂，每間客房分隔成數層，相當擁擠。她也走過去確認臥鋪中的乘客狀況。

最後在兩節車廂之間，發現四個被射殺倒地的人。其中一個已經身亡，其他的則受了重傷，於是她回頭去找史特芮絲，也許姊姊碰巧也帶了繃帶和醫療用品應急。照常理來說，這樣的可能性很低，但那位可是史特芮絲，向來面面俱到，算無遺漏，誰知道她這次會準備什麼？

瑪拉席打從愁容滿面的祖魯坦身旁經過，那個人就坐在頭等車廂的一間客艙中，顯然想不通自己這樣一個精通打領結的專業人士，怎麼會淪落到眞槍實彈的戰場上。但史特芮絲卻不在僕人房中，也不在之前和瓦希黎恩共處的包廂裡。

她緊張起來，一間間客房搜尋下去，但都找不到。後來，才想到去問剛剛委託的臨時警衛。

「她？」那個人說，「是的，小姐，她幾分鐘前經過這裡，朝前面的車廂走去。我是不是應該阻止她？但我看她的臉色很堅決。」

瑪拉席呻吟一聲，史特芮絲必定是在她進去檢視二等車廂的客房時，悄無聲息地溜過去。她又是挫敗，又是著急，趕緊拿起步槍追上去。

瓦的金屬存量，蕩然無存。

他跪在地上，萬分震驚。史無前例，不可能的事。和諧啊，怎麼會發生這種事？

他轉身一看，只見彪形惡漢已經踏進車廂中。廂門劇烈抖動，彷彿有人正猛力敲著門，想要逃出去。瓦朝走道撲去，同時舉槍，但步槍被人用鋼一推從手中飛離，隨即腰間的槍帶也被人推歪，使得他整個人往後一摔，撞上車廂盡頭的廂壁，就撞在通往車廂尾部的緊閉廂門邊。

他痛呼一聲。怎麼會這樣？他們是如何……？

他甩甩頭，靠著廂壁喘氣，同時扳開槍帶的環釦。槍帶一鬆開，他整個人滑坐到地上，槍枝和裝著金屬液的小玻璃瓶就吸附在廂壁上。彪形惡漢朝他大步而來。

他側身一閃，躲過惡漢的第一拳，再趁勢一拳擊中那個人的身側，卻覺得拳頭好像擊中了一面鋼牆，整個人被後座力震得踉蹌倒退。鐵鏽的，多年沒有徒手格鬥，出手比以前慢了許多。他被惡漢一記鉤拳擊中，打斷了來不及朝那個人揮去的一拳。

他滿眼昏花，臉頰暴痛，整個人朝側廂壁飛去。鐵鏽的！偉恩到底在哪裡？惡漢又是一拳揮來，瓦往旁一閃，驚險逃過，趁勢朝惡漢的臉出拳。一拳，兩拳，三拳，飛快的三拳。

惡漢微微一笑。他附近的房門依然劇烈抖動中——這是名射幣，正像瓦以前一樣向四周推起鋼圈，甚至稍稍壓制了瓦戴在上臂，可防禦鎔金術的金屬意識。

這個惡漢大可以拽住一些些的金屬，朝瓦飛射而去，以結束這場打鬥。但他顯然喜歡實打實的格鬥，正舉著拳頭，下巴朝瓦一揚，臉上依然嘻嘻作笑，邀請瓦再來一輪。

下地獄去吧。

瓦一個轉身，用肩膀撞開一間客房的門，朝窗戶逃去。

「喂！」那個男人在後面喊叫，「喂！」

瓦朝窗戶一躍，同時增加體重，用肩膀撞向玻璃窗，並以雙臂護住臉龐，飛身而出，最後在千鈞一髮中，就勢抓住了窗框的底部。

他的手指被碎玻璃割破，鮮血直流，忍痛撐起自己，站上窗臺，再爬出火車，上到了車頂。狂風呼嘯而過，他驚訝地發現車頂上不只他一個人。前方大約四個車廂遠，一群武裝男子正朝火車前方挺進，還抬著一個看起來十分沉重的大型物品。那個失落了的金屬，叫什麼來著？

「喂！」惡漢一邊喊，一邊攀著廂壁往上爬來。

瓦嘆口氣，朝著正把自己撐上車頂的惡漢一腳踹去。惡漢一哼，瓦提腳再踹，接著踹中他的一隻手。惡漢瞪他一眼，往窗戶摔回去，再爬進火車內。

只要快刀斬亂麻，不給敵人反擊的機會，就能立於不敗之地。偉恩老是這麼說。

瓦朝火車的中段移動，直覺告訴他，應該追上前面那些男人。不過他現在手無寸鐵，而且廂板下方還有個射幣，死纏著他。

你們都得手了，他想著那些匪徒，為何還不收手？

沒想到，一會兒後，惡漢的頭冒了出來，窺探車頂上的情勢，他是從車廂後方的平臺沿著梯子爬上來的。瓦衝過去，想把他踢下去，但惡漢的動作更快，手腳俐落地爬了上來，手中還抓著一件東西。

是瓦的一段槍帶。可惡。

惡漢咧嘴一笑，踏上了車頂，抽出拉奈特送的大型霰彈槍，把槍帶往下一扔。此時腳底下的火車衝出了森林，朝一座懸空上百呎的開放式鐵橋而去。

惡漢舉起槍，彷彿打算把它架在髖關節上開槍射擊。

妙極了。

瓦朝車頂撲去，惡漢扣下扳機，毫無預警的他被拉奈特設置的巨大後座力嚇了一跳。霰彈槍從他手中跳脫，再往後一彈，從兩節車廂之間掉了下去。惡漢咆哮一聲，托著一隻手。

瓦擊中他的胸口，惡漢悶哼一聲，踉蹌倒退幾步，翻下火車，但及時抓住了車沿。瓦不再理會他。

瓦回身朝剛才掉在惡漢腳邊的槍帶走去，用鮮血淋漓的手指撿起它。這副槍帶內有拉奈特的兩個球體機械，外加一支及時雨金屬液小瓶。

瓦抽出小玻璃瓶，再把槍帶扣在腰帶上。沒想到握在手指間的小玻璃瓶一跳，他連忙抓住，緊緊握在手中，但惡漢一個鋼推，推得他往後滑去。他失去重心，雙膝跪了下去，趕緊抓住車沿穩住重心。

射幣持續推送，瓦用左手抓住車頂，而握著金屬瓶的右上臂卻卡住了，動彈不得。惡漢微微一笑，朝他走來。每走一步，推的力道就增強一級。

瓦咬牙硬撐，手指上的傷口並不深，卻依然刺痛，流出的鮮血也讓手指滑溜。他奮力掙扎，想把玻璃瓶移向嘴巴，但事與願違。

拉奈特的球體機械，就懸掛扣在他腰帶的槍帶上。它們能派上用場嗎？如何使用？下方的火車開始過橋了。

惡漢來到瓦的面前，扳過他的肩膀，一拳揮了過去，完全不理會自己的拇指已經斷掉。惡漢的身後，有人爬上了梯子。一顆腦袋冒了上來？是偉恩！

不對。那個人拿著槍，槍口隨著上移而冒出來。偉恩從不用槍，所以是瑪拉席？

史特芮絲的臉冒了出來，狂風吹得她頭髮亂飛。她先看到大個子匪徒，才看到瓦，似乎還倒抽了一口氣——但風勢呼嘯，惡漢聽不見。史特芮絲爬上來，單膝跪地穩住自己，舉起了拉奈特的霰彈槍。

噢，糟糕。

「史特芮絲！」瓦大叫。

惡漢猛地轉身，看到她拿著槍就肩，圓睜著眼睛，衣裙在風中貼身翻飛。

她扣下扳機。果然射歪了，但子彈歪打正著，依然射中了惡漢的手臂，鮮血濺開。那大漢悶哼一聲，朝瓦推出。

不幸的是，霰彈槍預設用來對抗鎔金術的巨大後座力，也把史特芮絲震得倒退幾步。因此她從側邊踏出了火車車頂。

8

瓦躍下車頂側邊，舉起玻璃瓶就口。

史特芮絲連翻幾滾，朝河水掉去。瓦用牙齒咬開繩索，凌空一翻，就勢灌下了金屬液。魚肝油加上金屬片過嘴而入，他花了好大的工夫，才勉強嚥下。

沒有生效。

沒有生效。

沒有生效。

能量來了。

瓦大叫一聲，驟燒鋼，朝上方的鐵軌反推。整個人往下疾射而去，撞上史特芮絲，抓住了她，再朝下面的霰彈槍回推。

霰彈槍撞上河面。

兩人下墜的速度立刻減緩。水性偏黏滯，他可以反推沉入其中的物事。一會兒後，霰彈槍撞擊到湍流的河底，讓他們懸空蕩在河面上兩呎處。一條淺淡、單薄的藍線從瓦身上發出，指向霰彈槍。

史特芮絲嚇得呼吸急促紊亂，緊緊抓著他，眼睛眨了眨，再往下移，盯著河水瞧。

「這把槍怎麼有問題！」她說。

「開槍就表示有後座力，」瓦說，「而我可以增加體重來抵銷它。」他抬頭望著逐漸遠去的火車。列車過了河，開始減速以應付之字形的下坡路段，出了高地後，就會朝新瑟藍直奔而去。

「拿好，」他把槍帶交給她，再解下兩顆球體。「妳到底在想什麼？我不是說了，要妳待在後面的車廂。」

「坦白說，」她回應，「你不是那麼說的，你只交待我要照顧自己，待在安全的地方。」

「所以呢？」

「所以，就經驗來看，最安全的地方就是你身邊，瓦希黎恩爵爺。」

他哀嚎一聲，「深吸口氣。」

「什麼？我幹麼——」

史特芮絲放聲尖叫，在瓦疾推附近鋼鐵橋墩的推力下，疾速墜入河水中。四周冰冷的河水團團圍來，瓦繼續往河底推去，循著霰彈槍放出的藍線，落到淤泥堆中的槍枝旁。水壓使人耳朵疼痛，他抓起槍枝，放下拉奈特的球體器械，再一推。

兩人衝出水面，水滴嘩嘩落下，在鋼推的力道下往上竄高。同時，瓦把槍交給史特芮絲拿著，他再朝底下的橋墩鋼推，把兩人往斜上方推去。最後朝對面的橋墩鋼推，將他們反方向往橋頂送去。

但美中不足的是，幾次推出的角度卻將人推離了鐵軌，所以他們飛到橋面上空時，瓦必須朝兩支橋墩間的狹小縫隙拋出拉奈特的另一個球體，操控它鉤住橋墩再推動，繩索隨即繃緊，兩人呈弧線蕩出。

他成功降落在鐵軌上，一隻手緊摟著溼漉漉的史特芮絲，另一隻手握著繩索。他彷彿已經看見拉奈特聽到球鉤的強大效能時臉上的笑容。他收回鉤子，拉回球體入手，只不過手工繞線是滿麻煩的。

史特芮絲的牙齒格格打顫，瓦繞線結束，朝她瞥去，以為會看到她驚恐無比，一臉可憐樣，卻見她在傻笑，眼神發亮，竟十分地亢奮。

瓦不禁嘆氣一笑，把球體收好，綁在槍帶上，再把霰彈槍插入槍套中。「聽著，妳不該覺得這東西刺激、好玩，史特芮絲。妳應該覺得它沒意思。那個女人給我這個是有理由的。」

「就算是音癡，」史特芮絲說，「也能享受唱詩班的表演——儘管他永遠不能參與演唱。」

「滿嘴歪理，親愛的，」瓦說，「別想我再聽妳胡說。妳可是在火車行駛中爬上車頂，朝匪徒開槍，解救未婚夫的女人。」

「女人對丈夫的愛好感興趣，」史特芮絲說，「是必須之道。不過我應該要發火的，因為才短短幾天，你又讓我變成了落湯雞，瓦希黎恩爵爺。」

「妳不是說，第一次不是我的錯。」

「是沒錯，但這次加倍的冷，快凍死人了，所以扯平。」

瓦微微一笑，「妳要在這裡等我，還是一起來？」

「嗯……一起？」

瓦的下巴朝左邊揚去。只見遠遠的下方，火車已駛下山坡，到了之字形軌道的盡頭，正朝南行的最後一個彎道而去。史特芮絲圓睜著眼睛，隨即緊緊地抓住他。

「我們一落地，」瓦說，「妳就伏低去找地方藏身。」

「瞭解。」

瓦深吸口氣，將兩人呈弧線高高推入夜空中，飛越過河流，像追捕獵物的大鳥，朝火車疾飛而去。

瓦在火車的引擎上輕輕反推，讓兩人減速，最後降落在燒煤箱頂上。正前方的駕駛室內，一個搶匪正拿槍指著駕駛的腦袋。瓦放開史特芮絲，轉身退拉霰彈槍的泵動式供彈管，退出空彈殼，再一個推送，把彈殼朝駕駛室的後方送去，正中搶匪的腦袋。

火車突地一跳，速度減緩下來，瓦差點被甩了下去。他立即轉身抓住史特芮絲的手臂。而滿臉驚恐的司機抓著控制桿，緩緩減速。瓦抱住史特芮絲輕輕一個鋼推，從駕駛室後方敞開的開口躍入，就降落在司機和搶匪的旁邊。

「他們想幹麼？」瓦一邊問，一邊放下史特芮絲，然後跪下去，撿起死亡搶匪的手槍。

「他們搬了一臺機械，」司機心慌意亂指著後方，「說要安置在燒煤箱和第一節客廂之間。還射殺了捍衛我的火伕，一群混帳！」

「下一站是哪裡？」

「鐵架鎮！就快到了。再幾分鐘。」

「想辦法讓我們盡快入站。火車一入站，你就快去通報當地警察以及找醫生。」

司機點頭如搗蒜。瓦閉上眼睛，深吸口氣，鎮定心緒。

最後一推，我們走。

穿過半列的火車，瑪拉席有了咒罵瓦希黎恩爵爺的理由。又一個理由。又一條可以列入翻舊帳清單的理由。

她應該盡快找到史特芮絲，卻不斷被害怕、需要撫慰的乘客包圍。看來搶匪已經快速穿過二等、三等車廂，洗劫平民百姓隨身攜帶的少數盤纏。受到驚嚇的乘客，一看到帶有一絲官方氣勢的人就圍攏上來，尋找慰藉。

她盡力安撫，讓乘客回到座位上坐好，再檢視有無受到重傷的傷員。還用綁帶幫一位挺身而出，因此身側中了一槍的青年男子包紮傷口。這個人應該能撐得下去。

乘客皆目送過史特芮絲穿行而過，這讓瑪拉席更是焦急。她試著鎮靜下來，往前來到下一節車廂。空蕩蕩的車廂中，只有一位乘客靜靜地站在另一頭，手中一枝枴杖就擋在門口前。

瑪拉席舉著步槍，一一檢視客房，並沒看到搶匪。這是最後一節載客車廂，再來就是貨運車廂——這是這班火車的奇特之處，貨運車廂居然掛在列車的前方。車廂內部的木頭設備處處皆是彈孔，表示瓦希黎恩曾經來過這裡。

「先生？」她朝那個人快步走去。此人身材修長，遠看時，只見他弓腰塌背，力不從心，全倚靠著枴杖撐住自己，走近一看，本人比想像年輕許多，「先生，你在這裡不安全，請到後面的車廂去。」

男人轉過來看著她，眉頭一挑，「我向來對美女的要求言聽計從。」瑪拉席看到他垂在身側的一隻手似乎緊握著一件東西，「那妳呢？妳就沒有危險？」

「我能應付。」瑪拉席說完，卻瞥見下一節車廂倒滿了屍體，心頭一緊。

「的確！」男人說，「妳一看就是能幹的女人。很能幹。」他傾前，「也許比外表看起來的更能幹？金屬之子？」

瑪拉席聽了這個不尋常的問題，眉頭一蹙——她當然服了一劑鎘，以防萬一。她的鎔金術能力難有用武之地，不值一提，就只是能張起速度圈，圈內的時間會變慢，相對圈外人的時間會加快。

這能力在比賽開場前的無聊時刻能派得上用場，但在戰鬥中卻百無一用，只會把自己困在圈內，讓圈外的敵人逃之夭夭，也可能在撤下速度圈的當下，給人機會開槍射殺她。沒錯，她是能把速度圈撐得非常大，把別人也圈進來——但依然是困住自己以及敵人。

男人朝她微笑，突然舉起握著東西的那隻手。瑪拉席立即舉起步槍應變，然而火車卻無預警地一抖，彷彿有人倒在剎車上使速度減緩下來。男子咒罵一聲，一個重心不穩，撞上廂壁後又摔倒在地。瑪拉席雖然穩住了自己，槍卻掉了。

她看看男子，對方圓睜著眼睛回看她，笨拙地爬了起來——他的腿顯然有些不便——他快步走出車廂來到平臺上，砰地把門關上。

瑪拉席困惑地注視那個人。本來以爲他要舉槍傷人，卻完全不是。他手中的東西比槍要小了許多。瑪拉席伸手去撿槍，沒料到步槍旁邊還有一個小金屬塊，上面有一些奇特的符號。

前方響起槍聲。瑪拉席收起奇異的金屬塊，將步槍甩上肩，義無反顧地往前走去，誓言要找到瓦希黎恩，幸運的話，還有她那個蠢姊姊。

瓦閉著眼睛，感覺體內的金屬燃燒，溫暖又熟悉的一團火。金屬是他的靈魂。在火熱之下，身上冰冷的河水就變成了落在篝火上的一滴雨水。

他感覺著指間的手槍。這是搶匪的槍，陌生的槍，但藉由指向槍管、扳機、槓桿和槍內子彈的藍線，他對這把槍一清二楚，知道槍中剩下五枚子彈。就算閉著眼睛，他也能一覽無遺。

走。

他睜開眼睛，躍出駕駛室，以推力往前飛去。經過了燒煤箱，衝進第一節貨運車廂，風馳電掣掃過一疊疊的信件——再掠過尾部的平臺，雙掌各朝左右推出，推飛了兩個搶匪，一個被上拋，一個向外飛去。

火車現在沿著河水而行，左側則是咻咻後退的樹林。瓦朝上飛躍而去，來到第二節貨運車廂的車頂，正好撞上那群搬著機械的搶匪。而下一節車廂頂上聚集了更多的搶匪，看來他們剛剛洗劫完那節車廂。

瓦冷靜地開槍，槍法精準，彈無虛發，一舉擊斃眼前的三個搶匪。他朝司機剛才提到的「機械」走去，結果一看，原來只是個大型炸藥盒，外加一根連接到時鐘的扳柄。瓦拆掉雷管，丟到一邊去，再以鎔金術推過整組大盒子，以防萬一。只見大盒子往河水筆直墜落而去。

突然不知從哪兒來的一股推力，瓦手中的槍脫手而飛。他轉身一看，只見之前那個彪形大漢朝他大步而來。惡漢離開那一大群搶匪，跳到瓦的車廂上，頭也不回地走來。

又是你，瓦咆哮一聲，丟下槍帶，但用一隻腳踩著，以免它飛走。惡漢朝瓦衝來。一等他快接近時，瓦才跪下去，抽出拉奈特的球體器械。

惡漢果然朝球體推去，使球體往後側彈跳飛走。但瓦緊握住繩索，繞過惡漢的腿，再用力拉緊。

惡漢困惑地往下一看。

瓦猛力一推，球體朝樹林飛去，鉤子爆出，「你就在這裡下車吧。」惡漢突地飛離了火車頂——鉤子鉤住一顆大樹，繩索綳緊，硬是把他扯了下去。瓦撿起槍帶，朝那一大群搶匪而去，大風狂掃著車頂上的他。

他至少要對付十個以上的搶匪，而他手無寸鐵。幸運的是，那群人正忙著把一個自己人丟下火車。

瓦不可置信地眨眨眼。但他並沒有看錯，他們眞的把一個搶匪丟下車去。那是一個柞著枴杖的男子，他啪一聲掉入火車旁的河水中，剩下的搶匪也跟著躍入河水中。其中一個注意到瓦，抬手一指，剩下的六個搶匪紛紛舉起了槍。

卻瞬間動彈不得。

瓦一時搞不清楚狀況，愣了一下，大風持續狂掃著他的背。那些人動也不動，沒有退縮，甚至眨眼都不眨一下。瓦跳到下一節車廂上，從口袋掏出一個軟木塞——是他那金屬片懸浮液玻璃瓶的瓶塞——朝他們丟去。

軟木塞撞上一道隱形的牆，凍結在半空中。瓦笑了起來，從兩節車廂之間跳了下去，衝進那些人所在的車廂中，並發現瑪拉席就站在一堆行李箱上，雙肩抵著那些人腳下的天花板，使她能把他們全納入速度圈中，將他們凍結在原地。

9

瓦從沒朝醫生開過槍，現在卻十分樂意試試看。也許今天就是一個好日子。

「我沒事。」他朝那個拿著棉球點按他臉上傷口的女人低吼，那是被彪形大漢揍的，他的嘴唇也被打裂了。

「我說了算。」女人說。

不遠處，鐵架鎮的警員押著四個滿臉迷惑的搶匪沿著月臺而去，月臺上幾盞高掛的弧光電燈籠罩著他們的身影。瓦坐在長椅上，附近有幾名外科醫生忙著照料受傷的乘客。視線再往更遠處移去，黑夜的陰影中，一塊防水布覆蓋著幾具被搬出來的屍體。死亡人數太多，可見事故之慘烈。

「傷口看起來嚇人，其實沒那麼嚴重。」瓦說。

「你滿臉都是血，爵爺。」

「那是因爲我的手都是血，我又用手去擦額頭。」女醫生已經用紗布包紮了他手上的傷口，但也同意那些只是表面的割傷。

她終於退開，吐口氣，對瓦點點頭。瓦站起來，抓起溼答答的西裝外套，朝火車走去。瑪拉席從火車前方探頭出來看著他，搖了搖頭。

依然不見偉恩和宓蘭的蹤影。

瓦的胃部收縮。他安慰自己，偉恩不會有事的。他能自癒。但若是有人刻意要置製血者於死地，還是有方法的。只要射中他的後腦杓，他就會慢慢力盡而亡。基本上，就是慢慢消耗他的藏金術存量，讓他失去自癒能力，乾耗到身亡。

況且，還有一件隱憂一直困擾著他。剛才打鬥時，他的鎔金術法力竟然被偷走，若這件怪事也發生在藏金術……

瓦上了火車，打從瑪拉席身旁經過，不發一語地開始尋找答案。靜止的車廂內光線昏暗，只有月臺上的弧光電燈照耀著，視線不佳，看不清楚。

「瓦希黎恩爵爺？」馬提禺警員從兩車廂之間探頭進來。身材修長的警員面帶微笑，但瓦看也不看他一眼，匆匆走過，警員一臉不是滋味。

「我很忙。」瓦走進下一節車廂。

鎔金藍線能讓他在黑暗中看見所有金屬物品的位置。偉恩身上一定帶著他的金屬液瓶和腕甲。循著微弱的金屬藍線找找被擋住，或是隱藏在暗處的金屬。也許……也許他被人打昏，藏起來了。

「呃……」警員在後面說，「我是想問，您還有沒有其他需要心理輔導的僕人。」

瓦蹙起眉頭，望著車窗外坐著的祖魯坦，居然有三個護士圍著他轉。祖魯坦接下護士遞過去的一杯茶，嘴裡抱怨著剛才經歷的劫難，怨聲之大，就算瓦在車廂內也聽得一清二楚。

「沒有，」瓦說，「謝謝你。」

馬提禺警員跟隨他穿越車廂。他是當地警察，不過就瓦的片面瞭解，這座小鎮「最大的案子」就是誰又偷走了哈臣太太門階上的牛奶。能在這樣的小鎮找到外科醫生前來支援，眞是幸運，因爲這些醫生平常半數以上對付的對象大多是牛隻，但聊勝於無。月臺上站著不少的年輕警員，幸好他們都把自己的簽名冊收了起來，不過表情都垮著，只因長官不允許他們去糾纏瓦。

*在哪裡呢？*瓦越來越焦急了。一會兒後，瑪拉席提著油燈走過來爲他照明，而此時的他正在仔細搜索貨運車廂中一個塞滿郵件袋的區域。

他不會在這裡，瓦心想，再往後走的那節車廂放的都是機密的薪資袋，偉恩根本無法通過，工作人員早在搶匪上車前就封死了那節車廂。但他不願放過任何一個角落。搜索完畢，他朝瑪拉席招招手，然後朝後面被打劫的車廂走去。

馬提禺尾隨而來，「我一定要讓您知道，爵爺，幸好有您在火車上。夜街幫（Nightstreets）眞是越來越大膽了，我從沒想過他們竟敢搶火車！」

「如此說來，這是個遠近馳名的幫派？」瑪拉席說。

「噢，沒錯，」馬提禺說，「這附近有誰不知道夜街幫？只不過他們大多在蠻橫區近郊的城鎮打家劫舍。我們推測山的那一邊生計困難，所以他們開始向盆地入侵。但這次！打劫火車？搶的還是艾力凱爾的薪資款？眞是膽大包天，那可是軍火商啊。」

「他們之中至少有一位鎔金術師參與。」瓦一邊說，一邊帶頭穿過空蕩蕩的車廂，甲醛的氣味依然飄在空氣中。

「我沒聽說這件事，」馬提禺說，「如此，那就更慶幸您在火車上了。」

「可我還是讓他們逃了，薪資款也被搶走了。」

「至少有一半的搶匪被您或殺或捕，爵爺。我們仍可以從落網的搶匪口中，逼問出其他人的下落。」他遲疑了一下，「我們得組織民警隊來對抗蠻橫區的歹徒，這需要您的幫忙。」

瓦掃視隔間一圈，特別專注在藍線上，「那個跛腳男人？」

「爵爺？」

「他好像是土匪頭子，」瓦說，「穿著高級西裝，拄著枴杖，大約六呎高，臉又長又瘦，黑髮。他是誰？」

「我不認識這個人，爵爺。他們的頭子是唐尼。」

「大個子？」瓦問，「脖子像樹幹一樣粗？」

「不是，爵爺。唐尼個頭小，性情暴躁，紅褐色肌膚，是最卑鄙狡猾的克頭。」

克頭，是一種專指具有克羅司血脈之人的俚語。火車上那群搶匪中，並沒有看到有那種膚色的人。「謝謝，隊長。」瓦說。

馬提禺誤以為瓦在打發他，有些遲疑，「能請您支援我們嗎，爵爺？支援我們追捕唐尼和他的手下？」

「我……會再跟你聯絡。」

馬提禺向瓦敬禮退下，但瓦根本不屬於法治體系，只覺得那個動作很突兀。瓦繼續他的搜尋，拉開頭等車廂底下的行李收納格，金屬藍線只指向裡面的幾件行李。

「瓦希黎恩，」瑪拉席說，「你沒辦法支援他們，前方還有任務正等著我們。」

「這兩個案子，很可能有關連。」

「也許沒有。」瑪拉席說，「你也聽到他說的話了，瓦希黎恩。那些都是惡名昭彰的土匪。」

「就那麼碰巧地搶了我們的火車。」

「他們看到最後一節車廂冒出一個武裝的鎔金術師時，似乎被嚇了一跳。但他們沒朝我們丟炸彈，也沒有用子彈把車廂打得滿是窟窿，只派了幾個人去搶劫容易下手的肥羊。」

瓦沉思著，又去檢視另一個行李格。在拉開暗門前，仍然不由自主屏住呼吸，做好心理準備。幸好裡面沒人，他鬆了一大口氣。

「我現在不能想這件事。」他說。

瑪拉席理解地點點頭。兩人一起檢視了其他的行李格，瓦並沒看見任何可疑的金屬藍線，於是就往下節車廂移動。跨過兩車廂的聯結處，瓦看到史特芮絲正目視著他。她單獨坐在一張長椅上，肩上包裹著毛毯，手上拿著一杯冒著煙的飲品，似乎相當鎮定。

他繼續往前搜尋。失去朋友是執法者生涯逃不掉的宿命，他已經數不清曾經歷過多少次喪友之痛。但六個月之前，在依藍戴城才發生那件事……若是現在失去偉恩，他真不知道自己會不會發狂。他振作精神，朝下節車廂移去，打開了第一個行李格，一看，全身僵住。

微弱的藍線從車廂別處射來，並且正在移動。

瓦朝藍線源頭衝去，瑪拉席緊跟在後，全身進入戒備狀態，把提燈拿得高高的。藍線是從一間臥鋪的地板發出，只是它的行李架上並沒有任何行李箱，地板上也沒有垃圾。這是間私人包廂，而且是空房，並未售出。

瓦進入包廂，拉開地板行李格的暗門，只見偉恩吃驚地對他眨眨眼。那位青年一頭亂髮，襯衫敞開，不過手腳並未被綁住，身上也似乎沒有任何受傷的痕跡，事實上……

瓦蹲下去，瑪拉席的提燈光芒照亮了行李格暗門陰影所隱藏的事物。宓蘭，沒穿上衣的宓蘭，也在行李格中。她坐直起來，一副無所謂的模樣，對於自己的裸露沒有一絲羞赧。

「火車停下來了！」她說，「到站了嗎？」

「我怎麼會知道我們遭受突襲？」偉恩大聲喊冤。他現在衣著妥當，仍然一頭亂髮。瓦坐在椅子上，半認眞地聽著他爲自己申辯。兩人正在火車站負責人騰給他們的一間辦公室內，他知道他應該生氣，但只感到鬆了一口氣。

「因爲我們是我們，」瑪拉席交抱雙臂，「因爲我們正在執行一項危險任務，等在我們前面的，是崎嶇凶險的道路。你至少要告訴我們，你在幹麼？」她頓了一下，「還有，你以爲你在幹麼？」

坐在瑪拉席對面的偉恩，低下了頭。宓蘭則斜倚在房門附近的牆壁上，抬頭仰望著天花板，一副無辜樣。

「往前走，」偉恩指著瑪拉席，又說：「是妳教我的。」

「那是哪門子的往前走！那是『拚命向前衝』，是『子彈往前疾射而去』吧，偉恩。」

「我做事不喜歡半調子。」他的語氣嚴肅，一隻手按在心臟上，「因爲我單戀一個美人，很久沒跟人親密——」

「你怎麼可能沒有聽到槍戰？」瑪拉席打斷他，「偉恩，那可是槍戰啊，差不多就發生在你頭上。」

「唔，聽我說，」偉恩的臉紅了起來，「我們眞的很忙，而且很靠近鐵軌，很吵。我們想找個隱蔽的地方，還要……」他聳聳肩。

「呸，」瑪拉席說，「你知道瓦希黎恩有多擔心你嗎？」

「別把我扯進去。」瓦把腳蹺到另一張長椅上。

「哦，所以你認同他？」瑪拉席轉過去問。

「老天，不是。」瓦說，「我要是有一絲認同偉恩，就讓和諧用雷把我給劈了。但現在他活著，我們也都活著，就沒必要責怪他了。他也沒想到火車之行會出事，所以去忙了別的事。」

瑪拉席看著他，嘆了口氣，走出辦公室，回到月臺上。經過宓蘭時，看也不看她一眼。

偉恩站起來，朝瓦走過去，一邊抽出口袋中的口香糖盒在掌中輕敲幾下，震下糖粉，「這些搶匪是不是趁你轉頭時射了她一槍？不然她怎麼突然變得這麼凶悍。」

「她只是擔心你，」瓦說，「等她冷靜下來，我再找她談。」

宓蘭也走了過去，「這場突襲有沒有什麼不尋常的地方？」

「還滿多的。」瓦站起來伸了個懶腰。鐵鏽的，難道他眞的老了？蕾希以前經常取笑他年紀大了，不能再打打殺殺。想當年，他總是在一場大戰後酣暢痛快，生龍活虎。

但其實令他沮喪無力的是，陣亡人數。槍戰中不幸罹難的乘客只有一位老先生，但工作人員的傷亡就相當多了，其中包括六位殉職的薪資保全人員。

「有一位搶匪，」他對宓蘭說，「居然能壓制我的鎔金術法力。」

「是水蛭？」宓蘭問。

瓦搖搖頭，「他沒碰到我。」

燃燒鉻的水蛭迷霧人是能夠讓另一位鎔金術師的金屬存量化爲烏有——但前提是必須有身體上的接觸。「感覺上很像。上一秒我還有鋼存量，但下一秒就消失無蹤。不過宓蘭，其中的確有些蹊蹺，我覺得這和一個小金屬方塊脫不了干係。」

「等等。」一個聲音發話。只見瑪拉席站在門口問：「一個方塊？」三個人全轉過去看著她，瞬間成爲焦點的她，在冷硬的電燈光線下紅了臉。「它怎麼了？」

「妳不是走了？」偉恩挑明了說。

「現在又回來了啊。」瑪拉席朝瓦走去，邊走邊在口袋裡翻找著，「發怒，不一定要離開，我當然可以帶著怒氣留下來，輕而易舉。」她抽出手，掌中就握著一個小金屬方塊。跟他失去鋼存量時，所看見的小方塊一模一樣，瓦連忙拿了過來，「妳怎麼會有這個？」

「拿枴杖的傢伙掉的，」瑪拉席說，「我原本以爲他要拔槍射殺我，結果他卻拿出這個東西。」

瓦拿給宓蘭看，宓蘭搖搖頭。

「這種槍眞的很奇怪。」偉恩說。

「文戴爾有沒有提過什麼器械可以瓦解鎔金術法力？」

「我是沒聽說過。」宓蘭說。

「它甚至沒有槍管。」偉恩說。

「妳也說過妳從不關心這種事，宓蘭。」瑪拉席一邊說，一邊取回小方塊。

「是沒錯啦。」

「說得好像能用它來射殺敵人，」偉恩又補上一句，「那子彈不就得跟跳蚤一樣小。」

瑪拉席嘆口氣，「偉恩，別鬧了，你的玩笑話無聊死了。」

「吾愛，那玩笑話的確早就死了，」他說，「我只是在幫它送終。」

「我們需要換一班火車南下。」瑪拉席轉向其他幾個人說。

「從這些搶匪身上也許能挖出一些線索，」偉恩說，「值得追下去。再說，他們居然趁我忙著親熱時來犯，害我一個強盜也沒殺到。」

「至少我們打得火熱啊，好過癮。」宓蘭補上一句，又轉過去，看著怒目瞪視的瑪拉席，又說：「怎麼了？我沒說錯啊。這可憐的傢伙好多年沒親熱了，必須讓他釋放累積長久的精力。」

「妳根本不是人，」瑪拉席說，「妳都不覺得害臊？更別提妳已經六百歲了。」

「我的心很年輕。眞的——這句話是我從幾個月前被我吃掉的十六歲少女那兒學來的。」

辦公室的空氣瞬間凝凍。

「噢……我說錯話了？」宓蘭擠眼歪嘴，迷惑地問，「我說錯話了，是吧？她其實不太好吃。我這麼說，你們應該不會那麼反感，她根本都還沒有完全腐爛……呃，我想我們轉移話題好了。新瑟藍？我們是要去新瑟藍呢？還是留在這裡抓強盜？」

「去新瑟藍。」瓦說，瑪拉席附和地點點頭，「假使搶匪眞的和此事有關，我們就會再遇上。假使沒有，等處理完我叔叔的事，我再想法子協助料理他們。」

「現在要如何去新瑟藍？」偉恩說，「我們的火車好像還要再等一陣子，才會再發車。」

「載貨火車，」瓦檢視牆上的火車班表，「再過一個小時會有一班經過。站務人員會把我們的火車移到整修中的鐵軌上，這樣就能打旗號攔下那班貨運火車，讓我們上車。貨運火車不會舒服到哪兒去，但明天早上就能抵達新瑟藍。大家都去拿行李吧，希望它們沒被子彈打爛。」

偉恩和宓蘭當下遵從指示，肩並肩走了出去，也許他們之間的確有眞情實意吧。若眞是如此，就算當面點醒宓蘭是異類，而且已經好幾百歲了，偉恩也聽不進去。

但話說回來，偉恩看女人的眼光本就不高明，他本身的品味就與眾不同。瓦瞥了落後的瑪拉席一眼，只見她正拿著小方塊把弄，檢視每一面上的精緻刻紋。

「可以還我文戴爾給的資料嗎？」她說，「也許其中能找到跟小方塊有關的訊息。」

「妳也覺得剛才不是普通的火車打劫？」

「有一點，」瑪拉席說，「你該去跟我姊說說話。」但史特芮絲在專心編織。

「我之前去看過她，她滿鎮定的。」

「她當然看起來很鎮定，」瑪拉席說，「她可是史特芮絲耶。」

「……這有什麼不妥嗎？」

「史特芮絲只在遇到不尋常的大事時才拿棒針編織。」瑪拉席說，「不知道她是在哪裡讀到的，認為編織是千金們養心治性的健康嗜好。但她嘴上不說，其實打從心底痛恨女紅。相信我，只要看到她拿棒針，她內心裡必定又是痛苦，又是糾結。我是可以過去寬慰寬慰她，但她不會聽我的。我們直到十幾歲時，才知道彼此的存在。更何況，你遲早都要學會為她排憂解難。」

她走出了房間，瓦卻發現自己居然在微笑。打從認識瑪拉席以來，她真的懂事很多。

瓦從牆上掛鉤取下外套穿上，轉身回到夜色中。看見瑪拉席正在呼喚站務長，也許是為了安排待會搭乘貨運火車之事。瓦沿著鐵軌緩步而行，穿過冷冰冰的電燈光芒，來到坐在長椅上編織的史特芮絲身旁。

他也在長椅上坐了下來，「瑪拉席說女紅是妳的痛處。」

史特芮絲拿針的手頓了一下，「你說話真直白，瓦希黎恩爵爺。」

「是啊。」

「我倆都心知肚明，人與人之間不需要實話，大家都是在做表面功夫。你在依藍戴精英階層中長大，有專門的家教訓練你遣詞用句，社交應對。而且打從孩童時代，就經常出入舞會宴會這些社交場合。」

「在那之後，我在蠻橫區待了二十年，」瓦說，「那裡強勁的狂風能颳蝕掉最堅硬的花崗石，就更別提它對人的影響了。現在，我的率直還會讓妳吃驚嗎？」

史特芮絲轉過去，偏著頭看著他。

瓦嘆口氣，往後一靠，將兩條腿伸得長長的，再交疊在一起，「妳有沒有與周遭環境格格不入的經驗？比如說，去到一個地方，別人立刻就融入，知道該怎麼做，又該說些什麼。但鐵鏽的，妳就是要花很多力氣去適應。」

「我這輩子都是這樣啊。」史特芮絲輕聲說。

瓦伸手摟住她，史特芮絲也將頭靠在他肩上。「我和那些社交舞會之間，就是如此。一進入社交場合，我就全身不對勁，笨手笨腳。大家笑語晏晏，只有我僵在那裡，不知所措，絞盡腦汁也不知道該怎麼辦。那個時候，我很少笑，現在應該也是。只要一找到機會，就會溜到安靜的陽臺上。」

「在陽臺上幹麼？閱讀？」

瓦咯咯笑著，「不是，我向來不愛閱讀，但偉恩很愛。」

史特芮絲抬起頭看著他，一臉震驚。

「我沒開玩笑。」瓦說，「沒錯，他是喜歡看有插圖的書，但他眞的愛讀書，還經常大聲朗讀出來。妳該聽聽他一個人充當各種角色的口音變換。我呢……我純粹只想找個陽臺，遙望出去，凝視夜景，靜靜地聆聽。」他微微一笑，「我還是小男孩的時候，很多人看我經常坐在窗前，呆望著窗外，都認為我心智遲緩。」

「後來，你就去了鑾橫區。」

「能夠離開依藍戴，離開它的虛假浮誇，我確實很開心。妳說我耿直，沒錯，那正是我想成為的人，我敬佩那樣的人。也許現在的我還必須刻意裝耿直，但我是真心誠意地假裝。就算拿刀架在我脖子上，我也絕對不改本色。」

史特芮絲默默地坐了一會兒後，又把頭靠在他肩上。瓦則凝視著黑夜。萬事俱備的一個美好夜晚。

「你錯了。」史特芮絲的語音裡帶著濃濃的睏意，「你會笑，尤其是在你藉由金屬飛躍的時候。我想，只有在那個時候……才會看到……真正開心的你……」

瓦低頭看著她，但從她的呼吸聲判斷，她顯然已睡著了。瓦索性往後一靠，回想史特芮絲的話。時間悄悄滑過，貨運火車終於緩緩進站。

華報

十二年　可拉登斯月八日　2¢

「娛樂」

諧有金屬嗎？

哲學家卡拉普里斯·
這段話，很有譁眾取
味，但即使迷霧之子
在其著名的一句話中
沙賽德有金屬嗎？」
會到酒吧，人人都在
個問題。但現在，科
精進，不斷突破，使
機會更接近答案。

（背頁待續）

法爾廷大宅被劫

一樁竊盜案，使得依藍戴上流社會人人自危。前晚深夜，竊賊闖進法爾廷大宅肆意偷竊，並在牆上塗鴉，留下一個鏡向的金字符文。

法爾廷貴女出資懸賞，意欲追回被竊珠寶。請大家告訴大家，在上城爭相走告。

（背頁待續）

歹徒留下的符號

勞工團結起來！

怒吼

大集會
今晚第七時

地點

尹貝爾五號對面

為不公平的所得稅和低廉薪資站出來

請支持依藍戴本市商品，購買本地的舒和精品牌，是您唯一最佳的選擇

「你只要稍微有點禮貌，事情就不會鬧到這個地步，你也不會抓著這幅破繡布，吊在這五十呎的高空中等死。爬上來吧，我們好好談談。」

他伸手上來，彷彿要抓住我的手，星光卻反映出他手裡有個閃亮的東西。我本能地燃燒金屬，放開一隻手去碰觸那個器械，卻是一把常見的獵刀。

10

瓦被遠方一陣爆炸聲驚醒。

他連忙爬起來，伸手去拿金屬，整個人依然迷迷糊糊，兩眼惺忪。他在哪裡？凝神一想，原來是在貨運火車的員工臥鋪中。大大的臥鋪後方，配有硬沙發讓司機趁火車進站下貨時小憩一番。史特芮絲睡在一張沙發上，身上覆蓋著他的外套。偉恩縮在角落裡打瞌睡，拉低的帽子遮住了他的臉。

他們輕裝先行，讓僕人搭下一班載客火車趕上來。宓蘭決定和行李待在後面的車廂——她想從包裹中挑選當夜適用的屍骨。

瓦放下金屬，拔出問證，朝爆炸聲走去，但已經清醒的他，開始懷疑那是否眞是爆炸聲響。遠方傳來轟隆隆的響聲，像極了一場大地震。他踏進引擎車廂中的駕駛艙。這班火車配備的是新型的燃油引擎，不再需要專人負責燒煤。

瑪拉席和一名高個子、眼神精亮、手臂粗壯的司機站在前方。

又是轟隆隆響……瓦皺起眉頭，放下了槍，瑪拉席也剛好瞥了過來。天空已經湛藍如洗，天光大亮。瓦踏進駕駛艙，只見新瑟藍市迎面而來。那座大城橫跨在一層層巨石臺地上。巨石臺地起碼有十幾層，每一層都有數條溪流切穿而過，傾瀉到下一層的臺地。原來轟隆隆的聲響並不是什麼地震，也不是爆炸聲，而是數十道澎湃的瀑布匯集而成。

有幾道瀑布只是細細小小的水流——垂直落差僅有五呎。除此之外，全是氣勢磅礡的數十丈雄偉飛練。整體看起來像是人工所爲，數十道溪流和瀑布最後全部注入、流向遠方依藍戴的大河中。

瓦想將問證插入槍套，但被瀑布氣勢震懾住的他，連續插了兩次才成功。其實震人心魄的，還有那一整座城市。溪流之間冒出一棟棟的屋舍，綠意盎然的藤蔓垂掛峭壁，像是臺地的髮絲。城市再過去，就是瑟藍山群，高聳的山頂上，白雪皚皚。

瑪拉席含笑探身出去，想將那座高地城市全數納入眼簾。站在控制桿、活門和曲軸前的司機試著保持鎭定，卻不由自主一直關注瓦和瑪拉席的反應。

「我老是覺得，」司機終於說話了，「和諧在創造這個地方時，有點賣弄的意味。」

「我沒想到新瑟藍會是這樣一個地方。」瓦走到瑪拉席身旁，從背後冒出來的偉恩打著呵欠，踉踉蹌蹌地走了進來。

「是啊，」司機說，「從依藍戴來的人經常忘了我們國家除了依藍戴，還有其他的城市。我沒有冒犯的意思，爵爺。依藍戴人煙稠密，商業繁盛，事事新鮮，看都看不完，自然無暇分神關注其他地方。」

「你是新瑟藍人？」瑪拉席問。

「土生土長的新瑟藍人，科姆斯大隊長。」

「那問你就對了。我們住在銅關旅館，」瑪拉席問，「你能告訴我們怎麼走嗎？」

「那是家很不錯的旅館，」司機抬手一指，「最上層的臺地，水人區。先找到迷霧之子大人的巨像，再往前走兩個街區就是了。」

「火車停站的地點距離旅館多遠？」瑪拉席問。

「滿遠的。」司機說，「這班不是載客火車，但即使是載客火車也只能到中層。這班火車會停在底層，再搭乘纜車上去要好幾個小時。如果想搭馬車也可以，但時間要更久——搭纜車的景觀比較廣闊。」

搭纜車是個不錯的主意，這好幾個小時如果拿來補眠，就更美好了。爲了今晚的接待會，他們必須養精蓄銳，做好準備。

「抄捷徑？」他問瑪拉席。

「你明知我穿著裙子。」

「看得出來，妳那些帥氣的褲裝警服呢？」

「收起來了。若是沒必要，很少人會穿制服的，瓦希黎恩。」

「那妳等纜車好了。」瓦說，「我很想趕快住進旅館，舒舒服服地躺在柔軟的床上休息。妳就一路打瞌睡上去——」

「好，好，」瑪拉席朝他走去，「但我們要避開人群。」

瓦摟住她的腰，「我等會回來帶其他人上去，」他對偉恩說，後者點點頭，「司機，請你找人幫我們把行李運送到旅館。」

「是的，爵爺。」

瓦滑開駕駛艙的側門，又灌下一口在行李暗袋內找到的金屬液，攬住瑪拉席，燃燒鋼，縱身一躍。再一個鏍燒推出，兩人飛離了正在減速，朝新瑟藍底部建築群而去的火車。

他們兩人朝建築群落下，就在快接近地面時，問證射出一槍，使瓦能夠借力再往上躍；飛躍過低層臺地，瓦一次次反推沿途能找到的金屬，保持飛躍的勁道。

新瑟藍的屋舍相較於依藍戴明顯小了很多，也雅緻許多。依藍戴寸土寸金，就算是貧民窟也絲毫不能浪費，因此高樓大廈成了常態。隨著時光流轉，原本的精華區會逐漸老化，讓窮人入住，負擔得起新型大廈的富人則搬進崛起的社區。每次看著舊地圖，知道現在的貧民窟全是當年頂尖的豪宅區，總讓他覺得有點惆悵。

而在這裡，他只看到幾棟公寓和僅有的三塔摩天樓，全都集中在頂層臺地小小的商業區中。儘管臺地限制了城市的發展規模，但似乎也足夠容納所有市民。其中穿插了許多公園和小溪流，但沒有一條水深達依藍戴的運河般，能讓船隻航行。

爲了瑪拉席的方便，他一路攀簷走壁，刻意避開大街——但瑪拉席早在出發之前，已把裙子牢牢綁在兩腿上，再加上他們不斷向上飛躍，裙子基本上不會被撐開。

又一個大弧線，他們飛過了住宅區，來到懸崖前。他在一架纜車上借力，兩人竄上落差五十呎的崖壁，朝頂層臺地而去。如此地自由自在，又有美景當前，令人禁不住歡欣雀躍。特別是沿著奔騰翻滾的瀑布往上躍時，回頭俯望下面閃亮亮的池水和廣闊的蔥鬱野林，心中不覺湧起一股豪情壯志。

飛到懸崖頂上時，瓦讓兩人緩緩降落在瀑布邊緣。他一把瑪拉席放下，瑪拉席立刻吐出一大口氣。從瑪拉席緊抓著他的動作，他知曉這個女孩一路上都相當緊張，並沒有像他一樣享受飛行。瑪拉席血液中沒有鋼推飛躍的因子，也不習慣待在高處，一等瓦放下她，她就趕快往內移動，遠離懸崖邊。

「要去接其他人了？」瑪拉席問。

「我們先去找旅館。」瓦指著剛才降落時看到的通往雕像的馬路。現在也依稀能見到從附近屋頂上冒出來的雕像綠鏽頭部。他領路走了過去。

瑪拉席跟上去，兩人來到一條人潮湧動的大街，只見每個轉角都有兜售傳紙的報僮。但街上的馬匹和馬車卻比依藍戴還少——更準確地說，應該是一匹也沒有，倒是有滿多的三輪車，不過依新瑟藍的城市規畫來看，這點很合理。他發現一件很有意思的事：纜車系統不止上下聯結層層的臺地，現在他的頭頂上方也有一條條的纜線，在同一層臺地的區與區之間載客往來。

「小魚群之中的鯊魚。」瑪拉席自顧自地嘀咕。

「什麼？」瓦問。

「你看圍著你打轉的人群。」瑪拉席說，「席邁斯爵爺在一份研究報告中，曾拿警察爲鯊魚來打比方，說明人行道上的人潮反應，就跟動物遇到掠食者在附近徘徊時一模一樣。」

他從沒留意到這個現象，但瑪拉席說得對。人潮都刻意與他保持距離——不是因爲他們猜到他是警察，而是因爲他的迷霧風衣外套、身上的槍械，也許還包括他的身高。南部這裡的人，個子似乎比較矮，他竟是比周遭的人群高出了好幾吋。

他這一身裝扮在依藍戴城中已屬奇裝異服，不過話說回來，大家都半斤八兩。那座城市是個名符其實的大雜燴，就像支裝滿空彈殼的老槍管，裡面什麼口徑的子彈都有。

然而在這裡，人人的衣著都比依藍戴城輕薄許多。女士身著柔和的粉色系，男士則是條紋白西裝，頭上一頂船伕戴的平頂硬草帽。相較之下，他簡直就像是彩繪玻璃上的一個彈孔。

「算了，我到哪裡都是格格不入。我一向不擅長融入群體。」瓦說。

「十分坦率。」瑪拉席說，「還有，我一直想問，你今晚需要偉恩嗎？」

「宴會？」瓦想了想，不禁失笑，「他一定又會醉倒在潘趣酒盆內。」

「我要借用他一晚，」瑪拉席說，「我想夜探墓地，尋找雷魯爾尖刺的線索。」

瓦嘀咕：「妳會把自己搞得髒兮兮的。」

「所以我才找偉恩啊。」

「也是。爲什麼妳認爲那東西會埋藏在墳墓裡？」

瑪拉席聳聳肩，「我們總該從最可能、最簡易的地方著手調查。」

「盜墓是最簡易的方法？」

「前提是在萬全準備之下動手，」瑪拉席說，「我不打算掘墓，畢竟……」

瓦一個分神，全身凍結。

周遭的人聲頓時消失，他注視著附近角落裡，女報僮手中舉得高高的一份傳紙。那個符號，鋸齒狀的鏡向金屬符號……他太熟悉那個金的符號了。他連忙丟下話講到一半的瑪拉席，擠過人潮，往那個女孩走去，搶下她手中的傳紙。

那個符號。不可能。頭版標題寫著「**法爾廷大宅被劫**」。他掏出幾夾幣塞給女孩，並問：「法爾廷大宅？在哪裡？」

「就在綻放路上。」女孩下巴一揚，收下他掌中的硬幣。

「走吧。」瓦乾淨俐落地打斷正要開口說話的瑪拉席。

人潮自動讓出一條路來，這點滿不錯的，十分省力。他大可以躍上半空探查目標的位置，卻一眼就看到了那棟大宅，主要是因爲大宅門口聚集了一群人指指點點。那符號以紅漆塗就，就如蠻橫區時一模一樣，只不過這次不是塗鴉在公共馬車，而是一棟三層高級石宅的牆上。

「瓦希黎恩，看在理智的份上，」瑪拉席終於趕上他，「你是怎樣啊？」

他指著符號。

「我認得它，」瑪拉席說，「但我怎麼會認得呢？」

「妳讀過我在蠻橫區時的事蹟。」瓦說，「這符號也包含在報告內，那是我的世仇艾普．曼頓（Ape Manton）的符號。」

「艾普．曼頓！」瑪拉席說，「他不是——」

「沒錯，」瓦想起那些磨難的夜晚，「他是專門捕獵鎔金術師的人。」

但他為何出現在這裡？他被瓦逮捕，送進大牢，而且還不是囚禁在普通的村莊監獄，而是北蠻橫區最大的城鎮眞馬迪，素有銅牆鐵壁之稱的牢房內。現在又怎麼會逃獄，大老遠跑來新瑟藍這裡？

曼頓出手的目標不在打家劫舍，他每次搶劫的背後，都暗藏了另一個眞正的動機。*必須弄清楚他搶了什麼，以及他為什麼——*

不。

不，現在不行。「我們先找旅館。」瓦強迫自己移開視線。

「鐵鏽的，」瑪拉席說，「他也牽扯進來了？」

「和套裝勾結？不可能，他憎恨鎔金術師。」

「假設他想合縱連橫……」

「艾普不會做那種事，」瓦說，「就算會死，他也不會接受鎔金術師伸出的救援之手。」

「所以……」

「所以這事與他無關，」瓦說，「不必理他了。我要找的人，是我叔叔。」

瑪拉席點點頭，卻似乎總覺得不妥。兩人經過了一名變戲法的水蛭，只見水蛭拋下一顆球體，再朝空中一扯，同時拋入空中的還有幾件從圍觀觀眾身上取來的東西。這簡直是在浪費鎔金術天賦。而這麼多的人，讓他快窒息了。他原本以爲避開依藍戴城，就能逃開那些人潮洶湧的大街，現在卻被逼得差點開槍來嚇退這一大堆人。

「瓦……」瑪拉席抓著他的手臂。

「什麼？」

「什麼？鐵鏽的，你的眼神快要可以把人的腦袋釘在牆上了！」

「我沒事。」瓦一邊說，一邊把手抽回來。

「與你叔叔之間的仇怨——」

「與仇怨無關，」瓦大步走遠，迷霧風衣外套的流蘇在身後翻飛，「妳知道他在幹麼。」

「我不知道，你也不知道。」瑪拉席說。

「他在人工培育鎔金術師，」瓦說，「也許還有藏金術師。單單是聽到這樣的野心，就已經令人膽顫心驚，如果他想打造一支打手、射幣軍隊呢？雙生師，甚至是複合師軍隊？」

「可能性很大。」瑪拉席附和，「但你不是因爲這個才追捕他的，是吧？在百命邁爾斯案中，套裝先生擊敗了你，所以你決定哪裡跌倒，就從哪裡爬起來，要來個大反攻。」

瓦陡然停下腳步，轉過來看著她，「妳到底是認爲我的心胸有多狹小？」

「就如我剛才所說的，那麼地小，」她說，「但被套裝先生惹火生氣，沒什麼不對啊。他是抓了你姊姊，只是拜託別讓怒氣蒙蔽你的理智。」

他深吸口氣，然後朝前面的大宅指去，「所以妳的意思是要我去追艾普？」

「不是，」瑪拉席又臉紅了，「我同意我們應該專心找回尖刺。」

「妳是爲了尖刺而來的，瑪拉席，」瓦說，「而我是來找套裝的。」他的下巴朝旅館前面樸素的招牌一揚。若不仔細看，還眞看不到它。「妳去辦理入住手續，我去接其他人。」

「這間套房再加上其他幾間，你們算是包下整個頂樓了。」旅館主人滿臉笑容地說，她還堅持客人稱呼她「琴姨」。

偉恩打了個呵欠，揉揉眼睛，手上忙著一一撥轉房內小酒吧豐富的藏酒，「太讚了，美呆了。我可以要妳那頂帽子嗎？」

「我的……帽子？」老太太眼珠子轉上去，瞄著她尺寸過大的帽子。那帽沿都已垂塌，上面還有許多的花朵裝飾品，雖是絲綢假花，不過做得很逼眞。

「你有女朋友？」琴姨問，「想要送給她？」

「才怪，」偉恩說，「是預備下次喬裝成老女人時要戴的。」

「下次什麼？」琴姨臉色發白，不過她也可能是被瓦嚇到。那位先生穿著鐵鏽色的迷霧外套，剛剛踩著沉重的步伐走過去。眞是死性不改，永遠學不會入境隨俗。

「這窗戶能打開嗎？」瓦指著頂層套房的巨大多邊形凸窗問，再往一張沙發上一站，伸手去推窗戶。

「以前可以打開，」琴姨說，「但只要一有風吹來，就會喀喀作響，所以我們決定用塗漆塡滿窗縫，再封死那些彈簧鎖。眞受不了有人以為——」

瓦一把推開了一扇窗戶，封死的彈簧鎖喀嚓一聲巨響，窗縫的塗漆崩裂，可能木頭窗框也裂開了。

「拉德利安爵爺！」琴姨驚呼一聲。

「我會負責維修費，」瓦跳下沙發，「萬不得已要跳窗時，窗戶必須能夠打開。」

「跳——」

「啊哈！」偉恩打開了酒吧的底櫃。

「酒？」瑪拉席走了過去。

「花生，」偉恩把口香糖吐出來，隨即塞了一把花生入口，「打從偷吃了史特芮絲行李裡的水果後，就一直找不到東西吃了。」

「你胡說什麼呢？」坐在沙發上，就著筆記本寫字的史特芮絲問。

「我留了一隻鞋跟妳交換。」偉恩伸手進口袋裡掏出另一隻鞋，「提到這個，琴，妳要拿帽子跟我換這個嗎？」

「換你的鞋？」琴姨轉過去背對著他，又被暴力推開另一扇窗的瓦給嚇了一大跳。

「對啊，」偉恩說，「這兩樣都是布做的，是吧？」

「我要一隻男人的鞋做啥？」

「未來必須女扮男裝時，可以派上用場。」偉恩說，「妳的長相很適合，肩膀的寬度也夠。」

「我——」

「請別理會他，」史特芮絲起身，走了過來，「這個給妳。這張清單上明列了幾項我們留宿在這兒可能會發生的事故，好讓妳有個心理準備。」

「史特芮絲……」瓦又暴力推開第三扇和最後一扇窗戶。

「怎麼了？」她問，「旅館的工作人員不清楚狀況會很危險，他們的安全也是我們的責任。」

「火災？」琴姨瀏覽著清單，「槍戰、搶劫、挾持人質，爆炸？」

「最後一項太離譜了，」瓦說，「妳別聽信偉恩的胡說八道。」

「你身邊本來就經常發生爆炸，老兄。」偉恩咀嚼著花生說。這些花生灑了點鹽巴，滿好吃的。

「很不幸的，偉恩說得對。」史特芮絲說，「我算過有十七起爆炸事件都與你有關，就算你是專業執法人員，這樣的統計數字依然相當反常。」

「別鬧了，十七次？」

「恐怕是的。」

「噢。」至少這數字聽起來滿體面的。

「有間派餅店，在我們進去時一下子就爆炸了，」偉恩側身朝琴姨靠過去，「炸藥藏在蛋糕裡，炸得一塌糊塗啊。」他捧了一些花生遞到琴姨面前，「除了鞋子，我額外附加這些花生，如何？」

「那是我的花生！放在每個房間招待用的！」

「但現在花生的價值提高了，」偉恩說，「因爲我眞的餓壞了。」

「我跟妳說過，別理他。」史特芮絲輕敲著剛才給琴姨的筆記本清單，「看下去，妳才只看了目錄而已。後面是每起可能事故的詳細說明，以及我提議的對策。我還整理了一份可能的財物損耗。」

瓦縱身一躍，跳到套房中央，一隻手掌向前一推，房間霎時震顫起來。

「他……他在做什麼？」琴姨問。

「在測試最適合的關門角度，」偉恩說，「以防有人突襲。」

「好好讀完筆記本上的說明，好嗎？」史特芮絲好聲好氣地要求。

琴姨朝她望去，似乎有些迷惘，「這上面寫的……？」

「不會，當然不會！」史特芮絲說，「我只是要妳有個心理準備。」

「她做事很仔細，面面俱到。」偉恩說。

「我喜歡面面俱到。」

「那表示妳要她打蒼蠅，她會燒掉整棟房子，以確定事情徹底辦妥。」

「偉恩，」史特芮絲說，「你沒必要嚇唬這位女士。」

「瀑布轉向帶來洪水，」琴姨拿高筆記本讀著，「克羅司突襲。牛群竄入大廳？」

「最後一件是不太可能，」史特芮絲說，「但未雨綢繆，總是好的！」

「但是——」

連接兩間套房的門砰地打開。「哈囉，人類，」宓蘭穿門而來，上半身只用布包裹，外加一條緊身短褲，「爲了今晚，我得盛裝打扮。怎樣？大胸？小胸？還是特大號？」

房裡所有人一愣，紛紛轉身面對她。

「怎麼？」宓蘭說，「挑選一對合適的胸部，是淑女打扮工作的重點！」

一陣沉默。

「這種……問題，並不合適公開討論，宓蘭。」史特芮絲終於說話了。

「妳在忌妒我，因爲妳的不能換。」宓蘭說，「欸，幫我拿東西的服務生呢？我發誓，如果他敢讓我的袋子落地，砸碎裡面的頭骨，這房間就會有一場暴風雨！」她說完便走開了。

「她剛才說的是頭骨嗎？」琴姨說。

那扇門砰地關上。

「啊哈！」瓦放下手，「就這裡了。」

瑪拉席走過去，抬手搭在老仕女肩上，推著她往前走，「別擔心，事情絕不會像聽起來的那麼駭人。也許什麼事都不會發生啊，妳和妳的旅館都會沒事的。」

「對啊，只有窗戶被瓦撞壞。」偉恩補了一句。

「那也只是窗戶被弄壞了。」瑪拉席瞪了他一眼。

「小姐，」琴姨壓低聲音說，「妳得離這些人越遠越好。」

「他們都是好人啦，」瑪拉席領她來到門前，「我們只是忙了一夜沒睡好。」

琴姨帶著滿腹的疑慮點點頭。

「好了，」瑪拉席說，「妳下樓後，能找個人去貿易局嗎？幫我要一份當地墓地從業人員的名單？」

「墓地？」

「非常要緊噢。」瑪拉席說完，輕輕將她推出門，然後關上門。

「墓地？」宓蘭探頭進來，卻變成了一個光頭，「這倒提醒我了，能幫我點餐來吃嗎？我要大塊大塊的陳年老肉。」

「妳指的是腐肉。」瓦說。

「天底下沒什麼比在太陽下曬了一整天的側腰肉來得香。」有人敲著另一間套房的門，宓蘭縮了回去，「啊，我的袋子到了。太讚了。什麼？沒有，這裡面當然不會有屍體。我又不需要帶著腐肉的骨頭。謝啦，掰。」

偉恩將最後一把花生拋到嘴裡，「我不管你們了，我要去找個地方打盹幾個小時。」

「我們怎麼分配房間啊，瓦希黎恩？」瑪拉席問。

「妳和史特芮絲睡走廊面對的套房，」瓦說，「偉恩和我住這間。宓蘭獨享一間，她也許想，嗯……」

「融化？」瑪拉席幫他想了一個詞語。

「……獨自一個人。」

「我其實不介意，眞的。」隔壁的宓蘭喊了過來。一會兒後，她又打開了兩個套房之間的門，依然是剛才那副身形、那副骨架，只是光溜著胸部。

卻不是女人的胸部。

「我解決問題了，」她說，「我要以男人的身分出席，這樣也許比較不會引人注意。現在我只要挑個合適的骨架就搞定了。」

偉恩歪著頭。宓蘭的面容也換了，帶著男子氣概。史特芮絲瞪大了眼，看得目不轉睛。

「妳……」史特芮絲說，「妳要變成一個……」

「男人？」宓蘭問，「對啊，等找到合適的骨架，看起來會順眼許多，還得換上合適的聲音。」她看看眾人的反應，「呃，有問題嗎？」

不知何故，大家全轉過去看著偉恩。他思考了一下，隨即聳聳肩，也許他應該把鞋子給宓蘭。

「你不介意？」史特芮絲問他。

「她還是她啊。」

「但看起來是個男人！」

「這旅館的經營人也是啊，」偉恩說，「但她有孩子，有人依然決定娶她——」

「很好，宓蘭，」瓦一隻手按在史特芮絲的手臂上，「假使妳混得進宴會的話。」

「那你就不用操心了，」宓蘭轉了一圈，「我一定進得去的。我會準備好，助你一臂之力，但這是你的場子，不是我的。你才是偵探，我只是去看看，四處嗅嗅。」

宓蘭關上了門。偉恩搖搖頭，怎麼一般男人不會遇到的事，全都……不過，他自己偶爾也會喬裝成老太太，所以又何必大驚小怪。換個角度想，女人有時女扮男裝也沒什麼不好的，至少小號時很方便。

「我們平常查案子，」瓦說，「也是這裡看看，那裡嗅嗅。」

「憑良心講，」偉恩說，「我們查案子，比較像是這裡敲敲，那裡打打。」

瑪拉席搓揉著額頭，「我們幹麼討論這個？」

「因爲大家都累了，」瓦說，「都去睡覺吧。偉恩，晚上你和瑪拉席去掘墓。」他深吸口氣，「而我，無可奈何地，必須出席宴會。」

11

打著正經八百的領結，穿著西裝外套，令瓦想起離開村莊的那一年。他叔叔興高采烈地將他裝扮成青年才俊，展示給依藍戴的名流貴族，一副志得意滿，彷彿瓦被泰瑞司人驅逐出境，於他而言就像是打贏了一場勝仗。

瓦當然是搬回來與父母同住，但叔叔卻全權掌控了他的教育，精心將他打造成族長繼承人。打從去了村莊後，瓦和直系親人的接觸就逐漸減少——即使與父母同住的那一年，也很少見到他們。

也就是那個時候，叔叔一步步的掌控開始令他窒息。瓦輕敲著馬車廂內的扶手，回想那一場場的宴會，有多少是因爲叔叔在場而變調的？

馬車最後來到富麗堂皇的大宅之前，庭院的聚光燈光芒映照著華美的彩繪玻璃。燈光古雅，但宅內所展現的氣質，與他稍早趁大家在補眠時熟記於心的平面圖上的詩書世家風華，相差十萬八千里。

豪宅整體設計散亂，大大減低了宏偉的氣勢，多重的人字形屋頂，遠看像是一座小山。前面一排馬車等著駛向門廊，讓乘客下車。

「你很緊張。」史特芮絲伸手搭在瓦的手臂上。她戴著白色蕾絲手套，身上是花了她一個小時才著裝完畢的薄紗禮服，也是今年依藍戴最盛行的款式。裙裝部分相較於史特芮絲喜愛的傳統禮服更加蓬鬆，像一朵雲。

看見她選中這套禮服，瓦有些意外。史特芮絲爲這趟旅行準備的服裝偏向實用性，爲什麼今晚會選這套呢？

「我沒有緊張，」瓦說，「我在冥想。」

「我們要預走一下流程嗎？」

「什麼流程？」瓦說。

是神智狂亂的雷魯爾引導他們來到此地，進而參加柯蕾西娜·薛爾絲（Kelesina Shores）的宴會。這位女士是新瑟藍的望族——也是雷魯爾話中暗示此案的關鍵人物。她是他們最佳的著手點，儘管雷魯爾的筆記本中尚且提到另外五個他感興趣的家族。

問題是，筆記本內找不到任何提示雷魯爾爲何對這些家族感興趣的記述，也沒提到這些人究竟知道些什麼。這些外市的名門貴族，如何與古代考古文物扯上關係呢？沒錯，是有一些貴族喜愛自詡爲「紳士冒險家」，但他們大多只是閒坐著，叼根雪茄說說而已。起碼有一位紈褲子弟賈克起而行，離開了他鐵鏽的豪宅。

時間一點點流逝，成排的馬車龜速前進，簡直就像大熱天底下一整排的牛隻，懶洋洋地行動。瓦終於踢開了車門，「我們走過去。」

「噢，親愛的，又要啊？」史特芮絲說。

「別告訴我，妳的流程裡沒有這一條。」

「我是安排了，但這排馬車還不算長啊，瓦希黎恩爵爺。你不覺得我們可以等一等？」

「我都看得見那扇鐵鏽的大門了，」瓦抬手指過去，「走過去用不著三十秒。不然只能坐在馬車中，一一看著盛裝打扮的人笨手笨腳地下車，大驚小怪地撥弄領巾。」

「看來，今晚的好戲開始了。」史特芮絲說。瓦沒理會車伕伸過來攙扶的手，逕自跳下車。他揮手示意車伕退下，打算親自扶史特芮絲下車。「去停車吧，」他對著車伕喊，「我們結束時會叫你。」頓了一下，又補充，「假使聽到槍響，就自己先回旅館，我們會想辦法回去。」

馬車伕聞言吃了一驚，依然點了點頭。瓦伸手去扶史特芮絲下車，沿著小徑走進豪宅的地界，一路上經過的馬車裡的人似乎都沒有正視他們，兩人卻能感受到無言的怒火。

「我幫你準備了一份名單。」史特芮絲說。

「真是不意外。」

「別發牢騷了，瓦希黎恩。名單對你有幫助，我把它藏在這個小本子裡，」史特芮絲拿出一本掌中筆記本，「方便你翻找。每一頁都針對個人寫了合適的開場白。而下面的數字，列出你引導對方進入相關話題，探探口風的方式，好幫助我們瞭解這些人的目標，以及他們和哀悼之環的關聯。」

「我並非社交白癡，史特芮絲，」瓦說，「只是隨便閒聊，不成問題的。」

「我知道，但我情願採取保險一些的方法，來避免重蹈塞特宴會的覆轍……」

「哪一個塞特宴會？」

「你用頭撞人的那場。」

瓦頭一偏，「噢，對。那個矮子馬屁精，還搞笑地留了個小鬍子。」

「那是西侯．塞特爵爺，龐大家業的繼承人。」史特芮絲說。

「沒錯，沒錯……」瓦說，「塞特家的人，一群飯桶。我要澄清一下，是他先來叫陣的，說要和射幣決鬥。這樣看來，我還算救他一命，否則他和別的射幣較勁，絕對要吃大虧。」

「你打斷他的鼻子，這叫救他一命？」史特芮絲豎掌示意，「我不是在論斷誰是誰非，也沒要你解釋，瓦希黎恩爵爺。我只是在想辦法協助你。」

他咕噥幾句，還是接下了筆記本，就著街燈一邊翻閱，一邊往前走。筆記本後頁記載了宴會可能到場賓客的人物速寫。瓦想起文戴爾提供的相關人物個人資料，而手上這份名單卻從各個方面大大延展了那份資料，將每個人的底細摸得更是清楚。

史特芮絲一如往常地做了深入的調查。瓦會心一笑，將筆記本塞入外套口袋，心裡卻納悶她怎麼還能抽得出時間？兩人繼續往下走，附近灌木林傳來一陣窸窣聲，使瓦瞬間一僵，立刻燃燒鋼，發現一些移動中的金屬點。他一隻手挪向外套下面的手槍。

一張髒兮兮的臉冒了出來。只見他兩眼呈現牛奶白，口中說著：「可憐可憐我，給幾個夾幣吧，大爺。」乞丐伸出一隻手來，幾個指甲又長又髒，衣袖也破破爛爛的。

瓦一手按在手槍上，戒備地打量著乞丐。

史特芮絲頭一歪，問：「你是不是有擦古龍水？」

瓦點點頭，他也聞到了淡淡的香水味。

乞丐吃了一驚，似乎有些意外，旋即嘻嘻一笑，「我上癮了。」

「你一直在喝古龍水嗎？」史特芮絲問，「那會損害你的健康。」

「你最好離開這裡，乞丐。」瓦看著大宅門前成群的侍僕和不遠處的馬車伕，「這是私人土地。」

「噢，爵爺，我知道，眞的。」乞丐笑笑說，「嚴格來說，這是我的地盤。來嘛，給老霍德一點小錢吧，我的好大爺……」他把手伸得更長了，兩眼無神地投射過來。

瓦從口袋掏出錢來，扔了一張紙鈔給他，「趕快離開這裡，去找個像樣點的東西喝喝。」

「好心有好報，大爺！」乞丐噗通跪了下去，四下摸找著紙鈔，找到後喊著，「但這太多了！實在太多了！」

瓦再次挽起史特芮絲的手，帶著她朝宏偉的大門走去。

「爵爺！」乞丐尖聲高喊，「我得找你錢啊！」

瓦看見藍線晃動，本能地一個轉身，接住乞丐筆直朝他腦袋射來的硬幣。原來是裝瞎的。瓦哼了一聲，把硬幣塞進口袋。此時剛好一個工作人員經過，看見乞丐，大喝一聲：「怎麼又是你！」

乞丐咯咯笑著，閃身躲進灌木叢中。

「那是怎麼回事？」史特芮絲問。

「鬼才知道，」瓦說，「要繼續走嗎？」

他們打從那排等待中的馬車旁走過，覺得馬車的移動速度加快了，不過兩人依然提早來到了大門前。瓦朝卡在自家馬車門框中、正費力下車的大個頭女士點了個頭，然後領著史特芮絲踏上了門階。

來到門前，遞上請帖，但接待員應該早就被通知，正在等著他的到來。眼前的這份排場絕非一般的宴會招待，而是屬於政要宴會的等級。也許會有一場正式的演說——也就是主人向賓客的發言——大家都清楚自己是來分享、交流想法和觀點的，也很可能是被邀請來捐款資助某個外市的開發案。

瓦走了進去，門衛清清嗓子，朝入口側面一個壁龕指去，幾位僕人在那裡接收賓客的帽子、外套和圍巾。

「我們沒什麼需要寄放的衣物，」瓦說，「謝謝。」

門衛輕輕拉住正往前走的瓦，「女主人交待過，為了所有賓客安全，大家都必須卸下身外之物。」

瓦眨眨眼，終於聽明白了，「我們必須卸下武器？開什麼玩笑。」

高個子門衛沒有回應。

「我想，他不是在開玩笑。」史特芮絲說。

「你聽好，」瓦說，「我是射幣，單憑你袖口的鏈釦就能殺死十幾個人。」

「若您不出手，我們會很感激。」門衛說，「請您別為難我們，拉德利安爵爺，誰都不能例外。需要我們召來扯手，以確定您沒有遺漏任何身外之物嗎？」

「不需要。」瓦扯開門衛的手，「若今晚出了大事，你會後悔自己說了這些話。」他領著史特芮絲來到寄物櫃檯前，戴著白手套的僕人正將寄物憑據交給一位寄放帽子的客人。瓦不情不願地從胸掛式槍套內抽出問證，放在櫃檯上。

「就這些了，爵爺？」接待他的女士問。

瓦遲疑了一下，嘆口氣，單膝跪下，從小腿的槍套中抽出備用的微型雙管手槍，拋在櫃檯上。

「介意我們查看女士的手提袋嗎？」僕人問。

史特芮絲將手提袋遞了上去。

「妳知道我是個代理警察，」瓦說，「應該隨身配備武器。」

幾個僕人雖然都不作聲，但把史特芮絲的手提袋交回，以及遞給瓦寄物憑據時，似乎有些難爲情。

「走吧。」瓦把紙牌塞進口袋裡，試著壓抑心裡的惱怒，卻失敗了。兩人朝宴會廳走去。

偉恩向來欣賞銀行這個行業，他們太另類了。許多人會把錢藏在床底下之類的地方，正是所謂的錢不露白，這哪有意思？但銀行……銀行可以變成一個人生目標。蓋棟房子，在裡面塞滿錢財，一旦登上了高峰，立足穩當後，就正面迎戰並打倒意欲超越你的人。

一定是這樣的，像一場比試。否則爲什麼人人都把那麼多貴重的財物往同一個地方塞呢？同時還可以向普羅大眾宣告，世上就是有人的錢財像金山銀山，不只有能力出錢蓋棟房子來放錢，更有大筆大筆的金銀財寶來塡滿這房子。

想在這樣的地方動歪腦筋，簡直是自找苦吃。於是賊子們只好站在銀行外面，想著裡面滿滿的珍寶流口水。說實在的，銀行就是一面高高豎起的大招牌，默默地對所有的路人大吼「滾一邊去」。

而眼前這座招牌，眞是壯觀。

他和瑪拉席在長長的門階下止步，經典廷式建築的門階附有彩繪玻璃窗和橫幅旗幟。瑪拉席打算在去墓地之前，先來這裡一趟，說是想從銀行帳戶資料裡挖點線索，以縮小搜尋範圍。

「好，」偉恩說，「我明白了。我來扮演有錢人，壓榨壓榨勞工，再吸吸小老百姓的血。但對外我不會說得這麼坦白，當然得修飾一下，才顯得出品味。」

「說完了嗎？」瑪拉席爬上階梯。

「是地，」偉恩追了上去，「我還帶了一頂漂亮的帽子。」他拿著一頂高大禮帽，套在一根手指上旋轉。

「那是瓦希黎恩的帽子。」

「現在不是了，」偉恩戴上帽子，「我用一隻老鼠跟他交換了。」

「一隻……老鼠？」

「去掉了尾巴的老鼠，」偉恩說，「因爲拿帽子時，上面都是灰塵。反正我現在是有錢人，妳是我姪女。」

「我當你姪女，年紀太大了。」瑪拉席說，「起碼不是……」她愣住了，看著偉恩擠出一團的皺紋，還戴上了假鬍鬚，「……對，」她又補了一句，「我忘了還有這招。」

「現在，親愛的，」偉恩說，「我進去要求申請保險箱，以牽制住那些精明的行員，而妳想辦法溜進檔案室，找妳要的關鍵資料。這應該不會太難，因爲我會大吹特吹我的名望財富，騙得他們頭暈眼花，大部分還在加班的行員應該都會被我吸引而分神。」

「太棒了。」瑪拉席說。

「我離題一下，親愛的，」偉恩又說，「我絕不贊同妳和我們家那個農場長工來往。他配不上妳，而妳的不檢點會糟蹋家族名聲。」

「噢，拜託。」

「更何況他還長疣，」偉恩說。此時，兩人已爬上門階的頂端，「還有嚴重的腸胃脹氣傾向，還有——」

「你打算一直嘮叨這些？」

「當然！銀行行員需要聽聽我是如何刁難下一代，聽聽我的遺憾和困擾，年輕一代的見識與能力都不足，在我這一代輕而易舉的決定，在他們卻顯得左支右絀，不知所措。」

「了不起。」瑪拉席推開了銀行的厚玻璃門。

那位經理立即朝他們快步而來，「抱歉，我們快打烊了。」

「一看，就知道你是個好人！」偉恩開始了，「我相信你一定能湊出時間來，因爲你很快就能做成一筆投資專案，由——」

「我們來自依藍戴警局，」瑪拉席打斷他，並出示警察證，「我是瑪拉席・科姆斯大隊長。我想翻翻銀行的存款資料，只會擔誤你們一會兒，我們辦完事，立刻就走人。」

偉恩被瑪拉席打亂陣腳，震驚地看著瑪拉席，而那位大肚子粗脖子、又矮又黑的經理居然接下她的證件檢視。那……那是作弊！

「妳想看哪一方面的資料？」經理謹慎地問。

「你們跟這些人有銀行業務往來嗎？」瑪拉席遞上一張紙。

「我可以看看……」經理說完，嘆口氣，朝裡面一位正翻閱帳本的行員走去，然後閃身進辦公桌後方的一扇門，偉恩聽著他在那個房間自言自語。

「我必須說，」偉恩摘下大禮帽，「這是我見過最蹩腳的喬裝辦案。誰會相信一個有錢的叔叔，姪女卻當警察？」

「實話實說就能辦成的事沒必要說謊，偉恩。」

「沒必要……當然有必要！如果事態演變到必須打昏人，搶帳本逃走，那該怎麼辦？現在我們的身分曝光了，瓦就得付一大筆賠償金。」

「幸好我們並不需要打昏人。」

「可是——」

「不能動手打人。」

偉恩嘆口氣，有好戲可看了。

「希望妳知道我們非常看重顧客的隱私。」經理一隻手保護著從檔案室裡帶出來的帳本。他們兩人已經在經理的辦公室裡坐定，辦公桌上的小立牌上寫著：**艾里奧拉先生**。沒人知道偉恩讀著立牌上的姓氏時，爲何會私下竊笑。

「我明白，」瑪拉席說，「但我有足夠理由，認定其中一位就是我們要找的嫌犯。你應該不會默許，放任他們的惡行。」

「但我也不想毀掉顧客對我的信任。」經理說，「妳爲何如此確定他們之中有人是嫌犯？有證據嗎？」

「戶頭上的數字就是證據。」瑪拉席身體一傾，靠過去，「你知道警方靠著統計數字，破了多少案子嗎？」

「我敢說那必定不是一般的數字。」經理往後一躺，十隻手指交纏在大肚子上。

「呃，是的。」瑪拉席說，「大部分的犯罪動機，不是跟七情六欲，就是跟錢財有關。只要是跟錢財扯上關係，數字就至關重要，就能派上用場，法務會計會給出答案。」

經理似乎並未被說服，不過話說回來，偉恩評估這位經理並不是純種人類，他必定有海豚的血統。他不斷地丟問題，顯然是在拖延時間。偉恩越來越坐立不安，通常遇到藉故拖延的情況，就表示有同夥正在趕來支援，看來要大動干戈了。

他利用辦公桌上的物件蓋了一座塔，以打發時間，其實兩眼緊盯著房門。若是眞有人衝進來打架，他就把瑪拉席丟出窗外逃命去。

一會兒後，房門被推開，偉恩立刻伸手去抓瑪拉席，另一隻手也握住了一根決鬥杖，但凝目一看，進來的卻是辦公室外的那個行員。那位女士快步朝經理走去，遞給他一小張的紙。因爲她走得飛快，偉恩來不及移開視線，只好大剌剌地欣賞她的裙撐之美。

「那是什麼？」女行員轉身離去，瑪拉席隨即開口詢問。

「電報，」鬆了口氣的偉恩推測，「你發電報查實我們的身分，是吧？」

經理遲疑一下，將紙轉過去給他們看。紙上的文字先描述了偉恩和瑪拉席的特徵，然後寫：他們的確是我麾下的警員。請禮遇兩人，並盡貴公司之力配合辦案——不過要留意那位矮個子，以及您的錢箱，直到兩人離去。

「這是從何說起，」偉恩說，「太不公平了。就爲了交待這些雞毛蒜皮的小事，值得花五字一夾幣的電報費？還眞有人會做這種事，老瑞迪竟然花大錢來造謠。」

「嚴格說來，是誹謗。」瑪拉席說。

「嗯哼，肥綁，徹頭徹尾。」偉恩說。

「誹謗，偉恩，別……噢，算了，」瑪拉席直視經理的眼睛，「你滿意了嗎？」

「是的。」經理把帳本向她推去。

「數字，」瑪拉席在手提袋中翻找了一下，拿出一個小本子，一隻手指輕敲著它，「本子裡有墓園各個職位工作人員的平均薪資。」她翻開帳本，「檢視我們手中嫌疑人的戶頭，就能找出異樣，看看是否有人存進帳戶的款項，超過合理的薪資範圍？」

「但這不足以證明存款人犯罪啊。」經理說。

「不需要證明，」瑪拉席翻看第一本帳本，「我只需要一點頭緒，找到方向……」

接下來的時間，偉恩用了六種不同的物品，包括訂書機，穩住了高塔，正在得意洋洋之際，瑪拉席終於啪地敲了其中一本帳本一下。

「如何？」經理說，「鎖定嫌犯了？」

「是的，」瑪拉席似乎有些困擾，「全部都是。」

「……全部都是。」

「都爛到發臭了，」瑪拉席說，「眞的。」她深吸口氣，又啪地闔上帳本，「我先隨便挑一個來調查，艾里奧拉先生，不過能知道這些，仍然很有幫助。」

「知道什麼？」

「他們全都在賺取不義之財，」她又在翻找手提袋了，「早就該猜到了。大部分死者都會有貴重的陪葬品，最起碼喪服就不會太寒酸，總不至於任由它們在土裡腐爛。」

經理的臉一下子白了，「他們在賣死人的喪服。」

「不止，」瑪拉席從手提袋抽出一小瓶賽爾斯白蘭地，放在桌子上，「還有陪葬的珠寶和私人物品。」

「嘿，」偉恩說，「我的喉嚨正好乾得要命，眞的。那眞是我的甘霖，就像晚上灌了九品脫的美酒，早晨起床的第一泡尿。」

「太可怕了！」經理說。

「就是，」瑪拉席說，「但細細一想，也沒那麼可怕。他們犯的罪只是偷竊死者遺物，行爲不檢。」

偉恩在口袋內掏了掏，掏出一支銀製拆信刀。他是打哪兒弄來的？他把刀放到桌子上，拿起小酒瓶，一仰而盡。

「占用你的時間了，謝謝，艾里奧拉先生。」瑪拉席拿過拆信刀，滑過去還給經理，「你幫了我們很大的忙。」

經理吃驚地盯著拆信刀，隨即打開抽屜一瞧，「嘿，那是我的，」他從抽屜拿出一段類似細繩的事物，「這是……老鼠尾巴嗎？」

「是我見過的最長的。」偉恩說，「你搶得頭采，運氣眞好。」

「你究竟是怎麼……」經理看看偉恩，又看看瑪拉席，搔搔腦袋，「我們結束了嗎？」

「是的，」瑪拉席說著起身，「走吧，偉恩。」

「要去逮人了？」經理說著將尾巴丟進廢紙簍中，眞是罪過啊。那東西足足有兩個手掌那麼長耶！

「逮捕？」瑪拉席問，「胡說，艾里奧拉先生。我們不是來逮人的。」

「那我們剛才在幹麼？」

「啊，」瑪拉席說，「當然是來搞清楚我該僱用哪一個。走吧，偉恩。」

12

眼前的情景與瓦年少時候相比，改變並不多。噢，這場宴會的賓客所著服裝是有些不同，西裝背心變厚了，裙襬提高到小腿，領口筆直降落，脖子上的薄紗披掛過肩。

不過，態度倒是都沒變，依然暗中估量他的身分地位和身價，總是笑裡藏刀。他們高傲地頷首招呼，瓦坦然回應，居然沒有想像中那麼的思念那幾把槍。反正槍並不適合眼前這場戰爭。

「我小時候參加這種宴會，都非常緊張。」瓦輕聲對史特芮絲說，「也許那時候的我，很在乎別人的想法。後來才學會只要不去在乎別人對我的看法，內心就會激發出強大的力量，掌控形勢。」

史特芮絲盯著兩位迎面而來的貴女，她們的禮服沒有任何花邊裝飾，「我不是很同意你，當下的感覺很重要。比如，我現在就後悔挑了身上這件禮服。我想趕時髦，沒想到南部這裡的流行款式不同，讓我就顯得格格不入，太前衛了。」

「我喜歡啊，」瓦說，「這樣才突出。」

「青春痘也很突出。」史特芮絲說，「能請你幫我們拿些酒水嗎？我去逛逛，評估周遭地形，順便看看目標在哪兒？」

瓦頷首同意。大大的宴會廳內鋪著地毯，金子打造的枝形吊燈華麗燦爛，只不過光芒並非來自蠟燭，而是電燈。天花板沒有高得嚇人，牆壁上裝飾了五彩繽紛的僞拱門，每扇皆掛有一幅壁畫，全是昇華戰士從一群烏鴉中騰空升起之類的經典畫作——鴉群向來也是統御主鬼魂的經典象徵，是逗留在人間的死神。

其他賓客並未上前來與他攀談，但也沒有忽視他。人人在他迎面而來時一動也不動，卻未讓路，都假裝沒注意到在宴會廳內穿梭而過的瓦。他是依藍戴人，是他們的政敵，如此視而不見，算是下馬威了。

鐵鏽的，他眞是憎恨這種暗中較勁的把戲。

酒吧幾乎占據了遠遠的那一面牆，至少有二十幾個酒侍負責上酒，以確保所有貴客皆能得到最迅速的服務。他爲史特芮絲要了一杯紅酒，自己則要了簡單的琴湯尼。他嚐了一口，挑了挑眉，覺得不夠味，看來應該點純威士忌。

趁著酒侍倒酒時，他轉身掃視宴會廳一圈，豎琴師彈奏的輕柔樂聲，掩蓋住許多交談。他突然感覺不是滋味，必須承認單單是這個廳堂裡的三言兩語對話，就足以牽動整個盆地百姓的生活，相形之下，逮住惡人送入大牢，儘管是窮凶惡極的大壞人，也只是杯水車薪。

他突然意識到瑪拉席經常掛在嘴邊的：未來的執法者依靠的是統計數字，而非霰彈槍。他曾經試著想像那個通過完善的城市管理以杜絕凶殺案的世界，卻怎麼看也看不到未來。人類生來就是會殺戮。

如同宴會廳那座枝形吊燈的燭檯，就是應該放蠟燭，否則只讓人感到虛華不實。

「這是您點的酒，爵爺。」酒侍將兩杯酒放到精美的餐巾上，只見兩片餐巾上皆繡了宴會當天的日期，顯然是提供給賓客攜走紀念的。

瓦從口袋掏出一枚硬幣，滑過去給酒侍當小費，捧起酒杯朝史特芮絲走回去，卻聽見酒侍清了清嗓子。他轉頭看見酒侍將硬幣拿得高高的，卻不是瓦原本打算給他的五旋錢（fivespin），而是從未見過的陌生硬幣。

「是不是拿錯了，爵爺？」酒侍問，「不是我不領情，但我討厭收紀念品之類的小費。」

硬幣上的符號……瓦心念一動，走了回去。和牆上投影出來的雷魯爾的相片，一模一樣。

他急忙走過去搶回硬幣，差點就撞翻一位賓客手中的酒杯，隨便給了一些小費後，他將硬幣拿高仔細審視。

沒錯，是同樣的符號，再不然就是極度相似的兩種符號。硬幣背面是一張臉，兩眼目光向外直視，一隻眼睛插有尖刺。這枚大大的硬幣，外緣和內部分別由兩種金屬打造而成。

這絕不是年代久遠的古硬幣，是新造的硬幣？或者只是因為它保存良好？鐵鏽滅絕的……它是如何進到他口袋裡的？

他突然想到，是那個乞丐丟給我的硬幣。但他又是打哪兒弄來的？還有別的在市面上流通嗎？

帶著滿腦子的疑問，瓦離開酒吧去找史特芮絲。走著走著，他打從柯蕾西娜貴女身旁經過，她是這場宴會的主辦人，同時也是瓦的終極目標。那位老太太一身華麗閃亮的銀黑晚禮服，手裡拿著一副法院模型，周遭圍著一群人追問她的某項城市發展專案。

瓦聆聽片刻，但不想這時就與她正面交峰，於是邁步離開，看到史特芮絲就站在角落附近一張又高又細薄的桌子旁邊。宴會廳內連一張椅子都沒有，也沒有人跳舞，儘管它的正中央的確有個高出一、兩吋的舞臺。

瓦將硬幣放到桌子上，朝史特芮絲滑過去。

「這是什麼？」她問。

「那個乞丐就是用它丟我的。上面的符號和雷魯爾拍攝的相片很類似。」

史特芮絲抿起嘴唇思考，將硬幣翻面一看，「一隻眼睛釘有尖刺，這有什麼特殊意義嗎？」

「不清楚。」瓦說，「我比較關心的是，乞丐是打哪兒弄來這個的——又爲什麼拿它來丟我。它必定是雷魯爾在神殿發現的文物之一，難道是雷魯爾遺失的？又或者，他拿硬幣在這座城市買賣購物？」

瓦用一隻手指輕敲著桌子。那個乞丐絕對不單純，但就算現在衝出去找他，那人也必定已消失得無影無蹤。

瓦將硬幣塞回口袋裡，「答案就在這個宴會廳裡，可以預設柯蕾西娜貴女與此事有關。」

「那就行動吧。」

「我們往回走，故意打從她身旁走過。現在去？」

「等一下，看到那邊那對男女嗎？男人穿著栗色背心的那對。」

史特芮絲的下巴一揚，瓦順著她的暗示望過去。那是一對年輕男女，衣著高級，整潔體面，郎才女貌。

「那是蓋夫·恩特隆勛爵。」史特芮絲說，「你們兩家有一些商務往來，他家從事紡織業，你可以從這兒下手，打開話題。」

「我聽說過這個人，」瓦說，「我追求過他的一個表親，結局很糟。」

「他呢，也在你那個瘋狂坎得拉的名單上，應該知道一些內情。這個人年輕、幹勁十足，在業界備受尊崇，卻不狂妄自大，是個不錯的開頭。」

「好的。」瓦看著恩特隆勛爵，對方正被幾位年輕仕女包圍著，她們著迷地聆聽他手舞足蹈地說故事。瓦深吸口氣，「妳來開場？」

「應該是你啊。」

「妳確定？我一直覺得我應該跟瑪拉席和偉恩去挖墳，而妳在這裡卻是如魚得水。社交是妳的專長，史特芮絲。眞的，別再拿妳是個『無趣』的人來搪塞我了。」

她的表情變得悠遠，「這樣說來，我應該不是『無趣』，而比較像是……『疏離』。我知道如何模仿正常人那樣思考談話，但事先預備好的交談內容和俏皮話是有限的，只能做粗淺的交流。別人最後會感覺到我沒有眞心，我並不是眞的愛他們所愛，也不是眞的與他們志同道合。有時候，看到偉恩，甚至那些坎得拉，他們都眞情至性，讓我覺得自己是異類。」

瓦聽在耳裡，眞希望自己能說服她不要再妄自菲薄，卻又想不出適當的言語。每次他一提起這個話題，都只讓史特芮絲將自己封閉起來。

史特芮絲伸出手，瓦牽起她，兩人一起穿過廳堂，朝蓋夫爵爺和被他招蜂引蝶吸來的幾個人而去。瓦一直在思考該如何開啓對話，沒想到他一接近，圍著蓋夫的幾個人全都自動退開，讓出空間來。顯然，他的聲望和地位已聲先奪人。

「哎呀，這不是瓦希黎恩爵爺嗎！」蓋夫客套地打了招呼，「一聽說您會出席我們的小小聚會，我就滿心期待這天的到來！我想跟您結交好多年了。」

瓦對他微微頷首，再朝他的女伴和正在交談的一對男女點頭致意，後面這兩個人並未離去。

「您覺得新瑟藍如何，爵爺？」一位貴女問。

「似乎除了交通不便，」瓦說，「其他方面都很不錯。」

眾人大笑開來，彷彿他剛才說了個笑話。瓦蹙起眉頭，他說錯什麼了？

「只怕，」蓋夫說，「您在這兒找不到什麼能引起您興趣的人事物。新瑟藍是座寧靜安逸的城市。」

「噢，聽聽您在說什麼啊，蓋夫爵爺！」那個年輕男子說，「不要誤導別人。瓦希黎恩爵爺，這裡的夜生活相當精采噢。而且，敝市的交響樂團曾經贏得貴市的兩位前任總督大大的讚賞。」

「沒錯，」蓋夫說，「但槍戰可不多。」

其他人一臉茫然地看著他。

「我之前的確是個執法者，」瓦告訴他們，「那是在蠻橫區的事了。」

「執……」一位女士說，「你督管一座大城的警察局？」

「不，他是一位眞正的執法者，」蓋夫說，「騎著馬，開槍殺壞蛋的那種。妳該讀讀相關報導——他們都是依藍戴傳紙上的常客。」

其他三人呆望著他，「實在是……很不一般。」一位女士終於發言。

「報紙上的報導大多誇張不實。」史特芮絲飛快地爲瓦開脫，「事實上，直接與瓦希黎恩爵爺有關的死亡人數，大約只有一百人而已。但若是連槍傷感染而死的人也算進來，我就不確定了。」

「那是一段很辛苦的日子，」瓦的目光朝蓋夫移去，後者則躲在酒杯後偷笑，兩眼精光閃閃。對他這一類人來說，瓦和史特芮絲簡直就是掌中玩物，「但現在都過去了。蓋夫爵爺，我要在此感謝您和我們這些年來的業務互惠。」

「噢，現在不能談生意經，瓦希黎恩爵爺！」蓋夫說著，啜了一口酒，「我們可是來參加歡宴的。」

其他人聞言大笑，瓦又一次搞不清楚他們爲何發笑。

可惡，他來回看著那幾個人，我眞是落伍了。他的確變得嘮叨，做事拖拉，但從未想過自己會有如此遲鈍的時候。

集中注意力。蓋夫知曉一些哀悼之環的內情，起碼雷魯爾認爲他知道。

「請問您有愛好嗎，蓋夫爵爺？」瓦的這個問題，立刻贏來史特芮絲的點頭如搗蒜。

「沒什麼値得一提的。」蓋夫說。

「他熱愛考古學！」蓋夫女伴脫口而出，卻迎來蓋夫冷冷的目光。

「考古學！」瓦說，「這愛好並不常見，蓋夫爵爺。」

「他喜愛古文物！」他的女伴說，「他可以在拍賣會待上好幾個小時，爭取任何他——」

「我喜歡歷史。」蓋夫打斷她，「年代久遠的工藝品，總能帶給我啓發。但是妳啊，親愛的，怎麼把我說的好像是那一類紳士探險家。」他哼了一聲，「我相信您在蠻橫區看過那一類人，瓦希黎恩爵爺。他們一輩子窩在上流社會，突然有一天頭腦發熱，決定拋開一切去尋找新刺激，尋找另一個格格不入的環境。」

史特芮絲聞言一僵。瓦不動神色地看著他。年輕男子的羞辱儘管經過包裝，卻與瓦在依藍戴上流社會遭受的評語非常類似。

「他們能有機會嘗試新事物滿不錯的，」瓦說，「總比老是待在同樣的環境中浪費生命來得好。」

「瓦希黎恩爵爺啊，」蓋夫說，「我們的所作所爲若是令家族成員失望，又怎能算是突破、創新呢！人類打從末代帝王開始，就一直這麼做了。」

瓦暗暗握拳。他雖然已經習慣被奚落，卻依然怒火高漲，也許是因爲他體力不濟又精神不佳吧，又或是因爲他對姊姊的擔憂，內心已經夠煩躁了。

他奮力克制住怒火，史特芮絲捏捏他的手臂，於是他嘗試更換策略，「您的表親好嗎？」

「瓦蕾特？她非常好。大家都在爲她的新婚開心。很遺憾，你們的緣分不夠，不過在您之後的那個追求者，更是糟糕透了。依憑頭銜來挑選結婚對象，就得面對日後暴露眞面目的痛苦。」

蓋夫爵爺說這些話時，並未看著史特芮絲，而他也不需要。只見他嘴角一勾，露出一個詭祕的笑容，得意洋洋地啜了一口酒。

「你這個陰險小人，」瓦怒斥，「鐵鏽的無恥小人。」他伸手拿槍——幸好槍不在槍套內。

另外三位年輕貴客驚訝地看著他。蓋夫傲慢一笑，隨即不客氣地說：「見諒了。」他拉著女伴手臂轉身就走，其他人也尾隨離去。

瓦嘆口氣，放下了手臂，但依然怒氣沖沖，「他故意的，」瓦嘀咕著，「對不對？他不想跟我交談，才故意羞辱我，見沒效果，就轉而對付妳，他早就猜到我會失控。」

「嗯……」史特芮絲說，「對，你有權利生氣。」她點點頭。附近其他賓客繼續交談，卻都離瓦和史特芮絲遠遠的。

「抱歉，」瓦說，「我被他激怒，讓他得逞了。」

「所以我們才拿他當開場，」史特芮絲說，「很好的預演，我們也學到教訓了。一提到考古學就像是刺中他的要害，他當下就不願意再談下去，於是以羞辱當幌子，來轉移我們的注意力。」

瓦深吸口氣，把怒氣拋到腦後，「現在怎麼辦？試試下一個？」

「先不要。」史特芮絲平靜地說，「不能讓調查對象察覺到，我們是特地接近他們的。你得和名單以外的賓客交談，如此穿插交錯，才不易被發覺。」

「對。」瓦看著熱鬧的宴會廳，剛好豎琴師退場，換上了一個交響樂團，團員們紛紛安頓樂器，其中居然有銅管樂器，一般依藍戴宴會裡不會出現那種樂器。

他和史特芮絲啜飲酒水之間，樂聲響起了。旋律緩慢得挑動人想拉著舞伴上場一舞，卻又隱隱帶著一股活力。他聽著聽著，越來越喜歡，不覺一掃陰霾，心情振奮起來。

「何不去和他們聊聊，當作第二個練習？」史特芮絲的下巴朝一位氣質高貴、灰髮圓髻的老太太揚去，「那是菲莉絲·迪莫可斯貴女，旁邊是她的姪兒。你和她有業務上的往來。她就是你想找的那種人。我去為我們兩個添加酒水。」

「幫我要杯水，」瓦說，「我得保持清醒。」

史特芮絲點點頭，從為了空出中央舞臺而走動的人群中穿梭而過。瓦來到迪莫可斯貴女身邊，一邊自我介紹，一邊遞了張名片給她的姪兒，並開口邀舞，迪莫可斯貴女欣然同意。

閒聊，閒聊絕對沒問題的。*你是怎麼了，瓦？*他一邊自問，一邊牽著迪莫可斯貴女往舞臺走去。*你審訊犯人時口若懸河，怎麼一遇上聊天，就變得拙口笨舌？*

他很想搪塞個答案敷衍過去，說自己只是意興闌珊，但每次遇到不想做的事時，他都是這麼告訴自己，以它為藉口。但他到底是怎麼回事？為何如此排斥？

*是因為這些社交技巧，是他們的遊戲規則。如果我也學會玩弄社交手腕，就表示我接受了他們的玩法。*他在潛意識中不自覺地反抗被他們牽著鼻子走。

他轉身，抬手邀請迪莫可斯貴女共舞，沒想到卻殺出個程咬金，另一位女士輕巧閃進兩人之間，抓住他的手，硬是將他往中央拖去。瓦傻愣愣地被她操控著。

「抱歉？」瓦說。

「沒什麼抱歉的，」女士說，「我不會占用你太長時間。」從她黝黑的膚色看來，應該是泰瑞司人，只不過她比瓦見過的泰瑞司人更黑。花白的頭髮緊緊束成了辮子，嘴唇豐厚。她拉著瓦跳起舞來，來不及反應的瓦，只好倉促地跟上。

「你很清楚你的血統珍貴稀有，」女士說，「你是射幣和掠影組合的撞擊。」

「就金屬之子來說，」瓦說，「射幣和掠影不算稀有。」

「啊，結合在一起就稀有，任何組合的雙生師都很難得。迷霧人的出現機率僅有千分之一，藏金者更是少見，他們的血統被局限在泰瑞司人身上，所以百年才會出現一個結合兩種技藝於一身的雙生師。有史以來只出現過三位撞擊，你就是其中之一，瓦希黎恩爵爺。」

「什麼，真的？」

「我剛才說的機率，當然不會百分之百正確。司卡德利亞的嬰兒死亡率不像其他某些星球那麼高，但仍然高得嚇人。跟我說說，你有沒有在半空中增加體重過？」

「妳到底是什麼人？」瓦穩住了心神，踏出舞步，拿回了掌控權，女士被他往右一帶，轉了一圈。

「無關緊要的人。」女士說。

「是我叔叔派妳來的？」

「我對你們之間的鬥爭沒什麼興趣，」女士回應，「你爽快地回答我的問題，我就立刻放你自由。」

瓦跟著旋律帶著她旋轉一圈，兩人舞動的速度比他慣常來得快，但舞步是瞭然於心的，而持續穿插其中的銅管樂器，使得曲子輕快無比，瓦都快隨著音符碰碰跳跳起來。他幹麼提起叔叔？魯莽。

「我的確曾經在飛躍中增加體重，」他慢慢地說，「但於事無補，因爲所有物件，無論重量如何，下墜的速度都一樣。」

「對，地心引力通則。」女士說，「我好奇的不是這個。若你在鋼推飛躍騰空的同時，增加體重，會發生什麼？」

「速度減慢。我整個人變得很沉重，推動前進顯得特別吃力。」

「啊……」女士輕聲說，「如此說來，都是眞的囉。」

「什麼？」

「動量守恆定律，」女士說，「瓦希黎恩爵爺，你儲存體重時，是大量儲存嗎？又或者，你改變了星球的辨識力，誤以爲你是某種具有引力的物體？有任何差別嗎？你的答案給了我一個線索。你在空中增重造成的減速，問題不在於鋼推，而在於物理規律。」

話一說完，她猛地後退一步，放開了瓦的手，隨即又往旁邊一閃，避開一對男女，當然那對被打擾的舞者立刻送來一陣怒視。她拿出一張名片，遞給瓦，「請您多做一些試驗，並讓我知道您的心得。謝謝。現在，只要我能搞清楚速度圈中爲何沒有紅移現象（注）……」

她就這樣走掉了，丟下一頭霧水的瓦呆立在舞臺上。瓦回過神來，突然感覺好幾道朝他射

注：紅移現象（Reolshift）是指電磁輻射由於某種原因導致波長增加、頻率降低的現象，在可見光波段，表現爲光譜的譜線朝紅端移動。

來的瞪視目光，馬上將下巴抬高，走下舞臺，找到了迪莫可斯貴女，極力地賠不是。對方同意與他共舞下一曲，而這一次相當順利，只是瓦必須耐著性子聆聽她絮絮叨叨家中一隻隻的得獎獵犬。

一等舞曲結束，瓦趕緊去找剛才那個綁著辮子的古怪女人，甚至還去向門衛打聽。女士給的名片上只有一個依藍戴地址，但沒有姓名。

門衛表示並未放行任何符合他所描述的女士入宴，瓦聽聞後，更是一頭霧水。他叔叔正在進行人工繁殖鎔金術師的實驗，現在又跑來一個女人探問鎔金術法力的底細，應該不是巧合吧？

他打從宓蘭身旁經過。宓蘭這次變成了一個方臉、超過六呎高的壯漢，合身的晚宴服下是一身精壯的肌肉，引來一群小女生癡迷地咯咯嬌笑。她對瓦眨眨眼，但後者視而不見。

史特芮絲爲他拿好了飲料，正待在桌邊翻閱筆記本，嘴裡唸唸有詞。瓦朝她走去，只見一名年輕男子走到她面前並試著攀談，但她只是揮揮手，將人趕走，頭抬也沒抬。年輕男子無奈，只得垂頭喪氣地走開。

瓦來到桌邊，「對跳舞沒興趣？」

「爲何這麼問？」史特芮絲問。

「我去找別人跳舞，妳也應該接受邀請。」

「你是爵爺，是家族之長，」史特芮絲依然在讀筆記，心不在焉地說，「背負國是和家族經濟的責任。那些來接近我的人其實都是爲了你，而我現在沒時間與他們周旋。」

「也許，」瓦說，「那個人覺得妳很美麗。」

史特芮絲抬起頭，又歪向一邊，似乎從未想到過這點，「我訂婚了。」

「我們對當地人來說是陌生人，」瓦說，「除了習慣關注依藍戴政情者，大部分人都不認識我們。那個年輕人可能根本不知道妳是誰。」

史特芮絲吃驚地眨眨眼，這個陌生人被她迷住了的說法，似乎把她弄糊塗了。瓦微微一笑，伸手去拿她爲他準備的飲品，「這是什麼？」

「蘇打水。」

瓦拿高杯子，「它是黃色的。」

「這裡顯然流行加檸檬調味。」史特芮絲說。

瓦喝了一口，差點被嗆到。

「怎麼了？」史特芮絲戒備起來，「有毒？」

「是糖。這杯水大概放了七杯分量的糖。」

史特芮絲啜了一口，驚得往後一退，「好奇怪。像香檳酒，卻又……不是。」

瓦搖搖頭，這裡的人是哪裡有問題啊？

「我選好了下一個目標。」史特芮絲朝對面一位男子指去，只見幾個熱帶魚水族缸附近，有個人正斜倚在拱門邊。他年約三十，西裝外套敞開，全身透著一股頹廢美。偶爾有人過去與他攀談，但都待不久，就退回到人群中。

「那些人好像在向他匯報？」瓦問。

「戴弗林．艾爾斯。」史特芮絲點點頭，「密探，穿梭於各個大大小小宴會之中，不是宴會中了不起的大人物，卻也不能小覷，全看你希望從他身上買到什麼樣的祕密。他的名字也在雷魯爾的名單之上。」

瓦打量男子片刻，回神再看史特芮絲時，他那杯冒著泡泡的黃水只剩下了半杯。史特芮絲則一臉無辜地望著別的方向。

「你最好單獨去會會他，」她說，「他們那種人不喜歡有不相干的人在旁邊。」

「好吧。」瓦深吸口氣。

「你可以的，瓦希黎恩爵爺。」

他點點頭。

「我是認眞的，」史特芮絲抬起一隻手按著他，「瓦希黎恩爵爺，這跟你過去二十年在蠻橫區做的完全相同。」

「在那兒，我可以開槍殺人，史特芮絲。」

「眞的嗎？用槍解決問題？問不出答案就開槍殺人？」

「沒有，我通常一拳就揮過去了。」

史特芮絲聞言一揚眉。

「老實說，不是，我其實很少遇到需要開槍或動手打人的情況。但遊戲規則仍然有差別。見鬼的，若眞的不得已，我索性自訂規則。」

「這裡也是一樣。」史特芮絲說，「這些人有你要的答案，你不是想方設法去套出來，就是出重金買來。跟你以前一樣。」

「也許正如妳所說吧。」

「謝謝。更何況，誰知道他會不會捅你一刀？那樣，你不就有理由打他了。」

「別給我期待。」瓦朝她點了一個頭，隨即動身穿過大廳而去。

「琵藍新城墓園」的大門頂上，一尊躬身屈膝的倖存者雕像大張著傷痕累累的雙臂，抓住金屬拱門的兩側。雕像屈高臨下，陰氣森森逼來，帶著流蘇的黃銅披風在他身後翻飛，金屬面容上的雙眼，盯視著打從底下穿門入園的人們，氣盛勢壯，瑪拉席頓時覺得自己又渺小又孱弱。一根長矛從雕像背後刺入，穿胸而出，打磨得光亮的矛尖就懸在拱門中央下的一呎處。

她和偉恩經過拱門時，總覺得矛尖會有血滴掉落到她身上，心中不禁一顫，但腳下步伐並未減慢，堅決不接受倖存者瞪視的威脅。她是在倖存者教派的教養下長大成人的，早已習慣這個威懾人心的宗教形象。

只是每次看到倖存者雕像，祂的姿態總是高高在上，似乎是想提醒教徒，祂的信仰充滿了自相矛盾。祂告誡教徒要努力求生存，自己的形象卻透著死亡氣息，明示著一切的努力到頭來都是徒勞。如此看來，倖存者教派的宗旨不是求勝利，求榮耀，而是屢敗屢戰，盡力死撐到終了。

當然，倖存者自己就破壞了規則。祂總是破壞規則。教義解說祂沒死，倖存了下來——而且計畫在教徒走投無路時回歸。但若是世界末日都未能讓祂榮耀回歸，什麼樣的苦難才行呢？

兩人穿行於墓園中，尋找工作人員小屋。夜色降臨，迷霧決意今晚要出來活動。瑪拉席不讓自己胡思亂想，但迷霧的確使得黑夜中的墓園更加毛骨悚然。墓碑和一尊尊的雕像在繚繞的迷霧中鬼影幢幢。有時候，她覺得迷霧像是淘氣好玩的孩子，而今晚變幻莫測的霧氣更像是一群精靈，亦步亦趨地監視著她和偉恩，氣惱他們的闖入。

偉恩吹起了口哨，瑪拉席只感覺背脊又是一陣寒顫竄了上來。幸好小徑前方不遠處就是看墓人的小屋，她已經能看到在迷霧中閃現的燈光光環。

她緊緊貼著偉恩，不敢離他太遠，當然這絕不是因爲覺得有他在身旁比較安心，「我們要找的人叫作戴札普，」她說，「他應該是個夜間看墓人，銀行總帳本顯示他的收入持續升高，所以他絕對有幹盜墓的勾當。事實上，這個墓園發生盜墓的頻率是最高的，而且，銀行總帳本將這座墓園列爲市政府出資處置無名屍的指定地點。我推斷那隻坎得拉的殘肢就是送來這裡處理，我們只需要找到這個人，逼他幫我們把東西挖出來。」

偉恩點點頭。

「應付這個人，不會像銀行經理那麼麻煩。」瑪拉席說，「那個經理雖然不情願，但眞的幫了很大的忙。」

「眞的？」偉恩說，「我倒覺得他像是難搞的劣馬……」

「專心，偉恩。我們現在必須用法律來強迫這個人就範，可能還需要給他一點甜頭，他才會願意幫忙。」

「等等，」偉恩停下腳步，一縷迷霧繞過來，圈住了他的額頭，「妳又打算一上場就亮出招牌菜？」

「能不能換個詞？」

「聽著，」偉恩輕聲說，「妳是可以用這招應付銀行經理，而妳剛才的表現也很好，瑪拉席，我不得不佩服妳。但面對一般的小老百姓，一旦搬出警察的身分，結果就不會一樣囉。我保證，只要妳一拿出警察證，這個人就會像小兔子一樣趕緊找個洞躲起來，半個字也不會說。」

「只要審訊的技巧夠好——」

「再好都沒用，因爲妳沒時間跟他耗。」偉恩說，「從現在起，看我的。」他猶豫了一下，「再說，我早就把妳的證書換到手了。」

「你……」瑪拉席連忙打開手提袋翻找，果然，裝證書的浮雕金屬薄盤不見了，卻多了一個白蘭地空瓶子。「噢，拜託，這瓶子一文不值，根本不能跟證書相抵。」

「我給妳的絕對物超所值。」偉恩說，「我從妳那兒拿的，不過就是一塊小廢鐵——只在這個墓園才算有點價值。」

「等這裡的事了結，你得把證書還給我。」

「一定，只要妳把酒瓶裝滿酒，我就跟妳換。」

「但你說——」

「就算是手續費囉。」偉恩說完，抬眼望著小徑前方的小屋，然後摘下大禮帽，丟到地上用力踩踏。

瑪拉席吃了一驚，連忙後退，一隻手捂著胸口，看著偉恩用鞋跟蹂躪帽子後，撿起來用力扭轉。他認眞打量一番，又拔出金屬腰帶上的小刀，在帽子側邊割了個洞，接著脫下披風扔到一旁，再割斷身上吊帶中的一條。

當他把帽子再往頭上一戴，整個人簡直換了一個模樣，活脫脫是一個流浪漢。沒錯，原本的他和流浪漢也就只差那麼一步，但眼見僅僅兩個小小變動，居然能造成如此大的效果，眞是令人吃驚。偉恩一邊把玩著小刀，一邊帶著批判性的目光打量著瑪拉席。太陽完全下山了，但因爲燈光有迷霧的渲染，今晚的夜色比沒有迷霧的夜晚更加光亮。

「幹麼？」瑪拉席不安地問。

「妳太光鮮亮麗了。」偉恩說。

瑪拉席低頭看了看自己樣式簡單的天空藍洋裝，長及小腿中段，領口和袖口綴著蕾絲邊，

「我穿得很普通啊，偉恩。」

「不夠普通。」

「我可以假扮成你的員工之類的。」

「這種男人不會對模樣體面的人敞開心胸。」偉恩轉動著小刀，隨即拿著小刀向瑪拉席的胸口戳去。

「偉恩！」她輕喊。

「別老古板了。妳想把這件事情辦好，對吧？」

瑪拉席只好嘆口氣說：「別太搞怪。」

「想搞怪，去找獅子比較快，瑪拉。妳放心。」

偉恩用小刀割開密不透風的蕾絲領口，三兩下就改成了低胸洋裝；接下來是袖子，足足暴露到手肘上約一呎處，再用割下來的蕾絲袖子在胸口正下方打了一個結，然後拉到背後，緊緊地打了第二個結，因此她的胸部就這樣坦蕩蕩，不知羞恥地聳立突出。

偉恩接著仔細衡量，又在她的裙襬上劃了幾道，再拿著黃土抹在裙底處，最後往後一站，手指輕點著臉頰，打量著改裝後的效果，終於點了點頭。

瑪拉席低頭一看，細細品味偉恩的傑作，沒想到竟是如此出色。除了突出胸部曲線，他還刻意沿著縫線處下刀，扯出一絲絲的線頭，製造出的效果就沒有那麼的陳舊破爛。

「現在所有人的第一眼會鎖定在胸部了。」偉恩說，「即使是女人也在所難免，人性就是這樣。如此一來，就沒有人會注意到裙襬上的塵土太過新鮮，洋裝也不算破舊。」

「偉恩，你眞是令我吃驚，」她說，「你是個了不起的裁縫師。」

「設計、製作衣服本身就滿好玩的，搞不懂爲什麼男人就不適合了。」偉恩的目光一直逗留在她胸口上。

「偉恩。」

「抱歉，抱歉，我只是在醞釀情緒，進入角色。」偉恩招手示意她跟上，於是兩人繼續走下小徑。走著走著，瑪拉席意識到一件怪事。

她居然沒有臉紅。

這個嘛，這是個開始，她心想，整個人變得前所未有的自信十足。

「妳要少開口說話，」偉恩在接近小屋時提醒她，「免得洩底。妳說話的語氣總讓人覺得妳太精明。」

「我盡量。」

偉恩打從一棵樹旁邊走過，順手折下一根樹枝，在指間轉了一圈，再砰地往地下一摜，瞬間手上就多了一根多節枴杖。一會兒後，兩人來到亮著燈光的小屋前。那是一座茅草蓋頂的小屋，屋前的苔蘚地上立了幾尊傷痕累累的霧魅雕像。骨骼架起的雕像，頭皮緊貼著頭殼，傳統習俗認爲它們能嚇退活生生的霧魅，因爲這種生物的領域性很強。但瑪拉席認爲活生生的霧魅絕對有能力分辨眼前的同類是活物，或者只是石雕。不過話又說回來，科學家聲稱霧魅在落灰之終後已經絕種，所以她的推測就只能是推測了，無法證實。

一個樣貌油滑，金髮束成馬尾的矮子，在小屋側邊一面吹著口哨，一面用磨刀石打磨著鐵鍬。怎麼會有人打磨鐵鍬呢？瑪拉席這麼想著時，偉恩已上前自我介紹，只見他抬頭挺胸，臨時枴杖往面前一拄，擺出的架勢就像上流宴會中的一名大老爺。

「你，」偉恩說，「你就是那個叫作戴普札難的？」

「戴札普，」男子懶懶地抬起頭，「看來，我又沒關大門了？我是負責晚上關大門的。現在必須請你們離開了，先生。」

「既然如此，我會離開的。」偉恩用枴杖往地上一敲，卻沒有移動，「不過離開之前，最好讓你知道，我手上有一樁非常獨特的生意，能讓你我賓主盡歡。」

偉恩說話的口音誇張到瑪拉席必須非常專心地聆聽，才能聽得懂他在說什麼。不止如此，偉恩還時不時地一頓，用了更多的重音，加入高低起伏的節奏。瑪拉席後來才意識到，看墓人大多是這樣說話的。

「我是個老老實實的看墓人。」戴札普說著，又開始打磨鐵鍬，「哪有什麼生意好談，尤其是在這個時間，這個地點。」

「噢，我聽說了你的老實。」偉恩的鞋跟往後一滑，雙手放到面前的枴杖上，「街頭巷尾都在談論你的老實，戴札普。這個話題實在有意思，值得深入探討。」

「既然大家都這麼說，」戴札普回應，「就表示我與他人的來往都是誠心相待。我……取財有道。」

「這跟我們的生意無關。」

「我認爲有關係。」

「絕對無關，」偉恩說，「因爲我要的，只是某個小東西，不會有人感興趣的小東西。」

戴札普上上下下打量偉恩一番，又往瑪拉席望去，果然，他的目光就如偉恩所說的，在她的胸部流連不去。最後，戴札普終於報以一笑，站起來，朝著小屋大喊：「小子？小子！」

一個男孩跌跌撞撞地衝出來到迷霧中，睡眼矇矓，身上的工作服和工作褲都髒兮兮的，「先生？」

「你幫我去巡視墓園一圈，」戴札普說，「別讓別人來打擾我們。」

男孩的眼睛睜得大大的，隨即點點頭，輕快地跑進迷霧之中。戴札普把鐵鍬往肩膀上一扛，磨刀石塞入口袋中，「我該如何稱呼您呢，大爺？」

「請叫我錢幣先生，」偉恩說，「而你呢，因你此時此刻做的明智決定，我索性就稱呼你聰明人先生。」

偉恩的口音變了，很微妙的改變，但瑪拉席還是聽出來了。

「我什麼決定也沒做喔，」戴札普說，「我只是喜歡偶爾吩咐那個男孩去運動運動，爲了他的健康著想。」

「當然，」偉恩說，「我明白咱們還沒有達成共識。但我告訴你，我要的東西對別人來講一文不値，沒人願意爲它付你一毛錢。」

「既然如此，您又何必費盡心思？」

「情義無價，」偉恩說，「它是我朋友的物件，我朋友不能沒有它。」

瑪拉席聽他居然如此描述，倒抽一口氣，引得戴札普又瞥了她一眼。

「妳就是那個朋友？」

「我不會司卡語，」瑪拉席以泰瑞司人的口音回應，「請問我們能說泰瑞司語嗎？」

偉恩對她眨眨眼，隨即插話說：「沒那個必要，戴札普。無論我怎麼教，她就是學不會應對進退，倒是模樣長得不錯，是吧？」

戴札普緩緩點頭，「若這東西眞的在我的職責範圍內，我要去哪兒挖它出來呢？」

「幾個星期前，城內不是出大事了嗎？」偉恩說，「爆炸。死了很多人。我聽說屍體殘骸都送來你這裡了。」

「上日班的是彼敏，」戴札普說，「是他去收屍的。市政府出錢把無名屍都葬在一個不錯的墓穴中，死者大多是乞丐和妓女。」

「死得太冤了，」偉恩脫帽按在胸口，以示哀悼，「我們去看看吧。」

「現在就去？」

「若是不麻煩的話。」

「是不麻煩，錢幣先生。」戴札普說，「我只是同時希望知道您的姓氏跟您的意圖。」

偉恩當下抽出幾張紙鈔，揮了揮。戴札普一把搶了過來，還湊到鼻前嗅了嗅，才將紙鈔塞進口袋裡，「雖然不是錢幣，不過都一樣。那就跟我走吧。」

他拿出一盞油燈，在前帶路走進迷霧之中。

「你換了口音。」瑪拉席低聲說，兩人刻意落後了一小段距離。

「我故意顯老，」偉恩輕聲解釋，「模仿上一個世代的口音。」

「有差別嗎？」

偉恩聞言吃了一驚，「當然有啊，女人。別人聽了就會感覺我年紀偏大，像是他父母那一輩的人，順帶也顯出我這個人說話有些分量。」他說完搖搖頭，似乎覺得瑪拉席問了一個笨問題。

油燈的燈光因霧氣而迷濛，在黑暗中，根本照不了多遠，但戴札普掘墓時，或許會需要它的照明。然而霧茫茫的燈光，卻使得那一道道的墓碑更顯得森冷，尤其再加上那偶爾出現的猙獰霧魅雕像。她終於明白，爲何這樣一個傳統能夠淵遠流長。墓地是食腐動物的大本營，必須想個方法來驅除牠們。但這招對於人類食腐動物，也就是盜墓人，就起不了作用了。

「好，」戴札普說話了，偉恩趕了幾步追上他，「我希望您知道我是個老實人。」

「當然。」偉恩說。

「但我也很節儉。」

「是啊，我也是。」偉恩說，「我都沒買過高檔啤酒，儘管打烊前侍者會以半價清桶，我也沒買。」

「您眞有原則，」戴札普說，「眞節儉。要我說啊，讓東西爛在土裡實在是浪費。倖存者就不會浪費任何有用的東西。」

「貴族就不一樣了，」偉恩說，「他們多浪費啊。」

「不能浪費，」戴札普咯咯笑了出來，「英雄總需要用武之地。刀子總需要機會測試測試，才知道利不利。」

「也是，」偉恩說，「我的刀就必須經常測試，免得殺到一半，刀斷成兩半。」

兩人大笑出來，瑪拉席只能搖搖頭。偉恩露出本性了，他可以耗一整天拿有錢人來調侃，儘管現在的他，比大多數依藍戴市民有錢。

她並沒興趣聽他們兩個開玩笑，卻也不想離他們太遠。沒錯，迷霧也是倖存者的，但鐵鏽的，她總感覺黑暗中有人會衝過來抓住她。

終於，看墓人戴札普領著他們來到幾座大陵墓後方、一處新鮮的土堆前。沒有墓碑，只有一塊刻了箭矛的石頭嵌在土堆裡。附近尚有幾個新挖出的墓穴——都還空著——等待死人的到來。

「您先找個地方坐，」戴札普說完，舉起鐵鍬準備開挖。

「我很快的，這座墓算是突出地面的，但還是需要一點時間。您可以先請女士轉身過去，誰知道我會挖出什麼。」

「找地方坐……」偉恩看看四下的墓碑，「哪裡呢，好好先生？」

「哪裡都可以，」戴札普動手開挖了，「他們不會在乎的。我們看墓人的口頭禪，就是

『他們不會在乎的』……」

他不再說話，全心投入到工作中。

13

我必須按照他們的遊戲規則來玩，瓦穿過宴會廳，朝私家密探走去。無論史特芮絲說什麼，我跟這些人就是不同世界的人，但我的確瞭解他們。

他已經決定留在盆地內，做他所能做的事。他在依藍戴街頭目睹過危險，也努力設法解除威脅。但這些都治標不治本，只是把傷口包紮起來，任由裡面發膿惡化。

逮捕幾個套裝先生的低階爪牙無濟於事……也許他們就是希望他這樣避重就輕。如果想要保護人民，就必須追捕更高階的關鍵人物，所以他要耐著性子與他們周旋，並遵照父母和叔叔教他的那一套來交際應酬。

瓦來到戴弗林所在的壁龕前，只見那個男人正望著附近的魚缸，而魚缸上方掛著的壁畫，描繪的是泰瑞司之母廷朵站在牆上反抗暴政的最後身影。魚缸裡的小章魚，正沿著玻璃壁橫向滑行。

等了一會兒，那位私家密探終於對他點了一個頭，於是瓦走了過去，停在戴弗林身旁，抬手撐在玻璃缸壁上，正面迎向個頭中等，唇上和下巴留著小鬍子的英俊男子。

「你應該是一副自大、不可一世的模樣。」戴弗林說。

「我怎麼不是了？」

「你願意耐心等待。」戴弗林說。

「自大的人一樣可以很有禮貌。」瓦說。

戴弗林微微一笑，「應該吧，瓦希黎恩爵爺。」只見一隻小章魚抓到了一隻路過的魚，然後側倒下去，將掙扎中的小魚朝嘴巴送。

「大約在舞會前的一個星期，」戴弗林說，「他們就開始不餵章魚。因爲要爲賓客提供精采的獵魚秀。」

「殘忍。」瓦說。

「柯蕾西娜貴女把自己當成掠食者，」他說，「而我們全是她的魚，被邀請來這裡游泳，等著被吞下肚。」

戴弗林又微微一笑，「她當然沒看見她其實也在籠子裡。」

「聽你的口氣，好像知道籠子是怎麼回事？」瓦問。

「我們全都在籠子裡，瓦希黎恩爵爺！這座和諧爲我們打造的盆地如此完美，如此豐饒，沒有人能離開它。」

「我就離開過。」

「你只是去了蠻橫區，」戴弗林的口氣不屑，「那蠻橫區之外呢，瓦希黎恩？沙漠之外，大海的對岸呢？沒人在乎這些。」

「我聽過有人問過這些問題。」

「有人出資去找答案嗎？」

瓦搖搖頭。

「大家都會丟問題，」戴弗林說，「但沒有錢，就不會有答案。」

瓦居然呵呵笑了出來，戴弗林也沒生氣，只是微微地頷首一下。他已經含蓄地表達了立場，只有付費才能得到情報。不過說來奇怪，儘管這個人開門見山就要錢是有些不客氣，但瓦卻感覺比跟蓋夫勛爵交談時舒服多了。

瓦從口袋中掏出那枚奇特的硬幣，「說到錢，」他說，「我是對錢感興趣。」

戴弗林接過錢幣一看，挑起一邊的眉毛。

「若是有人能告訴我該如何花用它，」瓦說，「我會更有錢。應該說，我們兩個都會更有錢。」

戴弗林拿著錢幣翻來覆去地看，「雖然我沒看過這錢幣上的圖像，不過這一類的錢幣通常都是在黑市的古董拍賣會上流通。至於原因哪，我也一直想不通。因爲根本沒必要保密，而且就算公開拍賣也不違法。」他把錢幣拋回給瓦。

瓦吃了一驚，接住錢幣。

「你嚇到了。沒想到我會這麼坦率地說出答案？」戴弗林說，「人眞的很奇怪，既然預設了立場，認爲我不會回答，那幹麼還要問？」

「你還知道什麼？」瓦問。

「蓋夫買了一些後，」戴弗林說，「就突然停止收購動作，也把原本在家裡陳設的錢幣都收起來，不再公開展示。」

瓦若有所思地點點頭，連忙翻找口袋，準備拿錢打賞。

「別在這裡，」戴弗林翻了個白眼，「一百。你開一張轉帳憑證給你的銀行，他們就會把錢轉進我的戶頭。」

「不怕我跑掉？你就這麼信任我？」瓦問。

「瓦希黎恩爵爺，我的工作就是要搞清楚該信任誰。」

「好，我會去辦。我猜你還有一些話要告訴我。」

「這裡面必定有隱情。」戴弗林又轉過去看著魚缸，「這座城市有四成的貴族世家都牽扯了進去，一開始我很好奇，現在我覺得害怕，因爲它關係到東北部，一樁龐大的建案。」

「什麼樣的建案？」瓦問。

「查不出來，」戴弗林說，「聽一些看過的農夫說，有鎔金術師牽扯進來。但消息遭到封鎖，沒傳到這裡。最近的新瑟藍很奇怪，先是冒出一個從蠻橫區來的凶手，然後富有的金屬之子遭受攻擊，接著你又出席了一場宴會……」

「這個東北方的建案，」瓦說，「以及鎔金術師？」

「我現在只知道這麼多。」戴弗林輕敲著魚缸，嚇嚇其中一隻小章魚。

「那幾個星期前的爆炸是怎麼回事？」瓦問，「在城中發生的爆炸？」

「他們說是蠻橫區來的那個凶手幹的。」

「你相信他們嗎？」

「爆炸並沒炸死任何一位金屬之子。」戴弗林說。

據你所知沒有，瓦心想。這些和血金術的關連在哪裡？

戴弗林挺直身子，朝瓦點了一個頭，並伸出一隻手，一副就要道別的樣子。

「就這樣？」瓦問。

「對。」

「就這麼一點情報，眞昂貴。」瓦和他握手道別。

戴弗林傾身過去，低聲說：「那我就再多說一點：你已經捲入危險之中，比你想像的危險百倍。趕緊抽身吧，我已經在抽身了。」

「我不能。」瓦說完，戴弗林剛好抽手退開。

「我瞭解你，執法者。」戴弗林說，「我告訴你，你現在在追查的那群人，其實問題不大，再給他們幾十年，甚至一百年，也不會成氣候。但你忽略了更大的魚。」

「哪條魚？」瓦問。

「這廳裡的其他賓客。」戴弗林說，「與你在追查的小集團無關的人，只在乎自家城鎮發展前途的人。」

「不好意思，」瓦說，「但這些人與我所面臨的危險，不在同一個層級。」

「那是因為你沒注意到。」戴弗林說，「我個人相當好奇，不知道盆地內戰一打起來，會奪去多少人的性命。再會，拉德利安爵爺。」他轉身離去，在經過一些人身旁時，打了一個響指，一個人冒了出來，小跑步隨他而去。

瓦低吼一聲，先是那個跳舞的女人，現在又是這個傢伙，他覺得被人耍得團團轉。他查到了什麼？確認那件工藝品被賣掉了？所以有人發現了雷魯爾相片中的地點？

一樁建案。鎔金術師。瓦沉思著。

內戰。

瓦突然全身一陣冰涼，繼續在人群中穿梭而過。繞過一群人後，他發現史特芮絲並不在原來的桌子旁，不過她顯然在離開之前把那杯甜蘇打水喝光了。瓦轉身又鑽進人群中，想去找她。

找來找去，意外地迎面撞見一位身材高大勻稱的女人，她梳著一個圓髻，每隻手指上都套著一個戒指，「哎，瓦希黎恩爵爺，」柯蕾西娜一邊打招呼，一邊揮手摒退身邊的人，想單獨和瓦待在一起，「我一直盼望能有機會和您說說話。」

瓦聞言一陣驚慌——隨即努力恢復鎮定，他絕不會被套裝的手下嚇唬住，無論對方多富有，多有權勢。「薛爾絲貴女，」但瓦沒有牽起女方的手親吻，只是握了握手。就算這裡不是蠻橫區，他也不願意讓視線離開敵人一秒鐘。

「希望您很滿意今天的宴會，」女人說，「再過半小時，演說就會開始，您一定會收穫良多。我們邀請到比爾敏市長來擔任主講，我會幫您準備一份演講內容的抄本，好讓您帶回去送給你們那位土包子總督，這樣您就不用費神記重點了。」

「您眞好心。」

「我——」女人正要接下去說話。

鐵鏽的，今晚都是別人在引導話題，他受夠了讓人牽著走的感覺。

「您有看到蓋夫勛爵嗎？」瓦打斷她的話頭，「我剛才不小心得罪了他，想彌補一下我的過錯。」

「蓋夫？」柯蕾西娜說，「別理他，瓦希黎恩。他不值得您這樣費心。」

「可是，」瓦說，「我跳舞時總覺得自己的腳好像綁了水泥塊，老是踩到別人。鐵鏽的，希望這裡的人不像依藍戴人那麼愛生氣。」

女人微微一笑，瓦的一番說詞似乎令她放心不少，好似她就是爲了這番話而來的。

順藤摸瓜，瓦告訴自己，但具體該怎麼做呢？這女人在社交圈打滾了幾十年，八面玲瓏，長袖善舞。儘管史特芮絲認爲瓦的潛力無窮，但過去二十年來，他把精力都放在懲凶緝惡，與社交圈算是徹底絕緣，如何能與交際手腕高超的人匹敵？

「好可惜，您沒帶搭檔一起來。」柯蕾西娜說。

「偉恩？」瓦簡直不敢相信自己的耳朵。

「對啊，我在依藍戴的朋友來信提到他，他似乎很風趣。」

「從這個角度評論他也對。」瓦說，「但不好意思，坦白說，我寧願帶匹馬來參加宴會，馬還比較乖巧。」

女人大笑開來，「您好幽默啊，瓦希黎恩爵爺。」

這女人人面蛇蠍心，瓦知道她的手絕對不乾淨，並且能清楚地感覺到這點。他隨即順從直覺從口袋拿出那枚錢幣，拿到女人的面前。

「您也許能為我解惑。」瓦沒想到自己已在不知不覺中，轉換成了蠻橫區的口音。謝謝，偉恩。「有人在外面給了我這個。我想，那個人應該是找錯人了。我剛才在廳裡問了一些人，沒想到有幾個人的臉色一下子慘白，一副被子彈射中的樣子。」

柯蕾西娜全身一僵。

「我個人認為，」瓦翻轉著錢幣，「這錢幣一定跟那個東北部的謠言有關。我敢打賭有人在那裡進行大規模的挖掘，而這個，就是從那裡來的古代文物。有趣吧？」

「別相信那些謠言，瓦希黎恩爵爺，」貴女說，「一傳百，百傳千，有人趁機鑄造偽幣來買賣，以獲取暴利。」

「是嗎？」瓦假裝很失望的樣子，「我還信以為眞，到處打聽。」他把錢幣塞回口袋裡，這時，舞曲也響起了，「願意跳支舞嗎？」

「不好意思，」貴女說，「我已經答應了別人。等下一支舞開始，我再去找您好嗎，瓦希黎恩爵爺？」

「當然，當然。」瓦一邊客套，一邊對正在退開的貴女頷首。他走回到原來那張桌子邊，盯著柯蕾西娜驚慌地穿過人群，朝某個目的地而去。

「柯蕾西娜貴女嗎？」史特芮絲來到他身旁，手上拿著另一杯黃色的甜蘇打水。

「是。」瓦說。

「我原本打算等到演講結束後，才去找她交際。」史特芮絲相當地氣惱，「你打亂了整個行程。」

「抱歉。」

「算了。你有打聽到什麼嗎？」

「沒有。」瓦的眼睛仍然盯著柯蕾西娜貴女，看著她和附近一些穿著禮服的男士會合。那個女人的表情一直很鎮定，但一舉一動都透著慌亂……沒錯，她現在很焦慮，「我把我的發現都告訴她了。」

「你什麼？」

「我要她知道，我對他們瞭若指掌。」瓦說，「不過我故意裝得像個容易上當的傻子，不知道有沒有騙過她。這方面，偉恩比我內行太多了，他天生就是個糊弄人的料。」

「那你不就弄巧成拙了？」

「也許吧。」瓦說，「不過話說回來，在蠻橫區，證據不足的情況下與嫌犯正面交峰，我都是這麼做的，故意讓對方知道我對他的懷疑，再觀察對方的反應。」

柯蕾西娜貴女離開了宴會廳，只見那群男士中的一位哈腰鞠躬地致歉。瓦不用猜也知道他會怎麼說：貴女臨時有事暫時離開一下，她很快就會回來了。

史特芮絲順著瓦的視線望過去。

「我賭十元，她要去找套裝，」瓦說，「向套裝匯報我已經掌握了他們的動向。」

「啊。」史特芮絲輕呼一聲。

瓦點點頭，「我承認無論我多麼努力，口才就是沒有她好，也不像她那麼圓滑，但她不是個循規蹈矩的人，所以一定會在小地方犯錯，非常小的錯誤，連菜鳥強盜都不會犯的錯誤。」

「那我們必須亦步亦趨地跟著她。」

「就這麼做，」瓦的手指輕敲著桌子，「也許我該製造一些亂子，讓他們把我趕出去。」

「瓦希黎恩爵爺！」史特芮絲拿起手提袋翻找著。

「抱歉，我想不到別的辦法。」不過那的確不是個好辦法，動靜太大，會驚動柯蕾西娜貴女，反而打草驚蛇，「我們要分散其他人的注意力，還要一個早退的理由，既要有說服力，又不能太引人注目……是什麼呢？」

史特芮絲從手提袋裡拿出一個小瓶子，「吐根糖漿跟鹽。催吐用的。」

瓦眨了眨眼，「爲什麼……」

「防止他們下毒害我們，」史特芮絲說，「雖然可能性很小，但有備無患。」她難爲情地笑一聲。

接著她一口灌了整瓶糖漿下去。

瓦連忙抓住她的手臂阻止，但太遲了，只能震驚地看著史特芮絲把塞子蓋回去，再把小瓶子塞回手提袋內，「你必須退開，免得被我弄髒。」

「可是……史特芮絲！」瓦說，「妳要讓自己出糗？」

史特芮絲閉上眼睛，「親愛的瓦希黎恩爵爺，你剛才不是信誓旦旦地說，不要在乎別人的眼光。記得嗎？」

「對。」

「所以，你看，」她張開眼睛，微微一笑，「我要開始練習了。」

果然，她吐得滿桌子都是。

挖掘持續進行中，瑪拉席刻意忽略了幾尊墓碑碑文中的死亡日期。至於偉恩呢，則悠哉地躺靠在一尊墓碑上，一副理所當然的架勢。瑪拉席走過去想瞭解挖掘進度，卻看到偉恩正在仔細地翻找著口袋，只見他翻出一個三明治，隨手往嘴裡一塞。等發現瑪拉席盯著他瞧時，便拿著三明治對著瑪拉席晃動，無聲地詢問她是否想吃一口。

瑪拉席覺得一陣反胃，轉過身去，繼續尋找刻有碑文的墓碑。這裡顯然是窮人區，墓與墓之間靠得很近，墓碑小且樣式簡單。迷霧在其中穿梭繚繞，同時也糾纏著跪在一尊墓碑旁的她。她抹去石碑上的苔蘚，閱讀墓碑上悼念墓中孩童的文字，愛麗莎·馬汀，三〇八至三一〇年。自由自在地飛吧。

挖掘人的鐵鍬發出節奏穩定的嚓嚓聲，陪伴著瑪拉席在墓地間穿梭，她很快就走出了光線的照明範圍，黑暗中無法視物，只好嘆口氣轉身打算走回去，卻看見一個人就站在附近的迷霧之中。

她嚇了一大跳，差點拔腿就跑，但迷霧持續滾動，只見那個人動也不動地立在原地，原來是尊雕像。

瑪拉席蹙起眉頭，走了過去。誰會花錢在窮人區立一尊雕像呢？眼前的雕像年代久遠，因爲地基土壤的位移而向右傾倒約一呎。可以看得出來它的雕工相當精美，高貴的黑色大理石打造出一個身材挺拔、英氣逼人的形象，將近有八呎高，披著翻飛的迷霧外套，氣勢恢宏。

瑪拉席繞著它走了一圈，果然是一尊短髮女像，搭配著一張小小的心型臉。曾經的巾幗英雄、昇華戰士，就這樣被遺忘在這個偏僻荒涼的窮人區。不同於凱西爾盤旋在大門上，氣勢深沉逼視著底下的行人，這尊雕像一隻腳抬起，眼望天空，似乎就要起飛。

「我曾經很想變成妳，」瑪拉席輕聲低語，「這應該是所有女孩的夢想。聽了那些傳奇故事後，誰不想呢？」爲了實現夢想，她甚至參加了女子射擊俱樂部，既然不能鋼推金屬做爲攻擊武器，那麼最佳的替代方案就是手槍了。

「妳一直都有安全感嗎？」瑪拉席問，「總是知道該何去何從？妳會忌妒嗎？害怕？憤怒？」

若紋和普通人一樣，那些故事和詠讚的歌謠早就被忘得一乾二淨了。人們尊稱她爲昇華戰士，傳頌她手刃統御主的英勇事蹟。她也是在和諧修煉成神之前，兩手撐起整個世界的迷霧之子和傳奇人物。她不怒自威，一個眼神就能殺人，發掘無人能發掘的祕密，就算是面對發狂的克羅司，她也是一人當關，萬夫莫敵。

她神通廣大，也就是因爲這樣，世界才能在灰燼戰爭中留存下來。但鐵鏽的……她的豐功偉業，讓後世的女人奮鬥一生也難以企及。

她轉身離開雕像，穿過潮溼的草地，朝偉恩和戴札普走去。只見挖墓人從地洞爬出來，把鐵鍬往土裡一插，從袋裡拉出一個酒壺，仰頭灌下一大口。

瑪拉席朝墓洞瞥了一眼，這個挖墓人手腳眞快，短短時間內已挖出一個一呎多深的地洞。

「想跟人分享分享嗎？」偉恩一邊問戴札普，一邊起身。

戴札普搖搖頭，把瓶蓋轉緊，「我太爺說，既然別人沒分口酒給你，你也不要請他喝。」

「如此一來，就沒人會共享一壺酒了。」

「不會，」戴札普說，「相反的，我會撈到兩倍的酒。」他一隻手放在鐵鍬上，朝墓洞瞥了一眼，沒了鐵鍬的挖土聲，墓園寂靜一片。

接下來，應該就會挖出屍體了，不舒服的工作就要開始，要在屍體中尋找那隻斷臂，並查看斷臂內有無尖刺。一想到這裡，瑪拉席的胃就翻攪起來，卻見偉恩又咬了三明治一口，隨即愣住，頭一歪。

他猛地伸手從瑪拉席的腋下抱住她，再用力一甩，把瑪拉席往墓洞摔去，痛得她不能呼吸。

一會兒後，只聽得槍聲大作。

14

瑪拉席吃驚地看著偉恩也滑進淺洞裡，泰山壓頂地往她身上掉下來，又壓得她不能呼吸。

偉恩悶哼一聲，槍聲又響了一會兒，就靜止了。瑪拉席仰望著黑色夜空和繚繞的霧氣，努力調和呼吸。過了好一陣子，才意識到迷霧凍結住了。

「速度圈？」她問。

「是呀。」偉恩說完，哼哼唧唧地翻身坐起，往坑壁一靠，肩膀上溼溼亮亮的。

「你中槍了。」

「三槍，」偉恩轉動一隻腳時，痛得臉都扭在一起，「不，四槍。」他嘆口氣，又咬了一口三明治。

「所以……」

「給我幾秒鐘。」

瑪拉席翻身而起，從坑沿偷瞄出去。只見戴札普像糖漿一樣緩緩跌落，鮮血從幾處彈孔噴出，血滴在空中慢動作掉落。一支看不見的槍口在黑夜中閃閃發光，洩露出槍手的位置，而小徑上有幾個微不可見的黑影閃動。子彈劃穿霧氣而來，在霧中留下清晰的彈道。

「你怎麼發現的？」瑪拉席問。

「我聽到他們發出示意同伴止步的唧唧聲，」偉恩說，「戴札普一定出賣了我們。我賭瓦的帽子，他一定派了那個小男孩去通報。」

「看來套裝早在這裡等我們了。」瑪拉席的心沉了下去。

「對。」偉恩撥開襯衫上的一個破洞，檢查下面的彈孔是否癒合完全，另一隻手將剩下的三明治全部往嘴巴裡一塞，隨即爬到她身旁，也向坑外瞥去。只見一顆子彈懶洋洋地飛來，撞進偉恩隱形的速度圈，彈頭瞬間一歪——從瑪拉席頭側約一呎遠的地方咻地劃過——再從速度圈的另一邊穿出，飛速再一次減慢下來。

瑪拉席顫抖不已，物件一鑽進速度圈後都會產生折射，改變原來的軌道，儘管轉向的弧度並不大，依然有可能轉而向下，朝他們疾射過來。再加上，速度圈極度消耗偉恩的金屬意識，必須趕在耗盡前撤下。

「應敵策略？」瑪拉席問。

「不能死在這裡。」

「能說得再詳細一些嗎？」

「不能死在這裡……今天。」

瑪拉席瞪了他一眼，速度圈外又有兩顆子彈從頭頂咻地飛過，同時，戴札普的身體也砰地一聲倒地。

「我們得想辦法靠近他們。」偉恩抽出了腰帶上的一支決鬥杖。

「應該很難，」瑪拉席說，「我覺得他們很怕你。」

「是哦？」偉恩一下子被鼓舞起來，「妳眞的這麼認爲？」

「他們準備的彈藥都足以攻下一支小部隊了。」瑪拉席倏地一縮，躲開一顆鑽進速度圈中的子彈，「還不等戴札普退開就開槍猛攻，我以爲他是他們的重要眼線，但從結果來看，他們根本不敢浪費時間等他爬回墓穴中。」

偉恩緩緩點頭，又嘻嘻一笑，「太好了，我終於出人頭地了。我想……」

瑪拉席回頭一瞥，他們所在的坑洞很靠近其他幾個已經事先挖好的墓穴，「你的速度圈能從這裡延展到另一個墓穴嗎？」

偉恩順著她的視線看過去，搓搓下巴，「最靠近的那個，或許可以。我必須先撤下速度圈，然後爬到坑洞的尾端，再拉起另一個速度圈。」一旦張開速度圈，就不能移動它了，圈內的人也必須等撤下速度圈後，才能離開。

「那就必須先誘騙他們停火，過來檢視我們死透了沒。」瑪拉席說，「但如果他們眞的那麼怕你，這就有點難辦了。」

「才怪，」偉恩說，「其實很簡單。」

「怎麼——」

「我們沒時間慢慢來，」偉恩說，「妳的手提袋裡有帶那支氣槍嗎？」

瑪拉席抽出手提袋內的小手槍，「這把槍的射程很短，而且只有兩顆子彈。」

「這些都不重要，」偉恩說，「我一撤下速度圈，妳就朝他們開槍，然後準備好衝過去。」

瑪拉席點點頭。

「行動。」偉恩說。

他撤下了速度圈。

迷霧倏地跳回正常的繚繞速度，槍響也瞬間震耳欲聾。戴札普在地上抽搐，氣喘吁吁，兩眼在燈光下逐漸失去神采。瑪拉席等待對方的猛攻結束，等待他們響徹雲霄的槍聲告一段落，才朝黑暗開了兩槍。

她旋即潛回坑洞內，相當納悶這兩槍的意義，「你知道我們現在手無寸鐵了吧，偉恩。」

「是的，」偉恩說，「但如果那些人真的被我的威名嚇……」

「什麼？」瑪拉席瞥了他一眼，看著他起身朝坑外偷瞄出去。對方回敬了幾槍，但已經不像剛才那樣的瘋狂開槍。這是……

「來啦！」偉恩朝坑洞尾端跳去，隨即張開速度圈，「哈！他們確實是有備而來的。好傢伙。」

瑪拉席又冒險朝坑外一瞥，卻見一顆迎面旋轉而來的炸藥凍結在空中，炸彈引線冒出的火花和白煙與迷霧糾結在一起。她驚叫一聲，躲了回去，眼看著炸彈就要撞上速度圈了。

「走，衝過去。」偉恩說完，摘下圓頂禮帽朝隔壁的墓穴拋去，跟著爬了過去。瑪拉席擔心被發現，也壓低身子爬了過去。外面的人看速度圈內的任何動作，本來就只會看到一團模糊的影子，再加上黑夜和迷霧的掩護，他們等於是隱形了。

瑪拉席溜了過去，滑進另一個墓穴中，這一個比剛才的要深一些。偉恩對她點了一個頭，撤下了速度圈。

瑪拉席背靠著坑壁，緊緊閉上眼睛，並用手摀住耳朵，暗中默數。她只數到二，一個爆炸震天動地，飛濺的泥土紛紛灑落到他們身上。鐵鏽的！半個新瑟藍的人都聽見了吧。

她瞥了偉恩一眼，見他抽出另一支決鬥杖，兩手各拿一支快速旋轉。只聽得有腳步聲接近，應該是對方輕手輕腳地爬過來檢視獵物的生死。

「你能一個人單挑他們全部嗎？」瑪拉席低聲問。

偉恩微微一笑，以唇語回答，男人沒了手，睪丸還會癢嗎？他一把抓住坑沿，一撐身子，人已跳了出去。一會兒後，上面的迷霧又凍結住了，瑪拉席再次被圈入速度圈中，偉恩順帶也將半數的敵人圈了進來。

她雖然已經習慣木頭擊中腦殼的聲音，仍然瑟縮了一下。只聽一個敵人騰出手來開了一槍，偉恩隨即撤下速度圈，卻傳來更多的痛苦呻吟和咒罵聲。

一會兒後，偉恩出現在坑沿上方，迷霧中那盞提燈的閃爍光芒籠罩他全身，他將決鬥杖分別插回腰帶上的套環中，跪下來，朝瑪拉席伸來一隻手。

墓穴中的瑪拉席也伸出手，意欲接受他的攙扶。

「其實，」偉恩沒握住她的手，「我是想請妳把帽子遞給我。」

「我們已派人去通知您的馬車伕將馬車開過來，瓦希黎恩爵爺。」男管家的助手說，「非常抱歉害您的女伴受苦了。您確定她抵達這裡後，沒吃到任何不潔的食物嗎？」

「她只喝了飲料，」瓦回答，「但喝得不多就是。」

廚師聞言，鬆了一大口氣，卻不經意發覺瓦注意到了她的存在，立即拉著一位女僕的手臂就走。瓦正站在一間客房的門口，而史特芮絲就躺在房裡的床上，閉著雙眼休息。

年邁的助理管家——從她身上的泰瑞司袍看來，應該是泰瑞司人——輕輕一咂舌，回頭望著已經走得沒影的廚師和女僕，儘管一臉不快，瓦依然看出她在聽到宴會菜餚沒有問題後，著實也鬆了一口氣。她不需要再爲其他賓客的用餐安全而操心了。

走廊傳來一個尖尖的聲音，有一個聲音尖銳的男人宣告著演講者的進場。在電子擴音器的輔助下，瓦聽得很清楚。看來塔索的女兒發明的設備也流行到了新瑟藍。回神一看，助理管家已下意識地朝宴會廳的方向跨出一步。

「妳可以離開了，」瓦對她說，「我們會在這裡待上半小時，讓我的女伴好好休息。等到那個時候，我們的馬車應該已經在門外等候了。」

「您確定……」

「我很確定，」瓦說，「但務必不要讓人來打擾我們。哈姆司小姐不舒服的時候，最怕吵鬧。」

於是助理管家鞠躬退開，朝宴會廳走去。瓦喀嚓一聲關上了門，朝床鋪走去。史特芮絲張開一隻眼睛，朝門口瞄去，確定房門已經關上。

「妳怎麼樣？」瓦問。

「有點反胃。」史特芮絲屈起手肘半撐起來，「我是不是太魯莽了？」

「我要感謝妳的魯莽。」瓦看了壁鐘一眼，「我先等個幾分鐘，確定走廊上沒人後再溜出去。不知道柯蕾西娜會逗留多久才回到宴會去，所以我必須動作快，才有可能探聽到消息。」

史特芮絲點點頭說：「你覺得他們會把你姊姊帶來這裡嗎？」

「可能性不大，」瓦說，「不過任何事都有可能發生。我會注意的。」

「她長什麼樣子？」

「跟妳們這些貴女一樣的高傲自負。當然——」

「我問的不是柯蕾西娜，瓦希黎恩，而是你姊姊。」

「我……」瓦用力吞嚥，又瞄了壁鐘一眼，「我很久沒見過她了，史特芮絲。」

「但我看你很著急，急著想救她。」

瓦嘆口氣，在她身旁坐了下來，「她從小就是個膽大包天的人，和我剛好相反。我凡事謹慎，做事認眞，總是想搞清楚什麼該做，什麼不該做。但黛兒欣就不是了……她似乎生下來就知道自己該何去何從。後來我離開村莊，而她留了下來。」

「這麼說來，她比你更像泰瑞司人。」

「也許吧。我一直以爲她討厭那裡，她老是找藉口逃出去，沒想到居然是她留了下來。」瓦搖搖頭，「我雖然是她弟弟，卻從沒眞正瞭解過她，史特芮絲。我忙著自己的事，在蠻橫區的那些年，也沒待在她身旁，我父母以及黛兒欣本人一定對我很失望。現在她又被我叔叔挾持，我又一次讓家人失望了。」

依然半躺在床上的史特芮絲，伸手去握住他的手。

「我一定會找到她，」瓦說，「彌補我倆的關係。我跑去蠻橫區，以爲我不需要他們，但年復一年，史特芮絲，我發現我越來越不想一個人了。我也不知道爲什麼。而她是我的親人，我唯一的親人。」

客房外面，換上了另一個人的聲音。在一番介紹之後，賽弗里頓勛爵開始了演講。瓦瞥了壁鐘一眼，站了起來，「好了，我必須趁大家都專心聽講時，趕緊四處探探。」

史特芮絲點點頭，雙腿一甩，坐了起來準備下床。她做了一個深呼吸。

「妳在這裡等我，」瓦說，「我擔心會有危險。」

「你忘了我昨晚說的話了？」她問。

「世上最安全的地方，絕對不是待在我身旁，史特芮絲。」瓦說。

「無論如何，你都很可能需要快速撤離，沒時間回來接我。再者，如果你被人瞧見了，別人會納悶你怎麼一個人，所以你我在一起，就可以謊稱我們正要離開，正在找路出去。」

這幾個無懈可擊的論點讓瓦啞口無言，只能不情願地點點頭，打手勢要她跟上來。史特芮絲歡欣雀躍地走到門邊，等著瓦開門探查門外的動靜。只聽得賽弗里頓勛爵的聲音清晰了起來，「……是時候讓依藍戴瞧瞧，他們的專制不僅不義，更違背了爲自由拋頭顱灑熱血的倖存者的遺願……」

走廊上空無一人，於是瓦踏出了房門，史特芮絲也跟著走出來，「試著別讓自己看起來鬼鬼祟祟的樣子。」瓦輕聲提醒。

史特芮絲點點頭，跟隨著瓦一起走下長長的走廊。兩旁牆壁上的黃銅瓦斯燈，都已換成了電燈。根據記憶中的平面圖，宴會廳和一間間的小客房都位在東翼側廳，如果沿著走廊往西走去，在這個轉角轉彎……

兩人穿過一個拱門，來到了大宅的中庭，只見一條小溪從中潺潺流過，在一處瀑布下改道後，傾瀉落擊在一組覆蓋了排鐘的石頭上。牆上只有幾盞燈光，四周一片昏暗。

「這裡的溼氣一定很傷房子的木造結構，」史特芮絲說，「爲什麼要設計一條溪流穿過房子中央呢？」

「顯然不是針對實用性來設計的。」瓦一說完，卻見一個女僕穿過附近的一個門洞，走了過來。女僕看到他了，當場愣住。

瓦瞪著她，並把身形挺得直板板的，奮力擠出貴族的威嚴儀態以震懾她。年輕女僕果然不敢造次，只是低著頭，捧著一疊布料快步而過。

他們小心翼翼地穿過昏暗的中庭。頭頂上，大大的玻璃天窗能觀看夜空，但現在只有盤旋繚繞的迷霧。瓦抬手想向遠遠的迷霧打招呼，卻又猛地打住。

和諧就在迷霧的後方監視世間萬物。那個和諧，軟弱退縮，無能爲力，沒有存在的價值。瓦一咬牙，轉回頭，帶著史特芮絲在岩石和植物之間穿梭而過，沿著室內花園的一條小徑走去。從大宅的平面圖來判斷，柯蕾西娜應該上到了二樓的某個地方。小徑沿著溪流往北而去，瓦瞥見了一座二樓陽臺。

「說實在的，」史特芮絲說，「他們怎麼知道溪水乾不乾淨？河水不只從花園穿流而過，一定還穿過房子本身？」

瓦微微一笑，打量著陽臺，「我先上去探探。如果有人來，妳就大聲說話，我立刻溜回來。」

「沒問題。」史特芮絲說。

瓦從口袋掏出幾枚錢幣，一邊覺得自己好老派，一邊驟燒鋼，準備飛躍。

「想要更具實用性的輔具嗎？」史特芮絲問。

瓦瞥了她一眼，又低頭望望她的手提袋，「他們檢查過妳的手提袋。」

「沒錯，」史特芮絲將裙襬拉得高高的，展露出綁在大腿上的小手槍，「我知道他們會搜查手提袋，就另做打算。」

瓦低低一笑，「妳會讓我上癮，習慣有妳在身旁，史特芮絲。」

昏黃的燈光下，她的臉一下子無比緋紅，「呃，我需要你幫我把這東西解下來。」

瓦跪了下去，這才發現她至少用了七捲膠帶來固定手槍。而且，史特芮絲就是史特芮絲，當然事先想到穿上短褲，以應付瓦爲她解下手槍的情境。還不止穿了一件，上層那件的底下還露了一小截別的布料，可見她至少穿了兩件短褲。

瓦開始了漫長的解放手槍工作，「我明白妳擔心手槍不小心掉下來。」

「我一直幻想它會掉下來，還擦槍走火，」史特芮絲說，「在跳舞的時候。」

瓦不耐煩地低咆幾聲，在她撩起的裙子下設法把槍取下來，「如果這是他們設下的陷阱，誘騙我出來跟蹤柯蕾西娜，現在就是他們現身的時候。」

「瓦希黎恩爵爺！」史特芮絲呵斥回去，「這樣嚇我有意思嗎？」

「我只是實話實說。」瓦用力一扯，扯下了手槍。原來這是他收藏在槍盒，鮮少使用的口徑點二二的六發煽亂手槍。不錯。他站了起來，史特芮絲連忙放下裙襬，「做得好。」

「我先試了霰彈槍，」她的臉又通紅起來，「你真該看看我帶著那把槍走路的樣子！」

「妳想辦法躲好。」瓦交待一聲後拋下錢幣，隨即朝上面的陽臺飛躍而去。

瑪拉席踏進看墓人小屋，連忙轉身關上門。已經扯下一張椅子椅腳的偉恩，抬眼看著她。

「有必要這麼做嗎？」瑪拉席問。

「不知道，」偉恩接著又抓來另一張椅子，「不過滿好玩的。敵人如何了？」

瑪拉席朝窗外瞥去，只見一群警察將最後幾位歹徒押解離開。現在看來，在城市中央引爆炸彈，真是個引來警方干涉的好辦法。

「他們什麼都不知道，」瑪拉席說，「只是花錢僱來的殺手。花錢的人提到你的名字，結果是你的假名。」

「我滿有名氣的哪。」偉恩開心地說，又扳斷一支椅腳。小屋被徹底地搜查過了，抽屜都被拉出來，掉在地上，墊子被劃破，傢俱東倒西歪。偉恩盯著被他扯下來的椅腳，顯然在檢查它是否中空，隨即往後一扔。

「我們可以循著支付給殺手的佣金查找，」瑪拉席繼續說，「但我猜套裝早就做好準備，防堵我們追查，而且也沒找著那個去通風報信的男孩。」

偉恩低哮著使勁踩踏某一區塊的地板，接著往旁邊走了幾步，又繼續踩踏。

「警方帶了一位鎔金術師過來，」瑪拉席繼續，「但沒在那座集體墓穴中探測到任何金屬，所以就算尖刺曾經埋在那裡，現在也不在了。」她嘆口氣，向後往牆上一靠，「鐵鏽滅絕的……希望瓦希黎恩那兒有收穫。」

偉恩用靴子的鞋跟在地板上踹出一個洞。瑪拉席一看，精神都來了，朝正在搜查隱藏式暗格的偉恩走去。

「啊哈！」偉恩大叫。

「那是什麼？」瑪拉席問。

偉恩拿出一支瓶子，「是戴札普藏酒的酒櫃。」

「藏酒而已？」

「而已？簡直是太讚了！那種人都會把酒藏得很隱密的，因爲周遭有太多工人會趁機偷一把。」

「看來，我們還是一無所獲。」

「那張辦公桌上，有我在抽屜夾層裡發現的一本帳本，」偉恩啜了一口瓶中的深色液體，「上面記著過去幾年來，付錢請看墓人盜墓的客戶姓名。」

瑪拉席吃了一驚，「你什麼時候找到的？」

「一開始的時候，」偉恩說，「不費吹灰之力。但他們藏酒就藏得太好了，那些傢伙把事情的輕重緩急分得眞清楚。」

瑪拉席越過幾團從沙發中抽出來的塡充物，拿起帳本來看。它不是戴札普的帳本，而是所有看墓人的。上面記載了被盜挖的墳墓位置，挖出的陪葬品品項，以及出錢買下者的姓名。

*這個墓園眞是有系統，居然會記載和追蹤哪些陪葬品已出售，哪些沒有。*瑪拉席心想。並且監督手下，以防止他們私下監守自盜。

在幾天前的一條帳目旁邊，負責人寫著：*若是有人來調查這座墳墓，立刻派人過來通知我。*

瑪拉席闔上帳本，從口袋翻出明列著墓園工作人員的紙張，「走吧，」她對偉恩說，「今晚必須再去一個地方。」

纜車纜繩故障 乘客

新瑟藍交通局官方發言人聲稱鋅線纜車段於昨天傍晚發生故障而中斷，原因不明。交通局調動驢子和人力車，以古老的方式將乘客沿著之字形坡道送下山。此次事故顯然再次證明我們需要備用的應急運輸系統。

（背頁待續）

為依藍戴的健康乾杯

品牌威士忌在外市的市占率不斷成長，也只在外地蒸餾生產。此威士忌目前不在依藍戴銷售，因此從未經過獅子窩，故而從未被徵稅過。此酒風味獨到，勝過中央牌的所有美酒，又因為產地直銷，您的一毛錢都不會落入霸道首都的腰包中，請放心暢飲。品牌萬歲！

渴望冒險犯難？

瀾森．比爾找的就是

——你——

數以百計的城市在最後昇華中消失無蹤。神祕的古文物使人出人頭地，財源滾滾，可能全是你的！意者請親臨瀾森．比爾的老時光酒吧劇場面談。

您的金屬工具跟您說話嗎？

您的鄰居也許覺得您裝神弄鬼，但我們不會！請帶著會說話的工具，至雷倫廣場二十七號與K. 或 N. 洽談。

上城三重唱戲院

現在放映

倖存者的巢穴

自由戰士挺身而出 對抗鎮壓推翻 腐敗政權

賈維爾．達魯可&珮芮羅珀．波楚

領銜主演

舞臺上的傾世絕戀

只到下個月底！

徵求潛在的鎔金術師

進行新合金的測試——

科學界最近一次的大躍進，終於創造出百分之百安全的方法，幫助您發掘出天賦的鎔金能力。釋放您的潛力吧！請親至克雷特區泰那蒙特一四四七號洽談。麥普力艾伯動物表演館轉個彎就到了。

創作科幻類文學作品！

《永世英雄》劇作家B．賽伯勒菲斯，將為您展現創作過程和技巧！詳情請洽新瑟藍大學。

依藍戴之滅絕雄獅

可怕的 纜車

巴茲寇爾修道士挑
練得很好，他們精好
式可以像水蛭一樣
乾鎔金術師的金屬有
不過我能從月臺跳上
中的纜車，使用的𠀤
芭蕾舞課程中學習到
步。

我的雙腳漂亮地落
車底部狹窄的外沿
緊抓著門外的把手
我是安全的，不過雨
著的外沿只有幾吋寬
過狹窄，若不趕緊在
鑽進車廂，一旦我
蕾舞而強壯的腳趾
了，我必定會掉下
腳底下的城市距離
有百呎深，那些在
閃閃發亮的屋頂，
就像敞開錢包中的金

車廂中的飄渺燈
那個男人擔驚受怕
投射在車窗上。每
爆裂聲都顯示他正
某種神祕的器械設
備逃之夭夭。

我拿出小背包裡
兒偷來的設備。那
表面全是奇怪的符
且摸起來不尋常的
重量也比看起來的
不過我完全不知道
作它。

不知道沒關係，
意比較重要。於是
金屬棒朝車門擊去
了玻璃窗。

卻換來一陣怪異
聲，我本能地往
閃，躲過了突如其
擊。那不是箭，也
彈，而是鬼魂一
爆。它發出極度類
的尖叫聲，嚇得我
豎起來，車門的門
間生鏽，只見它咻
衝出去，門框隨即
他到底是什麼樣的
然能駕馭鬼魂？如
才沒躲掉他的攻擊
是也會瞬間崩解？
喘氣，連忙鑽進車

15

譚普仁通·費格（Templeton Fig）撫平死去的白烏鴉的羽毛，他很清楚這隻是眞正的白化烏鴉，不是投機客爲了迎合他的收藏喜好而造的假物。他已看過太多漂白的假冒品。

爲了這尊極品，他動手親自製作標本，特意將烏鴉的頭側轉，讓鳥嘴上叼著一小條兔肉。眞是一隻絕美的動物，與原生種的黑色對立的全白羽毛，是如此的清冷高貴，美得令人驚心動魄。貓狗時常會出現天然的全白色，因此牠們的白化品種也就不算稀奇了。

他將玻璃罩蓋了回去，往後退開一步，兩掌一拍，志得意滿地看著那一排凍結的白化動物標本。完美。只是……那頭小野豬？是不是有人動過？好像被人轉過去了？管家最好別又自作主張地進來打掃這些收藏品。

他踏上一步，轉開盛裝小野豬的玻璃罐。背後的爐火劈劈啪地燃燒，儘管天氣並不太冷，他甚至還把窗戶打開了。他就是喜歡這種冷熱交替的反差感，一面享受爐火的溫暖，一面吹著外面颳進來的冷風。就在他把小野豬轉正的當下，書房的門喀嚓開了。

「譚普仁通？」一個人輕柔地呼喚他，探頭進來。戴絲卓雅的眼袋明顯，頭髮乾枯，整個人似乎被睡衣呑沒。她又瘦了許多，快要瘦成骷髏了，「你要上床了嗎？」

「等一下。」他回頭檢視小野豬。好啦。

「一下是多久？」

「等一下。」

戴絲卓雅聽了他的口氣，不敢再多問，只好退出去，把門關上。睡覺？不搞清楚墓園的情況，他如何上床睡覺？他不能讓客戶失望。客戶請他辦事，他就必須好好盯著，把事情辦好。很快就會有答案了。他往前走去，把白子松鼠移到標本列的尾端去。這樣是不是比較順眼？他抬手擦拭額頭上的汗水，接著又把松鼠移回原位。不好，這樣不見得比較好，那要放——

爐火不再劈劈啪啪。

他屏息以待，慢慢地轉身去查看，並伸手去找背心口袋中的手帕。爐火依然還在，卻一動也不動。特雷的鬼啊！火焰居然被凍結了？

有東西撞上書房的門。譚普仁通後退幾步，手指扒抓著口袋，仍然沒找著手帕。門又被撞了一下，他的背也撞上了陳設標本的櫃子。他想開口，卻大氣也不敢喘一口。

房門砰地一聲飛開，只見看墓人戴札普兩眼無神，渾身是血地向前趴倒在書房門口。

譚普仁通嚇得放聲尖叫，連忙退開，躲到門的對牆去，緊抓著窗臺以穩住自己，兩眼直盯著趴在門口的屍體。

這時，又有東西輕敲著窗戶。

譚普仁通趕緊用力閉上眼睛，根本不敢轉過頭去瞧個仔細。凍結的火焰，門口的屍體，他一定是在做夢，而且是惡夢，不可能……

叩。叩。叩。

他終於找到手帕了，連忙緊緊握住，眼睛也閉得死死的。

「譚普仁通。」刺耳的聲音從窗外飄了進來。

譚普仁通終於慢慢地轉了過去，張開眼睛。

只見死神就站在窗外。

死神的臉藏在黑袍的大兜帽下，但兩支突出兜帽的尖刺在火光下，閃閃發亮。

「我要死了。」譚普仁通喃喃地說。

「不對，」死神說話了，「我要你死，你才會死。」

「噢，和諧啊。」

「你不屬於祂，」站在黑暗中的死神低聲說，「你是我的人。」

「拜託！祢到底想要什麼？」譚普仁通膝蓋一軟，跪了下去。他強迫自己瞥了戴札普一眼，他會站起來嗎？死神是來找他的嗎？

「你那兒有我的東西，譚普仁通。」死神低聲說，「一支尖刺。」死神抬手將披風往後一撥，展露出蒼白的肌膚。只見一支尖刺穿透手臂而出，而另一隻手臂則是空的，只有一個血淋淋的洞。

「不是我的錯！」譚普仁通聲嘶力竭地喊著，「是他們強迫我的！尖刺不在我這裡！」

「在哪裡？」

「讓信差送走了！」譚普仁通說，「送到道爾辛去了！我只知道這麼多。噢，求求祢，拜託！他們要我幫忙找出那根尖刺。我並不知道那是祢的！對我來說，那只是一支生鏽的金屬。我是無辜的！我……」

他拖長尾音，注意到火焰又開始劈劈啪啪地響起。眨眨眼，再往窗戶一瞧，什麼也沒有。難道……他眞是在做夢？再轉身一瞧，戴札普依然倒在地板上，鮮血直流。

譚普仁通嚇得哭出來，跌跪下去，蜷縮成一團。一會兒後，警察轟然闖了進來，他反而鬆了一大口氣。

偉恩脫掉厚重的披風，舉起手臂療癒傷口。剩餘的金屬意識存量並不多了，必須省著點用。稍早那些槍傷彈孔已消耗他許多的存量。

「你不需要來眞的在手臂上挖洞，偉恩，」瑪拉席踏進花圃裡，來到他身旁。偉恩剛才是踩爛了一些漂亮的牽牛花，才走到窗邊裝鬼嚇人。

「當然要來眞的，」偉恩一邊回應，一邊擦拭血跡，「才有效果。」他抬手在頭上撥來撥去，移動懸吊著眼前兩支尖刺的鐵絲。

「把那兩支東西拔下來，」瑪拉席說，「看了好噁心。」

「他不認爲啊。」偉恩說。此時，屋內的警察正拉著譚普仁通．費格往外拖去，帳冊上的祕密應該足以定他的罪，送他進大牢。可憐的傢伙，他其實沒做錯事。偷死人的東西並不算偷，不過話說回來，偉恩其實無法理解一般人對自己所有物的看法，他也早就放棄了，不再想辦法去理解他們的遊戲規則。

偉恩決定送些水果進監獄給他，希望能寬慰寬慰那傢伙。「口音如何？」他問。

「效果很不錯。」

「我不太確定死神說話聽起來應該是什麼樣子，妳瞭嗎？我想起瓦叫我把蹺著的腳拿下來時的威嚴感，就把瓦之類的大人物架勢，和曾祖父的蒼老口音混合在一起，再學著快窒息的人那樣壓著嗓子說話。」

「其實，」瑪拉席說，「死神說話咬字清晰，完全沒有壓著嗓子的感覺，而且口音奇特，是我沒聽過的。」

偉恩咕噥著想把頭上的尖刺拔下來，「妳能模仿嗎？」

「什麼？口音？」

偉恩急切地點點頭。

「不能，我不會。」

「唔，那妳下次再遇到他，跟他說我要找他。我必須親耳聽聽他說話的聲音。」

「這重要嗎？」

「我得先聽聽啊，為下次的模仿做準備。」偉恩說。

「下次？你會經常需要模仿死神？」

偉恩聳聳肩，「連這次，至少是我的第四次了。你永遠無法預知未來。」他一仰而盡戴札普的白蘭地，再把披風甩上肩，穿過迷霧，朝馬路走回去。

「道爾辛。」瑪拉席說。

「妳聽過？」

「那是一處農業聚落，」瑪拉席說，「在新瑟藍東北方大約五十哩處。我在課本上讀到過，那裡曾經發生著名的搶水訴訟案，位置偏僻荒涼，鳥不生蛋。套裝究竟想從那裡撈什麼呢？」

「大概他們想吃眞正新鮮的蕃茄，」偉恩說，「我就很想。」

瑪拉席沒有回應他，顯然已陷入沉思中，不知道她在憂心何事。偉恩沒去打擾她，逕自掏出口香糖錫盒，輕輕一敲，彈開蓋子，挑選了一顆沾滿糖粉的軟球拋進嘴裡嚼著。截至目前爲止，他覺得今晚最有趣，有炸藥、槍戰、免費的白蘭地，他還裝鬼把人嚇得屁滾尿流。這輩子能經歷這些平凡的趣事，值得。

瓦的探查一開始運氣並不好，他查的第一組廳室和房間，皆一無所獲。不過這些應該是柯蕾西娜本人的居所，只是現在空無一人。他原本打算仔細搜查一番，後來覺得這麼做太花時間，時機也不妥。若是在走廊上被人發現，可以假裝迷路，但若是被人看到他正在翻看一個女士的書桌抽屜，那就跳進黃河也洗不清了。

他暫且退回中庭，朝史特芮絲揮了揮手，轉往另一條走廊繼續探戡。這條走廊沿著外牆而設，窗戶敞開，迷霧像小型瀑布般湧入翻騰。這裡應該安排了僕人，負責在起霧的夜晚來關窗，只是今晚因爲宴會而顧及不上。

他貼在門板上傾聽房內動靜，探查了幾間後，仍然兩手空空，四周只有從窗戶飄進來的賽弗里頓勛爵的演講聲，看來宴會廳的演講尚未結束。在擴音器的幫助下，瓦還能聽到斷斷續續的片面內容。

「……被法規綁手綁腳……新一代的統御主？……苛稅……時代必須結束……」

我得多花點心思注意這件事，瓦一邊思忖，一邊更往裡走，朝另一組套房而去。賽弗里頓勛爵是依藍戴西邊港都比爾敏市的市長，是盆地內僅次於依藍戴的大都市，也是工業重城。若是遇到衝突矛盾，他們就是先鋒部隊。

他們現在就在打先鋒，瓦又聽了一些飄過來的內容，恍然大悟。

他繼續往前走，再貼著下一組房門探聽動靜，就在要轉身離開時，他聽到了一個聲音。房裡有人。他蹲低下來，耳朵就著門，好希望身旁有個錫眼幫他竊聽。那個聲音……是他叔叔的。

他把耳朵緊緊貼了上去，完全忽略要去注意是否有人走過來。鐵鏽的……聽不清楚。只能聽到片段的談話，不過能確定那是他叔叔的聲音，至於另一個人，必定是柯蕾西娜了。

門板底下的縫隙黑暗，沒有光透出來。瓦一隻手按著藏著手槍的口袋，然後轉動門把，輕輕把門推開。門後的空間應該是個書房，一片漆黑，不過有道微弱的光線從盡頭的一扇門底流瀉出來。瓦溜了進去，關上門，輕輕地穿過房間，但還是不小心撞上一張茶几，痛得悶哼一聲。他緊張得心砰砰地跳著，走過去用背貼著門旁的牆壁。

「別管那個，」他叔叔的聲音悶悶的，似乎隔著布料或面具之類說話。「妳為何打斷我？妳很清楚我的工作的重要性。」

「瓦希黎恩已經知道那個案子了，」柯蕾西娜說，「手上還握有一枚錢幣。他在裝傻，但他絕對知道了。」

「妳沒隨便找個理由搪塞過去？」

「他沒上鉤。」

「那就是妳沒盡力。」套裝說，「找人去綁架他的一個朋友，留個紙條，嫁禍給他的仇人。我們跟他鬥鬥智，引他去調查朋友的真正下落。瓦希黎恩嫉惡如仇，絕對會上鉤。」

「火車劫案並沒引他上鉤，」柯蕾西娜說，「怎麼會這樣，套裝？那場搶劫害我們浪費了許多彈藥物資以及我多年深耕的重要人脈。你信誓旦旦地保證，只要我們打劫他搭乘的火車，他必定會追查緝凶到底，結果呢，他根本無動於衷，當晚就離開了鐵架鎮。」

瓦全身一涼，那場火車劫案……只是爲了調虎離山，讓他分神不去追捕組織？

「找回那個器械，」套裝說，「一切就值得了。」

「你是指艾力奇（Irich）到手後又弄丟的那個器械？」柯蕾西娜問，「那個人太急躁，根本不應該把這麼重要的任務交給他。你應該讓我趁瓦希黎恩不在火車上時，去把東西找回來。」

「他上鉤的機率很大，」愛德溫說，「我瞭解我的姪子。他現在一定還滿腦子火車劫案的事，很想把劫匪繩之以法，結果卻出現在妳的宴會上，那就是妳的問題了。我現在沒時間幫妳解決問題，柯蕾西娜，我得趕去第二站。」

瓦蹙起眉頭，所以火車劫案不只是要調虎離山。聽到這裡，他已經開始冒冷汗了。他去年追蹤了大約六條線索，原本以爲就快抓到叔叔的把柄，現在想來，那些線索有多少是假的？套裝犯下的案子中，又有多少是故意安排的誘餌？艾普．曼頓眞的在新瑟藍嗎？看來應該不在吧。

愛德溫說對了，他的確瞭解瓦，太瞭解了。儘管過去二十年來，他們極少見面。

「對了，」套裝說，「妳現在終於等到機會找回那個器械，事情辦得怎麼樣了？」

「那東西不在他託管的物品中，」柯蕾西娜說，「我們在旅館安插了我們的人，她會去搜查瓦希黎恩的房間。我告訴你，艾力奇——」

「艾力奇受到處罰了，」套裝說話的音量怎麼比柯蕾西娜小那麼多？「妳只需要知道這麼多。去幫我把東西找回來，我就既往不咎。他們遲早會在它附近施展鎔金術。」

「然後我們就會看見你不斷保證的『奇蹟』發生？」柯蕾西娜問，「再多辦幾場這樣的演講，賽弗里頓就能把整個盆地攪得天翻地覆。就算依藍戴在物資人力和火力都凌駕我們之上，也無能為力。」

「耐心！」套裝的口氣相當開心。

「再耐心下去，他們就把我們的血吸乾了。你答應摧毀那座城市的，派軍隊——」

「耐心，」套裝輕聲重覆，「絆住瓦希黎恩。這是妳現在的任務：把他牽制在城中，想辦法讓他分身乏術。」

「這行不通的，套裝，」柯蕾西娜說，「他知道的太多了。那個可惡的變形人一定告訴他——」

「妳居然讓牠溜了？」

柯蕾西娜沒有回應。

「我以為妳已經解決掉那個怪物。」套裝的口氣變得冷酷，「妳把牠的尖刺交給我，口口聲聲說另一支已經銷毀了。」

「我們……也許太早下論斷了。」

「原來如此。」套裝說。

那兩人陷入長長的沉默中。瓦把槍舉到耳邊，汗水從額頭上滑落，舉棋不定是否要現在就闖進去。他已經掌握了柯蕾西娜犯案的證據，那隻受傷的坎得拉，以及坎得拉的證言，都可以證明她就是導致多人死亡的爆炸案主謀。

但愛德溫呢？手上的證據足夠將他繩之以法嗎？會不會又被他設法脫罪？鐵鏽的，一支軍隊？他們居然在商討摧毀依藍戴，自己還等什麼？若是現在就逮捕她和套裝，她或許會反咬他——

有腳步聲。

是從外面走廊傳來的。腳步聲快來到書房前了，瓦瞬間做了個決定，抛下一枚錢幣——不是那枚特殊的，它放在另一個口袋裡——再朝下一推。

燈光在房門被推開之際，從走廊流瀉進來，只見來者是之前那位助理管家。她快步穿過房間，居然沒開燈就直接朝瓦剛才偷聽的那扇門走去。

她沒有抬頭，也就看不到鋼推錢幣緊貼在天花板上的瓦，助理管家快步走到門前，敲了敲門。柯蕾西娜回了聲請進。

「貴女，」助理管家的口氣相當急迫，「在宴會中監視鎔金術師動靜的伯爾，說感應到這個方向有人使用金屬能量。」

「瓦希黎恩在哪裡？」

「他的未婚妻病倒，」助理管家回答，「我們安排她到客房休息。」

「好巧，」愛德溫叔叔說，「那他現在在哪裡？」

瓦砰地落地，拿槍指著房內的人，「他就在這裡。」

助理管家猛地轉身，驚訝得倒抽口氣。柯蕾西娜從座椅站了起來，兩眼睜得大大的。至於愛德溫……

愛德溫卻不在房間內，只有柯蕾西娜面前的桌子上，放著一個四四方方的機器。

16

「哎呀，瓦希黎恩！」盒子發出他叔叔的說話聲，「能聽到你悅耳的聲音，真是開心。我猜你的出場一定相當戲劇化吧！」

「這是電子傳聲器。」瓦往前走去，手上的槍指著已退到小房間牆邊的柯蕾西娜。她的臉色慘白一片。

「差不多，」愛德溫的音量小小的。看來這件電子設備並不能完全複製聲音，「哈姆司貴女沒事吧？希望她沒什麼大礙。」

「她沒事。」瓦不客氣地頂了回去，「考慮到你想在火車上害死我們，我就不跟你道謝了。」

「喂，喂，」愛德溫說，「事情不是你想的那樣，刺殺你們是後來不得已才添加的計畫。跟我說說，你是不是調查了火車上遇害的死者？我知道有一位乘客死亡，他是誰？」

「你又想分散我的注意力。」瓦說。

「沒錯，我是，但這不表示我在說謊。其實，我發現跟你說實話會比較好。你應該好好查一查那位死者的，眞相會讓你大吃一驚。」

不，保持專心，「你在哪裡？」瓦問。

「遠方，」套裝說，「處理大事。抱歉不能和你當面談，我請柯蕾西娜貴女代爲效勞。」

「還柯蕾西娜下地獄去吧，」瓦一把抓起盒子，高高舉起，差點就把盒子背面的電線從牆上扯下來，「我姊姊在哪裡！」

「這個世界啊，有好多人都太急躁了。」愛德溫的聲音又冒了出來，「你眞的應該專心管好你自己的城市，姪子，還有追緝專門爲你安排的小賊子們。我一直很努力保持理智，免得太過偏激，做出令人遺憾的事，幹出一些絕對讓你分心的事。」

瓦全身一涼，「你到底想幹麼，套裝？」

「我想幹麼不重要，姪子。我正在幹麼，才是重點。」

瓦瞥了柯蕾西娜一眼，後者的手正伸向禮服的口袋。瓦的瞪視讓柯蕾西娜猛地舉起雙手，一臉驚恐，同時間一股巨大的力道擊中了瓦，他被打得踉蹌幾步，撞翻了桌子。

瓦驚訝地眨眨眼。管家！她變得無比強壯，雙臂在長袍下鼓脹起來，脖子跟男人的大腿一樣粗。瓦低咒一聲，舉起槍，卻一下就被管家打掉了。

瓦的手腕一陣劇痛，痛得他大叫出聲，臉都皺在一起，連忙朝牆上的釘子一個鋼推，就地翻滾，逃離管家的攻擊範圍。瓦爬起來在口袋裡翻找著錢幣，但管家的注意力並不在他身上，反而抓起地板上、瓦掉落的手槍，然後轉向柯蕾西娜，嚇得柯蕾西娜放聲尖叫。

噢，不……

槍聲震耳欲聾，柯蕾西娜癱倒在地板上，鮮血從額頭上的彈孔汨汨流出。

「他殺了貴女！」門外一個聲音大喊。瓦猛地轉身看見之前遇到的那位女僕，雙掌摀著臉，「拉德利安爵爺殺了我們的貴女！」女僕轉身一邊逃一邊反覆大喊，儘管剛才那幕她其實看得一清二楚。

「你這個混蛋雜種！」瓦朝盒子叫罵。

「喂，喂，」盒子說，「你這麼說就大錯特錯了，瓦希黎恩。你很清楚我的家世血統。」

管家朝柯蕾西娜走去，仔細地把屍體搜身一遍，然後不知何故，又朝死者開了一槍。

瓦趁機撿起從旁邊桌子上掉下去的盒子。

「你最好小心點，姪子。」盒子發聲，「我交待他們對你下手。這次是替死鬼，下次可能就幫你找個替罪羔羊。」

瓦氣得咆哮一聲，抓著盒子用力一扯，把盒子的電線從牆上扯下來，再鋼推，盒子飛出了門口，掉到隔壁房間去。他再豎掌，朝管家指著他的手槍。

管家以泰瑞司語低咒一聲。瓦轉身逃出小房間，逃到之前成功躲避管家的隔壁書房，再抬腳朝門一踹，把門關上，給自己一點掩護，然後朝剛才留在地上的錢幣一個鋼推，縱身飛躍過沙發，朝房外飛去，順帶撈起通訊盒溜進了走廊。

卻見走廊上有大約六個穿著黑外套、戴著白手套的男人，正朝他的方向走來。他們突然僵在原地，舉起手槍。

鐵鏽的！

瓦朝窗框回推，人又回到了剛才的書房內，同時黑衣人也開了槍。只見裡面那扇門被人推開，瓦連忙鋼推，把門關了回去，正好撞上管家的臉。

有沒有另一條出路？僕人專用走道？藍線向四周放射出去，瓦在其中尋找著出口……那裡！他朝牆上一扇暗門一個鋼推，門後是條狹窄的通道，在搖晃的燈泡照耀下，果然是僕人專用的走道。瓦抱著電子設備鑽進門內，此時黑衣人紛紛闖進了他背後的起居室。

彎彎曲曲的走道是個優勢，追兵必須不斷煞住腳步，也就難以追上他，不過瓦依然使用錢幣鋼推了一次，將太靠近自己的黑衣人推倒。他明顯感覺到他們身上沒有任何金屬，所以那些是鋁製槍彈。這是套裝的刺殺小組之一，是在柯蕾西娜與他通訊時，被調派來執行任務的。

瓦衝出走道來到一個房間內，滿心期望能僥倖從這裡繞回到中庭。如果他們抓走了史特芮絲……

他快速穿過一間浸淫在幾盞昏暗電燈光芒下的溫室，顧不得仔細打量牆上成排的地圖，就來到之前走過的走廊。太好了。他朝中庭衝去，就在他要下樓梯之時，有個東西從陰影中跳了出來，攻得他措手不及。

是那個泰瑞司女人，她被門撞傷的鼻子仍鮮血直流，她咆哮一聲，猛地勒住瓦的脖子。瓦用力推一枚錢幣過去想撞開她，但距離過近，無從施力。錢幣撞上女人的胸口，瓦持續推送試著推開女人，但快要窒息的他，眼前的景物逐漸陷入黑暗中，幸好這時，女人被一拳揮中。

女人鬆開了手，踉蹌退開，滿臉震驚。瓦大口喘氣，再抬眼一看，只見宓蘭高高在上地俯視著他。

「鐵鏽的！」她的聲音又厚又低沉，「你真的沒等我就動手了。」

泰瑞司女人又衝了過來，瓦連忙往旁邊一滾，從口袋掏出最後三枚錢幣，卻見管家一拳擊中了宓蘭的臉。只聽得骨頭碎裂聲，瓦看著管家倒退幾步，一隻手捧著另一隻受傷的手，看來她的指關節都碎掉了，大拇指甚至垂吊了下來。

宓蘭嘻嘻一笑，臉上被擊中的地方皮開肉綻，展露出底下亮晶晶的金屬頭殼，「小心啊，要搞清楚妳的拳頭打的到底是什麼。」

泰瑞司女人踉踉蹌蹌地朝她撲去，宓蘭若無其事地用右手握住左手的前臂，用力一扯，揭露出連接著殘臂、又長又薄的金屬刀。宓蘭朝迎面撲來的泰瑞司女人一揮，刀子劃過了女人的胸口，她倒抽口氣，跪了下去，像個被刺破的皮酒袋一般癱倒。

「和諧，我眞愛這架皮骨，」宓蘭一個勁地對著瓦傻笑，「以前穿的，都不能跟這個比。」

「全是鋁製的嗎？」瓦問。

「是的！」

「所費不貲啊。」瓦站了起來，背部往牆壁一靠。陽臺就在他前方，而剛才經過的走廊在他左手邊，刺殺小組應該快到了。

「划算，反正我有幾百年的時間存錢，」宓蘭說，「它——」

瓦一把拉她過來到身旁，貼牆掩護行蹤，雖然她頂著一副金屬骨架，卻比想像中輕盈。

「怎麼了？」宓蘭輕聲問。

瓦拿起一枚錢幣，側耳聆聽敵人的腳步聲。倒在前方陽臺上的泰瑞司女人抽搐著。他聽到了腳步聲，瞬間增加體重，然後飛身繞過轉角，一把抓住第一個敵人的手槍，往地板壓去。手槍依然開了徒勞無功的一發，瓦則用另一隻手貼在男子胸口上，鋼推夾在手掌中的錢幣。

男子夾帶著錢幣朝後面的夥伴倒飛而去，夥伴們見狀連忙閃到一旁去，他的鋁槍則在空中翻了幾圈後，被瓦接住，順手連開四槍。第一槍有些偏左，擊中敵人的手臂，卻殺出一條路讓接下來的三槍得以接連擊中其餘敵人的胸口。

三人全都倒地，被瓦鋼推的那個人則躺在地上呻吟。

「好狠毒的手段。」宓蘭說。

「不知道剛才是誰把自己的手臂扯下來。」

「我還可以把它裝回去，」宓蘭一面說，一面撿起了手臂，裝了回去，但鮮血依然從斷裂處流了出來，「看到沒？跟新的一樣。」

瓦哼了一聲，把奪來的鋁槍塞回腰帶裡，「妳能自己出去吧？」

宓蘭點點頭，「要我去寄物處拿回你的槍嗎？」

「妳行嗎？」

「也許吧。」

「那就太好了。」瓦朝泰瑞司女人走去，確定她已經斷氣，就去搜查她的口袋，翻出她用來槍殺柯蕾西娜的手槍，以及另一樣東西，仔細打量。是一支純金的手鐲。

她從柯蕾西娜手上摘下來的，瓦拿在手上翻來覆去查看，回想起剛才這個女人曾經跪在柯蕾西娜的屍首旁邊。

瓦燃燒鋼，事實證明他的直覺是對的。他察覺到這支手鐲較一般的手鐲薄了許多，驗證後確定它是金屬意識，而且飽含大大的療癒力量。

「柯蕾西娜是泰瑞司人嗎？」

「我怎麼知道？」宓蘭問。

瓦將手鐲塞進口袋中，抓起那件電子設備朝宓蘭拋去，打算寄回依藍戴請人檢驗，「若是不介意，幫我把它帶回旅館。我們在旅館見，也要準備好隨時撤離這座城市，我們應該不會在這裡過夜。」

「你好像很有把握，我們不必大戰一場就能順利離開。」

「我沒這麼說過。只是在想，我從沒這麼需要偉恩過，但並沒說出來。」

「避重就輕。」

「我是貴族，當然會學到一些避重就輕的把戲。」瓦拿著小槍向她行了一禮，隨即躍下陽臺，同時拋下一枚錢幣以減緩下墜的力道，「史特芮絲？」

她從附近的矮樹叢爬出來，「如何？」

「不妙。」瓦仰望著天花板，然後脫掉西裝外套，「我很可能不小心讓我們牽扯進柯蕾西娜貴女的謀殺案中。」

「糟糕。」史特芮絲說。

「現在就看偵查人員追蹤子彈，會不會查到我身上，」瓦說，「以及我有沒有在那一區留下鞋印。無論如何，他們依然可以捏造證據，僞造我是爲了暗殺柯蕾西娜才特意南下的假象。抓好了。」

瓦注意到史特芮絲極其興奮地抓住他，看來她眞的很享受這樣的冒險。瓦取下手槍內的子彈，握在一隻手中，再朝底下的錢幣反推，將兩人朝天花板送去。他揚手一揮，子彈紛紛朝天窗射去，再鋼推以加強疾射的力道，促使子彈撞裂窗戶，他高舉起包著外套的手，一拳擊碎玻璃窗，帶兩人衝進了盤旋繚繞的迷霧之中。

恢復方向感後，瓦帶著史特芮絲降落在大宅屋頂上。一來到戶外的迷霧中，他立刻感到舒暢快活，被泰瑞司女人打掉槍時受傷劇痛的手也不再顫抖了。

「探查到有用的情報了嗎？」史特芮絲問。

「還不太確定，」瓦說，「他們大多是討論在依藍戴造反的事。我知道愛德溫正在趕往某個要地的路上。他稱那裡是第二站，還提到瑪拉席撿來的那個小方塊。」

瓦又一次抱緊她，一個鋼推將兩人送入迷霧之中，朝旅館的方向而去。史特芮絲緊緊攥著他，低頭望著下方燈火通明的城市，滿臉敬畏。

「他殺了柯蕾西娜，」瓦說，「我應該早就猜到他會這麼做。」

「幸好今晚有迷霧，」史特芮絲在呼嘯的狂風中大喊，「他們很難追蹤我們。」

「妳今晚的表現不錯，史特芮絲，非常好。謝謝妳。」

「聽你這麼說，眞貼心。」這時，瓦正帶著兩人降落在一座屋頂上，史特芮絲衝著他嫣然一笑，瓦頓時感到心裡暖洋洋的。她證明了儘管瓦厭惡盆地內玩弄權術的政客，但其中仍然有好人，眞誠不造作的好人。兩相比較，他當年初到蠻橫區時，卻是在迫不得已的情況下，才認清同樣的事實。

她的純眞可愛，像顆未經琢磨的翡翠，混雜在一堆由玻璃精雕細琢而成的僞寶石之中。儘管熱情但不失穩重，也不激進，而他不但追捕套裝失敗，還不小心被牽連進一樁謀殺案中。若是蕾希就會說……

不，他現在不需要考慮蕾希會怎麼想。他回以史特芮絲一個微笑，再抱緊她，鋼推將兩人直送入雲霄，遠遠地離開這個行政區。夜空下，較高的大樓都成了一條條穿透迷霧，直指而上的光線。他在一座屋頂上借力，再往上竄，掠過一臺搖搖晃晃的電纜車，車廂中滿滿的乘客全都目瞪口呆地看著他們。瓦朝車廂的側邊一點，借力轉向，朝旁邊的摩天大樓群飛去。

他接連幾推，在比鄰而立的摩天大樓之間穿霧而過，呈弧線飛躍，降落在大樓頂上後再推飛遠離，一次又一次將兩人往城市的最高一層臺地送去。

他們衝出迷霧，進入鮮有人跡的祕境：昇華之野（Ascendant's Field），這是射幣給予迷霧之頂的命名。四面八方一片白霧茫茫，在星光之下，如海浪般翻騰滾動。

面對如此的美麗絕境，史特芮絲不禁倒抽一口氣，瓦則藉著鋼推下方兩座大樓的塔尖以固定兩人的位置。應該還需要第三座塔尖，他們才能穩穩地釘在原位不動，但眼下將就一些，尚能應付得過去。

「好美……」史特芮絲依附著他說。

「我要再次謝謝妳，」瓦對她說，「我到現在還是無法相信，妳居然會偷渡手槍進入宴會。」

「看來我有走私的天賦。」史特芮絲說，「你可以試試把我改造成走私販。」

「就像妳一點一滴地想把我改造成紳士。」

「你本來就是紳士了。」史特芮絲說。

瓦低頭看著她，而她則抱著瓦，四下張望。瓦突然感覺內心就像燃燒鋼一般火熱，莫名地想保護懷裡的這個女人。這股強烈的保護欲，既合理，卻又不可思議，同時還有一股很強烈的愛憐。

於是瓦低下頭親吻了她。史特芮絲先是吃了一驚，隨即融化在他的懷抱之中。瓦顧不上保持平衡，兩人就往旁邊傾倒，呈弧線向下滑落，但瓦依然吻著史特芮絲，任由兩人飄落，進入翻騰的迷霧之中。

偉恩把雙腳蹺到旅館套房的桌子上，面前展開著一本新書。書是他剛才在城裡閒逛時撿到的。

「來來來，妳應該讀讀這個，瑪拉。」他對著在沙發後來回踱步的瑪拉席說，「從沒聽過如此荒唐的事：這些傢伙打造了這艘船，卻只是想讓它往上走，利用巨大的爆發力將它送上星星。後來呢，來了另一批傢伙偷了這艘船，對，七個小偷，全都被判決定罪。他們本來是想大撈一筆的，卻沒想到那座星星沒有——」

「你讀什麼啊？」瑪拉席依然來回踱步。

「嗯，我也不知道，」偉恩說，「照理說，這些文字應該會讓我像腦袋裝滿漿糊一般的笨。」

「我是在問，你難道都不會緊張？」瑪拉席問。

「我幹麼緊張？」

「擔心出事啊。」

「不可能，」偉恩說，「因爲我沒跟去。瓦只在我同行的時候，才會出大紕漏——」

有東西擊中玻璃窗，嚇了瑪拉席一大跳。偉恩轉頭去看，只見瓦緊貼著窗框，而史特芮絲就像一袋馬鈴薯般被塞在他的手臂下——唔，應該說是一袋骨架漂亮的馬鈴薯。瓦拉開窗子，先把史特芮絲抱進來，隨後才盪了進來。

偉恩拋了一顆花生進嘴巴，「怎樣？」

「呃。」瓦的西裝外套不知道丟在哪兒了，襯衫的一隻袖子上全是血——希望不是他的——領結也半吊在脖子上。

「我們發現套裝和其手下的可能藏身處。」偉恩說，而瑪拉席則趕緊跑過去檢視姊姊的狀況，只見她激動不已，不過人倒是安然無恙。

「你在開玩笑。」瓦說。

「沒有。」偉恩嘻嘻一笑，又拋了一顆花生進嘴裡，「你呢？有什麼收穫？」

「探聽到一些與瑪拉席撿到的小方塊有關的線索。」瓦一邊說，一邊摘下領結，「還有一椿建案，以及一支祕密軍隊。套裝的進度似乎比我預料中超前許多。」
「漂亮，」偉恩說，「所以……」
瓦嘆口氣，抽出皮夾，拿了一張紙鈔丟過去，「你贏了。」
「你們打賭了？」瑪拉席問。
「賭著好玩的。」偉恩說著，收起了紙鈔，「我們退房時，我能帶走這些花生嗎？」
「退房？」瑪拉席站了起來。
偉恩的拇指朝已經拉出行李袋的瓦一歪，而瓦如此回應，「我們要離開了，瑪拉席、史特芮絲。我說過要大家輕裝便行，妳們有十五分鐘的時間收拾。」
「我已經收拾好了。」史特芮絲也站了起來。
「我——」瑪拉席看看瓦，又看看史特芮絲，似乎很困惑，「你們在宴會中做了什麼？」
「希望我沒引發大戰，」瓦說，「但我也不是很確定。」
瑪拉席哀嚎一聲，「妳就繼續縱容他吧。」她把責任都怪罪在史特芮絲身上。
史特芮絲的臉紅了起來。偉恩每次見她如此，總覺得彆扭，明明就是個石頭般冷硬的女人，卻時常一副少女嬌羞樣。
只見瓦和瑪拉席同時振作，衝過去打包行李。偉恩悠哉地走到史特芮絲身旁，朝嘴裡丟了一顆花生，「妳這套提早整裝待發的招術是偷學我的，對不對？」
「我……好吧，其實，是的。」
「那妳想拿什麼來換？」偉恩說，「總得有些代價，不能坐享其成吧。」
「我想想。」史特芮絲說。
十五分鐘後，四個人全擠進了男版宓蘭駕駛的馬車內。一身邋遢的琴姨則站在旅館門階上看著他們，手上拿著一疊紙鈔，其中包括偉恩從瓦那兒贏來的錢，權充他違反規定把腳蹺到傢俱上的補償。

遠方傳來喧天的警鈴聲，而且越來越近，「是警察嗎？」琴姨驚慌地問。

「恐怕是。」瓦說完，順手帶上了車門。

馬車突地跑了起來，史特芮絲探身出窗外，朝可憐的旅館主人揮手道別。

「謀殺方案！」史特芮絲大喊，「在我給妳的清單第十七頁！等警察到了，別讓他們太刁難我們的僕人！」

幾個小時後，瓦在漆黑中爬上了懸崖，旋繞的迷霧包圍著他。

他想念黑夜，城市不像蠻橫區，幾乎沒有全黑的機會，電燈的出現更是雪上加霜。閃亮的一切趕走了黑暗，同時也摧毀了寂靜和孤獨。

人在獨處中才會發現自我，因爲你只能與一個人對話，只能向一個人發怨言。他翻找著迷霧外套的口袋，居然找到一支雪茄。他原本以爲已經抽光了這些從耐抗鎮帶來的粗壯汀馬斯雪茄。

他以腰刀切開雪茄頭，再用火柴點燃，嗅了嗅，吸一口菸，含了一下，隨後吐出的白煙與迷霧交融混合。在那個瞬間，他有點感覺自己被和諧附身了。眞希望祂被煙嗆住。

而他的另一隻手則在腰側玩弄著一支小金屬尖刺。那是文戴爾送來的耳環。與他用來殺害蕾希的那支，幾乎一模一樣。

他聽到有人踩著滿地的松針走來，於是用力吸了一口菸，瞬間大亮的菸頭照亮了迷霧，揭露出宓蘭的臉龐。這次她恢復了女兒身。她才剛完成變身，一邊走來，還一邊扣著上衣的釦子。

「要去睡一下嗎？」她輕聲問。

「也許。」

「上次我確認時，人類仍然時不時地需要睡眠。」她說。

瓦抽了一口雪茄，又朝迷霧徐徐吐煙。

「我猜套裝希望你能回到依藍戴。」宓蘭說，「他設局逼你不得不回去，至少你還想不出別的辦法。」

「我們現在處於劣勢中，宓蘭。」瓦說，「亞拉戴爾派來參加政商餐宴的特使，居然殺了主辦人？這些外市就算以前沒有警戒，現在也全都繃緊了神經。這個案子的最佳發展，將是僅僅被看作一樁麻煩的政治糾紛。最壞的狀況，我就成了引發內戰的導火線。」

大風吹來，隱藏在黑暗中的松枝沙沙作響。瓦甚至連宓蘭都看不到，星光應該被吹過來的雲朵遮住了。這種伸手不見五指的漆黑，眞甜美。

「如果內戰眞的爆發，那也是套裝引起的，不是你。」宓蘭說。

「也許現在還來得及阻止。」瓦說，「我們必須趕緊通知亞拉戴爾總督，宓蘭。若是外市死咬著這樁刺殺案大做文章，藉口發動戰爭，我不能就此消失，放手不管。我必須趕回依藍戴，這樣，我還能辯稱我就是因爲知道新瑟藍的司法體系腐敗，才會出逃回到安全的依藍戴。我可以趕在消息散播開來之前，登報澄清此事，還可以說服亞拉戴爾那女人不是我殺的，證明我的清白。若不如此，別人會以爲我畏罪潛逃。」

「我說了，」宓蘭說，「這是他設的局，逼你不得不回去，至少你還想不出別的辦法。」

「難道妳有不同的看法？」

「我曾經變身成許多人，拉德利安，不可避免的，就必須站在那些人的角度來看事情。如果你用盡全力去看，一定會發現事情總有許多面向。」

瓦抽了一口雪茄，含了好一陣子後，才緩緩吐出來。宓蘭悄然退開，坎得拉需要睡眠嗎？她剛才在話中暗示不用，但瓦無法確定。

如今與雪茄獨處的瓦，把應變計畫又從頭思考了一遍。是順應套裝爪牙的追迫，返回依藍戴；或是順應和諧爪牙的催逼，繼續調查雷魯爾的神祕案件？小耳環在指間滾動，一股恨意隱隱在心中燜燒起來。

他從未憎恨過神。蕾希第一次假死後，他並未責怪和諧。鐵鏽的，就算索血者挑撥地問起和諧爲何不出手相救，瓦也沒恨祂。

但現在……對，那的確就是恨意。在蠻橫區內，你會遭人毆打，失去朋友，有時還必須違背心意殺人。但有一件事永遠不會發生，那就是背叛伙伴。在那種互相殘殺的野蠻地區，朋友是極其罕見的珍寶。

然而和諧處心積慮地隱瞞眞相，等於朝他的後背捅了一刀。他能夠寬恕許多事，但這件事絕對不行。

雪茄終究是抽光了，但他的問題依然懸而未決。等他回頭朝營地走去時，迷霧已經退回到黑夜之中。他餵了餵馬匹，那六匹是向新瑟藍最低一層臺地的造船廠買來的，同時還有一輛以前專跑南蠻橫區、最大尺寸的二手公共馬車。

購得交通工具後，一行人就飛快地駕著馬車，逃離警察的追捕。只不過瓦仍然不得不射斷一條纜車線，他們才能在千鈞一髮之際，逃出新瑟藍。

出城後，沒再發現警察的蹤跡，他們似乎意識到手上並沒有足以追捕瓦希黎恩・曉擊這類人物的資源和大量援兵。不過瓦仍然想繼續前行，儘管他已疲累不堪，但爲了以防萬一，他和同伴們都不能休息過久。

大家睡眼惺忪地坐入馬車後，宓蘭拿走他手中的韁繩，爬上了駕駛座，偉恩跟著一屁股坐到她身旁的斥候座，宓蘭見狀對他一笑。

「走哪兒，老闆？」宓蘭轉頭去問瓦，「回家？」

「不，」瓦說，「我們去道爾辛，就是偉恩和瑪拉席打探到的那個地方。」朝那椿建案所在地的方向而去。

「看來你找到另一個看事情的角度了。」宓蘭說。

「還沒。」瓦一邊輕聲說，一邊爬進了馬車中，「不過我們可以試試，看看和諧敢不敢給我一個。」

PART III

17

瑪拉席在少女時期閱讀過大量關於蠻橫區的故事，很清楚搭乘公共馬車的必然體驗，就是無所事事，塵土滿天，以及久坐硬板凳的苦楚。

不過對她來說，這些經歷簡直比上天堂還美妙。

她必須強迫自己別老是像偉恩那樣把上半身探出車窗，欣賞沿途的風景。畢竟這裡不是蠻橫區，雖然也相差無幾。空氣裡飄揚著馬匹的氣味，底下是崎嶇不平的馬路，咯吱咯吱晃來晃去的樹林，以及潺潺的溪水……雖然以前她也跟著瓦希黎恩幹過一些轟轟烈烈的大事，但這次，她才眞正有冒險犯難的感覺。

對面的瓦希黎恩半躺半坐地，兩腳跨在她身旁的座椅上，臉上蓋著一頂寬沿帽，嘴邊一天未刮的鬍渣根根豎立。地板上，他脫下的靴子就放在霰彈槍旁。

想起很久以前對他的眷戀，瑪拉席就覺得很不眞實。現在兩人共事也有很長一段時間了，她對他已經沒有了那份感覺，不過依然很欣賞眼前這份男子漢的形象，槍，靴子，外加那頂帽子。

當然，視線再往旁邊移動一下，畫風立即變調，只見史特芮絲就蜷縮在瓦身旁，頭倚靠在他的肩膀上，還輕輕地打呼著。世界眞是無奇不有，誰能想得到她一絲不苟的姊姊，居然也會踏上冒險犯難這條路？史特芮絲這種人就應該坐在起居室中喝著茶，讀著枯燥乏味的園藝書，一輩子都不可能乘著公共馬車披星戴月，兼程趕路，去迎戰一隊可能潛在的鎔金術師軍隊。不過她來了，而且就依偎在曉擊身旁。

瑪拉席搖搖頭，她並不忌妒史特芮絲——以兩人從小所受到的差別待遇來說，這點相當難得。你很難恨史特芮絲，也許會覺得她很無趣、很難搞，但就是不會恨她。

她抽出筆記本，繼續完成要給文戴爾和瑞迪總隊長的報告，希望能趕在抵達道爾辛之前，把報告寄出去。

瓦希黎恩挪了挪身子，接著把帽子稍稍往後一頂，看著她，「妳應該睡一下。」

「等停車了，我再睡。」

「停車？」

瑪拉席遲疑著，爲了避開追兵，馬車避開大路，繞小路跑了大半天。他們穿過好幾片牧場，還有一個小時裡爲了繞過山腳下的農田，幾乎都在布滿石頭的山脊上趕路，以避免留下明顯的車轍。

馬車算是沿著新瑟藍東北部的山脈而行，一路上，山脈一直保持在他們的右手邊，山路上上下下，起伏不平，但此區仍然是不錯的良田。全盆地皆是，即使在這些土壤氣候比中央地區乾燥一些的邊緣地帶也一樣。

「我們昨晚只停了一小段時間，我以爲——」瑪拉席說，「拜託，你眞打算一路衝過去？」

「『一路衝過去』？」瓦希黎恩說，「宓蘭爲了避開追兵，在小路上鑽來繞去的，哪有一路衝過去。不過，對，應該再一個小時就會到了。」

若是有火車可以搭乘，他們早就到了，還能舒舒服服地晃過去。由此看來，或許外市的確有理由發牢騷。

「瓦希黎恩？」瑪拉席看著又挪了挪身子的他說。

「嗯？」

「你覺得哀悼之環是眞的嗎？」

瓦希黎恩把帽子整個頂開了，「我跟妳說過，就爲什麼會跑去蠻橫區嗎？」

「你年輕的時候？」瑪拉席說，「因爲你討厭政治和加諸在你身上的期望。上流社會，只有虛浮不實的斯文有禮。」

「這是我離開依藍戴的原因。」瓦希黎恩說，「但我爲什麼去蠻橫區？外市那麼多，我可以隨便挑一個，總能找到可以悠哉看看書，安靜過日子的農場吧。」

「這個嘛……」瑪拉席皺起眉頭，「我猜是因爲當一名執法者是你的夢想。」

瓦希黎恩微微一笑，「我也希望原因能如此簡單。我的童年總是四處告密，向大人告發其他孩子的所作所爲。」

「然後呢？」

他往後一靠，閉上眼睛，「我在追尋一個傳奇，瑪拉席。追尋倖存者黃金的傳說，追求財富，更想創造傳奇。」

「你？」瑪拉席說，「你是紳士冒險家？」

瓦希黎恩一聽到這個詞，臉都扭曲了，「看妳把我說得像是傳紙上的那些笨蛋。我告訴妳，瑪拉席，剛開始的幾個月是很辛苦的。每個城鎮都充滿了因礦場倒閉而丟了工作的人，我進去的每一家酒吧，總有跟我一樣來自盆地、帶著滿腔熱血去尋寶的幼稚笨蛋。」

「所以你做起賞金獵人的生意，」她說，「你跟我提過這個部分，跟利益有關之類的。」

「後來，是的。」瓦希黎恩說著，微微一笑，「我掙扎了好長一段時間，才開始領賞金的日子。一開始，我眼裡只有金銀珠寶，花了好長一段時間才甩脫掉發財夢，後來我成為執法者，依然是為了錢，為了錢追捕人犯。嗯，但我確實從小就受不了那些仗勢欺人的人。最後來到了耐抗鎮，蠻橫區又一個被人遺忘的荒涼小鎮。六年後，才有人給我官方證書，所以我成為了官方執法人。」

公共馬車的拉手吊環左右搖擺著，瑪拉席聽到偉恩和宓蘭在車頂上閒聊，只要他們沒有一邊親熱一邊駕車就無所謂。

「最初文戴爾告訴我們關於哀悼之環時，我眞希望那不是眞的。」瓦希黎恩說著，往車窗外望去，「我不想再被某些不切實際的夢想擺弄，不辭千里地追夢。不想再被追夢的興奮刺激引誘，不願再想起我愛上的那個塵土滿天的世界。」

「所以，你覺得它們是眞的。」

「聽我說，」他傾身向前，睡夢中的史特芮絲跟著挪了挪位置，「我猜我叔叔正在人工繁殖鎔金術師，但距離成功應該還有一大段路。他和組織所策劃的，是需要長期投資的案子，但他給了柯蕾西娜某種承諾，而且說得信心滿滿的。妳身上有那個裝置嗎？」

瑪拉席從手提袋裡拿出小金屬塊，瓦希黎恩則從口袋掏出乞丐給他的錢幣，再把兩樣物品拿得高高的。車窗外透進來的陽光照得小方塊閃閃發亮，側面上的怪異符號更形突出。

「我總感覺有件怪事正在醞釀中，瑪拉席，」瓦希黎恩說，「而且是足以吸引我叔叔目光的大事。我現在還沒有頭緒，但我必須去找出來。」

瑪拉席看著他熾熱的雙眼，微微一笑，「促使你決定去道爾辛的，不是你體內的尋寶因子，而是追根究柢的偵探因子。」

他微微一笑，「昨晚我和宓蘭聊天時，被妳聽去了？」

瑪拉席點點頭。

「妳不是應該睡熟了？」瓦希黎恩說著，將錢幣向上輕輕一彈，接住，再把小方塊拋回去給瑪拉席，「回去找亞拉戴爾的確比較穩妥，但我必須找出答案。而且誰知道呢？也許哀悼之環是眞的。若是如此，絕不能讓套裝得手，相形之下，回去通知總督新瑟藍事件就沒那麼重要了。」

「你推測你叔叔是運用高科技來繁殖鎔金術師，而非遺傳。」

「高科技掌握在我叔叔這類人手上，會是一股非常可怕的力量。」瓦希黎恩說著往後一靠，「睡一會兒吧。我們今晚很可能要潛入敵營，調查這樁道爾辛建案。」

他拉回帽子蓋在眼睛上，瑪拉席覺得他的話有理，也打算小憩一會兒，結果腦袋裡滿滿的思緒不斷打轉，怎麼也睡不著。

撐了一陣子後，她索性放棄，拿出紙筆繼續寫報告，說明截至目前爲止的進度和進展。她必須盡快把報告送出去。也許待會換馬匹時能找到電報站，及時把報告發出，並收到足以改變接下來行程的回信。

報告寫完後，她繼續動筆寫日誌，記錄有關那支失落的坎得拉尖刺的調查細節。柯蕾西娜是套裝的手下，曾經奉命殺害雷魯爾，且自以爲刺殺成功。當然，只是口頭報告無法說服套裝，必須提供證據證明，於是她就挖出尖刺，送到身在道爾辛的他。但他會把尖刺收藏在哪兒呢？應該是某個隱祕又牢靠的地方。她該如何把它找出來？

她拿高小方塊。套裝在找它，能利用這點釣出祕密嗎？

她蹙起眉頭，一邊旋轉小方塊，一邊打量著。方塊的前後左右四面，溝紋很少。她更仔細地觀察，這次在陽光下看到了之前沒注意到的細節。其中一條溝紋中藏著一個小突點，好像是個……開關，就安置在不易碰觸到的深溝中。

於是她拿髮夾彈起了開關，小方塊果然動了起來。

開關，好……生活化的設備。由此看來，它既不是神祕古物，也不是什麼祕密法器。神祕古物和法器都用不著開關，你只需要拿它對著星光，唸唸咒語，或著在吃金桔的月份的最後一天跳跳舞，就能啟動了。

小方塊只動了一下，就沒了動靜，於是瑪拉席用力吞嚥，暗暗燃燒一些些的鎘。指間的小方塊震動起來。

整個車廂突地一跳，似乎被某個事物重重擊中。瑪拉席的頭撞上了天花板，跟著又一屁股掉落在座位上。

馬匹高聲嘶鳴，不過被宓蘭控制住了，馬車隨即停了下來。

「搞什麼？」和史特芮絲摔成一團的瓦希黎恩，手忙腳亂地從地板上爬起來。

瑪拉席痛吟一聲，坐直起來，一手撫著頭，「我做了件蠢事。」

「怎麼個蠢法？」瓦希黎恩問。

「我啟動了這個裝置，」瑪拉席說，「用鎔金術啟動的。」

一會兒後，偉恩的臉倒著出現在車窗外，「剛才是速度圈嗎？」

「是的。」瑪拉席說。

「車廂突地一跳，差點害死這幾匹馬。」偉恩說。

「抱歉，抱歉。」

瓦希黎恩扶著史特芮絲坐起來，「怎……怎麼了？」她困惑地問。

「瑪拉席在馬車行進間，拉起了速度圈，」瓦希黎恩說，「馬車撞上速度圈邊緣，也把她帶出速度圈，速度圈崩解，我們也就往前跳了一段時間。」

「可是她在火車上也用過啊。」史特芮絲說。

「若是在足夠大的空間中施展速度圈，速度圈會和你一起移動，」瓦希黎恩說，「否則，星球的自轉就足以把你轉出去了。火車又重又快，而馬車又小又慢，所以——」

「我早該想到了。」瑪拉席紅著臉說，「我小時候也犯過同樣的錯誤，後來就很小心。不過，瓦希黎恩，這東西在嗡嗡叫。」

「什麼？」

「這個小方塊，它——」瑪拉席這才發現剛剛那麼一亂，小方塊掉了。她連忙翻找，最後在瓦希黎恩的腳邊找到。她得意地拿高小方塊，「這上面有個開關。」

「開關？」

她把小方塊轉過去，讓他們看看那個小開關，「必須用細小的工具去開啓它。不過它現在已經開了。」

瓦希黎恩看著小方塊，滿臉困惑，接著拿過去給史特芮絲瞧瞧，史特芮絲瞇眼細細一看，「好詭異的裝置，居然有個彈起式開關？」

「道理很簡單。」瓦希黎恩說，「如果妳也有一個詭異裝置，妳一定也不想它被意外地打開。」

「但差點害死你的馬車車伕。」偉恩咕噥著。

「它並沒有阻擾妳施展鎔金術？」瓦希黎恩搓著下巴，詢問瑪拉席。

她搖搖頭，而且現在依然感覺得到體內的金屬存量，「好像沒有任何影響。」

「嗯，」瓦希黎恩拿高小方塊，「可能有危險性。」

「那我們要測試看看嗎？」偉恩抓著車窗問。

「當然，」瓦希黎恩說，「我們下車走遠點再試。」

瓦握著震動中的小方塊，它的確會跟著他燃燒中的金屬嗡嗡叫，不過除此之外，沒有其他特異之處。

他們停步在一棵高高聳立的核桃樹旁邊，偉恩趁著瓦在測試，撿了一口袋的核桃，而瑪拉席則站在安全距離外觀看。宓蘭走到坡下的溪水邊，取了水回來餵馬匹。附近有塊冒出綠苗的蘿蔔田，顯然是野生的，四周空氣清新，杳無人煙。

瓦拿起嗡嗡叫的小方塊，熄掉燃燒中的金屬，小方塊立刻停止震動。他再度燃燒起金屬，小方塊跟著震動起來，一開始緩緩地震動，一、兩秒後越來越快。但它要幹麼？怎麼沒像火車上那樣，阻斷他的鎔金術？

也許它對活化它的人，不起效用。這個可能性很大，不過他說不出個所以然，「喂，偉恩。」

「怎麼，老兄？」

「接住。」

瓦把小方塊拋過去，偉恩一把接住，卻嚇了一大跳，因爲掛著金屬小瓶和錢幣袋的皮帶，竟從扣合處自動解開，而且還飛得離他遠遠的。他轉身一看，皮帶落在足足離他二十呎遠的斜坡上，他走過去想撿回來，只見皮帶又往前滑走。

瓦朝他跑過去，大腿槍套中的霰彈槍向後彈起，彷彿被人鋼推似的，一會兒後，才恢復正常，就在他跑到偉恩身旁時，小方塊的嗡嗡聲停止了。

偉恩拿高小方塊，「剛才是怎麼回事？」

瓦從他手中取來小方塊，此時，瑪拉席也跑了過來，「它不會偷取我們的鎔金術法力，偉恩，它從來沒那麼做過。」

「可是——」

「它吸收燃燒中的金屬，」瓦說，「然後……延伸擴大。你看，它把你身上的金屬推得遠遠的，彷彿你身邊有個射幣——小方塊會使用鎔金術法力。」

三個人驚訝地看著小方塊。

「我們必須再試一次。」瓦說，「偉恩，你拿著它，燃燒彎管合金。瑪拉席，過去那裡站好。偉恩，你好了後，把小方塊丟給她。」

兩人照著瓦的指示各就各位，瓦則往後站開。偉恩燃起金屬，瞬間就變成速度圈中的一團影子，小方塊咻地飛出來，方向稍稍偏了一點，但依然是朝瑪拉席飛去。

小方塊在飛抵瑪拉席之前，就動工了，只見速度圈中的瑪拉席咻地接住它，又咻地退回原位。她默數到十，小方塊才停止了運作，將她帶回到正常的時間軌道裡。

「看到沒？」瑪拉席拿著小方塊，一臉震驚，「它爲我拉起了速度圈。它吸收了偉恩的鎔金術，然後複製！」

「不就正如我們所料？」偉恩一邊問，一邊撤下速度圈，走了過來。

「不完全是。」瓦取過小方塊，拿高它，「不過它果然不同凡響。看來，使用它的人必須是鎔金術師，因為它本身不具法力，卻能延伸你的鎔金術。這就像……鎔金手榴彈。」

瑪拉席點頭如搗蒜，「這表示火車上利用它對付我們的人，是個水蛭。他能抹除別人的鎔金術，他把法力給了小方塊，再朝你丟過去。」

「小方塊一旦離手，就會在一、兩秒之內啟動，」瓦點頭說，「這個東西太好用了。」

「這是套裝握有祕密新科技的證據。」瑪拉席說。

「那件通訊裝置就足以證明他擁有新科技，」瓦說，「不過沒錯，這個小方塊讓事情更加撲朔迷離。我現在懷疑這個哀悼之環，其實是組織研發出來的一項新科技。」

「那些符號？」

「不清楚，」瓦說，「會不會是他們設計的密碼？」他輕敲著小方塊，接著把它遞給瑪拉席。

「為什麼給我？」瑪拉席問。

「這是妳的，妳找到的，也是妳發現那個開關。再者，我感覺它在妳手上會更有發揮。」

瑪拉席愣了一下，兩眼隨即睜得大大的。身為脈動（Pulser）的她，因為待在速度圈中，行動速度比圈外的人慢，反而礙手礙腳，派不上用場，但若是能把別人困在她的速度圈中……

偉恩輕輕吹了個口哨。

「我一定會好好保管它，」瑪拉席把小方塊收了起來，「我們必須再找時間研究研究，瞭解它是如何運作的。」

我懷疑……瓦想起了另一件事。

他順從直覺，伸進口袋裡掏出柯蕾希娜一直戴著的金手環。

他把手環丟給偉恩。

「這是什麼？」偉恩拿著它對著天空看，「好漂亮的金環。我跟你換，你想要什麼？我用得上它，老兄。我要把它化成強大的金屬意識。」

「我想它已經是了。」瓦吐出一口氣。乍聽之下，這個說法好荒謬。

偉恩倒抽口氣。

「什麼？」瑪拉席說。

「它是金屬意識。」偉恩說，「該死的我怎麼沒想到，但它就是，我可以感覺得到。瓦，你的小刀在身上嗎？」

瓦點點頭，抽出槍帶上的小刀，偉恩伸出手，瓦在他的手背上劃了一刀，傷口立刻癒合。

「兄、兄、兄、兄弟，」偉恩結巴著說，「這是別人的金屬意識，但我能使用它。」

「就如文戴爾說的，」瓦把手環拿回來，「無主的金屬意識。鐵鏽的，我必須驟燒鋼，射向它的藍線才會變得清晰。這傢伙必定充滿了能量。」

是他能感覺到的金屬意識中最豐富的能量。他通常輕輕鬆鬆就能鋼推一般的金屬意識，但這個，他幾乎推不動。

「我怎麼沒在第一時間辨認出它呢？」偉恩說，「居然還要別人來告訴我。噢，鐵鏽的！這是哀悼之環的證據，對吧？」

「不是，」瓦說，「我感受不到它裡面的存量。因為我不是製血者，也不能使用它的能量。它不是任何人都能使用，只有已經具備相應金屬技藝的人才行。」

「儘管如此，它已經很奇妙了。」瑪拉席說。

「而且讓人不安。」瓦凝視著那個看似無辜的手環。想要打造出如此精妙的金屬意識，必須找到一個具有兩項技藝的藏金術師。因此，若不是組織招募到全能的藏金術師，不然就是他的擔憂成眞了：組織找出了運用血金術的方法。

再不然它就是古物。這很有可能。也許這個手環和小方塊都是另一個時代的產物。

他把手環拋給偉恩，「裡面的存量有多少？」

「很大量，」偉恩說，「但有個底，不是無限量。我剛才癒合傷口時，它的存量減少了一些。」

「那你留著。」瓦轉身去看呼叫他的人。只見宓蘭站在林地邊緣，對他揮揮手，於是瓦離開偉恩和瑪拉席，朝身材修長的坎得拉女郎走了過去，同時默默思量這些發現的背後意義。那手環暗示了什麼？是不是還有尙待發掘的祕密？金屬意識允許任何人碰觸它的強大能量？他到現在才眞正開始思考，若是哀悼之環眞的存在呢？如果眞的到了人們可以自由購買金屬之子能力的地步，那這個社會會變成什麼模樣？

他走到宓蘭面前，「我想你會想看看這個，」宓蘭說，招手要他跟隨著爬上一個布滿落葉的陡坡。來到坡頂，視野開闊，能直望東北區的大地。有些地方被開墾成一排排和一圈圈的田地，不過大部分仍然跟沿路上所見的荒野一樣，偶爾出現幾塊結實累累的果園和菜園。一陣冷風徐徐吹來，拂去了頭頂太陽帶來的高熱。

眼前的景物，舒服的微風，讓瓦一下子明白了關於依藍戴和外市之間的衝突，一直困擾著他的到底是什麼。這些人知道蠻橫區居民過著什麼樣的生活嗎？知道那裡的農作收成充滿了變數，人民隨時要面臨血淋淋的飢荒？

他們認爲只有笨蛋才會住在蠻橫區，瓦接過宓蘭遞過來的舊式小型望遠鏡，這些都市人無法理解世世代代被困在盆地之外的苦楚，那裡的人太窮，也可能是太執拗，根本無力回到盆地內生活。

想要蠻橫區裡自由自在的生活，是要付出代價的。兩相比較，盆地內簡直就是天堂，是天神爲了彌補過去千百年來的落灰和崩壞，專門爲人類精心打造的樂土。結果，即使日子已經過得像天堂般舒服，人類還是能找出理由爭鬥不休。

瓦舉起望遠鏡，「我要看什麼？」

「看看大約一哩外的那條路，」宓蘭說，「它沿著小溪而行，還有一座橋。」

瓦看到兩個男人懶懶地拿著斧頭，在田地裡打混，看起來像是在劈砍一棵枯樹的樹幹。還有另一棵樹，就橫倒在馬路上。

「你看到什麼？」宓蘭問。

「喬裝的路障，」瓦說，「橫倒在路上的那棵樹，看起來像是剛好倒在那裡，但從地上的拉痕看來，它是被人拉過去的，而且還被移動過一、兩次。」

「好眼力。」宓蘭說。

「因爲我有望遠鏡。」瓦轉過去，望著那一區的農莊，「我猜有軍隊藏在那座村莊中。農舍沒有炊煙升起，很可能都是廢墟。晚餐時刻，村莊怎麼可能沒有一絲炊煙。」

「他們在守株待兔，等我們自投羅網？」

「應該不是，太早，也太遠了。」瓦說，「這只是戰地的外緣防線。他們封鎖了這整個地區，只不過做了偽裝，以免消息外洩。那裡面究竟藏了什麼玄機？」

宓蘭搖搖頭，一臉困惑。

「我們不能再搭馬車了，」瓦說著，把望遠鏡還給了她，「沒有馬鞍，能騎嗎？」

「我最近都沒有把騎士摔下去，不過我也很少有機會化身成駿馬就是了，說不準今天的感覺如何。」

瓦眨巴著眼。

「噢，你問的是騎馬。」宓蘭說，「可以，我能應付。我絕不是你要擔心的人。」她的下巴朝走進樹叢的史特芮絲一揚，她後面還跟著拿著帽子摘核桃的偉恩。

「對。」瓦說。

瓦希望他們的馬隊中，能找出性格比較溫馴的馬匹。

暮光像一雙疲累的眼睛閉了又勉強撐開，緩緩降落在大地上。南部的地貌多變，這一刻還在樹林密布的黑暗山谷中奔馳，下一刻就發現自己來到山脊上，進入空曠的原野，還看到原來太陽並沒有完全落入地平線之下。

黑暗依然降臨了，只不過今晚沒有迷霧。瓦意識到自己很渴望再被迷霧籠罩包圍。

宓蘭在前領隊，帶著大家盡可能地在林間穿行。她和偉恩輪流跑到前面先行偵探敵情，不過組織的野心巨大，那麼大的一片原野，根本不可能面面俱到，疏漏太多。至於瑪拉席，她當然是訓練有素的騎士，而且似乎很高興有機會換上夾克加褲裝警服。

史特芮絲倒是令他刮目相看。即使穿著裙裝騎馬，依然表現不俗。她將裙襬束成一團，塞在臀部之下，以適應無鞍騎馬又沒讓自己暴露太多。她沒有任何怨言地配合，南下的這一路以來，她一直都逆來順受。

奔馳的路上，遇見的少數農場和獵莊都空無人跡，使瓦越來越不安。沒錯，這裡的確是個範圍不大、人煙不多的偏僻地區，但一想到組織可能已經全面占領此區，仍然令人很不放心。

一行人在接近村莊之前的林地中暫停下來，等著宓蘭先行探路，只見她掉頭回來，招手要瓦跟上她。瓦跟著她爬上去，從樹林邊緣偷窺那座村莊。

亮晃晃的探照電燈，照著一座大型建築物的四周，那裡顯然曾經是道爾辛的中心。那棟無窗的木造大型建築的周邊還架著鷹架，屋頂也尚未完工，看來工程仍在進行中。村莊的大部分屋舍都已經被拆除，只剩下外圍的一部分保留原狀。

那棟無頂建築放射出柔和的光芒，他們是從哪兒來的那麼多電力？宓蘭把望遠鏡遞過來，瓦拿著它審視村莊外圍。那些人絕對是士兵，身上的紅色制服胸口有個圖案，但距離太遠看不清楚。他們肩揹著步槍，還有排成一圈的探照燈，士兵和探照燈全部專注在村外，而非大型建築，使得中心地帶相當昏暗，所以他們只要突破外圍防線，進入中心，就能找到掩護。

「妳認為呢？」瓦問，「會不會是他們的碉堡？」

「和我見過的碉堡不像，」宓蘭低聲說，「圍牆太薄，看起來比較像是大倉庫。」

一座村莊大小的倉庫。瓦困惑地搖搖頭，卻瞥見另一頭有些異樣，那是瀑布嗎？雖然在燈光之外，瓦依然看見有濺起的水霧，而且道爾辛的確有條小溪流穿。

「那個方向地勢較高。」瓦說。

「對，」宓蘭說，「地圖指出那裡有座瀑布，應該不大，景色優美。」

「那就必定有水車，」瓦說，「村莊的電力就是從那兒來的。我們回去吧。」

兩人又從樹叢底下爬回去，找到在黑暗樹林中等待的三個人，「是他們。」瓦低聲說，「我們必須想辦法潛進去，但他們兵力強大，防守嚴密。」

「飛進去。」史特芮絲說。

「行不通，」偉恩說，「他們曾在宴會上安插一位搜尋者，難道這裡就不會？只要有人燃燒金屬，就會引來上百個套裝的傭兵過來握手歡迎我們，跟著就捅你一刀。」

「那怎麼辦？」瑪拉席問。

「我得先瞧瞧。」偉恩說。

「我們覺得村莊的另一頭居高臨下，地理位置優越。」瓦手指了指方向，宓蘭則帶頭牽著馬在黑暗的參天大樹之間穿行。瓦和史特芮絲墊後，並且稍稍落後，以方便私下與她交談。

「史特芮絲，」瓦低聲說，「我一直在想，一旦大家商討、決定了潛入敵營的策略，我該拿妳怎麼辦。我想過帶妳同行，但又覺得不妥。思來想去，還是覺得妳留下來看馬，對大家最好。」

「很好。」

「別這樣，我是認真的。那些都是武裝傭兵，若是帶妳進去，妳卻出了事，我根本不敢想像那個後果。妳必須留在外面。」

「很好。」

「這次不是——」瓦愣了一下，「等等，妳眞的沒關係？」

「爲什麼有？」史特芮絲問，「我對射擊一竅不通，就連該朝哪兒開槍都不知道，也不懂潛行這門技術，仔細一想，潛行還眞不是什麼光明正大的勾當，瓦希黎恩爵爺。我雖然認爲最安全的地方就是待在你身旁，但衝進敵營騎馬打仗就另當別論了。我留在這裡。」

瓦在漆黑中咧嘴一笑，「史特芮絲，妳眞是我的無價之寶。」

「什麼？只因爲我有正常的自我保護本能？」

「我這樣說好了，在蠻橫區時，我見過太多不自量力的人，而且越是危險，他們越是不輕易放棄。」

「我應該想辦法躲開他們，」史特芮絲說，「別被抓到。」

「妳在這裡，應該不用擔心那麼多。」

「噢，我同意。」史特芮絲說，「但在我來說，這種事算是突發狀況，我最好還是計劃計劃。」

一行人在黑暗中朝村莊的東邊而去，留下史特芮絲和馬匹。瓦走到負責馱運行李的馬匹旁邊，挖出一些補給，金屬瓶、備用子彈和許多的槍枝，以及他在柯蕾希娜大宅中偷來的鋁槍，最後把拉奈特的球繩兵器塞進槍帶的掛袋中。

爬了一程蜿蜒的山路後，他們在瀑布上方的漆黑山脊就定位，觀察下方的村莊，唔，準確來說是村莊的遺跡。順帶一提，瀑布完全沒有他想像中的美麗。

「眞希望能瞧瞧那棟大木屋裡面的情況。」瑪拉席把望遠鏡遞了回去。

瓦咕噥著附和。其實他們的位置已經夠高，足以一瞥屋中概況。從閃動的燈光看來，大屋內有很多人在燈光下走來走去。只是看不清楚他們在做什麼？又爲什麼入夜了還不休息？

「我看，我們很難混進去那裡？」偉恩說。

「你們可以殺個士兵給我。」宓蘭在一塊石頭上坐了下來，「我把他吃掉，化身成他，再放你們進去。」

瓦眨眨眼，瞥了瑪拉席一眼，後者似乎快吐了。

「我是認眞的。」宓蘭說，「每次我就事論事，你們都瞪我，眞過分。」

「什麼就事論事，」瑪拉席說，「妳說的是吃人，太殘忍了。」

「嚴格來說，因爲我們不同種，我就不認爲殘忍。而且，就生理學來說，我和人類的差異，就像你們和牛一樣，而你們吃牛肉時，怎麼沒見有人倒抽口氣？上次在英耐特的宅邸，我吃了他的一個護衛，你們就接受了。」

「那個護衛已經死了。」瓦說，「謝謝妳的提議，宓蘭，但殺人混進去的事就算了。」

「我們不喜歡殺人，」偉恩說，「除非他們開槍殺人。他們只是一群作工的人。」他望著瑪拉席，似乎想要一些支持。

「別看我，」瑪拉席說，「我早就不期望你會變成一個品格高尚的人。」

「專心，偉恩，」瓦說，「我們到底要如何進去？『肥帶』？」

「才不要，」偉恩說，「太吵了。我們應該試試『蕃茄完蛋』。」

「太危險了，」瓦搖搖頭說，「在明亮的外圍崗哨和牆壁的陰影之間，我拋射的落點不能出一點紕漏。」

「你可以的，你每次都做得很漂亮。再說，我們還有這個閃閃發亮的新型金屬意識，滿滿的健康存量等著一展身手。」

「就算我們能療癒，死不了，但只要走錯一步，就別想潛進去了。」瓦說，「我們應該來試試『躲在雲下』好了。」

「你開什麼玩笑？」偉恩說，「你忘了上次被射中了？」

「也是。」瓦妥協了。

宓蘭困惑地瞪著他們，「『躲在雲下』？」

「他們經常這樣，別理他們。」瑪拉席拍拍宓蘭的肩膀。

「『管子奔跑』。」偉恩說。

「沒膠水。」

「『外野毒藥』？」

「光線太暗了。」

「『巡夜人頓足』。」

瓦頓了一下，「……見鬼了，那是什麼？」

「剛才編出來的，」偉恩嘻嘻一笑，「滿俏皮的一個代號，是吧？」

「是不錯，」瓦附和他，「這個代號的行動計畫是什麼？」

「跟『蕃茄完蛋』一樣。」偉恩說。

「我說了，太危險了。」

「我們又沒有別的辦法，」偉恩說著，站了起來，「要一直坐在這裡爭論嗎？還是採取行動？」

瓦盯著地上，細細琢磨了一番。他拋射的落點能否萬無一失？

話說回來，他還有更好的辦法嗎？下方的外圍崗哨守備嚴密，但四周一片漆黑。他過往的蠻橫區生涯教會他一件事，那就是相信自己的直覺，而此時此刻，他的直覺是贊同偉恩。

好，他決定了，果斷地抽出槍套內的霰彈槍，朝偉恩拋去。個子較矮的偉恩不情願地接住，他這輩子注定與槍無緣，兩手立刻發抖起來。

「抓緊它，」瓦說，「盡可能往北殺出一條路來。」

瓦驟燒鋼，增加體重，再朝霰彈槍反推，霰彈槍瞬間變成了船錨，帶著偉恩飛離石子地，朝敵人營地而去。偉恩在鋼推的勁道消失後，才掉入離地面大約五十呎的黑暗中。

瑪拉席倒抽口氣，「『蕃茄完蛋』？」

「對，」瓦說，「有時候他落地時，還滿淒慘的。」

鐵鏽的瓦，偉恩筆直朝地面撞去時，在心裡暗罵著，也不知會一聲，就丟了一把槍過來，眞是——

他要撞上地面了。

想把自己靜靜地摔死，是有祕訣的。一般身體從高處落地時的聲響很大，比想像中的大很多。

於是他讓腳先落地，那兩條腿瞬間斷裂，他整個人往旁邊一倒，又摔斷了肩膀，不過這樣一摔的確安靜了許多。他在腦袋撞上地面，把自己撞昏之前，啓動了超炫的金屬意識。

他最後變成一堆石頭邊的一團爛泥巴。瓦當然會把他送進一堆石頭中，好讓他在不會被敵人發現的情況下，安全地療癒。一等他的視覺恢復，就想看看兩條腿，但身體還不能移動。也完全沒有感覺，幸好如此，否則摔斷了脊髓，那不痛死人了。

其實，也不是整個過程完全都感覺不到痛，不過他和疼痛是老朋友了，偶爾會握握手，一起喝個啤酒之類的。儘管彼此都不喜歡對方，還算是個不錯的工作伙伴。感知和苦痛在金屬意識率先修復受傷最嚴重的脊髓時，一股腦地湧了上來，他痛得倒抽口氣。一般人都不知道摔斷脊髓會造成窒息，唔，也是，摔斷脊髓的人都已經窒息而亡了。

一旦能動了，儘管兩腿尚在修復中，他立刻轉身用完好的那隻手臂，調整一顆大石頭的位置。這些大石塊似乎是被搬來縮減河道的，也可能是就地取材粗搭的橋。一等摔裂的肩膀癒合後，偉恩立即動手好好利用這些大石頭。瓦眞是送對了地方，他就落在崗哨和大木屋之間的黑暗中，但不表示他安全無虞。

偉恩搖搖晃晃地站了起來，拖起瓦的霰彈槍，其中一條腿仍然拐著，裡面的骨頭尚在癒合中。眞是好樣的金屬意識，以往像這樣的重傷，他得花好幾個月才能補回療傷所消耗的金屬存量，而這支金手鐲的存量仍然滿滿的。

他邁步以最快的速度一瘸一拐地走開，留下一塊立在數顆石頭上的大石，往陰影的更深處而去，然後將霰彈槍藏在大木屋的附近，等待那隻不爭氣的手停止發抖。

說巧不巧，他才剛剛安頓好，就見兩位士兵走了過來。

「就是這裡。」其中一個說。他們越走越近，一支探照燈也轉了過來，照射在石堆區，差點讓偉恩曝光。偉恩躲在一堆機器設備的黑影中動也不動，腳趾卻不妙地輕輕嘎嘎響起，互相磨擦著要回到原本的位置。

兩位士兵並沒聽到。他們已經踏上他剛才墜落的地點，四下張望，幸好這次並沒有蕃茄糊一般的血跡留下。其中一位正巧頂到偉恩剛才架好的大石，大石頭滾落下來，碰撞上其他石頭。士兵看看大石，點了點頭，抬手一揮，卻見他們掉頭往回走去，並將探照燈轉回到原來的照射區域。顯然認爲剛剛聽到的聲響不過是石頭滾落，不需要大驚小怪。

偉恩在黑影中站起來，他停止了從手鐲中汲取金屬存量，整個人神清氣爽，煥然一新，跟以往大療癒後的感覺一模一樣，覺得自己無所不能，能上山下海，能一個人啃光芬德萊餐廳一整份的烤豬薯條大餐。

他悄悄穿過黑影，有件大事必須完成。幸好他運氣不錯，立刻就在另一堆石塊中找到了帽子。大事既了，該要著手處理其他小事了，譬如說，製造機會協助伙伴潛入營區。

瓦指明了要往北方開路，我來看看……他盡量貼著大木屋前行，途中好幾次克制住一個人溜進屋裡探聽的衝動。

現在該換上衛兵的角度來思考了，但沒有衛兵的帽子，他做不到。他躲在陰影中偷聽一對巡邏衛兵的對話，愉悅地消化著他們的口音，就像吃椒鹽脆棒沾芥末醬般享受。

觀察了大約十五分鐘後，他挑中了較易得手的目標，開始跟著對方的巡邏步調移動，當然他是躲在陰影中進行。目標對象又瘦又高，長得好像兔子，但個子夠高，摘核桃時應該不需要搬梯子就能採到他想要的量。

看看這裡，偉恩心想，鳥不生蛋！我居然在這種地方看守一棟老穀倉。看看我簽下的是什麼樣的活兒啊！我都已經八個月見不到女兒了，她可能都會說話了。鐵鏽的，鬼日子。

男人轉身繞了回去，有個人從其中一個亮著探照燈的崗哨對他喊叫，偉恩聽不清楚他在喊什麼，不過口氣相當明顯。

還有我的上司，偉恩轉身繼續在陰影中跟隨他的步調，眞是倚重我啊！爲了一些小事就破口大罵、咆哮。什麼鬼日子，從早到晚任人叫罵。

偉恩微微一笑，輕手輕腳地往前跑去，想超到前方，去找找有沒有可以讓人站上去的盒子之類的物品。他看到了一組黑繩子，每根都跟手指一樣粗，連接到大屋附近的一個大盒子。男子走過去時，連看都沒看一眼，於是偉恩小心地撿起了繩子。

男人的腳踏進了繩索領域內，偉恩用力一扯繩軸。

最靠近男人的探照燈立即熄滅。

其他衛兵大吼大叫，男人在黑暗中慌張地解釋，「抱歉，」他大喊，「我不是故意的。我沒注意到腳下的繩子！」

偉恩趁著衛兵大叫大罵之際，溜了出去，在兩堆沙包之間找到一個不錯的藏身處，只見那個可憐的男人被罵得狗血淋頭。有幾個人走過來修理電燈，不過電線被偉恩丟到一旁去了，所以他們得花些時間找到線頭，才能重新接上電。

燈光又亮了起來，偉恩拿起皮水壺灌了一大口，而瓦、瑪拉席和宓蘭也都已趁亂潛入，躲到他的身旁。「幹得好。」瓦低聲說。

「其實不好。」偉恩低聲說，「有些不擇手段，害得那個可憐的衛兵被大家臭罵一頓，他又沒做錯事。」

這時，換瓦帶頭沿著大穀倉的側邊潛行。大木屋未完工的部分不只屋頂而已，幾個入口處也敞開著，都沒安裝大門。他們在一處入口旁邊停了下來，偉恩抬手指了出去，低聲告訴瓦，霰彈槍的藏匿位置。

瓦取回霰彈槍後，從入口處溜了進去，其他人尾隨著他，由偉恩斷後。洞穴似的內部由幾盞電燈照明，一行人經過了一扇長型格子窗，那必定是等屋頂完工後，要安裝在天花板上的零件。室內比外面明亮一些，疊起的盒子和補給品整齊地排成一列列，剛好形成提供他們隱蔽的通道。他們潛行到盒子堆的最前方時，瓦猶豫了，而兩個女人則在他身旁監聽敵人的動靜。就是沒人想到讓開，給偉恩一個好視野，每次都這樣，先是誇讚一番，隨後就把他忘了。

於是他用擠的，手肘還撞到瑪拉席的上腹，被狠瞪了一眼，她難道不知道從人群中擠出去的時候，人和人的四肢必定會友善地交流一番？他總算擠進瓦和宓蘭之間，往外一瞥，才明白阻止瓦前進的原因是什麼。

那是一艘船。

只不過，「船」這個名詞並不能很恰當地說明那個東西。偉恩瞪著眼前的龐大結構體，挖空心思想找個更合適的說法，來涵蓋這一具雄偉浩大的物體。

「見鬼的，好大的一艘船啊。」他終於找到了。

這個好多了。

他們為什麼在這個距離海洋千里之外的大山內，打造一艘船？這麼大的結構體是很難搬運的。它幾乎占滿了整個大木屋，弧形船底，一側尚未完工的船頭，足足有三層樓那麼高。兩側各有一支手臂似的延伸物，是浮筒嗎？很大，不過有一支未完工，而完工的那支，尾部有不平的缺口。

缺口？偉恩蹙起眉頭。一般人不會在產品上故意製造不平的缺口。再仔細一看，他發現船首應該不是尚未完工，反而比較像是破銅爛鐵的感覺。

「它被人弄壞了，」偉恩指出去，「他們搬運船體時，不小心弄斷一邊的浮筒。」

「這必定是戰艦，」瑪拉席說，「他們在備戰。」

「我覺得偉恩說得對。」瓦說，「看看土裡的半圓溝槽，還有船殼上的傷痕。這些人想把這東西運出去，結果它翻倒了，撞壞了一部分零件，於是組織蓋了木屋來掩護，以免整修期間被人瞥見。」

「工程師。」偉恩朝一些看起來比較聰明的人指去，那些人沿著船邊走著，抬手比來比去，手上各拿著一個文件夾板，不是穿著深棕色的西裝，就是裙裝。學校的老師都這麼穿，認為那象徵著最前衛的時尚。

「我沒見過這樣的船。」瑪拉席揹起手提袋，一隻手握住了步槍。

「妳還帶著手提袋？」偉恩說，「潛入敵營？」

「為什麼不？」瑪拉席說，「手提袋很好用。總之，組織既然握有語音電報之類的高科技，又會在這樣的大船上設置什麼儀器？還有，為什麼要在遠離海洋的地方打造一艘船？」

「答案在套裝身上。」瓦瞇起眼睛，「瑪拉席，我猜妳依然在追查尖刺的案子？」

「是的。」瑪拉席的語氣堅決。

「我現在要去找我叔叔。妳要誰？偉恩還是宓蘭？」

「這次我選宓蘭。」瑪拉席說。

瓦點點頭，「小心。如果我和偉恩被發現了，想辦法支援我們。若妳們遇上麻煩，我們也會。妳找到尖刺後，回來這裡躲好。若是一切順利，我們再一起溜出去。」

「若是不順利呢？」

「不可能。」偉恩說。

「那我們就在史特芮絲那兒見。」瓦說完，從腰側的槍套拔出手槍。宓蘭也照做了，只不過她的槍套在腿上，她的肌膚綻裂，然後伸手進裂縫中，拿出一把油亮亮的長管手槍。

偉恩輕輕吹了一聲口哨，宓蘭輕輕一笑，吻了他一下，「小心別中太多槍。」

「妳也是。」偉恩說。

兩隊人馬就此分頭行動。

18

瑪拉席閃身溜過倉庫，沉重的步槍壓在肩膀上，增添了些許不方便，不過幸好穿了褲裝，比起窸窸窣窣的裙子多了份安靜。但她依然擔心工程師和工人們，會注意到靴子踩在實地上的腳步聲。

應該是她多慮了，因爲倉庫內並不缺雜音。儘管到了日落而息的夜晚，仍然有些人在工作。幾位木匠就在倉庫的一頭鋸著長長的木頭，每拉一刀，回音就在牆壁之間迴蕩。另外還有正在熱切討論大船修復工作的工程師，總會脫口大喊個一兩句話。

*他們似乎驚呼連連，*瑪拉席心想，*難道他們不是最初造船的工程師？這麼說來，這些工程師是新來的，並不熟悉這項專案？*

倉庫內安排了衛兵，但沒有外面那麼密集。她和宓蘭沿著陰影最外緣移動，儘管有成堆的箱子和補給品做掩護，依然不得不打從那群坐在桌子前玩牌的衛兵附近穿行而過。

衛兵並未察覺，她們最後成功抵達了倉庫南邊的牆壁，這也是長方形木屋的長邊之一。這裡蓋了幾個房間，完工度比其他區域來得高，已經裝好了門板和間隔的幾扇窗。

「宿舍區？」瑪拉席低語著。

「有可能。」宓蘭回應，也跟著蹲了下來，「我們從哪裡開始找尖刺？」

「我推測它應該被藏在保險箱之類的地方。」

「也許，」宓蘭說，「也許就放在那些房間的辦公桌抽屜中，也許被打包進一個箱子裡……糟糕，他們很可能把它扔了。套裝想得到它，似乎只是因爲他需要雷魯爾已經找到的證據。」

瑪拉席深深吸了一口氣，「若是如此，那就必須在瓦希黎恩找到套裝時，一併盤問他了。但我不認爲他們會扔掉它。我們知道套裝想方設法要人工製造鎔金術師，也知道他們對血金術充滿野心，所以一定會深入研究尖刺，不可能輕易丟棄。」

宓蘭點點頭，若有所思地接著說：「那到處都有可能啊，範圍太大，無從著手。」

不遠處，由一位跛腳男子領頭的工程師群，走上了厚板條鋪成的坡道，俯望著大船露天的內部空間。是他，瑪拉席認出了那個人是搶火車的劫匪之一，現在卻在這裡帶著新來的工程師認識環境。

那群人走進了大船內部。

「我有辦法了。」瑪拉席說。

「很瘋狂？」

「起碼沒有把偉恩從懸崖上拋下來那麼瘋狂。」

「不夠好玩。但算了，我們怎麼做？」

瑪拉席指著大船側邊工程師鑽過去的缺口說：「我們也進去。」

瓦沿著補給品集貨板的後方，朝與瑪拉席相反的方向前進，感覺自己好像踏進了所謂的「進步陰影」中。他曾經深思過依藍戴在他離開期間所產生的變化：摩托車、電燈、摩天大樓和水泥路，當時他感覺好像回到了另一個完全不同的世界。

這似乎只是開始而已，龐大的戰艦、增強鎔金術法力的科技，甚至還有那手環，居然能讓一位藏金術師將法力儲存在它裡面，再讓另一位藏金術師汲取出來使用。他感到可怕，無所適從，而這艘龐然大物宛如來自另一個時空的士兵，前來踩扁瓦這一類布滿灰塵的老古董。

他在這一排的最後一疊木板旁停了下來，偉恩也來到他身旁，順手就拿起水壺仰頭一灌，再把厚實的硬皮小水壺遞給了瓦，瓦接下後，也喝了一口。

瓦輕輕咳了一聲，「蘋果汁？」

「健康飲品。」偉恩說著，收起了水壺。

「我想都沒想到會是蘋果汁。」

「有時候也要吊一吊我們的胃的胃口，兄弟，」偉恩說，「不然會寵壞它。我們要怎麼找？」

「眺望臺？」瓦的下巴朝倉庫的中央地帶揚去，那裡的鷹架搭得複雜如蛛網，上面有環形的窄小通道，而且一個人也沒有，「那裡既可以俯視整個倉庫，又不容易被下面的人發現。」

「聽起來不錯。」偉恩說，「你爬上去？你得像平常人一樣爬上去，不能用鋼推。」

瓦體內已經沒有金屬存量了，他太容易說用就用，一下子就花光了，現在必須省著用，因此沒喝腰帶上的小瓶來補充。

「我可以的。」瓦冷靜地說。他等附近的衛兵和工作人員走遠後，才帶頭沿著陰影前行。室內的燈光全都照著大船的方向，牆壁這邊就很黑暗，他暗自期望那幾名在附近走動的工作人員，不會注意到陰影裡的動靜。

兩架超大型的環形窄道沿著整面牆往上延伸，他們迎著一連串的梯子和做爲樓梯間的短版窄道而去，樓梯間放了一些建築材料。瓦抓住第一層梯子爬了上去，一層又一層地爬，到第三層時，手臂已經瘦得爬不動了。於是他減輕體重，這招的確有效，但到了第五層，仍然需要停下來喘口氣。運用藏金術增加體重能給予他操作強壯肌肉的力氣，相反的，減輕體重就會削弱他的體力。

「你老了。」偉恩嘻嘻一笑，超越他朝第六層爬去。

「別傻了，」瓦抓住偉恩後方的梯子，往上爬，「我只是想調整一下步調。假如一上到頂部，就必須大戰一場呢？」

「你就拿你的木齒丟他們，」偉恩在上方說，「再揮揮枴杖。我相信你現在一定很不爽，因爲這麼晚了還不能休息，把怒氣全出在他們身上吧。」

瓦低吼一聲，朝上一層爬去，他其實已經氣喘吁吁，沒力氣跟偉恩鬥嘴。年輕力壯的偉恩似乎也發現了，臉上的笑容更大，兩人只好安靜地爬完最後兩層，上到頂上的窄道。

「我好想給你的笑臉一個板子，」瓦咕噥著走到仍然掛著笑臉的偉恩身旁，「不過你還是會痊癒。」

「非也，」偉恩說，「我會被你打得滿地找牙。考慮到你的年紀，讓你有點成就感，是很重要的事。」

瓦搖搖頭，轉身站到窄道的一邊，結果腳下的厚板子立刻啪地裂開，一隻腳瞬間踩空。幸好他及時穩住重心，再把腳拉出來，竟然生平第一次有了點「好高」的感覺。地面好遠，好遠，而他體內一點金屬存量也沒有。

他低吼一聲，繞過那個裂口走開，「那不是我的錯，是木板太脆弱了。」

「是啊，是啊，」偉恩說，「沒關係的，老兄。人一旦到了暮年，都會稍稍發胖，這是自然的生理現象。」

「就算我現在拿槍射你，」瓦說，「也不會有人怪我殘忍。大家會說『哇塞，你竟然忍那麼久？要是我，早就斃了他。』而且還會請我喝酒。」

「噢，你傷了我的心，眞的，」偉恩說，「我——」

「你們是什麼人？」

瓦全身一僵，與偉恩一起抬頭，仰望從上層窄道欄杆探頭出來的那個人。從外表判斷，他應該是工程師，白袍罩在背心和領結之外。那個人皺起眉頭，隨後好像認出了瓦，眼睛瞬間睜得大大的。

「鐵鏽的。」瓦咒罵一聲，高舉雙手，偉恩閃身一動，往上躍起。瓦再一推，偉恩借力一踹，飛身向上抓住了欄杆。工程師張口大叫，卻被偉恩抓住了腳踝，摔倒在地。

偉恩跟著扭身而上，砰地落地。瓦在下方焦急地等待著，一秒兩秒過去了。

「偉恩？」瓦嘶聲叫著，「你在上面嗎？」

一會兒後，工程師昏迷了的臉從窄道邊緣冒了出來，那人兩眼緊閉著。

「他當然在上面，」偉恩在上方說，但聲音模仿了工程師的口音，還像擺弄木偶那般扯動那個人的頭，「你不是才把那傢伙丟上來，老兄！你這就忘了？記性也太差了吧，看來，你眞的老了。」

嚴格來說，這世上的每個人都一步步朝死亡前進，只是走得相當慢。不過，這不只是艾力奇發的牢騷而已，而是他的的確確地感覺到死神的逼近。

他拖著腳步走下大木船的內部走道，小心翼翼地跨出每一步，以免被稍稍的歪斜或裂縫絆倒。他抬手朝那面牆指去，向其他工程師說明，他們就是在那兒發現被燒毀的地圖，但手臂卻像吊了十磅的砝碼沉重。

他的左手基本上算是廢掉了，現在只能握握枴杖，但就算如此，左手也止不住地顫抖，同時他還得拖著左腳走每一步路。呼吸也開始急促了，醫生說他最後會連呼吸的力氣也沒有。

到了那一天，他會孤伶伶地窒息而死，動也不能動，而他現在就能感覺那種折磨正一步步地逼來。

「這是什麼，艾力奇教授？」史坦努斯指著天花板問，「好美的圖案！」

「我們不確定。」艾力奇將重心移到枴杖上，仰頭上望，這個動作對他來說出奇的困難。鐵鏽的，前些日子，抬頭並沒有這麼困難吧？

一步步。

「好像一艘船。」史丹絲歪著頭說。

走廊天花板的這個金色圖案，的確像艘小船，但爲什麼在這裡畫一艘小船呢？他推測要想解開這艘船的諸多謎題，必須花上好幾年的時間。他曾經心甘情願花上一輩子來解謎，還想詳詳實實地記錄每一個發現。

但是現在，所謂的「一輩子」太短了，壓根不夠。套裝和次序（Sequence）迫切想要武器，他們想要就拿去吧，反正艾力奇只想要一件事。

一個奇蹟。

「請跟我往下走。」艾力奇以最近一版的新臺步走下廊道。因為肌肉越來越無力，他現在每隔幾個月就必須發展出一套新臺步。右腳踏出一步，枴杖跟上，左腳滑過去，呼吸。右腳再踏出一步，枴杖跟上，左腳滑過去，呼吸。

「眞是了不起的木工！」史坦努斯挪了挪眼鏡，「嬸嬸，認得出來這是什麼木頭嗎？」

史丹絲走到他身旁，朝拿著提燈的衛兵招招手，打算就著燈光，好好欣賞這奇特的硬木原料。一開始，艾力奇也同樣對大船的每一個細節充滿好奇，不過一天天過去，新鮮感逐漸消磨了。

「別急，」艾力奇說，「你們以後有的是時間鑽研探究，推理實驗。但現在最重要的，是解決關鍵問題。」

「什麼樣的問題？」史丹絲說。

艾力奇朝前方的拱門指去，那兒有一個拿著提燈的衛兵站崗。女衛兵在艾力奇經過的時候，挺胸行禮，顯然艾力奇是個「陣列」（Array），是組織中相當有影響力的高級領導。套裝本人和他的手下都相當崇拜科學，但這個高級頭銜帶來的權力和特權對他毫無意義，不能延長他的壽命。

穿過拱門，他示意五位科學家望向支撐怪船的大機器。他從未見過那種既沒有傳動裝置，也沒有電線的機器，而且看起來還像是座壁爐，只是由比較輕的金屬打造而成，四壁尚有另一種金屬做的金屬條，呈蛛網狀地發射出去。

「這艘船，」艾力奇說，「一身是謎。你們剛才在天花板看到的奇異圖案，只是個開始。

房間裡掛著幾十件類似劊子手穿的帶帽黑袍有什麼意義？我們還發現一些看似樂器的器具，但又發不出聲響。船內配備了設計精妙的抽水馬桶系統，我們辨識出男女用的都有，不過還有第三組廁所，門上都刻有神祕符號。這第三組系統是爲了什麼而打造的？社會底層的人？家庭？第三性別？諸如此類的疑問太多了。

「其中有個關鍵問題，感覺只要找到這個答案，其他問題就會迎刃而解。這也是我請你們這些精英前來這裡的原因。一旦解開了這些謎團，我們就有足夠的高科技捍衛自己，不必再忍受依藍戴的壓榨。」

「什麼樣的問題？」賈非教授問。

艾力奇轉過來，「唔，當然是這東西如何移動。」

「你們不知道？」

艾力奇搖搖頭，「這超出我們理解的科學範圍。其中一些機械零件在墜地時損毀，但你們也看到了，船身大體完好。我們原本以爲能搞懂它的推進系統，可是截至目前爲止仍一籌莫展。」

「領航員呢？」史坦努斯問，「機組人員呢？沒有倖存者？」

「他們拒絕合作，」艾力奇說，而且還滿脆弱的，「再加上無法超越的語言障礙。這就是我邀請你前來的原因，史坦努斯爵爺。你是當代首屈一指的古代語言專家，也許你能破解船上發現的幾本書。史丹絲貴女，妳和賈非教授則負責帶領我們的工程師。想想看，假使我們擁有這樣的艦隊，那盆地不就是我們的天下了！」

專家們面面相覷，「我並不想任何一方擁有如此可怕的戰鬥力，教授。」史丹絲貴女說。

啊，對，這些人都不是政客。他不能再像說服有錢人出資時那般亂畫大餅，「是，」他趕緊打圓場，「那的確可怕。但妳一定很清楚這種高科技最好掌握在誰的手上，是我們，還是依藍戴？也請想一想我們能從中學習到什麼？知道些什麼？」

專家們終於被說動了，紛紛點頭。他得提醒套裝，這些人並沒把自己當成是講究服從的軍人，反倒自視爲探索知識、追求和平的有志之士。

他正打算向專家說明眼前所掌握的資料，承諾他們學識上的大突破，以激發他們的企圖心，卻聽到下方走道有人呼喚他，「艾力奇教授？」

他嘆口氣，又怎麼了？「不好意思，」他說，「史丹絲貴女，也許妳想研究研究這個裝置，它似乎提供了某種動力給大船。就我們所知，大船上沒有電力。我想先聽聽妳中肯的看法，再說說我們的結論。但我現在得先去處理別的事。」

他們似乎躍躍欲試，甚至有些心癢難當。艾力奇走了開去，一瘸一拐地走下走道。太慢了，實在太慢了。他的步伐和專家研究的進展都太慢了。他等不了他們做研究、做實驗，他現在就要答案。他以爲在火車能找到……

不，當然不可能，這個希望太不切實際。他真不應該讓那個東西離開他的掌控。來到下方的走道上，剛才呼喚他的人卻不見蹤影。他又是挫敗，又是無奈地打算在掉頭朝拱門走回去之

，轉身去旁邊另一條走道看看。這些人應該清楚不要隨便呼喚他！難道沒看到他行動不便

，注意到牆上一個小儲藏格的門彈開了。大船上有幾百個這樣的儲藏格散

、武器和其他物品。但這一個，卻有東西掉到地上。是一個小小的銀製

奮起來。又一個器械？太幸運了！他以爲手下已經搜遍了全船的小儲

。他蹣跚地掙扎過去，用健全的那隻腳單膝跪下，撿起小方塊，再用力挺直身子。

他的腦子立即浮現一個計畫。他打算欺騙套裝，這小東西是他派在新瑟藍的一個密探找到的，這樣處罰就會結束，也許還能獲准前往第二站，甚至加入探險隊伍。

他興奮地派了一位士兵照看那些專家，自己則一瘸一拐地走出大船，滿心歡喜終於有好事降臨。

瑪拉席從壁櫥裡面打開門，看到那個叫作艾力奇的男子，一瘸一拐地從船側的破口走了出去。宓蘭則從走廊對面的壁櫥溜出來，對瑪拉席打了一個止步的手勢，再輕手輕腳地溜到破口處，偷窺艾力奇的去處。

瑪拉席等待著，心急如焚。儘管她在依藍戴警局的工作偏重分析和偵查，偶爾仍然必須參與組凶搜捕的工作，所以總以爲自己足以應付此次的任務。但和諧啊，這趟任務就快剝掉她的一層皮了。不僅嚴重睡眠不足，還要時不時地潛入敵營，明知隨時會有人轉個彎就發現賊頭賊腦的你，依然要硬著頭皮上場。

宓蘭終於招手要她過去了，她連忙溜出壁櫥跑過去，來到在缺口處的坎得拉身旁跪下。

「他進了那個房間。」宓蘭指著前方牆上的一扇門，「現在怎麼辦？」

「我們再等一等，」瑪拉席說，「看他會不會出來。」

瓦踩著鷹架內側的木板往前探查，宓蘭的望遠鏡給了他下方的清楚視野，不過他心裡仍然依戀著雙筒望遠鏡。他掃視全場一圈，發現瑪拉席和宓蘭潛入了大船中，頓感稀奇。

那艘船……總讓他覺得怪怪的，卻又說不出個所以然。他搭船的經驗並不多，但那艘船的甲板，不太對勁。帆柱呢？他剛才以爲是摔斷了，但現在從高處俯視，並沒看到斷折的桅杆。所以，這艘船是靠蒸汽引擎行走水上？也有可能是吃汽油？

繞了鷹架一圈後，並沒發現他叔叔的蹤影。

「還是沒發現？」偉恩看他最後一次放下望遠鏡，才開口詢問。

瓦搖搖頭，「北邊那兒蓋了一些房間，他可能在那裡，也可能在船內。」

「好，那我們接下來要怎麼做？」

瓦用望遠鏡的尾端輕敲著手掌心，他也一直在思考這個問題。他們要如何在不驚動木屋外衛兵的前提下，追蹤獵物？

偉恩用手肘輕推他一下，只見下方從大船內走出了一個跛腳男子。瓦的望遠鏡鎖定在他身上，看著他穿過空地，走進附近的一個房間。

「有沒有覺得他似乎有些焦急？」偉恩問。

「有，」瓦放下望遠鏡，「那兩個女人在那裡幹麼？」

「也許她們——」

「我並不想聽你的推測，」瓦說，「眞的。」

「夠坦白的啊。」

「走吧。」瓦帶頭繞回去，朝梯子而去。

「你有想法了？」偉恩問。

「嗯，不過還只是個模糊的概念。」瓦說，「套裝並不喜歡和手下交談。從我們審訊過的犯人看來，他是靠權力威勢來駕馭手下，邁爾斯、神射手都是，我叔叔憎恨他們。」

「所以……」

「那個跛腳男子，」瓦說，「在這裡的地位應該也大同小異。他是鎔金術師，我在柯蕾西娜宅邸聽到他們提起他，算是個核心部屬，只是現在可能失寵了。無論如何，他很可能必須直接向我叔叔匯報工作進度。」

「所以好好跟蹤他一段時間……」偉恩說。

「……我們就能找到套裝。」

「不錯啊，」偉恩說，「只要他不是每天都在下午茶時間才匯報，不然我們可有得等囉。」

瓦來到梯子旁邊時愣住了，因爲跛腳男子已經離開房間。他的視線被巨船擋住，仍瞥到那個人一瘸一拐地繞過船頭，步伐之間透著堅決的氣勢。

瓦豎掌示意偉恩稍等一下，然後蹲下去拿起望遠鏡眺望。只見跛腳男子穿過倉庫，走到西南角落的一個獨立房間前，很像是一間守衛室。門前的一個士兵往旁邊一站，讓跛腳男進入。就在房門被推開的一剎那，瓦瞥見了房內景象。

他姊姊就在裡面。

他全身一震，望遠鏡差點從手中滑下去，但房門已經關上，他無法再次確認。不過他的確看到姊姊了。她就坐在小桌子前，背後還站著瓦在火車上見過的那個射幣惡漢。

「瓦？」偉恩問。

「是黛兒欣。」瓦輕聲說，「她被關在那個房間裡。」他起身，手已經伸向金屬液瓶。

「哇，哇，兄弟。」偉恩連忙抓住他的手，「雖然我這個人向來莽撞，但你不覺得應該先討論討論嗎?然後再大幹一場。」

「她就在這裡,偉恩。」他說,「我就是爲她而來的。」他全身一陣發冷,「她一定知道我叔叔的一些把柄,她是關鍵人物。我要去救她。」

「好、好。」偉恩說,「不過瓦,現在居然是我在扮演理智的角色,看到這個情況,你竟然一點都沒警醒?」

瓦低頭看著朋友,「說得也是。」

「對,聽我說,我有個辦法。」

「你的這個辦法有多差勁?」

「與其燃燒金屬,開槍驚動所有衛兵,甚至他們的刺殺小組,不如試試我的辦法,絕對比那個好太多了。」

「說吧。」

「來,」偉恩吐出口香糖,把它黏在柱子上,「那傢伙還要昏迷一段時間,我們可以扒下他身上的工程師制服,而我在半年前的那場舞會後,就一直在練習高級知識份子講話的……」

19

在船內備戰的瑪拉席，用盡了全身的力氣，才勉強讓自己冷靜下來。若瓦希黎恩是她，會怎麼做呢？他和偉恩總是一派的滿不在乎，似乎就算在槍戰中想打個盹，也不會有什麼問題。

唔，不過她的付出總算有了回報。跪在船側缺口邊的她，監視著倉庫的那一排房間，看見艾力奇很快就走出房間，一瘸一拐地高聲喚來幾名衛兵。

「他說什麼？」瑪拉席問。

「他叫他們『送給套裝先生』。」宓蘭說，「妳想他真的會把那個器械與尖刺藏在一起嗎？」

「我是這麼希望的。」瑪拉席說。

「要動手了嗎？」

瑪拉席點點頭，準備好再來一場刺激神經的大體驗。宓蘭頷頭走下木板，來到空地上，瑪拉席尾隨著她，並按照宓蘭的指示：入境隨俗，潛入的第一個要則，就是融入，她將頭抬得高高的。

她瞬間覺得自己好像光溜溜地在依藍戴圓環跳舞。她們兩人走到舷梯盡頭，再以折磨人的速度朝那扇門漫步而去。瑪拉席的步伐會不會太僵硬？宓蘭不能轉頭去查看，不過剛才已經特別提醒她了。嗯，快速回頭瞥一眼應該沒關係吧……

穩住。宓蘭握住門把，一轉，門居然開了。兩人快速溜進一條空蕩蕩的走廊，瑪拉席趕緊關上門，竟然真的沒有人發現她們，大喊著追上來。她很肯定其中一位木匠抬頭看了她們一眼，卻視若無睹。

「幹得好。」宓蘭說。

「我都快吐了。」

「這一定是以家庭為單位打造的。」宓蘭帶頭走下走廊。原木牆，空氣中充滿鋸木頭的氣味，天花板吊著一盞孤伶伶的電燈。宓蘭在走廊盡頭停下來，側耳聆聽，才抬手握住門把轉動，但這扇門上了鎖。

「妳可以打開門的，」瑪拉席說，「像之前那樣？」

「當然，」宓蘭在門板前跪下來，「沒問題，我先用凡人的方法試試。」只見她的頭一歪，一套撬鎖工具就從額頭冒了出來。她拔下工具，動手嘗試開鎖。

「好方便。」瑪拉席說。

「雙關語？」

「這要看妳從哪個角度來解讀了。」瑪拉席回頭一瞧，走廊依然空無一人，笨蛋，「這笑話妳聽過幾次？」

宓蘭微微一笑，專心開鎖，「我都快活了七百年，孩子。世上幾乎沒有我沒聽過的笑話。」

「我眞該找個時間好好訪談妳。」

宓蘭的眉頭一挑。

「你們坎得拉有獨特的社會觀點，」瑪拉席輕聲解釋，「因爲你們見過大規模的社會變動和改革。」

「是吧，」宓蘭一邊說，一邊轉動撬鎖工具，「那又如何？」

「根據統計學研究，我們的社會只要在司法系統、就業率，甚至城市規畫上稍做改變，就能產生正向影響。妳的腦袋裡就藏有關鍵改變的策略！妳看過社會進化和變遷，人類的變化在妳看來就像海灘上的潮來潮去。」

「我的大腿。」宓蘭轉動門把，喀嚓一聲，她將門推開一條縫，點點頭，站了起來。

「妳的……什麼？」瑪拉席問。

「妳剛才說我的腦袋裡藏有關鍵策略，」宓蘭走進門後的房間，原來是一間設備齊全的小房間，「現在應該是我的大腿。坎得拉的認知系統遍布全身，而我現在的記憶儲存在大腿內的堅固金屬隔間中。這樣比較安全，因爲人類傾向瞄準頭部開槍。」

「那妳現在的腦袋裡裝什麼？」

「眼睛，感官裝置，」宓蘭說，「還有一只救難水壺。」

「妳開玩笑。」

「並沒有啊。」宓蘭雙手撐在臀部上，掃視房間一圈。看來，左手邊的那扇門是通往倉庫這一串連鎖房間的更裡面的房間，不過這個房間沒有對外的窗戶，這點不錯。

房內雖然跟整棟倉庫一樣都是鋸木頭的氣味，但這間還混有護木油，以及一絲絲的雪茄氣味。小小檯燈的光芒顯示出這是一間書房，書架上有一排排書本，書桌前有兩張豬肝紅和黃色相間的厚絨布椅，此外還有幾株裝飾用的植物，應該有人每天輪流拿它們到外面接受光合作用，否則會枯萎。

瑪拉席穿過書房，注意到房中有些古怪。臥室、書房能代表一個人，透露出居住者的私人訊息。其中，書桌抽屜的把手又寬又大，角落中的立燈被栓在地板上，椅子也是，應該是為了防止艾力奇失去平衡撞倒它們，才把傢俱固定住的吧。瑪拉席並不清楚那個人身患何種疾病，但顯然他喜歡房間的擺設彎彎繞繞，帶點不流暢的感覺。

宓蘭第一步就去搜索書架，把所有的書本都撥下地，「人們喜歡把東西藏在書後面，」她說，「真正喜歡閱讀的人很少，但都喜歡給人熱愛閱讀的印象。我——」

「宓蘭？」瑪拉席指著角落裡的一個大保險櫃。

「啊，」才搜索到一半的宓蘭，一不做二不休繼續把剩下的書本全撥下來，才朝保險櫃走去，「唔……這就有點麻煩了，單靠一套撬鎖工具不可能撬開保險櫃。」

「妳一定可以的，想想辦法？」瑪拉席問。

「耐心點，」宓蘭說，「把檯燈拿來。」

瑪拉席走到書桌前，拿著檯燈走來，直到電線長度的盡頭為止，再把燈罩轉向宓蘭。

「唔……」宓蘭把手按在保險櫃上，壓根沒去理會刻度盤。只見她的手逐漸透明起來，肌肉開始扭動，紛紛擠進了關節中，最後只剩下水晶般的骨頭和肌腱。

瑪拉席見狀用力吞嚥口水，突然感到嘴裡苦苦的，她早就知道宓蘭有此本領，但親眼見到整個過程又是另一回事。她趕緊讓自己分散注意力，把檯燈放到椅子把手上為宓蘭照明，不過那隻坎得拉現在已經閉上眼睛，也不知道她還需不需燈光？於是瑪拉席走去翻搜書桌抽屜，希望能找到重要的線索。

和諧，請在我們搜完房間後，讓艾力奇回頭去找那群專家，瑪拉席祈求著，千萬別讓他回來這裡拿文件。

「那個時候的世界，」宓蘭突然開口說話，「和現在其實並沒有太大的區別。」

瑪拉席頓了一下，但宓蘭依然閉著眼睛，暴露那一手怪異的骨骼，沒有結束的跡象，而且透明化的肌肉還延伸到了手肘部。

「什麼意思？」瑪拉席問。

「人們傳頌著迷霧之子的時代。」宓蘭說，「也就是落灰之終後的年代，把那段時期當成傳奇般崇拜又崇拜。」

「那本來就是傳奇啊。」瑪拉席說，「神之顧問、和諧，以及歐琳安卓·拉德利安，聯手打造出一個新世界。」

「是，當然，」宓蘭說，「但他們也會像孩子一樣爭吵，三個人對『新世界』有各自的看法。你們現在遇到的麻煩，多半是因爲他們忽略了依藍戴之外的世界。這些初代人是徹頭徹尾的大都會人。妳不是想知道社會變動的軌跡？想知道我曾經見證過的變遷？但我告訴妳，人就是人，要命的是，坎得拉也是，狗就是改不了吃屎。那個時候的生活跟現在一樣，只不過你們的街頭小吃比以前美味。」

瑪拉席聽完後陷入沉思中，下意識又轉回去繼續搜索抽屜。她仍然想探訪一些坎得拉，只不過要找比宓蘭更……深思熟慮的坎得拉。

她找到一本筆記本，是艾力奇拿來記錄觀察所得的本子，上面有大船的草圖，以及扭扭曲曲的字體，還有一張此村莊附近的地圖。隨著調查的深入，她越來越確定那艘大船並不是組織所打造出來的。這些人是在研究大船，而非修復它。

她把筆記本塞進手提袋中。看到沒，多方便啊。然後起身朝另一扇門走去，想去探探門後的房間，心中暗自祈望這時不要有木匠剛好走進來。她先將門推開了一個小縫，只見房間黑暗一片，沒有一絲光線，卻有一股類似貧民窟的強烈臭味迎面撲來，其中融合了汗臭味和垃圾的腐臭味。她皺皺眉頭，將門再推開一些。

爲宓蘭照明的檯燈與這個房間呈反方向，但仍然有些許光源偷偷地流瀉進來，照著幾張空桌子和一疊箱子投射出的長長黑影。再過去一點……那些是籠子嗎？沒錯，大約有四呎多高，外加粗粗的欄杆，就像人類用來關拘大型動物的籠子。

籠子是空的。「宓蘭？」瑪拉席叫了一聲，再回頭一瞧，對方沒有任何反應，完全沉浸在她手邊的工作中。

瑪拉席躡手躡腳地走進去，很期望能再找到另一個光源。籠子關的是什麼動物？警犬？剛才在外面並沒看到任何警犬。她悄悄接近了三個籠子中的一個，彎下腰去看看究竟關了什麼樣的動物。

此時卻聽到隔壁的籠子有東西窸窸窣窣地動了起來，她嚇得倒抽一口氣。毛毯或枕頭怎麼會動呢？她回頭朝書桌望去，剛才她把步槍擱在那兒了。

那個東西突地一撲，重重地撞上欄杆。

瑪拉席又倒抽口氣，嚇得往後一跳，背部撞上附近的一疊箱子。昏暗的光線，隱隱顯露出籠內一張平坦得不能再平的紅黑色臉龐，外加兩顆黑洞般的眼睛。

那些圖畫。瑪拉席早就把雷魯爾留下的圖畫拋到九霄雲外去了。她想起雷魯爾以狂亂的筆觸描繪出來的可怕紅黑臉孔，加上深深的黑眼睛，彷彿從夢魘中走出來的妖魔。

妖魔眞的存在。現在就有一頭被關在籠子裡，全身遍布濃毛，臉龐紅得發亮。牠靜靜地凝視瑪拉席，接著從欄杆之間伸出一隻和人類一模一樣的手來，再吐出一個詞，卻又沒見牠的嘴唇曾經蠕動過。

「拜託。」

偉恩一改平常悠哉的步伐，讓自己看起來有些倉促，扮演起一名不願待在士兵守衛下的科學家。這名科學家蓋了一輩子的大樓，整天在摩天大樓上幹活，現在卻淪落到這個簡陋的露營營地！

那艘船的確巨大無比，不過他本能地感到憂心。這必定是個機密專案，是那種一旦案子結束，他這種小人物就會默默失蹤的機密專案。

不對，不對勁，偉恩已經走到倉庫的一半了，他又轉身折回去，一副在踱步的樣子。有事情不對勁，但到底是哪裡有問題呢？

「偉恩？」瓦斷聲叫著，他藏身在附近的陰影中，就蹲在一桶柏油旁邊。

偉恩沒有理會他，繼續來回踱步。他……他現在是一名科學家，不，不，是工程師，是個專業人才，接受過精密的訓練，只是不像教授那麼高尚，還有人付錢請他們站著一整天說話。他專門蓋房子，而且討厭這個充滿槍枝的地方。他爲人類改善生活，而這些士兵則相反，他們，他們……

不對，他高舉雙手，錯，錯，錯！

打起精神，偉恩，這是你提出的辦法，必須讓它成功。

錯在哪裡？他……他是一個……

他停下腳步，伸手進背心口袋拿出一支炭筆，高舉在面前仔細打量，然後將筆塞到耳後，這才鬆了一大口氣。

他是個工程師，一個嚴肅認真，有責任感的人。他喜歡這裡，喜歡這裡的軍事化氛圍，喜歡這些人的直接了當，說話開門見山，而且認真努力。

但他不喜歡那些槍枝，也絕對不欣賞這裡的負責人。他們給人感覺不太正派，不過他三緘其口。

偉恩放鬆下來，朝門衛走去。假鼻子、假鬍子，鼓起的兩頰撐大了他的臉型，外加一隻無法完全張開的右眼，這應該是長年閱讀平面圖，過度用眼造成的。但他不需要單片眼鏡，那東西看起來蠢斃了。

他走到門衛面前，「暖陽的格子支柱徹底被閾限住了。」

門衛眨眨眼。

「不要呆站在那裡！」偉恩朝倉庫的牆壁指去，「沒看到預測中的壞人就要屈服了？我們隨時都會有熟透的薄麥餅！」

「什麼……」門衛說，「我應該做——」

「拜託噢。」偉恩說著，一把推開門衛，而門衛也順從地讓到一邊去，於是偉恩成功地推開了那扇門。

門後的情景正如瓦所說的，黛兒欣的確就在這裡。好吧。黑髮、微壯的身材，活脫脫一個從蠻橫區走出來的女人。偉恩曾在瓦的宅邸看過掛得到處都是的她的埃瓦諾式肖像，不過現在的她蒼老了一些。遭受挾持，被人監禁的日子，的確會令人蒼老。

拐腳和粗脖子分別站在她面前桌子的兩側，兩人同時轉過頭來瞪著偉恩。

好，偉恩將注意力放在拐腳身上，好戲上場了。

「我們遇到大麻煩了。」偉恩說，「我在檢查結構體時，卡羅艙冒出一團煙霧！如果放任它不管，我們就得面臨可怕的交腿女慾的情況。」

眼鏡男看著偉恩，眨眨眼，才說：「當然要管，白癡。但我們該做什麼呢？」

偉恩差點笑場，不過他將笑意忍了下來，等下會派得上用場。他當下確定越是聰明的人，越是草包一個，表面上好像懂很多，其實都是裝出來的。就像酒吧裡醉得最徹底的那個，通常就是信誓旦旦喊著再來一杯也絕對沒問題的人。拐腳很快就會把他祖母的底全招供出來，打死也不會承認他根本聽不懂偉恩的話。

「快，」偉恩指著外面說，「我來制輪船震襯墊，我們得攔截住它！我搶救的時候，你們要監督我！」

拐腳嘆口氣，不過仍然走了出去。謝天謝地，他的粗脖子同伴也跟著出去了。一會兒後，偉恩成功讓粗脖子撐著浮筒的架子，拐腳則在一旁監督，還有好幾位衛兵也過來支援。後面輕輕砰地一聲，暗示瓦已經撂倒了那個門衛。若是在平常時候，偉恩會覺得自己好像坐了冷板凳，因爲他都沒有出手的機會。但這一次，他忙著讓一群白癡使勁扶住大船，以免船體傾倒。

反正他也騰不出手，只好算了，就此扯平。

「拜託。」

妖魔的口音相當怪異，但那的的確確是人類的說話聲。瑪拉席的呼吸急促起來，兩眼瞪著朝她伸來的手，一隻人類的手。

不曾蠕動的嘴唇……光亮的肌膚……那不是臉，是面具。那不是可怕的妖魔，而是戴著木面具的人，兩個眼洞在陰影中更顯幽暗。剛才被瑪拉席誤認爲濃毛的，只是披在那個人肩上的毛毯。

「瑪拉席？」宓蘭一邊喊著她，一邊走到了門口，「我打開保險櫃了。妳在幹麼——那是什麼鬼啊？」

「是一個人。」瑪拉席說。戴面具的人轉過去看著宓蘭，新角度讓面具的眼洞得到了光源，照出兩個棕色虹膜的人類眼睛。

瑪拉席往前一站，「你是誰？」

那個人轉頭回來看著她，說了一些讓人完全聽不懂的話，然後他頓了一下，又說：「拜託？」是個男人的聲音。

「我們走吧，」宓蘭說，「保險櫃開了。」

「尖刺在裡面嗎？」瑪拉席問。

「妳自己去看。」

瑪拉席猶豫了一下，才快步走開，打從宓蘭的身旁經過，走進剛才的書房。

「拜託！」那個人大喊，整個人貼在欄杆上，手伸得長長的。

房間角落裡的保險櫃門敞開著，上層雜亂地散放著一些物品，其中包括那個小小的鎔金術手榴彈。最顯眼的還有一支銀條。正是坎得拉尖刺，她在索血者檔案中見過，比想像中的小，不到三吋長，細細的，和死神眼裡的尖刺完全不一樣。

她跪下去，將尖刺拿了出來。

「我們找到了。」瑪拉席轉過去看著宓蘭，「妳想收下來，將來還給雷魯爾嗎？」

宓蘭搖搖頭，「我們不碰其他坎得拉的尖刺。」

瑪拉席蹙起眉頭，想起那些故事，「難道守護者——」

「沒錯。」

宓蘭的臉上仍然沒有表情，但口氣裡透著一股威嚴。瑪拉席聳聳肩，把尖刺塞進手提袋，繼續探索保險櫃。她沒去動那些鈔票——是很蠢，她知道。但拿了，不就是搶劫了——卻逕自沒收那個能儲存鎔金術能量的小方塊。

小方塊旁邊放著一些小文物，好像都是古幣之類的，每一件的側邊都有布帶，也都印有那個陌生的古怪銘文。她拿起其中一枚，視線卻越過宓蘭的肩頭，望向另一個房間，那個戴面具的男子正蜷縮在欄杆邊。

她把小圓片收進手提袋中，把手更往保險櫃深處伸去，拿出剛才就注意到的那個東西。是一串小鑰匙。她站起來，穿過房間而去。

「瑪拉席？」宓蘭的口氣裡透著警告，「那東西很可能有病。」

「他不是個東西。」瑪拉席朝籠子走去。

那個人挪了挪身子，抬眼看著她。

她用微微顫抖的手試著開鎖，試了第二次，就找對鑰匙。喀嚓一聲開了鎖，只見那個人撲向籠門，撞開了門。出了籠子後的他顛顛倒倒的，顯然因爲一段時間無法直立站起，而找不到重心。

瑪拉席往後退到宓蘭身旁。高個子坎得拉則是一臉警戒，雙手交抱在胸前，看著面具男搖搖晃晃地走到箱子邊，扶著箱子，喘著氣，接著又搖搖晃晃地朝房間裡面走去。那裡有扇瑪拉席在黑暗中未曾注意到的門，面具男激動地推開了門，走了進去。一會兒，喀嚓一聲，燈光亮了，看來面具男找到了電燈開關。

「如果他驚動了衛兵，我就找妳算帳。」宓蘭跟著瑪拉席朝那個房間走去，「我可不想告狀……」兩人來到房間前，宓蘭拖長了尾音。

「父神啊，首約啊！」宓蘭驚呼出聲。

房內的地板全染成了紅色。幾張光亮的金屬手術檯塞在一面牆壁前，在腥紅地板的襯托下閃閃發亮，而牆上掛著十幾具和男子一樣的木面具。

男子就跪那裡，抬頭看著牆上的面具。牆壁上有乾涸的血漬，應該是從面具上滴下來的鮮血。

瑪拉席恍然大悟，震驚地抬手摀著嘴。現在雖然不見屍體的蹤影，但那麼多的鮮血說明了這裡經歷過一場屠殺。她救的那名男子掀起了面具，將它擱在頭頂上，露出眞面目。那是一張年輕的面孔，比她以爲的年輕許多。她猜男子應該不到二十歲，留著短鬍子。男子仰頭瞪著那些面具，眼睛眨也不眨，兩手攤開，顯然無法接受眼前的現實。

瑪拉席往前踏出一步，彎身想抬高裙襬，以免沾到血跡，這才想起她現在穿的是褲裝。她來到男子的身旁，男子轉頭過來看著她。

「拜託。」男子低聲哀求，兩眼噙著淚水。

瓦走進了房間。

黛兒欣坐在桌子前面，手裡轉動著一枝鉛筆。桌上有個對話盒，但現在並沒有發出聲音。

只見她百般無聊地轉頭過來查看是誰進房，接著整個人瞬間凍住，倒抽一口氣。

瓦輕輕地闔上門，另一隻手則握著那把鋁槍。他正要開口說話時，黛兒欣猛地跳起來，撲進他懷中，靠著他的胸膛啜泣起來。

「鐵鏽的。」瓦抱著她，感覺好尷尬，「他們對妳做了什麼，黛兒欣？」瓦從沒想過兩人重逢的光景，但這情況絕對出乎他意料之外。他怎麼也沒想到會看見黛兒欣哭泣，也想不起來曾經見過姊姊哭泣。

黛兒欣搖搖頭，往後退開，抽抽噎噎，咬緊牙關。她看起來……老了。不是說她老了，只是瓦記憶中的她還是個青少年，不是眼前這個中年女子。

好蠢，黛兒欣當然會老。只是她百毒不侵，天不怕地不怕的印象，烙印在瓦的腦海太深刻，難以抹滅。

「這房間沒有別的出口了？」瓦四下張望。

「沒有。」黛兒欣說，「你身上還有別的武器嗎？」

瓦拔出其中一支史特瑞恩，遞過去給她，「知道怎麼用槍嗎？」

「我學得很快。」黛兒欣說，有槍在手的她，整個人似乎舒坦自在多了。

「黛兒欣，他在這裡嗎？我們的叔叔？」

「不在，我剛才才透過那臺機器跟他通話。他喜歡……他喜歡監督我。我都告訴他，我在這裡過得很好。他把我當成他的客人，永遠的客人。」

「妳現在不是了。我們走。」希望偉恩的調虎離山之計依舊可行。

結果，黛兒欣反而又朝椅子坐了下去，兩手握著槍舉在身前，眼神飄渺幽遠，「我有好多問題要問你。你為何回來？鐵鏽的……你當初為何離開，瓦希黎恩？爸媽死後，我送信給你，你沒回來，我和慕林訂婚時，你也沒回來——」

「現在沒時間解釋了。」瓦握著她的肩膀。

黛兒欣抬頭看著他，眼神茫然，「你總是安安靜靜的，喜歡深思熟慮。你怎麼找到這裡的？我……你的臉，你老了。」

房門突然砰地飛開，曾經在火車上與瓦交手的惡漢就站在門口，滿臉驚訝。他的視線從瓦移到黛兒欣身上，張嘴打算說話。

黛兒欣扣下扳機，射殺了他。

「我們得走了。」宓蘭說。

「我們帶他一起走。」瑪拉席指著年輕人說。

「爲什麼？」

「事情到了這個地步，妳還沒想通嗎，宓蘭？」瑪拉席問，「外面那艘船不是組織打造的，是從某個遙遠的外地來的。它可能在附近海岸擱淺，被組織運送到這裡進行研究。」

宓蘭歪著頭，「和諧有時候會提到盆地之外的人——」她眨眨眼，凝視著跪在血河中的年輕人，「哇，哇。」

瑪拉席點點頭。這證明蠻橫區之外，荒漠之外，還有另一個人類居住的地方。她不能丟下他不管，尤其不能任憑組織對他隨意宰割。

「那就帶著他吧，」宓蘭說完，走出了房間，「我們現在去會面地點。」

瑪拉席一面指著出口，一面嘗試與面具男溝通，要他起身一起走。但他只是跪著，抬頭仰望著牆上空洞的面具。

然後才看到他用顫抖的手指拉下面具，覆住臉龐，站起來，收緊肩上的毛毯，踉蹌地跟隨瑪拉席穿過放有籠子的房間，進入書房。

宓蘭已經走到書房外的走廊，瑪拉席拿了步槍朝她走去。鐵鏽的，瓦希黎恩看到她撿了一個流浪漢回來，不知道會說什麼？要命，她差不多已經聽到他這麼說了：瑪拉席，妳是救了他，還給他自由之身，但在他看來，妳是殺友凶手的同夥人。小心點吧。

她在門口停了下來，回頭一望，握著步槍的手更是收緊。瓦希黎恩這個人有時候是滿現實的，但大部分會都被他說中。這個面具男的確有可能變成致命的危險。

面具男在書房內四下張望，似乎有些茫然。他待在黑暗中、被關在小籠子裡多久了？他就這麼無助地聽著朋友被拉走、受刑，最後遭到殺害。

鐵鏽滅絕的……

面具男發現了保險櫃，兩眼死盯著它，隨後連跌帶爬地衝了過去，瑪拉席以爲他是想要那些鈔票。但他怎麼可能認得那些鈔票，只見面具男拿起其中一枚帶著布條的小圓片。

面具男將小圓片拿得高高的，似乎相當地震驚，再一抖，抖掉了斗篷似的毛毯。瑪拉席以爲他在毛毯下只圍了條腰布，或其他野人之類的裝束，卻見他穿著及膝中長褲，以及束腳的白襪子。上身是寬鬆的白襯衫，以及合身的雙排釦紅背心，背心的紅色與面具一模一樣。

瑪拉席從未見過這樣的服裝樣式，但心裡很清楚那絕對不是野人的裝束。面具男掀起一支袖子，露出手臂，再將小圓片的布條綁在手上，最後吐出一大口氣。

面具男朝她看來，整個人的姿態似乎自信多了。年輕人個子不高，甚至比偉恩還要矮個幾吋，不過擺脫掉厚毛毯，站得直挺挺的他，似乎瞬間足足長高了一呎。但鐵鏽的，這麼人高馬大的，該如何偷渡他出去呢？再加上那副面具，想不引起注意都難。或許宓蘭和自己能大搖大擺地假裝一小段路而不被發現，但這個年輕人絕對不行。

此時，倉庫爆出一連串的槍響。

好吧，溜出去不成問題，也不再是重點了。

20

死者緩緩地往房內倒下，一隻手仍然握在門把上，臉部就凍結在震驚的表情。黛兒欣開了四槍，只有兩槍射中對方，但已經足夠了。

瓦低咒一聲，一把抓住姊姊的手臂，拉著她穿過房間，另一隻手則摸到了腰帶上的金屬液小瓶。

「我要殺光他們，瓦希黎恩。」黛兒欣低語著，「殺死每一個人，他們把我抓……」

很好，瓦一方面不能責怪她，另一方面又覺得好爲難。他一口灌下金屬液體，再往外一瞥，只見工程師和木工們呈鳥獸散慌慌張張地尋找掩蔽物，一群士兵則朝瓦的方向衝過來。其中幾個，也就是原本在偉恩身旁的士兵，已經相當接近了，有一個抬手指著瓦，大吼大叫。

房間輕薄的木板牆對上子彈，就像義正詞嚴對上酒鬼醉話一樣莫可奈何。就在瓦鋼推，將第一個顆朝他射來的子彈擋回去之時，他做了一個決定。

「跟好。」瓦說著把黛兒欣拉到身旁，朝屋外跨出一步，往地上開了一槍，再一個鋼推，兩人瞬間騰空竄上。士兵拿槍瞄準，但瓦一下子就上到了大船的頂端。和他剛才看到的一樣，上面這裡又寬又平，木板比起他見過的甲板都要光滑，而舷邊有著和碉堡或高塔一樣的鈍齒狀設計。

瓦放下黛兒欣，「我馬上回來。」瓦向姊姊保證，然後翻身躍過舷邊。剛才朝他開槍的士兵並未放棄，持續開槍，子彈撞得木屑紛飛，瓦拿起問證開槍反擊，沒幾下子就撂倒了那個人。瓦落地後，再朝一根鬆脫的釘子一個鋼推，側滑出去，最後停在偉恩藏身的一疊箱子旁邊。

「怎麼了？」偉恩問，「等不及了？」

「我姊姊開槍射殺了一名敵人。」

「漂亮。」

瓦搖搖頭，只見士兵從大倉庫的兩側湧入，「一點也不漂亮。士兵中混有刺殺小組，偉恩，小心鋁彈。我們得趕快與瑪拉席、宓蘭會合，然後快速撤離。」

偉恩點點頭。瓦灌下另一瓶金屬液體，以免槍帶在混亂中滑脫，使他無法補充金屬，然後點點頭，「用速度圈帶我們到另一邊去。」

偉恩衝了出去，瓦跟上，槍聲大作，不過偉恩已經拉起了速度圈，圈子只能覆蓋大約十呎的範圍，但已經足夠迷亂敵人的視覺，讓他們無法瞄準。偉恩讓瓦超前一些，兩人再肩並著肩衝破圈子。速度圈垮掉，只聽得子彈咻咻地朝他們剛才的位置射去。

他們繼續往前跑，就在另一波槍林彈雨迎面撲來之前，偉恩又拉起了速度圈，倏地又將兩人往前送了一段路，他們再一個閃身，成功躲進大船損毀的浮筒後面，找到藏身處。士兵大吼大叫，被偉恩的鎔金術搞得糊里糊塗，但其中還有刺殺小組，他們都是受過訓練，能應付鎔金術的職業殺手。

瓦帶頭沿著大船正面的陰影衝出去，偉恩在士兵開槍之前，又拉起速度圈，兩人的位置又瞬間變了。偉恩正打算衝破圈子時，瓦抓住他的肩膀，阻止了他。

「等等。」

在速度圈中的保護下，瓦回頭瞥了山洞似的通道一眼。兩人現在靠近倉庫的東邊，而士兵們正慢動作地設置封鎖線，跪成一排排地堵住了東側大門。站在後排的隊長大呼小叫指揮若定，接著一群子彈朝偉恩和瓦最後被看到的位置疾飛而去。

令人不安的是，有更多的子彈是朝他們破圈而出的位置射去。看來，對方抓到了他們的移動模式。

「可惡。」偉恩看著飛來的子彈，把水壺朝瓦抛去，瓦接住，邊喝邊判斷距離，同時覺得自己站在槍林彈雨中享用蘋果汁，很有一種超現實的魔幻感。

「他們傾巢而出了。」偉恩說。

「看來我們的名聲已經響徹雲霄，你還剩下多少時間？」

「也許兩分鐘。我在馬背上時補充了一些彎管合金，以防萬一。坎得拉在我們離開之前，幫我存了一些。」

瓦咕噥著，兩分鐘，眨一眨眼就過去了。他朝船側的大洞指去，那裡的木板斜道通往大船內部，「我看到那兩位女士進去了。」

「有趣，」偉恩說，「因爲我看到她們在那裡朝外面偷瞄。」

瓦順著他指的方向望過去，眞的看到宓蘭的臉，正從倉庫側邊那一排房間的一扇門縫冒了出來。瓦深吸了一口氣，「好吧。我們得趕快躲起來，不然那些士兵和刺殺小組會想辦法把我們拆散。那些房間是個不錯的選擇。我們可以穿過那一排房間朝外牆而去，我再破牆而出，然後大家朝那個方向逃進黑夜中。」

「好，」偉恩說，「那你姊呢？」

「她現在應該很安全。」瓦說，「等大家突圍後，我會飛上屋頂，從缺口進入船上，帶她離開。」

「聽起來不錯，」偉恩說，「除了一件事。」

瓦將水壺遞了回去，「還你。」

「哈！」偉恩接下水壺，「但我指的其實是那個。」他朝大船指去。只見一個人正爬下掛在船舷的其中一道繩梯。黛兒欣並沒有乖乖地待在船上。

「鐵鏽滅絕的。」瓦氣得罵出來。

「剩不到一分鐘了，老兄。」

「去用速度圈保護她！」瓦指著她的方向大叫，「我去找女士們。快去！」

兩人當下分頭行事，速度圈撤下，震天的槍響猛地朝往地下趴去的瓦的耳朵攻來，他兩腿在前，伸手朝背後大船的金屬支柱一個鋼推，整個人滑過滿是灰塵的地板，子彈從頭頂飛過，laspx蘭在他接近時打開門迎接他。他的腳跟撞上門檻——原來房裡有墊高的木頭地板——整個人彈立起來，又往房裡砰地一聲趴倒，激起一陣灰塵滿天飛。

「我必須先說明，」瑪拉席說，「我們很小心地搜索，沒有引起別人注意。」

「我一定會頒獎給妳，」瓦指著她背後一個古怪的男人，「那是什麼鬼？」

那個男人也回指著他。

「這艘船一定是他的族人打造的，」瑪拉席說，「那些人把他關在那裡面的籠子，瓦希黎恩。」

「可惡，」站在門口的宓蘭說，「那群士兵眞不是蓋的。」她的聲音被槍響掩蓋住了。

「我找到我姊姊了，」瓦說，「套裝的手下必定清楚我叔叔會發飆，我們必須——」

「瓦。」宓蘭指著外面。

他擠到宓蘭身旁，眼看偉恩就快接近貼在船側、眼神惶恐的黛兒欣，卻在此時，偉恩中彈，整個人一抖，握住肩膀，又一個子彈正中他脖子，鮮血飛濺，癱軟的身體倒在血泊中。偉恩現在有新奇的金屬意識，足以療癒這樣的重傷，但不幸的是，士兵並沒有因爲他倒地裝死而停止開槍，又一顆子彈射中他腰側，接著又一顆。眨眼間，他已療癒完畢，卻又來了一顆子彈將他撂倒。

這些士兵做了功課，清楚若想要殺死製血者，就必須在撂倒他後持續開槍。

看見朋友血濺當場，獨自對付五十多個敵手，激發了瓦的原始本能。他想都沒想，也沒有開槍殺人，逕自朝牆上的釘子猛力一個鋼推，整個人朝倉庫疾飛了一呎，塵土飛揚，殺氣騰騰。

士兵似乎就等著這一幕，隨即在倉庫的兩側擺好攻防陣勢，運用箱子做掩護，兩邊同時送出第一波子彈攻勢，完全不在乎這種交叉火力可能會誤傷自己人。看來，他們志在必得，爲了殺一個鎔金術師，不惜代價。

現在他們只能靠運氣了。

瓦眼中的藍線成了密密麻麻的網子，像織布機上的交叉縱橫的絲線。他大吼一聲，朝兩邊鋼推，雨點般的子彈瞬間凍結住，勾勒出一個橫向熱氣狀的輪廓。

不過他還是漏掉了幾顆，因爲有顆子彈射中了他的肩膀。瓦一個轉身，拔出槍套中的問證。又是一波的彈雨攻擊，他當下運用藍線做判斷，開了一槍，擊倒那個射出鋁彈的士兵。

更多的子彈暴風雨般襲來，但瓦雙手一揮，像揮掉桌上的盤子將子彈掃到一旁去。其中居然沒有鋁彈，真是不幸中的大幸，他持續移動，連跑帶跳地前衝，隨即朝後一個鋼推，再大大地減輕體重，整個人當下宛如利箭疾飛出去，耳裡全是強風的呼嘯聲。

他在快接近偉恩時落地，滑步煞住衝勁，怒吼一聲，再一個鋼推，為療癒中的人掃開子彈，然後增加體重，朝附近的船殼反推。只見木板在他的狂怒下凹陷，釘子紛紛鬆脫，從接合住彈了出來，木板碎裂，出現了第二個破口。

「進去！」瓦對著趴在附近地上的姊姊大吼。

黛兒欣點點頭，慌張地衝進船內，偉恩則帶著十幾處流著血的傷口爬了過去，然後撐起身子，往船艙中摔進去。

不能讓他們兩個待在那裡，瓦思索著，眼看著又一波彈雨襲來，趕緊鋼推飛離。其中一顆子彈不為所動，但瓦錯失機會，並沒從幾十個槍手中辦認出發射鋁彈之人。該死。

躲進大船內，等同於躲進死胡同，沒錯，它是個掩護，但很快就會被士兵包圍得水洩不通。然而偉恩需要時間療癒傷口，所以他必須讓士兵——

三個身穿烏亮西裝的男子，接連躍過蹲下來的士兵，他們手中的槍並沒有出現金屬藍線。瓦低咒一聲，丟下問證，拔出腿上槍套中的霰彈槍。

第一個落地的鎔金術師朝瓦一個鋼推。瓦舉起霰彈槍，卻感到槍管猛地一震，於是增加體重，將槍托抵在肩窩中，開槍射擊。

對面的鎔金術師微微一笑，朝飛來的子彈一個鋼推，但專門設計來對付敵人的霰彈槍，火力強大，反而使得對方在自己鋼推的反作用力下，往後飛倒。摔得暈頭轉向的他，只能眼睜睜地看著第二顆子彈朝自己疾飛而來。

謝啦，拉奈特。

另外兩名鎔金術師一落地隨即蹲低，以躲避瓦的子彈攻擊，但瓦的強力霰彈槍只能容納兩顆子彈。他將霰彈槍插入槍套中，單膝跪下，握住了問證。

後面！既然有一組刺殺小組從正面來襲，就必定有另一組從反方向攻來。那些普通士兵不過是煙霧彈而已。

瓦一邊轉身，一邊向四面八方鋼推，同時舉槍瞄準潛近的一對西裝男女，當下開槍射殺了那個女子。

另一個男鎔金術師火力全開。太多子彈了，卻沒有一條金屬藍線。瓦——

卻見子彈凍結在半空中。

瓦眨眨眼，注意到有個東西掉在男鎔金術師的附近，是一個小金屬方塊。抬頭一看，瞥到瑪拉席就蹲在房間門口，而宓蘭則滿不在乎地挺身直立做肉身彈靶。

瓦咧嘴一笑，轉身往旁邊走去。沒一會兒，那顆鎔金術手榴彈的法力就已耗盡，而剛才被困在速度圈內的男子又開了一槍，只是瓦已經不在那個位置上了。

瓦舉起槍，射中了那傢伙。

瑪拉席好希望知道她把耳塞塞到哪裡去了。坦白說，要是沒有她們，瓦希黎恩該怎麼辦？他早就死了一百次。

一顆子彈打在附近的地板上，濺起一陣灰塵。宓蘭在她身旁跪下來，爲她擋住一邊的子彈，並抬手發射另一波的攻勢。她咕噥著：「子彈打在身上是不會痛，但一點也不好玩。」

她抬眼往前一看，只見瓦希黎恩躲過了另外兩個刺殺小組的子彈，順手撈起小方塊。瑪拉席舉起步槍，試著靜下心來瞄準。所有人都在快速移動中，子彈也是。她在咻咻的彈雨中射倒了幾個士兵，再接再厲設法解決那些朝她開槍的人。但他們爲了躲避對面同伴的子彈，全都躲在箱子後面，而且似乎只專注在製造混亂，分散瓦的注意力，好讓裝備精良的刺殺小組趁隙而入。

儘管險象環生，瓦希黎恩居然安然無恙，飛身而過，迷霧外套的流蘇飄揚，抬手一把掃開迎面而來的子彈。

兩個穿著西裝的男子尾隨著他。是鎔金術師。瑪拉席瞄準其中一個，扣下扳機，但子彈在射中目標前往旁一偏。

說到這個……子彈在大倉庫中飆來飆去，就是沒有一顆射在瑪拉席附近，也似乎沒有一顆射中宓蘭。

*可是爲什麼呢？*瑪拉席終於看到了落在附近的小方塊。是剛才瓦希黎恩衝過去時，扔在她們面前的。瑪拉席咧嘴一笑，從手提袋中翻出一顆鋁彈。她能感受到小方塊在鋼推她手中的槍，不過它的距離尚遠，力道不足以構成威脅。

突然有一隻手按在她肩頭上，嚇了她一大跳，轉頭一看，卻是站在背後的面具男。鐵鏽的！瑪拉席幾乎忘記他的存在了。面具男的另一隻手朝面具伸去，卻凍結在半途，面具後的兩個眼睛也睜得大大的。

瑪拉席順著他的目光望去，剛好看到在前面不遠處落地的瓦希黎恩。他一定把體重增加了好幾倍，所以才能鋼推那一堆箱子的釘子，並將釘子往後一送，順帶掃走了許多士兵。

「弗丹斯托。」面具男驚呼一聲。

「鎔金術師。」瑪拉席點了個頭說。

「漢葸工吉？」

「我聽不懂你在說什麼，」瑪拉席說，「但小方塊很快就會停止嗡嗡叫，我們快走。宓蘭？我們退回去嗎？」

「拜託，」面具男喊著，慌亂地指向大船，「拜託！」

瑪拉席沒理會他，趕緊跑出去一段路抓回小方塊。小方塊已經停止嗡嗡叫了。幸好瓦希黎恩在她附近落地，為她掃開一陣彈雨，瑪拉席連忙將法力注入小方塊中。這應該是她最後殘存的金屬了……對，只要燃燒一點鍋，就能讓小方塊運作起來，這樣就不會消耗太多。她將法力注入進小方塊中，再往降落在附近，追殺瓦希黎恩的幾個人拋去。

小方塊將他們釘在原地。

「做得好。」瓦希黎恩說，「但我們必須分頭行事，妳先回房間去，我跟在妳後面，妳在外面太危險了！」

那些人撞破了她的速度圈，瓦希黎恩朝他們開槍，卻被他們閃過，其中一個還撿起了小方塊。

瑪拉席用剛才裝填好的鋁彈，撂倒了他。

瓦希黎恩咧嘴一笑，「快走！」他朝另一個男子衝去，男子大叫一聲，將自己鋼推彈向空中。瓦衝過去撈起了小方塊，接著也向上竄入空中。

「走吧。」宓蘭抓著瑪拉席的肩膀，此時，一顆子彈擊中她的臉龐，扯下臉頰的一大塊肉，暴露出底下綠水晶般的骨頭。

面具男見狀驚叫一聲，惶恐地指著宓蘭，口中唸唸有詞。

「你該看看早晨的我。」宓蘭說著，朝走廊一指，瑪拉席跟著走了進去。

但面具男拉住她的手臂，慌亂地朝大船指去，「拜託，拜託，拜託。」

瑪拉席猶豫地停下腳步，在槍戰中，這麼做眞是不要命了。幸好大家的注意力都在瓦希黎恩身上。

她的左側好像被某個東西咬了一下，她低頭一看，驚訝地看著鮮血從外套的一個破洞向外暈染開來。

是彈孔。

「我被射中了！」她震驚地說。不是應該很痛嗎？她被子彈射中了！

她瞪著那一灘的血，她的血，卻被面具男抓著肩膀，往大船拖去。宓蘭低咒一聲，過來協助面具男。瑪拉席這才發現她的槍掉了，於是掙扎著想回去撿槍。她突然覺得把槍丟下很可怕。

她知道這麼做很荒唐，但鐵鏽的——

休克，她心想，我要休克了。

噢，要命。

瓦騰空竄得高高的，左閃右避地飛過了鷹架，躲開了埋伏在架上的槍手的子彈。他拿出拉奈特設計的球形兵器用力一甩，鉤住了欄杆，再使勁一拉，整個人盪了過去。槍手展開另一波猛攻，瓦卻已經毫髮無傷地在降落在他們背後。

他往後一站，一個鋼推，及時把一個槍手推下鷹架，正好最後一個鎔金術師刺殺小組疾射上來，這個人臉上還帶著震驚的表情，無法理解瓦怎麼突然轉向了，卻剛好與掉下去的槍手撞個正著。瓦轉身又一個鋼推，再把一個搶手推下去。這個倒楣人驚聲尖叫地掉了下去。

遠遠的下方，有兩個男子已架設好了十字弓和木盾牌。很好。

瓦增加體重，兩腳踩穿木板，直墜下去，只聽得支柱紛紛斷裂，整個鷹架因而晃動起來。他鋼推自己避開了一根斷木，往後一彈，又飛入空中，隨即拉著球形兵器的繩子轉圈。上方穿西裝的男子擺脫了鬼吼鬼叫的槍手，將那個人更往地上摜去，自己則鋼推向上竄升。

瓦將球體往上一拋，隨即鬆開繩子，人則繼續背朝下地掉落。那個滿臉不解的鎔金術師在球體經過後，抓住了繩子。

瓦開槍射中了他的胸口。

你千不該萬不該撤下鎔金術防護罩，瓦在空中一個扭身，繼續往下掉去，即使是爲了一個極品玩具，也不值得。

在快接近地面時，他拋出一顆空彈殼，再反推以減弱下墜的力道，整個人緩緩降落，迷霧外套的流蘇在身旁飄逸飛揚。被射殺的鎔金術師砰的一聲，掉在他旁邊。

球體從屍首手上滾了下來，再朝瓦滾去，「謝啦。」瓦撈起球體。那裡——

瑪拉席！怎麼流著血被拖進大船中。可惡！瓦低吼一聲，又將自己送入空中，這次引來了更多的子彈。現在眞是一團亂。太多的士兵，而且還有許多士兵正在向大船逼近，更別提藏身在後面的現代十字弩小隊。就在一個士兵快接近大船時，偉恩的臉冒了出來，向外窺探。

「偉恩！」瓦大叫著，人已經竄了上去。他把球體收進袋子裡，再拿出鎔金手榴彈，小方塊已經激動地嗡嗡叫著，他把小方塊丟了下去。

偉恩抬頭抬得很及時，正好來得及接住它，然後低頭吃驚地看著小方塊，卻在看見第一顆子彈轉向時，咧嘴一笑，高聲歡呼地將小方塊朝面前的士兵丟去。那東西在士兵之間翻飛而去，將槍枝武器一一震下地。

瓦嘆口氣，在船頂落地。偉恩當然會把小方塊拋出去。

偉恩跟著在蜂擁而來的士兵之間碰來碰去，歡天喜地拿著決鬥杖四面八方一陣亂打。這時，居然有一顆子彈朝瓦射來。還有鋁彈？偉恩依然熱情地暴打敵人的頭，瓦跳下船頂，落在朝大船逼來的士兵之前，增加體重，驟然推出，瞬間將敵人拋得遠遠的。

等他們紛紛墜地時，居然有三個人穩穩地站著，手上拿著瓦沒有感應到的槍。

瓦的其他槍枝都沒有了子彈，只好用史特瑞恩將三個人一一擊倒。這時遠方傳來一個聲音，他轉身一瞧。是號角聲，有人在傳令。他往旁邊一躍，士兵死傷慘重，他現在有足夠的餘裕從一扇大門望出去，凝視著黑夜。

卻見一群人撤出了倉庫，朝村莊而去。撤出去的人，足足有幾十個之多。瓦感到一股深深的不安，他的金屬還能撐多久？在十字弩或鋁彈不幸地擊中他之前，他還能撂倒幾個？他大吼一聲，縱身一躍從剛才被他推倒的人的上方飛過，其中有許多人已經爬了起來。他只有一個人，不是一支軍隊，他必須趁還來得及的時候逃出去。

「退回去！」他對偉恩大叫，而偉恩的大腿已經插著一枝弩箭，趕緊追上瓦，朝破船跑去，躲進船艙中。

瑪拉席痛得緊緊閉起眼睛。疼痛終於出現了，來報仇了。宓蘭給了她一顆止痛藥，但一點用都沒有。

「迪埃天。」面具男說話了，抓起她的手放在傷口上，傷口已被面具男從上衣撕下的布條包紮起來。瑪拉席張開一隻眼睛，看見他點了一個頭，眼神帶著鼓勵意味，儘管戴著面具，但瑪拉席可以從眼洞看見他的眼色。

這個嘛，即使傷口鐵鏽的痛死了，但她畢竟還沒死。不過又想起不知道是從哪裡讀來的，有人說肚子中彈，儘管只是肚子側邊，都不太妙。

別想了。不知道現在外面的情況如何了？她一咬牙，讓自己冷靜下來，努力去瞭解現下的處境。宓蘭正從大船的破口窺探外面的戰況；瓦希黎恩的姊姊就站在附近，雙掌捧著一把手槍，眼神激動。大船外面，槍響、中槍的悶哼和叫喊聲，伴隨著瓦希黎恩和偉恩翻天覆地的大鬧天宮。

也許是配額用盡了，所以才會看見瓦希黎恩從破口撲進來。他朝宓蘭點了一個頭，滿臉的汗水亮晶晶的，呼吸急促。偉恩隨後跟著摔進來，腿上插著一枝弩箭。

「嗯，好玩。」偉恩一屁股坐下，深吸了一口氣，「自從上次和拉奈特玩牌後，好久都沒有這麼痛快地高聲歡叫了。」

「瑪拉席，」瓦希黎恩朝她走來，毫不客氣地推開面具男，「謝謝和諧，妳還活著，傷口嚴不嚴重？」

「我……沒得比較，我也不知道嚴不嚴重。」她咬著牙說。

瓦希黎恩跪下來，掀開繃帶，嘀咕著：「妳會活下來的，除非子彈卡在腸子中，那才嚴重。」

「怎麼個嚴重法？」

「很麻煩。」

「也許我能幫得上忙，」宓蘭說，「等我們安全後，我再幫妳看看。說到這個，我們現在要如何突圍？」

瓦希黎恩並沒有回應，他已精疲力盡了。他抬眼看著姊姊，黛兒欣依然唸唸有詞，兩手捧著手槍。而船外陷入一片寂靜中，讓人不禁神經緊繃起來。

「我們最大的勝算，依然是想辦法撞破倉庫的一面牆，衝出去。」瓦希黎恩說，「我們可從剛才宓蘭和瑪拉席藏身的那一串房間借道而過。」

「那會很危險，瓦。」偉恩奮力爬起來，依然沒去理會大腿上的弩箭，「他們算準了我們打算突圍，一定有所防範。」

「我們一定可以。」瓦希黎恩說，「我負責鋼推，等大家都進了那串房間，再找到外牆，就能破牆而出。」

「如果他們在牆外守株待兔呢？」宓蘭問。

「希望他們沒想到，那——」

「大家，」偉恩說，「我們沒時間嘀咕了！」

外面槍聲又響起，子彈在攻擊船殼了。偉恩連忙遠離缺口，瑪拉席好像聽到艾力奇在外面呼喊要士兵別傷害船體，但子彈仍然持續射來，似乎有更高層級的人在指揮。

「拜託。」面具男拉著瑪拉席的手臂，另一隻手指著某個方向。

瑪拉席設法站起來，不過她痛得眼淚都快流出來了。面具男抓著她的手臂，打著手勢。

瑪拉席順從地跟了上去，此刻實在沒力氣反抗他。

「我們想辦法出去。」瓦希黎恩在後面說。

「我想殺了他們，」瓦希黎恩的姊姊說，「我需要子彈。」

「好、好，妳專心跟著我們逃就行了，黛兒欣。大家等我的信號。偉恩，你拿著那顆手榴彈吧？」

「是的。」

「我們跑到一半時，用它來拉起速度圈。」瓦希黎恩說。

「很不幸的，」偉恩說，「我的彎管合金用光了。」

「可惡，」瓦希黎恩說，「那我們……」他拖長尾音，「瑪拉席？妳要去哪裡？」

瑪拉席繼續一瘸一拐地跟著面具男往前走，「他想給我們看樣東西。」

「他們來了！」偉恩在角落裡探頭一看，大叫：「快！」

瑪拉席集中注意力，一隻手摀著傷口，小心地走下走道。她聽到瓦希黎恩咒罵一聲，隨即走道就響起了槍聲。瓦希黎恩開槍逼退朝大船缺口湧來的敵人。他們被困住了，瑪拉席心想。

面具男突然放開了她，匆匆往前走去，「別——」瑪拉席才張口說話，面具男就停了下來，拉開牆上的嵌板往旁邊一扔，伸手進去拉出一個東西。

頭頂畫著怪異金色圖案的天花板，此時有一塊板子掉了下來，跟著一條繩梯也掉下，但長度只到半空中。面具男跳起來抓住了繩梯。

「這裡有個密室！」瑪拉席大喊。

「有總比沒有好，」瓦希黎恩回應，「大家進去！」

偉恩也跳起來，抓住繩梯，輕盈地爬了上去。宓蘭跳都不用跳，伸手就抓到了繩梯，爬了上去。瓦希黎恩的姊姊好不容易才抓住繩梯，並在宓蘭的幫助下，也爬上去了。

瑪拉席絕望地看著繩梯，想像忍著痛爬上去的光景，卻一把被瓦希黎恩抱住，繩梯隨著兩人的重量和動作在空中旋轉著。兩人爬進了活板門中，發現來到一個狹窄低矮的閣樓，其中有幾張栓在地板上的椅子。左邊有一扇小窗，可以望見外面的船身，一道銀光流瀉進來。這閣樓看起來好像火車的車廂。

「太好了，」偉恩說，「至少我們可以死得比較舒服了。」

而面具男卻在牆邊擺弄著——那是某種樹幹？他打開了它，從中拉出另一個小小的錢幣似的獎章，這個小圓片的側邊也綁有布條。面具男扯掉手上的那個，整個人立刻明顯地抖了一下，他趕緊啪地把這一片放到手臂上。

「如何？」面具男回頭看著他們問。

瑪拉席震驚地眨眨眼，面具男說的是她的語言，儘管口音奇怪，卻清晰明白。

「不行？」面具男問，「妳怎麼還是一臉困惑地看著我。這些圓片沒一次對的。她保證——」

「不，這次對了！」瑪拉席說，「我聽得懂你說話了。」她看著其他人，他們也都點點頭。

「啊哈！」面具男說，「太好了，太好了。戴上這些。」他把獎章丟給每人一個，「要碰到肌膚，拜託，不戴面具的野人們。除了你，金屬高人，你不需要這個吧？」

瑪拉席接下她的，然後在椅子上坐下來，頭暈目眩。止痛藥好像發揮效用了，不過她仍然感到好累。

下面走廊傳來吼叫聲。

「最好有人開槍射那扇門。」面具男說著趴到地板上，在一個櫃子底下擺弄著某個東西。

偉恩主動過去拉起繩梯，原來繩梯是連接在活動門板上的。門板闔上，閣樓的光線更加昏暗了。下面傳來一聲槍響，接著又一聲。瑪拉席在子彈撞擊門板時，嚇得跳了起來。

「這裡有別的出口嗎？」瓦希黎恩問。

面具男掀起一個東西，閣樓猛地震了一下，「沒。」他回答。

「那你幹麼帶我們躲到這裡？」瓦希黎恩抓住他的手臂問。

面具男回頭看著他，「戴獎章啊？」

更多的子彈射中了地板，但沒有穿透進來。太幸運了。

「這些獎章能幹麼？」宓蘭問。

「讓妳變輕盈。」面具男說。

他一說完，瑪拉席的體內立即有了回應。她居然可以感覺到自己的金屬。獎章想要某個東西，瑪拉席自然而然地給了它，填滿金屬……金屬意識。

她變得輕盈了，從座椅上飄了起來，臀部上的重量減輕了。黛兒欣倒抽一口氣，顯然也體驗到了。

「哇，」偉恩說，「好奇怪噢。」

「好個獎章。」面具男說著，朝瓦希黎恩看去，「我，當然沒資格對你們這些高個子發號施令，即使你們都不戴面具，我也沒資格。我是誰，憑什麼論斷你們？即使你們看起來跟其他人一樣粗俗，包括那個可愛的女孩也是，但我相信你們本性善良。不過，請容許我放肆一回，我建議——」

「什麼？」瓦希黎恩問。

「稍微推——」面具男往下一指，「我指的這個東西。」

「我往下推，」瓦希黎恩說，「人就會往上衝，撞上天花板。」他猶豫不決地看著面具男指著的連接地板的布條，布條還綁著一個手把，再看看面具男，後者急切地對他點點頭。

即使光線昏暗，瑪拉席仍然看出瓦希黎恩被引誘得好奇心大作。儘管敵人在底下大吼大叫，外加悶悶的槍響，他依然是執法者，內心裡依然住著一個偵探，迫切地想知道所有問題的答案。他朝布條走去，撿了起來，堅定地握住，兩腳穩穩地站好。

「預備。」他說。

「等等。」面具男伸手握住一支操控桿，用力一扳，整個閣樓震動一下，隨即朝一邊傾斜，像梳妝檯拉出的抽屜般，懸空在船沿上方。瑪拉席看到了船首，原來有一扇大玻璃窗被木板擋住了。

「推吧！」面具男說。

瓦希黎恩必定推了，因爲閣樓晃動起來，接著升空。至此眞相大白，他們所在之處根本不是閣樓，而是一艘能脫離大船的小船。

有地板上散落著怪異
牛設備，把視線往上
，只見零件後面站著
陰陽怪氣的人。我上
到他時，他穿著迷霧
，兜帽遮住了臉龐，
在我將他看得一清二

水冷的雙眼反映著燈
狂風吹亂了他花白的
。一隻手拿著捲起
宛如警棍的掛圖，另
手舉著一把怪槍指著
原來剛才放出鬼魂是
分散我的注意力。
槍側邊的轉輪閃耀著
色光芒。我燃燒鉻，
一撲，企圖阻止射幣
身上鑽出許多彈孔，
綠轉輪轉變成紅色
我的手碰到了那個金
。
汲取迷霧人金屬存量
有一種奇怪的感覺，
有個東西奮力將我的
往外拉到某個外界部
，金屬是留了下來，
量已經消失了。
的手碰到手槍時，腦
像著把手槍的能量拉
，放入……某個地

紅色的轉輪像風中蠟
熄滅了。
功了！那個詭異的轉
的是另一個世界的法器，既不屬於藏金術金屬，也不是鎔金術，但我的鉻對它起了作用。

陰陽怪氣男瞥了手槍一眼，咬牙說：「見鬼的，妳做了什麼？」

他碰了碰那個手槍似的裝置側面的幾個符號，那些符號又開始發亮。他又拿著槍指著我，這次距離我的臉只剩幾吋了。我耍的鉻把戲，並沒有如預期中毀掉那把槍。若我不能榨乾手槍的能量，就必須想辦法把它偷過來。

我的巴茲寇爾武術訓練派上了用場，我一招劈掉了攻擊者的槍。再一個招式，我已閃到敵人背後，出了手槍的射程範圍。這下子，陰陽怪氣男就站在我和敞開的門口之間。我再一招，揮掉男子手中的槍，只見手槍飛進了空中。

陰陽怪氣男猛地轉身，滿眼的詫異，我一把抓住了掛圖。

不幸地，我只來得及抓住掛圖的一邊，捲起的掛圖啪地被我拉開。兩個人各執一邊，死不放手。但我只需要找到父親縫在掛圖上的錦囊，並不在乎這幅掛圖落在這個小偷手裡。

「陰魂不散，女人！」男子說，「別煩我！」他緊抓著掛圖，從纜車的破口跳出去。

掛圖猛地一震，震得我往地上摔去，也拉著我滑過地板，我的頭和手臂滑出了纜車，但兩隻手依然緊抓著掛圖的一邊，因此陰陽怪氣男也就懸空吊著，尚未摔死。

「混蛋！」男子大叫，「放手啊！」

「不放！」我的手抓得更緊了。

「這只是一張地圖。」他打量著掛圖，手朝掛圖邊緣移了幾吋，抓著布料開始往上爬。

「這是我家的祖傳掛圖！」我喊了回去。

「我才不在乎它是不是倖存者的浴袍。給我就是了！」

「你真是不可理喻！」我說。

「妳現在才知道？」男子說。

我相信你們不會論斷我水性楊花，坦白說我的確被這陌生人滑稽的回應給迷住了。他光亮的金髮，冰山一般的藍眼睛，都讓我驚為天人，只有當面聊聊，才能把我內心的震撼說得清楚。

「說實在的，」我說，「你只要稍微有點禮貌，事情就不會鬧到這個地步，你也不會抓著這幅破繡布，吊在這五十呎的高空中等死。爬上來吧，我們好好談談。」

他伸手上來，彷彿要抓住我的手，星光卻反映出他手裡有個閃亮的東西。我本能地燃燒金屬，放開一隻手去碰觸那個器械，卻是一把常見的獵刀。

「禮貌，」他哼了一聲說，「我從來不懂什麼叫作禮貌。」

他一把抓住掛圖，拿刀刺穿了掛圖的上緣，掛圖在我們兩人手中呈Ｖ字形撕裂，最後裂成兩半。

我倒抽口氣，看著他抓著他的半幅掛圖，掉進迷霧之中。

我退回到車廂內，心慌意亂地翻找掛圖上的暗袋，當下就找到了，但身邊沒有刀子，只能等回到宅邸才能拆開。儘管陰陽怪氣男走了，父親的掛圖也毀了，我還是鬆了一大口氣，至少得到足夠的線索繼續我的追尋。不過我必須承認，若是那個男人還活著，必定因為得到較完整的那半邊而得意洋洋。

下了纜車後，我走到那男人的可能墜地地點，卻找不到一絲可疑的蹤跡，也沒人目擊他掉落下來，倒是有個白髮年輕人給了我一番說詞，但我婉拒謝絕了。

我回到家，打開電燈，看到派松‧鎔金鼠三世和她的幾隻小貓就睡在我的床上，於是我輕手輕腳地拿著縫紉刀，俐落地拆開暗袋，抽出一個折起的羊皮紙，紙上父親流暢的筆跡寫著：

親愛的妮奇兒，
寫這封信時，我已來日不多了，來不及告訴妳有關「失傳的遺風」的祕密……

——下週待續——

21

瓦站在小船中央，持續鋼推底下的一個盤子，那顯然就是專門爲了鋼推而設計的，而且應該與小船的擱架相連。此擱架不會隨著小船上升，而是能轉化鎔金術爲托力的某種發射臺。

儘管這小船不大，依然太過沉重，難以托高，瓦使出全力，差點扯斷手中的布條，眼看著就要被自己鋼推的反作用力震倒。他奮力支撐住，緊抓著布條以穩住身體重心，硬是將坐滿人的船，從母船延伸出來的架子上托高起來。

是那些獎章讓大家有辦法像我一樣減輕體重，他恍然大悟，減到跟空氣一樣的輕。所以他現在只需要應付小船和船上設備的重量。

船身小小的，寬度大約不到六呎，不過長度倒是有寬度的兩倍，兩側皆有寬敞的開口，在小船脫離口袋式艙房的包覆後，兩邊的開口也敞露出來。

整體看來，小船就像沒有門的汽車車廂。在船體抬升的過程中，兩側延展出去的浮筒向下折起，喀嚓一聲，固定住。瓦瞥見站在殘存鷹架上的士兵們震驚的表情，然後小船就竄升出了倉庫屋頂。

行爲古怪的面具男匆忙穿過小船，從一側的開口往下俯視，然後鄭重地朝母船鞠躬，嘴裡唸唸有詞。

他轉過來看著瓦說，「做得好，噢，聖人啊！」

「現在距離擱架太遠了，」瓦因用力過度，壓著嗓子說，「鋼推的力道搆不著底了。」

「你不用再鋼推了。」面具男說完，匆匆穿過小船，經過瑪拉席時輕輕拍了她肩膀兩下，然後走到船首撥弄幾個開關，另一隻手朝偉恩伸去說，「我需要那個初級方塊，拜託。」

「啊？」站在另一側開口邊，俯視下方的偉恩沒反應過來。只聽得下方遠遠地傳來幾聲槍響，有幾名士兵開槍朝飛船狂射，「噢，這個？」偉恩拿出了鎔金術手榴彈。

「沒錯，」面具男一把抓了過去，「謝啦！」轉身朝依然燃燒鋼保持飛船浮力的瓦的手臂一按，小方塊嗡嗡叫了起來。

面具男轉身啪地將小方塊卡入船首架子下的溝槽中。船體震動起來，腳底下出現重重的砰砰聲，是風扇聲？對，而且是具龐大的風扇，正在船底下轉動以驅動動力馬達。

「你可以收手了，了不起的金屬高人，」面具男回頭對著瓦說，「你已完成你非凡的想望。」

瓦一收招，小船立刻下沉。

「你快減輕體重！」面具男大喊，「我是指減掉你剛才增加的體重，噢，新陳代謝的高人啊！」

「新陳代謝？」瓦塡充金屬意識，減輕了體重，小船也穩住了。

「呃，」面具男在船首坐了下來，「我們總要換換口味，用一些不同的稱謂，是吧？但我一向不擅長這個，高貴的高人。請別拿錢幣對著我的腦殼射。我無意冒犯，只是口拙。」他把一支操縱桿往前一推，兩邊浮筒末端的小風扇轉動起來。

「這些不是一般的船，」宓蘭低聲說，「這艘和下面那艘大的，都是飛船。」

「和諧之環啊。」瑪拉席說，她的臉色蒼白，手扶著受傷的肚子。

以鎔金術爲動力的飛船，鐵鏽滅絕的。瓦頓時感到一陣暈眩，電力的出現已經大大地改變了人類的生活，那麼這艘飛船又會帶來什麼樣的影響？瓦甩甩頭，讓頭腦清醒清醒，再看著面具男問：「你的名字？」

「亞利克·奈弗發，高個子（Allik Neverfar, Tall One）。」面具男說。

「等等，亞利克。」

「無論任何吩咐，噢——」

瓦閃身跳出了小船，實在不想再聽這個男人對他莫名其妙的讚詞。飛身在外的他，終於能好好地看一看小飛船的外型。的確，它眞的比較像是一輛長長的汽車車廂，更何況它的底部還是平的。那具大型螺旋槳與船之間有一段小小的距離，以方便氣流的進出。小船兩側的出入口似乎就是故意設計成敞開的，沒有門，幸好那些座椅都是固定的。

瓦不敢鋼推小飛船，所以無法將自己固定在空中，只好往下墜落，再鋼推底下的發射臺以減緩下墜的力道，然後朝倉庫北邊的森林移動。

他的行動必須盡可能地快，飛船的高度不算高，若是敵人出動大砲，大家將立刻陷入危險之中。他讓自己往森林掉下去，嚇了史特芮絲一跳，她正坐在一匹馬上，其他坐騎則用繩索綁成一串，全都整裝待發。

「瓦希黎恩爵爺！」史特芮絲大喊，「我猜你們要回來了，就準備——」

「太好了，」瓦朝他的馬走去，「下來，拿著妳和瑪拉席的行李。」

史特芮絲問也不問地照做，拉出她的必需品小包，再去拿瑪拉席的，瓦則拿了宓蘭和偉恩的行李。

「我們不騎馬了？」史特芮絲問。

瓦放走了馬匹，一把摟住史特芮絲的腰，「我們找到更好的交通工具。」他現在需要大量的金屬好讓兩人升空，於是拔出一支舊槍往地上一扔，再一個鋼推，兩人一下子竄上了森林的上空。

他有些擔心，在如此的高空，又沒有摩天大樓可以鋼推，想要自由飛躍，難度頗高。幸好亞利克駕著飛船朝他們而來，瓦給了史特芮絲一個獎章，將她放到飛船上，自己跟著上了船。小船成功承受了新添加的重量，不過亞利克又扳上了一支操縱桿，以免小船下沉。

「七個人，」面具男說，「外加設備，已經超出威爾格（Wilg）的承載限度了，但在金屬耗盡前勉強撐一下，還是可以的。問題是，你想要小船載我們去哪裡？」

「依藍戴。」瓦說著，朝船首走去。

「很好，」亞利克說，「呃……那是哪裡？」

「在北邊，」瓦指了指，船首的小架子就類似汽車的儀表板，上面有個羅盤，「先往西走，找到河流後，我們——」

「不行，」黛兒欣抓住瓦的手臂，「我們談談。」

此時槍聲響起，跟著咻地砰了一聲。太好了，他們眞的有大砲。

「快走。」瓦一邊對亞利克說，一邊被黛兒欣拉往船尾。經過依然逗留在出入口邊，探出上半身向下俯視的偉恩身邊時，只見偉恩看得張口結舌。瑪拉席坐在地板上，讓宓蘭爲她檢視傷口，至於史特芮絲，已經把大家的行李在兩張座椅之間安放得妥妥當當的。

螺旋槳轉動起來，飛船開始移動了，雖然速度不快，但四平八穩地飛離了敵人的營區。瓦和姊姊在船尾一張長椅上坐了下來。鐵鏽的……黛兒欣，終於啊。打從瓦下定決心從叔叔手中救出她，已經過了一年半，現在姊姊終於坐在他身旁了。

黛兒欣打扮時髦，鬈髮，穿著當代流行的漂亮洋裝，薄薄的衣料，及膝的中長裙，拉長脖子曲線的領口，再搭配上精緻的垂飾。若是不看她的眼睛，會以爲她正要去參加一場舞會。若是看了，就會看到一雙冷冰冰的眼睛。

「瓦希黎恩，」她輕輕說，「南方人有種武器深藏在盆地和蠻橫區之間的大山中，已經被愛德溫叔叔找到了，他正打算去載運出來。」

「妳知道多少？」瓦抓住她的手，「黛兒欣，妳知道他的企圖嗎？發動革命？」

「他沒說什麼。」黛兒欣的口氣與以前相比，好冷靜，好冰冷。她以前總是熱火朝天地慫恿瓦幹些不該幹的事，似乎這些日子以來的囚禁生活，榨乾了她的生命力，「他在這裡的時候，我們大多一起吃晚餐，但我一問到他的工作，他就發脾氣。他原本打算要我幫他……進行一項專案，但我的年紀太大了。我現在只是他用來要脅你的人質。」

「不再是了，」瓦握緊她的手，「不是了，黛兒欣。」

「若讓他得到那個武器，會如何？」黛兒欣問，「他好像很相信那武器就在那裡，而且能給他統治盆地的力量。瓦希黎恩，我們不能讓他得到那個武器。」她的眼神又燃起了一些熱情，現在的她比較像是瓦記憶中的姊姊，「如果讓他掌控了盆地，他又會抓走我。他會殺了你，把我抓走。」

「我們先回到依藍戴，將這件事匯報給總督，他會派出探險隊去找武器。」

「那會不會太浪費時間了？」黛兒欣說，「你知道那是什麼樣的武器嗎？他找的那種。」

瓦垂眼看著綁在黛兒欣手臂上的獎章，「所有人都可以運用的藏金術和鎔金術。」

「那是統御主才擁有的力量，瓦希黎恩，」黛兒欣激動地說，「哀悼之環！我們可以趕在他之前把手環找出來，爲我們所用。他得用步行的，穿山越嶺，我聽到他們正在準備遠征。而我們……」她的視線望向開口外正從船底下滑過的風景，很少人有機會可以從這個角度觀看山景，那曾經是專屬於射幣的特權。

「我去看看瑪拉席的傷口，」瓦說，「再來做決定。」

瑪拉席飄蕩在世界之上，俯瞰著浸淫在星光之中的大地。大樹成了矮灌木，大河成了小溪，大山成了小丘。這一片大地是和諧的花園，難道這就是神看世界的角度？

道教教導信徒祂無所不在，迷霧就是祂的身體，沒有什麼逃得了祂的法眼。祂就是全世界。她一直喜歡這樣的教導，讓她覺得神無時無刻都在身旁，但道教的其他觀點，她可就敬而遠之了。它太沒有系統，對於如何跟隨神，大家似乎都有自己的看法。

至於瑪拉席這種倖存者信徒，對於和諧的看法則大不相同。沒錯，祂是神，但對他們來說，祂不是慈悲的神，而是令人敬畏的莊嚴之神。在祂眼裡，萬物平等，祂願意像助人一樣的救助一隻甲蟲。倘若眞的想要心想事成，就得向能從死裡逃生的倖存者祈禱。

瑪拉席在宓蘭的包紮之下，痛得臉都皺起來，「嗯，對，」宓蘭說，「有意思。」

瑪拉席躺在小船的地板，就躺在門口附近，將頭枕在揉成一團的外套上。高空的風勢沒有瑪拉席想像中的那麼強勁，也是因爲小飛船的移動速度不算快，儘管螺旋槳製造出了大量的雜音，但雷聲大，雨點小。

宓蘭攤開瑪拉席的制服，好爲她處理傷口，卻幾乎讓她的隱私不雅地暴露出來。但似乎沒人在意，瑪拉席也就沒有大驚失色，更何況，與宓蘭對她所做的事相比，這簡直小巫見大巫。坎得拉跪在身旁，一隻手放在她的身側，手上的肌肉化成了液體，流進傷口內。

那感覺好像她在撬鎖，好像瑪拉席只是另一個需要處理的麻煩。鐵鏽的，瑪拉席感覺得到宓蘭用化成觸鬚般的肉體在自己的傷口內鑽動。

「我快死了，對不對？」瑪拉席輕輕地問。

「對，」行李內的小提燈照耀著宓蘭的臉，「而我束手無策。」

瑪拉席用力閉上眼睛。就算她活該吧，不自量力，自以爲刀槍不入，妄想模仿蠻橫區的執法者，在槍林彈雨中縱橫來去。

「傷勢如何？」是瓦希黎恩的聲音。瑪拉席張開眼睛，看見他俯身過來探問，立即意識到自己的衣衫不整，羞得臉紅成了一片。當然囉，她的難爲情，全是因爲那個人是瓦希黎恩・拉德利安。

「嗯？」宓蘭回應，然後把手拿開，肌肉又重新長回到她手上，包覆住水晶般的骨頭。「我修補好了腸子上的洞。我用自製的腸衣做了一些羊腸線，用來把洞口緊緊地縫住。同時爲了補洞，移植了一些我的肉。」

「她會產生排斥現象。」

「不會。我咬了她一口的肉，加以複製，她的身體會以爲那是自己人。」

「妳吃了我的肉？」瑪拉席說。

「哇，」瓦希黎恩說，「那……哇。」

「是啊，我眞是了不起，」宓蘭說，「借過。」她把手伸出小飛船的門口，丟下一條長長、噁心的髒東西，「爲了清理傷口，我得吃掉裡面的東西，這是最安全的方法了。」她看著瑪拉席，「妳欠我一個人情。」

「那就是我被妳……呃……吃掉的部分？」瑪拉席問。

「不是，我吃掉的是滲透出來的組織，」宓蘭說，「移植在傷口上的肉，能支撐到妳的傷口癒合爲止，我把它融入了妳的血管和毛細血管中。傷口會很癢，但不能搔抓，如果傷口發炎，要讓我知道。」

瑪拉席遲疑了一下，依舊好奇地伸手戳了戳傷口。手指下的肌膚繃得緊緊的，就好像癒合的傷疤一樣，也不太痛了，只剩下瘀青般的悶痛。她坐了起來，驚訝地說：「妳還說我快死了！」

「妳當然會死，」宓蘭歪著頭說，「妳是人，我又不能今天就把妳變成坎得拉。該死，女孩，子彈居然沒嵌在妳體內。」

「妳是個大壞蛋，」瑪拉席說，「妳知道嗎？」

宓蘭嘻嘻一笑，下巴朝瓦希黎恩一揚，後者正朝瑪拉席伸出一隻手，打算要扶起她。瑪拉席趕緊拉好制服蔽體，但制服已被宓蘭割開，必須到行李袋中另找一件換上。她隨即又想到，在這擠滿人的狹窄小船上，該如何換衣服？

她嘆口氣，抓住瓦希黎恩的手，他一把拉她站了起來。瑪拉席連忙抓住褲腰，以免褲子掉下去。瓦希黎恩將他的迷霧外套遞了過去，瑪拉席猶豫了一下，才把外套穿上。

「謝謝。」瑪拉席此時才注意到原來瓦希黎恩的左上臂，就在肩膀下的部位也綁著繃帶。他也中槍了？但他什麼也沒說，這讓瑪拉席覺得自己簡直就是個笨蛋。

瓦希黎恩的頭朝船首一點，亞利克把腳翹到了儀表板上，椅子往後仰倒，雖然他戴著面具看不到表情，但瑪拉席從他的姿態感覺得出他一派輕鬆。

「妳現在可以去找他談談嗎？」瓦希黎恩問。

「應該可以，」瑪拉席說，「只是有點暈而已，還有覺得很難爲情，除此之外，我很好。」

瓦希黎恩微微一笑，拉著她的手臂問：「妳帶了雷魯爾尖刺？」

「有。」瑪拉席依然伸手進手提袋確認後，才放了心。她拿出尖刺。

「這些離開了肉體，就失效了，對不對？」瓦希黎恩瞥了坐在門口，兩腳懸空盪來盪去的宓蘭一眼，她放著舒適的椅子不坐，偏要坐在地板上。

「你怎麼知道？」宓蘭問。

「鐵眼給我的書上寫的。」

「噢，好吧，」宓蘭的表情暗淡下來，「那你也知道迷霧之子大人創造它，其實是犯了一個大錯。」

「我也讀到了。」

宓蘭嘆口氣，視線往外看去，「尖刺離開雷魯爾越久，它上面的祝福就越弱。不過尖刺的能量很高，能撐上一段時間，更何況，就算祝福削弱了，尖刺依然可以保存他的意識，只是部分記憶會……喪失掉。」她說到最後幾個字時，有些哽咽，乾脆把頭轉開了。

「我們能找到它，都是妳的功勞，」瓦希黎恩看著瑪拉席說，「我也找到姊姊了。所以我們應該回到依藍戴，去看看亞利克究竟知道些什麼。」

「也是，」瑪拉席同意，「但你叔叔——」

「妳聽到我和我姊的對話了？」

「差不多都聽到了。」那個時候，她還不知道自己快死了，那個臭坎得拉。

「妳覺得呢？」瓦希黎恩問。

「我不知道，瓦希黎恩。」瑪拉席說，「我們來這裡眞的是爲了尖刺，爲了找你姊姊？」

「不是，」瓦希黎恩輕聲說，「我們是來制止套裝的。」

瑪拉席點點頭，又在手提袋中翻找起來，最後拿出她從艾力奇書房偷來的筆記本，翻到地圖那一頁，將筆記本拿高，好讓瓦希黎恩和她能同時閱覽它。

地圖上有個記號清楚標示著「第二站」，應該是大山裡的某個營地。除此之外，在其他山峰之間，好像還有一個位在險峻高地上的目的地，艾力奇寫著神殿目擊地點。

「那個武器，」瓦希黎恩的手指輕拂過地圖，「哀悼之環。」

「它眞的存在。」

「我叔叔是這麼認爲的，」瓦希黎恩的口氣有些遲疑，「我也是。」

「一旦他成了迷霧之子，你能想像會有什麼樣的後果嗎？」瑪拉席說，「他還可能變成能使用所有金屬的藏金術師？像邁爾斯一樣長生不死，甚至更可怕。擁有所有金屬的能量與魔法，不就等於統御主再現。」

「我叔叔說了，他正在前往第二站的路上，」瓦希黎恩仔細研究著地圖，「不過他的探險隊很可能還沒抵達神殿。他們是探問出了神殿的地點，卻可能還在籌備階段。而我們有飛船，絕對能趕在他們之前找到神殿。」

瓦希黎恩深深吸了一口氣，下巴朝船首的亞利克揚去，「妳能去找他談談嗎？看看他究竟知道些什麼？」

「那個男人才剛經歷一場劫難。」瑪拉席輕輕地說，「我想那些人一定對他的朋友用了酷刑，將人折磨至死。我們現在去質問他，不適合吧。」

「我們也都承受了許多不該承受的苦難，瑪拉席。拜託，去問問他。我應該自己去，但他對我……唔，我覺得還是妳去，比較可能得到我們要的答案。」

瑪拉席嘆口氣，點了點頭，然後從偉恩身旁爬過去，那個人——果然又倒在座位上呼呼大睡。史特芮絲則兩手交疊在大腿上，整個人心平氣和，似乎搭乘飛船只是她每天的例行活動之一。黛兒欣則坐在最尾端的座位上。

瑪拉席搖搖晃晃地往前爬去，依然感到暈暈的。幸好船首有兩個座位，一個被亞利克坐了，他旁邊還有一張小凳子。亞利克瞥了她一眼，瑪拉席立刻明白她錯了，現在的亞利克並不憂傷，而是發冷。只見他雙手交抱在胸前，甚至還微微顫抖。

瑪拉席吃了一驚，高空是比下面涼，但她並不覺得特別冷。不過話說回來，她畢竟穿著瓦希黎恩的外套。

亞利克的視線從擋風玻璃轉了過來，看著瑪拉席在小凳子上坐下來，才開口說：「我以為君王（Sovereign）這裡的人都是殘暴的野蠻人，都不戴面具，而且還對我的機組同伴……」

他打了一個寒顫，這次應該不是因為空氣寒冷的關係。

「但後來妳救了我，」他繼續，「而且還有一個擁有珍貴技藝的金屬之子朋友，他眞是了不起。這樣一來，我就糊塗了，不知道該如何評價你們。」

「我不覺得自己野蠻，」瑪拉席說，「但我想大部分野蠻人都不覺得自己野蠻。對於你朋友的事，我很遺憾，他們很不幸地撞上我們這裡最殘暴凶狠的惡人手中。」

「牆上只有十五副面具。」亞利克說，「但布朗史坦爾號（Brunstell）的機組人員將近一百個，我知道有些人在飛船墜地時死亡，剩下的……妳知道他們在哪裡嗎？」亞利克望著她，瑪拉席在那對眼睛中看到了痛楚。

「也許吧。」瑪拉席突然意識到自己也許知道，她把筆記本上的地圖轉過去給亞利克看，「這地圖讓你想到什麼？」

亞利克瞪著地圖看，「妳怎麼會有這個？」

「我在俘虜你們的惡人的書桌上找到的。」

「他們沒辦法跟我們溝通，」亞利克將筆記本拿過去，「又是如何從我們手中拿到這個？」

瑪拉席不知該如何說下去。至少在法治系統下，用刑是相當沒有效率的審訊手法，卻是突破心防、打開僵局的好辦法。

「妳認為我的隊友在這裡，」亞利克指著地圖說，「那些惡人抓著他們去找君王神殿。」

「那是套裝會做的事，」瑪拉席回頭瞥了在她後面坐下來，傾身過來聆聽的瓦希黎恩一眼，「帶著嚮導或專家會比較保險。他是那群惡人的領袖，正在去那裡的路上。」

「那我必須去那裡。」亞利克坐直起來，操控飛船調轉飛行方向，「若你們想下船，我會找個地方讓你們下去。我是不想惹火那個人，」他的拇指往肩膀後面一比，「但我得去找隊友。」

「君王是誰？」坐在後面的瓦希黎恩問。

亞利克為難地皺皺臉，「他當然沒有你那麼的了不起，卓越的高人。」

瓦希黎恩無言以對。

「他在瞪我，對不對？」亞利克輕聲問瑪拉席。

瑪拉席點點頭。

「那兩個眼睛像冰柱，」亞利克說，「鑽進我的背部。」他提高了音量，「君王是我們三個世紀前的王。他告訴我們，他曾經是你們的王，同時也是你們的神。」

「統御主？」瓦希黎恩說，「他死了。」

「對，」亞利克說，「他也是這麼告訴我們的。」

「三百年以前，」瓦希黎恩說，「整數？」

「三百三十年以前，固執的高人。」

瓦希黎恩搖搖頭，「那是和諧昇華之後的事了。你確定是三百三十年？」

「當然確定，」亞利克說，「如果你希望我修改信仰好——」

「不用，」瓦希黎恩說，「說你知道的就行了。」

亞利克嘆口氣，翻了個白眼，那種表情再配上一張面具，感覺很怪異，「天啊，」他對瑪拉席嘀咕著，「很難搞耶。反正君王是在『冰殲』（Ice Death）後的十年出現的。『冰殲』，很怪的名稱，但總要給那段時期起個名吧，總之就是美麗又暖和的大地，被冰雪封凍了。」

瑪拉席回頭瞥了瓦希黎恩一眼，眉頭蹙起，瓦希黎恩則聳聳肩。「封凍？」瑪拉席說，「我不記得有聽過這段冰凍時期。」

「現在就封凍住了！」亞利克說，身體又在發抖了，「你們這裡也曾經經歷過，一定有。在三世紀前，大地『冰殲』了。」

「你指的是『落灰之終』？」瓦希黎恩說，「和諧重建了大地，拯救了大地。」

「封凍，」亞利克搖搖頭，「以前是土地肥沃，氣候溫和，現在天封地凍。」

「和諧啊……」瑪拉席低聲說，「亞利克是從南方來的，瓦希黎恩。你沒在古書上讀過嗎？最後帝國沒有人去過南方。根據推測，赤道附近的海水是滾燙的。」

「住在南方的人已經適應了，」瓦希黎恩輕聲說，「天空沒有了落灰，來冷卻……」

「眼看著世界就要毀滅，」亞利克繼續，「君王就前來拯救我們，教我們這個。」他指著戴在手上的獎章，頓了一下，又說：「不是這個就是了，而是這個。」他伸手進架子裡，拿出之前戴的，在倉庫房間保險箱拿到的獎章。重新戴上後，再換下那個語譯獎章，滿足地嘆口氣。

瑪拉席看著他，抬起手想要碰碰那個獎章。亞利克點點頭。他的肌膚溫暖起來，就連坐在旁邊的瑪拉席都能感覺得到。「暖氣，」瑪拉席說著，目光朝瓦希黎恩移去，「這個獎章儲存了暖氣。這是藏金術，對不對？」

瓦希黎恩點點頭，「最原始的藏金術。我的泰瑞司祖先在古代住在高地上，經常需要在大雪紛飛中翻山越嶺，必須儲存體熱，稍後汲取出來溫暖身體，使他們能在人跡罕至的絕頂生存下來。」

亞利克坐了下來，沉浸在暖和的熱氣中，一會兒後，才心不甘情不願地摘下它，換上協助他與他們溝通的獎章。

「沒有這些，」亞利克舉高第一枚獎章，「我們就死定了。五個種族全都要絕種。」

瑪拉席點點頭，「他教了你們這些？君王？」

「當然。他救了我們，感謝他。教導我們每一個金屬之子都是神的一部分，但我們一開始並沒有金屬之子。他給了我們器械設備，給了我們火母和火父（Firemothers and Firefathers）來填充這些獎章，好讓我們能夠離家出門，在冰天雪地中生存下來。他離世後，我們延伸運用此項技藝來滿足生活需求，比如這艘飛船，就是後來發展出來的。」

「看來統御主在爲自己當初的所作所爲贖罪。」瑪拉席說。

「可是他早已經死了，」瓦希黎恩說，「古代檔案——」

「那些都錯了，」瑪拉席說，「一定是他，瓦希黎恩。這表示哀悼……」

瓦希黎恩移身到亞利克的另一邊。面具男看著他，似乎瓦的靠近令人相當不自在。

「這些，」瓦希黎恩從儀表板上拉下那個暖氣獎章，「你們能隨心所欲製造這些？」

「有金屬之子和這些切割盤，就行。這些切割盤是君王特地爲我們打造的禮物。」

「一個這樣的裝置，外加一個金屬之子，就能隨意製造出一個擁有某種鎔金術或某種藏金術的獎章？」

「那些都是不能掛在嘴上說的神聖字眼，」亞利克，「但你可以，噢，褻瀆的高人。對，隨心所欲，想要哪一種都行。」

「你們有人創造出一個擁有所有法力的獎章嗎？」瓦希黎恩問。

亞利克失聲大笑。

瑪拉席蹙起眉頭，「笑什麼？」

「你們以爲我們是神啊？」亞利克搖搖頭，「看到你手裡拿的那個了嗎？它相當的複雜，儲存有恩賜的能力。」

「授予？」瓦希黎恩說，「它的內環是鎳鉻。輕敲它，就能得到授予，暫時變成藏金術師，擁有塡充體重金屬意識的能力。」他拿高獎章，「這上面的鐵是爲了方便使用的，對不對？一旦進入授予模式中，只要碰觸到鐵製品，就能把它轉化成金屬意識儲存起來。」

「你知道的可眞多，不可思議的高人，」亞利克說，「你既聰慧，又——」

「我只是學得很快。」瓦希黎恩瞥了瑪拉席一眼，後者點頭要他繼續說下去。這太奇妙了……金屬技藝一向不是她擅長的領域，但瓦希黎恩卻對這方面充滿熱情，「另一個內環是做什麼用的？」

「授予溫暖，」亞利克說，「兩種內環，兩種屬性，這可是花了我們好長的時間才成功。我現在戴的這個，也包含兩種屬性，儲存體重和儲存聯繫。我見過含有三種屬性的獎章，不過也只看過兩次而已。我們還嘗試過四種，但都失敗了。」

「那同時戴上多個獎章，」瓦希黎恩說，「把三十二種技藝全戴在身上，不就擁有所有能力了。」

「抱歉，偉大的聰慧高人，」亞利克說，「顯然你這方面的學養豐富，能想到我們從沒想到的方法。我們怎麼那麼笨，居然沒想到可以直接把——」

「住嘴。」瓦希黎恩不耐煩地低吼一聲。

亞利克吃了一驚。

「行不通？」瓦希黎恩問。

亞利克搖搖頭，「它們會彼此干擾。」

「所以為了打造擁有複數技藝……」

「你一定很厲害，」亞利克說，「比我們族人都厲害。再不然……」他咯咯笑了出來，「你可以將你的法力放入這獎章中，丟給下一個人，讓把他的法力也存放進去！這樣不就可以擁有所有法力，那你不就是偉大的神了，跟君王一樣天下無敵。」

「他的確創造了那麼一副神器，」瓦希黎恩說，大拇指搓揉著獎章，「一副擁有全部法力的神器。那是一支腕甲，或一對，擁有全十六種鎔金術和全十六種藏金術技藝。」

亞利克洩了氣似的。

「所以你們才會來這裡，對不對，亞利克？」瓦希黎恩看著面具男的眼睛問。

瑪拉席傾前。瓦希黎恩還說他不會看人，他錯了。只要他站穩立場，挾威而進時，瞬間如鷹眼般銳利。

「是。」亞利克低聲地回答。

「你們漂洋過海前來尋找哀悼之環，」瓦希黎恩說，「但它們怎麼會在北方這裡呢？」

「它們被藏在這裡。」亞利克說，「君王離開我們的時候，帶走了它們，同行的，還有幾個祭司，也就是他最親近的侍僕。不過有些祭司後來又回到家鄉，訴說一路上的所見所聞。君王帶著他們走南闖北，最後命令他們在一處深山密林中爲他打造一座神殿。他把祭司和哀悼之環留在神殿裡，囑咐侍僕看好腕甲等待他的回歸。眞是暴殄天物，我們大可以利用哀悼之環來對付『反面具族』（Deniers of Masks）。」

「『反面具族』？跟我們一樣的人？」

「不是，不是，」亞利克大笑出來，「你們只是野蠻粗暴，但『反面具族』才是眞正的殘暴可怕。」

「喂，」偉恩在後面大喊一聲，只見他的頭髮在狂風中翻飛，兩手拿著帽子。他何時醒來的？「我們擊落了你們的大飛船，是不是？」

「你們？」亞利克又大笑一聲，「不是，不是。你們沒有能力傷害布朗史坦爾的。大飛船是遭受暴風雨的襲擊才墜落，我們的船有個致命的弱點，它太輕了，承受不了暴風雨的摧殘。我們原本打算先落地躲避風雨，但當時我們已經很靠近神殿了，後來……對，被吹出大山，掉落在你們的土地上，撞毀在那座窮僻的小村中。我們剛開始遇到的野人還滿友善的，後來外人就來了。」

亞利克說到這裡，肩膀垮了下去。

瓦希黎恩拍拍他的肩膀。

「謝謝，偉大的高人。」亞利克嘆口氣，「自從我們聽了君王精英幕僚的故事後，就著手尋找哀悼之環。」

「尋找它們？」瓦希黎恩說，「你不是說他把那對腕甲留給自己，特地留在了神殿中。」

「唔，是啊，不過後來大家都推測那是個挑戰，很可能是君王給我們的考驗。他向來喜歡考驗我們。如果他不希望我們去尋寶，又爲何讓祭司回來告訴我們這件事？

「只是好幾年過去了，大家開始懷疑神殿不過是個傳說，早已消失在荒煙蔓草中。我們的叔叔們握有的地圖，也變得一文不值。不過，最近一個有意思的謠言漫天飛，謠傳北方這裡，有很多人跡罕至的大山，於是我們派遣了數艘飛船前來，他們帶回了這塊土地的故事。

「大約是五、六年前，獵手（Hunters）部族派了一艘大飛船來到這裡，終於發現了神殿。我們認爲他們應該成功了。一艘飄浮器帶著繪有他們所在地的地圖，飛了回來。但是去的人都凍死了，因爲山裡來了一場強大的暴風雪，天寒地凍，超出了獎章所能提供的保護範圍。」

亞利克沉默了下來，大風咻咻地狂掃過小飛船。

「我們現在要去找神殿，對不對？」瑪拉席看著瓦希黎恩問。

「當然要去。」

22

瑪拉席在小飛船往南邊大山飛去的航程中，有了大把的時間，好好地沉思一番。剛才聽到亞利克推算飛行時間大約還要二個小時，她著實吃了一驚，原本以爲飛船是高速的交通工具，卻沒想到比火車還要慢。不過能直線飛行，總是比沿著山勢彎彎繞繞來得舒服。

即使有螺旋槳在各自的罩子裡旋轉，小飛船卻似乎多半在乘風滑行，亞利克時不時地升高或降低飛行高度，以尋找最佳的氣流，一邊嘮叨著自己不瞭解此區的氣流動向，一邊操縱著瑪拉席沒見過的儀表板，旁邊還有幾張精密無比的盆地低地地圖。這些人到底來了多少次，躲藏在夜空裡畫下地圖？

大家在遵行亞利克的教導汲取暖氣取暖後，皆紛紛睡下了。瑪拉席也打算就寢，腦袋卻一直浮現自己從門洞滾下去，墜地驚醒的畫面。就算用了腰帶將大家都綁在一起，她依然不放心。

偉恩給她吃了一種東西，說是能止痛，卻死都不肯明說那是什麼，不過那東西倒是滿管用的，她幾乎感覺不到痛了。她走到亞利克旁邊的椅子坐下來，想與他聊聊，卻又有些內疚，因為亞利克必須換上語譯獎章而無法保暖，然而他似乎也迫切地想和瑪拉席交談。瑪拉席不清楚這是否是因為他在長時間被監禁後，特別渴望與人互動，或者想藉此分神，不去想此行失去的朋友。

接下來的兩個小時，亞利克跟她聊了其他獎章的功能，以及哀悼之環的傳說。在亞利克說來，統御主賦與了哀悼之環一切的金屬技藝，卻沒給任何人汲取的能力。那是他給人類的挑戰，卻又警告人們別碰觸它。但亞利克似乎不覺得這有什麼矛盾。

亞利克還談到了家鄉的風土民情，那是在大山之外，要翻越一整個南蠻橫區，越過荒野的地方。在那片遙遠的香格里拉，大家都戴面具，只是每個部落講究的重點有所不同。

亞利克的部族會根據職業和心情來更換面具，當然不是每天更換，卻也像依藍戴貴女換髮型一樣的頻繁。其中有個部族，打從孩童時期就開始戴面具，直至成年才更換。亞利克稱這個部族為「獵手」，還聲稱他們最後都和面具血肉相連，不過瑪拉席覺得太匪夷所思了。他還嘲笑另外一些部族，笑他們只戴素面面具，除非建功立業才有繪圖華美的面具可戴。

「這個部族叫『降墮』（Fallen），」亞利克一邊解釋，一邊擺擺手，不過瑪拉席看不懂他的手勢有何意涵，「是世界冰封之前的最大一支部落。他們觸怒了捷根邁爾（Jaggenmire），遭了難——」

「等等，」瑪拉席輕聲說，以免干擾到睡覺的人，「這個……金居——」

「捷根邁爾？」亞利克說，「這無法翻譯，你們的語言沒有對等的詞語可用。它類似神明，卻又不完全是。」

「很難理解。」

亞利克出其不意地掀起了面具，此前瑪拉席只見他掀過一次，那是他跪在朋友面具前的時候。不過現在的他一派自然，絲毫不以爲意地繼續聊天。瑪拉席也喜歡這樣能看著他的臉，即使那滿嘴的鬍鬚在他臉上看起來頗滑稽，使他感覺比實際年齡二十二歲年輕了許多——若是他沒謊報年紀的話。

「類似……」亞利克的臉皺了皺，「類似造物主，捷根邁爾掌控著萬物的生長和凋零。還有駭爾（Herr），以及他的姊姊兼妻子弗露（Frue）。弗露主管停止，駭爾則掌管前進，但兩者都不能——」

「——單憑己力創造生命。」瑪拉席說。

「對！」

「滅絕和存留，」瑪拉席說，「古泰瑞司人的神祇。現在合而爲一了，也就是和諧。」

「不是，祂們既合一，卻又是各自爲政的神祇，」亞利克說，「別說這個了，太奧妙，也太複雜了。反正我們剛才談的是『降墮』，對吧？他們盡了一切努力，想彌補過錯。他們很在意別人的讚賞，所以跟他們接觸要很小心，因爲若是讚美他們，他們會放在心上，回到部落裡四處宣傳。接著你就會被請去說明他們到底做得多好，好讓他們通過審核更換面具。至於他們的語言，那眞是讓人頭昏腦脹。我能說一點那種語言，通常都還能溝通，也就不需要戴獎章，但我會像飛太高飛太久一樣頭暈。」

瑪拉席微微一笑，聆聽他手舞足蹈地說話，心中明白一個長期戴面具的人，自然會有如此誇大的肢體動作。

「你會說很多種語言嗎？」瑪拉席見他暫停下來，喘口氣，連忙發問。

「我連自己的語言都說得不太好，」亞利克嘻嘻一笑，「不過我很努力。顯然飄浮器領航員具備多種語言能力是有利的，我的工作經常要用威爾格載人往返於大飛船和高塔之間。如果我能上半天的課，應該受益匪淺，不過算數——」

「上課？」瑪拉席蹙起眉頭問。

「當然，不然妳以爲我們整天在飛船上幹麼？」

「不知道，」瑪拉席說，「擦拭甲板？綁繩子，呃……修補……設備，就一般水手的日常工作。」

亞利克瞪大雙眼看著她，又啪地拉下面具，「我會假裝沒聽到妳把我看成是普通的低階水手，瑪拉席小姐。」

「呃……」

「若想要飛上天，就必須有超乎常人之處。所有人都期待我們是有教養的紳士淑女。我們還會把不懂跳舞的人丟下船呢。」

「什麼，眞的？」

「是啊，眞的。」亞利克頓了一下，又說：「好啦，我們在丟下去之前會先用繩子綁住那個人的腳。」他比了個手勢，瑪拉席已漸漸明白過來那代表著微笑或者大笑，「那個人就吊在布朗史坦爾號下面足足五分鐘，罵天罵地的。不過從此他再跳〈水槽三步曲〉時，就沒再跳錯過了！斯維爾還老是說他……」

亞利克拖長尾音，沒再說下去。

「說什麼？」瑪拉席追問。

「抱歉，他的面具……斯維爾，就在那面牆上……」

噢。對話到此結束，亞利克死盯著前方看，又調了調飛船前進的方向。大地除了燈光點點的小鎭，一片漆黑，而左手邊的小鎭也已被飛船拋到遠遠的。他們一開始是沿著瑟藍山山脊飛行，大約半小時前，亞利克已把飛船開進了大山中，現在正飛在山巔之上，飛行高度比在盆地上空高了許多。

「亞利克，」瑪拉席將一隻手放在他的手臂上，「我很遺憾。」

亞利克並沒有回應，於是她猶疑地把手伸過去，心裡清楚自己很有可能犯了大忌，只好把心一橫，掀起了面具。亞利克並沒有喝止她，失去面具遮掩後的他兩眼無神地凝視前方，眼淚滑下了雙頰。

「我再也看不到他們了。」亞利克輕聲說，「布朗史坦爾號墜毀了，我再也不能爲它效勞了。可惡，我再也看不到家鄉了，是不是？」

「你一定會回去的，」瑪拉席說，「你可以飛回去。」

「那塊石頭支撐不了威爾格飛那麼遠。」亞利克擦擦一邊的臉頰，再擦另一邊的。

「石頭？」

「燃料，」亞利克的目光移到她臉上，「難道妳天眞的以爲威爾格是在雲朵上滑行？」

「我以爲它是靠鎔金術飛行的。」

「鎔金術只是鋼推了渦輪的葉片，」亞利克說，「但支撐飛行的，是埃金屬（ettmetal）。」

「那也是無法翻譯的，對吧？」瑪拉席蹙眉說。

「來，看看這個。」亞利克跪下來，打開一個暗格，就是剛才他放入被瓦希黎恩稱作鎔金術手榴彈的小方塊之處。暗格的四壁皆是金屬，中央部分散放著柔和的光芒。亞利克指著側邊一個光芒熾亮的純白之物。那是塊石頭，散發著石灰光芒般的石頭。

就像燃燒中的鎔金術，瑪拉席恍然大悟，「這是什麼樣的金屬？」

「埃金屬，」亞利克聳聳肩說，「那個初階小方塊中也含有一些埃金屬成分，目的是爲了發動它。更大量的埃金屬，能維持威爾格這種尺寸的飛船飛行。更更更大量的，就能讓布朗史坦爾號升空翱翔。你們沒有這種金屬？」

「沒有。」瑪拉席說。

「唔，威爾格上面的存量，只夠我們飛行一、兩天而已。之後，就全程需要鎔金術的鋼推了。除非後面那個打瞌睡的偉大高人願意陪我飛回去，否則我就必須困在這裡，對吧？」

「你剛才說了，布朗史坦爾號上面還有更大的存量。」

「是啊，但飛船在他們手上，」他嘻嘻一笑，「不過那些惡人並不知道如何保存它。只要弄溼它，那就好看了。」

「溼？」

「埃金屬一旦溼了，就會爆炸。」

「哪有金屬一放到水裡就爆炸的？」

「有，這種就會。」亞利克說，「那些壞蛋抓了我們那麼多同伴，罪有應得。」

「我們必須阻止他們，」瑪拉席的口氣堅定，「我們去救回你的同伴，你們一起乘船回家，假使大船不能飛了，就搭這種飄浮器回去。」

他往後一靠，關上儀表板下方的嵌板，「就這麼辦。」他點點頭，仍然沒拉下面具，目光又移到瑪拉席臉上，「妳的同胞沒有我們的飛船，一艘也沒有。他們會甘心放我們離開，不索討相關技術？」

鐵鏽的，他真聰明。「也許我們可以透露部分技術給總督，」瑪拉席說，「比如一些獎章的製造方法和功用，來感激他協助你們返國，並承諾未來兩國人民將建立互通有無的商業關係。這樣一來，一定能消弭一些套裝所造成的傷害。」

「但我家鄉其他部族的人也可能發現你們的盆地……並且企圖從空中攻擊毫無抵抗能力的你們。」

「而你最要緊的任務，就是去說服他們，爭取共識，取得聯盟。」

「也許吧。」亞利克說，拉下了面具，「我欣賞妳的眞誠，妳並沒有面具來遮掩自己的情緒。但好怪，我明明一個人陷入危局之中，而妳這樣的坦承相待，卻反倒讓我安下了心。只不過，我仍然擔心事情沒妳說的那麼簡單。如果我們眞的發現了那對遺物，也就是你們所謂的『哀悼之環』，所有權在誰手上？它們是屬於我們的，但我看那位迷霧之子爵爺不會鬆手。」

又一個難題，「我……我不知道。」瑪拉席說，「不過你可以這麼想，那是我們的統治者創造出來的，所以我們跟你們一樣也有同等的擁有權。」

「一個被你們殺死的統治者？」亞利克一針見血指出，「好，我們別爭了，等找到後再說吧。」他頓了一下，又說：「有件事，我必須讓妳知道一下，瑪拉席小姐。我們很可能徒勞無功，只找到一座荒廢的神殿。」

瑪拉席皺皺眉頭，往後躺靠在座椅上，暗自期望亞利克掀起面具，好讓她看看他的表情，「你的意思是？」

「我剛才跟妳提到找到神殿的那群人。」亞利克說。

「『獵手』。」瑪拉席說。

亞利克點點頭，「那個部族世世代代都是戰士，在冰殲之前就是了。現在則負責探尋我們的歷史淵源，找出避免重蹈覆轍的方法。瑪拉席小姐，我認識許多獵手，他們都是好人，但非常非常的固執。他們堅信哀悼之環是留給我們的考驗，即使其他部族都不這麼認爲，他們仍認爲君王是故意要測試我們是否僭越本分，妄想占有不該擁有的能力，因此……」

「什麼？」瑪拉席問。

「他們的飛船，」亞利克看著她，「率先抵達了這裡。載著由埃金屬打造、火力強大的砲彈，打算摧毀那對手環，卻聽說失敗了。因此什麼事都有可能發生。傳說神殿所在地都被冰雪封住了，與世隔絕，對我們族人來說，那是個相當危險的地方。」亞利克顫抖起來，目光移過去迫切地看著儀表板上的獎章。

「沒關係，」瑪拉席說，「換上它吧。」

亞利克點點頭。飛行至此，亞利克已數次換上獎章，靠著那個藏金術設備暖和身體。瑪拉席則一直戴著自己的，所以儘管身處高空冰凍的空氣中，她的身子依然暖暖的。

亞利克往後一靠，瑪拉席好奇地拿起他換下的語譯獎章，在手中翻來覆去瞅著，發現上頭中心以下的彎曲線條，將獎章分隔成數種金屬。鐵是儲存重量用的，硬鋁是儲存聯繫，而最重要的鎳鉻則給了她從中汲取金屬意識的能力。

她知道各個金屬所擁有的金屬技藝，但聯繫……這到底是如何運作的？如何讓亞利克精通各種語言？

突然間，她意識到自己好蠢，微微一笑，摘下了身上戴著的獎章。飛船立刻因爲她恢復原本的體重而下沉，她尖叫一聲，趕緊換上體重兼聯繫用獎章，瞬間又減輕了體重，滿臉通紅地看著拔槍跳了起來的瓦希黎恩。所以他並沒有睡著，而是在偷聽。只見瓦希黎恩四下張望，尋找造成飛船震動的原因。

其他人都沒被驚醒，偉恩依舊打著呼嚕。

瑪拉席對著亞利克豎起綁著獎章的手，然後汲取聯擊法力。她以爲體內會產生某種反應，但一點異常也沒有。

「我們好笨。」瑪拉席說，「我也可以一直戴著這個，用你們的語言跟你交談，好讓你全程戴著那個溫暖身體。」

亞利克嘻嘻一笑，說了一段讓人聽不懂的話。

「怎麼回事？」瓦希黎恩在她背後問。

「沒事，」瑪拉席又羞紅了臉。行不通，爲什麼行不通？

亞利克打了個手勢，瑪拉席只好又換回之前的獎章，但這次非常的小心，以免又造成飛船下沉，卻還是事與願違。爲什麼亞利克就能順利更換，他是如何做到的？

亞利克抬手在臉前一畫，瑪拉席猜測那手勢表示微笑，「聰明，但在你們身上是行不通的。」

「爲什麼？」

「因爲我們是在你們的地盤上啊，」亞利克說，「外地人才需要戴語譯獎章。它塡滿了聯繫的金屬意識，對吧？沒有特定地界的聯繫金屬意識，妳汲取它時，它就敞開來，探手出來和妳所在的土地聯繫，讓妳的靈魂以爲妳在此地土生土長，然後妳所使用的語言就變成當地語言了。」

瑪拉席蹙起眉頭，瓦希黎恩則插進兩人座椅之間連呼：「古怪，眞是古怪。」

「世界本來就是這麼運作的。」亞利克聳聳肩說。

「那你爲什麼還有口音？」瑪拉席問，「你的大腦不是以爲你是這裡土生土長的人？」

「啊，」亞利克說，豎起一隻手指，「我的靈魂認爲我是在這裡長大的，但它也知道我是麥威兮族的一員（Malwish），父母來自韋斯特低地（Wiestlow），所以我一定會有口音，是吧？都從父母那兒學來的。這獎章就是這麼運作的。」

「古怪。」瑪拉席再次重覆。

「是啊。」亞利克附和著，但瓦希黎恩卻點了點頭，似乎覺得很合理。

「右手邊的山巒，」瓦希黎恩指了出去，「比剛才經過的，都要高。」

「是啊，」亞利克說，「好眼力，噢，鷹眼高——」

「別再給我亂取稱號了。」

「是，嗯，噢，困惑……呃……」亞利克深吸一口氣，「我們要找的地方就在那邊的大山中，快到了。得讓威爾格再往上爬升一些，上頭的氣溫會更低，高度更險峻。」

亞利克有些猶豫，卻見瓦希黎恩抬手往前一指。在連綿的山峰中，的確很難注意到它，不過一旦看到了，卻又相當顯眼——遠遠的黑空下，出現一絲微光，在四周黑暗的襯托下，顯得明亮耀眼。

「瑟藍山除了山谷低地，是無人居住的，」瓦希黎恩說，「高山太冷，暴風雨太多。」

「所以那道光……」瑪拉席說。

「套裝的探險隊出發了，」瓦希黎恩挺直了身子，「該叫醒大家了。」

23

夢見自己是狗國之王，頭戴碗狀王冠的偉恩猛地被驚醒，美夢瞬間幻滅。他眨眨眼，通體舒暢，暖洋洋的，正想要翻身再睡，迎面卻一陣寒風打來，這才迷迷糊糊地想起自己正搭乘著無臉男的飛船在天空上飛翔。又想了想，現實中的飛行和夢中的狗國一樣的有意思。

「能讓飛船下降一些嗎？這樣才能看得清楚一些，」黛兒欣問。

「如果降低了高度，」面具男說，「他們就會聽到螺旋槳的聲音，即使是慢速旋轉也會被聽到。我們必須從他們頭上飛過去，我得讓飛船飛得很高。」

鐵鏽的！儘管光線昏暗，偉恩依然隱隱看到瓦的姊姊居然半掛在飛船外，極目俯視下方。他從不知道黛兒欣也是冒險一掛的，自從救出她後，她的表現一直都是沉靜又謹慎，可現在她就掛在那裡，盡全力模仿酒吧招牌迎風飄盪。偉恩讚賞地點點頭，解開小腰帶，起身走去瞧瞧她在看什麼。

偉恩跨過史特芮絲整齊地疊在一起的幾個行李袋，傾身出去，望著下方長長一排的人正打著提燈，踩著及腰高的積雪健行。好可憐的一群混帳。

瓦走到另一邊的門洞，拿起望遠鏡偵查下方的情況。距離太遠，偉恩其實瞧不出個所以然，於是他一隻手抓著門把，另一隻手掏出口香糖盒，搖晃一下，只剩一顆了，可惡。起碼還有很多糖粉可以爲他提神。

「有看到他嗎？」黛兒欣問。

「好像有。」瓦說，「等等，有，那個就是。我賭探險隊必定是在得到倉庫暴動的消息之後出發的。」他伸手到槍套，拔出手槍。瓦給那鐵鏽的東西起了名字，不過偉恩就是記不住。反正就是那種前面有根長長的管子，可以發射出金屬塊打壞蛋的手槍。

「我來。」黛兒欣激動地說。

偉恩一愣，拿著口香糖往嘴裡送的手僵在半空中。這女人滿狠毒的嘛。

「射程對妳這個初學者來說太遠了，」瓦說，「連我都沒有萬全的把握。」

「讓我試試，」黛兒欣哀求著，「我不在乎後果，我只要他死。我知道能替補他的人多得是，但我就是要他死。」

瓦舉槍瞄準，船上的人見狀全都屏息以待，好一陣子後，才見他終於放下了槍。「不行。」他說，「妳上法庭指證他，比暗殺他復仇，來得更有價值、更能扳倒他。我希望送他進警局，接受審問。」他把槍塞回槍套中。

偉恩點點頭，瓦這傢伙眞不錯，穩重可靠，永遠逆來順受。偉恩退回到船內，卻被座椅絆了一下，與黛兒欣撞成一團，還不小心將一個行李袋踢出了門洞。

偉恩倒抽口氣，視線直盯盯地瞪著行李袋往下掉，最後實實在在地正中行軍隊伍中的某個人的腦袋。

「看看你幹的好事。」黛兒欣說。

偉恩的臉全皺在一起了。

「偉恩又幹了什麼好事？」瑪拉席順著說下去。

「他把行李袋踢下去，打中了一個人。」黛兒欣說。

「不是我的錯，」偉恩說，「是瓦太早把我叫醒了，害我失去平衡。」他回頭看著其他乘客。瓦嘆口氣，朝領航員走去，史特芮絲和宓蘭仍然坐在後排座位上，一副事不關己的樣子，宓蘭慵懶地躺靠著，姿態還滿性感的，史特芮絲則低著頭看著一本大筆記本。她在記筆記？那女人是哪根筋不對啊？

遠遠的下方，健行者困惑地舉高提燈，抬頭搜尋天空。

「快，」瓦對面具男說，又抬手指了指，「朝他們前進的方向飛去。」

「是，果斷的高人。」領航員說罷，只聽飛船兩側的螺旋槳大聲了起來，「大家抓好。」

飛船開始轉向，雖然速度緩慢，但的的確確又開始移動了。空中定點飛行，好厲害的技巧，鳥兒都做不到，只有射幣可以哪。偉恩移到前面，側身擠過瑪拉席，打算好好地瞧一瞧正前方的景色。

「風速變強了，」領航員告知大家，「可能有暴風雪接近。這下可好了，是認爲我們還不夠冷嗎？」

「那邊，」瓦指了出去，「那是什麼？」

「我們繞過去。」領航員將船轉向，飛船可怕地震動起來，又一陣狂風掃得雪片從門洞中灌了進來。

「是它。」瓦從雪簾之間望出去，「和諧之環……它眞的在這裡。」

「我什麼也沒看見。」偉恩瞇著眼遠眺。

「抓好，」領航員說，「不然也要找東西綁好自己。飛船要落地了。」

偉恩聞言，趕緊抓著那個人的手臂。

「抓別的固定物。」

偉恩連忙換抓他的椅背，事後證明這眞是一項明智之舉，因爲飛船一著地，立即往一邊側倒。這次的著陸還算成功，只要你跟偉恩一樣喜歡被甩來甩去，最後還被甩得拿臉去撞壁的話。

偉恩眨眨眼，發現自己身處一片漆黑之中，不一會兒後，宓蘭重新點亮了提燈，拿高照明。只見飛船側倒在地，其中一支在與大船合體時能收起來的螺旋槳葉片，從鉸鏈處被撞得翹起來，還有一大堆積雪從門洞中擠了進來。

「每次降落都這麼狼狽嗎？」瓦在傾斜的地板上，顫顫巍巍地站了起來。

「順利著陸的確有困難。」領航員坦承地說。

「從技術上來看，應該不難，」站在後面的瑪拉席說，「只要不挑剔的話，還算是飛船最擅長的事。」

偉恩哼了一聲，爬過船身，來到翹起那一邊的門洞，跳了出去，整個人嚓嚓地掉進積雪中。這是他始料未及的事，他只在蠻橫區見過偶爾的小陣雪，但積雪從未達到如此之深。而且爲什麼會有嚓嚓聲？那東西是水變成的，又不是玉米片。

他艱辛地走過積雪，來到一塊被風颳得裸露出地面的石地上。狂風掃雪像沙子般打在身上，那雪根本不像是從天上落下，倒像是從四面八方橫飛過來的。偉恩打了一個寒顫，連忙汲取更多的暖氣保暖。烏雲終於離開，星光探出了頭，彷彿豪華酒吧前的保鑣往旁邊一站，放行客人入內暢飲。

蒼蒼茫茫，安詳靜謐的星光灑在大山中一座鐵鏽城堡上。那是用周遭的岩石堆砌出來的厚實堡壘，看起來只有一層，瑟縮在狂風中，卻在星光下閃閃發亮，散放出古代綠野時期的古建築氣質。

偉恩緩緩吐出一口氣，白煙陣陣，「很好，」他點點頭，「很好。」建造古堡的人，很有品味。

瑪拉席也想爬出飛船，卻差點摔得狗吃屎，眞不知道她爲何仍穿著瓦的迷霧外套。她站在白蓬蓬的雪堆之上，一陣狂風颼來，颼得她人仰馬翻，然後又猛然嚓嚓地陷進積雪中。她終於想起該停止減重了，不熟悉藏金術的人，很容易犯這種錯誤。

她又推又踩地穿過積雪，來到偉恩身旁，抬手擦掉眉毛上的融雪。就一個槍傷患者來看，她恢復得很不錯。

「套裝和他的爪牙就在不遠處，」她說，「他們知道我們來了。」

「我們要搶先找到那對腕甲。」瓦在他們背後說。世事就是這麼不公平，就只有他能輕輕鬆鬆地滑出飛船，一個蹤躍就來到他們身旁，完全不必費力在積雪中行走。太不公平了。和諧何必創造雪？實用性不大啊。「大家拿好行李。亞利克把手榴彈帶著，以防萬一。」

所有人立即服從，瑪拉席快步回到飛船上，協助史特芮絲卸下行李袋。亞利克冒出頭來，依然戴著面具，站在船側凝視著堡壘。他搖搖頭，然後拍拍船體，彷彿那是他的寵物，之後史特芮絲出現，莫名其妙地將他趕走。一會兒後，瑪拉席爬下船，已換上了洋裝，但裙子底下依然穿著褲子。她將迷霧外套丟給了瓦。

原來如此。面對這麼一座偏遠的古代神殿，女人必須更衣盛裝入殿，不能褻瀆。偉恩也抬手順了順頭髮，隨即心慌了一下，帽子！他趕緊連摔帶爬地走回飛船，慌張地四下搜尋，眼角餘光瞥見從附近雪堆內探出一角的帽子，原來它在飛船落地時飛了出去。偉恩嘆口氣，撿起了帽子。

「大家後退。」瓦說完，兩腳跨開，穩穩地站住，狂風掃得他身上迷霧外套的布條流蘇翻騰飛舞。大家退開後，瓦低吼一聲，鋼推飛船向後，緩緩滑進雪堆，把積雪擠得高得不能再高，如浪花般翻過來覆蓋住飛船。瓦持續鋼推，直到小飛船完全淹沒在雪堆中。

「漂亮。」偉恩說。

「希望不會被他們的射幣或扯手發現。」瓦轉身面向神殿，霰彈槍扛上肩，「走吧，我們去避風吧。」

一行人背好行李，穿過岩石地，朝碉堡似的神殿而去。史特芮絲不知從哪兒找來了另一支提燈，點燃了為大家照路。偉恩加快步伐，追上了那個面具領航員。

「你知道嗎？我也是鎔金術師，」偉恩說。

那個人不發一言。

「我以為你會想知道這件事，」偉恩說，「感覺你們的宗教習俗很看重金屬技藝，你會想要多找個人來崇拜。」

還是不發一言。

「我是個滑行，」偉恩說，「速度圈，知道嗎？你那些歌功頌德的讚詞，我聽了很受用，來來來，俊帥的高人，聰明的高人，嗯……高帽高人。」

換來的，依然只有腳步聲和咻咻的風聲。

「你看啊，」偉恩說，「這不公平。瓦不要你的崇拜，對吧？但你想要找個人來崇拜，這是人的天性，不怪你。而我一向樂於助人，就勉強讓你——」

「他聽不懂你在說什麼，偉恩。」瑪拉席打從他們身邊走過去，「他換上了保暖的金屬意識了。」

偉恩突地止步，「好，等他回復了腦子，你們得告訴他我是神明，可以嗎？」

「一定。」走在前面的瓦大喊。

偉恩嘆口氣，想要追上他，剛一抬腳就僵住了，旁邊那個是什麼？他肩膀一頂，背好行李袋，朝那個方向走去，沒去理會瑪拉席對他的呼喚。懸崖附近有點異樣，遠遠望去，好像有個龐然大物被冰雪覆蓋住，從零星裸露出來的部分看來，似乎是棟大房子之類的。

瓦也走了過去，在風中瞇眼遠眺，「另一船飛船，獵手派來的那艘。」

「誰派來的？」

「亞利克那地方派來的人，」瓦說，「前來摧毀神殿。幸好他們沒成功。」他轉身打算走開，偉恩推了推他，朝其中一個雪堆努努嘴，只見有一隻手突出於雪堆之上。走近一看，至少能辨識出十幾具屍體，也許凍死在這裡的人不止這些。

瓦點點頭，兩人回頭朝眾人走去。瑪拉席和史特芮絲停下來等著他們，面具男也是，他顯然原本打算朝那艘船走去，但走了一半又停下來。黛兒欣持續往前走，宓蘭尾隨在後，瓦快步追上跟在黛兒欣和宓蘭之後的行進隊伍。

「你姊滿……」偉恩對瓦說。

「嚴肅？」瑪拉席說。

「我想說的是瘋狂。」偉恩坦承，「但我說不清，是好的瘋狂還是壞的，到目前爲止，我對她的認識不夠，說不準。」

「她經歷了很多。」瓦看著前方，「我們會給她一個家，再找醫生來跟她談談。她會恢復正常的。」

偉恩點點頭，「當然，她現在一定覺得跟我們很不對盤。」

堡壘出現在眾人面前，鐵鏽的，它眞是氣派十足。將那些大石塊拉來這裡，應該拉斷了很多工人的背吧。正面的階梯通向一尊巨大的雕像，一開始他很驚訝這種地方怎麼會有雕像，不過再一想，依藍戴城內的雕像上全是鳥屎，這裡應該才是最佳地點。

一行人頂著狂風，爬上了階梯。即使有獎章的保護，冷風吹在身上但凍不到體內，卻依然讓人不便於行。來到階梯的頂端，幾個人必須圍繞雕像而立。這個大傢伙披著長外套，手握著一支長矛置於身側，矛頭向下頂著石頭。偉恩搔搔臉，後退一步，抬頭仰望。

「它的眼睛怎麼了？」偉恩指著問。

瑪拉席走到他身旁，瞇眼朝夜空望去，「一支尖刺，」她輕聲說，「跟瓦希黎恩那枚硬幣上一樣。」

嗯哼，沒錯，一支尖刺穿透它的右眼。偉恩踩著基座上的積雪，繞著雕像走了一圈。

「一隻穿了尖刺的眼睛，」瓦若有所思，「這是統御主蓋的碉堡，他又爲何命令手下樹立一尊刺穿眼睛的雕像呢？」

「他握著長矛，」瑪拉席說，「是他刺殺倖存者的那支嗎？」

「金屬長矛，」瓦說，「但沒有金屬藍線，所以是鋁製的，腰帶也好像是。造價昂貴啊。」

瑪拉席點點頭，「統御主曾經被三支長矛刺穿，迷霧之子大人是這樣說的：『一支是一個乞丐，爲統御主帶來的貧窮而刺。一支是工人刺的，因爲他強迫人民爲奴。最後一支是個王子，爲他收買賄賂貴族而刺』，但沒有一支眞正傷害他。」

「走吧。」黛兒欣在堡壘內大喊，史特芮絲也走了進去。

瓦和面具男朝她們走去，偉恩則繼續仰望著雕像。

「我一直在想。」偉恩在宓蘭經過時說。

「什麼？」宓蘭看著他問。

鐵鏽的，瓦也許會覺得他很荒唐，畢竟宓蘭已有幾百歲了，但有個女人像這樣凝視他，更是幾百萬年前的事了。那不是調情的眼神，而是……那叫什麼……

愛慕。

對的，就是愛慕。

「噢，好，嗯，唔，這地方被遺棄很久了，對吧？所以這些擺設之類的，都是無主之物。」

「唔，一定有很多人聲稱是它的主人，」宓蘭說，「但很難證實。」

「所以……」

「反正就是不要亂碰。」宓蘭說。

「噢，好。」

宓蘭對他淺淺一笑，繼續朝雕像後面的門洞走去。敞開的大門洞，就像你趁一個人拿水壺仰頭大灌時，朝他踢上一腳，嚇得他張大了嘴巴噴水那樣。

偉恩回頭望著雕像，用腳尖戳了戳矛頭，再用腳跟踹踹，找了塊石頭敲了敲，最後抓著它扭轉幾下。

它終於掉下來了，鏗鏘一聲落在石座上。它幾乎是懸空的，而且瓦猜錯了，只有矛頭是金屬做的，除此之外，巨大的長矛全是木製的。鋁製？偉恩微微一笑。

他才不在乎瓦的評論對錯與否，反正有錢人說的話就是値錢，除非它本身的價値超過一棟房子，才不需要有錢人來背書。小發明家蘇菲·塔索，的確需要一些資金哪。

他用手帕包起手掌大的矛頭，以免凍傷自己的手指，然後吹著口哨，小跑步追上其他人。經過門洞時，他才注意到原來它是有門的，很大的門板，只是現在碎裂在地板上結凍了。

同行的伙伴已進到神殿的入口通道。通道兩旁掛著壁畫，和那頭瘋瘋癲癲的坎得拉傢伙在瓦的宅邸放映的圖片一模一樣。偉恩朝正在看畫的瓦走去。

嗯哼，同樣的一幅畫，一對放在臺座上的腕甲，而正對面的另一幅，則畫著戴著它們的統御主。

「我們找對地方了。」瓦說，「那尊雕像就足以證明，這幅畫更是無庸置疑。雷魯爾來過這裡。」

他們一起走出通道，穿過唯一的門，來到一條黑暗的長走廊。前面那些鼓鼓的是什麼東西？宓蘭和史特芮絲拿高提燈，沒人願意打先鋒。

只有面具男不知在嘀咕什麼，眼睛也似乎正盯著某個東西。牆上有金屬圖案？偉恩站到一旁去，從口袋掏出小手榴彈，手指撥弄一下，打開了它的側邊，再用小鉗子啓動小金屬塊，將它塞進牆上的一個凹洞，扳下控制桿。

一陣感覺宛如從遙遠地方傳來的嗡嗡聲響起，接著四壁亮起一連串的小藍光，更加強了這個鬼地方的陰森感——比早晨的史特芮絲更令人毛骨悚然。不像燈泡發出的光，或任何合乎常理的光芒，彷彿那些發著光的區塊是透明玻璃，透出一股極度陰森的光芒。

儘管陰暗，卻足以照亮地板上的隆起物。原來是屍體。數量多得令人膽顫心驚，而且倒地的姿勢怪異。屍體四周的那灘是……凍結的血漬。

偉恩輕輕吹了一聲口哨，「他們還眞的走到這裡，爲這鬼地方加了點嚇人的氣氛。」

「屍體原本不在這裡，」瓦冷冷地說，「一定是——偉恩，那見鬼的是什麼？」

「它是自己掉下來的。」偉恩抓住矛頭，就算它有手帕包著，依然無比冰冷。矛尖從手帕的一角露了出來，「我連看都沒看，瓦。一定是被風吹得鬆脫下來的。看，底下這裡有個洞，是螺絲鬆了之後留下來的。」

「別再碰其他東西了。」瓦指著他說。

宓蘭看了他一眼。

「妳閉嘴。」偉恩對她說。

「我一個字也沒說，偉恩。」

「用暗示更糟。」

瓦嘆口氣，朝領航員望去，而後者正盯著牆上的刻紋瞧。「亞利克？」瓦喊了一聲，開始汲取手腕上獎章的金屬存量。

面具男嘆口氣，不過依然換上了另一個獎章，然後簌簌發抖，「我來到地獄了。這些山峰一定直直戳入地獄。」

「所以你的地獄在天空上面？」幾乎貼在瓦身上的史特芮絲問。

「當然啊，」亞利克說，「你往地底挖得越深，就越溫暖，所以地獄絕對不在地底，而是在相反的天空上。找我什麼事，偉大的金屬摧殘高人？」

瓦嘆口氣，「屍體，」下巴朝走廊揚去，「機關？」

「是的，」亞利克說，「建造這個地方的人，負有保護君王武器的責任。他們知道終究會有別人找到這裡來，也知道無法永遠守護它，於是設下了一些障礙。但這些凍僵的屍體不是他們，而是……」

「什麼？」瓦說。

「那些面具。」亞利克說。

「獵手的面具。」瓦問。

亞利克震驚地看著他，「你是如何認出他們的？」

「我不是認出來的。」瓦輕手輕腳地往前走，偉恩跟著走過去，然後宓蘭也跟上。瓦回身揮手要瑪拉席、史特芮絲和黛兒欣留在原地別動，卻對亞利克招手要他過去。

四個人一起朝第一堆屍體走去。瓦在一灘凍結的血跡前，單膝跪了下來。最靠近他的屍體死狀悲慘，被一支尖刺穿胸而過。偉恩看著一端依舊插在牆中的尖刺，機關原來暗藏在牆壁內部。這可憐傢伙的同伴想將他從尖刺上拔下來，沒想到自己也跟著中了刺。

那些面具明顯與亞利克的不同，木製面具上以碎玻璃貼成各不相同的古怪圖案，還露出了嘴巴，面具遮住了臉龐的上半部後，往下沿著嘴巴外圍而走。嘴巴兩側面具下的肌膚似乎與木頭黏合在一起，也許是因為這裡跟老處女的臥房一樣冰冷吧。

瓦推了推面具男，「你說獵手是來摧毀這個地方的。」

「對。」亞利克說。

「我猜他們不是說謊，就是臨時改變主意了。」瓦的下巴朝破裂的門板一揚，再朝散滿屍體的走道一揚，「那對腕甲的誘惑力太強了。我推測在飛船附近發現的死者，堅持炸毀這個地方，卻遭到背叛暗算，只不過叛徒的下場也很慘，全中了機關而亡。至於那些逃回家的人後來呢？消失無蹤了？」

「對。」亞利克頭一歪。他掀起面具，露出一把滑稽到不行的鬍子，兩眼震驚地看著瓦，

「他們回到獵手部族後……就失蹤了。聽說是回到親人身邊去了。」

「被處決了。」瓦起身，「調查發現，他們為了竊取哀悼之環，同謀殺害了反對他們的同伴，後來見識到神殿機關殺傷力強大，殺了太多的同伴，只好搭乘當時唯一適用的飄浮器飛回家，胡謅一通，說是遭遇暴風雪、墜船了之類。這些人可能後來又想再召集一群人前來尋寶，卻被高層發現了眞相。」

亞利克一臉迷惑，「你……你怎麼知道……」

「他經常這樣，」偉恩說，「最好別讓他太得意。」

「只是推測而已，」瓦說，「但還需要證據才能成立。史特芮絲、黛兒欣，妳們留在原地——」

「我要跟你一起。」黛兒欣抗議。她往前走來，表情跟地上的屍體一樣冰冷，「別想把我撇下，瓦希黎恩。我才不要留在這裡，等著叔叔趕來，又把我抓走。」

瓦嘆口氣，目光移向史特芮絲和瑪拉席。

「我留下，」史特芮絲說，「監視入口的動靜。」

瓦點點頭，朝偉恩瞥去，「你留下來看著她，」再看著瑪拉席，「而妳看著他。我們一有發現，就回來通知你們。」

瑪拉席點點頭，偉恩則嘆了一口氣。

「你打算再往裡走？」亞利克起身，兩眼睜得大大的，「噢，偉大的魯莽高人，雖然我這個小小領航員沒資格質疑你的荒唐，但……你認眞的？你沒看到這些屍首嗎？」

「我看到了。」瓦說，「宓蘭？」

「來了。」宓蘭一邊回應，一邊朝前走來。

「偉大的高人，」亞利克說，「我不禁要擔心，他們很可能專門設計了殺害你們這種人的陷阱。若當年那些先鋒者深謀遠慮，必定設妥了機關要對付鎔金術師。」

「沒錯，」瓦說，「那支尖刺通體是木頭打造。」

亞利克更驚恐了，「那你爲什麼還要——」

宓蘭踩到一個壓力板，一支長矛從牆上的一個小洞射出，急飛而來，穿透了宓蘭的身體。她嘆口氣，往下一看，「我的衣服毀了。」

亞利克大吃一驚，抬手想掀起面具，忘了面具早已被他掀開。他看著宓蘭若無其事地使勁一拔，拔出了長矛，驚訝得站都站不穩。

「若是有個長生不死的同伴同行，機關陷阱呢，也就不算什麼了。」瓦說。

「除非他們埋下炸藥，」宓蘭說，「如果我的尖刺被炸掉了，你得馬上幫我裝回去。我在意的是——這身衣服毀了。」

「妳可以脫掉衣服，裸身上陣啊。」偉恩滿懷希望地說。

宓蘭想了想，聳聳肩，抬手就要脫去上衣。

「我會買新的補償妳，宓蘭。」瓦趕緊阻止她，「畢竟我們都不想把可憐的亞利克嚇得昏過去吧？」

「其實，」亞利克說，「我不會介意。」

「很好，」偉恩說，「我就說我喜歡你。」

「別理他們。」瓦說，「偉恩，去幫忙看門。亞利克，我需要你跟我一起進去，若是看到你們的文字，你可以幫我翻譯。」

面具男點點頭，拉下面具戴好。他還是戴著面具比較合適。偉恩也長不出好看的鬍子，不過起碼有自知之明，知道要刮乾淨。

宓蘭往前走去。「黛兒欣，妳走在我後面，」瓦說，「踩著我的步伐走，亞利克也是。」

偉恩和兩位女士被留在了後方，而前方一支大尖刺從暗格中射出，一槍就將宓蘭釘在牆上。她以勝利者的姿態拔出尖刺，蹣跚地往前走去時，受傷的腿已逐漸癒合。

「知道嗎？」偉恩回頭朝史特芮絲和瑪拉席望去，「這個女人若是來個摔角式飛身重壓，可能比我厲害噢。」

24

瑪拉席在偉恩和史特芮絲身旁坐下，看著遠方提著燈朝神殿而來的隊伍。套裝和手下逐漸逼近了。

那些人到達後，他們三個該如何應付？交戰？能支撐多久呢？獎章給予的暖和會有耗盡的一刻，手邊又沒有任何防寒衣物。

現在只能期望瓦希黎恩盡快找到哀悼之環，好讓大家趕在套裝抵達之前，溜回飄浮器內。一個想法從她腦中冒了出來，如果能讓那個跋山涉雪、千里前來尋找荒廢神殿的人，困在大雪裡呢？

雖是妄想，起碼讓她分神，不再杞人憂天。

*坐好，瑪拉席。別惹麻煩。看好偉恩，當個好保姆。*儘管那不是瓦希黎恩的本意，但她依然覺得被冒犯了。

她不想乾坐著生悶氣，於是從手提袋中拿出雷魯爾的小尖刺。這麼一個小東西，好乾淨，閃閃發光的……白鑞，對吧？在史特芮絲的提燈照耀下，她好希望自己不知道它的來歷。製造一支尖刺，必須殺害一個人，打散他的靈魂，截取其中的一部分來創造一頭坎得拉。

雖然它是很久以前，經由一個死了好幾百年的亡魂製造出來的東西，瑪拉席仍然覺得似乎有鮮血從她的指間流下，尖刺也好像滑滑的。它不應該如此潔白無瑕。

不過，若是沒有坎得拉充當和諧的手，引導和保護人類，哪有現在的我們？如此美善的坎得拉，卻有個如此血腥的起源。史書確實記載了，就是因為有坎得拉幾個世代搜集天金的努力，否則人類早就被毀滅了。

統御主也是。他是野獸，創造出這種必須傷人害命的尖刺，卻又跑到亞利克的世界，拯救了他們的文明。

瓦希黎恩傾盡一生，追尋正義。他心胸開闊，多年前饒恕了偉恩，最後傾全力支持和維護法律。真是矛盾、短淺啊。瑪拉席想要一個不需要執法單位的世界，難道這就是她最近看不慣瓦希黎恩的原因嗎？

「看妳小心翼翼的。」偉恩朝尖刺努努嘴，「妳不想刺到自己，把自己變成坎得拉？」

「我確定坎得拉不是這樣變出來的。」瑪拉席把尖刺塞回手提袋中。

「很難說，」偉恩說，「妳應該交給我保管，以防萬一。」

「給你保管？你一看到什麼不值錢的玩意，就會拿它去以物易物。」

「不，我不會，」偉恩頓了一下，「怎麼？妳是不是看到什麼好東西啦？」

瑪拉席起身朝史特芮絲走去，看著她端莊地坐在神殿門廊牆邊的石架上，雙膝併攏，背部挺得直直的，就著燈光一筆筆在本子上寫字。

「史特芮絲？」瑪拉席問。

那女人抬起頭，眨眨眼，「啊，瑪拉席，來幫我想個標題。我真是沒用。」

「妳說什麼？」

「沒用。」史特芮絲拿起了筆記本。不是那本口袋型的，而是大本的，全開筆記本，是她用來腦力激盪的那本。

她剛才是在筆記本的書背上寫字，「我試著量化我的無用，好做參考。」史特芮絲說，「我對我在團隊中的位置並沒有心存幻想，我就是個包袱，是麻煩。只能看看馬，還必須被保護遠離機關陷阱。這一路上，如果瓦希黎恩能找到安全的地方安置我，他早就丟下我了。」

瑪拉席嘆口氣，也在石架上坐了下來。這能撐得住她們兩個嗎？「我懂妳的感覺。」瑪拉席說，「我第一年當瓦希黎恩的跟班時，也覺得進退維艱，總覺得瓦希黎恩把我當成是咬著他後腳跟的小狗。而現在，他終於接受了我，卻又好像只把我當成一個需要時拿出來用，不需要時就放回櫃子的工具。」

史特芮絲歪頭看著瑪拉席，「我想妳誤解我了。」

噢，糟糕，瑪拉席立刻認錯，「怎麼說？」

「我並不介意被當成是包袱，」史特芮絲說，「我只是陳述事實。在這趟探險中，我百無一用，不過想想我以往的生活經驗，這也不奇怪。然而，若是我想改善現況，我需要知道我現在在哪個階段，又有多遠的路要走。」

她翻過筆記本，讓瑪拉席看看她剛才在書背上寫的筆記。爲什麼寫在書背上？史特芮絲畫了一個小圖表，圖表上標有分數。立軸的第一格，她寫著「有用」兩個字，上面標注了其他人的名字。鐵鏽的——她居然替每個人在這趟任務中的價值評分。瓦希黎恩得一百分，宓蘭也是。偉恩是七十五分。

瑪拉席是八十三分。這倒是出乎她意料之外。

「我認爲低於十分這個門檻，就算是無用。即使有些小貢獻，卻還是團隊的累贅。我想我有七分，因爲還是有我派得上用場的地方，儘管很少。妳覺得呢？」

「史特芮絲，」瑪拉席推開筆記本，「妳何必在乎有用無用？」

「是啊，但妳呢？」

「因爲這就是我想成爲的那種人，」瑪拉席說，「而妳不是——妳完全可以開開心心地坐在起居室裡，查看帳本。但妳卻跑來這裡，在山頂的暴風雪中準備迎來一場大戰。」

史特芮絲抿嘴，想了想，「我以爲我可以在宴會中幫幫瓦希黎恩爵爺，我也的確做到了。我一開始想像這只是一場政治上的較量。」

當然，她凡事都得分析分析。瑪拉席往後一靠，目光移向門外那些逼近的燈光。幸好偉恩很認眞地在監看。雖然他有時候表現得像個笨蛋，卻是個有責任感的人。

「也許，」史特芮絲輕聲說，「也許我跟來，是因爲感覺……」

瑪拉席的目光銳利地移回到姊姊臉上。

「好像整個世界都顚倒了過來，」史特芮絲仰望著天花板，「好像自然的規律和人的法規不再當道。傳統的規範法則突然變得寬鬆，就像鬆掉的弦一樣。我們的地位……一想到我可以打破規則，推翻預期，推翻別人對我的看法，和我對自己的看法，展翅高飛，我就好開心。

「一開始，我是在他眼裡看到那股渴望的火焰，接著我發現自己也有。瓦希黎恩是一團火，能感動旁人的火。我來到野外，和他在一起的時候，我被點燃了，瑪拉席。這感覺眞好。」

瑪拉席張口結舌，驚訝地看著姊姊，剛才那些話是從史特芮絲口中說出來的嗎？謹愼、無趣、一板一眼的史特芮絲？她瞥了瑪拉席一眼，臉飛紅了起來。

「妳眞的愛他，對不對？」瑪拉席問。

「這個，愛是種強烈的感情，需要愼重思量——」

「史特芮絲。」

「對，」史特芮絲低頭看著筆記本，「很傻，對不對？」

「當然，」瑪拉席說，「愛本來就屬於傻子的感情。也只有傻，才會有眞愛。」瑪拉席伸手過去抱抱她，「我眞爲妳感到開心，史特芮絲。」

「那妳呢？」史特芮絲問，「妳何時也找個人來讓妳快樂？」

「別人是沒辦法讓我快樂的，史特芮絲。對我來說，這行不通。」

那什麼才行得通？她又抱了抱史特芮絲，心煩意亂地走去瞧瞧偉恩。

「在想什麼？」偉恩問。他就站在入口大門旁，瑪拉席走到了他身旁。

「沒想什麼，只是我對某個人多年來的印象在片刻間粉碎了。我納悶若是每個我認識的人都深不可測，那我該如何避免隨隨便便評價他人，免得對方眞實地展露出複雜面時，自己受到太大的震撼。你呢？」

「我剛才看著妳們兩個，」偉恩的目光不在她身上，而是落有所思地望著門外的雪白大地，「就在想，難道一對相親相愛的姊妹在男人眼中，眞的會變得特別性感，或者那只是酒吧播放的流行歌曲裡才有的事？」

瑪拉席吐出長長的一口氣，「謝謝你噢，偉恩，你讓我學會要相信自己的判斷。」

「隨時候教。」

「那些燈光的距離依然很遠，」瑪拉席說，「他們會不會被困在大雪中？」

偉恩搖搖頭。

瑪拉席蹙起眉頭，注意到他的姿態——滿輕鬆的，不過倒是拔出了一支決鬥杖，橫放在膝上。

「怎麼？」瑪拉席問。

「如果是我，」偉恩說，「既然知道有人在監視，我就會留下提燈，製造前進困難的假象，然後繼續悄悄潛行。」

瑪拉席的目光移到殿外，這次忽略了燈光，只凝目掃視燈光前方風雪狂飛的黑暗。就在此刻，神殿前被風掃去積雪的裸岩石地上，她瞥見了某種動靜。有黑影在陰影中移動。

「要通知瓦希黎恩嗎？」瑪拉席問。

「我覺得……」偉恩拉長尾音，瑪拉席警覺地舉起步槍。

「怎麼了？」瑪拉席問。

偉恩指著一個走近的黑影，它手上還舉著一支畫有X的小旗子。那是談判的符號。

瓦拉著繩子，協助宓蘭爬出坑洞。她一爬過洞沿，便啪地翻身躺下。身上的衣服正如她先前預言的已破破爛爛，被刺穿了幾十個洞，左邊的褲管甚至撕裂到大腿上。

她的軀體也有些變化，原本的曲線豐腴換成了結實的肌肉，她也早已摘下頭髮放到亞利克背著的包袱中，現在頂著一個大光頭。

瓦跪在她身旁，抬眼望著布滿尖刺、坑洞、毒箭和各種奇奇怪怪機關的廊道。整座神殿就像是一道長長的走廊，設計得讓人寸步難行。

不太對勁。瓦思忖著，但哪裡不對呢？

宓蘭正打算爬起來。

「再休息一下。」瓦按著她的肩膀說。

「我們的時間不多了，拉德利安。」她坐了起來，緊張兮兮的亞利克遞來了水壺，她接下，灌了口水。黛兒欣雙臂交抱站在附近，一臉不耐煩，顯然受不了這沒完沒了的機關。只見她不時地回頭張望，似乎擔心套裝會突然出現抓走她。

「身上的骨頭如何？」瓦問宓蘭。

她抬起左手，上臂的骨頭從中斷裂，皮肉相連，餘下的部分懸蕩在半空。

瓦倒抽口氣，「妳一點都不痛？」

「我關閉了痛覺神經，」宓蘭說，「幾百年前學到的小把戲。再加上骨頭是水晶做的，沒有感覺。」她皺皺臉，手臂逐漸挺直起來，似乎斷裂的部分正在接合中。但其實沒有，瓦知道她不能自製骨頭，也不能自癒，「又一個補釘？」

宓蘭點點頭，她延長了斷骨處四周的韌帶，再收緊，將骨頭拉直。她已經這麼接骨好幾次了。

她動身爬了起來。

「我們可以找別條路走，」瓦起身說，「破牆而過，或者試試屋頂。」

「那得花多少時間？」

「看我們有多看重藏在裡面的東西。」

「如果因爲失去耐性而毀了哀悼之環，不就枉費這一路來的辛苦？」

瓦望著前方走廊剩下的路段，他們幾乎快闖到盡頭了，他已看得到那裡有扇門，所以才沒進一步催促宓蘭再往前挺進。

「總之妳不需要再費勁了，我覺得這些機關好像有個固定模式。」瓦說。

「什麼模式？」宓蘭問。

「踩下妳右手邊第二塊石頭下面的壓力板，」瓦說，「就會有箭射出。」她看看瓦，走過去用腳趾踩了踩壓力板，隨即有利箭從牆壁射出，從她面前飛過，擊中對面的牆壁。

「再往前走兩塊石頭，」瓦說，「有條微弱的金屬藍線直指石頭下面。這兩關都是牆內機關。」

宓蘭走過去輕輕踩了踩，牆壁開了個口，落下一段插滿尖刺的圓木。

「漂亮。」宓蘭說。

「最後一個就是地洞陷阱了。」瓦和她一起繞過掉落的圓木，「檢查一下妳的繩子。覆蓋在地洞上的石頭，微微翹起的。」

宓蘭用右手拉了拉繩子，但因爲左手的指頭都被壓碎，傷勢太重無法修復，只能用肌腱將碎裂的骨頭融合在一起，握拳行動。

「我討厭這些地洞。」宓蘭說，「一掉下去，就沒完沒了，不知道盡頭在哪裡。」

宓蘭往瓦指的地方一站，瓦朝旁邊一扯，拉緊了綁在腰間的繩子，引來的卻不是地洞陷阱，而是天花板洞開，掉落下一塊事物。宓蘭往後跳開，異色冰塊砰地砸在正下方的石頭上。那東西看起來溼溼的，表面奇怪地油亮。

「和諧之環——」宓蘭蹲下來檢視冰塊。

「也許是酸？」瓦說，「看來原本是以液體狀藏在那上面，隨著時間久遠而透析出來，半結成冰。」

宓蘭久久地凝視著冰塊。

「怎麼了？」瓦問。

「沒什麼，」宓蘭搖搖頭，「所以，就這些了？」

「我發現的，就這麼多了。」兩個人一起來到走廊盡頭，面對那扇石門。沒有門把，旁邊的牆壁也是厚石塊堆砌而成。

門上刻著一些圖紋，乍看彷彿是石頭原有的紋路，仔細瞧瞧卻是以銀線鑲成、帶著符號的圓圈。瓦看著亞利克。

「我一個也不認得，」領航員換上語譯獎章後說，「若是文字，也不是我懂的語言。」

「你想怎麼做？」宓蘭問。

「我們去叫門口的人，」瓦若有所思地說，「大家一起腦力激盪，瑪拉席或許能從雷魯爾的紀錄上認出這些來。」

一行人仍以宓蘭打先鋒，原路返回，不過瓦依然緊盯著任何蛛絲馬跡，以防有尚未暴露的機關。宓蘭也因警覺而不敢走得太快，所以大家前進的速度依然緩慢。

黛兒欣走在瓦的身旁，回頭瞥了那扇門一眼，依然雙臂交抱，不過她戴著獎章，應該不會感到寒冷才對。亞利克尾隨在後，也已經換上了保暖的獎章。

「瓦希黎恩，你想過這一路走來的點點滴滴嗎？」黛兒欣低聲問。

「有時候。」瓦說，「這一路走來，歷歷在目，儘管有些不太合我的心意，但靜下心來仔細回味，我都問心無愧。」

「我就跟你不一樣。」黛兒欣說，「我記得小時候，總以為世界是我的，長大後，一定能呼風喚雨，實現夢想，變成一個大人物。但年紀越大，越覺得能掌控的不多。不應該是這樣啊，怎麼小時候志向遠大，成年後，卻經常覺得無能爲力？」

「都是套裝的錯，」瓦說，「他把妳監禁了這麼久。」

「是，也不是。瓦，我是個成年人，頭髮已經花白，人生也已經走了一半，應該搞得清楚前因後果吧？」她搖搖頭，「不是叔叔的錯。我們做了什麼，瓦希黎恩？我們一直孤孤單單的，父母親都去世了。現在我們已成年，但我們的童年都到哪兒去了？我們又能留下什麼？有什麼成就？你難道不覺得自己從未眞正長大？別人都長大了，只有你一個人偷偷地裝大人？」

他從沒有那種感覺，不過依然咕噥一聲，假裝附和。一路上他只看到姊姊對套裝和他的手下的憎恨，現在能聽聽她脆弱的心聲，也是件好事。

「所以妳才會熱衷來此地？」瓦問，「妳認爲我們在這裡找到的東西，能完成某件事？」

「起碼對社會有幫助。」黛兒欣說。

「除非這東西摧毀了社會。」

「是促使社會進步，不是毀滅。即使這麼做，我們依然落後。」

她又退回自己的世界去了。瓦理解她所經歷的苦難，並不想苛責她。他眞希望在飛來這裡前，能有時間先飛回依藍戴，好好地將她安頓在溫暖、安全的地方。

他們循原路往回走，再次經過已啓動過的機關，踩著從天花板掉落下來的石塊，繞過從牆壁射出的利箭和長矛，甚至從一整面倒塌的，卻被宓蘭用大石卡住的石牆縫下鑽過。瓦率先勉強擠進石牆和地板的縫隙，向上鋼推幾枚錢幣，將石牆抬高一些後，再用石頭支撐住石牆的兩邊，但大家依然需要彎腰才能通過。

他們還眞的又發現了兩個陷阱，也都啓動了。瓦越來越不滿意，眞是大費周章，他再次注意到牆上彈出數支長柄鐮刀的暗格。這個機關已經不具威脅性了，但當初設置機關的人，確實心靈手巧，令人佩服。

「亞利克，」瓦示意那個人換上語譯獎章，「你的先人爲何蓋了這麼一座顯眼的場所來安放哀悼之環？蓋了一座神殿，大肆宣揚裡面藏有寶物，又大費周章地設置重重機關？何不把哀悼之環藏在一個低調的地方，比如山洞？」

「我說過了，哀悼之環是個考驗，深思熟慮的高人。」亞利克說，「而且當初建造神殿的人，並不算是我的族人。現在的族人中，也沒有那些祭司的後代。」

「好，」瓦說，「你也說了，君王留下了武器，並且命令親信守衛這個地方，因爲他會再回來，對吧？」

「傳說是這麼說的。」

「那麼這些機關就不合理了，」瓦指著走廊前方，「難道他們就不擔心君王的安全？」

「這些普通的機關奈何不了他，眼力差的大師。」亞利克大笑一聲，笑聲中隱含著不安，他又瞥了宓蘭一眼，「這些機關是考驗中的一部分。」

一行人繼續往前走，但瓦依然感到不滿意。亞利克的解釋是有些道理，至少解釋了爲何將神殿建造在深山之中，而其他細節，也都合情合理。

也許問題就出在這個「合情合理」。

「瓦！」前方走廊冒出了偉恩的頭，他們已快回到大門口，「瓦，你終於回來了。兄弟，你叔叔到了。」

「距離多近？」瓦快步走去。

「很近，很近，」偉恩說，「近到像是上門來討房租那麼近。」

瓦本來期望能趕在他們抵達之前，先找到哀悼之環。「我們必須想辦法炸毀入口，」瓦一邊說，一邊走到偉恩面前，「或者炸毀這段通道，把他們堵在外面，我們才能去找哀悼之環。」

「是可以啦，」偉恩說，「或是……」

「或是什麼？」瓦僵立在原地。

「我們抓到他了。」偉恩的拇指往後一指，「瑪拉席正拿著槍指著他的頭。」

抓到他？「不可能。」

「是啊，」偉恩的口氣帶著困惑，「但他自己拿著一支小旗子朝我們走來，說要找你談談。」

25

瓦走過門廊，來到外面的臺階上，愛德溫·拉德利安就站在統御主雕像下的第一級階梯上。瓦早已習慣那個人一身西裝筆挺和富貴奢華的行頭，沒料到會看見他此時裹著厚外套，臉埋在兜帽中，帽沿的獸毛掃拂著他凍得紅通通臉頰的模樣，還真是不習慣，同時也有一絲幸災樂禍。愛德溫的鬍子上卡著雪花，對著瓦微微一笑，戴著手套的兩隻手，疊放在象牙手杖的頂端。

瑪拉席在門口跪下來，舉起步槍瞄準他。愛德溫就一個人站在那裡，他的上百個手下在階梯底下的岩石地上搭帳篷，安置補給物資。

「瓦希黎恩！」愛德溫說，「在寒冷的風雪裡談話，不太合適，介意我加入你們的行列，進去聊聊嗎？」

瓦打量著那個男人，他又在耍什麼詭計？愛德溫不可能獨自一人深入虎穴，不是嗎？

「把槍放下，」瓦對瑪拉席說，「謝謝。」

瑪拉席猶豫地站起來。瓦對愛德溫點頭，後者趕緊興高采烈地走來，穿過大門入內。她才發現原來愛德溫是個身材矮胖，又有一張圓圓臉龐的老人。瓦跟隨他走進門裡，愛德溫脫下手套，拉下兜帽，露出一頭花白的頭髮，跟著脫下厚毛皮外套，露出白色厚上衣，厚褲子和吊帶，但等他把外套在手臂上掛好後，紅通通的臉頰已恢復正常面色，身體也不再發抖了。

「看來你已經清楚獎章的用途。」瓦說。

「當然，」愛德溫說，「只是不知道如何填充耗盡的暖氣，所以必須用在刀口上，只給不能受凍的人使用。」他的目光移到瑪拉席身旁的亞利克身上，亞利克抓著瑪拉席的手臂，兩眼瞪著愛德溫。

黛兒欣。瓦猛地想起姊姊，四下尋找她的蹤影。如果她又像在倉庫射殺那個人一樣，朝叔叔開槍……

只見她遠遠地站在門廊盡頭的機關走道開口上。偉恩心有靈犀地走了過去，站在她附近，背對著門口，再回頭慵懶地對瓦點了一個頭，承諾會看住她。

「我看到你偷了我的一個野人，」愛德溫朝亞利克一指，「他教你們使用獎章了？啓動暖氣和減重功能？」

瓦抿嘴，沒有回應。

「別裝傻了，姪子，」愛德溫說，「我一看就知道是哪種獎章在運作。可惜我們沒發現大船中居然還藏有那架小型飛行器，否則這趟旅程就輕鬆多了。」

「你爲何來這裡，叔叔？」瓦若無其事地往旁邊一站，背靠著牆，以防外面有狙擊手埋伏。沒想到瑪拉席早就警覺到這點，已經背靠著牆站好。

「我爲何來這裡？理由跟你一樣，姪子。來找一種武器。」

「我的意思是，」瓦說，「你爲何冒險孤身一人進來？你這是自投羅網？」

「自投羅網——姪子，我是來談判的。」

「我沒必要跟你談判。」瓦說，「你現在在我手裡了，我以叛國罪、謀殺和綁架等罪名拘捕你。亞利克就是證人。」

「那個野人？」愛德溫失笑出聲。

「我還有——」

愛德溫用手杖敲了敲石頭，手杖上的裝飾是金屬製的。蠢，瓦可以利用那些金屬來攻擊他。

「不需要，不需要。」愛德溫說，「我並沒有落入你手中，姪子，別再拿這種幻想來欺騙自己了。即使你把我抓回依藍戴，丟進大牢裡，我也能在幾日內安然出獄。」

「我們等著瞧。」瓦舉起問證，指著愛德溫的腦袋，「跑啊，辯解啊，我看你還要不要臉。」

「這太戲劇化了吧，」愛德溫說，「是在蠻橫區學的？」他搖搖頭，「你沒看見外面嗎？我帶了二十個鎔金術師和藏金術師，孩子。全是訓練有素的殺手，所以更應該說，是你落入我手中了。」

瓦扳起問證的保險，「幸好我挾持住你了。」

「我在組織中的地位並沒有那麼重要，」愛德溫微微一笑，「他們寧可捨棄我，也要逮住你。但事情不需要鬧到那個地步，你不需要拿我當人質，這對你有什麼好處？我們已挖出了那艘小飛船。你們也不會活著走出這裡，除非我命令他們放人。」

瓦咬牙切齒看著愛德溫走到門口，在石架上坐下來，從口袋抽出菸斗，朝原本坐在石架上正起身離開的史特芮絲點個頭打招呼。

「能借我提燈嗎？」愛德溫問。

史特芮絲把提燈遞過去，愛德溫拿一支點火棒伸進去，借火來點燃菸斗，接連吐了幾口煙後，他往後一靠，和氣地笑笑，「如何？」

「你想要什麼？」瓦說。

「跟你一起行動。」愛德溫的下巴朝殿內的走道揚去，「我們審問過那些後來終於願意好好說話的野人，他們也指出這裡有機關走道。而……」愛德溫頓了一下，「啊，看來你們已經通過了那些機關，對吧？那你知道了那扇門？」

「你怎麼知道的？」亞利克踏上一步，雙手握成拳。瑪拉席按住他的肩膀示警，阻止他再往前走去，「你對我的同伴做了什麼？」

「看來，你也開口說話了。」愛德溫說，「統御主將如此絕妙的知識傳授給你們，實在不是什麼好事，你不覺得嗎？野人。他們一定藏在——」

「你怎麼知道的？」亞利克提高音量追問下去，「如何知道這些走道的存在？還有那扇門？」

「我想你的隊長知道許多你不知道的事。」套裝說，「她有沒有告訴你，她年輕時曾以副隊長之職，帶領那個獵手團隊？她又是如何灌醉他們，套出祕密？她說他們計劃返回這裡，取得大獎。」

「我的隊長，」亞利克的聲音沙啞，「她還活著？」

套裝微微一笑，抽著菸斗，然後轉向瓦，「我可以帶你進那扇門。我有鑰匙，是一個垂死的祭司傳給一個無用的獵手，再傳給一個飛船隊長，現在到了我手上，」他兩手一攤，一隻手上就是那支菸斗。

「你在耍我。」瓦瞇起眼睛說。

「我就是。」套裝說，「問題是，你能拿我如何？不達成和解，就是僵局。我的人進不來。神殿固若金湯，若是以火藥對付，又擔心損毀寶物；而你們呢，出不去。沒有我的幫助，你們也拿不到哀悼之環，更別想通過我的鎔金術師大軍，只能餓死在這裡。」

瓦咬牙切齒，鐵鏽的，他好恨這個人。愛德溫……套裝……他是在上流社會爛瘡中茁壯的細菌，散播病菌，引起高燒。他是營私巧詐，苟且貪婪的代表，是瓦無比憎恨的那種人。

「瓦希黎恩，」站在走道入口的黛兒欣說，「別相信他。他一定在利用你，他會贏，他每次都贏。」

「好，就按你說的做，叔叔。」瓦不情願地說，「不過門一旦打開，你就必須退回到這裡。」

愛德溫哼了一聲，「我要進去，穿過那扇門，看看裡面有什麼，否則你們就得不到我的幫助。」

「那你必須接受我們的監視，我會拿槍指著你的頭。」

「同意。」他抽了一口菸，把菸斗含在嘴裡，再微微一笑，白煙從牙縫中冒了出來。

瓦將叔叔全身掃瞄一遍，知道除了手杖，他身上沒有鎔金術可作用的金屬，卻也沒有任何的鋁製品，至少沒有大量到足以致命的鋁。

「請。」瓦手上的槍朝入口一指，不去理會黛兒欣的怒目瞪視。偉恩起身把黛兒欣拉到一旁去，愛德溫則步履輕盈地走過，身後留下絲絲白煙。瑪拉席走到跟隨在後的瓦的身旁，握著步槍的指關節已發白了。亞利克、史特芮絲和宓蘭也跟了上去，偉恩和黛兒欣走在最後面，他盡可能讓瓦的姊姊離愛德溫越遠越好。

「你確定？」瑪拉席一邊問，一邊踩過散落在地上的石頭、長矛和利箭。

瓦沒回答她，滿腦子都在思忖叔叔葫蘆裡究竟賣的是什麼藥。我疏漏了什麼？大家來到那扇門前時，他腹中已經塞滿數種可能性了。

愛德溫站在門前，上下打量那些符號，「推那個，」他指著一個圓形刻紋，「用鎔金術。」

瓦要大家退後，只留下偉恩在身邊。個子較矮的偉恩點點頭，他手上戴著的金屬意識手鐲含有大量的療癒，也準備好隨時啓動速度圈，以防愛德溫伺機而動，利用那扇門來做文章。

瓦一個鋼推，只聽得喀嚓一聲。

「現在換那個，」愛德溫又一指，「三角形的。」

喀嚓。

「最後是這個。」愛德溫用手背輕敲一個符號。

「就這樣？」瓦說。

「她說，只要一個錯誤，門就會凍結住，」愛德溫懶懶地說，「門上設有計時器，十年後，才有再試的機會。就算花一輩子破解密碼，成功的機率也很小。」他看著瓦，微微一笑，「這些符號，顯然統御主一看便能辨認出正確的密碼組合。」

瓦回頭瞥著亞利克，後者搖搖頭，一臉的困惑。「我眞的不認得它們。」

瓦轉回身，凝神屛氣，朝最後一個符號鋼推。喀嚓一聲，跟著是低沉的石頭和金屬刮擦聲，整個門板向一邊滑去，讓出一條通道。愛德溫朝通道走去，卻被瓦的槍給逼住了。

「你得搞清楚，」愛德溫說，「我花了好長的時間，費盡心思，才找到這個地方，所以沒人有資格趕在我之前，踏過那扇門。」

「但是呢，」瓦抓住打算溜進去的黛兒欣的肩膀，「宓蘭？」

「好，」鐵鏽的，那頭坎得拉一瘸一拐穿過了門洞，兩條腿因爲斷骨而一長一短。她說她不覺得痛，如果她在說謊，瓦也沒轍。

她走進門內，裡面的房間射出一道柔和的藍光，倒是牆壁內有更多的透明藍光。

「一路進來，沒有東西射中我，」她在裡面說，「需要我繞一圈嗎？」

「檢查門口附近即可，」瓦喊著回答，手上的槍依舊指著愛德溫，「幫我們確認是否安全。」

大家繃緊神經等了等，卻沒聽到任何動靜。

「還在等什麼？」黛兒欣問，「門後是什麼？那可是稀世奇珍啊。」

「它不會跑掉的。」

「你從來都不想知道門後藏著什麼，」黛兒欣低聲說，「你從來都不會追逐地平線。你的好奇心去了哪裡？」

「我的好奇心活得好好的，只是引起我好奇的人事物，與妳的大不相同。」

「一切正常。」宓蘭終於在房內說。

瓦點頭要其他人先走，他和愛德溫殿後，「待在門邊。」瓦告訴他們。

兩人一進入門內，瓦立刻走近叔叔身邊。

「好嚇人。」愛德溫上下打量著瓦，「你把我跟他們隔離開，是想嚇唬我嗎？」

「我在乎房裡那些人的生命安危，」瓦輕聲說，「像你這種狼心狗肺的人，一定無法理解。」

「你覺得我冷酷無情？」愛德溫的口氣嚴厲，「我一直試著救你一條命，瓦希黎恩。為了你，我與組織抗爭。我曾經把你當成自己的兒子一樣疼愛。」

瓦再次舉起問證。

「一等這裡了結後，」瓦說，「你要把組織成員的名單交給我，等我將你逮回依藍戴後，我們再好好談談。」

「你打算動武逼迫我交出名單？」愛德溫說。

「我依法行事。」

「為了達到目的，法律可以改，也可以扭曲。你說我狼心狗肺，因為我追求權力而恨我。而你自己卻效忠那些跟我一樣的人。參議院？用經濟法條勒斃了孩童們的生命。」愛德溫往前走去，瓦移動槍管貼著他的太陽穴，「等你一步步老去，瓦希黎恩，就會知道我是對的。好人壞人的區別，不在於他們的所作所為，而在於他們傾盡全力追求的聲名。」

「瓦希黎恩？」瑪拉席出現在門口，「你會想看看這個。」

瓦咬牙切齒，感覺兩眼在抽動，他終於拿開了槍，朝門內一指。

愛德溫走了進去，菸斗的餘煙尾隨著他飄蕩。瓦跟著他進入位於堡壘式神殿中央部位的石室。那座高臺，就是外面入口通道壁畫中的高臺，正立在石室中央，鍍著金，細長型，設有階梯。臺上有支小方柱，柱頂是覆蓋著紅色天鵝絨的金架子，一看就是安放貴重聖物的展示座。一道與室內兩側藍光不同的柔和白光，從高臺上方投射下來，光芒全面浸淫著那件聖物——

那件不知去向的聖物。

碎玻璃散布在高臺地面上，瓦從眼角餘光確認那曾經是展示座上玻璃罩的一部分，曾經罩著擺放在那裡的物件。

石室一片寂靜，地板上的結霜沒有任何變化，石門滑開後被攪起的灰塵懸浮在空中，四壁沒有其他的門或出入口。

「不見了，」瓦低聲說，「有人早了我們一步。」

26

「幹麼都看我？」偉恩說。

「本能反應。」瑪拉席說。她拿著槍指著愛德溫，宓蘭也是。

瓦謹慎地選取落腳之處，這裡好像是謁見室。其他人正打算跟上去，被他豎掌制止。

「走中線，上高臺，」他看也沒看地囑咐同伴，「兩側有地洞陷阱，而那個扁平的方板呢？一踩就會有利刃從天花板砍下。」

「他是怎麼知道的？」史特芮絲問，又緊抓著筆記本做紀錄。

「瓦天生對一切傷人害命的陰謀詭計異常敏銳。」偉恩說，「你們還一直看著我，鐵鏽的，難道真以爲我能躲過大家的耳目溜進來，拿走那個鐵鏽的東西？」

「不是。」瑪拉席坦承，「但確實有人拿走了，會是雷魯爾嗎？」

「不會的。」瓦蹲下來撿起通往展示座階梯上的碎玻璃，「從灰塵看來，這些碎玻璃散落在地板上已經很久了。」

那頭坎得拉不可能通過外面走道的重重機關，而且凡是被啓動過的機關，附近都有倒下的屍體。

那頭坎得拉最可能在拍下相片後，明智地決定先返回，召集更多的同伴，組織探險隊前來尋寶。坎得拉長生不死，他不必急在一時，反而會花幾年的時間探勘神殿，逐一破解祕密。

那麼，會是誰呢？

黛兒欣打從他身邊走過，踏上高臺。碎玻璃在她腳下咔啦作響，瓦抬眼望見她朝空蕩蕩的展示座走去，驚呼了一聲，「怎麼會這樣？」

宓蘭搖搖頭，「如果是你暗中偷走寶物，你會怎麼做？轉身就跑，留下機關敗露、敞開的神殿，或者，重設機關後再溜走？」

不會，瓦心想。重設機關？不可能。他朝叔叔望去，後者拿著菸斗，怒目瞪著高臺，也是一副不可置信的樣子。

他會不會是裝出來的？打算搶到哀悼之環後，扔下我？瓦拂掉一塊玻璃上的灰塵，隨即往旁邊一扔，再撿起一塊更大的，定睛一看，是角落部位的玻璃。瓦打量著玻璃塊，接著又撿起另一塊，將兩塊併放在一起。

「太令人失望了。」愛德溫似乎真的很困擾。

不是他，瓦心想，拉長迷霧外套的一條流蘇，用來評量玻璃塊的長度，不，偷走寶物的人是很久以前，遠在……

瓦站起來，其他人的爭論變成了遙遠的嗡嗡聲，他盯著安放哀悼之環的展示架細瞧。那座以天鵝絨爲頂的小架子，凍結在時光之中。

「也罷，」愛德溫說，「是時候告一段落了。」

瓦猛地轉身，舉槍瞄準。

他瞄準的，不是愛德溫，而是他姊姊。

她瞪著瓦，一隻手放在口袋上，慢慢抽出一把槍。她從哪裡得來那把槍的？而瓦竟然沒察覺到。是鋁槍。

「黛兒欣。」瓦的聲音沙啞。

愛德溫不可能潛進來這裡，她的嫌疑最大。鐵鏽的。

「抱歉，瓦希黎恩。」黛兒欣說。

「別這樣。」瓦遲疑了一下，但這一下太久了。黛兒欣舉起了槍。

瓦開槍，黛兒欣也是。但瓦的子彈偏到一邊去，被鋼推開了。而黛兒欣的子彈，一顆鋁彈，正中瓦的鎖骨處。

瑪拉席想都沒想就開槍射向套裝。無論事態如何發展，只要他死了，就再也翻攪不出風浪。

可惜她的子彈也偏向一旁去，閃過了愛德溫，接著，步槍也從她手中往後彈開。套裝對她冷冷一笑，令人心驚的一笑。

高臺上的瓦希黎恩踉蹌後退幾步，鋁彈正中鎖骨和頸項的接合處。他試著穩住身子，可是黛兒欣的第二顆子彈又射中他的下腹部。瓦希黎恩往後倒下，滾下階梯，悶哼一聲摔到地板上。

愛德溫是鎔金術師。

黛兒欣是組織一員。

瑪拉席再次憑本能反應，偉恩也朝套裝撲去，套裝眨也不眨眼地朝決鬥杖一揮，再在自己纏繞著金屬的手杖上一個鋼推，枴杖朝偉恩擊去。

偉恩猛地朝瑪拉席撲去，枴杖鏗鏘落地。他悶哼一聲，撞在地板上，瑪拉席則朝套裝撲去，若是能將套裝困在她的速度圈中，偉恩就可以——

她的金屬存量不見了。她背後的偉恩蹣跚地爬起來，也是一臉困惑。黛兒欣剛才拋了一個物件到他們之間。

是一個小金屬方塊。又一個鎔金術手榴彈。原來她也是鎔金術師。她拋了一袋東西給套裝。是錢幣。

偉恩恢復鎮定，又朝愛德溫撲去，愛德溫灑出一把錢幣，偉恩低咒一聲，在半空中呆住，錢幣紛紛穿透他的軀體而過。瑪拉席震驚地看著那一幕，身旁一個人尖叫出聲。

不能，她不能驚惶失措。她朝套裝猛力一撲，又被套裝輕輕鬆鬆就撥到一旁去，她的手抓住了套裝的上衣，卻又鬆脫開。落地時，她的頭部砰地撞上石地。

撞得昏沉沉的她，看見瓦希黎恩東倒西歪地爬了起來，鮮血汩汩，黛兒欣再一次開槍。瓦希黎恩向旁邊衝去，卻不是衝往門口，也不是套裝，而是往石室側邊跌撞而去，那個方向只是石室的一個角落，他會把自己困在角——

地板掉落，瓦希黎恩跟著掉進地洞裡。

附近的偉恩爬了起來。

「撂倒他！」套裝大叫，錢幣朝偉恩激射而去。

站在高臺上的黛兒欣朝偉恩開槍。她的槍法普通，再加上擔心誤射愛德溫，所以開了好幾槍。

卻沒摺倒有黃金金屬意識護身的偉恩。偉恩朝黛兒欣比了一個粗俗的手勢，隨即衝出了門口，身上的傷口幾乎在受傷後就立即痊癒了。

套裝咆哮一聲，黛兒欣再次扣下扳機，只有喀嚓一聲，子彈用盡了。瑪拉席撲過去打算抱住套裝的雙腿，絆倒他，卻被他一腳踹中胸口，她悶哼一聲。套裝一隻腳踩住瑪拉席的喉嚨。

「偉恩！」套裝大叫，「回來，否則我殺了他們！」

沒有回應。偉恩似乎已經逃遠了。很好。他不會丟下他們，他清楚只有逃出去，才有機會救人。

「我說到做到！」套裝大叫，「我會殺了她！」

「你以爲他在乎嗎？」黛兒欣問。

「老實說，我也不確定，」套裝說。他等了一下，看看偉恩是否會冒出來，接著嘆口氣，將腳從瑪拉席的脖子上拿開。

儘管瑪拉席暈頭轉向地喘不過氣來，仍然把握時間抬眼評估局勢。宓蘭在地板上打滾，她是什麼時候被打倒的？亞利克和史特芮絲僵立在原地，兩眼睜得大大的。剛才的一切，全在眨眼間就結束了。若是在幾年前，瑪拉席也會跟那兩個人一樣被嚇得目瞪口呆，然而現在，她在某種程度上還滿欽佩自己的反應竟然那麼快。

只是看來她的進步還不夠。愛德溫撿起步槍，瞄準著她，「妳過去。」愛德溫用槍示意瑪拉席爬到史特芮絲和亞利克身旁，以便監控。瑪拉席企圖反擊，但如何反擊呢？她沒了金屬存量，重新補充的，又立刻蒸發於無形中。

瓦希黎恩掉入地洞，很可能在那裡流血而亡。偉恩逃掉了，但他身上已經沒有彎管合金。宓蘭也倒在地上，無法起身。

她只能靠自己了。

「拜託，」亞利克在瑪拉席爬過去時，慌張地抓住她的手臂，「拜託。」

亞利克嚇壞了，瑪拉席可以理解，他親眼目睹自己的偶像瓦希黎恩被擊倒，眼看著又要落入套裝手中，不害怕才怪。史特芮絲則一直瞇眼看著黛兒欣。

瓦希黎恩識破了她的詭計，只不過太遲了。他沒想到要搜查黛兒欣，剛才開槍時又沒有當機立斷。雖然他機智過人，但一遇到套裝和黛兒欣，就會出錯，每次都這樣。

若是異地而處，妳不會比他強，瑪拉席心想。

黛兒欣冷靜地走下階梯，手槍舉在面前，「搞砸了。」

「搞砸？」愛德溫說，「我覺得很順利啊。」

「我讓瓦希黎恩逃掉了。」

「妳射中他三槍，」愛德溫說，「他死定了。」

「你信？」黛兒欣問。

愛德溫嘆口氣，「不信。」

黛兒欣點點頭，冷冷地抽出口袋裡的小刀，跪下來，拿刀往宓蘭身上一刺。史特芮絲大叫一聲，朝他們走去。

「妳對她做了什麼？」瑪拉席問。

他們沒有回答，不過瑪拉席也猜到了。她知道有種藥液注入坎得拉體內會造成牠們癱瘓，使軀體變形。雖然只是暫時的，但瑪拉席推測應該是發生在她全神關注套裝的時候，黛兒欣趁機對付了宓蘭。現在的宓蘭雙臂變形，兩腿骨折，頭骨的形狀也不適合戰鬥。

黛兒欣在宓蘭身上擺弄了一會兒，拔出了一支尖刺，塞進口袋中，又繼續擺弄。套裝朝瑪拉席走去，瑪拉席從他破裂的上衣瞥見一道金屬光，在兩支肋骨之間閃耀。不是鐵眼那種大尖刺，而是更精巧的尖刺。

他們不止實驗血金術，甚至研究了如何利用尖刺授予他們法力。

黛兒欣終於拔出宓蘭的第二支尖刺，塞進口袋裡。那頭坎得拉開始崩解，變成一灘棕綠色的肉團，從衣服的開口滑了出來，留下綠水晶般的骨頭和頭殼，空洞洞地看著天花板。

黛兒欣指著瓦希黎恩掉落的地洞，「追殺他。」

「我？」套裝說，「我們可以等——」

「等什麼等，」黛兒欣說，「你最瞭解他。你花了那麼長的時間追殺他，但他仍然活到現在。我弟弟比石頭還頑強。」

套裝又嘆口氣，不過這次點了點頭，與黛兒欣交換手槍，拿著鋁槍裝填子彈，然後朝地洞走去。瑪拉席瞥了黛兒欣一眼，後者正看著宓蘭的遺體，手上的步槍已就定位。

要撲過去嗎？瑪拉席思忖著。套裝聽命於黛兒欣，所以她不只是組織的成員，位階更高於瓦希黎恩的叔叔。從她運用鎔金術手榴彈的手法看來，顯然她是一位鎔金術師。

套裝利用繩子爬了下去。沒多久，瑪拉席聽到外面傳來的腳步聲，很快的，一支穿著跟倉庫士兵一樣制服的隊伍，一一進入石室。

「那個矮個子，」黛兒欣的口氣急迫，「偉恩，有看到他嗎？」

「長官？」一位士兵問，「沒有，我們沒看到他。」

「可惡，」黛兒欣說，「那隻老鼠躲去了哪裡？派出所有人搜查走道和外面的曠野。他是極度危險的人物，尤其他身上還有一瓶彎管合金。」

瑪拉席轉向史特芮絲，她姊姊依然茫然地圓睜著眼睛，看著瓦希黎恩掉下去的地洞。亞利克抓著瑪拉席的手臂，面具後的眼睛充滿了惶恐。

「我會想辦法救大家出去的。」她低聲說。總有辦法的。

27

他會去告狀……妳知道他會的。

瓦翻身仰躺在地板上，兩眼望著黑漆漆的上方。地洞在中途轉彎，他記得自己好像撞上了凸出的石壁，最後才掉落在這裡。

鐵鏽的……他什麼也看不見，怎麼眼前一片黑暗，卻還在搖晃？他在腰帶上摸找出金屬液瓶，昏沉沉中，一仰而盡，補充金屬存量。

你要來嗎？當然了，你不會跟來，你不想惹麻煩。

不對，他看到了，黑暗地洞中有一根孤伶伶的蠟燭。他眨眨眼，結果蠟燭不見了，原來只是一閃而過的過往畫面，一個回憶……

一個黑暗房間內的燭光。放在那兒，是爲了分散……

那同時也是高臺聳立在那兒的功用——哀悼之環從來沒放置在那上面過。當初打造高臺的人故意留下一些碎玻璃，至於空架子、高臺和展示座，全都只是煙霧彈而已。

但他們犯了一個錯誤。

他們打破的玻璃箱太大，超出展示座的尺寸。

黑暗房間內的燭光……瓦沉思著。這表示哀悼之環藏在別處。他眨眨眼，思考著，眼睛也逐漸適應了黑暗，這時，他的的確確地看到了光芒。

他現在所處的地方，並不是一個狹窄的地洞，剛才的那一撞，將他撞得飛離原本應該的落地處。他的腰部用力一挺，再一個轉身，跪了起來，摸著腹部疼痛的地方。流血了。他還感覺到大腿後側有鮮血流下，可見剛才的那一撞，傷口貫穿前後，滿嚴重的。再加上腿部的槍傷，不過那已不算什麼了，反正落地時，也會把腿摔斷。

最嚴重的，要算是脖子底下的槍傷。他摸都不用摸就知道，已能感覺身體一寸寸地麻木起來，有幾條肌肉已無法靈活動作。

那道光，是柔和的藍光，所以不是蠟燭，而是嵌在壁上的燈所發出的。他爬過去，扶著受傷的腿刮擦過石地，汗珠從臉頰的兩側滑落，與地上的血跡融合在一起。

「和諧，」他低聲喊著，「和諧。」

沒有回應。他在向和諧祈禱？心裡的恨意呢？

此時此刻，那道光就是他的一切。他一路爬過去，大約過了一個小時之久吧，也或許只過了一分鐘而已。爬近時，卻看到暗室裡有衛兵，他們在燈光前成排坐著，長長的身影延伸至屋子的深處。天花板低矮，甚至不足以讓一個男人直立，所以……所以那些人才會坐……

專心！瓦提醒自己，驟燒起鋼，測出那些衛兵身上也有金屬，而且……對，還有一道淡淡的藍光指向前方地板上的一點。又一個陷阱。

燃燒中的金屬令瓦原本因爲失血而迷迷糊糊的腦袋，稍稍清醒了一些。他的體力逐漸衰弱，不過更令他憂心的是，那些衛兵居然都是死人，屍體呈坐姿，全包裹在厚厚的衣物中。瓦經過第一排衛兵，看著一張張冰凍的臉，儘管因時間久遠而乾枯，卻保存得相當完好。每一個都拿著面具放在膝蓋上，坐成四排的同心圓，眼睛都望著前方的燈光。

這些亡者，都是當年打造神殿的人，那怎麼會……那扇門的密碼是如何流傳出去的……

瓦爬過垮成一團的死者，他們雖然都穿著保暖的衣物，卻依然凍死當場。他想像坐在這裡等死的光景，等著生成暖氣的金屬存量消耗殆盡，寒冷像日落後的黑夜逐漸降臨，只不過這次是最後的毀滅之夜。

再往前看去，是另一個臺座，規格較小，以白石打造而成。臺座上方的燈光照著一組金屬腕甲。陪伴它的，不是華麗高貴的展覽架，而是死者無言的崇敬。

背後突然傳來一陣靴子踩在石頭上的刮擦聲，接著一道光芒從同個方向流瀉而來。

「瓦希黎恩？」是愛德溫的聲音。

瓦立刻壓低身子。

「我知道你在這裡，孩子，」愛德溫說，「地上有你留下的血跡。你得明白，我們必須做個了結。」

他現在是鎔金術師，瓦想起他是如何應付瑪拉席的步槍。他還拿著一把手槍，是黛兒欣的鋁槍。

黛兒欣……她和他們狼狽為奸多久了？瓦無法接受自己在面臨生死關頭時，他的第一個直覺竟然是拔槍指著自己的手足，儘管事後證明他的直覺無誤。現在回想，許多莫名其妙的事，一下子清晰起來。她是故意陷害偉恩把背包撞下飛船的。她在倉庫殺害那個張口打算說話的壯漢，其實是為了殺人滅口，以防那個人喊出她的頭銜，洩露她是組織的一員。

套裝不會……不會隻身和他們深入神殿，除非他早就算到他占有優勢。

他現在必須專注，不能胡思亂想，愛德溫正步步逼來。他好不容易才克制住鋼推一顆子彈送給愛德溫享用的衝動。只見愛德溫舉高了手上的提燈，燈光一下子照亮了寬大的空洞，他就著光線緩緩地環視一周，似乎沒發現瓦的存在。這些屍體身上都有金屬，因此愛德溫的鋼眼看不到瓦，不過地上的血跡遲早會洩露瓦的位置。

瓦依然決定靜觀其變。他縮著身子，模仿屍體駝背的姿態以掩護自己。

必須想辦法拿到那對腕甲……

就算他能勉強爬過去，也會在半途就被射殺。

「我真的想保護你。」套裝說。

「你對我姊姊做了什麼？」瓦的聲音迴蕩在黑暗的地洞內。

套裝微微一笑，往前走來，兩眼掃視著一具具的屍首。如果能引誘他再走近一些……

「我沒對她做什麼，」套裝說，「孩子，是她召募我入組織的。」

「說謊。」瓦咬牙切齒地說。

「傳統世界正在消失中，瓦希黎恩！」愛德溫說，「我告訴你，新世界就要誕生了，而那個世界容不下你這種人。」

「就算在飛船滿天飛的世界中，我也能找到容身之地。」

「我說的，不是這個。」套裝說，「我指的是到處充滿祕密的世界，瓦希黎恩。在新世界中，警察的職責只是讓民眾有安全感。那個世界到處都是陰影，都是隱祕的地下政府。這種轉變已經開始了，到那個時候，統治階層將不再是對著群眾微笑、發表演說的一群人。」

愛德溫繞過一具屍首，目光沿著地上的血跡往前瞥去。只差幾步了。

「王權世界過去了，」愛德溫說，「強者獨霸一方的局面已不存在，鎔金術也是。它不再是天賦的能力，不再由命運來決定。它屬於任何有資格擁有它，運用它的人。」

他抬腳正要跨出一步，又感到遲疑，低頭一看，嘻嘻一笑，把腳縮了回去，瓦的心跟著下沉。「想引誘我中陷阱？這詭計太粗糙了吧，瓦希黎恩。」他抬眼仰望，「看來這個陷阱會牽動整個天花板垮下來，到時你也躲不掉。」

愛德溫轉頭直視藏身在屍首之間的瓦。

瓦乾脆抬起頭，「就算同歸於盡，也值得。」他手邊還有霰彈槍，卻不知道自己還有沒有力氣舉槍應敵，於是他砰地往地上一跪，舉高握著一顆子彈的血淋淋的手，「要不要較量一下，看看你有多行，叔叔？」

也許他能贏得這場決鬥。

愛德溫看著他，搖搖頭，「不必了。」

他往壓力盤上一踩，啓動了機關。

黛兒欣逼迫瑪拉席和另兩個人來到神殿之外，一把扯下瑪拉席手臂上的獎章。

瑪拉席倒抽口氣，攥緊手提袋，寒冷像一群落到她身上的小蟲子，啃咬著每一寸肌膚，身上的洋裝突然變得好輕薄，完全無法保溫，感覺好像沒穿衣服裸著身子。黛兒欣也對史特芮絲重覆了同樣的動作，眼看她的魔掌朝亞利克伸去，「拜託，」瑪拉席說，「他——」

黛兒欣抓住了獎章，亞利克試圖掙脫，一個士兵一巴掌打了過去，打掉面具，也打得亞利克摔落到雪地上。士兵彎身扯掉了他的獎章。

亞利克狠狠地倒抽一口氣，整個人蜷縮起來。前方也相當地熱鬧，帳篷在風中撲撲作響，獵手墜船的附近人來人往。一群戴著面具的人穿過空地，朝一座特別寬大的帳篷走去，看來，亞利克的隊友還活著。

一個厚外套下穿著紅制服的男人，爬上了階梯，「次序貴女，」他來到階梯頂端，對黛兒欣說，「我們找到了武器。」

「哀悼之環？」瑪拉席問。

黛兒欣失笑地看著她，「那對手環只是可能性之一。沒錯，它還是一副滿可愛的武器，但若找到的是它的話，我會有些失望，而艾力奇一定會很生氣。我們不是爲哀悼之環而來的。」是那艘飛船，瑪拉席恍然大悟，朝那個方向望去，它載著炸毀神殿的炸彈。

那枚沒有機會投放的炸彈。一群人圍著大飛船研究著，那才是套裝一夥人的目標。

瑪拉席往前走去，被一個士兵拉住，另一個士兵搶走她的手提袋，檢查有無危險物品。又一個士兵奪走史特芮絲的筆記本，開始粗魯地搜她的身。

「飛船的電熱絲壞了，但整體的狀況還算良好，次序貴女。」瑪拉席無助地看著士兵向黛兒欣報備，「它不像另一艘船墜毀得那麼嚴重。」

「很好，」黛兒欣說，「看看那東西上面有沒有留下任何強力金屬。」她凝視著階梯下方，暖氣獎章罩著使她不畏風寒，在一群全套禦寒冬裝的士兵襯托下，她就像一個穿著輕柔薄絲的精靈。她猶豫了一下，回頭望著瑪拉席三個人。

「徹底搜一搜他們。」她指示手下，「我剛才在那個年紀較大的女人身上，感應到微弱的金屬，但現在感應不到了。那本筆記本必定是金屬裝訂的。除了瓦希黎恩那把鋁槍，我不認爲其他人身上還有鋁槍。無論如何，給我好好盯著，我要用他們來牽制那個矮子。那傢伙不知躲到哪裡去了？」

天花板砸在他們身上。

瓦大叫一聲，往臺座上的兩個樸素手環撲去。套裝則朝反方向躲開，將自己鋼推推離了手環，離開了碎石掉落的範圍。

一顆大石像拳頭般將瓦一擊倒地，骨頭碎裂，他倒抽口氣，吸進滿口的飛揚塵土。

疼痛褪去後，他自知傷勢嚴重。不過一等塵埃落定，他仍然想立刻往前爬去，卻發現全身都動不了。背部一個沉重的東西壓得他動彈不得，他把頭偏向一邊，他的一隻手懸掛在視線範圍內內，手指斷裂。他感覺不到那隻手，全身都沒有了感覺，只有面部還能感覺淚水的溼意和雙頰的傷痛。

鋼，他試著燃燒鋼。

他感覺得到體內尚有一絲絲的金屬，一股目前唯一能感覺得到的暖意。

附近的大石頭又開始移動，瞬間嘩啦啦崩塌。一會兒後，套裝出現了，手臂上的傷口正在痊癒中。他拍拍身上的塵土，然後盯著瓦瞧。

「血金術有個缺點，它的限制太多。」他說，「爲了竊取金屬法力而殺人，得到的卻只是弱化的法力。你知道這點嗎？還有，如果拿尖刺刺自己的次數過多，就會成爲和諧的導體，承受和諧無限制的……干擾。事實上，在傳說中，你可能讓自己完全敞開，成爲稍爲厲害一些的安撫者或煽動者的干擾導體。」他搖搖頭，「我只能在三方面受益，即使我們已找到弱化他人法力的方法，讓自己從中獲益。」

他朝手鐲瞥去，「若是能找到一個方法或某個寶物來增強自己的法力，卻又不會成爲和諧的……現在我總算明白了，為何黛兒欣那麼的著急。」

他往旁邊走開，經過幾具從石堆中探出頭來、戴著面具的冰凍屍首。有好幾具屍體甚至被砸碎了。

套裝走到臺座前面，「看著我，瓦希黎恩。從今以後，我就是神了。」

瓦想出聲抗議，但肺部吸不到足夠的空氣。他想掙脫束縛，身體卻不聽使喚。他要死了，儘管體內仍然斷斷續續地燃燒著鋼，但他快死了。

不，他已經死了，只是身體還沒明白過來。

套裝拿起了手環，瓦用盡全身力氣轉頭去看。那個鬍鬚男人笑嘻嘻地等待著。沒有動靜。一點動靜也沒有。

套裝愣了愣，臉色陰沉下來，拿著手環反覆打量，最後戴上手臂。

仍然一點動靜也沒有。

「消耗光了。」愛德溫不屑地說，「忙活了這麼久，只找到一對空殼子，真是白忙了。」他嘆口氣，一邊朝瓦走去，一邊抽出口袋中的鋁槍，「我相信艾力奇的研究團隊一定能破解這對手環的製造過程。你就帶著這份絕望進入永世吧，瓦希黎恩。記得幫我向鐵眼打招呼問好，我想我永遠都沒機會見到他了。」

他拿槍按在瓦的頭上。

突然間，一個東西撲進套裝的腹部。原來是一個人。那個男人大吼一聲，與愛德溫扭打在一起，混亂間爆出幾聲槍響。套裝咒罵著，接著就聽到踏著石頭離開的腳步聲。

一會兒後，偉恩踉踉蹌蹌地冒出了頭。他來到瓦的身旁，跪下去，上下打量著瓦，滿臉的驚恐。

「偉恩？」瓦的聲音沙啞，「你怎麼……？」

「啊，沒什麼大不了的，」瓦的伙伴說，「我溜走後，掉入和這個差不多的地洞。我猜那個地洞洞底應該插滿了尖刺，但我自癒後就爬了出來，躲起來等著士兵離開，才溜過來這個地洞。你挑的這個地洞比我的好，底下沒有別的機關陷阱。」

「套裝……」

「跑掉了，」偉恩說，「他一看到我痊癒，就不敢和我正面單挑，膽小鬼……」他拖長尾音，兩眼鎖定在瓦被石頭壓住的身體，「我——」

「去找史特芮絲和瑪拉席，」瓦沙啞地說，「帶她們逃出去。」

「瓦，」偉恩搖搖頭，「不行，不行，沒有你，我做不到。」

「你可以的。絕地大反擊。」

「打鬥，我沒問題，」偉恩說，「但其他的，就不行了。撐下去，我們……想辦法救你出來。」他用掌根揉揉眼睛，看看壓在瓦身上的大石，又看看他身子底下的一灘血。

他頹然往後一坐，抬手扒過頭髮，兩眼圓睜，震驚無已。瓦想催促他離開，但嘴唇動不了。

他沒力氣了。

瑪拉席和史特芮絲、亞利克一起蜷縮在冰冷的地板上，四周的武裝士兵正在搜查他們的包袱。天色依然漆黑，但應該快要日出了。

如果瓦希黎恩在這裡，一定有辦法救大家出去。

別再拿自己和他比較了，她心想，現在情勢如此危急，而妳能做的就是站在他的影子下？這樣妳心裡會比較舒坦？

她必須想辦法突圍，動了動腦子，十幾個點子飛快閃過，全是一些幼稚的想法。手提袋都還在人家手上。

雷魯爾的尖刺應該在手提袋裡，既然那根尖刺是經由血金術授予而成，很可能就躲掉了鎔金術師掃瞄金屬的法眼而沒被發現。那個士兵將手提袋內的東西全倒在冰冷的地板上。不見尖刺的蹤影，但在筆記本和手帕之間，是一塊手掌大小的楔形金屬。雕像的鋁製矛頭嗎？

偉恩，我要……瑪拉席氣得咬牙切齒。他是什麼時候換走尖刺的？那傢伙！

「我搜查過那個袋子了，」另一個士兵說，「沒有任何武器。」

「這是什麼？」第一個士兵邊說，邊撿起了楔形鋁塊。

第二個士兵哼了一聲，「你試試拿它來殺人啊。那麼鈍。」

瑪拉席一聽不禁洩了氣，覺得自己好蠢。就算尖刺在她手上，又能怎樣？她又打不過這些武裝士兵。

那她到底能做什麼呢？

突然間，一個人從天而降，砰地落在附近的石地上。瑪拉席以爲是瓦希黎恩，精神一振，結果一看，卻是一身破爛，拿著鋁槍的套裝。士兵們抬手敬禮，順手將她的手提袋和金屬楔子扔到一邊去，一罐化妝玻璃瓶順勢滾了出來。

可憐的亞利克蜷縮在史特芮絲身旁，身上已經不再發抖，肌膚全凍成了藍色。史特芮絲遇上她的目光，一臉的無能爲力。

套裝打從她面前走過去。運用鎔金術從天而降的他，看起來威風凜凜，充滿威脅，比起之前被厚衣服包得嚴嚴密密，站在神殿階梯上的他，不可同日而語。

「我弟死了嗎？」附近正在聆聽科學家們商討的黛兒欣，轉過來問。

「對，」套裝說，「我還遇到了那個矮子。」

「殺了他嗎？」

「就讓他悲痛欲絕吧，」套裝說，「我想妳會想看看我找到什麼。」他拿高一個物品，那物品在他們設置的強力燈光照耀下，閃閃發光。是兩支銀腕甲，每一支的長度都足以包覆住前臂。「地洞裡面有個密室，次序。看看，它藏著怎麼一個驚天大祕密。」

黛兒欣推開科學家們，擠了出來，慌慌張張地朝套裝而去，接過腕甲，滿臉驚奇。

「但它們失靈了。」套裝說。

「什麼意思？」

「能力消耗光了，一點存量也沒有。」

「但它們也具備了鎔金術。」黛兒欣戴上腕甲，朝一個士兵招招手，士兵拋了一罐金屬液瓶給她。她急切地一仰而盡。

「怎樣？」套裝問。

「沒有變化。」

又是一個誘餌，瑪拉席想。跟玻璃罩和空蕩蕩的臺座一樣……沒錯，這對腕甲也是。她現在知道瓦希黎恩在測量什麼了。

瓦希黎恩，不可能眞的……

不會的。她能做什麼？打鬥是行不通的，再想一想。這對腕甲是個誘餌，是迷惑侵入者的第二道煙霧彈。

那麼，眞貨在哪裡？

暗室裡的蠟燭幽幽發光。

它們是另一個誘餌，瓦昏沉沉地思考著，那對腕甲的現身太過順理成章，跟那個傳說一樣，都是煙霧彈而已。

跟瓦的老對手漆在豪宅門上的符號一樣，都是爲了掩人耳目，拖延時間。

這地方是爲了統御主打造的，瓦思考著，那些機關……那些機關的設置不夠精巧。若統御主眞的中了陷阱呢？這一切必定是個局。

那又如何？難道還有另一座神殿不成？也許他們把手環藏在某個山洞裡？

他現在幾乎看不見了，偉恩握著他的手，淚水滾落雙頰，一切越來越模糊。寒冷……降臨……像黑夜一樣……

不對，瓦思考著，一定藏在別的地方。他必須想辦法找到，他會認出……

它在。

它就在這裡！

瓦倒抽一口氣，迫不及待地組織語言想向偉恩說明，兩眼瞬間大睜。偉恩握緊他的手，指關節都發白了。

他感覺不到偉恩的手。

黑暗降臨，瓦氣絕身亡。

28

瓦一動也不動。

偉恩握著他軟綿綿的手，無能為力。他現在只想呆呆地坐在這裡，像旁邊那些沒被砸碎的死者一樣，凝視著茫茫然的虛無。就這樣坐著，坐到失去知覺，化成石頭。

這輩子，只有一個人願意相信他。只有一個人願意寬恕他、鼓勵他。這該死部族的其他族人，就算全燒成灰燼都無所謂。他恨死他們所有人了。

但……瓦會怎麼說他呢？

*這混帳，居然丟下我一個人。*偉恩擦掉眼淚，他現在也好恨瓦。不過，依然是愛多過於恨。他低吼一聲，搖搖晃晃地爬起來。他身上沒有了武器，決鬥杖都掉在上面了。

他瞪著瓦的屍體，接著跪下來摸找著瓦的腿，摸到一個物件，一下子抽了出來。是一把霰彈槍。

他的手立刻顫抖起來。

「停止，」他沒好氣地對著雙手發號施令，「沒什麼好怕的。」

他扳起扳機，開始尋找出口，離開這座墳墓。

整座神殿全是掩人耳目的一個局，瑪拉席冷得直打哆嗦，那眞正的腕甲在哪裡？

這地方是爲了等待統御主回歸，前來取走那對武器而打造的。如果是妳，妳會把武器藏在哪裡？

統御主很清楚那個武器的實際模樣，瑪拉席心想，那是他親手打造的。我們都以爲那會是一對腕甲形狀的武器，但它沒必要一定是腕甲，任何物件都有可能。

就一副武器來說，這種散布謠言的安排相當聰明。以金屬意識爲例，若想運用它們發揮功力，就必須先瞭解它們每一種的特殊作用。由此看來，爲了保護自己，當然只有知道武器長什麼樣子的人，才有機會找到它，取爲己用。

因此，打造神殿的人必定會把武器存放在統御主一眼就看得到的地方，而這個地方也必定是其他人都會忽略的不顯眼處，反而誘導其他人投入所有心力鑽進神殿，被機關地洞和一個個掩人耳目的局耍得團團轉。現在一想，機關地洞和設下的陷阱，不是爲了奪命殺人，就是爲了引發來者的虛榮心，自以爲能夠過關斬將，占有寶物。

你們最有可能把武器藏在哪裡？——在門階上方，君王自己的雕像之下，他自己的手中。

瑪拉席猛地轉身，慌張地尋找那個尺寸過大的矛頭。

結果，它就在瑪拉席身旁，被士兵扔在那兒。瓦希黎恩說它是鋁製的，因爲他感應不到它的存在，但他並沒有深究下去。

若是他有，就會發現它其實是由數種不同金屬交纏而成的波浪狀金屬塊，有點像鋸齒狀的刀刃。瓦希黎恩無法鋼推它，不是因爲它是鋁製的。

而是因爲它所儲存的金屬能量，比任何一種他們見識過的，都要強大。

瓦周遭的一切都成了一團朦朧的影子，山洞、石塊和地板，全都模模糊糊的，而他卻能站立在這些影子之上。

和諧模糊的身影來到瓦的身旁，他們就像兩個並肩散步的行人，一起往前走。神的模樣和瓦的想像差不多，高大、平和，雙手交握在身前。臉形是長長的橢圓形，安詳寧靜，就像一個平凡人，但背後拖著無窮無盡的披風。瓦看見尾隨在祂背後的狂風暴雨，沙漠森林，全都成了祂移動的尾波。祂的長袍上有泰瑞司人的V型圖紋，但每一個V紋都沒有顏色，代表的是一個個世代，就像深埋在地裡的地層，印證著年代的久遠。

「大家都說，」瓦低聲說，「祢會出現在將死之人面前。」

「這是我最害怕面對的職責。」和諧說，「即使任務繁重，我也會抽空來走這一遭。」祂的語調，是瓦熟悉的寧和，就像一個遺忘許久的老朋友一樣親切。

「所以我快死了。」

「對，」和諧說，「你的身心靈即將分離，身體將回歸大地，意識將回到寰宇身邊，至於靈魂……就連我也不清楚。」

瓦繼續走著，昏暗的山洞消失了，瓦有種恍恍惚惚的感覺。迷霧化成了黑暗，他眼裡只有一道遙遠的光線，就像落入地平線之下的太陽。

「即然祢有時間陪我走走，」瓦不是滋味地說，「爲什麼不早一點來？爲什麼不在一切還來得及之前，前來阻止厄運的發生？」

「難道我應該干擾、扼止一切的厄運苦難嗎，瓦希黎恩？」

「我知道祢想說什麼了。」瓦說，「祢相當看重選擇權，大家也都有屬於自己的一套理論。但祢可以從旁協助，祢以前就是這麼做的，指引我去該去的地方。祢還會插手干預，爲什麼不乾脆干涉多一些？例如出手阻止孩童被殺害，或是讓警察早一步抵達，防範悲劇的發生。祢不需要選擇權，祢應該可以多做一些，我知道祢可以的。」

他沒把最後一句說出來。

祢可以救她的，至少可以事先告訴我，我在幹什麼。

和諧點點頭。提出這樣的要求感覺好怪異，但鐵鏽的……都快死了，瓦一定要問個清楚。

「神是做什麼的，瓦希黎恩？」和諧問。

「這不是我能回答的問題。」

「我也沒想過我需要回答這樣的問題，」和諧說，「但顯然的，我有責任回答。你希望我出手阻止無辜人被殺害，這我做得到。我也在思考這個問題，若是我出手阻止一切犯罪，世界會變成什麼樣子？我要不要也出手阻止人受傷殘廢？」

「當然要，」瓦說。

「那我什麼時候應該收手，瓦希黎恩？我應該阻止一切的傷害？或者只阻止那些被邪惡陷害的生命？我應該阻止一個人睡著，這樣他就不會翻倒蠟燭，燒毀房子？我應該阻止一切災害的降臨嗎？」

「也許吧。」

「好，有朝一日，大家都驅邪避災，平平安安，歡歡喜喜，」和諧說，「這就滿足了？他們會不會就此停止祈禱，不再祈求更多？人們會不會因爲自己的貧困而嫉妒有錢人，指名道姓地咒罵我？還是我應該讓所有人都一樣富有，防止這種不公平發生，瓦希黎恩？」

「我不會上當的，」瓦說，「祢是神，我不是。祢可以訂定一條底線，阻止最糟的情況發生。祢可以找出一條底線，合理阻止最壞的事情發生，同時放手讓我們過自己想過的生活。」

前方的燈光突然向外流瀉而去，瓦發現他們正繞著一顆星球轉。他們高高在上，也已經從黑夜走進了陽光下，瓦看著下方的世界，浸淫在一道安寧平靜的冷光之中。

冷光之外，是紅紅的薄霧，環繞一圈，緊貼著那個世界。他感覺被紅霧勒得窒息，那是充滿死亡氣息的沼氣。

「或許，我早已按照你提議的做了。」和諧輕輕地說，「只是你沒看到而已，因爲最糟的情況從未發生在你身上。」

「祢做了什麼？」瓦問，試著一眼望盡那廣大的紅霧。霧氣不斷向內翻攪，他看到一道細細的光像氣泡一樣，阻止它越界。

「一座雕像，」和諧說，「也許有些粗糙吧。」祂看著瓦微微一笑，就像父親看著兩眼睜得大大的孩子。

「我們還沒談完呢，」瓦說，「祢讓她死掉，祢讓我殺了她。」

「你打算爲此事自責多久？」和諧輕輕地問。

瓦緊抿雙唇，卻克制不住地顫抖起來。他又回到事發當時，她就死在他懷裡，而且是死在自己的手上。

憎恨滲入了骨髓，他恨和諧，恨全世界。

還有，憎恨自己。

「爲什麼？」瓦問。

「因爲那是你要求的。」

「我才沒有！」

「有，你心裡有個小小的聲音這麼要求著。結果有很多種，全是你不能接受的，而我看到一個最終的結果，瓦希黎恩。你很瞭解自己，難道你想要別人殺了她？你想讓她死在陌生人的手上？」

「不。」瓦回答。

「難道你想讓她像個行屍走肉一樣活著？活在邪念的箝制下？因爲那支受到詛咒的尖刺而墮落，永生永世活在醜陋的創傷中，甚至萬劫不復？」

「不！」瓦吼叫出來。

「若讓你提早認出她來，」和諧鎖住他的眼睛說，「你永遠不可能扣下扳機，除非蒙住你的眼睛，對不對？若是讓你知道眞相認出她來，你會狠不下心而放過她，從此她就困在無窮無盡的瘋狂錯亂中，到那個時候，你又會問我什麼呢？」

「別說了。」瓦喃喃低語，緊緊閉上眼睛。

沉默漫開，漫向永恆。

「抱歉，」和諧溫和地說，「讓你如此的痛苦。抱歉，讓你經歷這些，請你體諒我們的苦衷。但我不會爲了沒有阻止你做該做的事而道歉。」

瓦張開眼睛。

「我收手，不去保護下方那些人，」和諧說，「是因爲我總是付出全部的信任，相信他們有能力保護自己。」祂朝紅霧望去，「而我還有別的問題要處理。」

「祢還沒告訴我那到底是什麼？」瓦說。

「因爲我也不知道。」

「聽祢這麼回答……我好害怕。」

和諧看著他，「你應該害怕的。」

下方有個小小的火花，在一塊大陸上閃閃發亮。瓦眨眨眼，他見過那道火花，儘管距離如此的遙遠。

「那是什麼？」瓦問。

和諧微微一笑，「信任。」

瑪拉席兩手抓著矛頭。

開始汲取一切。

能量湧入體內，宛如地獄之火點燃了她。白雪靜止在半空中，她站起來，伸手取下一位士兵腰帶上的金屬液瓶，接著把每位士兵身上的數瓶盡皆取來，全部仰頭灌下。她啓動了金屬，移動速度飛快，一抬手，下一秒對方的口袋就空了。她見狀微微一笑。

隨即燃燒金屬。所有的金屬。

在這個前所未有的奇妙時刻，她感覺到自己脫胎換骨了，能量不斷地擴大。她感覺到統御主儲藏在手中矛頭——哀悼之環——的力量湧入體內，她感覺自己就快著火了，彷彿大量的光瞬間被打入她的動脈和靜脈血管內。

藍線從她身上爆發出去，先指向金屬，接著倍數增加，變化，轉化。她透過所有藍線看見一個藍色的世界。這個世界沒有人類，沒有物品，只有能量與能量的結合。各個金屬散發出灼亮的光芒，彷彿它們正在發動能量，全力鑿洞。濃縮的精華，打開了通往能量之路。

她飛快地汲取金屬存量，速度快到令她驚奇。她刻意放慢速度，不知怎麼的，身旁的人突地一跳，都摀住了耳朵。她仰起頭，開始**鋼推**。

士兵們全被推得飛了足足有五十呎之遠，引起了套裝和黛兒欣的注意，兩人震驚地看著瑪拉席。他們不約而同地燃燒金屬來對付她，而此時的瑪拉席已能透視到兩人體內的尖刺。

剛好。那些尖刺能抵抗鋼推，可是對現在的瑪拉席來說，已不成問題。她抬起一隻手，藉由他們體內的尖刺將兩人推飛得遠遠的。

所有士兵紛紛抓起槍枝指著她，全被瑪拉席一個揮手，掃蕩得乾乾淨淨，她隨即鋼推石地內的礦脈，將自己送入空中。

她懸蕩在半空中，驚奇地看著繞著自己盤旋的霧氣。是迷霧嗎？打哪兒冒出來的？

從我身上冒出來的，她恍然大悟。

她因能量而發亮，此時此刻的她，就是昇華戰士。她體驗到瓦希黎恩這輩子從未體驗過的飽滿。她可以成爲和他一樣的人，甚至超越他。她可以爲全人類帶來公理正義。擁有並體驗那股飽滿的能量，她終於向自己坦白了。

這不是我想要的。

她不再沉浸在孩童時期的夢想。微微一笑，一個鋼推，她將自己朝神殿的方向送去。

史特芮絲看著妹妹飛遠。

「眞是天外飛來一筆，嗯。」眼前的一切，全在她的意料之外。瑪拉席突然發光，用鎔金術把敵人當成洋娃娃推得東倒西歪，接著又咻地飛走，留下一縷迷霧……這都不在她的行程計畫內，也不在附錄內。

她低頭看著可憐的亞利克，他已經冷得不再發抖了，「我應該擴大規畫，把這一類的活動都納入，你覺得呢？」

亞利克以母語咕噥了幾個字，「福軟拉提男人！」他打了個手勢，「福薩文！」

「你要我丟下你，快逃？」史特芮絲一邊說，一邊走去撿回筆記本，「是沒錯，趁他們一頭霧水時快溜，的確是明智之舉，但我還不打算離開。」她打開筆記本。她在小飛船的後座，趁著瑪拉席和亞利克聊天，大家都沉睡之際，用瓦的小刀在筆記本後面挖了一個洞。「你知道我評估所有人在這趟探險之旅的有用指數時，給自己打了七分，而滿分是一百嗎？是，分數是不高，但我也不能妄自菲薄給自己零分。我的確有派得上用場的時候。」

她將大筆記本翻過去，展露出一個獎章，那是小飛船上的應急品之一，被牢牢地塞在她挖出來的淺洞內。

她對亞利克微微一笑，再把獎章挖出來，按在亞利克的手上。亞利克嘆了長長的一口氣，沾在他面部的飛雪開始融化。

附近的士兵紛紛爬了起來，對著彼此大呼小叫。

「至於現在呢，」史特芮絲說，「我們就採納你剛才的建議。」

「再來呢？」瓦問和諧，「我會化成煙，消失得無影無蹤？」

「你不會化得無影無蹤的，」神說，「還有另一個世界，不過這也許是我個人的心願而已。」

「祢讓我更迷茫了。祢不是全能的嗎？」

「別這麼說，」和諧微微一笑，「我在某些部分的確是全能的。」

「這不合理。」

「是不合理，因爲是我讓事情不合理的。」和諧的兩手向兩旁平伸出去，「不過，我倒是有能力回答你的問題，你目前還不會化爲無影無蹤。但很快就會。現在你要做一個選擇。」

瓦看看神的這隻手，又看看另一隻手，「每個人都要做這個選擇？」

「他們的選擇和你的不同。」祂將雙手伸到瓦的面前，彷彿要他選一隻帶走。

「祢要我選什麼？」

「我的右手，代表自由。我想你應該感覺到了。」和諧說。

他的確感覺到了。高飛翺翔，擺脫一切的束縛，在藍光之上滑翔來去，至未知之境冒險，滿足他的好奇心。這樣的自由自在，是他一直渴望的，他的心已砰砰跳了起來。

自由。

瓦倒抽口氣，「那……那另一隻手呢？」

和諧豎起左掌，瓦聽到了一個聲音，是人的說話聲？

「瓦？」那個聲音說。

是個口氣狂亂的人聲，而且是個女性。

「瓦，你必須瞭解它的功能，它能治癒你，瓦。瓦希黎恩！拜託……」

「那隻手，」瓦看著它，「那隻手代表責任，對不對？」

「不是，瓦希黎恩。」和諧的口氣柔和，「只不過從你的角度來看，那的確是。責任和自由，負擔和冒險，你一直都選擇了對的那一方，而別人則選擇了輕鬆嬉戲，因此你會排斥它。」

「沒有，我並不排斥責任。」瓦說。

和諧微微一笑，祂臉上的理解和包容令人抓狂。

「這隻手，」和諧說，「不是責任，而是另一種冒險。」

「瓦……」那個聲音從底下冒出來，說話的人情緒激動，甚至都哽住了。是瑪拉席的聲音，「你一定要啓動金屬意識。」

瓦朝左手伸過去，和諧突然抽開，「你確定？」

「我必須。」

「你必須嗎？」

「我必須，因爲我就是那樣的人。」

「也許吧，」和諧說，「那你就該停止抱怨，我的孩子。」祂把左手伸出去。

瓦遲疑了，「祢先回答我一個問題。」

「我能力範圍的，一定照辦。」

「她死亡之前，也來過這裡嗎？」

和諧微微一笑，「她要我看顧你。」

瓦隨即握住和諧的左手，立時有個力量把他拉扯過去，就像空氣倏地被吸進一個洞口。溫暖浸淫他全身，又瞬間化成了火團，將空氣打入他的肺部。他大吼一聲，用力一挺，頂開了大石，掙脫束縛。大石喀喀滾向一邊，他發現自己來到神殿之下，一個低矮的暗室內。

如此強大的力量！他不是用肌肉的力量頂開大石的，而是以鋼。他的身體在鋼推身子下方石地內的礦脈、猛地彈起來時，瞬間康復了。他落地後，低頭看著自己的左手。剛才奄奄一息時，斷掉的左手就懸掛在他面前。

他的左手正抓著一塊超大型的矛頭，由十六種金屬組合而成。他抬眼望向瑪拉席，那女孩滿臉的淚痕，兩眼盯著他瞧，不過掛著一個大大的笑容。

「妳找到它了。」瓦說。

女孩急迫地點點頭，「就是施展了一些傳統偵探的小技巧。」

「妳救了我。」瓦說。

鐵鏽滅絕的……如此強大的力量。他感覺自己能夷平都市，再重造一座。

「套裝和你姊姊都在外面，」瑪拉席說，「我把其他人也丟在外面。我沒——我沒多想，也可能是我想太多了。拿去。」她遞給瓦一個金屬液瓶。

瓦接下瓶子，拿起哀悼之環，「妳也做得到的。」

「不行，」瑪拉席說，「我做不到。」

「但——」

「我不行，」瑪拉席說，「那……不是我應該做的。」她聳聳肩，「明白嗎？」

「是，沒想到我居然明白。」瓦握著哀悼之環的手指收緊。

「去吧，」瑪拉席說，「盡你一切的力量，瓦希黎恩·拉德利安。」

「幹什麼？砸東西？」

「砸東西，」瑪拉席說，「用你獨有的風格。」

瓦一笑，拿起金屬液瓶，仰頭而盡。

29

「瓦希黎恩的追隨者拿到了哀悼之環！」套裝一邊自言自語，一邊穿過黑暗的石地。大雪又開始飄落，冰冷的凍雪與盆地東邊偶爾飄落的柔軟雪花，截然不同，「現在的情勢危急，他們即將反撲，我們必須把行程表提前了！」

他咕噥著，反覆琢磨，更把外套拉緊，儘管有暖氣獎章保暖，但狂風亂掃，依然如利刃刮得人疼痛。

他們會接受他的意見嗎？不會，還不夠緊迫。

「瓦希黎恩他們拿到了哀悼之環！」他低聲自言自語，「那頭坎得拉就可以利用它來製造器具，創造出任何人都能使用的金屬意識。我們必須提前拿下依藍戴，否則在科技上，我們根本不是對手！」

是，沒錯，就這麼辦。即使謹慎如次序，也必定會因爲科技上落下風而苦惱，所以他必定能說服他們，讓他放手一搏。

凡事都可以變成他的優勢。他是十分想要哀悼之環，但現在情勢所迫，他必定能找到別的替代品。

套裝總是能找出扭轉劣勢的辦法。他經過來來回回將武器卸下到冰凍石地上的士兵。因爲擔心在這裡遭遇其他面具野人的攻擊，他早就做了準備。

「長官！」一個士兵大叫，「屬下前來領命。」

套裝指著天空，「除了次序，只要有人從天而降，或者接近營地，殺無赦。還有，即使他們倒下了，也要繼續朝他們開槍。」

「是，長官！」士兵朝一組隊員招招手，然後轉身面向一個空架子，愣了一下，「我的步槍呢？誰拿了我的步槍？」

套裝繼續往前走，隨手把哀悼之環的贗品扔到雪堆裡，暗自期望那個小隊能拖住瓦希黎恩的同黨。他急迫地踏上那艘新飛船。現在這架交通工具成了他的優勢。哀悼之環只能爲一人所用，只能把一人變成神一般的萬能者。而一組飛船艦隊呢，卻能神化一整支軍隊。

飛船內部的木頭走道由簡單的金屬燈罩內的油燈照亮著。這艘比起在道爾辛墜毀的大飛船樸素許多，木板沒有任何的修飾圖紋，也沒有磨亮。另一艘被精心打造成舒適的小窩，而這艘簡單的宛如一座倉庫。

也許這樣能省下許多成本吧，套裝自問自答地點點頭。

頭頂上傳來了腳步聲，一群人正在穿過上方甲板的一條通道，套裝拍掉手臂上的雪花，一個技師朝他跑來，身上穿著組織護衛隊的紅色制服。

「爵爺，」那個人捧上一個獎章，「你需要這個。」

套裝接下獎章，捲起袖子，將獎章繫在上臂，「這艘能運作嗎？」

那個人兩眼發亮，「可以，長官！機械設備正常，這裡天寒地凍，所以都沒有生鏽。長官……還有一件事很奇妙，你可以感覺有能量從那塊金屬彈出。我們已派人去疏通凍住的螺旋槳，其中也包括幾位射幣，現在有幾架螺旋槳能運轉了。費德已經下去用藏金術裝填調節重量的儀器，以減輕飛船的重量。這應該是最後一道步驟了！」

「然後就能載我們升空。」套裝一邊說，一邊朝艦橋的方向走去。

「套裝爵爺？」那個人在他背後呼喚，「我們不是要等次序貴女嗎？」

他遲疑了一下，她現在在哪裡？

又一個優勢？他想著。他能取代次序。

「等她忙完手邊的工作，就會過來加入我們，」他說，「我們的首要工作就是把這艘飛船以及船上的祕密，送到一個安全的地方去。」

技師順從地行禮退下，套裝開始填充金屬意識，減輕體重。這比啓動體內的尖刺簡單許多。血金術實驗的失敗，讓他很難釋懷，總覺得十分可惜。

飛船的船體震動起來，螺旋槳轉動的聲響比他預期吵雜太多。就在快抵達艦橋之前，船體搖晃起來，他在吵雜的螺旋槳聲響之外，還聽到冰塊的碎裂聲。他傾身貼著舷窗往外一看，看到地面在倒退中。

它成功啓動了，這句話連帶出來的隱喻瞬間湧入他的腦海中，交通工具，貨運，戰艦，新的地界，以及隨之而來的新型建築物和碼頭。

這些將來都會在他眼前川流不息。

他克制住微笑的衝動，打算等到抵達安全地帶再來慶祝，卻仍然止不住地陶醉在成功的暈眩中。組織在他的建議下，預先策劃了未來一世紀甚至更久的世界藍圖，並且一步一腳印地付諸實行。他與有榮焉，不過坦白說，他更希望在他有生之年就完成一切壯舉。

現在有了這艘飛船，這個心願即將實現。

喬迪絲蹲在帳篷裡，看著組員一一死去。

等死的滋味，漫長得宛如沒有盡頭，餘燼頑強地拒絕熄滅那最後一點火花。之前在死雨中艱困地跋山涉水，她和同伴共享一塊金屬意識所提供的暖氣，因此每個人只分得一絲絲的暖意，勉強維持身體運作。他們就像被困在暗房中好幾日的植物，奄奄一息。

現在，來到這裡，寒冷滲入骨髓，而爬山行程已將他們折磨得不成人形。她爬到組員身邊，俯在他們的耳邊低聲激勵，但她的手指和腳趾已經沒了知覺。大部分的組員已無法點頭回應，一些甚至抱怨太熱，開始脫衣服，都因爲嚴重凍傷而發著高燒。

拖延不了多久了，那些不戴面具的魔鬼很清楚這點，所以只安排了一位士兵看守這座帳篷。也許她的人可以從後面溜出去，但溜去哪裡呢？死在寒風冷冽的外面，比死在帳篷裡好？

那些不戴面具的人，如何存活在如此嚴寒的天氣中？她不禁納悶著。他們一定是魔鬼，天生冷血，所以才能忍受寒冷。

她在珮特琳恩身旁跪下來。這位引擎師，也是組員裡年紀最大的人。這女人爲何能撐到現在？還看不出一絲的病態，儘管她已經超過六十歲了。珮特琳恩抬手抓住喬迪絲的手臂，被皺紋包圍的眼睛在面具之下黑沉沉的，不需要交談，一看便知她在想什麼。

「我們反擊？」珮特琳恩問。

「這麼做有什麼意義？」

「被他們的武器打死，總比等著被凍死好。」

相當明智的一句話。也許他們能——

帳篷外，砰的一聲響起。喬迪絲震驚地爬起來，不過大部分人依然蜷縮在地上，沒有動靜。帳篷正面唰地裂開，一個戴著熟悉但破爛面具的男人冒了出來。

不可能。難道她也發高燒了？

那個人掀起面具，顯露出一張留著鬍鬚的年輕面孔。「抱歉，沒有事先通知就闖進來，」亞利克說，「但我帶了賠禮，這符合不請自來的習俗吧？」

他戴著手套的拳頭伸了過來，拳頭中握著一把獎章的帶子。

喬迪絲看看獎章，又看看亞利克，再回去看著獎章。生平就這一次，不去介意他違反規定掀起了面具。她踉踉蹌蹌地走過去，抓了一個獎章，依然無法相信居然會有奇蹟。

美妙的熱氣流竄全身，就彷彿體內有個太陽昇起了。她放鬆地嘆了一口氣，腦子也清晰起來。眞的是他，「你怎麼會過來？」她低聲問。

「我，」亞利克大聲說，「和一些魔鬼成了朋友。」他往旁邊一指，一個沒戴面具的女性跌跌撞撞地走進來，穿著這裡流行的長洋裝，懷裡抱著好幾支步槍。

她以她的語言說了一些話後，將步槍扔在地上，再拍拍手上的灰塵。

「我想她要我們拿槍去殺敵，」亞利克看著喬迪絲抓起獎章，分給凍傷最嚴重的幾個人，「而我，十分樂意配合。」

珮特琳恩繼續分發著獎章，喬迪絲則拿起步槍武裝自己。雖然有了暖氣，讓她精神百倍，但依然覺得很虛弱，也不想脫下靴子查看腳趾是否凍傷了。「我們這是以卵擊石？」

「總比束手待斃好吧，隊長？」亞利克問。

「這倒是真的。」喬迪絲附和，左手碰了一下右肩，又去碰了碰手腕，以顯示對亞利克的讚賞，「幹得好，從現在開始，我原諒你那令人噁心的舞蹈。」她轉向珮特琳恩，「告訴大家，拿起槍備戰，我們大開殺戒吧。」

瓦以巨大的鎔金術爆發力撞破神殿的天花板，沖天飛起，被他帶上天空的碎石紛紛掉落，被攪亂的迷霧翻滾旋繞。底下寧靜的山坡爆出一陣槍響，不過子彈攻擊的不是他。

一架飛船轟隆隆地升空，兩側浮筒上的螺旋槳有力地轉動著。船體龐大，但顯然笨重。那架龐然大物即使在獎章的作用下已大大地減輕了重量，依然沉重地轟轟移動。

瓦很想擊落那架飛船，鋼推它底座的釘子，讓它解體，讓套裝和他狡猾的姊姊墜地而亡。他忍不住要出手了……可是……鐵鏽的，他不是劊子手，而是一個執法者，他不能背叛這個身分。

嗯，再死一次好了。

他讓自己往下墜落，利用神殿石壁內的礦脈當作錨，讓自己轉向咻地平行橫飛而去。隱約中，聽到一些士兵朝他開了幾槍，不過有更多士兵正和一群藏身在大石後的面具人交戰。

史特芮絲，亞利克，瓦認出了他們，幹得好。

他在士兵之中落地，一掌推得他們飛了出去。再從槍架上奪來一支鋁槍，塡裝子彈，朝面具人揮揮手後，再鋼推將自己送入天空，追上那架飛船。

現在的他，強大無比。依然抓在左手中的哀悼之環，不只給了他鎔金法力，而且是古老的鎔金法力。那種能量淵源流長，來自統御主時代的力量，甚至可能更久遠。這可能嗎？

你究竟創造了什麼？他納悶，這能維持多久？

他感覺到能量不斷地減少，不只是體內的金屬，還包括哀悼之環內的存量。環內的存量大大提升了他授予的層級。

他知道應該節約用量，保留一些以供日後研究，或者應付未來的急難事件，但鐵鏽的，他上癮了，停不下來。儘管底下只有一些空彈殼供他鋼推，他依然輕而易舉地接近了飛船。他飛竄過船身，落在鼻翼上，再一拳擊破艦橋的一扇窗戶，手上大大小小的傷口瞬間修復完成。

套裝一個人坐在艦橋內，沒有船長，沒有技師，甚至一個僕役也沒有。寬敞的半圓形船艙內，沒有鋪設地毯，而套裝就坐在一張椅子上。

瓦爬進船艙內，舉起鋁槍，靴子砰砰地踏過木頭地板。他飛快地掃瞄一眼：外面走道上有人，而套裝嘴裡有一小塊金屬。把硬幣藏在嘴巴裡，是騙過鎔金術師的一個老把戲，因爲藏在體內的金屬很難被偵測到。

除非，你擁有造物主的超凡力量。

「終於，」套裝點燃了菸斗，「我們之間的決鬥要開始了。」

「不能算是決鬥。」瓦依然發光著，「我現在可以輕輕鬆鬆用一百種不同的手段來解決你，叔叔。」

「我一點也不懷疑。」套裝甩甩火柴，熄了火，又抽了幾口菸。他一邊抽菸一邊說話，藉以掩護因含著錢幣而口齒不清的問題，「而我在這裡只有一種手段來毀滅你。」

瓦舉起鋁槍。

套裝看看槍，微微一笑，「知道爲什麼我每次都能打敗你嗎，姪子？」

「你沒有打敗我，」瓦說，「你總是拒絕與我面對面單挑。拒絕和打敗，是兩碼子事。」

「有時候，勝利的唯一方法就是拒絕決鬥。」

瓦謹愼地往前走去，以免落入陷阱。他的思緒和動作都比平常快，放射出去的藍線像一張大網，不放過任何一絲金屬，甚至偵測的範圍也比平常廣大。藍線一開始有些忽隱忽現，不太穩定，不過一會兒後，他就看到每一個人體內和每一件物品內的輻射光，感覺他不只能透視，也能穿牆而過似的。

腦海裡有個聲音低語著，金屬，意識，人類，在本質上全是一樣的……

「你做了什麼，叔叔？」瓦輕輕地問。

「我先來回答我剛才提出的問題。」愛德溫搖搖頭，站了起來，「我打敗了你，瓦希黎恩，不只是因爲我準備周全，雖然這麼說，定義有些模糊。我不是憑藉著機智或拳頭打敗你的，而是依靠我的獨特能力——創造力。」

「你打算用一幅畫來打敗我？」

「還是反應那麼快，那麼幽默！」套裝說，「好極了。」

「你做了什麼？」

「我裝備了那枚炸彈，」套裝說，「除非我解除設定，否則它會在幾分鐘內爆炸。」

「就讓它爆炸吧，」瓦拿高哀悼之環，一層層的金屬呈波浪狀繞過三角形的主體，「我很確定我會活下來。」

「那麼底下那群人呢？」套裝問，「你的朋友？被我抓來的俘虜呢？從下方動靜聽起來，他們正在爲自由奮力而戰。看著他們因爲爆炸而瞬間蒸發，眞是令人痛不欲生啊。我聽說這顆炸彈的威力，足以摧毀一座大都市——」

瓦汲取鋅，以加快思考的速度，十幾個方案一閃而過。找出炸彈，用鋼將它推送得遠遠的？能送多遠？套裝會在他找到炸彈前引爆嗎？

儲存的速度即將耗盡，瑪拉席在尋找他時，必定也使用了一些速度存量，所以瓦的移動速度無法再加快，因此套裝絕對有足夠時間趕在他之前引爆，但他眞的會那麼做嗎？他會爲了打敗瓦，而選擇玉石俱焚嗎？

若他只是一個普通的罪犯，瓦願意賭上一切。可惜的是，套裝和組織的膽大妄爲，早已超出他能理解的範圍，他更不可能猜測到他們的下一步。就像邁爾斯被處決時的所作所爲一樣，這些人不只是流氓小偷，他們還是革命家，是徹頭徹尾的理想家。

還有別的辦法嗎？瓦還能做什麼？他否決了一個又一個方案。把瑪拉席和其他人送到安全的藏身處？時間來不及。當下開槍射殺套裝？他能自癒，而在他康復之前，瓦可能還來不及找到炸彈並拆除它，就被套裝引爆了。把飛船推得更高？爲了防止飛船解體，他必須緩緩向上鋼推，所以時間上也來不及。

「——自己。」套裝說。

「你想要什麼？」瓦問，「我不會放你走的。」

「你不必放我走。」套裝說，「我很清楚你爲了逮到我，願意上刀山下油鍋，這點我從來都不懷疑，瓦希黎恩。我是很有創意，而你……你是個堅韌的人。」

「那你要什麼？」

「你把哀悼之環丟出窗外，」套裝說，「我就拆除炸彈。然後我們兩個像一般人那樣決鬥，不倚靠任何怪力亂神。」

「你以爲我會相信你？」

「你不需要相信我，」套裝說，「只要給我承諾，說你願意配合我。」

「好。」瓦說。

「拆除裝置！」套裝對著大門大吼，然後朝前方走去，對著一根管子說話，「拆除它，全都給我退下。」

只聽得門外的腳步聲砰砰地跑開。瓦其實看得見他們跑走，但不是透過他們身上的金屬，而是他們的靈魂特徵。半晌後，門外就沒人了，又或許是躲了起來。

管子很快就傳來一個人的聲音，瓦是透過燃燒鋅才聽得到。「完成，爵爺，」那聲音頓了一下，「感謝特雷。」那個人似乎鬆了口氣。

套裝轉向瓦，「蠻橫區有個傳統，是吧？兩個人，一條土路，插在臀部的手槍，一對一的決鬥。一個活，另一個死，問題就擺平了。」他拍拍臀上的槍，「我沒辦法安排一條土路，但我們可以睜一隻眼閉一隻眼，用白霜來代替塵土。」

瓦抿緊雙唇，愛德溫看起來是認眞的，「別逼我，叔叔。」

「爲什麼？」套裝說，「你不是很期待有這個機會？我知道你有鋁槍，跟我一樣的。我們不必鋼推，就兩個人，兩支槍的決鬥。」

「叔叔……」

「這是你的心願，孩子。你一直夢想有機會合法地殺了我，更何況，依法而論，我早就該死了！你也不必良心不安。我不會不戰而降的，而且我有武器。阻止我的唯一方法就是殺了我，我們開始吧。」

瓦的手指觸摸著哀悼之環，發現自己笑了出來，「你完全沒搞懂，是吧？」

「我懂，我早看出來了！執法者都有一種不爲人知的渴望，期待有機會脫離束縛，大開殺戒。這就是你們這種人的眞面目。」

「不是。」瓦說。他摘下腿上原本用來收納霰彈槍的槍套，將哀悼之環塞進皮套內，再把剩餘的子彈和金屬液瓶也放進去，現在的他，除了鋁槍，身上沒有任何的金屬。

「也許我的確有不爲人知的渴望，」瓦說，「但那並不是我的眞面目。」

「哦，什麼才是？」

瓦將裝著哀悼之環的槍套從破窗口丟出去，再把鋁槍塞進側背槍套內，「我來讓你見識見識。」

黛兒欣慌慌張張地爬過雪地。

套裝這個白癡。她一直都知道的，但今天才眞正體驗到他的愚蠢。搭乘那艘船飛走？他們會因爲這件事，天涯海角追殺他。他無路可逃。

今天眞是一場災難，前所未有的災難。瓦希黎恩知道了她的僞裝，組織也暴露了，他們的計畫分崩離析。

一定還有挽救的餘地。她跌跌撞撞來到雪地裡的一處小空地，那裡靠近神殿入口，她的手下將她和瓦希黎恩搭乘而來的飄浮器就安置在此處。希望它還能運作。之前在飛船上時，曾經仔細偷瞄面具男操控它，所以知道如何駕馭它。她只需要——

背後砰地一聲響。

她眨眨眼，看著突然濺在雪地上的紅點。

她的血。

「妳今天殺死了我的一個朋友，」背後一個粗嘎的聲音哽咽地響起，「我不會再讓妳傷害第二個。」

黛兒欣在小飛船前跪了下去，轉頭一看。偉恩就站在她背後的雪地上，表情憔悴，手上握著一把霰彈槍。

「你……」黛兒欣低聲說，「你不會……槍……」

「沒錯。」偉恩扳起扳機。

他放低槍管，對著黛兒欣的臉扣下扳機。

瑪拉席爬上那道不完整的隱藏式階梯，回到有著華麗展覽臺座和玻璃罩破掉的石室。她不知道是什麼啓動了機關，揭露出那條暗道，不過心裡十分高興。瓦希黎恩硬生生地從地底撞出一條通道，沖天飛出，因此這座石室也就半塌了，但想從他撞出來的通道爬出去，又太困難。

哀悼之環給予的法力已經消失。把它給了瓦希黎恩後，她並沒有洩了氣的感覺，反而有一種……平靜的感覺。那就像在一個風和日麗的夏天，四肢大開地躺在太陽下，感覺落日緩緩地下沉。沒錯，陽光是不見了，但它留下了一份舒暢的喜悅。

可憐的宓蘭依然癱在那兒，她的骨頭開始合併在一起，緩緩地變成一組奇怪的結構。沒有了尖刺，她只是霧魅。瑪拉席跪在她身旁，不知道該如何安慰她，不過，起碼她應該還活著。

瑪拉席站起來，快步走下機關連連的通道，來到掛著壁畫的入口。外面的槍戰打得如火如荼，數百聲的槍響迴蕩在白雪皚皚的寒夜。她詫異地看著一群戴著面具的人占了上風，士兵被逼退到石地的邊緣，背靠著裂口處處的懸壁而戰。他們已無路可退，傷亡慘重。

她猜想其中一些傷亡應該是瓦希黎恩的傑作，因爲它們看起來像是墜地而亡。瑪拉席滿意地點點頭，就是應該把對的人放在對的位置上。

她依然有自己的任務。於是她大步走出神殿，走下階梯，經過統御主的雕像，現在沒了矛頭，它就只握著一支棍子。

她要去哪裡找——

神殿附近沒有槍戰，所以比較安靜，卻在這份安靜中爆出一聲槍響。她猛地轉頭，四下張望。又一聲槍響。

一會兒後，偉恩從暴風雪中冒了出來，低垂著頭，苦喪著臉。他肩上扛著一把霰彈槍，另一隻手抓著不只一支，而是三支小型尖刺。

瓦靜靜地站在艦橋上，等待叔叔採取行動。

真正的決鬥和傳說中不盡相同。你的拔槍速度不會比對手更快，沒有藏金術的速度，這是不可能發生的。所以等到對方採取行動才動手，那就太慢了。他曾經用空包彈與拔槍最快的人比試過。

先拔槍的人，發射第一槍。

套裝拔槍了。

瓦朝背後的金屬窗框一個鋼推，咻地朝套裝飛去，即使套裝已經開了槍。子彈擊中瓦的肩膀，瓦猛地撞上驚呆的套裝，兩人一起摔倒在艦橋地板上。

套裝抓住他的手臂，瓦的金屬存量立即消失。

「啊哈！」套裝說，「我現在是水蛭了！一旦被我沾上，就等著讓我吸乾金屬存量吧，瓦希黎恩。你死定了。沒有哀悼之環，沒有鎔金術，我贏了。」

瓦悶哼幾聲，和套裝在地上翻滾纏鬥，「你忘了，」瓦說，「但我一點都不驚訝，因爲你一向憎惡我的血統。我是泰瑞司人，叔叔。」

瓦增加數倍的體重。

他汲取臂環內的一切存量，之前數百個小時減輕的體重，現在一股腦地全數汲取出來。

飛船猛地一顛，地板開始迸裂。

他們往下掉落，瓦緊緊抱著套裝，只不過一隻手因爲槍傷而逐漸失去力氣。兩人連續掉落兩層樓，套裝已經開始汲取療癒，所以能承受猛烈的撞擊，不過兩人都被碎裂的木頭刮得傷痕累累，滿身是血，終於從飛船最底層的裂口掉落下去。

套裝驚恐地大喊，「你這個笨蛋！你——」

瓦在空中一個扭身翻起，將套裝壓在下面。四周大雪紛飛，狂風呼嘯，片片雪花全變成一條條的白影。

套裝放聲尖叫。

然後開始鋼推。

他拋下嘴裡的錢幣，並運用鎔金術反推它，錢幣筆直往下疾射而去，撞上不斷接近中的石地，頓時減緩了兩人下墜的速度。

瓦減輕重量，讓套裝的鋼推足以支撐兩人，不致摔死。他們終於摔進積雪中，距離那座高山上的神殿已有些遠。

瓦率先恢復正常，身子一挺，跳了起來，再一隻手扯起套裝，兩個人就站在白茫茫的大地上。套裝看著他，因爲墜地的撞擊還在頭暈眼花中。

「執法者的真面目，叔叔，很簡單。」瓦感覺鮮血從臉上十幾處傷口流下。他抓著套裝的領口，拉到面前，「就是他願意挺身而出，擋下子彈。」

瓦一拳朝他臉上揮去，打得套裝昏死在雪地上。

宓蘭在恐懼的大海中泅泳。恐懼占據她的意識，只有一個小小的聲音告訴她，這不對勁。這個生物由本能掌控，是個衝動的膽小鬼。

她現在就完全順服那股衝動。食物，她需要食物。

不對，應該先找個地方躲起來。從轟隆隆的聲音聽來，她應該找個縫隙躲起來。她要繼續建構一個能行走，能逃跑的軀體，越快越好。

好冷噢。她從來都不知道寒冷的滋味。不應該這麼怕冷的，而且也嚐不到土，只有石頭，到處都是石頭。

冰凍的石頭。

她想尖叫。她好像漏掉了什麼，不是食物，不是一個藏身處，而是……某個東西。不對勁，非常非常非常的不對勁。

一個物件掉在她身上。那東西冰冰冷冷的，但不是石頭。這不是食物。她包裹住那個東西，又想吐掉它，就在這個時候，事情發生了。

很美妙的事情，發生了。第二個又掉在她身上，她一口吞下，接著就瘋狂地波動起來。回來了。記憶、知識、理智，全回來了。

自我。

她歡欣鼓舞，不去理回憶裡的那些小洞。她想起了大部分的旅程，但在哀悼之環的石室裡，好像發生了什麼事……不對，哀悼之環不在那裡，然後……

她的眼睛率先成形，她知道只要張開眼睛，就能看見。她已經品嘗到他的氣息，認出他的氣味。

「歡迎回來，」偉恩嘻嘻一笑，「我們贏了。」

30

瑪拉席接下亞利克遞來的水壺。儘管壺口冒著煙，但觸手的地方只有微溫而已。她坐在神殿的臺階上，身上包了將近四十條毛毯。她剛才把獎章給了一個麥威兮族人，他們正等著從飛船上卸下更多的獎章。

攻占飛船的景象還滿有趣的，值得一看。瓦希黎恩站在高原前的石地上，兩手舉得高高的，朝著虛無鐵拉。只見高高在上的龐然大物在大雪紛飛中緩緩降落，被瓦希黎恩手上隱形的韁繩拉了過去。

「它會解體嗎？」亞利克問。

瑪拉席驚奇地看著他，隨即垂眼一看，看見他手臂上的語譯獎章。

「熱巧克和毛毯能讓我撐一下，」他坐了下來，把毛毯拉緊，「別人比我更需要，是吧？那艘飛船會解體嗎？」

瑪拉席抬頭看著它，想像套裝的手下正在手忙腳亂地加大引擎的馬力，只見那幾具螺旋槳更是強力地轉動著。但飛船依然往下沉。戴著哀悼之環，被惹惱的瓦希黎恩·拉德利安，就像是不可抗拒的大自然力量。

她微微一笑，啜了一口熱飲。

「鐵鏽的！」瑪拉席看著熱飲，「這是什麼？」那甜甜的，濃濃的，像巧克力一樣的熱飲，眞好喝。

「巧克（Choc），」亞利克說，「有時候，在這個冰凍的孤單世界中，它是唯一的救濟品，是吧？」

「你喝巧克力？」

「當然。妳不喝？」

她沒喝過這種的，而且，這比她習慣的甜太多了，沒有一絲苦味。她輕輕啜了一大口，「亞利克，這是我喝過最好喝的。我現在擁有巧克力給的滿滿能量。」

亞利克微微一笑。

「我不認為你們的船會有事，」瑪拉席說，「他的鐵拉力道很平均，而且速度緩慢。他是個謹慎的人，瓦希黎恩很小心的。」

「小心？我怎麼覺得他是個破壞狂？破壞狂哪會小心？」

「唔，」瑪拉席又啜了一口，「這麼說好了，他現在的動作相當精密。」

果然，沒多久後，飛船就安然落地，一顆釘子也沒少。瓦希黎恩穩住它後，一隻手高舉哀悼之環，狂風，大雪，甚至微小的迷霧全繞著他盤旋打轉。

螺旋槳緩緩地停止轉動。一會兒後，士兵高舉雙手走了出來。偉恩和宓蘭快步走上前，沒收他們的武器，亞利克的族人則魚貫登船，全部搜查一遍。

瑪拉席等著一切結束，啜著融化的巧克力，沉思著。雷魯爾的尖刺安然無恙地包在手帕中，塞在她的口袋裡。她又一次看到偉恩扛著槍，大步走過雪地，臉上是點點凍住的血跡，同時還浮現出瓦希黎恩沖天而起，追捕他叔叔的畫面。

這些男人儘管在傳說中英勇無比，依然有不爲人知的脆弱的一面。想到這裡，瑪拉席會心一笑，她曾經盲目追隨他踏上了同樣一條路，幸好現在懸崖勒馬。不過，她依然爲自己完成了那頭坎得拉指派的任務感到自豪，她暗自下了決心，她的未來將會是另一番風景，而且信心十足。

這就是她的選擇。

「快凍僵了。」不知過了多久，亞利克的聲音冒了出來，「我們最好想想辦法，是吧？」她的眼睛離開已經空了的水壺，順著亞利克的手勢望出去。麥威兮飛船隊員已經搜查完畢，士兵也被帶走了——瑪拉席猜想他們應該被關進了飛船的禁閉室。

套裝仍然被瓦希黎恩吊掛在統御主長矛的頂端，嘴巴被堵住，金屬意識也被沒收，瓦希黎恩還用鎔金術吸走了他的金屬存量。然而這些似乎仍然不夠，他體內仍然有尖刺，而他們並不清楚該如何不傷他性命地摘除尖刺。沒有了金屬存量，他應該束手無策，但瑪拉席就是不放心。

史特芮絲走到瓦希黎恩身旁，瓦希黎恩伸手摟住她的肩膀。瑪拉席微微一笑，她從沒想過這樣的畫面會令她感到欣慰。他們會很幸福的。

美中不足的是，麻煩來了，亞利克的隊長和幾名隊友朝瓦希黎恩和史特芮絲走去。而另一組人馬，宓蘭和偉恩在瓦希黎恩身旁，偉恩自在地扛著霰彈槍，宓蘭比其他人足足高了兩吋多，雙臂交抱在胸前，一臉執拗。兩組人馬面對面交鋒。

好，「我們走吧。」瑪拉席對亞利克說。

亞利克的隊長喬迪絲戴著語譯獎章，卻在隨著瑪拉席抵達的陣風中，沒有一丁點的瑟縮。

「我們要謝謝你們的協助，」喬迪絲的口音和亞利克差不多，「但感激，並不代表我們要默許偷竊行爲。我們希望收回我們的所有物。」

「這裡沒有你們的所有物，」瓦希黎恩冷冷地回答，「只有我們找到的古物。嗯，古物和我的飛船。」

「你的——」喬迪絲氣急敗壞，她往前一站，「自從墜船在你們的土地上，我的組員就被監禁、受酷刑，甚至遭到殺害。你似乎很好戰，迫不及待地想打一場，鎔金術師。」

該死。瑪拉席以爲她會跟亞利克一樣尊敬瓦希黎恩。其實大部分的組員在面對他時，都滿緊張的，只有那位隊長一副咄咄逼人的架勢。

「既然要開戰，」瓦希黎恩說，「就更不能把強力武器讓給你們，否則對我們大大不利。套裝一夥人對你們的傷害，我無能爲力，他們都是作姦犯科的人，行爲卑劣。我一定會將他們繩之以法。」

「那你還偷我們的東西。」

「妳敢說，」瓦希黎恩問，「在我抵達之前，這座神殿就是空的？妳敢否認這艘船從不是妳的國家飛來的可能性？一個沒有主人的物體，怎麼算是偷，隊長。就海難救助法來說，我認領了這件古物和這艘飛船，妳可以——」

瑪拉席正打算插進兩人之間，緩和氣氛，沒想到史特芮絲居然打斷了瓦，「瓦希黎恩爵爺，」她說，「我認爲把飛船給他們，才是萬全之策。」

「什麼？鬼才——」

「瓦希黎恩，」史特芮絲低聲說，「他們精疲力盡、心情悲痛，而且家鄉還在遙遠的另一方。不然你要他們如何回到親人身邊？那樣合理嗎？」

他抿緊雙唇，「組織占有了一架飛船，正在全力研究中，史特芮絲。」

「那麼，」史特芮絲看著喬迪絲說，「我們就請求麥威兮族與我們通商，以做為慷慨贈送飛船的回報。我想，跟他們買飛船絕對比組織自己打造一艘，來得快許多。」

瑪拉席點點頭，不錯啊，史特芮絲。

「如果他們願意賣的話。」瓦希黎恩說。

「我想他們會願意的。」史特芮絲看著喬迪絲說，「因爲這位聰明的隊長一定會說服族人，與我們的鎔金術師來往的機會，絕對値得他們捨棄一項獨占科技。」

「沒錯，」瑪拉席走到其他人面前去，亞利克尾隨著她，「我們鎔金術師對你們來說，很稀罕吧？」

「我們？」亞利克問。他的隊長將目光移向瑪拉席。

「我也是鎔金術師，」瑪拉席調皮地說，「你在倉庫沒看到我用法力充塡那個小方塊嗎？」

「我當時……有點亂……」他的口氣糊里糊塗的，「噢，唔，好傢伙。」

瑪拉席嘆口氣，目光移向喬迪絲。

「我給不了妳任何承諾，」隊長對史特芮絲說，口氣有些勉強，「麥威兮族只是支系之一，其他氏族可能會覺得你們薄弱而想發兵侵占。」

「那麼，」史特芮絲說，「妳可以大肆宣揚哀悼之環在我們手上，等著修理膽敢前來冒犯的侵略者。」

喬迪絲發出嘶嘶聲。她戴著面具，瑪拉席看不見她的表情，但那隻揮來揮去的手，可不是善意的手勢，「不可能。你們想用小禮物來分散我的注意力，讓我忘了重要的戰利品，是吧？我們不可能把君王的武器交給你們。」

「不是你們交給我們。」史特芮絲將目光移到宓蘭的身上，後者雙手交抱，「亞利克，你們有關於她這種生物的傳說嗎？沒有吧？」

「你跟他們說說，」瑪拉席說，「拜託。」

他摘下獎章，以母語激動地解釋，兩手興奮地揮舞著，最後指著宓蘭。宓蘭挑起一道眉，隨即透明化肌膚，顯露出底下殘敗破損的骨架，瑪拉席見狀大吃一驚。宓蘭怎麼還能站得直？

隊長震驚地上下打量著她。

「我們，」史特芮絲說，「要把哀悼之環交給這位長生不死的坎得拉。牠們有智慧，處事公正，以服務全人類爲職責。你們不出兵攻打我們，牠們就不會把哀悼之環交給我們。」

喬迪絲隊長戴著面具，沒人知道她的反應如何，不過她開口說話時，比了幾個俐落的手勢，但瑪拉席認爲手勢比表情容易僞裝。怎麼會有一個文明社會以面具來掩藏眞實的情緒，只用權衡過的反應來溝通？

「這次的和解，令人不太愉快。」喬迪絲說，「失陪了，我現在要殘缺不全地回到我的組員身邊。我們犧牲了半數以上的組員，現在居然得用一件百年古物換來一艘飛船。」

「是啊。」史特芮絲走到瓦希黎恩身旁，瓦希黎恩交抱雙臂，繃著一張臭臉，那是他最擅長做的事。「不過隊長，你們帶回家鄉的，比古物、比墜毀的飛船更珍貴百倍。你們贏得了一個處處都是金屬之子的商業伙伴。剛才我跟你們提到我的瓦希黎恩爵爺，在我們的政府出任要職嗎？他在貿易，關稅，稅收上的影響力可大了。你們凡是成功與我們簽訂互利契約的族人，必定將會富甲一方。」

喬迪絲看看他們，兩手也交抱在胸前，目光鎖定住瓦希黎恩，「還是令人很不愉快。」喬迪絲的個子矮了許多，也繃著臉，氣勢上卻完全不輸人。瑪拉席遠遠地觀察，知道那個女人其實相當渴望把他們臭罵一頓、暴打一頓，爲她和組員所受的苦討回公道。單單一個商業往來的機會？她嚥不下這口氣。

也許是情緒太過激動，這點就連她的面具也掩藏不住。

但喬迪絲終於點點頭，「好，就這麼說定。我不能空手而回，我要一份草擬的協議書，明列出一切細節。」

瑪拉席終於鬆了一口氣，朝史特芮絲點頭道謝。她依然沒漏掉喬迪絲與瓦希黎恩握手言和之時，肢體極度僵硬。盆地至今都沒有邦交國，希望這最後一刻勉強達成的協議，能避免掉一個潛在的敵國。

「我還有一個要求。」瓦希黎恩對她說。

「什麼要求？」喬迪絲警戒起來。

「也不是什麼可怕的要求，」瓦希黎恩說，「我直說了，我想搭個便車。」

幸好那些南方人都同意了。不過他們並不想載運滿滿禁閉室的敵軍南飛，瓦必須一再解釋只拘押套裝一人，是無法將他定罪的，隊長雖然頗有意見，最後態度還是軟化了。她似乎意識到，若想要看到那些虐待他們的人接受法律制裁，就必須讓瓦徹底地審問一番。

他依然沒透露自己和套裝的親屬關係。

瓦趁著麥威兮族人在做起飛前的準備時，來到眼睛插著一支尖刺的統御主雕像之下。他檢測過雕像的腰帶是鋁製的，無法填充金屬存量。若是眞有一對腕甲，應該也是由這個矛頭打造而成。

瑪拉席打從他身旁走過，「我去檢查我們的小飛船，看看有沒有遺漏什麼。」

瓦點點頭。我擁有你的力量，他看著雕像沉思著，即使只有一點點。鐵鏽的……我明白了。

他把哀悼之環交給了宓蘭，宓蘭卻把它融進了肉體中，就算他想染指也不行了。然而他其實鬆了一口氣，那件古物擁有的力量，實在太過強大。

他抬手向統御主揮手道別，小跑步追上了瑪拉席。

「亞拉戴爾和參議院不會贊成的，」瓦說，「尤其是把哀悼之環交出去這件事。」

「我知道。」瑪拉席說。

「不過只要告訴他那不是我的主意，會比較容易過關。」

瑪拉席瞥了他一眼，「失去哀悼之環，你好像無所謂？」

「當然有。」瓦坦承，「老實說，之前我滿擔心的。哀悼之環的能量幾乎耗盡，但也許我們能人工合成，重新填滿它。環內的能量……」

「……巨大，卻也極具破壞性？」瑪拉席問，「若是遭到誤用，就很危險，但在你手上，會更危險？」

「對。」

兩人心有靈犀，狂風橫掃而過。觸動他們的是某種——也許只有他們自己知道是什麼。

他們不再多說，同時轉身去尋找那架飄浮器。喬迪絲一定會把它裝回大飛船內，不過在那之前，有具屍體是瓦必須親眼看一看的。

他不怪偉恩射殺了黛兒欣。沒錯，若能逮捕她回到依藍戴，接受審訊和審判會比較圓滿，但他也發現自己其實更希望親自扣下扳機，了結她的罪孽。這一點，和諧沒看錯。

無論如何，黛兒欣的事結束了。這表示——

雪地上的血跡。

那架飄浮器不見蹤影。

更可怕的是，屍體也不見蹤影。

瑪拉席驚呆了，瓦走到那塊空蕩蕩的場地。她又一次溜走了。瓦居然一點也不驚訝，倒還滿佩服她的。她趁著槍戰的一片混亂，悄悄駕駛小飛船升空逃走。

偉恩應該想到她可能有自癒的能力，瓦心想，單膝跪在驚悚的血跡旁邊，血跡勾勒出那個人倒地的身形。

「看來，事情並沒有結束。」瑪拉席說。

瓦伸手輕拂過凍結在雪地上的血滴，過去的一年半，他一直在想辦法解救她，而現在他終於成功救出她了，她卻拔槍對付他。

「是沒結束，」瓦說，「不過從某方面來看，這樣也不錯。」

「因爲你姊姊沒死？」

瓦轉向瑪拉席。雖然他們來到這片天寒地凍的大地已經數個小時了，但直到現在，他才眞正感覺到刺骨的嚴寒。

「不是這樣，」瓦說，「是因爲我又有了追捕的目標。」

31

「瓦，你一定要來看看這個！」

瓦往後一仰，睡眼惺忪。這裡的臥鋪不算舒服，不過航行還算平穩順暢。不像那架飄浮器，總感覺好像只要一陣風颳來，它就會鼻頭朝前地撞進山壁。

偉恩半掛在臥鋪的大窗之外。

「這窗子是可以開的？」瓦吃了一驚。

「窗戶本來就是可以開的，」偉恩說，「只要用力推一下。看，你一定要來看看這個。」

瓦嘆口氣，爬了起來，也探出身去。下方依藍戴的燈海，無邊無際。

「好像火河噢。」偉恩喃喃說，「看看它的模式，高級住宅區和商業區比較亮，街道都是直直的。好美。」

瓦咕噥一聲。

「這就是你的評語，兄弟？」

「偉恩，這我幾乎天天看。」

「喂，不公平，你應該感到內疚。」

「因為我是射幣？」

「因為你在生活中作弊，瓦。」

「若我感覺到的是感恩呢？」

「也可以吧。」

瓦在床鋪邊坐下來，穿上靴子，然後綁鞋帶，一副被人揍到沒知沒覺的模樣。他當然希望能怪罪給過去幾天來的沉重壓力，但其實他早已藉由哀悼之環的能量療癒完畢。

這表示，現在身體上的疼痛，是因為在這個床鋪睡了幾個小時的緣故。鐵鏽的，他老了。不過，他發現他似乎不再像以前那樣怕老了。

「我們應該上去艦橋看看。」瓦一邊提議，一邊起身。他們離開大山已經一天，途中在瓦的堅持下，在一座小鎮稍作停留以發電報。他不能沒有事先預警，就帶著一架龐大的飛型戰艦進入城市。

瓦承諾提供飛船返航的所需物資做為回報，於是喬迪絲欣然順從。瓦知道瑪拉席對那位隊長不太放心，他觀察過那副面具下的眼神，很清楚那個女人骨子裡是個士兵、殺手，儘管她口口聲聲稱她的飛船只是一架普通商船。

喬迪絲清楚哀悼之環在瓦的手上，他隨時可以趕走麥威兮族人，將飛船占為己有，然而瓦卻願意順從史特芮絲的承諾，將它交出去。所以儘管喬迪絲在嘴上不肯服軟，心裡卻清楚己方在這次的協議中，其實占了上風。

偉恩在臥鋪外面追上他，兩人往旁邊一站，讓路給幾名疲憊的飛行員。雖然看不見他們的表情，但那份駝背的姿態和低弱的交談聲，都洩露了他們的情況。

「他們承受了很大的打擊。」偉恩一邊低語，一邊回頭望著往前走去的飛行員，「他們不應該承受那麼多不公平的對待，瓦。」

「人生什麼時候公平了？」

「我覺得我的人生就滿公平的，」偉恩說，「你看看以前我都幹了什麼事。」

「想談談嗎？」瓦問。

「談什麼？」

「你開槍了，偉恩。」

「呸，那是霰彈槍，根本不算。」

瓦的一隻手按在朋友的肩膀上。

偉恩聳聳肩，「難道我的身體語言在說『什麼鬼啊』？」

「我覺得你原諒自己了。」

「沒，」偉恩說，「我只是火大了。」

「你其實心知肚明，是吧？」瓦蹙眉，「她會自癒？」

「唔，我實在不想冷血地殺人——」

「這樣滿好的。」

「——不過話說回來，那附近沒有火光，所以我根本看不到她。」

「偉恩……」

矮個子嘆口氣，「我從她的袖口瞥見一支尖刺，就推測，若是要在藏金術中選一個，大家一定都會選自癒法力。我不會真的殺死你姊姊的，兄弟。只是修理修理她，而且我需要的是宓蘭的尖刺。」

偉恩的目光悠遠起來，「我應該待在那裡，阻止她逃跑。但我想不到那麼遠，我以爲你死了，兄弟。眞的。我就一直想『瓦會眞的殺了她嗎？或者會像給我機會一樣，也給她一個機會？』所以我就隨便她了。我沒有趕盡殺絕，因爲那是我最後能爲你做的事了。你瞭解嗎？」

瓦捏捏偉恩的肩膀，「謝謝你。你進步很多。」

瓦感到很心虛，因爲內心深處，他其實希望偉恩拔掉她的尖刺，讓她凍死在雪地上。

偉恩嘻嘻一笑。瓦的下巴朝飛行員離去的方向揚了揚，「我們待會在那邊會合。」

「要去找你的女人？」偉恩說，「她回去後，就要面臨適應新生活的挑戰，離開她的原生棲息地，那個冷冰冰、淒涼、奢華的——」

「偉恩。」瓦輕柔但堅定地打斷他。

「啊？」

「可以了。」

「我只是——」

「可以了。」

偉恩愣住了，舌頭伸出張著的嘴巴舔了舔，然後點點頭，「那，好，待會見，兄弟？」

「我們隨即過去。」

偉恩吊兒郎當地朝艦橋蹦去，瓦則沿著通道往前走，經過幾扇門，來到史特芮絲和瑪拉席的臥舖。他敲了敲門，門板喀嚓彈開，他朝門內瞄了一眼。史特芮絲就躺在床鋪上，蓋著毛毯，氣息輕柔地沉睡著。不見瑪拉席的蹤影，她剛才說過，想去艦橋觀看飛船駛近依藍戴。

他看著沉睡中的史特芮絲，猶豫了一下。史特芮絲這幾日經歷太多，必定疲累至極。一旦抵達了依藍戴，他就必須忙著押解犯人，還要籌備補給物資搬運上船，等一切就緒，飛船駛離，也是好幾個小時之後的事了。讓她再多睡一會兒吧？

就在他打算離開時，門板被他的重量靠得呀的一聲滑開，驚醒了史特芮絲。她一眼就看到了瓦，嘴角一勾，微微一笑，表情鬆懈下來，又側身蜷成一團。毛毯底下，她還穿著旅行洋裝。

瓦走進狹小的房間，在她對面的床鋪坐下來，膝蓋一下子就頂到了史特芮絲的床鋪。這就是那些飛行員所謂的大房間？他傾前，握住史特芮絲的手。

史特芮絲捏捏他的手，又閉了閉眼，兩人動也不動地坐著。就讓他們等著吧。

「謝謝妳。」瓦輕柔地說。

「謝什麼？」史特芮絲說。

「陪我跑這一趟。」

「我沒做什麼。」

「妳在宴會上就幫了大忙，」瓦說，「還有跟麥威兮族的談判……史特芮絲，太精采了。」

「或許吧。」史特芮絲說，「但我仍然覺得，我大半時間都只是你們的包袱。」

瓦聳聳肩，「史特芮絲，其實我們都是。因爲責任所需，被送到一個又一個的地點、社會，或神那裡。感覺我們只是來走這一遭的，大家都身不由己。但是，偶爾還是有選擇的機會，眞正的機會。我們也許不能選擇一路上要遭遇的人事物，或駐足的地點，但我們可以選擇方向。」瓦捏捏她的手，「妳把妳的人生指向了我。」

「唔，」史特芮絲微微一笑，「你的身旁是全天下最安全的地方……」

瓦捧起她的臉，用生滿老繭、粗糙的手輕輕呵護著那張臉蛋。另一種冒險。

一個飛行員過來找他們，瓦只好不情願地站起來，再扶起史特芮絲，兩個人勾肩搭背地穿過通道，上到艦橋，加入其他人。

來到這裡，他終於也跟偉恩一樣，衷心讚嘆眼前的景物。全景之下的依藍戴夜景，實在美麗萬分。將來，這樣的景色會司空見慣嗎？史特芮絲捏捏他的手臂，對著夜景一笑。飛船是一項全新的新科技，但他第一次看見汽車上路，也不過是幾年前的事。

瑪拉席一直在指引喬迪絲隊長駕駛飛船，穿行過高樓大廈。瓦從隊長和隊員的姿態讀不出任何訊息，看到如此龐大的都市和摩天大樓，他們震驚嗎？又或者，早已習以為常？

飛船正在接近阿爾斯特塔，瓦清楚明早的傳紙將會大肆報導這項奇聞。很好。他討厭偷偷摸摸的，就大大方方地讓依藍戴人知道，人類的世界比起他們所認知的更廣大、更遼闊。

瓦擁有阿爾斯特塔的股份，它的頂樓是平坦的，隊長已向他保證能把飛船降落在「一根釘子上，只要釘子的頭是平的」。事情也正如她所說的，飛船順利降落了。

「你們確定不想多停留幾天？」瑪拉席問喬迪絲，「四處轉轉，瞭解瞭解我們？」

「不用，謝謝。」瓦覺得她的口氣有些勉強。但誰知道呢，她有口音，而且又戴著面具，悶住了聲音？「我們今晚拿了補給物資就走。」

該下船了。瓦和史特芮絲又一次穿過通道，朝艙門走去，其他人尾隨在後。

「感覺好像是一場夢。我得趕快寫下來，免得印象變淡。」

瓦點點頭，但心裡想的是他與和諧的會晤。

通道連接到一個寬敞的空間，一條長長的空橋已經就定位，通往大樓的屋頂。瓦瞥見下方有幾個人仰著頭，望著飛船，其中有親自前來的亞拉戴爾總督。

亞利克就站在門邊，瓦走了過去，他掀起面具，沒有躬身行禮，也沒有頷首致意，就是把面具掀起來而已。其他飛行員，以及背後的那些，也都掀起了面具，也許這就是他們的行禮致意。

「偉大的高人，」亞利克對瓦說，「希望您的下一趟飛行，不是突如其來的。」

「你也是，亞利克。」

「噢，我是啊。」他嘻嘻一笑，「我的下一趟飛行，是回家，不是嗎？」他看著瑪拉席，抬手摘下補好的破舊面具，雙手奉上，這個動作引得他背後的人驚呼出聲。

「拜託。」亞利克說。這兩個字，比之前他說的口音更重。

沒有掀起面具的隊長看著亞利克的動作，整個人僵住了。瑪拉席猶豫了一下，才接下面具，「謝謝。」

「謝謝妳，瑪拉席貴女，」亞利克說，「妳救了我的命。」他從腰間拿出一副素面面具戴上，再綁緊面具的皮帶。那副面具不過就是挖了兩個洞的弧形木頭。「我現在迫不及待想回家。在那之後，也許會再回來這裡。我會載著妳，讓妳帶我參觀參觀這座都市。」

「只要你多帶一些巧克來請我喝就沒問題，」瑪拉席說，「隨時歡迎你來。」

瓦聞言微微一笑，與其他四個人在隊長的說明下，按照南方的習俗一起解下重量獎章交還隊長，以示尊重。喬迪絲已經贈與瓦語譯和暖氣獎章各一枚做為禮物，而偉恩也應該偷來了一組，不過瓦打算等下船之後，再找他問問。

瓦領著大家走下舷梯，史特芮絲與他肩並著肩。

「瓦希黎恩，你一定要進口他們的巧克力，眞的。」瑪拉席快步追上他們，「我不知道他們加了什麼，那滋味太美妙了。你以爲那些飛行戰艦已經很了不起了？等你嚐過他們的巧克力，就知道了。」

「嘿，」偉恩從另一邊冒出來，又回頭朝背後飛船上的人望去，「瑪拉席，我覺得那個領航員迷上妳了。」

「謝謝。」瑪拉席說，「感謝你與我們分享你高人一等的觀察力。」

「這種能力在國家大事上相當有用。」史特芮絲說。

「拜託，」瑪拉席說，「他跟我比，簡直就還是個小孩子。你們不准偷笑。」

「我哪敢。」瓦的眼睛盯著前方，卻沒忽略瑪拉席對待那副面具的認眞和謹愼。

總督的隨扈和侍衛在他前方圍成一個密不通風的圈，似乎打算運用聚集成山的體熱來趕走面前的大怪物。而亞拉戴爾則獨自站得遠遠的，乍看之下，還以爲他是受到那些人的排擠。

瓦和史特芮絲走到他面前，等著他開口說話。

「要命。」亞拉戴爾終於開口了。

「我警告過你了。」瓦回應。

亞拉戴爾震驚地搖搖頭，兩眼睜得大大的，「唔，這個也許能引開民眾的注意力，不去追究你在新瑟藍惹出的大災難。」

「情況那麼糟？」史特芮絲問。

亞拉戴爾咕噥一聲，「整整兩天了，參議院猛火急攻，咆哮怒罵，指責我的不當領導即將引發內戰。天知道，我哪管得動你們這群人？」他終於把目光移到了飛船上面，不自覺地咳嗽一聲，似乎這才意識到自己講了什麼，以及在對誰發牢騷。

瓦微微一笑，亞拉戴爾這個人就是耿直，不過通常還算委婉，畢竟身爲警察，必須明白一些人情事故，給人留些臉面。

「抱歉，我失言了，哈姆司貴女。」亞拉戴爾說，「拉德利安，我需要知道新瑟藍到底發生了什麼，我要親耳聽聽你的匯報。」

「我會向你匯報的，」瓦承諾了，「明天。」

「可是——」

「總督，」瓦說，「我知道你有職責必須弄清楚事情的來龍去脈，但你一定無法體會過去幾天以來我們的經歷。我的人現在需要休息。明天，拜託。」

亞拉戴爾咕噥地妥協了，「好吧。」

「我請你準備的，都好了嗎？」瓦問。

「在下面，」亞拉戴爾說著，轉頭面對著飛船，「頂樓套房內。」他深深吸了一口氣，又一次打量著那艘飛船。警察總隊長瑞迪已帶領一隊警察上船去接收罪犯。

瓦現在才注意到，大飛船只有一半的船身停放在大樓上，還有一具螺旋槳緩緩地打轉，以保持船身的平衡。如此的落地，好像是刻意的，是個暗示，瓦這麼想著。那些飛行員在暗示，儘管我們很快就能得到造船技術，但想要駕馭它，那可需要好幾年的工夫。

「我們不會有事的。」瓦對亞拉戴爾說，「若是外市眞想對我們動兵，這艘飛船應該能澆他們一大盆冷水。我們放消息出去，讓全國人民都知道有一艘飛船穿越依藍戴市中心，只見我以貴賓之姿下船，飛船隨後又靜靜地飛走了。」

「我們已經與他們達成協議了，總督大人，」史特芮絲接著補充，「兩方成爲商業貿易國，互通有無。這樣，主戰派應該會先行罷手，稍作觀望，讓我們有時間緩解衝突。」

「唔，也許吧。」亞拉戴爾說，「不過，拉德利安，參議院很難接受我就這麼放飛船離去。」他頓了一下，「我還沒把你說的另一件事，告訴他們。」

「哀悼之環？」瓦問。

亞拉戴爾點點頭，心照不宣，知道瓦很清楚他的意思，看看你這次給我惹了多大的麻煩，拉德利安？

「宓蘭？」瓦問，「接下來的事，就交給妳了？」

「沒問題。」宓蘭朝他們走來，只見她穿著向南方人借來的一條男用褲子和一雙中筒靴。她抬起一隻手，搭在總督肩膀上。

「神聖的使者。」亞拉戴爾的口氣又緊張又恭敬。他看著瓦，「你知道嗎？這太不公平了，你每次都能召請天上的使者來為你說情開脫。」

「這算什麼？」瓦領著史特芮絲朝樓梯走去，「你怎麼不問問，我最近一次瀕臨死亡時，都和神談了什麼？」

「你說得太尖銳了吧。」史特芮絲說。這時，他們已經快走到樓梯口了。

「胡說，」瓦回應，「他現在是政府官員了，需要練習如何面對他人的挑釁，這能幫助他做好心理準備，以應付唇槍舌戰的國是辯論。」

史特芮絲凝視著他。

「我會慢慢適應的。」瓦承諾，並為她開了門。瑪拉席加快步伐想追上他們，卻被偉恩抓住手臂，只見偉恩對她搖了搖頭。

「慢慢適應？」史特芮絲踏進了樓梯井，「這表示你以後不再排斥交際應酬了？」

「我當然會抱怨，」瓦跟著她也進入樓梯井，把其他人拋在了後頭，「沒辦法，這就是我。但我一定想辦法克制，不會讓妳和偉恩被我的不滿淹沒。」

「而我呢，」史特芮絲說，「我承諾一定合理地讚賞你扶貧濟困、懲惡揚善的義舉。」她對瓦微笑，「還有，也會隨身攜帶幾瓶金屬液瓶，以防萬一。對了，我們現在要去哪裡？」

瓦微微一笑，領著她往下來到大樓豪華的頂層公寓。房子的主人呢，已搬到艾姆戴度長長的假期，所以這裡眼下是空屋。只見公寓門外通道的一張椅子上，竟然坐著一個面容疲憊、穿著倖存者教派聖袍的祭司，那件宛如披巾的正規迷霧披風下是一掛長袍，袖子上有象徵傷疤的縫補。

史特芮絲好奇地看著瓦。

「史特芮絲，不知道妳願不願意做我的新娘？」瓦說。

「我已經答應——」

「沒錯，但上次我問的時候，只把我們之間當成是契約婚姻。」瓦說，「只是一個貴族族長為了家族利益在向一個女人求婚，那是有目的的，我要感謝妳的包容。不過，我現在必須再問一次，這對我很重要。

「妳願意當我的新娘嗎？我想娶妳。現在，就在倖存者和那位祭司面前舉行我們的婚禮。不是因為婚約上說我們必須這麼做，而是因為我想要這麼做。」瓦牽起她的手，輕聲細語，「我實在不想再一個人了，史特芮絲。是時候坦承這個一直埋藏在我心裡的感受。而妳……妳太與眾不同，真的。」

史特芮絲忍不住抽噎起來，抽出手來擦拭淚水。

「妳哭……是因為好，還是不好？」瓦問。與女人周旋的這些年下來，他依然搞不清楚她們的思緒。

「這個，你知道的，不在我的待辦事項中。」

「啊。」瓦的心揪了一下。

「況且，」史特芮絲繼續說，「我以前好像沒有因為一件突發事件，而經歷如此美妙的結果。」她點點頭，泛紅的鼻頭抽動著，「我現在遇上了。謝謝你，瓦希黎恩爵爺。」她頓了一下，「可是今晚！會不會太倉促了？不邀請其他人參加我們的婚禮？」

「他們參加過了。」瓦說，「那次的婚禮出了紕漏，並不是我們的錯。所以……妳覺得呢？我的意思是，如果妳很累，想要休息，就別勉強來配合我。我只是想——」

史特芮絲二話不說，靠上去親吻了他。

尾聲

瑪拉席發現在燭光下工作，精神會特別集中，也許是因爲燭火本身就具有危險性吧。電燈則不同，它安全、易於掌控，且被包裹在防護素材內；至於敞露在外的燭火嘛，又野又活潑，只要一丁點的火星就能燎原，燒毀她和一桌子的文件。

然而，她這幾天都是和這些火花一起工作的。

警察局內的辦公桌上，鋪滿了筆記、檔案和筆供。過去兩個星期來，她在總隊長瑞迪的建議下，出席了大部分的審訊。兩人合作無間，完全看不出瑪拉席初入警界時，他們曾經有過間隙。

套裝守口如瓶，不過他的許多手下都已認罪，單單是這些供詞，就足以令人義憤填膺。這些手下全是從外市的反對派中挑選出來的年輕人，全都被洗腦過，腦子塞滿了倖存者奮起、反抗皇權統治的英勇事蹟；全在遠離中央的拉剎青和比爾敏這一類的城市受訓。幾處訓練基地皆地處偏遠、對外封閉，且規模超乎想像的龐大。

亞拉戴爾和其他人的調查重點，傾向在軍隊編制、計畫行程表和科技等細節，比如瓦希黎恩從柯蕾西娜豪宅中偷來的遠距通話設備，就象微外市在大談和平治國的同時，其實背後已經著手備戰了。

可見他們相當忌憚依藍戴。但如此的反彈情緒在情在理，說得過去。數十載的疏忽，恩恩怨怨，全部糾結在一起，只希望這些內政上的失衡都能和平解決。瑪拉席將它留給政府官員去傷腦筋，她則撇開是戰是和的辯論，將注意力投注在罪犯提到的，在飛船和新型鎔金術金屬之外的怪事上。

她拿高一張寫滿了筆記的紙張。這些片片段段的句子，是罪犯無意中提到的，他們在敘述時，眼睛會不安地瞟來瞟去，還會刻意壓低音量。其中提到會在夜晚出現的紅眼人。她把這些筆記加入特雷神的研究檔案中。特雷神是古代的神祇，近年又開始受到崇拜。也就是這位神祇打造出的尖刺，帶壞了坎得拉盼舞，使她神智狂亂，做出傷天害理的壞事。許多的罪犯都會把祂掛在嘴邊。

她花了好幾個月的時間調查，卻一無所獲。但她一定有辦法找出答案。

套裝被關在樸素單調的牢房中，那些人妄想利用苦日子來摧毀他的心志，突破他的心防。這是間普通的地下囚房，只有一個便桶和一張備有毛毯的床鋪。這招太老套了，而且沒有意義。他這輩子又不是只認得玫瑰花床，蓋著羽毛被，又不是沒睡過石板床。

等著瞧吧，一切都可以轉化成優勢。眼前就是一個證明自己的機會。他絕對不會屈服，等著瞧吧。

因此，在被關了兩個星期後的一個晚上，當囚房的門被打開，一個陌生人走進來時，他一點也不驚訝。這次是個男性，一臉蓬雜的鬍鬚和一頭亂髮。套裝猜測，應該是從街上抓來的乞丐。

他從那些人的步伐就認出來了，他們永遠俐落、堅決，不達目的絕不罷休。

當然，那些泛著微微紅光的眼睛是另一道明顯的標誌。套裝可以確定，截至目前爲止，瓦希黎恩和那群蠢蛋對這些生物一點概念也沒有。他們不會理解，也無法理解。組織居然擁有自己的無相永生者。

套裝站起來，將手從囚服的袖子中抽出來，再一把從頭上脫下，「兩個星期，太久了吧？」

「我們按照自己的時間表辦事，不是你的。」

「我不是抱怨，」套裝說，「只是覺得按照你們的能力，不應該拖這麼久。我心甘情願遵照特雷神的安排。」

「是嗎？」無相永生者問，「我怎麼覺得你期望我們能加快手腳。」

「我只是說出自己的感受而已，」套裝說，「想找個話題和你們套套交情。」

無相永生者透過欄杆打量著他，「你沒有妥協、洩露祕密吧。」

「絕對沒有。」

「眞讓我們另眼相看。」

「謝謝。」

優勢。就連兩個星期的牢獄之災，也能成爲印證他的忠心的利器。

「進度將按照你的建議提前。」無相永生者說。

「太妙了！」

無相永生者從口袋拿出了一個器械，那就像一個用金屬絲纏繞的小包裹，是艾力奇之前實驗用來啓動飛船動力的金屬，所打造出的爆炸物之一。結果並沒有成功，頂多只具有一般炸藥的威力而已，而他們要的是能炸毀城市的強力炸彈。

「那是什麼？」套裝緊張起來了。

「既然進度提前了，我們就不需要組織這個統治集團了。」

「但你需要我們協助統治，經營文明——」套裝說。

「不再需要了。這裡近幾年的文明發展，讓社會變得相當危險。若任由它繼續發展下去，將超出我們能掌控的範圍，因此我們決定將這座星球上的生物搬走。謝謝你的效勞，你的努力有目共睹。你被允許到另一個世界，繼續效力。」

「可是——」

無相永生者啓動了爆炸物，將自己和套裝一起炸進了大赦世界。

瓦一驚而醒，剛才那是爆炸嗎？

他四下張望著頂樓公寓寂靜的臥房，史特芮絲就蜷縮在他身旁，依然沉睡中，輕輕地勾著他的手臂。她經常這麼做，彷彿害怕一旦鬆手，一切就會消失無蹤。

在星光中凝視著她，瓦打從心底湧出一股深深的愛戀，他被自己的這份深情震懾住了。不過這份驚訝，並沒有令他不安。他記得那些在蕾希身旁醒來的早晨，每次都因爲自己的幸運和自己的情感驚訝不已。

他輕輕地拿開史特芮絲的手，拉起滑落到地板上的被子蓋住她，然後裸著上半身朝陽臺走去。

他們沒有選擇回去自己的宅邸，而是待在這棟頂樓公寓度蜜月。能有個新的開始感覺滿不錯的，瓦有個想法，打算在這裡定居。這輩子他第一百次覺得自己重生了，這是他人生的新階段。這個階段再也沒有寂靜的宅邸和低俗無聊的談話。這個階段屬於高調的摩天大樓，屬於朝氣勃勃的政見對談。

迷霧已經出來了，正在外面盤旋纏繞，不過摩天大樓夠高，依然能穿透迷霧，看見星星和紅裂。他走過去打算推開門，站到陽臺上，卻愣了一下，注意到他的梳妝檯有些異樣，原來祖魯坦在那上面放了一排的物品，全是他遺留在新瑟藍旅館的行李。那位貼身男僕把它們放在那裡，可能是想知道哪些該留下，哪些該丟棄。

瓦微微一笑，手指輕拂過他戴著去參加宴會，而今已經皺巴巴的領巾，想起他是在他們逃離新瑟藍之前，在旅館房間摘下它扔到一旁，再換上褲子和迷霧外套。祖魯坦把領巾鋪開來放著，旁邊還有一張從宴會帶回來、有字母圖案的餐巾紙，另外還有一個偷來的瓶蓋，那是他爲了以防萬一需要鋼推時的備案。但祖魯坦特地把它單獨放在一塊小桌巾上，彷彿那是世界上最貴重的寶物。

瓦搖搖頭，一隻手按在通往陽臺的門上，整個人又愣住了，回頭望著梳妝檯上的物件。

它就在那裡。乞丐給他的錢幣，就在淡淡的星光下閃閃發亮。祖魯坦一定是在他的口袋裡找到它的。瓦伸手過去，又猶豫了一下，才壓著它滑過桌面拿了起來，再踏出去，進入迷霧中。

*它是嗎？*他拿起錢幣。兩個不同的金屬，一個是銀色的。會是鎳鉻嗎？另一個是紅銅的。藏金術金屬。儘管錢幣上的刻紋不同，尺寸也比較小，不過大致上看來和南方人的獎章差不多。

一想到這裡，一想到它可能具備的功能，錢幣內的金屬意識就啓動了，他發現體內多了一股存量，一股他可以汲取的金屬意識。他倒抽一口氣。

這是所謂的紅銅金屬意識。一種非常特殊的藏金術，能儲存記憶的藏金術。

他開始汲取這種金屬意識。

沒想到，他瞬間來到了一個陌生的地方，一個荒蕪的野地，觸目所及空無一人，只有飛揚的塵土。他很不習慣這樣的視覺感受，他的視力只剩下一半是正常的。

另一半全是藍線。這是眼睛被穿了尖刺的人，才會有的視覺。

這個眼睛被刺穿的人穿過了那片荒涼地帶，經過了半廢耕的玉米田，奄奄一息的玉米在風中擺蕩。前方出現一座城鎮，應該說是一座城的遺跡。

他聽到自己的靴子踩在骯髒的石頭上，狂風呼嘯，空氣寒冷。他走進了荒城中，經過印著焦黑的燒灼痕跡的地基。他明白了，這裡的居民和剛才經過的村莊城鎮一樣，爲了求生，把木屋的木頭都拆下來當作柴火燒掉了。

橫躺在街上的屍首，全是光裸著身子的，他們凍死在一般人認爲的微寒天氣之下，衣服早已被扒去燒掉。

前方聳立著一棟碉堡似的石屋。屋子長而窄的外觀，勾起了他的回憶，不對，其實是那個把記憶存放到錢幣內的人的回憶。那一段年代久遠的回憶，從他的意念中一閃而過，隨即消失無蹤。

旅人繼續往前走，踏上了門階，走進沒有門板的石屋內。

屋內，一大群人擠在一起取暖，徒勞無功地包裹著毛毯，而篝火已經熄滅了。

他們甚至燒掉了面具。

旅人從人群中穿梭而過，儘管大部分人的眼神空洞，絕望地等死，他還是引來了一些注目。他在靠近中央的區域發現了族長們，那些年邁的老者戴著布面具，那是他們僅存的物資。一位老太太抬頭看著他，隨後掀開了面具。

瓦看著正常視覺下的她，和另一個被藍線勾勒出來的她。旅人伸手按在老太太的肩膀上，跪下去，對她輕聲說了三個字。

瓦猛地一驚，退出了回憶，嚇得扔下錢幣，連忙退開幾步。

錢幣在地板上喀喀轉動，最後停在他的腳邊。

那隻手臂……那隻手臂，全是一層層密密麻麻的傷疤，彷彿那片皮膚經歷過一次又一次的刮傷。旅人說的話，在瓦的腦海中盤旋不去。

「活下去。」

（全書完）

後記

瑪拉席、瓦和偉恩即將在迷霧之子第二紀元的終曲《謎金》中，重新登場。我計劃在「颶光典籍」系列的第三集《引誓之劍》之後，發表此書，目前正在全力書寫中。

爲了套牢你們，讓你們能耐心地等到《引誓之劍》之後，我剛剛發表了一份電子版的短篇故事，這是緊接著《悼環》之後的故事，儘管它的背景發生在迷霧之子的正傳三部曲期間。歷經十年的創作，〈迷霧之子：祕史〉應該能解答讀者們的一些疑問。

永遠都有另一個祕密，等待著被揭露。

布蘭登・山德森

二〇一六年一月

【特別收錄】

迷霧之子：祕史

Mistborn：Secret History

PART 1　帝國

1

凱西爾燃燒了第十一金屬。

什麼也沒變。他仍然站在陸沙德廣場上，面對著統御主。觀眾一片寂靜，司卡與貴族，注視著場內。咿啞的輪子在風中空轉，在一旁傾覆囚車的側邊懸掛著。一個審判者的頭顱被釘在囚車底部的木板上，牢牢地被他自己的尖刺卡死。

什麼也沒變，同時一切都變了。對凱西爾的眼睛而言，有兩個人站在他面前。

一個是統治天下千年之久的不死君王，威風凜凜站立著，頂著一頭黑髮，彷彿沒注意到自己的胸膛已經被兩柄長矛刺穿。站在他身旁的是外貌和他如出一轍的男人——但姿態截然不同。他披著一身厚重的毛斗篷，鼻子和臉頰似乎被寒冷所凍紅，頭髮因風的拍掃而糾結，表情和樂地微笑著。

他們是同一個人。

*我可以利用這點嗎？*凱西爾瘋狂地思考著。

黑色的灰燼輕輕落在他們之間。統御主瞥向倒在一旁那個凱西爾殺死的審判者。「那些很難遞補的。」他的聲音聽來帶點蠻橫。

這樣的聲調和他身旁的人形成直接的對比：一個遊民，一個戴著統御主面孔的牧人。這就是你的眞面目，凱西爾心想。但這幫不上忙。只進一步證明了第十一金屬並不像凱西爾原先期盼的那樣。這金屬沒什麼能夠終結統御主的魔法效果。他早該仰賴自己的另一個計畫的。

於是，凱西爾微笑。

「我殺過你一次。」統御主說。

「你嘗試過。」凱西爾回答，心跳奔騰著。另一個計畫，祕密計畫。「但是你殺不死我的，暴君。我代表你一直都殺不死的事物，無論你有多努力。我是希望。」

統御主嗤之以鼻，懶懶地舉起手。

凱西爾繃緊自己。他沒辦法對抗一個不朽的人。

至少，活著沒辦法。

挺身而出。給他們值得銘記的東西。

統御主反手揮了他一巴掌。痛楚如同閃電般向凱西爾襲來。在那個瞬間，凱西爾驟燒第十一金屬，瞥見一眼全新的景象。

統御主站在一個房間內——不，是一個地窖！統御主站進一個發亮的池子中，而世界在他身邊天旋地轉起來，翻滾又崩陷，房間扭曲著，一切都在變化。

幻象消失。

凱西爾死去。

過程比他所預期的還要痛苦太多。比起軟弱地褪入虛無之中，他感受到的是一陣糟透的撕裂感——好像他是一塊碎布，被兩隻凶狠的獵犬扯咬著。

他大叫，絕望地想撐住，不讓自己碎散。但他的意念毫無意義。他被撕碎、剝毀，最後摔入一個充斥著無限游離迷霧的地方。

他跪著，喘息著，痛楚依舊。他不確定自己跪在什麼東西上面，下方看起來似乎只有更多的迷霧。地面如液體般散布著漣漪，在他的碰觸下也同樣柔軟。

他跪在那兒，隱忍著疼痛，感受到它慢慢消散。最後他鬆開下巴，開始呻吟。

他還活著。算是吧。

他試著抬頭。同樣的一片濃厚蒼灰在他身邊游移。虛無？不，他能在那之中看見一些形狀、幻影。山丘？而高掛在天空中的是某種微光。從濃密的灰雲中看來，也許是個微小的太陽。

凱西爾在吸吶吐氣後低咆，試著站起來。「好吧，」他揚聲說，「那還眞是徹底的糟透了。」

看起來眞的有死後世界的存在，不錯的發現。這是不是代表著……這是不是代表著梅兒仍然在這裡的某處？他總是陳腔濫調地告訴別人有一天會跟她重逢，但內心深處他從未如此相信，從來沒想過……

結局並不是結局。凱西爾再次微笑，這次是眞正興奮地笑著。他轉身，就在他檢視著周遭的環境時，迷霧看起來開始退散。不，比較像是凱西爾開始變得實體化，完全進入了這個空間，退卻的迷霧更像是他的心智變得清晰的結果。

迷霧聚合成形體。那些他誤認爲山丘的幻影其實是建築，由朦朧而游移的迷霧構成。在他腳下的地面也是霧，一片深遠的寬廣，就好像他站在海上。他感受到底下的柔軟，就像布料，甚至有點彈性。

附近躺著那輛傾覆的囚車，但在這裡它也是由霧所構成。迷霧飄流，但囚車仍然能保持它的形狀。彷彿迷霧被某種不可見的力量侷限在特定的形狀中。更驚人的是，囚車的鐵欄杆在這邊會發光。無獨有偶，其他刺眼的小白光在他身邊出現，點綴著整個大地。門把。窗鎖。生命世界的一切都在這裡被投射出來，大部分是晦暗的迷霧，而金屬以強光的形式表現。

有些光會動。他皺眉，靠近其中一個，然後發現裡面許多光點其實是人。他看見的那些是以人形輻射出來的強烈白光。

他觀察到，*金屬和靈魂是一樣的東西*。誰想得到呢？

而當他了解情況後，他開始理解生命世界正在發生什麼事。上千個光點移動、流竄。人們正在逃離廣場。一道強大的光，有著高眺的身材，朝另一個方向步去。是統御主。

凱西爾試著跟上，但腳底踩過某個東西。一個霧狀的形體倒在地上，被長矛刺穿。

凱西爾自己的屍體。

碰觸它就像回想起美好的經驗。來自幼時的、熟悉的氣息。他母親的聲音。和梅兒躺在山丘旁，抬頭看著灰燼落下時的暖意。

這些體驗逐漸褪色並且轉冷。逃竄的人群中有一團光——每個人都是光，看不出是誰——簇擁向他。一開始他以為這個人能看見他的靈魂。不過，他們其實是奔向他的屍體，然後跪倒。

於是，他看出這個人是誰了，能看出她的面容和特徵，如同霧被裁切，從核心處發光。

「噢，孩子，」凱西爾說，「我很抱歉。」他伸出手捧住紋為他哭泣的臉龐，發現自己竟然感覺得到她。在他虛空的手指下，她是眞實明確的。她似乎感受不到他的碰觸，但凱西爾能看見眞實世界的她，看見她的臉頰沾滿了眼淚。

他對她說的最後一番話太嚴厲了，不是嗎？也許他和梅兒從來沒有小孩是件好事。

一個發光的形體從逃竄的人群中衝來，把紋抱走。那是哈姆嗎？看他那個體格，鐵定是。凱西爾站起來，看著他們撤退。他已經爲他們設下計畫。也許他們會因此恨他。

「你讓他殺了你。」

凱西爾轉身，驚訝地發現竟然有人站在他旁邊。不是由霧組成的人影，而是一個穿著奇怪衣服的男人：一件幾乎垂到腳邊的薄羊毛衣，裡面穿著一件領口繫繩的襯衫，下身是一件圓錐狀裙；一條腰帶綁住裙袍，旁邊配著一把骨柄的刀子。

這男人矮矮的，有著一頭黑髮和明顯的大鼻子。不像其他人——由光組成——這個男人看起來很正常，就像凱西爾。既然凱西爾已經死了，這男人會不會是另一個鬼魂？

「你是誰？」凱西爾質問。

「噢，我想你知道。」男人對上凱西爾的眼，在那之中凱西爾看見了永恆。一陣冰冷，平靜的永恆——如同磐石見證世代交替，或是從未被光觸及，不在乎歲月消長的深谷，如此的永恆。

「噢，見鬼，」凱西爾說，「眞的有神存在？」

「是的。」

凱西爾狠狠的揍了祂一拳。

那是漂亮、紮實的一拳，從肩膀揮出時還要用另一隻手反向平衡。老多會很驕傲的。神沒有迴避。凱西爾的攻擊正中祂的臉，伴隨著令人滿意的一聲悶響。這一拳讓神跌落在地，祂看起來更震驚而不是痛苦。

凱西爾逼向前說：「祢該死的搞什麼鬼？祢眞實存在，而祢讓這一切發生？」他的手揮向——讓他顫慄的——光點正在消失的廣場。審判者正在攻擊人群。

「我做我能做的。」倒地的人看起來有點扭曲，有一部分的祂正在擴張，像是迷霧想從輪廓中逃脫。「我做……我做我能做的。如你所見，這在運行，我……」

凱西爾退後一步，眼睛瞪大的看著神解體，又合而爲一。

在他周圍，其他的靈魂開始進行傳送了。他們的身體停止發光，隨後他們的靈魂被扯入這片迷霧大地：蹣跚、跌倒，就像被他們的身體射出來。當他們抵達的時候，凱西爾看見他們有了色彩。一樣的男人——是神——在他們每個人附近出現。突然有超過一打的神之分身出現，每個都是獨立的個體，每個都在和一位死者說話。

凱西爾附近的這個神站起來，摸摸自己的下巴，「沒人這麼幹過。」

「什麼，眞的嗎？」凱西爾問。

「沒有。魂魄的心智通常都太渙散。不過，有些會逃跑。」祂望向凱西爾。

凱西爾緊握拳頭，神後退並且——很有趣地——把手伸向腰帶的刀子。

好吧，凱西爾沒打算攻擊祂，不會了。但是他能聽見這些話裡面的挑釁。他會跑嗎？當然不會。他能跑去哪裡？

近處，一個不幸的司卡女人被扯進陰間，接著幾乎是瞬間褪散。她的輪廓延伸，變形爲一道白霧，被吸入一個遙遠的黑點。至少，看起來是這樣，儘管她延展而去的點並不是一個地方——不完全是。那是……彼端（Beyond）。某種無論他怎麼移動都離他遙遠的地點。

她被延伸，然後消散，其他廣場中的靈魂亦然。

凱西爾轉向神，「發生什麼事？」

「你不會以爲這裡就是終點，對吧？」神的手揮向這個朦朧的世界，「這是個轉運階段，後於死亡而先於……」

「先於什麼？」

「先於彼端。」神說，「某個未知的地方。所有魂魄都得去的地方。你也得去的地方。」

「我還沒去。」

「對鎔金術師來說會久一點，不過還是會發生。這是個自然的過程，就像溪流注定流向大海。我在這裡不是要讓它發生的，而是在你們離開的時候安慰你們。我將之視爲一種……在我這個職位應該做的義務。」祂摸摸自己的側臉，朝凱西爾瞪去，眼神道盡了祂對這頓招呼的感受。

近處，另一批人褪入永恆之中。他們看起來接受了，帶著解脫似的和樂笑容，踏入延伸的虛無之中。凱西爾看著那些離開的魂魄。

「梅兒。」他低語。

「她到彼端去了。你也會。」

凱西爾看向彼端之點，所有亡者都被吸去的點。他感受到了，微弱地，也想把他帶走。

不。還沒。

「我們需要一個計畫。」凱西爾說。

「一個計畫？」神問。

「幫我擺脫這一切。我可能需要祢的幫忙。」

「沒有任何辦法能擺脫這一切。」

「這態度不行噢，」凱西爾說，「如果祢老是這麼講，我們什麼事都辦不到。」

他看看自己的手臂，它正在——令人不安地——變得模糊，像是還沒乾就被意外抹掉的墨水。他感受到一股疲累。

他開始走路，強迫自己邁開步伐。他不能就站在這裡，等著永恆試圖吸走他。

「覺得徬徨是很自然的，」神跟到他身邊，「很多人都會焦慮。放輕鬆，你身後的那些人會找到他們自己的路，而你──」

「對，祢好棒，」凱西爾說，「沒時間說教了。告訴我。有人試著抵抗過，不讓自己被吸入彼端嗎？」

「沒有。」神的身子停下，身體再次碎散又重組，「我已經告訴過你了。」

該死，凱西爾心想。祂看起來離解體只差一步了。

好吧，你也只能將就著跟現有的人合作。「你得給我一點可以嘗試的機會啊，阿糊（Fuzz）。」

「你剛剛叫我什麼？」

「阿糊啊，我一定得找個名字叫祢吧。」

「你可以試試『我的主』。」阿糊有些惱怒地說。

「這對組員來說是個爛透的小名。」

「組員……」

「我需要一支小隊，」凱西爾繼續邁向朦朧版的陸沙德走去，「如祢所見，我沒什麼選擇。我寧願找老多，不過他得先處理一個自稱是祢的傢伙。順道一提，我這個團隊的元老成員可是個殺手。」

「可是──」

凱西爾轉身，把手搭在矮子的肩膀上。凱西爾的手臂越發模糊了，就像水被吸進附近一道隱形的小溪一樣。

「祢看，」凱西爾平靜又急切地說，「祢說祢是來這裡安慰我的。這就是祢安慰我的方式？如果祢是對的，那我現在做什麼都沒差，所以幹麼不讓我笑一下？讓我在面對終極結局之前再開心最後一次。」

阿糊嘆氣，「如果你接受現況，事情會好很多。」

凱西爾迎向阿糊的眼神。快沒時間了，他能感覺到自己正在往極樂世界飄去，遙遠的，黑暗而不可知的一點。他盯著阿糊。如果這東西表現得就和祂呈現的人形一樣，那麼——用自信、微笑和自我肯定——盯著祂會有用的。阿糊會屈服。

「這麼說來，」阿糊說，「你不只是第一個揍我的人，還是第一個想招募我的人。你眞的是特別怪異的一個人。」

「祢不認識我那群朋友。站在他們旁邊，我很正常。給點想法，拜託。」他開始走上街道，爲了移動而移動。兩側朦朧的房屋由游移的迷霧組成，它們就像是建築的鬼魂，有時一道波——一閃即逝的光——會脈動穿過地面和建築，讓迷霧翻騰扭曲。

「我不知道你期待我告訴你什麼。」阿糊趕上腳步走在他身邊，「來到這裡的靈魂都會被吸入彼端。」

「祢沒有。」

「我是一個神。」

「一個」神。不只是唯一的「神」。値得注意。

「好吧，」凱西爾說，「當個神可以讓祢對這檔事免疫的原因是什麼？」

「因爲我等於一切。」

「阿糊，我不敢相信祢竟然把個人地位帶到這個團隊裡面來。拜託，合作一下。祢說鎔金術師可以待久一點，藏金術師也是嗎？」

「是的。」

「有力量的人們。」凱西爾的手指向遠端克雷迪克．霄的尖塔。這是統御主走過的路，一路領向他的皇宮。雖然統御主的馬車已經走遠，凱西爾還是能看見他的魂魄在遠方某處發著光。比其他人的都更亮。

「那他呢？」凱西爾說，「祢說每個人都必須折服於死亡，很明顯根本不是這麼一回事嘛。他是不死的。」

「他是特殊案例，」阿糊精神一振地說，「他有很多不馬上死掉的方法。」

「而如果他眞的死了呢？」凱西爾強調，「他會比我在這裡待得更久，對吧？」

「噢，當然，」阿糊說，「他昇華（Ascended）過，雖然只有短短一陣子。他曾持有足夠的力量，得以擴張他的魂魄。」

瞭解。擴張我的魂魄。

「我……」神開始振動，人影變得扭曲，「我……」祂甩甩頭，「我剛剛在說什麼？」

「關於統御主怎麼擴張他的魂魄。」

「那眞是賞心悅目，」神說，「那眞是太壯觀了！現在他被存留（Preserved）了。我很高興你沒找到摧毀他的方法。每個人都會死，但他沒有。眞是太美妙了。」

「美妙？」凱西爾想吐，「他是個暴君，阿糊。」

「他是不變的，」神有點防衛地說，「他是個精美的樣本。獨一無二。我不同意他所做的事情，不過一個人可以在憐憫羔羊的同時讚美一頭獅子，不是嗎？」

「幹麼不阻止他？如果祢不同意他所做的，那就做點什麼呀！」

「看看你，看看你，」神說，「那太急躁了。除掉他能完成什麼事？那只會帶來另一個暫時的領袖——帶來比統御主更多的混亂，甚至死亡。穩定比較重要。是的。一個固定的領袖。」

凱西爾覺得自己又被吸向遠方。他很快就得走了。看來他的新身體不會流汗，不然他的前額現在肯定溼成一片。

「也許祢會想看看其他人做一樣的事，就像他，」凱西爾說，「擴張魂魄。」

「不可能的。昇華之井的力量要超過一年後才會集結就緒。」

「什麼？」凱西爾說，「昇華之井？」

他探向他的記憶，試著回想起沙賽德告訴他的信仰和理念。那些概念廣闊得像是要吞噬他。他一直在玩反抗軍跟權位的遊戲——只聚焦在那些對他的計畫可能有用的宗教上——一直以來，這一個都只能退居幕後，被遺忘跟忽視。

他覺得自己就像個孩子。

阿糊繼續說話，直到凱西爾回神，那些話才能進入他的腦袋，「可是不行，你不可能使用井的。我沒辦法成功鎖住他。我早就知道了；他更強大。他的精質（essence）用自然界的形式滲了出來。固體、液體、氣體。因爲我們創造世界的方式。他有計畫，是否它們比我的計畫更深遠，還是我終於智取他了……？」

阿糊再次扭曲。祂的碎碎念對凱西爾來說沒有意義。祂覺得那好像很重要，但沒那麼緊急。

「力量會回歸到昇華之井。」凱西爾說。

阿糊遲疑，「嗯。對。嗯，不過那很遠，非常遠。對，遠到你到不了。太可惜了。」神啊，還眞是個糟糕的說謊大師。

凱西爾抓住祂，小個子退縮了。

「告訴我，」凱西爾說，「拜託。我能感覺得到自己要被吸走了，墜落，被帶走。拜託。」

阿糊掙脫他的抓握。凱西爾的手指……或更像是，他魂魄的手指……不再有作用了。

「不，」阿糊說，「不，這樣不對。如果你碰了井，你也只是增強它的力量。你得跟其他所有人一樣離開。」

非常好，凱西爾心想。*開始哄祂*。

他讓自己靠在鬼魂建築的一道牆上。他嘆氣，背對著牆坐定，「好吧。」

「看吧，就是這樣！」阿糊說，「好多了，這樣好多了，不是嗎？」

「是啊。」凱西爾說。

神似乎鬆懈下來。令人不安的是，凱西爾注意到祂還是在流瀉。迷霧從祂身上的幾個小孔逸散。這東西就像是一頭受傷的野獸，若無其事地忽略身上的咬痕，繼續過著正常的生活。

故作鎮靜好難。比面對統御主時還困難。凱西爾想奔跑，想尖叫，想翻滾又離開。被吸走的感覺眞是太恐怖了。

但他只能假裝放鬆，「祢問過，」他很勉強的裝出疲累的樣子，「我一個問題吧？當祢一開始出現的時候？」

「噢！」阿糊說，「對，你讓他殺了你。我沒預料到這點。」

「祢是神，不能看見未來嗎？」

「某種程度上可以，」阿糊說，「但那很模糊，非常模糊。太多可能性了。我沒辦法看到這件事，雖然這也應該在那團機率之中。你得告訴我。爲什麼你讓他殺了你？到最後，你就只是站在那兒。」

「我逃不掉，」凱西爾說，「一旦統御主抵達，我就沒有出路了。我必須跟他對峙。」

「你甚至沒有反抗。」

「我用了第十一金屬。」

「愚蠢，」神說著，開始踱步，「那是滅絕對你的影響。但理由是什麼？我不了解爲什麼他要你使用那沒用的金屬。」祂精神一振，「還有戰鬥。你跟審判者。是的，我見過很多事，但都不像這樣，令人欽佩。但我希望你沒有造成這般的破壞，凱西爾。」

祂繼續踱步，但更像是步伐的跳躍。凱西爾沒料想到神會如此的……人性化。容易亢奮，甚至可說是精力充沛。

「我看到了些東西，」凱西爾說，「就在統御主殺我的時候。是他曾經擁有的身分。他的過去嗎？是他在過去的樣本嗎？他站在昇華之井旁邊。」

「你有嗎？是的，那金屬，在傳送的時候被驟燒。因此，你有一瞬間瞥見了靈魂界（Spiritual Realm）吧？他的聯繫（Connection）和他的過去？很不幸的，你是在使用雅提（Ati）的精質。一個人不該相信那玩意兒的，即便是被稀釋的型態也一樣，除了……」祂皺眉，甩甩祂的頭，彷彿試著想起某樣祂忘記的事情。

「另一個神，」凱西爾低語，閉上眼睛，「祢說……祢困住了祂？」

「他終究會逃脫的。那勢在必行。但那層監牢不是我最後的籌碼。不可能是。」

也許我該就這麼放下了，凱西爾飄浮著，心想。

「現在呢，」神說，「永別了，凱西爾。比起我你更貼近於他，但我尊重你的本意，還有你存留你自己的獨特能力。」

「我看見了，」凱西爾低語，「在群山之中的地窖。昇華之井……」

「是的，」阿糊說，「那就是我安置它的地方。」

「但是……」凱西爾開始延伸，「他移動了井……」

「自然的。」

對於這般的力量泉源，統御主會怎麼做？把它藏在世界的盡頭？或者把它放在非常、非常近的地方？唾手可得。凱西爾爲什麼沒看到幻象穿的毛皮？他經過一名審判者，在房間中看過它們。建築中的建築，潛藏在皇宮深處。

凱西爾睜開眼睛。

阿糊轉向他，「什麼——」

凱西爾站起來，開始奔跑。他的自我沒剩下多少了，只餘一團模糊的影像。他奔跑的雙腳變成扭曲的影蹤，他的形體拖曳著，如同鬆散的布料。他幾乎感覺不到霧狀的地面了，而當他衝向建築時，他猛地衝過，就像被微風拂過一樣地忽略牆的存在。

「你還眞是愛跑。」阿糊在他身邊出現，「凱西爾，孩子，這成就不了什麼事的。我想我該對你有多一點的期待，讓你瘋狂抵抗著你的宿命直到最後一刻。」

凱西爾幾乎聽不見神說的話。他專注於奔馳，專注於抵抗那股往後拖曳他，直達虛無的拉力。他和死亡的攫握賽跑著，它冷酷的手指包覆著他。

跑。

專注。

爲了存在而掙扎。

這讓他想起另一次，爬過深坑的日子，雙臂的鮮血淋漓。他不會被帶走！

那股脈動變成他的指標，那股週期性掃過整個朦朧世界的波動。他追尋著脈動的根源。他闖過建築，穿過街道，忽略金屬和人們的靈魂，一路直達克雷迪克·霄的灰色霧狀輪廓。千塔之丘。

這時，阿糊好像了解發生什麼事了。

「你這隻鋅舌的烏鴉（zinctongued raven），」神說，在凱西爾拚命狂奔時毫不費力的移動到他身邊，「你不可能趕得上的。」

他再次穿過迷霧。牆、人、建築開始褪去。除了黑暗，翻騰的迷霧。

但迷霧向來不是他的敵人。

有了引導他的脈動，凱西爾一路闖進扭轉的虛無，直到一道光在他面前炸開。在那裡！他能看見井在迷霧中燃燒著。他幾乎能碰到井了，幾乎……

他會失去它，失去自我。他沒辦法再移動了。

有東西抓住他。

「拜託……」凱西爾低語、墜落、飄離。

這樣不對。阿糊的聲音。

「你想看……壯觀的東西？」凱西爾低語，「幫我活下去。我會讓你看看……壯觀的東西。」

阿糊振動了一下，凱西爾能感受到這位神祇的猶豫。有東西伴隨某種意念而來，像是被點燃的燈臺，或是笑聲。

非常好。保持存留，凱西爾。倖存者。

有東西掃過他，隨後，凱西爾和光合而爲一。

俄頃，凱西爾眨眼醒來。他仍然躺在迷霧世界中，但他的身體——或，嗯，他的靈魂——已經重新集結了。他躺在一池的光芒中，就像液態的金屬。他能感受到力量環抱著他的溫暖，振奮著他。

他能看出池子外面的霧狀地窖；這個地窖似乎是由天然的岩石構成，但他不太確定，畢竟這邊的一切都由霧組成。

脈動竄透了他。

「這股力量，」阿糊說，站在光的外面，「你現在是力量的一部分了，凱西爾。」

「是啊，」凱西爾站起身，滴落一身燦爛的光輝，「我感覺得到，我正和這股力量一起波動。」

「你和他困在一起。」阿糊說。和凱西爾佇足的強大光輝相比，祂看起來虛弱而蒼白。

「我警告過你了。這是個監牢。」

凱西爾坐下來，吸氣、吐氣，「我還活著。」

「以非常寬鬆的定義來說的話。」

凱西爾微笑，「等著看吧。」

2

變得不朽比凱西爾原本想像的還要讓人挫敗。

當然，他不知道自己是不是眞的變得永生不死。他沒有心跳——他注意到時感覺不安——而且不必呼吸。不過誰知道他的魂魄在這個地方會不會老化呢？

在他倖存後的幾個小時，凱西爾檢查了他的新家。神是對的，這是個監牢。他所在的池子，中心點轉爲深淵，並且充斥著液態的光芒，彷彿是某種……在另一端更有力量的存在所投射出來的。

幸運的是，儘管井不太寬闊，只有正中央的區域比他的身高還深。他可以在圓周內居處，光只達到他的腰際。它好輕盈，比水還要輕盈，而且可以很輕鬆的在其中穿梭。

他也能踏出這個池子和之中的光柱，踩上岩石邊緣。在這個深窖中的一切都是由霧構成的，而井的邊緣……他能更清楚地看見石頭，它們也更加完整清晰，甚至，看起來帶有些眞實的色彩。宛如這個地方也是由一部分的靈體所構成，就像他一樣。

他可以坐在井的邊緣，讓雙腿在光芒中擺蕩。但如果他試著走到離井太遠的地方，一絲一縷的霧狀微光會拖曳著他，如同鎖鏈般地把他拉回來。它們不會讓他遠離井超過幾呎。他試著伸展、推擠、暴衝或翻滾自己的身體逃離這裡，但總是徒勞無功。只要遠離幾呎，他就會被猛地拉回來。

花了幾個小時嘗試脫逃之後，凱西爾坐在井邊，感到一陣……筋疲力竭？這麼形容是對的嗎？他沒有身體，也沒有一般疲倦的跡象，不會頭痛，沒有痠痛的肌肉。但他眞的好疲倦。感覺就像一面老舊的錦旗在暴風雨中隨風拍打一般殘破。

他必須休息，然後轉而觀察，摸索這個環境中有什麼東西。阿糊不見了，在凱西爾存留後不久，神就被其他東西分心，然後消失無蹤。凱西爾只能與一個由影子組成的地窖、發光的池子，還有些延伸到整個房間的柱子爲伍。在另一邊，他看見一點象徵金屬的光芒，但他也搞不清楚它們究竟是什麼。

這就是他所擁有的一切了。他是不是剛剛把自己困在一個囚牢中，直到永恆？他才想騙過死神，卻發現受了更大的苦難，對他而言，這點似乎極端諷刺。

在這裡待上幾十年對他的神智會有什麼影響？也許幾百年？

他坐在井邊，想想自己的朋友，試著讓自己分神。直到死前的一刻，他都信心十足自己的計畫，但現在他看到自己想激發革命的計畫有太多漏洞。如果司卡沒有崛起呢？如果他籌備的物資不夠充足呢？

假使一切都順利運作了，這麼多的責任將會由一群準備不足的人扛起。以及那個傑出的少女。

有光抓住了他的注意力，他蹲上自己的腳，期盼任何可能發生的插曲。一群身影，有著發光魂魄的輪廓，進入了生命世界中的這個房間。他們有些地方很奇怪。他們的眼睛……

審判者。

凱西爾拒絕退縮，儘管他的每項本能都要他畏懼這些怪物。他曾經擊敗過他們最強的人之一，他不必再害怕他們了。反而，他踏上自己的邊界，試著搞清楚這三個審判者拖著什麼東西往他這裡而來。某個又大又重，卻完全不發光的東西。

一具屍體，凱西爾察覺到。被斬首了。

是他殺掉的那一個嗎？是啊，一定是。另一個審判者虔敬地拿著死者的尖刺，一整堆，全部放在一大罐液體之中。凱西爾盯著看，從他的監牢中踏出一步，試著辨清他正在觀察的東西。

「血，」阿糊突然出現在他身旁說，「他們把尖刺儲存在血中，直到可以再拿出來使用爲止。如此一來，就可以預防尖刺失去它們的效用。」

「噢。」凱西爾說著，一邊踏上井的邊緣，審判者把無頭屍體丟入井中，接著屍首也是，兩者雙雙蒸發。「他們常常這麼做嗎？」

「每當他們的成員死去的時候就會。」阿糊說，「我懷疑他們是否了解自己在做什麼，把屍體扔進池子裡完全沒有意義。」

審判者們帶著往生者的尖刺離去。從他們拖曳的步伐來看，這四頭怪物已經累了。

「我的計畫，」凱西爾望向阿糊說，「它進行得怎麼樣？我的組員現在應該已經找到倉庫了。城市裡的人們……有什麼作用嗎？司卡們憤怒了沒？」

「嗯？」阿糊問。

「革命計畫啦。」凱西爾往前踩了一步說。神往後移了一步，退到凱西爾碰不到的地方，手伸向皮帶上的刀。也許之前的那一拳不太明智，「阿糊，聽著，祢得幫他們一把。我們再也沒有更好的機會能夠推翻他了。」

「計畫……」阿糊失神了一會兒，又清醒回來，「對，以前有個計畫。我……記得我有過一個計畫。在我還比較聰明的時候……」

「計畫就是，」凱西爾說，「要讓司卡反叛。不管統御主有多強大，不管他是不是不死的，我們只需要把他捆起來、鎖住他就行。」

阿糊點了點頭，一臉無神。

「阿糊？」

祂甩了甩頭，望向凱西爾，而祂的頭部輪廓開始慢慢地散逸，像一條破爛的抹布，每條線都逐漸剝離，化為虛無。「他正在殺害我，你知道的。他要我在下一個循環前消失，不過……也許我能撐住。你聽見了吧，滅絕（Ruin）！我還沒死。還在……還在這裡……」

該死，凱西爾心想，心裡一陣發寒。神快發瘋了。

阿糊開始踱步，「我知道你在竊聽，改變我寫的東西，我寫過的東西。你讓我們的宗教充滿了你。他們幾乎不再記得眞相了。一如以往的狡猾啊，你這賊蟲。」

「阿糊，」凱西爾說，「你能不能就——」

「我需要一個信號，」阿糊低聲喃喃，在凱西爾身邊停下，「某個他改變不了的東西。象徵我已經埋葬的一項武器。水的沸點吧，我想。或是水的凝固點？但如果單位跟著年歲改變了呢？我需要會被永遠記得的東西。他們一眼就能辨認出來的東西。」他傾身，「十六。」

「十……六？」凱西爾問。

「就是十六。」阿糊露齒一笑，「很聰明，你不覺得嗎？」

「因為那象徵著……」

「金屬的數量，」阿糊說，「鎔金術金屬的數量。」

「只有十種。十一種啦，如果祢把我發現的那種算進去。」

「不！不不不，那太蠢了。十六。那是完美的數字。他們會看見的。他們必須要看見。」

阿糊再次開始踱步，而祂的頭——大致上——回到了先前的狀態。

凱西爾在囚牢的邊緣坐下。神的行為比先前更加怪異了，是不是有什麼事情改變了，或者——就如同患有精神疾病的人類——神只不過是在某些情況下，會比另外一些情況正常？

阿糊突然往上望，瑟縮著，眼睛翻向天花板，彷彿它們會塌在祂身上一樣。祂張開嘴，下巴抽動著，卻啞然失聲。

「你……」祂終於說，「你幹了什麼好事？」

凱西爾在他的囚牢中站起來。

「你幹了什麼好事？」阿糊大叫。

凱西爾微笑，「希望，」他柔聲回答，「我曾經如此希望過。」

「他是完美的，」阿糊說，「他……是你們之中唯一的……唯一能……」祂猛地轉身，眼神穿過凱西爾囚牢之外的模糊房間。

有人站在另一端。一個高大、充滿威嚴的身影，不是由光組成的。令人熟悉的裝扮，既穿白又穿黑，是自身的對比。

統御主。至少，是他的靈魂。

凱西爾站上池子周圍的石頭邊緣，等待統御主往井的光芒走來。當他注意到凱西爾的時候，停了下來。

「我殺死過你，」統御主說，「兩次。但你還活著。」

「是啊，我們都看得出原來你也驚人地無能。我很高興你開始有自覺了，這是做出改變的第一步噢。」

統御主對他的話嗤之以鼻，觀察著房間和它半透明的牆。他的眼神掠過阿糊，卻沒給祂太多關注。

凱西爾感到一陣歡騰。她辦到了。她眞的辦到了。怎麼做的？他漏掉了什麼祕密？

「那個笑容，」統御主對凱西爾說，「簡直無可容忍。我確實殺了你。」

「我回敬了你。」

「你沒有殺死我，倖存者。」

「我鑄造了殺死你的利刃。」

阿糊清了清祂的喉嚨，「在你傳度（transition）的時候陪伴著你是我的義務。別擔心，或是——」

「安靜。」統御主檢視著凱西爾的囚牢，「你知道你做了什麼嗎？倖存者。」

「我贏了。」

「你把滅絕帶來這個世界。你只是個卒子，自以爲是，就像戰場上的士兵，自信地認爲能掌控自己的命運——卻忽視了軍隊中還有其他成千上萬跟你一樣的人。」他搖搖頭，「只剩一年了，這麼迫近，我原本還得拯救這個已經沒救的星球。」

「這只是……」阿糊嚥了嚥口水，「這只是個轉運階段。在死亡之後，別處（Somewhere Else）之前。每個魂魄都得前去的地方。你也必須去的地方，拉刹克。」

拉刹克？凱西爾再次看著統御主。你不能單從膚色辨別泰瑞司人，這是許多人會犯的錯誤。有些泰瑞司人的膚色是深的，有些是淡的，然而，他還是以爲……

堆積著皮毛的房間。這個男人，站在風寒之中。

白癡。那就是這個意思，當然了。

「一切都是謊言，」凱西爾說，「一個詭計。神話一般的不朽？治癒能力？都是藏金術。但你是怎麼變成鎔金術師的？」

統御主踩上從囚牢邊升起的光柱，兩個人彼此對視著。就跟他們還活著時在廣場上一樣。

然後統御主將他的手伸入光之中。

凱西爾鬆開了嘴，瞥見一眼可怕的景象，要跟這個殺了梅兒的男人困在一起，直到永恆。然而，統御主將他的手抽出，光芒如糖漿般拖曳。他把手翻過來，看著光逐漸褪散。

「現在呢？」凱西爾問，「你要留在這裡？」

「這裡？」統御主大笑，「跟一隻無能的老鼠還有一隻混血大田鼠？拜託。」

他閉上雙眼，往那個不符幾何的點延伸而去。他變得黯淡，接著完全消失。

凱西爾滿臉詫異，「他離開了？」

「到別處去了，」阿糊坐下來說，「我早該別這麼樂觀的。一切都會消逝，沒有什麼是永恆，就像雅提一向說的……」

「他大可不必離開，」凱西爾說，「他可以存續下來，可以活下來！」

「我告訴過你了，到了這個關頭，正常人會想要繼續前進。」

阿糊消失了。

凱西爾繼續站在那裡，在他自己囚牢的邊界上，發光的池子將他的影子投射在地上。他望進迷霧狀的房間和樑柱，等待著什麼，卻也不確定是什麼。確證、慶祝，或某種轉變的到來。

什麼都沒有。沒有人到來，甚至連審判者都沒有。革命進行得怎麼樣了？司卡現在是社會的統治者了嗎？他很想看看貴族階級的大屠殺，用他們對待奴隸的方式——被回敬。

他沒有得到任何證據、沒有跡象，無從得知上頭發生了什麼事。很顯然的，他們不知道井的存在。凱西爾所能做的就只是待著。

繼續等待。

PART 2　井

1

凱西爾想要紙跟鉛筆。

可以寫的東西，可以打發時間的方法。一種可以收集他想法的手段，創造出一個逃脫的計畫。

日子逐漸過去，他試著在井的四周抓出筆記，但根本不可能。他試著用他衣服上解開的繩子製造出繩結，用它們來代表字。不幸的是，繩子在他鬆開之後就會消失，他身上的衣服和褲子也會立刻變回它們原先的模樣。阿糊，在祂少數幾次的拜訪中，解釋了那些衣服不是眞實的——或者應該說，它們只是凱西爾靈魂的延伸。

同樣的原因，他沒辦法用頭髮或血來寫東西。技術上來說，兩者他都沒有。這眞是超級令人挫敗的，但在監禁生活的第二個月，他接受了事實。寫下來並不全然是那麼重要。在深坑被囚禁的日子裡，他根本沒機會寫東西，但同樣想出計畫來了。是啊，它們是激昂的策略、不可能的夢想，但少了紙並沒有阻撓它們的出現。

他之所以這麼想寫東西，更像是爲了找事情做而不是爲了計畫。一個消磨時間的渴望。他已經這麼試了幾個禮拜，但面對現實後，他已經失去嘗試寫字的興致了。

幸好，大約在他認知到這點的同時，他找到監禁中的新玩意兒。

低語聲。

噢，他聽不見。他能「聽見」任何東西嗎？他沒有耳朵。他是個……阿糊怎麼說的來著？一個意識之影（Cognitive Shadow）？一股心靈的力量，把他的靈魂併在一塊，讓它們不至於擴散。阿沙在這裡會過得很開心的，他最愛這種邪門的主題。

無論如何，凱西爾能感覺到某個東西。井如同先前一樣脈動著，從它的囚牢內牆送出扭曲的波動，遍及整個世界。這些波動似乎在變強，就像鎔金術裡，青銅被聽見的連續低鳴。

每股脈動裡都有……東西。低語聲，他這麼稱呼它們——雖然它們之中不只是話語而已。它們揉合了聲音、氣味和影像。

他看見一本扉頁中有著墨水痕的書。一群人共享一個故事。穿袍子的泰瑞司人？沙賽德嗎？

脈動低語著顫動的話語。*世紀英雄。宣告者。世界引領者。*他認出那些艾蘭迪日記中，來自古代泰瑞司預言的詞。

凱西爾現在知道了令人不舒服的真相。他遇過神，代表信仰的確是真實而且有深度的。這是不是代表，阿沙一直珍藏的宗教中有著某種安排，就像暗中布局的卡牌？

你把滅絕帶來這個世界……

凱西爾坐在牆裡的強光中，發現——經過練習——他如果讓自己在脈動前沉浸於井的中心，他可以駕馭它一小段距離。它能讓自己的神智被送出井外，瞥見脈動抵達的地方。

他覺得他看到圖書館，遙遠的泰瑞司人在密室中對話，交換記憶和故事的密室；他看到發瘋的人縮在街上，喃喃著脈動迸出的字詞；他看見一個迷霧之子，是個貴族，在樓房之間跳躍。

有凱西爾之外的東西駕馭著這些脈動。某個指導著隱形工程的東西，某個對泰瑞司神諭有興趣的東西。凱西爾花了長得尷尬的時間，才意識到他最好嘗試其他策略。他潛入池子中央，被輕薄的液態光芒環繞，當下一波脈動推來時，他讓自己往反方向推進——不是與脈動共乘，而是朝向它的來源。

光線變得淡薄，他望見某個新的地方。一個不屬於死亡或生命世界的黑暗領域。

在那個地方，他發現了毀滅。

腐敗。並非闇黑，闇黑是一個太過完全，太過整體的詞，無法代表他在彼端感覺到的這個存在。那是一股廣闊無邊的力量，樂於將事物拖入黑暗之中，並且撕碎它。

這股力量不朽於光陰消長。它是消蝕之群風，摧折之風暴，永恆的波動，慢慢地、慢慢地、慢慢地奔流著，讓恆星與行星冷卻至虛無。

它是終極的結局和一切事物的宿命。而且它很憤怒。

凱西爾撤退，把自己拋出光芒之外，喘息著、顫抖著。

他已經見過神了。但是有推，就會有拉。神的對立面會是什麼？

他看見的東西已經嚴重糾纏他，差點讓他回不了頭。他幾乎要說服自己忽略在黑暗中那可怕的東西了。他幾乎能屏除那些低語聲，試圖假裝自己從來沒看見那股劇烈、廣闊的毀滅力。

但他當然不能這麼做。凱西爾從來就沒辦法抗拒祕密。就算凱西爾已經見過阿糊，這東西也再次證明了，他玩的是一場完全超越他理解範疇規則的遊戲。

這點同時讓他嚇個半死又亢奮不已。

因此，他回去凝視那東西。一次又一次，掙扎地想理解它，雖然他感覺自己就像一隻試圖了解交響樂的螞蟻。

他這麼做了好幾個禮拜，直到那東西注視著他。

在那之前，它好像沒有注意到他——就像一個人不會注意藏在鑰匙孔裡面的蜘蛛。然而這一次，凱西爾不知怎的弄醒了它。那東西在一陣情緒變化的迸裂下扭曲，接著朝凱西爾流去，它的精質從凱西爾觀察的地方包覆了四周，慢慢地旋轉成一股渦流——就像在一個定點周圍翻騰的海洋。凱西爾忍不住感到有股無限、深遠的眼神，突然睥視著他。

他開始逃，潑濺，朝液體光打水，想撤回他自己的囚牢。他驚恐到能察覺幽靈般的心跳在他體內搏動，他的精質了解面對震驚的適當反應，並試著複製那種感覺。直到他回到池邊安定的位子時，心跳才靜止下來。

那東西的注意轉向他的那一眼，那種面對龐然巨物的渺茫感，深深地糾纏著凱西爾。拿掉他的自信和策畫能力，他根本什麼都不是。他的一生不過是一再演練著無意義的虛張聲勢罷了。

幾個月過去了。他不再回頭研究彼端的東西，取而代之的是等待阿糊來訪和確認他無恙，祂很規律地這麼做。

當阿糊終於到來的時後，看起來比上次更加離散了。迷霧從祂的肩膀脫逸，左臉頰的一個小孔能望進祂的嘴巴，祂的衣著也變得殘破。

「阿糊？」凱西爾問，「我看到某個東西。這個……祢提過的滅絕，我想我看得見它。」

阿糊只是來回踱步，甚至沒說話。

「阿糊？嘿，祢有在聽嗎？」

沒有。

「白癡，」凱西爾繼續試，「嘿，祢這個羞羞臉之神。祢有在認眞聽嗎？」

就連羞辱也起不了作用，阿糊只是繼續踱步著。

根本沒用。凱西爾在一股力量脈動離開井時想著。他在脈動經過時瞥見阿糊的眼神。

在那當下，凱西爾想起了一開始他會把這生物認爲是神的原因。在祂的雙眼中能看見永恆，就和被困在井裡的這東西一樣。阿糊象徵著完美保持，永不擺蕩的無限。代表著完成的畫作，凍結而靜止，在時光流逝中捕捉生命的片段。祂是把許多、許多時刻融合爲一的力量。

阿糊在他面前停下，臉頰完全流逝，露出底下同樣流逝著的骨骸，眼神中燃燒著永恆。這東西是個神；只是，是崩潰的那一個。

阿糊離開了，凱西爾接下來數個月沒再看見祂。囚牢中的靜止與沉默，似乎就像他研究的怪物一樣無邊無際。有一度，他發現自己計劃著怎麼吸引那毀滅者的注意，只求那東西可以了結他。

直到他開始跟自己說話的時候，他眞的擔憂了起來。

「你做了什麼？

「我救了世界。解放了人類。

「得到了復仇。

「這些目標可以共存。

「你是個懦夫。

「我改變了世界！

「如果你只是彼端那東西的走卒呢？就像統御主所說的那樣？凱西爾，如果你除了聽命行事外，別無天命呢？」

他壓抑住爆發，回歸自我，但理智的脆弱程度讓他感到不安。他在深坑中也從來沒完全理智過。在一個靜止的瞬間——注視著游移的、構成穴室牆壁的迷霧，他向自己坦承了一個更深層的祕密。

他從深坑之後從來沒眞正理智過。

這就是爲什麼當有人跟他說話的時候，他原先還不相信自己的感官。

「這我還眞沒料到。」

凱西爾甩甩頭，懷疑地轉身，擔心自己是不是發暈了。如果注視得夠久，在這些游移的迷霧中是有可能看見各種東西的。

然而，這東西，卻不是霧狀的形體。那是個有著鮮白頭髮的男人，尖銳的五官和高挺的鼻子。他看起來似乎有點像凱西爾，但說不上來爲什麼。

那人坐在地上，抬起一條腿，手臂靠在膝蓋上。他的手上握著某種棍子。

等等……不，他不是坐在地上，而是一個莫名能在迷霧中飄浮的東西。一個白色，像是浮木的物體，在迷霧組成的地板中載浮載沉，就像小船一樣在水中搖晃，原地擺蕩著。在那人手中的棍子其實是根短槳，而他的另一條腿——沒抬起來的——在浮木的一旁倚著，沒入霧狀的地面，只能看見一陣模糊的輪廓。

「你，」男人向凱西爾說，「眞的很不會做你應該做的事情。」

「你是誰？」凱西爾問，踩上囚牢的邊界，眼睛瞇成一線。這不是幻覺。他拒絕相信他的理智已經消失無蹤，「一個靈魂嗎？」

「哎呀，」那人說，「死亡從來就不適合我，對皮膚不好，你看看。」他審視了一下凱西爾，嘴唇上揚後會心一笑。

凱西爾突然覺得很討厭他。

「被困在那裡了，是吧？」那男人說，「在雅提的囚牢裡……」他彈了彈舌頭，「很合適的賠償，對你幹的好事來說，甚至有點詩意。」

「我幹的好事？」

「摧毀深坑啊，帶疤的小子。那是這個星球上唯一方便出入的垂裂點（perpendicularity）。這一個則非常危險，每分每秒越來越危險，而且很難找到。就因爲你這麼做，基本上你把司卡德利亞的交通整個毀了，你把整個商業系統都給掀了。不過我得承認，我看得很爽。」

「你是誰？」凱西爾說。

「我？」那人說，「我是個漂流者（drifter）。是個小惡棍。是火焰的最後一次吐息，在熄滅的時候化作輕煙。」

「那……還眞是不必要地讓人一頭霧水。」

「噢，我也是那樣。」那人點點頭，「大致上啦，只要我誠實的話。」

「所以你是在宣稱自己不是死人？」

「如果我是，我還需要這個嗎？」漂流者用槳敲敲他小小的浮木狀載體。它載浮載沉，而凱西爾第一次能看出那是什麼東西。他剛才忽略了垂伸到迷霧下的模糊手臂，脖子上端的頭浸在霧中，一件白袍掩飾了它的原樣。

「一具屍體。」他低語。

「噢，阿尻（Spanky）在這裡只是個靈體。在這個星域（subastral）還眞是他媽的難移動——如果有實體的人想滑過這些霧的話就會墜落，可能是永遠墜下去。一堆想法湊在這裡，就變成了你在這周遭看得到的東西，所以你會需要更好的東西來穿過它們。」

「這太可怕了。」

「從一個用死人堆出革命的人嘴裡也能說出這種話啊。至少我只需要一具屍體。」

凱西爾交抱雙臂。這個人很警戒——雖然他講話輕鬆，但他用謹慎的眼神看著凱西爾，隱約計劃著攻擊的策略。

*他想要些什麼？*凱西爾猜測。*也許，是我有的東西？*不對，他看起來是真的很驚訝凱西爾在這裡。他來過這裡，想造訪昇華之井。也許他想要進來，得到力量？或者他，也許，只是想看看那個彼端的東西？

「嗯，看來你懂得很多，」凱西爾說，「也許你能幫助我脫困。」

「啊哈，」漂流者說，「你的情況沒救了。」

凱西爾的心一沉。

「對，做什麼都沒用。」漂流者繼續說，「你，事實上，還是那副嘴臉。在這邊呈現一樣特徵的狀況下，就連你的魂魄都讓你永遠只是個長壞掉的小——」

「你這雜種，」凱西爾打斷他，「你贏了。」

「噢，這話說得很明顯是錯的。」漂流者指著他，「我相信在這房間裡只有一個人是私生子，而那不是我。除非……」他用槳拍拍屍體的頭，「是你嗎，阿屍？」

屍體還真的喃喃了兩聲。

「幸福美滿的父母？還活著？真的嗎？我對他們的損失感到遺憾。」漂流者看向凱西爾，天真地笑著，「我們這邊沒有小雜種，你那邊呢？」

「生來就是雜種，」凱西爾說，「總比選擇當個小雜種好多了，漂流者。這是我天生的，希望你也是。」

漂流者笑了笑，眼睛一亮，「很好，很好。告訴我，既然我們的話題一致，你是哪一種？是有種貴族品系的司卡，還是有著司卡血統的貴族？你的哪邊占比較多呢，倖存者？」

「這個嘛，」凱西爾乾硬地說，「考慮到我的貴族親戚們花了大概四十年想滅了我，我會說自己更偏向司卡那邊。」

「啊，」漂流者說著，身體前傾，「但我不是問你更喜歡哪邊。我問的是你屬於哪種。」

「有差嗎？」

「有趣，」漂流者說，「對我來說夠了。」他的手伸向被他當成船的屍體，從口袋中拿出某個東西。那東西發著光，凱西爾說不出那是自然的散發光輝，或只是由金屬構成。

當漂流者把它塗在他的載體上時，光褪去了，然後——他用咳嗽掩飾他的動作，好像要隱瞞凱西爾他在做的事——偷偷也把一些抹在他的槳上。當他把槳放回霧中的時候，它讓船更駛近井一些。

「你有讓我能逃出這個囚牢的方法嗎？」凱西爾問。

「這樣如何？」漂流者說，「我們來一場口水戰。贏家可以問一個問題，另一個人要誠實回答。我先來。什麼東西又溼，又醜，在手臂上還有一堆疤？」

凱西爾挑眉。這些對話只是幌子，從漂流者——又一次——駛近囚牢可以看得出來。他準備試著跳進井裡，凱西爾心想。跳進來，希望能快到唬住我。

「不猜嗎？」漂流者問，「答案基本上是每個跟你相處過的人，凱西爾。他們會把手腕扯下來，打自己的臉，然後讓自己溺死，只為了忘掉跟你相處的經驗。哈！好，換你了。」

「我要殺了你。」凱西爾輕輕地說。

「我——等等，什麼？」

「如果你踩進來這裡，」凱西爾說，「我就殺了你。我會把你手腕上的韌帶剝下來，這樣在我跪到你喉嚨邊，慢慢把你的命從嘴巴擠出來的時候，你的手就沒辦法對我做什麼了——同時我還要把你的手指一根根清掉，最後我會讓你吸一口瘋狂的喘息——不過那時我要切下你的中指，放在你的嘴唇之間，這樣你在爲吸不到氣而掙扎時，非吞下它不可。你會知道被自己的爛肉嗆死的感覺是什麼。」

漂流者無言以對，嘴巴無聲地開合著，「我……」他終於說，「我不認爲你知道怎麼玩這遊戲。」

凱西爾聳肩。

「說眞的，」漂流者說，「你需要一些幫忙，朋友。我認識一個傢伙。高高的，禿頭，帶著一對耳環，下次試著跟他聊——」

漂流者打斷自己的話，躍向囚牢，踢掉浮屍後將自己拋向光芒。

凱西爾已經準備好了。當漂流者進入光芒中的時候，凱西爾抓住那人的一隻手臂並甩著他撞向池子的邊緣。這招有用，漂流者看起來可以碰到井裡的牆和地面。他撞向井邊，噴濺出一波波的光芒。

當漂流者還在蹣跚，凱西爾想一拳迎向漂流者的頭時，那傢伙退到井邊往後踢，從下方擊中凱西爾的腳。

凱西爾在光芒中踉蹌，反射性的想燃燒金屬。什麼事也沒發生，雖然光芒裡有東西。某種熟悉的——

他努力站穩，發現漂流者試圖走向中央，最深的地方。凱西爾抓住那人的手臂，把他甩離中央。凱西爾的直覺告訴他，無論這傢伙想要什麼，都不應該讓他得逞。除此之外，這口井是凱西爾唯一的資產，如果他能阻卻這個人得到他想要的，制服他，就能找到答案。

漂流者的步伐蹣跚，接著站穩，試著抓住凱西爾。

凱西爾按住他，把拳頭埋進那人的肚子裡回敬他。這動作讓他一陣慄然。坐了太久，沒活動筋骨之後，能做點什麼事的感覺真好。

漂流者對那一拳悶哼一聲，「那麼好吧，」他喃喃說。

凱西爾的拳頭往上抬，穩住重心，接著往漂流者的臉上放出一連串應該能讓他昏過去的拳頭。

當凱西爾收手——不想把這傢伙傷得太嚴重時——他發現漂流者在對他笑。

看起來不是好現象。

不知怎的，漂流者擺脫了連擊對他的影響。他跳向前，閃過凱西爾的攻擊，接著俯身把拳頭捶向凱西爾的腎臟。

好痛。凱西爾沒有身體，但很明顯的，他的靈魂感受得到痛。他悶哼一聲，舉起雙臂保護他的臉，在液態光中後退。漂流者蠻橫地攻擊著，在凱西爾毫無防備下掄著他的拳頭。

彎下身來，凱西爾的直覺告訴他。他放下一隻手試著抓住漂流者的手臂，打算把他一起抓到光裡頭扭打。

不幸的是，漂流者更快了一些。他閃避後從下方再次踢了凱西爾的腿，接著箝住他的喉嚨，不斷地對他——極度凶悍地——揮巴掌，他被壓在囚牢的淺處底部，輕薄得不像水，而是令人窒息的虛無光芒，潑濺在他的身上。

最後，漂流者把癱軟的凱西爾拉起來，他的眼神中閃著火焰，「這很令人不悅，」漂流者說，「但還是奇怪的讓人很滿意。很明顯的你已經死了，代表我可以傷害你。」當凱西爾試著抓住他的手臂時，漂流者再次揍倒凱西爾，接著把昏昏沉沉的他又拉起來。

「我對這份粗魯的款待抱歉，倖存者，」漂流者繼續說，「但你不應該在這裡的。你已經做了我需要你做的，但你是個我寧可不現在處理的王牌。」他停頓了一下，「如果這麼說可以安慰你的話，你應該感到驕傲，已經幾百年沒人攻擊過我了。」

他放開凱西爾，讓他滑落並倚在囚牢的一側，半沉在光之中。凱西爾呻吟，試著讓自己爬在漂流者之後。

漂流者嘆氣，接著又重複地踢著凱西爾的腿，用疼痛遏阻他。他哀嚎，抱住自己的腿。這些踢他的力量理應讓他的腿裂掉，而雖然它們沒斷，痛苦還是幾乎足以吞噬他。

「這是一次教訓，」漂流者說，雖然在疼痛中很難聽清楚他說的話，「但不是你想的那種。你沒有肉體，我也不打算眞的傷害你的魂魄。這種痛苦是你的心靈造成的，它認爲你應該會遇到什麼事，然後做出反應。」他遲疑了一下，「我會避免讓你被自己的爛肉嗆死。」

他走向池子中間。凱西爾在痛苦閃爍的眼神下看出去，漂流者把他的手伸向兩邊並閉上雙眼。他踏入池子的中央，最深的地方，然後在光芒中消失。

一會兒後，一個身影爬出池子，但這一次，這個人是模糊的，散發內蘊的光芒，就像是……

像是生命世界的人。這個池子讓漂流者能從死亡世界傳度到現實世界。凱西爾一愣，目送漂流者走過房間的樑柱，在另一邊停下來。兩點金屬的微小光源發著強光，射入凱西爾的雙眼。

漂流者挑走了一個。它很小，讓他能往上拋到空中後接起來。凱西爾從那動作中嗅得到勝利的感覺。

凱西爾閉上眼睛專注。不痛。他的腿不是眞的在痛。*專注*。

他試著讓一些疼痛褪去。他坐在池中，波動的光芒來到他的胸前。他呼吸著，雖然他不需要空氣。

該死。他在這幾個月來看到的第一個人竟然痛宰了他，還偷走了外面密室的某個東西。他不知道漂流者打算從一個世界滑到另一個的目的、理由，甚至方法是什麼。

凱西爾爬到池子的中心，蹲低到池深的部分。他站著，腿依然微微作痛，接著將他的手伸向兩側。他專注，試著……

試著做什麼？傳度？那會對他有什麼影響？

他不在乎。他受挫又受辱。他需要證明自己不無能。

他失敗了。任何專注、冥想，或肌肉緊繃都沒能讓他辦到漂流者做的事。他從池中爬出來，筋疲力竭又悲慘地坐在一旁。

因此他沒注意到阿糊，直到神開口說話：「*你在幹麼？*」

凱西爾轉身。阿糊這陣子不太常來拜訪，但當祂來的時候，也不發一語。就算祂說話，也會像個瘋子胡言亂語。

「這裡剛才有人，」凱西爾說，「一個白髮的男人。他不知道怎麼搞的，用井從死亡世界到了生命世界。」

「我懂了，」阿糊輕柔地說，「他敢這麼做，對吧？很危險，敢在滅絕試圖掙脫它的束縛時這麼做。不過會蠻幹做這種嘗試的人，一定是賽凡琉斯（Cephandrius）。」

「我想，他偷了東西，」凱西爾說，「在房間的另一頭。一點金屬。」

「啊……」阿糊輕柔地說，「我還以爲當他駁斥我們其他人的時候，他就會停止干預了。我早該別相信他的話，大半時間你都不能相信他直率的承諾……」

「他是誰？」凱西爾問。

「一個老朋友。還有在你提問之前，不行，你沒辦法像他一樣在界域（Realms）之間傳度。你在實體界的羈絆已經被摧毀了。你是連不上地面的斷線風箏。你沒辦法穿過垂裂點。」

凱西爾嘆息，「那爲什麼他能來到死亡世界？」

「這裡不是死亡世界。這裡是心靈世界。人們——事實上，所有東西——就像一道光。地面是實體界，光照耀的地方；太陽是靈魂界，光產生的地方；而這個界域，意識界（Cognitive Realm），就是光線在兩地間穿梭的地方。」

這個比喻對凱西爾來說一點道理都沒有。他們都懂得好多，凱西爾心想，而我知道的這麼少。

不過，至少阿糊今天聽起來不錯。凱西爾向神微笑，接著在阿糊轉頭的時候呆住了。阿糊的半邊臉都不見了。整個左半邊完全消失，沒有傷口，也沒有骸骨。完整的半邊則冒著煙，拖出一絲絲的迷霧。祂的嘴唇還在，也向凱西爾笑了笑，彷彿一切平常無恙。

「剛剛那傢伙偷走了我的一點點，精煉純粹的精質。」阿糊解釋，「那可以授予一個人，讓他或她取得鎔金術的能力。」

「祢的……臉，阿糊……」

「雅提想要了結我，」阿糊說，「事實上，他很久以前就下手了。我已經死了。」祂再次微笑，構成一種恐怖的表情，旋即消失。

凱西爾覺得自己被榨乾，他滑坐在池邊，躺在石頭上——它感覺起來像是眞的石頭，而不是其他由霧組成的一股柔軟。

他討厭這種無知的感覺。每個人都參與了這場大騙局，而他卻是被蒙在鼓裡的那一個。凱西爾盯著天花板，沐浴在井中閃耀的柱狀光芒。最後，他自己做了個決定。

他會找到答案的。

在海司辛深坑，他覺醒並且下定決心摧毀統御主。好吧，他可以再覺醒一次。他站起身踏入光中，感受到自己被活化了。這些神的糾紛很重要，而井裡的那東西很危險。除了這些之外，還有更多他不知道的事情，也因爲這樣他有了活下去的理由。

也許更重要的，是他有了保持理智的理由。

2

凱西爾不再擔心自己會發瘋或無聊了。當他在自己的監禁中感到厭倦時，他就會想起被漂流者的手痛宰的那種感覺——那種恥辱。沒錯，他被困在一個約莫只有五呎的空間，但還是有很多事可以做。

首先，他回頭去研究彼端的那東西。他強迫自己潛入光芒中，面對它和迎向它高深莫測的凝視——他持續這麼做，直到那東西注意他的時候也不再畏縮。

滅絕。對於那一股廣闊的朽壞、腐敗和破壞而言，是再貼切不過的名字。

他繼續跟隨井的脈動。這些探視讓他對於滅絕的動機和計畫有了模糊晦暗的線索。他在它所改變的事物中找到了熟悉的形式——滅絕似乎正在做凱西爾已經做過的事情：修改宗教。滅絕正藉由改變神諭和典籍的方式，操縱著人們的心。

凱西爾嚇壞了。藉由這些脈動觀察世界的同時，他的目標擴張了。他不止需要了解，更需要對抗這東西。只要有能力，這恐怖的力量會終結一切。

因此，他掙扎著，急切地想了解他所看到的事情。爲什麼滅絕要轉換古老的泰瑞司預言？

漂流者那傢伙——偶爾能在脈動中看見他——在泰瑞司統御區做什麼？那個滅絕花了很多心力關注的神祕迷霧之子是誰？而它會對紋造成威脅嗎？

當他駕馭著這些脈動的時候，凱西爾觀察著——也渴望著——他所認識和心愛的人們的狀況。滅絕對於紋非常地有興趣，它的許多脈動都環繞著她或是她所愛的男人——依藍德·泛圖爾運行。

這些堆疊的線索讓凱西爾憂心忡忡。陸沙德周圍的軍隊，仍然陷入混亂的城市，還有——他最討厭面對的一點——看來那個泛圖爾小子稱王了。當凱西爾發現這點時，他氣憤得好幾天都不再騎乘脈動。

他們把一個貴族放上了領袖的位子。

沒錯，凱西爾救過這男孩的命。撇開他明智的判斷，他救了紋愛的那個男人。出於對她的愛，或許也包含某種變相的父愛與責任感。和泛圖爾的同類相比起來，那個小子並不是太壞。可是把王座交給他？看起來連老多都聽泛圖爾的話了。凱西爾不意外微風會當個牆頭草，但是多克森？

凱西爾氣得冒煙，但他沒辦法一直這個樣子。他渴望看見他的朋友，雖然每一眼都只是驚鴻一瞥——就像眨眼間看見的景象——他還是想念他們。他們提醒著凱西爾，在他的囚牢之外，凡世會繼續運作。

偶爾他會瞥見某個人的身影。他的兄弟，沼澤。

沼澤還活著。這是個很棒的發現。不幸的是，這個發現被玷汙了。因爲沼澤現在是個審判者。

他們兩個之間的關係不能用親近來形容。他們的生命步上不同的路途，但那不是兩人產生隔閡的主因——甚至也不是沼澤執拗的作風衝擊著凱西爾的能言善道，或是沼澤對於凱西爾擁有的一切有種不可言喻的嫉妒。

不，眞相是他們從小就清楚，自己在下一刻隨時都可能被審判者拖走，因爲他們的混血本質而遭到殺害。兩個人對於這種死刑下過活的生命有著截然不同的應對方式：沼澤時刻沉默緊繃，保持謹愼，凱西爾則帶著強勢的自信掩飾他的祕密。

兩人都明白同一個不可逃脫的事實。只要兄弟倆之一被抓，就代表另一個人的混血身世也會曝光，接著大概也會被殺掉。也許這樣的狀況發生在其他手足身上，足以讓他們團結起來。凱西爾愧於承認的是，對於他們而言，這卻是一切分裂的肇因。每個「保持安全」或「照顧你自己」的提醒，總會染上一層「別搞砸了，否則你會害死我」的晦暗色彩。讓他們鬆了口氣的是，在雙親死後，他們同意放棄這樣的矯作，並且進入了陸沙德的地下生活。

好幾次，凱西爾會幻想著另一種可能。他和沼澤會不會能夠完全交融，成爲貴族社會的一部分？他會不會找到方法，不再厭惡貴族與他們的文化？

無論如何，他不喜歡沼澤。「喜歡」這個字是用在公園散步或吃餡餅上的。一個人可以喜歡他最愛的書。才不呢，凱西爾才不喜歡沼澤。但奇怪的是，凱西爾仍然愛他。起初發現他還活著的時候，凱西爾很開心，但也許就他的遭遇而言，死亡對他會更好。

凱西爾花了好幾週才了解，滅絕爲什麼對沼澤這麼有興趣——滅絕能夠跟沼澤說話。從凱西爾的觀察和聽到的字句判斷，是沼澤和其他的審判者都能接收滅絕的話語。

怎麼會呢？爲什麼是審判者？凱西爾從他看見的景象中找不到答案，雖然他也沒目睹什麼重要的事件。

這個叫作滅絕的東西正在變得強大，而它一直糾纏著紋跟依藍德。凱西爾在一次脈動中的勘查清楚看見了。他瞥見一個男孩，依藍德·泛圖爾，睡在帳篷裡。滅絕的力量正在凝聚、形成實體，變得險惡又危險。它等待著紋進來，接著捅了依藍德一刀。

當凱西爾失去脈動時，他最後只看見紋招架了襲擊，拯救了依藍德。但他被搞混了。滅絕等在那裡只爲了等紋回來。

它其實不想傷害依藍德。它只想讓紋看到它有這個嘗試。

爲什麼？

3

「那是個塞子。」凱西爾說。

阿糊——也就是存留，這是神允許凱西爾稱呼的版本——坐在囚牢外面。祂仍然少了半邊臉，身體的其他部分也缺東漏西地流瀉著。

這些日子以來，神花了更多時間守在井旁邊，這讓凱西爾很感激。他一直在練習怎麼從這傢伙身上套出訊息來。

「嗯？」存留問。

「這口井，」凱西爾比著四周說，「它就像個塞子。祢替滅絕創造了一個監牢，但就連最堅固的密穴都會有個入口。這裡就是那個入口，用祢自己的力量封印滅絕，因爲祢們兩個是對立的。」

「這……」存留的語氣拉長。

「這？」凱西爾追問。

「這麼說簡直大錯特錯。」

媽的，凱西爾心想。他花了好幾個星期構築這個理論。

他開始覺得事態急迫了。井的脈動變得越來越強勢，而滅絕似乎也變得更加渴望碰觸這個世界。最近，井的光芒變得越發怪異，不知怎地開始凝聚，互相擠壓。有事情要發生了。

「我們是神，凱西爾，」存留用拖長的聲音說，接著變得大聲，接著又再次拖長，「我們滲透了一切。那些石頭是我，那些人們是我，還有他。所有東西都會存續，也會腐朽。滅絕……和存留……」

「祢告訴過我，這是祢的力量，」凱西爾再次比著井說，試著讓神回到話題上，「那是它們聚集的地方。」

「對，其他地方也是，」存留說，「不過沒錯，這裡，就像露珠的匯聚，我的力量會在那個點集結起來。這是自然的規律。一個循環：雲、雨、河、溼氣。你不能在一個系統裡面塞入太多精質，卻不讓它們在這裡或那裡凝聚。」

好極了，這沒告訴他任何事。他試著延續這個話題，但阿糊變得沉默，所以他試了點別的。他需要讓存留繼續說話——才不會讓神陷入安靜的恍惚狀態中。

「祢會害怕嗎？」凱西爾問，「如果滅絕自由了，祢會害怕它來殺祢嗎？」

「哈，」存留說，「我告訴過你了。他很久、很久以前就殺死我了。」

「我覺得這很難讓人相信。」

「為什麼？」

「因為我就坐在這裡跟祢講話。」

「我也在跟你說話。你又算哪門子的活著？」說得好。

「像我們這樣的死亡和你們不一樣，」存留說，再次出神地凝視，「我在很久以前就被殺了，就在我決定打破我們的諾言時。但我持有的這份力量……它會存續跟記憶。它本身想繼續活著。我已經死了，但我的一部分還存在，還讓我能夠記得……記得以前有個計畫……」

試著摸索出這些計畫什麼也沒用。祂根本不記得祂的這個計畫到底是什麼。

「所以這井不是塞子，」凱西爾說，「那它是什麼？」

存留沒有回答。祂似乎根本沒聽見。

「祢曾經跟我說過一次，」凱西爾繼續說，音量放大，「那股力量是爲了被使用而存在的。力量需要被使用，爲什麼？」

仍然沒有回應。他得要試試不同的策略，「我又看著它了。祢的對立面。」

存留立刻站得筆直，轉頭讓他駭人、只有半邊臉的凝視射向凱西爾。提到滅絕常常能讓祂震懾得脫離恍惚狀態。

「他很危險，」存留說，「離遠一點。我的力量保護著你。別挑釁他。」

「爲什麼？它被監禁著。」

「沒有什麼是永恆的，就連時間本身亦然，」存留說，「我不能監禁他，頂多只能拖延。」

「那力量呢？」

「沒錯……」存留點點頭。

「什麼沒錯？」

「沒錯，他會使用那東西。我知道。」存留開始理解起——或只是回想起——很重要的事，「我的力量創造了他的牢籠。我的力量也可以解禁他。但他怎麼能找到可以這麼做的人？

誰會持有創造的力量，又放下那股力量……」

「這……我們不會想要他們這麼做。」凱西爾說。

「當然不，那會解放他！」

「那麼上一次呢？」凱西爾問。

「上一次……」存留眨眨眼，似乎更加回歸自我，「是啊，上一次，是統御主。我上次讓這一切成功了。這次我揀選她來這位置持有力量，但我能聽見她的想法……他一直在操弄她……好複雜……」

「阿糊？」凱西爾遲疑地問。

「我得阻止她，有人……」祂的眼神失焦了。

「祢在做什麼？」

「噓，」阿糊的語氣忽然轉硬，「我在試著阻止他。」

凱西爾環顧四周，但沒有別人在。「誰？」

「別以為你在這裡看到的我是唯一的我，」阿糊說，「我無所不在。」

「可是——」

「噓！」

凱西爾噤聲，有部分是因爲他很高興看到神在這麼久的無神狀態後，又恢復到有精神的狀態了。但過了一陣子，他頹喪了起來，「沒辦法，」阿糊喃喃，「他的爪牙比我強大。」

「所以……」凱西爾試探自己會不會再被喝令閉嘴，「上一次，拉刹克使用了力量，而不是……怎樣？放棄力量嗎？」

阿糊點頭，「艾蘭迪會做他所認定的正確之事。選擇放棄力量——然而事實上卻只會釋放滅絕。所謂『放棄力量』不過是讓原本候補的滅絕，成為力量接收的持有者。原本用來囚禁它的力量會當作是我轉而要釋放它。我的力量，會直接應允滅絕回歸世界的意願。」

「好極了，」凱西爾說，「那麼我們需要一個犧牲品，得有人接下永恆的力量，然後讓他做任何他想做的事而不能放棄它。這個嘛，我就很適合當這個犧牲品。我來做如何？」

存留打量著他。這傢伙之前展現的精力已經蕩然無存。祂正在褪散，失去人模人樣的特質。例如，祂不再會眨眼了，也不會在說話前刻意吸口氣。祂可以變得全然無神，就像根鐵桿一樣毫無生機。

「你，」存留終於說，「用我的力量。你。」

「祢讓統御主這麼做了。」

「他是試著拯救世界。」

「我也是啊。」

「你想藉由沉船把一船的人從火災中解救出來，然後張揚『至少他們沒被燒死』。」神遲疑了一下，「你又要揍我了，對吧？」

「現在可碰不到祢，阿糊。」凱西爾說，「那份力量，我要怎麼使用它？」

「你沒辦法，」存留說，「那份力量是囚牢的一部分。跟你把自己的魂魄鑄進井裡是一樣的，凱西爾。你不管怎樣都沒辦法掌握它，你跟我不夠有聯繫。」

凱西爾坐下來思考這點，但在他開始好好這麼做前，他注意到了一件怪事。密室外面有更多的人影嗎？沒錯，眞的有。活人，從他們發光的魂魄就看得出來。更多審判者要來丟屍體了嗎？他已經好久沒看見他們。

在凱西爾眼中，兩個人闖進走道後，模糊的霧狀身影穿過一排柱子朝井走來。

「他們來了。」存留說。

「誰？」凱西爾瞇著眼說。從魂魄的光芒，很難看出臉部的細節，「那是……」

那是紋。

「什麼？」存留看向凱西爾，注意到他的震驚，「你以為我在這裡是空等嗎？就是今天。昇華之井滿了。時候到了。」

另一個身影是那個男孩，依藍德．泛圖爾。凱西爾很訝異地發現自己對這個景象並不感到憤怒。沒錯，他的組員應該要知道別把貴族放上王位，但那真的不是依藍德的錯。依藍德跟貴族的致命性完全掛不上邊。

再者，不管他的族裔有什麼罪過，這個泛圖爾小子跟紋在一起了。

凱西爾雙手交叉，看著泛圖爾跪在井邊，「如果他碰了這個，我要甩他一巴掌。」

「他不會，」存留說，「這是準備給她的。他知道。我一直在為她做準備。至少，我試過了。」

紋轉過身來，看起來好像正看著神。對，她可以看見他。有什麼辦法是凱西爾可以利用的嗎？

「你試過了？」凱西爾說，「你有解釋她要做什麼嗎？你的對手一直在觀察她，跟她互動。我看過它這麼做，它試著要殺依藍德。」

「不，」阿糊陰森地說，「他在模仿我。他看著我對他們做的事，然後試著殺那男孩。不是因為他在乎死亡，而是因為他要她不信任我，要她覺得我是她的敵人。但她難道看不出差別嗎？在他的仇恨跟毀滅，與我的祥和之間。我沒辦法殺人，我從來都沒辦法殺……」

「跟她說話！」凱西爾說，「告訴她應該做什麼，阿糊！」

「我……」存留搖搖頭，「我沒辦法滲透她，沒辦法跟她說話。我可以聽見她的心聲，凱西爾。他的謊言都在那裡，她不信任我，她覺得自己該放棄，我已經試著阻止這點了。我為她留下線索，試著讓其他人阻止她這麼做。可是……我……我失敗了。」

噢，該死，凱西爾心想。得有個計畫。快點。

紋要放棄力量了。要釋放那東西了。就算沒有存留的介入，凱西爾知道紋也會那麼做。她是個比他還好的人，而她從來就不曾認為自己值得她收到的獎賞。她會提起力量，並認為自己應該為了更偉大的理想而放棄這股力量。

但要怎麼改變這點？如果存留不能跟她說話，那怎麼辦？

依藍德站起來接近存留。對，那男孩也看得到存留。

「她需要動機。」凱西爾說，一個點子閃過他的腦海。滅絕試著要捅依藍德一刀，為了嚇她。

那個點子是對的。只是它沒有做足全套。

「捅他。」凱西爾說。

「什麼？」存留驚駭地說。

凱西爾硬是往自己囚牢的邊界走去，靠近就站在外面的阿糊。他用盡每分力氣來擺脫自己的枷鎖。

「捅他，」凱西爾說，「用祢腰帶上的刀子，阿糊。他們可以看見祢，祢可以影響他們的世界。捅依藍德·泛圖爾。給她一個理由使用力量，她會想要救他。」

「我可是存留，」他說，「那把刀……我已經幾千年沒用過那把刀了。你要我表現得跟他一樣，就像他以為我會做的一樣！太可怕了！」

「祢必須做！」凱西爾說。

「我沒辦法……我……」阿糊顫抖的手伸向腰帶。刀子出現了，祂往下看著那把刀，刀刃閃爍著光芒，「老朋友……」他對著刀子低聲說。

祂看向依藍德，對方點了點頭。存留舉起手臂，武器在手。

然後停了下來。

祂的半邊臉被痛苦覆蓋。「不要……」祂低聲說，「吾仍存留……」

祂不打算這麼做，凱西爾心想，看著依藍德擺出寬慰的樣子跟紋說話。祂辦不到。

只剩一個辦法了。

「抱歉了，孩子。」凱西爾說。

凱西爾抓起存留顫抖的手臂，把上面握著的刀鋒甩過泛圖爾小子的腹部。

他覺得自己就像在刺自己的骨肉，不是因爲泛圖爾這個人，而是因爲他知道這對紋會有什麼傷害。在她奔向泛圖爾身邊哭泣的時候，他的心狠狠被扯了一下。

好吧，他救過這男孩的命一次，所以這樣扯平了。況且，她會救他的。她得要救依藍德。她愛他。

凱西爾退後一步，回到他囚牢的邊緣，留下驚駭的存留盯著自己的手，踉蹌遠離那個倒下的男孩。

「腸子中傷，」凱西爾低語，「他要死也得花點時間。紋，拿起力量，它就在這裡，快用它。」

她把泛圖爾抱在懷裡。凱西爾焦急地等著。如果她踏入池子裡，就能看見凱西爾，不是嗎？她會成爲超然的存在，就像存留一樣。或是她得先使用力量才行？

那會釋放凱西爾嗎？他不知道，他只清楚不管發生什麼事，都不能讓彼端的那東西脫逃。他轉過身來。

然後他驚訝地發現它在那裡。他感覺得到，它擠壓著眞實的世界，是一股無盡的黑暗。不只是先前僞裝成存留的淺薄形體，而是一整股廣大的力量。它不存在於任何特定的空間，而是同時擠壓著，並且熱切地注視著現實世界。

令他恐懼的是，凱西爾看見它幻變，像是伸出蜘蛛腿一般散發出一條條的長刺。在它們的末端，有個人形的身影，像個傀儡般搖晃著。

紋……他低語，紋……

她望向池子，身影哀傷。接著她離開泛圖爾進入井裡，無視凱西爾地經過他，踏入最深的那個點，緩慢地潛入光芒中。在最後一刻，她從自己的耳朵上扯下某個發亮的東西，扔了出去——一點金屬。是她的耳針嗎？

在她完全潛入之後，她並沒有在這一端出現，取而代之的是一片成形的風暴。一股上升的光柱包圍著凱西爾，讓他除了一股原始的能量之外，什麼都看不見。就像一波驟浪、一場爆炸、一道乍現的曙光，全部都在他身旁，活躍著、興奮著。

妳不能這麼做，孩子，滅絕用人形的傀儡說。它為什麼能用這麼平穩的聲音說話？它可以看見在那之後的力量，一股純粹的毀滅，但表現在外的樣子卻是這麼的和藹仁慈。妳知道妳必須怎麼做。

「紋，別聽它的！」凱西爾大叫，但他的聲音被一股爆發的力量蓋過。在那個聲音迷惑她的時候，他咆哮又斥罵著紋，警告著她釋放力量就會毀滅世界。凱西爾奮力穿過光芒，試著找到她、抓住她，跟她解釋一切。

他失敗了。他慘烈地失敗了。他沒辦法讓紋聽見他，沒辦法觸及她。什麼都辦不到。就連他捅依藍德一刀的急中生智都變得愚蠢，因爲她釋放了力量。在哭泣、自責和撕裂般的心傷下，她做出了他所見過最無私的事。

也因爲她這麼做，她毀了他們所有人。

在她釋放的瞬間，那股力量變成了一副武器，在空中變成一柄尖矛，在滅絕潛伏的地方和現實世界之間劃開了一道裂口。

讓滅絕從裂口中竄向了自由。

4

凱西爾坐在已經空蕩的昇華之井邊。光芒消失了，只留下他的囚牢。他可以離開了。

他似乎沒有延伸和褪散。很顯然地成爲存留力量的一部分，已經擴張了凱西爾的魂魄，讓他得以存續。但坦白說，他希望此刻自己可以消失。

紋——在他的眼中發光燦爛著——躺在依藍德．泛圖爾的身旁，緊抓住他並痛苦哭泣，他的魂魄脈動著，逐漸黯淡。凱西爾站起來，別過身去。因爲他所謂的機智，他傷透了那個可憐女孩的心。

我一定是這裡最聰明的白癡，凱西爾心想。

「那遲早會發生的，」存留說，「我以爲……也許……」從他的眼角餘光，凱西爾看見阿糊接近紋，接著俯視著倒下的泛圖爾。

「我可以存留他。」存留低語。

凱西爾轉過身來。存留開始對著紋揮手，而她慢慢站起來。她跟著神來到幾呎外，依藍德先前扔下的東西那兒，一塊金屬。那是從哪來的？

那個泛圖爾小子在他進來的時候帶著，凱西爾心想。那是房間另一頭的最後一點金屬，兩塊中的其中一塊，另一塊被漂流者偷走了。凱西爾在紋拿起金屬，回到依藍德身邊的時候接近她，看著她將金屬放進他的嘴裡。她用一瓶金屬液讓他順著喝下去。

靈魂與金屬融爲一體。依藍德的光增強，燦爛地閃爍著。凱西爾閉上眼睛，感到一股寧靜的脈動。

「幹得好，阿糊。」凱西爾張開眼睛對著存留說，神往他的方向走來。紋的手勢表現出驚人的喜悅，「我差點要覺得祢是個好神了呢。」

「刺他一刀很危險，很痛苦，」存留說，「我沒辦法寬容這樣的魯莽。但也許這是對的，不管我的感受是什麼。」

「滅絕自由了，」凱西爾說，往上看，「那東西脫逃了。」

「是的，幸運的是，在我死之前，我啓動了一個計畫。我不記得了，但我確定它被設計得很精緻。」

「祢知道，我在某個場合也說過類似的話，在一夜大醉之後。」凱西爾摸摸下巴，「我也自由了。」

「沒錯。」

「現在不就是祢之前開玩笑說，自己不確定釋放誰比較危險的情況嗎？我或另一個傢伙。」

「不，」阿糊說，「我知道哪個比較危險。」

「我恐怕祢會大失所望喫。」

「但也許……」存留說，「也許我不能判定誰比較惹人厭。」祂微笑。讓人緊張的是，祂說話時半邊臉是消融的，頸部也開始流逝。像隻瘸腿的小狗開心的吠叫著。

凱西爾拍拍祂的肩膀。「我們之後會讓祢變成一個穩固點的集團成員的，阿糊。但現在，我想離開這個天殺的房間。」

PART 3　靈魂

1

凱西爾眞的想喝點東西。出獄之後不是就該這麼做嗎？去喝兩杯，把自由揮霍在一點豪飲跟頭痛上？

當他還活著的時候，通常不會這麼輕狂。他喜歡控制局面，而不是讓局面反過來控制他——但他無法否認自己眞的很渴望喝點東西，好好麻痺一下才剛經歷的一切。

這實在太不公平了。沒有軀體，卻還是會口渴？

他從昇華之井周遭的地窖爬出來，通過霧狀的密室與隧道。就跟之前一樣，當他碰觸某個東西的時候，他就能看到它在眞實世界的樣子。

他的步伐可以堅定地踏在飄忽的地面，儘管它如布料般似乎充滿彈性，卻能支撐他的重量，只要他不大力踩的話——否則他的腳會像是擠入厚泥一樣地下沉。如果他想要的話，他也能穿過牆壁，不過現在和之前他快被吸走的時候比起來，沒那麼容易了。

他從統御主的皇宮，克雷迪克．霄的地窖中穿越到地下室來。一切在他眼裡看來都是一片霧狀，在這個地方到處晃晃比原本輕鬆得多。他觸碰自己經過的霧狀物體，讓自己更能在腦海中捕捉他所處的環境。一只花瓶、一條地毯、一扇門。

凱西爾最後以自由——和死人——之姿踏上了陸沙德的街道。有一會兒裡，他就只是在城市裡漫遊，因爲逃出那個囚坑而感到放鬆，讓他得以忘卻滅絕的脫逃帶來的憂懼感。

他幾乎就這樣遊蕩了一整天，坐在屋頂上，走過噴泉，或俯瞰著城市被發亮的金屬點綴，就像燈火在夜晚的迷霧中搖曳。他最後來到城牆上，觀察著在城鎮外面紮營卻——不知爲何——沒有大開殺戒的克羅司。

他得看看有沒有辦法和他的朋友們接觸。不幸的是，沒了那些——在滅絕脫逃時就停止的——脈動，他不知道要從哪裡開始找起。在他急於離開地窖的時候，他就丟失了紋跟依藍德的去向，但他還記得之前在脈動中看過的印象，這給了他幾個可以調查的地方。

最後，凱西爾在泛圖爾堡壘找到了他的組員。在昇華之井的災難隔天，他們似乎打算舉辦一場葬禮。凱西爾穿過前庭，經過人們發光的魂魄，每一個都如鎂光燈般燃燒著。每個他拂過的魂魄，都讓他得以窺見他們的面目。其中有不少是他認得的：在他生命的最後幾個月中，他所互動、鼓勵、振奮過的司卡們。其他人他不太認得。還有一大票惹人厭的、侍奉過統御主的士兵。

他在前面發現紋，正坐在泛圖爾堡壘的階梯上，頹喪地蜷縮著。依藍德不見人影，而哈姆站在附近，雙臂交疊著。在前院，有個人在群眾前揮舞著手臂，進行著一場演講。會是德穆嗎？在葬禮中領導大家？庭院外那些魂魄不再閃耀的人一定都作古了。他聽不見德穆在說什麼，但是他的演說似乎非常堅定。

凱西爾坐在紋旁邊的階梯上，他的雙手在身前交握。「所以……這樣還不錯啦。」

想當然，紋沒有回答。

「我是說，」凱西爾繼續說，「沒錯，我們最後釋放了摧毀世界的毀滅和混沌力量，但至少統御主死了。任務完成。再加上妳還有妳的貴族男朋友，所以就這樣吧。別擔心他肚子上的疤痕，那會讓他看起來更有歷練的，霧才知道，那個小書蟲可以更強悍一點。」

紋沒有動，維持著她頹喪的姿勢。他將他的手臂倚在她的肩上，瞥見一眼她在眞實世界中的樣子。她充滿色彩和生命力，卻不知怎的……滄桑了點。現在的她看起來老了許多，不再是當初那個在街巷中拐騙聖務官的孩子了。

他在她身旁向前傾，「我要打敗這東西，紋。我要搞定這件事。」

「那你要怎麼……」存留從階梯下的庭院中說，「完成這件事？」

凱西爾抬頭，雖然他已經準備好看見存留的樣子，還是忍不住瑟縮了一下。因爲祂已經——幾乎不成人形，更像是一綑由輕煙組成的繩絲，勉強勾勒出頭、手臂和雙腿的輪廓。

「他自由了，」存留說，「到此爲止了。時間到。契約到期。他會履行他被承諾過的權力。」

「我們會阻止它。」

「阻止他？他是代表熵（注）（entropy）的力量，是宇宙的定數。你想阻止他，就跟你想阻止時間流動一樣不可能。」

凱西爾站起來，離開紋走向階梯前的存留。他眞希望自己能聽見德穆正在跟那一小群發光的魂魄說些什麼。

「如果它不能被阻止，」凱西爾說，「那我們就拖延它。祢這麼做過，對嗎？祢的那個偉大計畫？」

「我……」存留說，「對……曾經有個計畫……」

「我現在自由了，我能幫祢實踐它。」

「自由？」存留大笑，「不，你只是進到了一個更大的牢籠中，和這個界域鏈在一塊，沒得脫身。已經沒什麼是你能做的了，也沒什麼我能做的。」

「那——」

「你知道的，他在監視著我們。」存留抬頭看向天空說。

凱西爾不情願地跟著祂的視線往上看。天空——模糊又游移——看起來好遙遠。感覺好像天空正在從這個星球被抽離，就向人群會躲開屍體一樣。在這股深遠中，凱西爾看見了某個黑暗、抽縮、翻騰的存在。比迷霧更加緊實，像是黑蛇組成的海洋，不斷掩映著微小的太陽。

他認得這股深遠。滅絕的確監視著他們。

「他覺得你微不足道，」存留說，「他覺得你很有趣——雅提深埋在那裡面某處的靈魂鐵定會覺得好笑。」

「它有靈魂？」

存留沒有回答。凱西爾穿過地上由霧組成的屍堆，站到他面前。

「如果它是活的，」凱西爾說，「那它就能被殺死。不管它有多強大。」你就是個鐵證，阿糊。它正在殺死祢。

存留用一種尖銳、咆哮式的嗓音大笑，「你一直忘記我們兩個之中，誰是神而誰只是個可悲的、等著被時間抹去的死人殘影。」祂揮了揮幾乎不成形的手臂，手指幾乎只由絲縷散逸的迷霧組成，「聽聽他們說的。他們稱呼你的時候，你還不覺得丟臉嗎？倖存者？哈！我存留了

注：統計物理學名詞，指稱宇宙中由有序到失序的趨勢。

他們幾千年的時光，你又爲他們做了什麼？」

凱西爾轉向德穆。存留似乎忘了凱西爾聽不見他的演講。爲了看看德穆是什麼樣子，凱西爾拂過地上的一具屍體。

是個年輕人。一個士兵，從它的樣子看來的話。他不認得這個男孩，但他開始擔心了。他回頭看看哈姆站著的地方——他身旁的人影一定是微風。

其他人呢？

他的身體一陣發寒，開始碰觸屍堆，尋覓著任何他認得的人，動作像發狂一樣地誇張。

「你在找什麼？」存留問。

「這裡面——」凱西爾嚥了嚥口水，「這裡面有多少是我的朋友？」

「有些是。」存留說。

「有任何集團成員嗎？」

「沒有，」存留說，凱西爾鬆了口氣，「沒有，他們在第一波攻陷的時候就死了，好幾天了。多克森，還有歪腳。」

凱西爾感覺痛澈心扉。他試著從自己正在檢查的屍體旁站起來，卻踉蹌兩步，試著忘卻方才聽見的話，「不。不要，不可能是老多。」

存留點頭。

「什……什麼時候發生的？怎麼會？」

存留用發瘋的聲音笑著。祂看起來幾乎完全不像當初凱西爾來到這地方時，那個仁慈、膽怯、問候他的人了。

「這兩個人都在圍城戰被攻破時，就被克羅司殺死了。他們的屍體好幾天前就被燒毀了，凱西爾，就在你還被困著的時候。」

凱西爾顫抖著，失神落魄，「我……」凱西爾說。

老多。在他有需要的時候，我不在他身旁。他走的時候，我原本可以再見到他的，可以和他說話。也許可以救他？

「他死的時候還在咒罵你，凱西爾，」存留的語氣嚴厲，「他把這一切歸咎於你。」

凱西爾垂下頭。又一個逝去的朋友，還有歪腳……兩個好人啊。他的一生中失去太多這樣的人了，該死，眞的太多了。

我很抱歉，老多、歪腳。我很抱歉讓你們失望了。

凱西爾挾著這股憤怒、苦痛和羞愧，然後轉化它。他在牢裡的這段時間再次找到了目標。如今，他不會再失去方向了。

他站起來，轉向存留。神——震驚地——在嚇壞的時候畏縮起來。凱西爾抓住神的形體，而在那剎那看見了無盡、未知的影像，滲透在一切之中，無窮瀰漫的存留之光。世界、迷霧、金屬、每個人獨一無二的魂魄。這生物也許算是死了，但祂的力量可一點也沒有消逝。

他也感覺到了存留的痛苦。就像是凱西爾對老多死去的悵然感，只是被放大了數千倍。存留感覺得到每股淡出的光芒，感受得到，也視他們如同自己所愛的人。

而在這世界上，他們都以加速的步調邁向死亡。太多灰燼落下了，而存留只能參與它們的增加。克羅司大軍的蹂躪已經失控。死亡、毀滅，世界已經快站不住腳了。

而……南方……那是什麼？有人？

凱西爾抓住存留，對這生命神聖的苦痛感到敬畏。接著他拉近存留，擁抱祂。

「我很抱歉。」凱西爾低語。

「噢，瑟娜（Senna）……」存留低語，「我正在失去這個地方，全盤皆輸……」

「我們得阻止它。」凱西爾拉回正題。

「不可能的。我們的約定……」

「約定可以被打破。」

「不是那種約定，凱西爾。我曾經能夠拐騙滅絕，封鎖它，用我們的共識矇騙它。但那不是契約的漏洞，而是在消耗我們的共識。這次沒有漏洞可鑽了。」

「那我們就出去大鬧一場，」凱西爾說，「就祢和我，我們是個團隊。」

存留似乎凝聚起來，祂的形體變得集中，絲線開始重組，「一個團隊。對。一個小組。」

「幹點不可能的事情。」

「抗拒現實，」存留低聲說，「每個人總是會說你瘋了。」

「而我總是會承認他們說得沒錯。」凱西爾說，「問題是，每次他們要質疑我的理智的時候，從來就沒能做出正確的歸納。我的雄心壯志不應該是他們的困擾。」

「那什麼是？」

凱西爾笑了笑。

存留倒是大笑起來——用一種渾圓的嗓音，而非先前的尖銳，「我沒辦法幫忙你做……你覺得自己正在做的事。沒辦法直接幫忙。我不再……能夠清晰思考了，但是……」

「但是？」

存留變得更集中了一點，「但我知道你去哪裡能找到幫手。」

2

凱西爾跟著一絲的存留，就像一縷發光的迷霧，穿過城市。他週期性地抬頭確認，面對著天空中的那股力量，在那裡蒸滅著迷霧，準備從四面八方鋪天蓋地而來，統御世界。

凱西爾不會退縮。他不會讓那東西再次恐嚇他。他已經殺過一個神了。一回生，二回熟。絲縷的存留力量引領他穿越晦暗的房屋，經過在這個地方看起來更加陰鬱的貧民窟——全擠在一塊，人們的魂魄畏懼地緊縮在一起。他的組員拯救了這座城市，但凱西爾經過的許多人卻好像還不知道。

最後，絲線帶領他離開殘破的城門，來到北方，穿過殘壁瓦礫和慢慢腐朽的屍體；穿過活人軍隊和令人戰慄的克羅司軍團，遠離城市、沿著小溪跋涉了一小段距離，來到……一座湖？

陸沙德建立在一座跟它同名的湖附近，但大部分的市民執意忽略這個事實。陸沙德湖不是什麼適合游泳或運動的地方，除非你喜歡泡在灰燼比水多的濃稠汙泥裡面——幸運的話，還能抓到經過幾個世紀，住在市郊的司卡飢民都沒抓到的一點魚。由於它距離灰山實在太近，疏通這條河與湖需要一整個階級的人全時關注，包括運河工人，還有一群難以跟城市居民共處的司卡來負責。

如果他們來到這一邊，一定會驚愕於這座湖——其實也包括這條河——顛倒過來了。不同於凱西爾腳下感覺起來是液體的迷霧，這座湖以一道固體小丘的形狀升起，雖然只有幾呎高，但卻比他原本所行走，屬於地面的地方來得更加堅硬與穩固。

事實上，這座湖就像是在迷霧之海中升起的一座矮小島嶼，固體跟液體似乎在這個世界翻轉過來了。凱西爾踏上島嶼的邊界，而一段存留的精質翻騰，經過他身邊並引向那座島嶼，如同神話中從伊夏森（Ishathon）大迷宮指引歸途的那條繩索一樣。

凱西爾的雙手插在他的長褲口袋裡，踢了踢島嶼的地面。是某種黑暗，會冒煙的石頭。

「幹嘛？」阿糊低語。

凱西爾跳了起來，瞥了一眼光的絲線。「阿糊，祢……在那裡面？」

「我無所不在。」存留的聲音輕柔脆弱，祂聽起來筋疲力竭了，「你為什麼要停下來？」

「這很奇怪。」

「對，它在這裡凝聚了。」存留說，「這跟人們思考的方式，還有跟他們常忽略這裡有關。至少，跟這點有關係。」

「但這是什麼？」凱西爾站上島嶼說。

存留沒有繼續說話，於是凱西爾繼續走向島嶼的中心。不管在這裡「凝聚」的是什麼，它都跟石頭驚人地相似，而且上面還生長了東西。凱西爾經過從堅硬地面長出來的矮小植物——不只是霧狀的、模糊的植物，而是充滿眞實色彩的。它們有寬大的棕色葉子，還似乎——很有趣的——類似迷霧的煙從它們身上冉冉升起。沒有任何一棵植株高及他的膝蓋，但他還是沒料到會在這裡找到這些東西。

當他穿過這一片植物的時候，覺得自己看見了什麼東西在其間亂竄，還在穿過葉子的時候發出沙沙聲。

死人的世界有著植物跟動物？他心想。但這不是存留的稱呼方式，祂說這裡叫意識界。植物要怎麼在這裡生長啊？要怎麼澆灌它們？

當他越深入這座島嶼，天色就變得越暗。滅絕正在吞沒上方的小小太陽，漸漸地，凱西爾連來自城市那端、穿過迷霧的幽幻光芒都看不見了。很快地，他已經在暮光一般的天色下前進。

最後，存留的光緞變得稀薄，接著消失無蹤。凱西爾停了下來，小聲問，「阿糊，祢在嗎？」

毫無回應。這股寂靜駁斥了存留稍早宣稱自己無所不在的說詞。凱西爾搖搖頭，也許存留在聽，但不夠集中到給予他回答。凱西爾繼續前進，穿過一片來到他腰際的植物，在它們寬大的葉子上，迷霧如同熱盤子上的蒸汽裊裊升起。

最後，他在前方看到亮光。凱西爾抬起頭，很自然地俯下身子，順從他在另一端，從出生起就引導著他的本能。他手頭沒有武器，於是他跪下來，摸索著地上有沒有任何石頭或是木枝，但這些植物沒有大得足以提供這樣的枝條，而地面也堅硬光滑，毫無碎粒。

存留承諾過祂會幫忙，但他不敢確定能相信幾分存留所說的。怪了，經歷過自己的死亡，應該讓他對於神所說的話更加猶豫才是。他從皮帶上拿起武器，但它來到手上時就蒸發了，並且再次回到了腰際。凱西爾搖搖頭，往前潛行得更近些，接近到足以看見火光勾勒出兩個人影。他們是活人，而且在這個界域看來，只是發光的魂魄或霧狀的靈體。

有一個是穿著司卡服裝的男人——背帶、襯衫和捲起的袖子——靠向小小的炊火。他有著一頭短髮，還有一張瘦長、尖細的臉。在他皮帶上的刀子長得算是把劍，揮起來想必很順手。

另一個人坐在小折疊椅上，也許是個泰瑞司人。她的皮膚和一些泰瑞司人看起來一樣黑，不過凱西爾也看過一些南方統御區的人，膚色比她還暗得多。她穿的絕對不是泰瑞司服飾——堅韌的棕色長裙，腰上繫著大皮革帶，頭髮則編成一條條的小辮子。

兩個人。他還能應付得了兩個人，對吧？就算不能使用鎔金術或武器也一樣。儘管如此，小心為上，他還沒忘掉被漂流者痛打一頓的恥辱。凱西爾謹慎地站起來，拉直他的外套，直接走進他們的營地。

「這個嘛，」他宣布，「我只能說，這幾天發生的事滿不對勁的。」

營火邊的男人往後爬，手按在刀子上，瞠目結舌。女人則坐在原地，伸手向身旁的一樣東西。一個小小的管子，底部有個把手，她用那東西指著凱西爾，好像那是某種武器一樣。

「所以，」凱西爾看看浮動的天空，翻騰著大量濃密的黑霧，「有人也是被空中的這股毀滅之力給惹毛嗎？」

「影子的！」那男人大叫，「是你。你死了！」

「看你怎麼定義死的意思啦。」凱西爾跨過火堆。女人繼續用那奇怪的武器指著他，「你的火堆裡燒的是什麼啊？」他望向兩人，「怎麼？」

「怎麼會？」那個男人喃喃說，「這是什麼？什麼時候……」

「……還有為什麼？」凱西爾補上一句。

「對！為什麼？」

「如你所見，我有敏感體質。」凱西爾說，「死亡好像滿不適合消化我的，所以我就不打擾它了。」

「一個人不能決定變成一個幻影！」那男人大叫。他有著某種奇怪的口音，凱西爾認不出來，「這是大事！要有要求跟傳統。這……這是……」他往空中揮了揮手，「算了，當我沒說。」

凱西爾笑了笑，迎向女人的目光，她的手探向地上一杯暖暖的玩意兒，另外一隻手早已收起她的武器，好像從來沒拿出來一樣。她看起來也年過而立了。

「海司辛倖存者啊。」她饒富興味地說。

「妳好像有什麼手法能對我不利。」凱西爾說，「我想，這是我的惡名昭彰帶來的麻煩之一。」

「在我看來，對一個竊賊而言，出名就是一種不利。一般人在當扒手的時候，應該不會特別想被認出來。」

「不過考慮到這地方的人對他的看法，」男人繼續用警惕的眼神看著凱西爾，「我想他們也會被這傢伙搶得心甘情願。」

「是啊，」凱西爾乾笑，「他們還會排隊來享受這種福利。我還需要自我介紹嗎？」

她深思了一下，「我的名字是克里絲（Khriss），來自泰爾丹（Taldain）。」她朝另一個人點點頭，那男人不情願地收起刀子。「他是納哲，我的隨從。」

「很好。」凱西爾說，「有人知道爲什麼存留叫我來找你們講話嗎？」

「存留？」納哲站了起來，緊抓住凱西爾的手臂，跟漂流者一樣，他們都能眞正地碰到凱西爾。「你曾經直接跟一個碎神（Shard）說過話？」

「對啊，」凱西爾說，「阿糊跟我是老朋友了。」他掙脫納哲的手，順手抓起火堆旁的另一張折凳——兩片交叉的木頭，上面有一張可以坐著的布塊。

他來到克里絲對面，坐下。

「我不喜歡這樣，克里絲，」納哲說，「他很危險。」

「幸運的是，」她回答，「我們也同樣危險。倖存者，碎神存留，長什麼樣子？」

「這是在測試我是不是眞的跟祂說過話，還是純粹想確認那東西的狀況？」凱西爾問。

「都是。」

「祂快死了，」凱西爾一邊在指間轉著納哲的刀子，一邊回答。他在兩人剛剛爭論的時候就抄過來了，凱西爾很好奇這把刀子是不是金屬製的，它沒有發光。「祂是個有著黑髮的矮傢伙——曾經是啦。祂看起來……嗯，分崩離析了。」

「嘿，」納哲瞇眼凝視著那把刀子，又看看自己的皮帶跟空的刀鞘，「嘿！」

「分崩離析，」克里絲說，「垂死。雅提不知道怎麼裂解（Splinter）另一個碎神嗎？還是他沒有那種能力？嗯……」

「雅提？」凱西爾問道，「存留也提過這個名字。」

克里絲啜飲她的飲料，用一根手指指向天空。「那就是他，至少是他變成的東西。」

「那……碎神是什麼？」凱西爾問。

「你是學者嗎，倖存者先生？」

「不是，」他回答，「不過我殺過幾位。」

「很可愛。這個嘛，你已經踏入比你、你的政治鬥爭，還有你的小小星球還要大上很多的深淵了。」

「比你可以掌握的一切還大啊，倖存者。」納哲順便把凱西爾手指上的刀子抽回來，「你現在可以退下了。」

「納哲說得沒錯，」克里絲說，「你的問題很危險。一旦你掀開簾幕看過演員是誰，你就很難再相信演出是眞實的了。」

「我……」凱西爾前傾，雙手交握。地獄啊……這火焰是暖的，但是它看起來根本沒燒任何東西。他望著火焰，嚥了嚥口水，「我從死亡之中復甦，原本以爲不會有來世之類的東西。然後我發現神是存在的，結果現在祂快死了。我需要答案。拜託。」

「有趣。」她說。

他抬頭皺眉。

「我聽過不少你的故事，倖存者。」她說，「他們常常吹捧你各種令人讚賞的特質，而眞誠可不是其中之一。」

「我還是可以從妳的男僕身上偷點什麼別的，」凱西爾說，「如果符合妳的期待會讓妳好過一點的話。」

「你試試看啊。」納哲說在火堆旁踱步，雙臂交叉，看起來想讓自己有點威脅性。

「碎神，」克里絲拉回凱西爾的注意，「不是眞神。不過祂們是神的殘片。滅絕、存留、自主、培養、奉獻……一共有十六位。」

「十六位，」凱西爾喘息著，「還有十四個這種鬼東西在外面游蕩？」

「剩下的在其他的星球上。」

「其他的……」凱西爾眨眨眼，「其他的星球上。」

「啊，你看看，」納哲說，「妳已經害他崩潰了，克里絲。」

「其他的星球。」她柔和地重覆，「是的，有數十個星球。很多都居住著像你我一樣的人們。不過有一個是我們共同的來源，被隱藏在寰宇的某個角落。我還沒找到那裡，但我已經找到了一些故事。

「總之啊，曾經有一個神：雅多納西（Adonalsium）。我不知道那是一股力量或是一個生命，雖然我比較懷疑是後者。然後有十六個人，一起合作，殺死了雅多納西，拆裂了祂，並分配了祂的十六份精質，成爲了第一代的昇華者。」

「他們是誰？」凱西爾試著理解一切。

「一個各有所長的團體，」她回答，「也各有其志。有些人想得到力量；有些人覺得殺死雅多納西是他們僅存的選擇。他們同心協力謀害了眞神，然後自己成爲了神。」她慈愛地笑了笑，好像在爲接下來的話做鋪陳，「其中的兩位創造了這個星球，倖存者，包括上面的人們。」

「所以……我的世界，還有我認識的所有人，」凱西爾說，「都是一對……半神的產物？」

「或者說支離破碎的神。」納哲說，「而且沒有一位特別擁有神性，反而比較擅長把上一位擔任這份工作的傢伙給幹掉。」

「噢，地獄啊……」凱西爾喘息，「難怪我們都這麼喋血。」

「事實上啊，」克里絲補充道，「人們幾乎都是這樣，不管是誰創造的。如果這麼說可以讓你好過點的話，雅多納西創造了第一批人類，你的神才有範本可以用。」

「所以我們是再版的瑕疵品，」凱西爾說，「這好像不太勵志。」他抬頭，「那東西呢？它原本是人類嗎？」

「那股力量……扭曲了，」克里絲說，「曾經有個人在那裡頭指揮它。或者只是在當下剛好駕馭著它。」

凱西爾想起滅絕展現給他看的人偶，人類的形體，基本上就是個充斥著可怕力量的空殼。

「所以如果這些東西之一……死掉了呢？」

「我很想看看，」克里絲說，「我從來沒親眼見證過，而且過去的死亡跟這個不一樣。之前的都是單一、震撼性的事件，讓神的力量解離碎散。這個比較像是絞死，其他的比較像是斬首。這件事應該還滿有教育性的。」

「除非我阻止祂。」凱西爾說。

她笑了笑。

「別裝得一副憐憫我的樣子。」凱西爾厲聲說，站了起來，折凳在他背後倒下，「我要阻止這件事。」

「這世界正在沉淪，倖存者。」克里絲說，「眞的很可惜，但就我所知，沒有什麼辦法能救它了。我原本帶著一絲希望，也許自己能幫上什麼忙，但是我連這裡的實體界都不再能進得去。」

「因爲有人摧毀了進來的大門，」納哲補充，「一個驚人愚蠢的傢伙，蠻幹、無知、根本沒——」

「你想太多了。」凱西爾說，「是漂流者告訴我，我才知道自己幹了什麼好事。」

「漂……誰？」克里絲問。

「一頭白髮的傢伙，」凱西爾說，「瘦瘦的，有著尖挺的鼻子跟——」

「該死，」克里絲說，「他到過昇華之井了沒有？」

「還偷了點東西呢，」凱西爾說，「一點金屬。」

「該死，」克里絲看著她的僕人說，「我們得走了。我很遺憾，倖存者。」

「但——」

「這跟你剛才告訴我們的事情無關，」她站起來，指揮納哲把東西收妥，「反正我們都得走。這個星球正在垂死邊緣，雖然我說想見證碎神的死亡，但可不想冒險在這麼近的地方完成。我們會在遠處觀察。」

「存留覺得你們可以幫忙，」凱西爾說，「這裡一定有什麼是你們能做的。有什麼是你們能告訴我的，不能就這麼結束。」

「我很抱歉，倖存者。」克里絲溫柔地說，「如果我能知道多一點東西，如果我能說服哀瑞（Eyree）回答我的問題……」她搖搖頭，「這件事會慢慢發生的，倖存者，還要幾個月，不過也快降臨了。滅絕會吞噬這個世界，就算是過去的雅提也沒辦法阻止，如果他還在乎的話。」

「一切，」凱西爾低語，「我所知道的一切。所有在我的……星球上的人？」

不遠處，納哲彎腰撿起火堆，讓它轉瞬消失。一團火焰縮減成他手上的大小，凱西爾覺得自己看到一團迷霧在縮減時冒了出來。凱西爾用一隻手指挑起折凳，解開底部的螺栓，在把凳子交給納哲前，將螺絲抓進自己的手中

納哲提起掛著一堆卷軸套的背包，望向克里絲。

「留下來，」凱西爾轉向克里絲，「幫我。」

「幫你？我連自己都幫不了了，倖存者。我是被流放的，而且就算我不是，我一樣沒有可以阻止碎神的資源。也許我根本就不該出現在這裡。」她遲疑了一下，「我很抱歉，但是我不能讓你跟我們同行。你的神會盯著你，凱西爾。他會知道你在哪裡，因為你的體內有他的一部分。光是在這邊跟你說話，就已經夠危險了。」

納哲把背包交給她，她往肩後一背。

「我會阻止這件事。」凱西爾告訴他們。

克里絲舉起手，把手指彎曲成一個陌生的手勢，看起來是在跟他道別。她轉身大步邁開，進入密叢之中，納哲跟在她身後。

凱西爾倒了下來。他們把凳子拿走了，所以他只好坐在地上，垂著他的頭。這是你應得的，凱西爾，一部分的他這麼想。你想跟神共舞，然後從祂們身上偷東西，現在才驚覺自己引火上身了是嗎？

樹葉一陣沙沙作響，讓他緊繃地變換爲蹲姿。納哲從一片陰影中出現。矮小的男子在營地的邊界上停下，咒罵了一聲，往前踩了一步，接著把他腰側的刀子跟刀鞘取下，交給凱西爾。

凱西爾遲疑了一下，收下了皮革包覆的武器。

「你跟你的人，處境的確很可悲。」納哲輕聲說，「但我還滿喜歡這個地方的，該死的迷霧跟其他的東西。」他指向西方，「他們的位置在那個方向。」

「他們？」

「哀瑞，」他說，「這夥人在這裡待得比我們久，倖存者。如果有人知道怎麼幫你，一定是他們。去地表再次變得穩固的地方找他們。」

「再次穩固……」凱西爾說。「特瑞安湖（Lake Tyrian）？」

「彼端。遙遠的彼端，倖存者。」

「海洋嗎？那可是幾百哩外。在至遠統御區之外！」

納哲拍拍他的肩膀，然後轉身趕上克里絲。

「我有希望嗎？」凱西爾喊著。

「如果我告訴你沒有呢？」納哲說，「這麼說吧，如果我告訴你，我發現你真是媽的壞掉了。你會改變作法嗎？」

「不會。」

納哲舉起手指到他的前額，「再見啦，倖存者。好好照顧我的刀子，我還挺喜歡它的。」

他在黑暗中匿跡。凱西爾目送他離開，然後做了唯一一件合理的事。

把凳子上拆下來的螺栓吞下去。

3

螺栓什麼作用也沒有。他原本期待自己能讓鎔金術重新運作，但螺栓只不過是待在他的肚子裡——有種奇怪又不舒服的重量。不管怎麼嘗試，他都沒辦法燒它。他開始走路，最後把它咳出來，丟掉。

他從島嶼的堅固地面，再次回到陸沙德周圍的迷霧地表，感到身上多了一股新的負擔。一個將近滅亡的世界，垂死的諸神，還有一整個他不知道的宇宙存在著。而他現在唯一的希望就是……一趟前往海洋的旅程？

那比他到過的地方都遠，甚至比他和蓋莫爾的旅途還遙遠，得花上幾個月才能抵達。但他們還有幾個月可以消磨嗎？

他離開島嶼，踏上迷霧河岸的柔軟地面。陸沙德在不遠處明滅閃爍，如一片翻騰的迷霧構成的影牆。

「阿糊，」他呼喚，「祢在嗎？」

「我無所不在。」存留在他身邊出現。

「所以祢剛剛有在聽嗎？」凱西爾問。

祂心不在焉地點點頭，形體變得渙散，面容變得模糊，「我想是吧……我當然有……」

「他們提到某個叫作矮仔瑞的人？」

「對，埃——瑞（Ire）」存留用比較不同的腔調說，「兩個字，塵埃的埃，瑞雪的瑞，那在他們的語言裡面有意思，他們來自另一塊土地。在那裡他們死過，但沒死透。我在自己的視野邊界感覺得到他們，就像夜空中的靈魂。」

「死了，但活著，」凱西爾說，「像我這樣嗎？」

「不是。」

「不然呢？」

「死過，但沒死透。」

好棒啊，凱西爾心想。他轉向西邊，「他們應該在海洋那端。」

「埃瑞建了一座城，」存留輕柔地說，「在世界之間的地方……」

「好，」凱西爾深吸口氣，「那就是我要去的地方。」

「去？」存留說，「你要離開我？」

祂話語中的緊張讓凱西爾愣住了，「如果那些人能幫我們，我就得跟他們聊聊。」

「他們幫不了我們，」存留說，「他們……他們很無情。他們像是在我屍體上等待最後一下心跳的爛蛆。不要去。不要離開我。」

「祢無所不在，我根本離不開祢啊。」

「不，他們在我之外。我……我沒辦法離開這片土地，我在這裡授予太多了，在每個石塊和每片樹葉之中。」祂脈動著，模糊的形體越發稀薄，「我們……很容易變得緊密，而且獻身特別多的人會沒辦法離開。」

「那滅絕呢？」凱西爾轉向西方說，「如果它摧毀了一切，它就能脫逃嗎？」

「是的，」存留非常小聲地說，「那樣他就能離開。但凱西爾，你不能拋棄我。我們……我們是個團隊，對吧？」

凱西爾將他的手放在那東西的肩膀上。祂曾經那麼實在，如今卻只剩下空中的一片淡痕，「我會盡快回來。如果我要阻止那東西，我會需要某種協助。」

「你在可憐我。」

「我可憐任何不是我的人，阿糊。我只是個人。但祢可以辦得到。盯著滅絕，還有把話傳給紋和她的貴族小哥。」

「可憐蟲。」存留重複，「我……我已經變成這樣了嗎？對……對，我是。」

祂伸出自己輪廓模糊的手，從下方抓住凱西爾的手臂。凱西爾抽氣，並在存留用另一隻手抓住他的頸後時屏息。他們緊緊地四目相交，眼神突然變得專注，模糊的影像突然變得清晰。一道光芒由此炸開，一片銀白，沐浴著凱西爾並且幾乎弄瞎了他。

所有的一切都蒸發了；沒有什麼能比得上這股嚇人的、美妙的光芒。凱西爾失去了形體、思想、存在。他的自我躍升，進入了一個充滿浮動光芒的境界。一段段的光芒在他身邊迸發，無論他怎麼想大叫，都沒有聲響。

時間沒有流逝；時間在這裡沒有意義，這裡甚至不是個地方。地點也沒有意義，只有聯繫存在，人與人、人類與世界、凱西爾與神。

而且神就是一切。那可憐的東西就是凱西爾剛才走過的地面、空氣、金屬——祂自己的靈魂。存留的確無所不在。在那之外，凱西爾微不足道，不值一提。

幻象褪去了。凱西爾猛地從存留身邊退開，後者站立著，一股平靜如空氣中的一股殘像——卻代表著更多的東西。凱西爾把手放在胸膛上，感到一陣心喜，他說不出為什麼，發現自己的心跳奔騰著。他的魂魄會試著模仿身體，不知怎的，擁有飛快的心跳是件讓人開心的事。

「我想這是我應得的。」凱西爾說，「祢用這些幻象的時候要小心點，阿糊。現實對於一個人的自我來說不太健康。」

「我會說這非常健康。」存留回答。

「我看到了一切，」凱西爾喃喃說，「每個人，每件事。我跟他們的聯繫，還有……還有……」

往未來的延伸，他心想，試著想找到一個說法。可能性，好多的可能性……就像天金。

「沒錯，」存留聽來筋疲力盡，「這可以用來了解一個人在萬物中的眞實位置。只有很少人可以——」

「帶我回去。」凱西爾爬起來，抓住存留的手臂說。

「什麼？」

「帶我回去。我得再看一次。」

「你的心靈太脆弱了，它會崩潰的。」

「那東西他媽的好多年前就崩潰了，阿糊。再一次，拜託。」

存留猶疑地抓住他，而這次祂的眼睛花了久一點的時間發光。它們閃爍，祂的形體再次顫抖，有一刻，凱西爾覺得神會完全消散。

接著光芒襲來，凱西爾一瞬間被吞噬了。這次他強迫自己看向存留之外的地方——雖然比較不能算是看，更像是試著釐清這一大群朝自己襲來的可怕資訊量和感官刺激。

不幸的是，當他把注意力從存留撤開，他就得面對另一個東西——同樣強大的另一個東西。那裡有第二個神，黑暗又恐怖，有著脊刺和蜘蛛般細長的觸手，從漆黑的霧中翻騰，延展向這片大地的萬物。

也包括凱西爾。

事實上，比起千百隻把他跟彼端那東西連結起來的黑色手指，他跟存留的鏈結簡直微不足道。他感受到一股強大的滿足感，還有一個念頭。無須字句闡述，就只是個無可否認的事實。

你是我的，倖存者。

凱西爾抗拒這個想法，但在這個充滿完美光輝的地方，眞相必須被承認。

魂魄掙扎著，在這個可怕的事實前只能崩潰，凱西爾轉向延伸至遠處的絲縷光芒。一層又一層的可能性，彼此之間不斷交疊。鋪天蓋地的無限。未來。

他再次退出幻象，這次他感覺膝蓋癱軟。光芒褪去，他再次回到陸沙德湖的湖岸。存留在他身旁坐下，手放在凱西爾的背上。

「我阻止不了它。」凱西爾低聲說。

「我知道。」存留說。

「我看到了成千上萬的可能性，在那之中沒有一個是我能擊敗它的。」

「未來的片段永遠不像……想像中的那麼有用。」存留說，「過去，我常常駕馭它們。其實要看清楚眞正的樣貌太困難了，而且它們都只是脆弱的……脆弱、遙遠的可能而已……」

「我沒辦法阻止它，」凱西爾低聲說，「我太接近它了。我所做的一切只會服侍它。」凱西爾抬頭微笑。

「他讓你崩潰了。」存留說。

「不，阿糊。」凱西爾笑著站起來，「對，我阻止不了它。不管我怎麼做，我都沒辦法。」他低頭看著存留，「但她可以。」

「他知道你是對的。他已經在為她做準備了，灌注著她。」

「她可以打敗這點。」

「渺茫的可能，」存留說，「幾乎是破空的承諾。」

「不，」凱西爾輕聲說，「是個希望。」

凱西爾伸出手，存留抓住它，讓凱西爾帶祂站起來。神點了點頭，「一個希望。我們的計畫是什麼？」

「我繼續向西，」凱西爾說，「我看到在那團機率之中……」

「不要相信你看到的東西。」存留聽起來比祂先前還要堅定，「對於一個無限擴張的心靈而言，要釐清這些未來的絲線都還只是個開始。即便如此，你很可能還是錯的。」

「我看到的路是從我往西開始，」凱西爾說，「這是我想得到唯一能做的了。除非祢有更好的建議。」

存留搖搖頭。

「祢得待在這裡，擊退它，抵抗它——還有試著跟紋聯絡。如果她不行，那就找沙賽德。」

「他……不太好。」

凱西爾搖搖頭，「他在戰鬥中受傷了？」

「更糟。滅絕試著要讓他崩潰。」

該死。但除了繼續他的計畫，還能怎麼做？「做祢能做的就是了。」凱西爾說，「我會去西邊找那些人。」

「他們不會幫忙的。」

「我不是要去請他們幫忙，」凱西爾笑了笑，「我是要去洗劫他們。」

PART 4　旅程

1

凱西爾奔跑著。他需要行動起來的那股緊張感、那股力量。有目標的人就會奔跑。

他離開了陸沙德周邊的區域，沿著一條運河前進著。就和湖泊一樣，運河在這邊也是相反的——運河已經不再是溝渠，而是一壟又長又窄的土墩。

跑動途中，凱西爾回憶起那個能夠感知到一切的地方，試著釐清他體驗到的各種衝突畫面、意象以及概念。紋能夠打敗那個東西。凱西爾非常確定這點，就像他很確定自己並無法擊敗滅絕一樣。

然而在這點以外，他的思續逐漸變得模糊。這些埃瑞，他們正在準備著某種危險的東西。某種他能拿來對付滅絕的東西……也許吧。

這就是他知道的一切了。存留是對的，在那個地方裡，連結著各個時刻的絲線太過糾結、太過短暫，以至於他得不到除了模糊印象以外的更多資訊。但至少這些是他能夠去做的事。

所以凱西爾跑了起來，沒有時間用走的了。他再次希望能夠擁有鎔金術，能有白鑞提供他力量與耐力。跟他一生的長度相比，他持有能力的時間是如此之短，這些能力很快地就成了他的第二天性。

但他已經不再有那些能力可以依靠了。幸運的是，由於他沒有身體，只要不停下來去想他應該要覺得疲累，他就不會感到累。這不成問題。如果說世上有什麼事是凱西爾最擅長的，那就是欺騙他自己。

希望紋能堅持得夠久，直到拯救他們所有人。但對一個人來說，這樣的負擔實在太過沉重。他會幫忙扛起力所能及的部分。

2

*我知道這個地方，*凱西爾想著。他在經過一個運河邊的小城鎮時慢下他的腳步。運河商人在這裡能讓他的司卡們休息，自己則可以來一杯酒，以及在晚間享受一下熱水澡。各統御區裡有著許多這樣的城鎮，每個幾乎都一模一樣。只不過這裡在運河另一側有著兩座崩塌的高塔，足以讓人清楚辨識出這座城鎮。

沒錯，凱西爾想著，在街上停下腳步。就算是在這個如夢一般，由迷霧組成的界域裡，那兩座塔依然非常明顯。隆司法洛（Longsfollow），他怎麼可能已經到這裡了？這裡已經離中央統御區很遠。他到底跑多久了？

對他來說，時間的概念在他死亡後變得很奇怪。他不需要食物，也不會疲累——他自己想像的疲勞感除外。滅絕又擋住了這迷霧世界中的唯一光源，也就是太陽，因此要辨認日子的變換非常困難。

他已經跑了……一段時間了。很長一段時間？

他突然感覺到疲倦，思考開始麻木，就像處於白鑞延燒的狀態一樣。他呻吟著，在運河土墩的邊上坐下。土墩上長滿了植物，這些植物似乎會生長在任何現實世界裡是水面的地方。他還曾看過它們從迷霧狀的杯子裡發出芽來。

偶爾他會發現其他更奇特的植物，生長在城鎮間的野地上——在那些地方，原本應該有彈性的地面會變得更加緊實，那些沒有人煙的地方，那些被灰燼掩蓋的荒野，在點點的文明間延展著。

他站起身，對抗著疲累感。那些感覺眞的都只是他自己想像出來的。他不太想強迫自己繼續奔跑，於是漫步著穿過隆司法洛的街道。這裡是一座在運河站周圍發展出的城鎮，或至少算是個村莊。在離運河較遠處經營著農園的貴族會到這裡來交易，並將貨物運往陸沙德。這裡成爲了一處商業據點，是熱鬧的民眾聚集地。

凱西爾曾經在這裡殺了七個人。

還是八個？他慢慢地散步，一個一個數著。那個貴族、他的兩個兒子、他的妻子……對，是七個人，加上兩個警衛還有那個貴族的表親。那就對了。他饒了表親的妻子一命，因爲她當時懷有身孕。

他和梅兒曾經在那邊的雜貨店樓上租了一間房，假裝成來經商的低階貴族。他走上那棟房屋外的階梯，停在門邊，將手指放在門上，感受著實體界裡的門。就算過了這麼久，那扇門依然讓他感到熟悉。

我們有著計畫！梅兒在他們狂亂地打包行李時說著，你怎麼能這麼做？

「他們殺了一個孩子，梅兒。」凱西爾悄聲說，「在她腳上綁上石頭，把她沉到了運河底。只因爲她弄灑了他們的茶。就因爲她弄灑了那該死的茶。」

噢，阿凱，她說，他們每天都在殺人。很糟糕，但這就是人生。難道你要報復各地所有的貴族嗎？

「沒錯，」凱西爾悄聲說，他握拳頂著門，「我做到了。我讓統御主付出了代價，梅兒。」

而那些在天上翻騰交疊著的毒蛇……它們就是結果。在他與存留一起待在時間夾縫時，他見到了眞相。統御主原本能夠繼續阻止這個末日一千年。

殺一個人，完成了復仇，卻又導致了多少額外的死亡？他和梅兒逃離了這座村莊。後來他才知道審判者來了這裡，拷問了許多他們認識的人，並在訊問途中殺害了不少人。

殺人，他們也以殺人做為回應。報復，他們就再以十倍報復回來。

你是我的，倖存者。

他抓住門把，除了得到它的長相的印象外，無法做到其他的事，他沒辦法移動它。幸運的是，他還能夠擠向門，迫使自己穿過去。他踉蹌著停下腳步，驚愕地發現這間房已經被人占據了。一個單獨的魂魄平躺在角落的床上——正發著光，所以他並不在這邊，而是眞實世界裡的人。

他和梅兒當時匆忙地離開了這個地方，被迫留了一些財物在這裡，就塞在壁爐裡的一塊石頭後面。那些東西已經不在這了；在梅兒死後，他逃離了深坑，後來接受了那名奇怪的鎔金術師蓋莫爾的訓練，之後他把這些東西又偷了回去。

他避開了那個人，走向小小的壁爐。在回來取走錢幣時，他正在前往陸沙德的途中，腦中充滿了各種宏大的計畫以及危險的主意。他回收了錢幣，還發現了更多意料之外的物品——裝滿硬幣的錢袋旁，放著梅兒的日記。

「如果我死了，」凱西爾大聲說，「如果我讓自己被拉進那個地方……我現在就會和梅兒在一起了，是吧？」

沒有回應。

「存留！」凱西爾大喊，「祢知道她在哪裡嗎？祢看見她走進祢所說的那股黑暗中，到人們從這裡啓程前往的那個地方嗎？我能和她在一起，是不是？如果我讓自己去死的話？」

再一次的，存留沒有回應。就算祂的精質遍布在各處，祂的意識卻肯定是沒有。如果考慮祂近來的不穩定行爲，祂可能就連將意識維持在同一個地方都做不到。凱西爾嘆口氣，環顧著這間小房間。

他後退了一步，發覺那個躺在床上的人已經站起身來，正在四處張望。

「你想做什麼？」凱西爾怒問。

那個人影跳了一下。他聽見了那句話？

凱西爾走向那個人影並觸碰他，獲得的影像是一個老乞丐，有著凌亂的鬍子和瘋狂的眼神。那名男子正在喃喃自語，而凱西爾——在觸碰他的時候——能夠聽懂其中的一些內容。

「在我腦袋裡。」男子喃喃自語著，「從我腦袋裡滾出去。」

「你能夠聽見我。」凱西爾說。

人影又再度跳了起來，「該死的悄悄話，」他說，「從我腦袋裡滾出去！」

凱西爾放下手。他曾經在那些脈動中見過這種狀況。有時候瘋子會悄聲說著他們從滅絕那裡聽來的事物。看來他們也能聽見凱西爾。

他能利用這個人嗎？*蓋莫爾有時候也會這樣喃喃自語*，凱西爾恍然大悟，感到一陣涼意。*我一直以爲他只是瘋了。*

凱西爾試著進一步和那名男子說話，卻徒勞無功。男人不斷驚跳與喃喃自語，但不願做出任何回應。

最終凱西爾離開了這個房間。他很慶幸那個瘋子分散了他的注意，沒讓他沉浸在有關這間房的回憶裡。他在口袋中掏了掏，這才想起梅兒的花的圖片，已經不在他這裡了。他將它留給了紋。

他早已知道自己早些時候向存留提問的問題的答案。凱西爾拒絕了死亡，也一併放棄了與梅兒團聚的機會。除非在那扭曲後眞的什麼也沒有。除非那才是最終眞正的死亡。

她肯定不會希望他就這樣放棄，讓延伸的黑暗就這樣帶走他吧？*我遇見的所有人都自願離開了*，凱西爾想著，*就連統御主也是。爲什麼我一定要堅持留下來？*

*蠢問題。*一點用處都沒有。他不能在世界面臨如此危險時離開。他不會讓自己就這樣死去，就算是能和她在一起也一樣。

他離開了這座城鎮，將行進方向再次轉往西方，開始繼續奔跑。

3

凱西爾跪在一處營火旁，這堆火焰早已熄滅，在這界域中呈現出的是一堆幻影般的冷木柴。他發現每幾個星期就停下來休息一下很重要，他已經跑了……反正很久就是了。

今天他打算要解開一個謎團。他抓起舊火堆迷霧般的殘骸，馬上獲得了它們在眞實世界中的景象——但他推開那些景象，進一步向深處去感受。

不只有景象，還有感覺，幾乎像是情緒一樣。不知爲何，冷木柴記得溫暖的感覺。這堆火在現實世界已經熄滅，但它希望自己能夠再次燃燒。

這是種奇怪的感受，發覺木柴也有願望。這團火焰已經燃燒許多年，餵飽了許多司卡家庭。無數代的人曾坐在這地上的淺坑裡，他們幾乎不曾讓火焰熄滅；他們歡笑著，享受著短暫的喜悅時刻。

這團火焰給了他們那些時光，它渴望再次這麼做。不幸的是，人們已經離開了。這一陣子凱西爾發現越來越多被拋棄的村莊，落灰的時間比平時更久，而且就算在這個界域，他偶爾還是能感覺到地面的震動。是地震。

他能夠給予這團火焰一些什麼。再次燃燒吧，他握住火堆，再次溫暖起來吧。

這在實體界不可能發生，但是所有那邊的事物都能在這邊顯現。這團火焰並沒有生命，但對那些曾住在這裡的人們來說，它幾乎就像是活著一樣。一個熟悉、溫暖的朋友。

燃燒吧……

光芒從他的指間迸發，流淌出他的雙手，一團火焰出現在那裡。凱西爾快速地放下它，向後退，對著劈啪作響的烈焰咧嘴而笑。這看起來非常像納哲和克里絲帶著的那團火焰；木柴顯現在世界的這一側，上頭還有著舞動的火焰。

火。他在死亡的世界裡生了火。不錯嘛，阿凱，他想著，跪了下來。在一次深呼吸後，他將手伸進火焰之中，抓住木柴的中心點，接著收攏拳頭，握緊構成火堆精質的那一絲迷霧。火堆就自行折疊起來，消失不見了。

他雙手環捧起那一小堆迷霧。就像是他能夠感覺到腳下的地面一般，他也能感覺到這團迷霧。它有些彈性，而且只要別太用力去抓的話，也還算得上是有實體。他將火堆的魂魄收入口袋中，十分確定只要他不去下令，它就不會自己燒起來。

他離開那間司卡茅屋，來到一片農園。他從未來過這裡——比他和蓋莫爾一起旅行時所到過的區域還要更靠西邊。農園遍布著奇異的方形矮房，每一棟都有著大片的庭院。他走出庭院，進入一條途經許多茅屋的街道。

整體來說，住在這裡的司卡，生活條件比在內統御區裡好得多。不過這就如同是說淹死在啤酒裡比淹死在酸液裡好得多一樣。

灰燼從天空落下。雖然他剛來到這個界域時還看不出灰燼，但現在已經學會如何認出它們了。灰燼在這邊就像是一小團捲曲的迷霧，幾乎看不見。凱西爾跑起來，灰燼從他身邊拂過。

有些灰燼直接穿過了他，讓他獲得了他就是灰燼的印象。他是一小片燃盡的外殼，是在風中飄蕩的一點餘燼。

他經過的地面上堆積著太多的灰燼。這麼遠的地方不應該有這麼多灰燼，灰山距離這裡很遠，依據他以前在旅途中所學到的，這裡一個月內大概只會落灰一到兩次。至少在滅絕甦醒以前是這樣。這裡仍然生長著一些樹木，外型像影子一般，它們的魂魄則是一點點捲曲的迷霧，就像人們的魂魄一樣發著光。

他靠近路上正在向西行的人們，他們正朝著海岸邊的城鎮前進，很有可能是統治他們的貴族，被突然增加的落灰和其他毀滅徵兆嚇壞了，因此早已逃往那個方向。凱西爾在經過時伸出手穿過人們，讓他能獲得每個人的印象。

一名瘸著腳的年輕母親，將她的新生兒緊抱在胸前。

一名年老的女人，就像所有的老年司卡一樣強壯。虛弱的老人通常活不下來。

一名長著雀斑、穿著華美衣物的年輕人。那些衣服八成是從貴族莊園裡偷來的。

凱西爾留意著這些人是否有任何類似發瘋的徵兆。他已經確認過那種人最常能夠聽到他，就算他們並沒有明顯的瘋狂舉動。許多人似乎沒辦法聽懂他說的話，只能聽見幽魂般的低語，或是感知到一些印象。

他加快速度，把村民們拋在後頭。他可以從腳下少量的迷霧，判斷出這裡是有許多人行經的區域。在數個月的奔跑中，他已經大致了解——某種程度上也接受了——這片意識界。某種限度內，他在這裡可以自由穿過牆壁，也能窺探人們與他們的生活。

但他卻如此孤單。

他試著不去想這點，專注在他的奔跑以及接下來的挑戰上。因為時間在這裡表現如此模糊，所以感覺上並不像是已經過了數個月。而且，比起他被困在井裡、逐漸喪失神智的那一年來說，現在好多了。

但他想念人群。凱西爾需要人們、對話、朋友。沒有了他們，他覺得自己乾枯了。即便存留已經神智不正常，他還是肯付出一切，讓存留馬上現身跟他說話。就連那個白髮的漂流者，他都歡迎，至少能讓他從這片迷霧荒野中轉移注意力一陣子。

他想要找到發瘋的人，這樣他才能與其他生命有一點互動，不論內容是多麼沒有意義。

至少我得到了一點東西，凱西爾想著。一個能收在口袋的營火。他一定會離開這裡，而且當他離開這裡時，肯定會有很多故事可以講。

4

凱西爾，死亡倖存者，終於越過了最後一座山頭，接著驚嘆於眼前的壯闊景象：大地。地面從迷霧的邊緣隆起，一整片不祥的、黑暗的遼闊平原。那邊感覺不像他腳下捲動的灰白色迷霧一樣富有生命力，但還是一幅令人開心的景象。

他長嘆了口氣，放鬆下來。最後幾個禮拜實在非常艱難，光是想到跑步就讓他作嘔，而孤單已經讓他在迷霧中看見幻影，在死寂一片中聽見聲音。

他和離開陸沙德時的外型已經大不相同。他把他的手杖放在身旁的地面上——那是從一名眞實世界中已經死亡的難民那裡得到的。凱西爾給了它一個新的歸宿和一名新的主人。他也從同樣的來源處取得了身上的披風，它磨損的邊緣處看來幾乎和迷霧披風一樣。

他帶著的背包也不一樣了，凱西爾是從一間被遺棄的店舖中取得它的。這個背包從來沒有被人帶著過，所以它覺得自己的使命就是應該坐在架子上供人景仰。到目前爲止，它也還算是個不差的旅伴。

凱西爾坐了下來，將手杖推到一邊，開始在背包中翻找著。他數著他的迷霧球，每一顆都被他好好的固定在背包裡。非常好，這次沒有任何一顆消失不見。當一個物件在實體界被取用——或是更糟的狀況下，被破壞——的時候，它的身分就會改變，靈魂會回歸到身體所在的地點去。

被遺棄的物品是最合適的。那些物品被持有過很長的時間，因此有著強烈的身分認同，但目前實體界裡又沒人會去在意它們。他拿出營火的迷霧球並展開它，沐浴在它所散發的溫暖之中。這堆營火已經開始破損，木柴逐漸出現了迷霧般的空洞。他只能猜測原因是它被帶離實體源頭太遠，兩者之間的距離已經造成了損害。

他拿出另一顆迷霧球，它在手中展開，變成了一個皮製水袋。他大口地喝著水。實際上那對他來說毫無助益，水在被倒出來後很快就會消失，而且其實他也不需要飲水。

他還是繼續喝。水滋潤了他的嘴唇和喉嚨，帶來清爽的感受，讓他能假裝自己還活著。

凱西爾蹲坐在山丘上，望著那條新出現的分界線，在火堆的魂魄旁啜飲著虛幻的水。他在神的領域、時間的夾縫中所體驗到的一切，現在都已是遙遠的記憶了……老實說，他一離開那領域後，記憶就馬上變得很遙遠。那些燦爛輝煌的聯繫以及跨越永恆的理解，立刻就如太陽底下的迷霧一般消逝。

他必須要到達這個地方。在那之後……他就完全沒有概念了。外面有著一群人，但他要怎麼找到他們？在找到他們之後，又該怎麼做呢？

我需要某樣他們持有的東西，他想著，再次仰起水袋。*但是他們不會把它交給我*。凱西爾很確定這一點。但是他們到底有著什麼？某種知識？他就連自己和那些人是不是說同種語言都不清楚，又要怎麼樣才能誆騙他們呢？

「阿糊？」凱西爾試探著說，「存留？祢在嗎？」

沒有回應。他嘆了口氣，將他的水袋收起來，接著回頭瞥向他前來的方向。

凱西爾立刻起身，從身側的鞘中抽出小刀，他回過身，讓火堆擋在自身與站在那裡的存在之間。那個人影穿著長袍，有著火焰般的明亮紅髮。他的臉上掛著溫暖的微笑，但凱西爾能看見他皮膚之下的脊刺。數千隻尖銳的蜘蛛腳在推擠著，讓皮膚不穩定地向外皺曲。

滅絕的魁儡。他曾經看過那股力量在紋面前構築出這具魁儡。

「你好啊，凱西爾，」滅絕透過人型的嘴說，「我的同事現在沒空。如果你希望的話，我可以幫你轉達你的需求。」

「別靠近。」凱西爾舞動著手上的小刀，下意識伸向他已無法使用的金屬存量。該死，他眞的很想念鎔金術。

「噢，凱西爾，」滅絕說，「別靠近？我早就在你身邊了——你假裝呼吸著的空氣、你腳下的地面。我存在於那把小刀中，甚至是你的魂魄裡。我該怎麼樣才能『別靠近』？」

「你愛怎麼說都可以，」凱西爾說，「但是你並沒占有我。我不是你的所有物。」

「你爲什麼要這麼抗拒呢？」滅絕繞著火堆漫步。凱西爾朝著反方向移動，保持著他和怪物之間的距離。

「噢，我不知道耶，」凱西爾說，「也許因爲你是一股帶來毀滅與痛苦的邪惡力量。」

滅絕瑟縮了一下，表現得好像是被冒犯了一樣，「沒必要說的這麼難聽吧！」他攤開雙手，「死亡並不邪惡，凱西爾。死亡是必要的。任何時鐘終究都會停下，每一天終究會結束。沒有了我，生命就無法存在，而且是從一開始就不可能出現。生命就是變化，我就代表了變化。」

「而你現在要終結掉它們。」

「這是我給予的禮物。」滅絕將他的手伸向凱西爾，「生命，神奇的、美麗的生命。新生的喜悅、爲人父母的驕傲、完成工作的成就感。這些都來自於我。

「但現在要結束了，凱西爾。這顆星球是個老人，它活了圓滿的一生，現在正奄奄一息。給予它渴望的安息並不邪惡，是慈悲。」

凱西爾看著那隻手，那些蜘蛛腳頂起的尖點，正在手的表面不斷波動著。

「不過，看看我這是在向誰說教？」滅絕嘆了口氣後，將手收了回來，「一個就算是自己的魂魄渴望著安息，就算是自己的妻子在彼端渴望著與他團聚，卻仍然不願意接受己身終結的男人。不，凱西爾，我並不認爲你會理解終結的必要性。所以，如果你堅持的話，就繼續把我當成邪惡吧。」

「再給我們多一點時間，」凱西爾說，「對你也沒多少壞處吧？」

滅絕笑了，「果不其然是名盜賊，總是在尋找能下手的角度。不，我早就已經給予過一次又一次的緩刑了。這樣看來，我猜你沒有要我幫你傳達的訊息？」

「當然有，」凱西爾說，「告訴阿糊，叫祂幫我拿一支又長又硬又尖的東西，然後再從你的後背捅進去。」

「說得好像祂能夠傷害我一樣。你知道如果是祂來當家的話，沒有人會增長年紀？沒有人能夠思考、能夠生活？如果照祂的意思來，你們全都會被凍在時間中，什麼事也做不了，免得你們互相傷害彼此。」

「所以你就要殺掉祂。」

「就像我說的，」滅絕微笑著回答，「這是慈悲，賦予一位早已過了人生巔峰的老人。不過，如果你只打算要一直侮辱我的話，我就要離開了。眞是可惜，你居然要在終結來臨時離開這裡，去到那座島上。我還以爲你會想在其他人死去時，和他們打聲招呼呢。」

「終結不可能來得那麼快。」

「令人慶幸的是，就是這麼快。就算是有些你能幫上忙的事，人不在現場也沒用。眞可惜。」

當然。凱西爾想，所以你就特地跑來這裡告訴我，而不是靜靜地留在原地，因爲我自行離去而感到開心。

當凱西爾看見圈套時，他認得出來。滅絕想要他相信終結已經非常接近了，而且大老遠來到這裡是沒有意義的。

那就代表有意義。

存留說祂不能離開祂的所在地，前往我打算去的地方，凱西爾想，所以滅絕也是被類似的條件束縛著，至少在世界毀滅之前都是。

或許，在好幾個月來第一次，他能夠從蠕動著的天空以及毀滅者的雙眼之下逃離。他向滅絕敬禮，接著收起他的火焰，開始走下山丘。

「想逃跑，凱西爾？」滅絕雙手交疊著出現在凱西爾身旁，「你無法逃離你的命運。你和這個世界是連接在一起的，和我也是。」

凱西爾繼續前進，滅絕又出現在山丘的底部，維持著同樣的姿勢。

「那些住在堡壘裡的傻子幫不了你的。」滅絕補充，「我在想，等到這個世界終結之後，我就會去拜訪他們。他們在那裡待太久了。」

凱西爾停在那片黑石地的邊界，這裡就和那座變成了島的湖泊一樣，只是規模更龐大。海洋變成了一整片大陸。

「我會在你離開時殺了紋，」滅絕悄聲說，「我會殺光他們。在你的旅程中想想這點吧，凱西爾。當你回來時，如果還有任何事物留下，我可能還會需要你呢。謝謝你代表我所做的一切。」

凱西爾向前踏上海洋大陸，將滅絕留在了岸邊。凱西爾幾乎能看見力量所構成的細線，操作著那具魁儡，代替那股可怕的力量發聲。

該死。那些都是謊話。他知道的。

而謊話還是刺傷了他。

PART 5　埃瑞

1

凱西爾原本希望在滅絕從天上消失後，能夠再度看見太陽露頭。但在走了這麼長一段距離之後，似乎是整個世界都被他拋在後頭——就連太陽也一樣。這裡的天空只有一片漆黑的空無，最終凱西爾成功地用一些藤蔓，將他搖曳的營火綁在手杖的末端，做成了一支自製的火把。

這眞是種奇怪的體驗。越過整片黑暗的大地，還拿著一支上面有整團營火的火把手杖。不過木柴並沒有掉落下來，重量也沒有實物那麼重。營火的溫度也不像眞的火焰那麼熱，這是因爲在他拿出火堆時，並沒有讓它完全顯現的緣故。

他的周圍長滿了植物，而且是他能眞正看見和摸到的那種。雖然這些樹都是奇怪的種類，例如有些有著紅褐色的羽葉，其他則有著寬大的掌狀樹葉。樹木的數量非常多——這裡是由奇異樹木構成的叢林。

在這裡還是有一些迷霧。如果他跪在地上仔細尋找的話，就會發現一些小小的亮點，那些是魚類與水生植物。雖然在另一邊，它們八成是待在海洋深處，但在這邊，它們卻顯現在地面之上。凱西爾站起身，手上捧著某種大型深海生物的魂魄——牠長得就像魚，卻和一棟房子一樣大——並感受到了牠沉重的身軀。

這感覺上十分不眞實，但不眞實就是他最近的生活寫照。他放下魚的魂魄後繼續前進，在手杖熾熱的光芒照明下，從高度及腰的植物叢裡穿行。

隨著遠離海岸，他能感覺到有股拉力在拉扯著他的魂魄。是他與世界之間互相連結的表現。就算不去嘗試他也很清楚，這股拉力終究會增大到使他無法再繼續前進。

他可以利用這一點。這股拉力能讓他判斷是否正在遠離原本的世界，還是他不小心在這片黑暗中回頭了。除此之外，要辨認方向幾乎是不可能的事，尤其現在已經沒有運河或是道路能夠指引他了。

藉由衡量他的魂魄所受到的拉力大小，他讓自己直直朝外前進，遠離他的家園。他不是很確定這樣是否會到達他想去的地方，但這大概是最有機會的方向了。

他在叢林穿行了好幾天，接著叢林漸漸變得稀疏。最終他來到了一處地點，這裡只零星散布著幾叢植物，取而代之的是些奇怪的岩石構造，就像玻璃雕塑一般。這些鋸齒狀的結構大多都有十呎以上的高度。他不知道該對這些岩石做何感想。他也已經不再碰見魚的魂魄了，在這個地方，不論是哪個界域似乎都沒有任何活物。

要對抗那股將他向後扯的拉力，已經開始有點吃力。就在他擔憂起自己必須得回頭時，他終於看見了某種不一樣的景象。

地平線的一道光。

2

當你沒有實體時，潛行會變得輕而易舉。

凱西爾已經先將披風與火把手杖收了起來，無聲地移動著。他把背包留在了後頭，因此即便是這裡還有一些植物，他也能直接穿過它們，完全不會擾動到任何葉片。

前方的光芒是從一棟白石建造的堡壘中散發出來。這裡還算不上是座城市，但對他來說也相去不遠。那股光芒有點奇異，它並沒有像火焰一樣會燃燒或閃動。也許是某種鎂光燈？他往前靠近，躲在一塊此地常見的怪異岩石構造旁。這塊岩石上垂著彎曲的尖刺，幾乎就像是樹枝一樣。

這座堡壘的牆壁本身也在微微地發著光。是迷霧嗎？色調看起來不太像，有點太偏藍色了。凱西爾利用岩石構造做爲掩護，繞著建築走動，朝著發出較強光源的另外一側前進。

光源原來是一條粗大的發光纜線，就和大樹的樹幹一樣粗。它緩慢、有節奏地脈動著光芒，顏色和牆壁散發出的光芒一模一樣——只是亮得多。這看起來像是某種能量導管，一直延伸到遠處，就連好幾哩外的黑暗中都還見得到。

纜線穿進了堡壘後側的一扇大門內。隨著凱西爾靠得更近，他發現組成牆壁的石塊上爬滿能量構成的細線。它們不斷分支，越來越細，如同發著光的血管網絡一樣。

這座堡壘很高，外貌威風，就像是座城樓——但表面並沒有任何裝飾。它附近沒有其他防禦工事，不過本身的牆面既陡峭又筆直。警衛們在屋頂上移動著，凱西爾在其中一個警衛靠近時將自己沒入了地面。他能夠整個人沉到地面下，變得幾乎隱形，但需要先抓握住地面，接著把自己往下拉，直到只剩頭頂還露在外面。

警衛並沒注意到他。他爬回地面上，慢慢移動到要塞牆邊。他將手按在發光的石頭上，接著獲得了一面石牆的印象，它的實體在距離這裡很遙遠的地方。是一處陌生的地點，還生長著驚人的綠色植物。他倒抽一口氣，移開了他的手。

這些不是石頭，而是石頭的靈魂——就像他帶著的火焰靈魂一樣。它們是被帶到這來建造成這棟建築的。突然間，他覺得能夠找到一支手杖和一個背包好像也沒多聰明。

他再次觸摸石頭，望進那綠色的地景。這就是梅兒說過的，有著開闊藍天的大地。*另一個星球*，他下了結論，*一顆沒遭受到像我們一樣命運的星球。*

他暫且先忽略那地方的景象，試著讓手指穿過這塊石頭的靈魂。奇怪的是，石頭在抵抗著他。凱西爾咬緊牙關更用力一推，成功讓手指沉入大概兩吋的深度，就無法再更深入了。

是因爲那股光芒，他想著，石牆回推著他。*看起來很像是魂魄發出的光。*

好吧，穿牆偷溜進去是行不通了。現在怎麼辦？他退回陰影中考慮著。他該試著從其中一扇大門溜進去嗎？他繞著建築行走，考慮著這個選項，不過馬上發覺自己像個笨蛋。他快速回到牆邊，將他的手按在牆上，把手指沉入數吋之深，接著他向上伸出另一隻手，做出一樣的舉動。

他開始攀牆而上。

雖然他很想念鋼推，但事實證明這方法也滿有效的。基本上，他可以抓住牆面上的任何一個地方，而且他的形體沒什麼重量，只要集中注意力的話，攀爬起來是很容易。但那片有著綠色植物的景色讓人非常容易分心，而且連一點灰燼也沒有。

有一部分的他，總是認為梅兒的花只是個幻想故事而已。就算那片景色看來怪異，它依舊以某種異樣的美感吸引著他。不知是什麼因素，讓那片景色非常地誘人。不幸的是，牆壁一直試著要將他的手指吐出來，他需要很集中注意力才能維持住抓握。凱西爾繼續移動。他可以之後再找時間來好好享受那片綠草與山丘的奢華美景。

在上層，有著一扇大到可以穿過的窗戶，對他來說是件好事，否則要躲過城樓頂部的所有警衛會很困難。凱西爾溜進窗內，建築內部是一條長走廊，遍布於牆壁、地板、天花板上的能量蜘蛛網提供了些許照明。

肯定是能量阻止了石頭消散，凱西爾心想。他帶來的所有魂魄都開始劣化了，而這些石頭卻還是完好無損。那些細小的能量以某種方式維持住石頭的靈魂，也許還提供了額外的效果，能夠阻止像凱西爾這樣的人穿牆而過。

他沿著走廊小心前進。他不確定自己在找什麼，不過坐在外面乾等，肯定不會有任何幫助就是了。

流淌在這地方的能量，持續讓凱西爾看到另一個世界的景象——而且，他不安地發現，這股能量似乎滲透進了他體內。他的魂魄先前曾被井裡的力量觸碰過，現在又與這股能量相互混合在一起。才過了沒多久，他已經開始覺得，那個長著綠色植物的地方看起來很普通了。

他聽見走廊裡迴蕩起人聲，說著某種帶有鼻音的奇怪語言。已有心理準備的凱西爾趕忙又爬出窗戶，整個人掛在窗外。

一對警衛從他身邊的走廊匆匆走過，在他們經過後，凱西爾朝內偷看，看見他們穿著藍白色的長戰袍，長矛靠在肩上。他們的膚色很正常——撇去他們使用的奇怪語言，這兩人就和來自隨便一個統御區的普通人沒兩樣。他們熱烈的對話著，說話聲拂過凱西爾時，他覺得……他覺得自己能夠聽得懂其中一些內容。

沒錯。他們在講的是那個長著綠色植物的平地的語言。這些石頭就是來自那裡，還有這股能量也是……

「……很確定他看見了某種東西，長官。」其中一個警衛說著。

聽著這些話，讓凱西爾感覺很奇怪。一方面他覺得自己應該要無法理解這些話才對；但另一方面，他又馬上就知道他們在講些什麼內容。

「輓星的東西怎麼可能千里迢迢跑到這裡來？」另一個警衛怒說，「我告訴你，這一點道理都沒有。」

他們穿過了走廊另一端的門。凱西爾爬回走廊內，感到有點好奇。所以外面有某個警衛看見他了？感覺上並不像是全體戒備，所以就算他眞的有被看見，時間一定也非常短暫。

他考慮逃離這裡，但馬上改變主意，決定跟上那兩名警衛。大部分的新手小偷在潛入宅邸時都會嘗試躲開警衛，但根據凱西爾的經驗，反而是應該尾隨著他們才對——因爲他們一定都會待在最重要的物品附近。

他不確定警衛有沒有辦法傷到他，但決定還是不要知道比較好，所以他一直和警衛保持著夠遠的距離。在穿過幾條石頭走廊後，警衛進入了一扇門內。凱西爾小心地向前打開一道門縫，看見一小群警衛在一間稍大的房裡架設著一具奇怪的裝置。裝置中央有著一顆和凱西爾的拳頭一樣大的黃色寶石，散發著比牆壁還要耀眼的光芒。在那周圍則是有著金色的金屬構成格子狀的結構，將寶石固定在裝置中央。這具裝置整體來說，大概和一具桌上座鐘的大小差不多。

凱西爾向前靠，就躲在門外而已。那顆寶石……肯定價值不菲。

房間中的另一扇門——就位在他正對面——突然被打開，讓好幾個警衛跳了起來，趕緊接著敬禮。進入房間裡的那生物……嗯，大概算得上是人類。那是名乾癟的女人，她的嘴唇皺在一起、頭頂光禿，還有著奇怪的暗銀色皮膚。她微微散發著藍白色的光芒，就和牆壁發出的光是相同的。

「這是在做什麼？」那名生物以綠地的語言憤怒地說著。

警衛隊長舉手敬禮，「大概只是假警報，上古尊者。馬歐德說他在外面看見了某種東西。」

「那看起來就像是個人影，上古尊者。」另外一個警衛緊接著說，「我親眼看見的。它在測試著牆壁，它把手指沉進了牆裡，不過被牆回絕了。接著它撤退回黑暗之中，我就失去它的蹤跡。」

所以他眞的被看到了。該死。至少他們好像還不知道，他已經爬進建築物裡了。

「你看看，」那個上古尊者說，「現在我的遠見就顯得一點都不愚蠢了，是吧，隊長？來自輓星的力量渴望著要登上主舞臺。啓動裝置。」

凱西爾立刻心裡一沉。不論那個裝置能做什麼，對他來說八成都不是好事。他轉身快步穿過走廊，朝向其中一扇窗戶前進。在他身後，寶石發出的強烈金光開始消散。

凱西爾什麼也沒感覺到。

「很好，」隊長在後方的房間裡說著，聲音在走廊迴蕩，「在離這裡一天路程以內的區域，沒有任何從輓星來的人，最終看來還是假警報。」

凱西爾在空蕩的走廊裡猶豫了一下，接著小心地爬回門邊，往內偷看。警衛們與那個乾癟的生物圍繞著那具裝置站著，感覺上不太滿意的樣子。

「我毫不懷疑您的遠見，上古尊者，」警衛隊長繼續說，「不過我很信任我布署在輓星邊界的兵力。這裡是不會有影子的。」

「也許吧。」那個怪物說，將她的手指放在了寶石上，「也許那裡的確是有某種存在，只是警衛誤把它當成是意識之影了。叫警衛們保持注意，並且將裝置開啓著以防萬一。我感覺在這個時間點上會發生巧合也太過剛好，我必須要找其他埃瑞談話。」

在她說出那個詞後，凱西爾理解了這個詞彙在那種綠地語言裡的意義。那代表年歲，而且他還突然接收到了某個奇怪符號的印象，包含著四個點以及一些曲線，就像是河流上的波紋一樣。

凱西爾搖了搖頭，驅散那幅景象。女性生物正朝凱西爾的方向走來。他快速退開，在生物推開門來到走廊上之前，千鈞一髮地躲到了其中一扇窗戶的外側。

新計畫，凱西爾在心裡決定，身體掛在了窗戶外，感覺行蹤完全暴露在空中。跟著那個發號施令的奇怪女士走。

他先讓她走在前頭，拉開一段距離，接著進入走廊內，安靜地尾隨著她。她繞著要塞外側的走廊而行，最後停在了走廊尾端，有一扇警衛看守著的門前。她進入門內，凱西爾考慮了一下，接著爬出窗外。

他必須更加小心。就算樓頂上的警衛現在還沒有開始注意牆面，他們也很快就會這麼做。

不幸的是，如果他想直接闖進那間房，造成的騷動肯定會引來所有的警衛。所以他改爲沿著堡壘的牆外攀爬，直到他搆到下一扇窗戶爲止。這扇窗比他爬出來的那扇來得小，比起窗戶更像是個用來射箭的窄口。幸運的是，從這裡看進去，就是那奇怪的女人所進入的房間內部。

在房內，有一整群那種樣子的生物，正在互相討論著。凱西爾貼近窄口向內窺看，整個人搖搖欲墜地攀在五十呎高的牆上。那些生物們都有著一樣的銀色皮膚，不過有兩名膚色比其他人更暗一點。要從他們之中分辨出個別的個體並不容易；他們都非常年老，所有男性的頭都完全禿了，女性也是差不了多少。每個人都穿著一樣顯眼的長袍——白色的布料，有著可以拉起的兜帽，袖口還有銀色的刺繡。

有趣的是，房間裡牆壁發出的光比較黯淡一些，這個現象在其中任何一個生物坐下或起身時特別明顯。就好像……他們自身在吸收著光芒。

至少他能從皺起的嘴唇與修長的手指，辨認出先前遇到的那個女人。她的長袍上帶有銀色刺繡的區域比較寬。「我們必須要提前時間表，」她對其他人說，「我不相信這次目擊事件會是個巧合。」

「呿，」一名坐著，手上拿著一杯發光液體的男人說，「艾隆諾，妳總是太小題大作了。不是每次發生巧合，都是有人在使用『幸運』（Fortune）的徵兆。」

「難道你不同意現在正是需要謹愼的時候嗎？」艾隆諾質問，「我們已經走了這麼遠，做了這麼多，絕不能到現在才讓獎賞從手裡溜走。」

「存留的載體已經幾乎氣絕了，」另一個女人說，「我們行動的時機即將到來。」

「一整份完整的碎力，」艾隆諾說，「都是我們的。」

「如果警衛們看見的是滅絕的代理人怎麼辦？」那個坐著的男人問，「會不會我們的計畫已經被發現了？就連在此刻，滅絕的載體都有可能正從天上注視著我們。」

艾隆諾看起來對這個想法很不安，她往上方看了一眼，彷彿在確認天上是否眞的會有碎神的眼睛一樣。她回復原本的姿態，堅定地說，「我肯冒這個險。」

「無論如何，我們都會引來祂的憤怒，」另一個生物補充，「如果我們其中有一人昇華成存留，我們就安全了。也只有到那時才會安全。」

凱西爾在那些生物們陷入沉默的同時，思索著這段對話。所以其他人是可以接手碎力的。阿糊已經差不多快死了，如果有人能在祂死去時取得祂的力量……

但先前存留不是和凱西爾說過，這是不可能做到的嗎？你不管怎樣都沒辦法掌握它，存留曾經這麼說過，你和我之間的聯繫不夠。

他在那時間的夾縫之中，也曾經見證過這個事實。難道這些生物和存留之間的聯繫會強到讓他們能夠持有力量嗎？凱西爾感到很懷疑。所以他們的計畫是什麼？

「我們進行下一步吧。」坐著的男人看著其他人說。他們一個接著一個點頭，「願奉獻保佑我們。我們進行下一步。」

「你以後就不需要奉獻了，俄瑞歐。」艾隆諾說，「你將會有我。」

你得先把我宰了才行。凱西爾想。或著是呃……總之差不多那個意思就是了。

「那麼時間表得加快了。」俄瑞歐，也就是那個拿著杯子的男人說。他喝下發光的液體，接著站起身來，「到金庫去？」

其他人點頭，他們一起離開了房間。

凱西爾等到他們都遠離後，就開始嘗試進入房間。這扇窗戶對一般人來說太小了，不過他也已經不完全算是個人。他可以融入石頭大概幾吋的深度，在一番努力後，他成功地扭曲了自己的身體，從那條窗縫擠了進去。

他終於跌進房間，他的肩膀向外彈回到原本的形狀。剛才的行動讓他頭痛欲裂。凱西爾坐起身，背靠著牆，等待疼痛消退後才站起身，開始徹底搜刮這間房。

他沒得到多少收穫。這裡有幾瓶酒，還有一個抽屜裡隨意的放著幾顆寶石。兩者都是眞實的物體，而不是被投射在這界域裡的靈魂。

房間內有扇門能通到堡壘內部，所以——在偷窺一番後——他就偷偷溜了進去。下一個房是臥室，感覺上比較有希望。他快速翻過抽屜，找到好幾件那些乾癟人在穿的長袍。然後他在壁爐旁的小桌子上中了大獎。是一本書，裡頭畫滿了奇怪的符文，類似於他先前在影像中看見過的那個符文。他漸漸地覺得自己能夠看懂這些符文。

沒錯……這些是書寫文字，即便他已經能讀懂這些符文，書裡大部分的頁面也都寫滿他無法理解的詞彙。例如雅多納西、聯繫、界域理論等等的詞語。

不過，在最後幾頁裡，有一些素描和筆記爲整本書做了總結，那就是有種圓球形的祕法裝置。若將它擊碎並吸收裡面的力量，就能暫時與存留產生聯繫——也就是他在時間縫隙中看見的那些線條。

這就是他們的計畫。行進到存留死亡的地點，再利用這個裝置吸收祂的力量——然後昇華取代祂的位置。

大膽的計畫。就跟凱西爾欣賞的計畫一模一樣。現在，他終於知道該從他們那裡偷走什麼東西了。

3

偷竊就是一種最眞切的讚賞。

有什麼事能比知道自己持有的某種物品，它美妙、貴重到足以讓另一個人賭上一切去奪取它，還來得更令人滿足的？這就是凱西爾生命的意義，藉由奪走它們來提醒人們所愛之物的價値。

近期以來，他已經不在乎那些小偷小盜了。沒錯，他是把找到的寶石收入口袋，不過那只是基於務實主義的行動而已。自從離開海司辛深坑之後，他就對偷竊一般財物失去了興趣。

不，近來他偷的是更加宏大的東西。凱西爾偷的是夢想。

他蹲在堡壘外面，躲在兩塊扭曲的黑石之間。爲什麼要在存留與滅絕的領域邊界，建造一棟如此堅固的建築，現在他瞭解了。這棟堡壘保衛著一座金庫，而金庫中有著一個絕佳的機會。一顆在合適的條件下，能讓凡人成爲神的種子。

要取得那個裝置簡直是不可能的任務。他們有警衛、門鎖、陷阱，還有他完全無法預期的各種祕法裝置。潛入並洗劫那座金庫，需要將他的盜賊技巧發揮到極致，即便如此，他還是很有可能會失手。

他決定不去嘗試。

這種大型的防禦金庫有個特點，就是你不可能把東西永遠放在裡面。你終究得去使用那些一直看守著的物品——而那時，就會讓凱西爾這種人有機可趁。

大概過了一星期後——藉由警衛的班表來判斷時間的話——終於有一支遠征隊從城樓中啓程了。整支隊伍有二十人，騎在馬上，高舉著燈籠。

馬，凱西爾想著，一邊退入黑暗中跟上行進隊伍的步伐。沒料到會有馬。

不過就算有坐騎，他們的行進速度也不快。他能夠輕鬆地跟上他們，尤其是和活著的時候不一樣，現在他已經不再會感到疲累了。

他辨認出了五名乾癟上古尊者與十五名士兵。令人好奇的是，每個上古尊者都穿著相似的袍子，也都戴上了兜帽，肩上背著一樣的包袱，連馬身上也掛著相同的鞍袋。

是誘餌，凱西爾判斷，如果有人發動攻擊，他們就會散開。敵人很可能會不知道要跟著誰才對。

凱西爾可以利用這點，特別是他很確定誰會帶著眞的聯繫裝置。艾隆諾，那名應該是領導者的蠻橫女人，她絕不是那種會讓權力從她的細長手指間溜掉的人。她想要成爲存留，讓她的同伴拿著裝置風險太大了。如果他們有異心怎麼辦？如果他們自己使用了裝置怎麼辦？

不。她一定在身上某處帶著那項武器。唯一的問題是，該如何從她那裡搶走它。

凱西爾決定多等一段時間。在這數天之間，凱西爾一邊跟著遠征隊穿過漆黑的大地，一邊計劃著。

偷盜的方法基本上分成三種。第一種會用到一把抵在脖子上的刀，還有低聲的威脅。第二種則是在黑夜中潛入搜刮。還有第三種……這一種是凱西爾的最愛。這種只會用到一條鋅舌頭。不使用尖刀，而是施展迷惑；不需要偷偷摸摸，而是在大庭廣眾下行動。

最高級的偷竊，會讓你的目標連自己是不是被偷了都不確定。帶著戰利品遠走高飛是很棒沒錯，但那不代表城市警備隊不會在隔天來敲你家的房門。只要能確保在接下來幾週內，都不會有人發覺他的詭計，就算只拿走一半的盒金他也願意。

而真正的技術頂點是你的偷竊計畫夠高明，目標永遠都不會發現你從他那裡偷了東西。

每個「晚上」，遠征隊都會紮營，圍繞著營火展開十數個睡鋪。那簇營火和凱西爾背包中的火堆非常類似。那些上古尊者會拿出一罐罐的光液飲用，以補充他們皮膚的光澤。他們不太聊天，那些人感覺上不像是朋友，反而比較像是一群因共同目標才結盟的貴族。

在晚間用餐過後沒多久，那些上古尊者就會回到各自的睡鋪去。他們設置了看守，但是並沒有睡在帳篷裡。在這裡要帳篷做什麼？這裡不會下雨，也不需要擋風。這裡只有著無盡的黑暗、簌簌作響的植物，還有一個死人而已。

不幸的是，凱西爾想不出能夠取走武器的方法。艾隆諾睡覺時會抓著包袱，旁邊還有兩名護衛。每天早上她都會確認武器是否還在。某天，凱西爾成功地瞥見一眼包袱內部，看見裡面發著光，讓他更加確定她的包袱並不只是個誘餌。

他終究會成功的。第一步是要種下一些誤導的種子。他先等到了某個合適的晚上，接著將自己拉往地底，讓自己的精質沉入地面之下。然後他拉動自己穿過地底的岩石，感覺上就像是在非常黏的泥巴裡游泳一樣。

他在艾隆諾剛睡下的地方附近往上浮，只讓嘴唇露出地面上。老多看見這個肯定會笑翻，凱西爾想著。不過凱西爾自大到不會去在意自己的尊嚴。

「所以，」他用艾隆諾的語言悄聲說，「妳打算要持有存留的力量。妳以為妳對抗我時，能夠做得比祂更好嗎？」

他馬上把自己拉回地面之下。底下就像夜晚一樣漆黑，不過他還是能夠聽見腳步聲，還有因為他說的話而引起的驚慌叫喊聲。他游出一段距離，接著將一隻耳朵抬到地面之上。

「是滅絕！」艾隆諾正在說著，「我發誓，那一定是祂的載體在對我說話。」

「所以祂知道了。」另一個上古尊者說。凱西爾猜想這是俄瑞歐，之前在堡壘裡曾挑戰過她的那個人。

「妳的防衛術式（Ward）應該要預防這個狀況的！」艾隆諾說。「是妳和我說那些法術能夠阻止祂感應到裝置的！」

「祂不必感應到球體，在那以外也有許多方法能夠找到我們，艾隆諾。」另一個女性說，「我的法術是很精準的。」

「祂怎麼找到我們的不是重點，」俄瑞歐說，「問題是祂為什麼還沒有摧毀我們。」

「存留的載體還活著，」另一個女性思索著回應，「可能阻止了滅絕的直接干涉。」

「我不喜歡這樣，」俄瑞歐說，「我覺得我們應該回頭。」

「我們已經討論過了，」艾隆諾回答，「我們繼續前進。不准爭論。」

營地裡的騷亂最終平息下來，上古尊者們也回到了睡鋪裡，不過保持清醒的警衛比平常來得更多。凱西爾露出微笑，接著再一次把自己推到艾隆諾旁邊。

「妳想要什麼樣的死法，艾隆諾？」他對她悄聲說，接著躲回地底下。

這一次沒人回去睡覺了。隔天啟程越過黑暗大地的，是一支睡眼惺忪的隊伍。那天晚上，凱西爾再次去刺激他們。接著又一次。他讓那隊人接下來一整週都像活在地獄一樣，他對許多不同的成員說了悄悄話，承諾會對他們做出各種恐怖的事。對於自己能夠想出這麼多種說詞來煩擾、驚嚇、動搖這些人，他覺得還滿得意的。他還沒有找到機會能夠搶走艾隆諾的包袱——硬要說的話，他們現在比先前還更加小心的保管那些包袱。他的確成功在某天早上拔營時摸走另外一個人的包袱，裡頭除了有一顆僞造的玻璃球體之外，基本上是空的。

凱西爾繼續這樣的擾亂行動，等隊伍到達那片奇異的叢林時，他們的耐心已經被消耗殆盡。互相爭吵愈發頻繁，早晚休息的時間也越來越少。已經有一半的人認爲他們應該回頭，但艾隆諾堅持正因爲「滅絕」除了對他們說話外沒有做出其他事，反倒證明了祂其實沒辦法阻止他們。她敦促著分崩離析的隊伍往前進，走入樹林之中。

那裡正好是凱西爾希望他們去的地方。要在糾纏的叢林中超前馬匹不是難事，特別是他能夠直接穿過樹葉，就像當它們根本不存在一樣。他先溜到前方，爲遠征隊設下了一些小驚喜，回頭後發現他們又在鬥嘴。簡直太完美了。

他把自己推進某棵樹裡面，只留了雙手藏在樹幹後面，手上拿著納哲送給他的小刀。當馬匹隊伍經過時，他伸手劃傷其中一匹馬的臀部。

那隻動物發出一聲痛苦的嘶叫，整支隊伍緊接著陷入了混亂。靠近隊伍前方的人——他們已經被凱西爾一週來的悄悄話折磨到神經耗弱——駕著馬匹向前衝。士兵們大聲叫喊，警告著其他人他們正遭受攻擊。上古尊者們各自催促著馬匹前往不同方向，其中有些人還因爲馬匹絆到灌木而跌落在地。

凱西爾穿過叢林，跟上在最前頭的人們。艾隆諾大致上還能控制住馬匹，不過樹林內比外面更加昏暗，而馬匹移動時燈籠又晃動得非常厲害。凱西爾追過艾隆諾，在前方將他的斗篷掛在兩棵樹間，並用藤蔓固定好位置。

他爬上樹，在既憔悴又少了人的隊伍前端到達時，將手伸向披風。他把營火放進斗篷中，並在他們靠近時點燃起來。結果就是那支已經疲憊不堪的隊伍正上方，突然出現了一個燃燒著、穿著斗篷的人影。

他們大聲尖叫，喊著滅絕已經找上他們了，接著四處奔逃，在一團混亂中騎著馬到處跑——有些朝向這邊，有些朝向另一邊。

凱西爾跳下樹，在黑暗中移動，將位置保持在艾隆諾以及她身旁僅存的護衛附近。那個女人的馬匹很快就被一團糾纏的灌木給絆住。太完美了。凱西爾低身跑去取回他的行李，接著套上一件他在堡壘中發現的那種長袍。他手忙腳亂地穿過樹叢，長袍不斷勾到東西，直到他剛好進入艾隆諾的視線範圍內為止。

凱西爾踏出樹叢，讓她能看見他，然後揮著手呼叫著她。艾隆諾與她唯一的護衛騎著馬朝著他的方向小跑前進，以為自己發現了大多數的同伴。但實際上，反而是引誘他們遠離其他同伴的圈套。凱西爾讓他們與同伴分離，接著潛回黑暗之中甩掉了她，孤立了她與她的護衛。

緊接著，他快速穿過黑暗的樹叢，朝著遠征隊其他人的方向前進，他的幽靈心臟怦怦作響著。

就是這個。他好想念這種事。

騙局。像吹奏笛子一般玩弄著人們，讓他們自我懷疑，將他們的思緒打成死結。他快步穿過森林，聽著恐懼的叫喊、士兵們互相呼叫的聲音，以及馬匹的嘶叫聲。這處緻密的植被已經成為混亂的煉獄。

附近，其中一個乾癟的男人正在召集士兵與他的同伴們，叫他們保持警覺；然後他開始領著他們回頭，朝著先前過來的方向前進，也許是想要重新找回那些一開始就走散的人。

凱西爾——還是穿著那件長袍，手中拿著他之前偷來的包袱——躺在他們路徑前方的地面上，等待著有人發現他。

「那裡！」一名護衛說，「那個是——」

凱西爾沉進地底下，只留下長袍與包袱。那名護衛看見一位上古尊者就在他的眼前融化消失，嚇得大聲尖叫。

凱西爾從一段距離外爬出地面，此時隊伍已經聚集在了他剛留下的長袍與包袱周圍，「她就這樣消散掉了，上古尊者！」那名護衛說，「我親眼看見的。」

「這是艾隆諾的袍子。」一個女人驚恐地舉起雙手捂住胸口。

另一個上古尊者看了看包袱，「是空的，」他說，「上神慈悲……我們到底在想什麼？」

「回頭，」俄瑞歐說，「回頭！所有人上馬！我們要離開了。詛咒艾隆諾和她的餿主意！」

他們一下子就不見了。凱西爾漫步穿過森林，回到了他丟棄的長袍旁邊——他們把長袍留了下來——耳裡聽見遠征隊的大多數成員們爲了要遠離他，正倉皇地逃出這片叢林。

他搖搖頭，接著在樹林中走了一小段路，回到艾隆諾與她的護衛身邊。他們現在正嘗試跟著主要隊伍的聲音前進。以目前的狀況來說，其實他們的成果還滿好的。

趁著上古尊者沒看見時，凱西爾抓住了那名護衛的脖子，並將他拖進黑暗中。那個男人掙扎著，但凱西爾給他來了一記鎖喉，沒花太多力氣就勒暈了男人。他安靜地將男人拖走，接著回頭找到那名孤單的上古尊者，她正拿著燈籠站在馬匹旁，慌亂地四處張望。

叢林已經陷入詭異的寂靜。「哈囉？」她喊著，「俄瑞歐？蕊依娜？」

凱西爾待在陰影中等待著，呼喊聲變得越來越慌亂。最終，女人的聲音停下了。她筋疲力盡地跌坐在了森林裡。

「把它留下。」凱西爾悄聲說。

她抬起頭，雙眼紅腫，表情驚恐。不管是不是上古尊者，她很明顯還是感受得到恐懼。她的目光掃向一邊，接著再掃往另一邊，但凱西爾藏得太好，不可能被她發現。

「把它留下。」凱西爾重複一次。

他不必再多說一次。她點點頭，顫抖著取下她的包袱並打開，倒出一顆大型的玻璃球體。它發出刺眼的光芒，逼得凱西爾必須後退，以免被光照到而洩漏行蹤。球體內裝著發光液體，比起那些上古尊者在喝的光液還更純粹、更耀眼。

那個女人準備爬上馬，她的每個動作都顯露著疲憊。

「用走的。」凱西爾命令。

她看向黑暗，搜索著，並沒看見他，「我……」她舔了舔她乾枯的嘴唇，「我可以服侍您，載體。我——」

「滾。」凱西爾下命令。

她畏縮著解下鞍袋，接著緩緩地將它們扛在肩上。他沒有阻止她。她八成需要那些光液才能存活，而他並不希望她去死。他只想要她的移動速度比她的同伴們來得慢。只要她找到她的同伴，他們就能比對彼此經歷的事，然後發覺究竟發生了什麼事。

也許不會。

艾隆諾走進了叢林裡。希望他們都會同意是滅絕擊敗了他們。凱西爾等到她完全離去後，才漫步向前撿起那個大玻璃球。除了把它打破之外，似乎沒有其他比較明顯的方法可以打開它。

他將球體舉到面前，然後搖動它，盯著內部那令人著迷的神奇光液。

他好久沒有玩得這麼開心了。

PART 6　英雄

1

凱西爾奔跑越過破碎的大地。在他離開海洋，回到組成最後帝國的迷霧地面時，馬上就遇到了顯而易見的麻煩。他發現了一座海岸城市的殘骸，到處都是被砸毀的建築與碎裂的街道。一直等他站上城市高處，他才注意到有建築物的影狀殘骸，從離岸遠處的海洋島上凸出，整座城市似乎是滑進了海裡。

從那裡開始，情況只變得越來越糟。空蕩蕩的城鎮，大堆的灰燼，在這邊的世界顯現成綿延的丘陵，他已經在上面跑了好一會兒，才發現它們是由灰燼構成的。

在他往回跑了幾天後，經過了一座小村莊，這裡有少數幾個發光的魂魄在一棟建築裡抱在一起。他恐慌地看著屋頂倒塌，灰燼傾倒在他們身上。三個光芒瞬間消失，接著三個蒼白的司卡魂魄出現在意識界，聯繫著他們與物質世界的弦已被切斷。

存留並沒有現身接待他們。

凱西爾抓住其中一人——一名上了年紀的女人——握住她的手時，她嚇了一跳並睜大眼睛看著他說：「統御主！」

「不是，」凱西爾說，「但是也相差不遠。發生了什麼事？」

她開始被拉走，她的同伴們早已經消失了。

「結束了……」她悄聲說，「一切都要結束了……」

然後她就消失了。只留下凱西爾抓著空氣，感到一陣不安。

他再次開始奔跑。他對於把馬留在森林裡有種罪惡感，但那些動物留在那裡，肯定比待在這裡來得好。

他太遲了嗎？存留已經死了嗎？

他用力地奔跑，玻璃球體沉甸甸地壓在他的背包裡。也許是因爲狀況緊急，他現在比去程時更加專注在奔跑上。他不想看見崩壞的世界，與周遭的死亡。和那些比起來，奔跑造成的疲勞還好一點，所以他追求著疲勞，讓自己跑到殘破不堪。

他日復一日地跑著、週復一週。從不停下，從不去看。直到……

凱西爾。

他在一片滿是風吹灰燼的田野上顫簸著停下，感覺到實體世界中的迷霧。發著光的迷霧。力量。他在這邊看不見，但他能感受到迷霧圍繞著他。

「阿糊？」他抬起一隻手摸摸額頭。那聲音是他想像出來的嗎？

不是那個方向，凱西爾，那聽起來很遙遠的聲音說。但是沒錯，那就是存留。我們不……不在……那裡……

疲倦重擊凱西爾，像是要碾碎他一般的沉重。祂在哪裡？他四處環顧，尋找著某種地標，但在野外很難找到。灰燼已經掩埋了運河。他記得幾星期前曾游到地底下去尋找運河，最近……他就只是一直在跑……

「在哪裡？」凱西爾質問，「阿糊？」

好……累……

「我知道，」凱西爾悄聲說，「我知道，阿糊。」

法德瑞斯。到法德瑞斯來。你很靠近了……

法德瑞斯城？凱西爾在年少的時候去過那裡。就在那個地方的南邊……

在那裡。在意識界中幾乎是看不見，但他還是認出了遠處莫拉格山（Mt. Morag）影子狀的山峰。那方向是北邊。

他轉身背向灰山，開始用盡全力奔跑。感覺眨眼之間他就到達了城市，那裡有著歡迎、溫暖的亮光。是許多的魂魄。

這城市還活著。城中的高塔以及城市周遭高起的岩石上有著警衛，人們在街道上走動、在床上睡覺，讓建築物充滿著美麗、閃耀的光芒。凱西爾穿過城市大門，進入這美妙燦爛的城市，人們在這裡還在抗爭著。

沉浸在這溫暖的光芒中，他知道自己還不算太遲。

不幸的是，他不是唯一注意這個地方的人。他在奔跑時，一直抗拒著向上看的意圖，但現在他已經沒法阻止自己這麼做了，他直面那片翻滾、沸騰的物質。如同黑蛇一樣的形體交錯滑移著，向著每個方向延伸到地平線。它正在觀察。它就在這裡。

那麼存留在哪裡？凱西爾穿過城市，沐浴在其他靈魂的存在之中，從他漫長的奔跑中逐漸回復。他停在一處街角，接著發現了什麼。一條細小的光線，在他的腳邊，像是一條非常長的頭髮。他跪下來撿起光線，發現到它其實沿著街道一直延伸下去——纖細到幾乎不可能存在，微弱地發著光，但仍強韌到他沒辦法破壞。

「阿糊？」凱西爾沿著細線前進，接著發現它連接到另一條線——看起來這些線是以網格狀分布在整座城市裡。

對。我……我在努力……

「做得好。」

我沒辦法和他們說話……阿糊說。我快死了，凱西爾……

「撐住，」凱西爾說，「我找到了某樣東西，就在我的背包裡。我從祢提到的那些生物那裡拿來的。就是那些埃瑞。」

我沒有感覺到任何東西。阿糊說。

凱西爾猶豫了。他不想把那個物品展現給滅絕看。他撿起了那條細線，那線足夠鬆弛，讓他能將它滑進背包中，並且貼在圓球上。

「這樣如何？」

啊……是的……

「這東西能夠幫到祢嗎？」

很不幸，沒辦法。

凱西爾的心向下一沉。

力量……力量是屬於她的……但是滅絕掌握了她，凱西爾。我沒辦法……我沒辦法給她……

「她的？」凱西爾問，「紋嗎？她在這裡嗎？」

那條細線像是樂器的弦一般，在凱西爾的手指上振動。波動沿著線從某個方向傳來。

凱西爾跟著波動，再次注意到存留是如何用祂的精質覆蓋了整座城市。也許祂在想，既然自身不論如何都會被扯散，不如就變成一張保護毯鋪蓋住整座城。

存留領著他來到一個充滿著發光魂魄的小廣場，牆面上也有著些許的金屬。他們耀眼地發著光，和他單獨一人的那幾個月成了明顯的對比。紋會是其中一個魂魄嗎？

不，他們是乞丐。他在他們之間移動，用指尖感覺他們的魂魄，瞥見他們在另一個界域的樣子，他們窩在灰燼中咳嗽及顫抖著。這些是最後帝國中最潦倒的男女，就連一般司卡都只想打發他們。他偉大的計畫並沒有讓這些人的生活變得更好，不是嗎？

他停在了原地。

最後一個乞丐，靠著老磚牆而坐的那一個……有些令人在意。凱西爾回頭，再次碰觸那個乞丐的魂魄，看見的畫面是一個手和臉都包在繃帶裡的男子，白色的頭髮從繃帶之下穿出。尖刺狀的白髮，顏色亮白得就算上面抹著灰燼也掩飾不住。

凱西爾突然感受到一陣刺激，一股刺痛從他的手指傳向他的魂魄。他在那名乞丐望向自己所在方向時，向後一跳。

「是你！」凱西爾說，「漂流者！」

乞丐在原地動了一下，接著望向了別處，在廣場上搜尋著。

「你在這裡做什麼？」凱西爾質問。

那個發光的形體沒有回應。

凱西爾前後甩著手，試著甩掉疼痛。他的手指是眞的麻掉了。那是怎麼回事？那名白髮漂流者又是如何影響到身處在這個界域的他？

一個小小的光源降落在附近的屋頂上。

「噢，完蛋了。」凱西爾的目光從紋移向漂流者。他馬上做出反應，往牆上一躍，不顧一切地向上爬到紋的身邊。「紋，紋，離那個男人遠一點。」

大喊當然是毫無意義的。她聽不見他。

不過，凱西爾還是抓住她的肩膀，見到了實體界的她。她什麼時候變得如此有自信，如此睿智？她的肩膀曾經縮在一起，現在則展現了一位完全掌控一切的女人所應有的姿態。那對眼睛曾一度因驚奇而大張，現在則是敏銳地細細觀察著。她的頭髮變長了，她的形象不知如何比他第一次遇見她時來得有力許多。

「紋，」凱西爾說，「紋！聽著，拜託。那個男人是個麻煩。不要靠近他。不要——」

紋抬起頭，接著從屋頂上跳起，遠離漂流者。

「天啊，」凱西爾說，「她真的聽見了我嗎？」

還是那是個巧合？凱西爾跟著她跳起，毫無顧慮地將自己拋離屋頂。他並沒有鎔金術，但他很輕，而且落下也絲毫不會受傷。他輕柔地落地後，衝刺過有彈性的地面，盡最大的可能跟著紋，跑步穿過建築、忽略牆壁，試著保持在近距離內。她還是趕在他前面。

凱西爾……存留的聲音對他悄聲說。

某種東西在他體內嗡鳴著，一股熟悉的力量，來自內部的溫暖。讓他想起燃燒金屬的感覺。存留自身的精質正強化著他。

他跑得更快，跳得更遠了。這不是真的鎔金術，而是更原初、原始的某種存在。它湧過凱西爾，溫暖了他的魂魄，讓他能夠接近紋——她停在一棟大建築物前的街道上。當他一靠近她，她就再次跳離街道，這一次凱西爾勉強跟上了腳步。

她察覺到他的存在。他能從她跳躍的方式中感覺到，她在試著甩掉跟蹤，或是至少想要看見跟蹤者的身影。她做得很好，但他可是在她還沒出生之前，就已經玩這遊戲幾十年了。

她能夠感覺到他。爲什麼？怎麼做到的？

她加速而他隨之跟上，雖然不是很容易。他的動作有點笨拙。他有存留在推著他，但沒有真正鎔金術的精確性。他不能推或拉，只是跳躍、抓住建築影子般的牆面，接著繼續跳躍。

他仍然大大地咧嘴笑著。他從沒發覺自己有多麼想念和紋一起在迷霧中訓練，面對另一名迷霧之子，看著他的門徒一步步邁向頂尖的日子。她現在做得很好。甚至是好極了。每次鋼推對力道的判斷都值得讚賞，並將她自身的體重平衡於她的錨點上。

這就是能量；這就是刺激。他幾乎忘記了他所面對的麻煩。這幾乎就足夠了。如果他能在晚上和紋在迷霧中起舞，那麼要想辦法讓他再次活在實體界這件事，也沒那麼重要了。

他們來到一處交叉口，轉向了城市的邊緣。紋以鋼線維持在前方，凱西爾落在地面準備再次起跳，體內存留的力量嗡鳴著。

某種東西在他身邊降下。純黑的碎裂尖刺，由漆黑的迷霧所構成，在空中如蜘蛛腳般伸展著。

「不錯，」滅絕從每個角度說著，「不錯，眞不錯。凱西爾？我怎麼沒早點看見你呢？」

那股力量掩蓋住他，將他推向地面。前方，一個小小的形體跟隨在紋身後，那是由黑霧所構成，並且以類似於凱西爾先前所散發的節奏脈動著。是某種誘餌。

就像它之前做過的，凱西爾想著，模仿阿糊來混淆紋。他在它的禁錮中洩氣地掙扎著。

存留，在凱西爾的腦海裡像個孩子般嗚咽一聲，接著從他身上退離。那股溫暖的力量從凱西爾身上淡去。意外的是，在力量減弱時，滅絕壓制凱西爾的能力也一樣在減退。滅絕的力量變得沒那麼強勁，讓凱西爾能夠掙扎著站起身，穿過那層尖銳的霧狀薄紗，踉蹌地踏上街道。

「你去了哪裡？」滅絕問。凱西爾身後的力量凝縮在一起，形成那個他見過的男人形體，頂著一頭紅髮。男人皮膚之下的動靜這一次比較受控。

「到處晃晃。」凱西爾望向紋。他現在絕對追不上她了。「我得去觀光一下，看看死掉會是什麼樣子。」

「啊，何必這麼委婉。你去拜訪埃瑞了嗎？而我想你是被他們拒於門外了吧。是的，我猜得到。我好奇的是你爲何要回來，我還很確定你會逃走。你負責的部分已經結束了，你已經照我的需要去完成了。」

凱西爾放下他的背包，希望能夠繼續把那個發光球體藏在裡面。他向前走，繞著滅絕的化身緩步走著，「我負責的部分？」

「第十一金屬，」滅絕似乎被逗樂了，「你以爲那是巧合？一個沒有任何人聽過的故事，一個能殺害不死君王的祕密方法？就這麼直接地掉到了你的手裡。」

凱西爾邁著大步聽著。他知道蓋莫爾曾被滅絕碰觸過，而凱西爾自身也曾經是那怪物的一枚棋子。但爲什麼紋能聽見我？他漏掉了什麼？他再次看向紋。

「啊，」滅絕說，「那孩子。你還是認爲她會打敗我，是吧？就連她放我自由之後也一樣？」

凱西爾轉身面向滅絕。該死。這怪物到底知道多少？滅絕微笑著走近凱西爾。

「離紋遠一點。」凱西爾嘶聲說。

「離她遠一點？她是我的，凱西爾。就如同你一樣。我從那孩子出生的那天就認識她，甚至從那之前就開始爲她做準備了。」

凱西爾咬牙切齒。

「眞可愛，」滅絕說，「你眞的以爲全都是你自己的主意，是吧？最後帝國的殞落、統御主的末路……在一切開始時招募紋入夥？」

「主意從來都不是原創，」凱西爾說，「只有一樣東西才是。」

「那又是什麼？」

「風格。」凱西爾說。

接著他一拳揍穿滅絕的臉。

或著說他試著這麼做。滅絕在他的拳頭靠近時蒸發消失，過了一下，又在凱西爾身旁重新出現了另一個它。「啊，凱西爾，」它說，「這樣做明智嗎？」

「不，」凱西爾說，「只是要維持一貫的主題而已。離她遠一點，滅絕。」

滅絕用一種可憐著他的表情微笑著，接著有上千支細長如針般的黑色尖刺，從那怪物身上射出，扯穿它做爲衣物的長袍。尖刺像長矛一樣刺進凱西爾，折磨著他的魂魄，帶來一整波令人盲目的疼痛。

他尖叫著跪下。就像他初次進入這地方時被拉扯的感覺，只是更加強迫、更加侵略。

他倒在地上抽搐著，捲曲的迷霧從魂魄內向外洩漏。尖刺已經消失，滅絕也是一樣。當然那怪物從來不會眞的離開。它從那起伏著的天空向下看著，覆蓋著所有事物。

沒有東西能夠被毀滅，凱西爾，滅絕的聲音悄聲說，直接侵入他的腦海中。這是人類無法理解的地方。所有事物只會變化、分解、轉變成某種全新的……完美的存在。存留和我，我們是一枚硬幣的兩面，眞的。在我完成後，他終於能夠得到他渴望的靜滯、恆久不變。屆時將不再會存在著任何物體或是魂魄，能夠去擾亂那狀態。

凱西爾吸氣吐氣，利用他活著時熟悉的動作來使自己平靜下來。最終，他呻吟著翻身跪起。

「你活該。」存留的聲音很遙遠。

「那當然，」凱西爾踉蹌著起身，「不過還是值得一試。」

2

接下來幾天，凱西爾嘗試著再次讓紋成功聽見他。不幸的是，滅絕現在已經盯上他了。每次凱西爾一靠近，滅絕就會插手困住他，不讓他向前。黑煙會嗆住他，並且驅離他。

凱西爾逗留在紋位於法德瑞斯城外的營地附近，滅絕似乎覺得這樣很有趣，並沒有趕他走。但每次只要凱西爾試著直接和她說話，滅絕就會懲罰他，就像父母在小孩太靠近火焰時會打他的手一樣。

這很讓人生氣，特別是滅絕所說的話一直縈繞在他心頭。凱西爾成就的所有事，都僅僅只是這東西重獲自由的計畫的一部分罷了。而且這個怪物的確對紋有某種程度的掌控，它能出現在她前面，就像某一天，它將她引離了營地，這行動太過突然，讓凱西爾感到困惑。

他試著跟上，追在滅絕所製造的幻影身後。那東西像迷霧之子一般行動著，而紋跟隨在後，她顯然認定自己發現了一名間諜。他們遠離營地而去。

凱西爾慢下來，站在城外迷霧狀的土地上，看著他們消失在遠處，感覺自己很沒用。他能感覺到那東西，而且只要那東西還在這，它就能壓過凱西爾的存在。

他永遠也沒辦法和她說話了。

滅絕將紋引走的理由很快就顯現出來。有某種東西對紋和依藍德的克羅司軍隊發動攻擊。凱西爾從營地的忙亂景象發現這件事，並且比實體界的人們更早到達現場。看起來有攻城器具被布署在克羅司紮營處上方的山脊上。

死亡如驟雨般落在這些野獸身上。凱西爾什麼也沒辦法做，只能看著突然的攻擊殘殺數千隻克羅司。他並不會因爲克羅司被摧毀而感到憾恨，但這的確是種浪費。

克羅司們感到洩氣而發怒著，因爲牠們沒辦法碰觸到敵人。令人好奇的是，牠們的魂魄開始在意識界出現。

牠們竟是人類。

完全不是克羅司，而是人類，穿著各種服裝。大多數是司卡，但也有士兵、商人，他們之中甚至還有貴族。男性女性都有。

凱西爾張大了嘴。他一直都不知道克羅司是什麼，卻沒有料到會是這樣。普通人，不知怎的被做成了野獸？他在那些死去的魂魄開始淡去時，趕緊接近他們。

「妳發生了什麼事？」他質問其中一個女人，「這種事是怎麼發生在妳身上的？」

她用困惑的表情望向他。「這是哪裡，」她說，「我在哪裡？」

下一刻她就消失了。看來這種轉變會造成很大的刺激。其他人也有著同樣的困惑，他們伸出雙手，好似驚訝地發現自己又再度變回人類——但卻沒有幾個人感到寬慰。凱西爾看著幾千道人影出現，接著淡去。在另一邊是一場大屠殺，四處都有石頭砸下。其中一顆在滾走前直接穿過凱西爾，壓碎了許多屍體。

他能利用這一點，但需要特定的目標。不是司卡農夫，甚至也不是狡猾的貴族。他需要的是那些……

在那裡。

他從淡去的靈魂間衝過，閃躲著還沒死亡的生物魂魄，向著某一個才剛出現的特殊靈魂靠近。男人頂著光頭，眼眶周圍有刺青。是一名聖務官。他看來對發生的事不太驚訝，而是表現出接受的樣子。在凱西爾到達時，這個瘦高的聖務官已經開始被拉走了。

「怎麼會？」凱西爾質問，料想著聖務官會知道比較多關於克羅司的事，「你怎麼會發生這種事？」

「我不知道。」那男人說。

凱西爾的心向下沉。

「那些野獸，」那男人繼續說，「應該要知道不能利用聖務官的！我是牠們的看守，這些野獸居然這樣對我？這世界完蛋了。」

應該要知道？凱西爾在男人被拉向虛無時，抓緊他的肩膀。「怎麼做？拜託，那是怎麼做到了？把人變成克羅司？」

聖務官看向他，在消失時說了一個詞。

「尖刺。」

凱西爾再次張大了嘴。在他身邊迷霧狀的平原上，魂魄明亮地發著光，接著閃爍，然後落入這個界域——最終再淡入虛無之中。就像是人形的營火被撲滅一般。

尖刺。像是審判者的尖刺嗎？

他走近倒下的死屍旁邊跪下身子，檢查著牠們。沒錯，他能看得見。在這邊金屬會發光，而那些屍體中有著小小的尖刺——如餘燼一般，微小但劇烈地發亮著。

從活著的克羅司身上要辨認出尖刺就難得多了，因爲魂魄會發出強光，但就他看來，這些尖刺似乎是刺進了魂魄裡。這就是其中的祕密嗎？他對著一對克羅司大喊，牠們就轉向他，接著一臉困惑地望著他。

那些尖刺轉化了牠們，凱西爾想著，*就跟審判者一樣。這就是如何控制牠們的方法嗎？靠著刺穿靈魂？*

那麼瘋子們又如何？難道是他們的魂魄有裂縫，所以有類似的效果？他困擾著，離開充斥著死亡的原野，這場戰鬥——或是屠殺——看起來也即將要結束了。

凱西爾穿過法德瑞斯城外的迷霧原野，在那裡獨自徘徊、遠離人們的靈魂，直到紋回來，紋還是被那道影子跟隨著，雖然她這一次並不知道它在那裡。她從一旁經過，然後消失在營地裡。

凱西爾在存留的一小條觸鬚旁邊坐下，接著碰觸祂，「它影響著萬事萬物，是不是，阿糊？」

「是的，」存留的聲音脆弱而細微，「看。」

一連串的畫面出現在凱西爾的腦海：審判者們抬頭朝著滅絕的聲音聆聽著。紋在那怪物的陰影之中。一個他不知道的男人，坐在燃燒著的王座上看著陸沙德，嘴角有著扭曲的微笑。

接著，是小雷司提波恩。鬼影披著一件對他來說似乎太大件的燒焦斗篷，而滅絕蹲在附近，用凱西爾自己的聲音在那可憐男孩的耳邊說悄悄話。

在他之後，凱西爾看見沼澤站在落下的灰燼中，被刺穿的雙眼無神地盯著地表。他似乎動也不動，灰燼堆積在他的頭上與肩膀上。

沼澤……看見他的兄長變成這樣，讓凱西爾十分難受。凱西爾的計畫需要沼澤加入聖務官。他推測出這想必是後來發生的事，沼澤的鎔金術能力，還有他認眞的生活方式被注意到了。

熱忱與關心。沼澤從來不像凱西爾這麼有能力。但他一直是，一直是個更好的人。存留又展示了十幾個不同的人，大多是有權力的人，引領著追隨者們走向滅亡，在灰燼高堆、迷霧使作物枯萎時大笑、舞蹈著。他們每一個要不是被金屬穿刺，就是被身旁遭金屬穿刺的人所影響。他在昇華之井時就應該要發覺這項聯繫，就在他從脈動中看見滅絕能對沼澤和其他審判者說話的時候。

金屬。這就是一切的關鍵。

「這麼多的毀滅，」凱西爾對著影像悄聲說，「我們沒辦法存活下來的，是吧？就算我們阻止了滅絕，我們還是會滅亡。」

「不，」存留說，「不會滅亡。記住……希望，凱西爾。你曾經說過，我……我……就是……」

「就是希望。」凱西爾悄聲說。

「我沒辦法救你們。但是我們一定要相信。」

「相信什麼？」

「相信曾經的我。在計畫……裡面……徵兆……還有英雄……」

「紋。它擁有著她，阿糊。」

「他知道的並不像他以爲的那麼多，」存留悄聲說，「那是他的弱點。那是……所有聰明人……的弱點……」

「當然，除了我以外。」

存留還有足夠的活力能對這句話笑出聲來，讓凱西爾感覺好過一點。他站起身，拍掉衣服上的灰塵。這其實沒有意義，因爲這裡根本沒有灰塵——更別說他其實也沒有真正的衣服。

「少來，阿糊，祢有哪次看見我做錯事過？」

「嗯，那次——」

「那些都不算。我那時候還不是完全的自己。」

「那……你什麼時候變成……完全的你？」

「就是現在。」凱西爾說。

「你可以……你可以每次都用……這個藉口……」

「現在祢跟上思路了，阿糊。」凱西爾把手靠在臀部上，「我們要使用祢還神智清醒的時候訂下的計畫，對吧？我該怎麼幫忙？」

「幫忙？我……我不……」

「不，要果斷，要大膽！一個好的團隊首領永遠都對自身很確定，就算是在他並不確定的時候。尤其是在他不確定的時候。」

「那一點道理……都沒有……」

「我已經死了。我不必再講道理了。有點子嗎？祢現在是團隊首領了。」

「……我？」

「當然。祢的計畫，祢作主。是說，祢是個神啊。我想那應該算得上些什麼。」

「謝謝你……終於……肯承認那點……」

凱西爾推敲著，接著將他的背包放在地上。「祢確定這個幫不上忙？這會在人與神之間建立連結。我在想這能治好祢還是什麼的。」

「噢，凱西爾，」存留說，「我告訴過你我已經死了。你沒辦法……救我的。去救我的……繼任者吧。」

「那我會把它拿給紋。這樣幫得上忙嗎？」

「不。你必須告訴……她。你能觸及……透過魂魄的間隙……而我不行。告訴她一定不能相信……被金屬刺穿的人。你必須解放她來獲取……我的力量。全部的力量。」

「沒錯，」凱西爾將玻璃圓球收起，「解放紋。小事。」

他只要找到方法繞過滅絕就好。

3

「所以，米居，」凱西爾對著打盹的男人悄聲說，「你懂了嗎？」

「任務……」那個衣衫襤褸的士兵咕噥著，「倖存者……」

「你不能相信被金屬刺穿的任何人，」凱西爾說，「跟她這樣說，一字不漏地說。這是倖存者賦予你的任務。」

男人發出鼾聲醒過來。他應該在負責衛哨，所以接替的人來到時，他趕緊站起身來。凱西爾焦急地注視著那個發光的人影。他一連花了好幾天——在這期間滅絕一直不讓他靠近紋——在軍隊中搜尋腦子有被觸碰過的人，靈魂裡有那種特殊瘋狂的人。

他一開始猜想那些靈魂是壞掉了，不過不太正確。他們只是……被打開了。這個男人，米居，看上去是個完美的人選。他對凱西爾的話有反應，但他也沒有脫線到其他人會忽略他的地步。

凱西爾熱切地跟著米居穿過營地，來到一處營火旁邊，米居主動開始與其他在那裡的人聊起天來。

告訴他們，凱西爾想著，把消息散布到整個營地裡。讓紋聽見吧。

米居繼續說話，其他人在火邊站起身來。他們正在聽！凱西爾觸碰米居，試著聽出他正在說的話。不過他做不到，直到一條存留的觸鬚觸碰他後才成功——接著語句開始震動過他的魂魄，能從耳邊微弱地聽見。

「沒錯，」米居說，「他對我說話了。說我很特別，說不能信任你們任何一個人，我是神聖的，你們都不是。」

「什麼？」凱西爾怒罵，「米居，你這白癡。」

事情從此開始走下坡。凱西爾退後，營火邊的男人們漸漸爭吵起來，互相推擠，接著就演變成實實在在的鬥毆。凱西爾嘆了一口氣，坐在一顆石頭的迷霧影子上，看著幾天來的努力放諸水流。

有人把手放在了他的肩膀上，他瞥向出現在那裡的滅絕。

「注意點，」凱西爾說，「你會把你沾到我的衣服上。」

滅絕咯咯笑，「我還在擔心擱著你一個人呢，凱西爾。看來你在我不在場的時候，也是有好好地服侍我。」其中一個鬥毆者往德穆的臉上揍了一拳，讓滅絕畏縮了一下，「好拳。」

「有待精進，」凱西爾咕噥著。「必須全神貫注在拳頭上。」

滅絕露出一個深深的、理解的、令人難以忍受的笑容。老天，凱西爾想，我希望我笑起來不是那個樣子。

「你現在一定已經理解了，凱西爾。」滅絕說，「你做任何事，我都會反制。掙扎只會助長滅絕。」

依藍德・泛圖爾到達現場，以凱西爾羨慕的鋼推滑行著，看起來恰如其分地尊貴。這男孩已經長成了凱西爾從來沒預想到的男人。除了他的笨鬍子。

凱西爾皺眉，「紋在哪裡？」

「嗯？」滅絕說，「噢，我抓住了她。」

「在哪裡？」凱西爾質問。

「遠處。在我的手心裡。」他向凱西爾傾身，「做得好，把時間都浪費在那瘋子身上吧。」他消失了。

我真的很痛恨那個傢伙，凱西爾想。滅絕……如果追根究柢與存留相比的話，它並沒有比較厲害。*老天，凱西爾想著，我當神當得比他們好多了*。至少他鼓舞了群眾。

不幸的是，那些群眾裡也包含了米居和其他鬥毆者。凱西爾從岩石上起身，完全瞭解一項他一直想要逃避的事實。他在這裡什麼也做不到，在目前滅絕這麼注意紋和依藍德的情況下沒辦法。凱西爾必須得去別的地方。也許去找沙賽德？或著是沼澤。如果他能在滅絕注意力被分散時接觸他的兄長……

他希望球體上依附的保護，能夠讓他躲避黑暗之神的眼睛，就像他剛到法德瑞斯時的情形一樣。他需要離開這個地方，主動出擊，甩掉滅絕的注意，接著嘗試連絡沼澤或鬼影，讓他們把訊息傳遞給紋。

要把她留在滅絕的掌握當中讓他感到痛心，但這裡已經沒什麼他能做的事。

凱西爾在那個小時內就離開了。

4

在神終於死亡之時，凱西爾身處在一個哪都稱不上的地方。

他沒辦法確認地點。附近沒有城鎮，至少沒有那些尚未被灰燼掩埋的城鎮。他原本想朝陸沙德前進，但在所有地標都被蓋住的情況下——而且還沒有太陽來指引方向——他不是很確定自己是否朝著正確的方向前進。

大地震動，迷霧狀的地面在顫抖。凱西爾慢下腳步，看向天空，他一開始認爲震動是滅絕造成的。

接著他感覺到了。也許是因爲他在昇華之井時與存留之間建立的小小聯繫，也有可能是神在他體內放入的那片碎片所造成，那片每個人都有的碎片。魂魄的光芒。

不論理由是什麼，凱西爾感到像是一聲拉長嘆息般的終結。他的背脊發涼，接著忙亂地想找出一條存留的細線。在他的旅程剛開始時，那些線到處都是，而現在什麼也找不到。

「阿糊！」他大叫，「存留！」

凱西爾……那聲音從他身上振動而過，再見了。

「老天，阿糊，」凱西爾搜尋著天空。「我很遺憾，我……」他吞了口口水。奇怪，那聲音說，這麼多年在其他人死亡時出現在他們面前，我從來沒預料到……我自己的離去會這麼冰冷、孤獨……

「祢還有我在這裡啊。」凱西爾說。

不，你並不在。凱西爾，他在分裂我的力量。他在將力量擊碎。它會消失……裂解……他會毀掉它。

「它最好是會。」凱西爾將他的背包丟下。他將手伸進裡面，抓住那個裝著液體的發光球體。

那不是給你的，凱西爾，存留說，它不是你的。它屬於其他人。

「我會將它交給她。」凱西爾將球體拿高。他深吸一口氣，接著用納哲的刀砸向球體，液體噴灑在他的手臂與身上。

細絲般的線條從他身上爆發出來。發亮，發光。就像是燃燒鋼或鐵時會產生的線條，但它們指向所有東西。

凱西爾！存留的聲音嚴肅起來。要比你先前做得更好！他們稱你為他們的神，而你卻對他們的信念蠻不在乎！人心**不是你的玩具**。

「我……」凱西爾舔了舔嘴唇，「我明白。我的主。」

要做得更好，凱西爾，存留命令著，祂的聲音淡去。如果終結來臨，帶他們到地底下去。那可能會有幫助。而且記住……記住很久很久之前，我告訴你的話……做我做不到的事吧，凱西爾……

活下來。

這個詞振動著透過他，凱西爾張大嘴。他知道那種感覺，記得這項命令。他待在深坑時曾經聽過這個聲音。那喚醒了他，驅使他向前。

拯救了他。

凱西爾低下頭，感覺著存留淡去，最終延展至黑暗之中。

接著，他身上滿是借來的光芒，凱西爾抓緊在他身邊旋轉的細線，然後用力一拉。力量在抵抗。他並不知道爲什麼——他對自己正在做的事只有最粗淺的了解。爲什麼力量能與某些人同調，與其他人卻不行？

不過，以前他也有鐵拉過很頑強的錨點。他用盡全力拉扯，將力量拖向他。它掙扎著，幾乎就像是有生命一般抵抗著他……直到……

它斷開，湧向他。

接著，凱西爾，死亡倖存者，昇華了。

隨著一聲歡呼，他感覺力量竄流過他，像是好幾百倍的鎔金術。激昂、熔融、燃燒的能量沖刷過他的魂魄。他大笑，上升至空中，擴張著，成爲無處不在的萬事萬物。

*這是怎麼一回事？*滅絕的聲音質問。

凱西爾發現自己面對著一名對立的神，它的形體延伸至永恆——一邊是冰冷凍結的生命，毫無動靜。另一邊是四散、崩壞、狂亂、黑暗的凋亡。凱西爾在感覺到滅絕全然的震驚時，咧嘴大笑。

「你之前說過的那句話是什麼？」凱西爾問，「我做任何事，你都會反制？那這樣又如何？」

滅絕發怒，力量在憤怒的旋風中爆燃著。人型碎裂開來，露出了*那個東西*，那股純粹的力量已經盤算和計劃了這麼久，現在卻被阻止了。凱西爾的笑容漸寬，他想像著——十分享受地——將這個殺害了存留的怪物撕碎時的感覺。那團無用、過時的廢物能量。將它碾碎的感覺一定很好。他驅使著自己無盡的力量去攻擊。

什麼事也沒發生。

存留的力量還是在抵抗他。它阻擋住他的謀殺意圖，就算他想，也沒辦法用存留的力量來傷害滅絕。

它的敵人振動著、顫抖著，接著顫抖變成笑聲一般的聲響。攪動著的黑霧回歸，再次組成那名在天空中延展著的神化男子。「噢，凱西爾！」滅絕笑喊著，「你以爲我會在意你做了什麼？拜託，我還想要你來持有那股力量呢。這太完美了！畢竟，你就像我的化身一樣。」

凱西爾咬牙切齒，接著以手指延伸向前，成爲呼嘯著的風，就像是要抓住滅絕掐死它一樣。

那怪物只是笑得更大聲：「你幾乎沒辦法控制它，」滅絕說，「就算它眞的能傷到我，你也沒辦法做到。看看你，凱西爾！你沒有身體或形狀，你不算活著，你只是個概念。你僅僅是一個人的記憶在持有著力量，效果絕對比不上一個連結到三界域的眞人。」

滅絕輕易地將他揮到一邊，但凱西爾在他們接觸時感覺到一陣碎裂聲。這兩種力量對彼此的反應就像火與水一樣。這讓凱西爾確定有方法用他持有的這股力量來毀滅滅絕。只要他能弄清楚該怎麼做的話。

滅絕將注意力從凱西爾身上轉開，所以凱西爾趁這時試著熟悉這股力量。不幸的是，他的所有嘗試都遭到了阻礙——同時來自於滅絕的能量以及存留自身的力量。他現在能看到自己在靈魂界的樣子——那些黑線還是存在，將他與滅絕綁在一起。

他持有的力量對此完全不喜歡。它在他體內翻滾著、攪動著，試著要脫離他。他目前還能夠抓住它，他知道一旦讓力量離開，它就會立刻逃離，再也無法將它捕捉回來。

然而，能夠成爲超越一個靈魂的存在依然感覺很偉大。他能夠再度看進實體界了，金屬在他眼中看來依舊閃耀著，能夠看見迷霧影子與發光魂魄以外的東西，實在是種解脫。

他眞希望這景象能更鼓舞人心一些。到處都是無盡的灰燼之海，只有非常少數的城市被挖出到表層，就像是火山口一般。燃燒的群山吐出的不僅是灰燼，還有熔岩和硫礦；大地破碎，裂谷四起。

他試著不要想這些，而是想著人們。他能感覺到他們，就像他能感覺到這星球的地殼與地核一般。他輕易地就找到了那些魂魄向他敞開的人們，然後急切地擺動而下。在這些人之中，他肯定能找到一個人來傳訊息給紋。

但不論他如何對他們說悄悄話，他們似乎都無法聽見。這令他既沮喪又困惑。他有著無窮的力量，怎麼會失去他先前的能力，能夠與他的人們溝通的能力？

在他周圍，滅絕笑了。

「你以爲你的前任沒試過？」滅絕問，「你的力量沒辦法從那些裂縫中穿過，存留。這力量太忙著要撐住裂縫，保護他們。只有我能把裂縫擴大。」

它的解釋是不是正確的，凱西爾並不知道。但他一次又一次地確認了瘋子們已經無法聽見他。

然而，現在他能聽見人們了。

不止是瘋子，而是所有人。他能像聽見聲音一般聽見他們的思緒——他們的期盼、他們的擔憂、他們的恐懼。如果他將注意力轉向城市，長時間專注於在思考之上，思緒的量就會多到像是要壓倒他。那是一種嗡鳴、一種潮湧，他發現要從那一團混亂中，分離出單一個人的思緒非常困難。

在一切——土地、城市、灰燼——之上懸掛著迷霧。它們包覆著所有事物，即使是白天也一樣。他被完全困在意識界的時候，並不知道迷霧已經蔓延成這樣了。

那些是力量，他想著，從上方凝視著迷霧。我的力量。我應該要能持有它們，操縱它們。他沒辦法。因而導致滅絕比他強得多。爲什麼存留會放任迷霧不管？當然，那還是他的一部分，但那就像……一支分散出去的軍隊，被做爲偵查兵散布至全國各地，而不是集中在一起準備戰鬥。

滅絕並沒有被如此抑制。凱西爾現在能看見它的力量做的事，其中一些方法對昇華前的他來說規模太大而無法辨認。滅絕扯開了灰山的頂部，將它們維持在敞開的狀態，讓死亡噴灑而出。它碰觸了整個帝國的克羅司，驅使牠們進入嗜血狂暴。當牠們已經沒有人類能殺時，它開心地讓牠們轉而互相殘殺。

它在每個殘存的城市都掌握了許多人。它的詭計令人難以置信——錯綜複雜、無比細緻。凱西爾甚至無法跟上每一條線，但結果非常明顯：渾沌。

凱西爾對此什麼也不能做。他有著無法想像的力量，但他還是無能爲力。不過有一點很重要：滅絕必須要行動才能反制他。

這是項重要的啓發。他和滅絕同時在所有地方，他們的魂魄就是這星球的骨架。但他們的注意力……只能分散到一定程度而已。

凱西爾嘗試要改變滅絕專注的地方，卻總是會輸。當凱西爾試著阻止灰山，滅絕的手臂會將它們扯開，比起他的封閉嘗試來得更強力。當他試著要鼓勵紋的軍隊士氣時，滅絕就像一層阻礙，將他擋在外頭。

在最後一次絕望的嘗試，他向外推出接近紋。他並不確定自己能做什麼，但想要試著將滅絕擊退——推動他自身，看看他能夠做到什麼。

他用盡他的全部，與滅絕拉扯著——紋被關在法德瑞斯城宮殿內的一間房間裡，他靠近時，感覺到他與滅絕的精質互相接觸摩擦著。他的精質與滅絕的接觸產生衝擊，傳過大地，造成顫動。地震。

他能夠靠近。他能感覺到紋的心智，聽見她的想法。她知道的太少了——就像他一開始時一樣無知。她並不知道存留的存在。

那陣碰撞將凱西爾的精質推離，將存留從他身上向後扯開，裸露出他的核心——就像是皮肉被扯掉的猙獰骷髏頭一樣。那是個內含著黑暗的魂魄，但不知如何與紋聯繫在一起，以那些構成靈魂界、無法被毀滅的線條與她連結在一起。

「紋！」他痛苦地大喊，拉扯著。他和滅絕的對決導致地震在增強，而滅絕在毀滅之中歡騰著，短暫地減弱了注意力。

「紋！」凱西爾靠得更近，「另一個神，紋！有另一股力量！」

困惑。她沒有看見他。有些東西從凱西爾身上漏出，朝著她被吸引過去。在震驚之中，凱西爾看到一幅糟透了的景象，是他從來沒懷疑過的事。紋的耳朵裡有一丁點閃亮的金屬，那與她明亮的魂魄顏色太過相似，以至於他之前都漏看了，直到現在靠這麼近才發現。

紋被穿刺了。

「鎔金術的第一原則是什麼，紋！」凱西爾大叫，「我教妳的第一件事！」

紋向上看。她聽見了嗎？

「尖刺，紋！」凱西爾咆哮，「妳不能信任——」

滅絕回歸，並以一股劇烈的爆發力量推向凱西爾，打斷了他。再堅持下去會讓滅絕把存留的力量從他身上完全扯離，所以凱西爾讓自己退開。

滅絕將他推出建築物，再完全推出城市。他們的碰撞爲凱西爾帶來難以想像的痛苦，他不禁有種印象——雖然他是個神——卻是跛著腳離開城市的。

滅絕很專注在這個地方。它在這裡太過強大，幾乎將所有的注意力都放在紋和這座法德瑞斯城上。它甚至派了沼澤過來。

也許……

凱西爾試著接近沼澤，將他的注意力專注在他哥哥身上。那些在紋那裡出現過的線條，同樣出現在這裡，聯繫的線條將凱西爾的魂魄連結到他的兄長。也許他也一樣能接觸到沼澤。

不幸的是，滅絕太輕易就注意到了，而凱西爾因爲先前一次的碰撞還太虛弱——太痠疼。

滅絕輕鬆地揮絕他，但在那之前，凱西爾已經聽見沼澤散發出的一些想法。

記住你自己，沼澤的思緒悄聲說著。戰鬥，沼澤，**戰鬥**。記住你是誰。

凱西爾在逃離滅絕時，感到一股鼓漲的驕傲感。沼澤體內的某部分，他兄長的某部分，存活了下來。然而，現在沒有凱西爾能幫得上忙的地方。不論滅絕在法德瑞斯想要的是什麼，凱西爾都只能讓它得到。直接面對滅絕是不可能的，因爲在正面對抗時，滅絕能擊敗凱西爾。

幸運的是，凱西爾就是靠著躲避公平對決來混口飯的。騙局開始後，在貴族的守衛開始警覺時，最好的策略就是先低調一段時間。

滅絕如此專注地盯著法德瑞斯，它在其他地方一定會露出破綻。

5

要做得更好，凱西爾。

他一邊看一邊等待著。他也是可以很小心的。

人心不是你的玩具。

他飄浮著，化身爲迷霧，觀察滅絕如何移動它的棋子。審判者們是它主要的雙手，滅絕有意地將他們放置在各個地點。

所有聰明人的弱點。

一個破口。凱西爾需要一個破口。

活下來。

滅絕認爲它已經控制了整個最後帝國。如此自滿，但缺陷依然存在。它投入在鄔都這座殘破城市上的注意力越來越少，對於城內的空運河及飢餓群眾亦然。它的其中一項計畫圍繞在一名用布條蒙住眼睛、身披燒焦披風的年輕男子身上。

沒錯，滅絕以爲這座城早已落入它的掌心之中。

但凱西爾……凱西爾瞭解那個男孩。

凱西爾將注意力集中在鬼影身上，那名年輕人——他已經被驅策到了瘋狂的邊緣，即將被淹沒——正踉蹌著走上人群前方的平臺。滅絕以凱西爾的形體，驅使男孩走到這一步。它正試著要將那男孩變成審判者，並在同一時間，讓這座城市因爲暴動及瘋狂而燃燒。

它在這座城的行動和在其他許多地方很類似。在它只眞正專注於法德瑞斯的情況下，滅絕在其他地方的注意力太分散了。它在鄔都有所行動，卻沒有將那視爲優先。它已經啓動了它的計畫：滅絕這些人的希望，將城市燒毀殆盡。這一切只需要那個迷惘的男孩謀殺一個人。

鬼影站在臺上，準備在人群面前下毒手。凱西爾將自身的注意力如一絲迷霧般抽出，謹愼、安靜。他就是鬼影腳下木板的顫動，他就是被呼吸的空氣，他就是火苗和火焰。

滅絕就在那裡，狂怒地命令鬼影下手殺人。這不是那個小心謹愼、微笑著的人型化身。這是那股力量中更純粹、更原始的形體。這部分的它只包含了滅絕的一點點注意力，而它也沒有讓其乘載全部的力量。

滅絕並沒有注意到凱西爾從力量裡脫出，並將自己的魂魄顯露出來，向著鬼影靠近。那些代表親切感與聯繫的絲線也出現在了那裡。奇怪的是，鬼影這邊的絲線比起沼澤與紋那裡還來得更強。爲什麼會這樣？

現在，你必須殺了她，滅絕對鬼影說。

在那股憤怒之下，凱西爾對著鬼影破裂的靈魂悄聲說。希望。

鬼影，你想要得到力量嗎？滅絕的聲音如轟雷般響著。你想要成爲更優秀的鎔金術師？那份力量必須來自某處，從來不是免費的。這女人是名射幣。殺了她，你就能得到她的能力。我會將她的能力給你。

希望。凱西爾說著。

他們不斷來回拉鋸著。殺。滅絕送出印象和話語。謀殺、毀滅。滅絕。希望。

鬼影向他胸口的金屬伸出手。

不要！滅絕震驚地大喊。鬼影，你想要變回普通人嗎？變成沒有用的人嗎？你會失去你的白鑞，繼續當個弱者，就像你讓你叔叔死去時那樣！

鬼影看向滅絕，面目猙獰，接著割開自己的身體，將尖刺拉出。

希望。

滅絕否定地尖叫著，它的形體變得模糊，蜘蛛腳從它披著的殘破身體中穿刺出來。那形體開始毀滅，變成黑色的迷霧。

鬼影垮在了平臺上，先是跪下，接著向前倒地。凱西爾跪下扶住他，將存留的力量拉回到自己身上。「噢，鬼影，」他悄聲說，「你這可憐、可憐的孩子。」

他能感覺到這年輕人的靈魂向外噴濺。崩壞。裂痕深至核心。男孩的思緒飄向凱西爾。關於他愛的女人的想法。關於他自己失敗的想法。困惑的想法。

在心底深處，這男孩會跟隨滅絕，正是因為他不顧一切地期盼凱西爾能夠指引他。他很努力地想要成為凱西爾。

看到這年輕人的信念讓凱西爾的心絞在一起。這是對他的信念。凱西爾，倖存者。一個假冒的神。

「鬼影，」凱西爾悄聲說，再次用他自己的魂魄碰觸鬼影。他的話梗在喉嚨，但強迫自己說出來：「鬼影，她的城市正在燃燒。」

鬼影顫動了一下。

「數千人會死在火焰中。」凱西爾悄聲說，碰觸男孩的臉頰，「鬼影，孩子，你想要像我一樣？真的想要像我一樣嗎？那就在被打倒時，繼續戰鬥！」

凱西爾往上看向那盤旋、攪動著的憤怒滅絕形體。更多滅絕的專注力正在朝這個方向集中。它很快就會阻止凱西爾。

在這裡擊敗它只是個小小的勝利，但這就是證據。這東西是能被抵抗的。鬼影做到了。而且還會再做一次。

凱西爾往下看著在他手臂間的孩子。不，已經不再是孩子了。他讓自己對鬼影開放，接著說出一句單一、有力的命令。

「活下來！」

鬼影尖叫，開始燃燒他的金屬，刺激自己清醒過來。凱西爾站起身，充滿勝利感。鬼影爬著跪起身，他的靈魂在增強。

「不論你做什麼，」滅絕對凱西爾說，就像是第一次發現他的人在那裡一樣，「我都會反制。」

毀滅的力量向外爆發，將黑暗觸鬚送進城市。它沒有將凱西爾推走。凱西爾不確定是因爲滅絕的注意力仍然太集中在別處，還是它只是不在意凱西爾留下來見證這座城市的終結。

火焰。死亡。凱西爾在一瞬間看見了那東西的計畫：將城市燒成平地，抹除一切滅絕失敗的證據。終結這裡的所有人。

鬼影已經開始動作，面對著他周圍的人，像是統御主一般下達著命令。那該不會是……

沙賽德！

凱西爾在看到那安靜的泰瑞司人走近鬼影時，感到一股舒心的溫暖。沙賽德永遠會有答案。但他在這裡的樣子看起來憔悴、困惑、疲憊。

「噢，朋友，」凱西爾悄聲說，「它對你做了什麼？」

那群人遵從鬼影的命令，向外跑開。鬼影落在他們後方，沿著街道行走。在靈魂界裡，凱西爾能看見未來的絲線。包覆在黑暗之中，被毀滅的城市。可能性的終結。

但還是有寥寥數條光線殘留下來。沒錯，還是有可能做到。首先這名男孩必須拯救他的城市。

「鬼影。」凱西爾用力量替自己形成一具身體。沒人看得見他，但不重要。他落下和鬼影一起行走，鬼影基本上是蹣跚著前進，一腳接著一腳，幾乎沒有移動。

「繼續走。」凱西爾鼓勵著他。他能感覺到這個男孩的痛苦，他的煎熬與困惑。他的信念被擊碎。但不知為何，透過聯繫，即便對其他人做不到這點，凱西爾還是能夠和他說話。

凱西爾在鬼影每一次顫抖、痛苦的跨步時，與他分享著疲憊。他重複地說著悄悄話。繼續走。那成了一種誦念。鬼影的年輕女子到了他旁邊，協助著他。凱西爾走在他的另一邊。繼續走。

上天祝福，他做到了。這個累垮的年輕人不知如何成功地蹣跚走了整段路，來到一棟燃燒的建築物前。他停在外頭，在那裡，沙賽德不得已地被擋在門外。從他們垮下的肩膀、他們雙眼中與火焰互相映照著的恐懼，凱西爾讀出了他們的心。他聽見思緒從他們身上脈動而出，靜默且害怕。

這城市完了，而且他們都心知肚明。

鬼影讓其他人將他從大火前拉離。情感、記憶、念頭從男孩身上湧出。

凱西爾並不關心我。鬼影想著。他沒想到過我。他記得其他人，但不記得我。他給了他們工作去做。我對他來說不重要……

「我爲你起了名字，鬼影。」凱西爾悄聲說，「你曾是我的朋友。這樣還不夠嗎？」

鬼影停在原地，扯開其他人的抓握。

「我很抱歉，」凱西爾啜泣著，「因爲你接下來必須做的事。倖存者。」

鬼影從其他人的抓握中將自己扯離。狂怒的滅絕在上方，怒罵著與尖叫著——它終於將注意力轉向這裡並開始逼退凱西爾——但年輕人已經進入火焰之中。

並且拯救了城市。

6

凱西爾坐在一片奇特、蒼翠的原野上。到處都是綠草。如此奇異。如此美麗。

鬼影走過來坐在他旁邊。那男孩將布條從眼睛前取下後，搖了搖頭，接著用手指梳過自己的頭髮，「這是什麼？」

「半夢境。」凱西爾拔下一片草，開始嚼起來。

「半夢境？」鬼影問。

「你差點就死了，小子。」凱西爾說，「你的靈魂被砸得可厲害了。有一大堆裂縫呢。」他微笑，「那就讓我進來了。」

其實不止這樣。這個年輕人很特別。至少，他們的關係很特別。鬼影相信他的程度是其他任何人都比不上的。

凱西爾一邊這麼想著，一邊拔起另一片草來嚼。

「你在做什麼？」鬼影問。

「這看起來好奇怪，」凱西爾說，「就像梅兒一直在說的樣子。」

「所以你就去吃它？」

「大部分是在嚼啦。」凱西爾說，接著將它吐到一邊，「只是好奇而已。」

鬼影深呼吸，「不重要。這些都不重要。你不是眞的。」

「好吧，嚴格來說沒錯。」凱西爾說，「我不完全是眞的。從我死後就不是了。但我現在也是一個神了……我想是啦。這很複雜。」

鬼影看著他，皺起眉。

「我需要有個能和我聊天的人。」凱西爾說，「我需要你。某個崩壞的人，卻能抵抗它的人。」

「另外一個你。」

凱西爾點頭。

「你總是那麼嚴峻，凱西爾。」鬼影望向綿延不絕的綠色原野，「我能看出在心底深處，你是眞的痛恨那些貴族。我以爲憎恨就是你堅強的原因。」

「像是疤痕一樣堅強，」凱西爾悄聲說，「非常實用，但是很僵硬。那是一種我寧願你永遠不要擁有的堅強。」

鬼影點頭，似乎是瞭解了。

「我爲你感到很驕傲，小子。」凱西爾往他的手臂認同地敲了一拳。

「我差點就毀了一切。」他垂下目光。

「鬼影，如果你知道我有多少次差點毀掉整座城市，你就會不好意思說這種話了。老天，你幾乎沒有破壞到那個地方。他們把火撲滅了，還救出了大多數的居民。你是個英雄。」

鬼影抬頭，微笑著。

「有件事情，小子，」凱西爾說，「紋並不知道。」

「不知道什麼？」

「那些尖刺，鬼影。我沒辦法傳訊息給她。她必須要知道。還有鬼影，她……她身上也有一支尖刺。」

「統御主啊……」鬼影悄聲說，「紋？」

凱西爾點頭，「聽我說。你很快就要醒來了。就算你忘記了夢裡的其他所有事，我依然需要你記住這部分。當終結來臨時，把人們集中到地底下。送一份訊息給紋。把訊息刻在金屬上，因爲任何不是寫在金屬上的皆不可信。

「紋必須要知道滅絕與它那些虛假的面孔。她必須要知道尖刺的事，埋在身體中的金屬能夠讓滅絕對人耳語。記住，鬼影。別相信任何被金屬刺穿的人！就連最小一點都可以玷汙一個人。」

鬼影開始變得模糊，他正在甦醒。

「記住，」凱西爾說，「紋正在聆聽著滅絕。她不知道能相信誰，這就是你爲什麼一定要派人把這個訊息送出去的原因，鬼影。這件事的所有線索都散在風中，四處飄蕩。你有著別人沒有的線索。爲我將它灑出去。」

鬼影在醒來時點了點頭。

「好孩子，」凱西爾悄聲說，微笑著，「你做得很好，鬼影。我爲你感到驕傲。」

7

一名男子離開了鄔都，穿過迷霧與灰燼向前進，開始前往陸沙德的漫長旅程。

凱西爾個人並不認識這名男子，葛拉道。不過，他的力量認得他。知道他在年輕時便加入統御主的警備隊，希望能讓他自己與他的家人過上更好的生活。他就是那種如果凱西爾有機會，就會毫不留情痛下殺手的人。

現在葛拉道也許能拯救全世界。凱西爾在他後方翱翔著，感覺迷霧的期盼正在增強。葛拉道帶著一片寫著祕密的金屬。

滅絕如同陰影般翻滾越過大地，宰制了凱西爾。他在看到葛拉道奮力穿過如山峰積雪般高的灰燼堆時，笑了出來。

「噢，凱西爾，」滅絕說，「你盡全力就只能做到這樣？在鄔都的那個孩子身上花了那麼多心血，只爲了這個？」

凱西爾咕噥著，同時滅絕的力量朝著他的一雙手伸出觸鬚，召喚著他們。在現實世界中，數小時過去了，但在神的眼中時間是可變化的，它會照你想要的方式流動。

「你玩過牌嗎，滅絕？」凱西爾問，「在你還是普通人的時候？」

「我從來就不是個普通人，」滅絕說，「我是個正在等待著力量的載體。」

「那麼載體在空閒時都在做什麼？」凱西爾問，「玩牌嗎？」

「幾乎沒有，」滅絕說，「我以前是個比那還好得多的人。」

凱西爾在滅絕的雙手抵達時，發出一聲呻吟，那個人高飛著從落下的灰燼間穿過。他是一名眼睛被尖刺刺穿的男人，嘴唇向後扯成一絲冷笑。

「當我還是孩子時，」凱西爾柔聲說，「我對玩牌很在行。我的第一個騙局就是和牌相關的。不是交換三張牌的那種，那太簡單了。我比較喜歡的騙局是那種只包含了你自己、一疊牌，還有一名盯著你一舉一動的目標。」

在下方，沼澤掙扎著——然後終於殘殺了——不幸的葛拉道。看著他的哥哥不僅是殺了人，還在滅絕瘋狂的汙染驅使下陶醉於死亡中，讓凱西爾瑟縮了一下。奇怪的是，滅絕居然是在阻止沼澤。就好像在這當下，它失去了對沼澤的控制。

滅絕很小心地不讓凱西爾靠得太近，凱西爾甚至沒辦法靠近到能夠聽見他哥哥思緒的範圍內。在殺戮的嗜血性消退以後，沼澤終於取回了鬼影送出的信件，滅絕此時大笑。

「你以爲自己很聰明嗎？」滅絕說，「凱西爾。把文字刻在金屬上面，我是沒辦法讀它們沒錯，但是我的手下可以。」

凱西爾向下沉，而沼澤正感覺著鬼影下令雕刻的金屬片，並且將內容大聲讀給滅絕聽。凱西爾爲自己構成了一具身體，接著跌向前跪在灰燼中，看上去就像遭到擊敗。

滅絕在他身旁現形，「沒事的，凱西爾。這才是事物應該要有的狀態。這才是他們被創造的理由！別對即將來臨的死亡感到悲傷，要爲了逝去的生命而慶祝才對。」

他拍拍凱西爾，然後蒸發消失。沼澤站起身，灰燼黏在他被血沾溼的衣服與臉上。接著他起跳跟隨滅絕，聽從著他的主人的指示。終結很快就會來臨了。

凱西爾跪在倒下的男人屍身旁，他正在緩緩地被灰燼覆蓋。紋赦免了他，但凱西爾最終還是讓他被殺了。他伸進意識界，男人的靈魂進入了那片迷霧與陰影之地，現在正看著天空。

凱西爾靠近，雙手緊握住那個男人的手。「謝謝你，」他說，「還有我很抱歉。」

「我失敗了。」葛拉道在被拉走時說。

那讓凱西爾的心痛如絞，但他不敢否定那名男子。*原諒我。*

現在要安靜下來。凱西爾再次讓自己飄浮著，散布開來。他不再試著去阻止滅絕的影響。在收手時，他看見他的確有幫助到一點點。他阻止了一些地震，減緩了熔岩的流速。總體上無關緊要，但至少他有做到一些事。

現在他放手讓滅絕加強力道。終結正在加速，因爲一名年輕女子的行動而扭曲著，而她在一場風暴來臨時，回到了陸沙德。

凱西爾閉上雙眼，感覺世界沉寂下來，就像是大地本身屛住了呼吸一樣。紋戰鬥著、舞動著，將她的能力推到極限——接著超越自己。她面對滅絕集結的強力審判者們，以凱西爾爲之驚嘆的高超技巧戰鬥著。她比他對打過的審判者還要厲害，比他知道的任何人都要厲害。比凱西爾自己還要更厲害。

不幸的是，對上一整群嗜殺的審判者，這樣還是遠遠不夠。

凱西爾強迫自己不插手。但老天啊，還眞難。他讓滅絕統治一切，讓他的審判者們將紋打到屈服。這場戰鬥結束得太快了，留下被擊敗後殘破不堪的紋，落在了沼澤手裡。

滅絕走近，對著她耳語著。*紋，天金在哪裡？它說。妳對天金知道多少？*

天金？凱西爾看著沼澤跪在紋身邊，準備傷害她時，靠近了他們。天金。爲什麼……

他想通了一切。滅絕同樣並不完整。在殘破的陸沙德城裡——雨水傾瀉而下，灰燼堵塞在街道上，審判者們待在這裡，以毫無表情的尖刺雙眼觀看著——凱西爾恍然大悟。

存留的計畫。那行得通！

沼澤折斷紋的手臂，咧嘴一笑。

現在。

凱西爾將他的全部力量擊向滅絕。並不多，而且他也沒辦法好好控制，但這卻是意想不到的一擊，因而引開了滅絕的注意力。力量碰在一起，其中的摩擦——與對立——碾磨著他們。痛苦穿透過凱西爾，大地從城市向外顫動著。

「凱西爾，凱西爾。」滅絕說。

在下方，沼澤大笑著。

「你知道，」凱西爾說，「爲什麼我每次玩牌都贏嗎，滅絕？」

「拜託，」滅絕說，「這很重要嗎？」

「那是因爲，」凱西爾因爲痛苦而咕噥著，他的力量繃緊，「我每次都能。強迫。別人去選。我要他們選的牌。」

滅絕暫停動作，接著看向下方。那封信——並不是要葛拉道送給紋，而是要送給沼澤的——成功達成了它的任務。

沼澤扯掉了紋的耳針。

世界凍結。滅絕，宏大而不朽的滅絕，看起來陷入完全、絕對的驚恐。

「你從我們之中選錯人做成審判者了，滅絕。」凱西爾嘶聲說。「你不應該去選我那位好兄弟的。他一直都有個壞習慣，他不做聰明事，但是會去做正確的事。」

滅絕看著凱西爾，將它完全的、驚人的注意力轉向他。

凱西爾微笑。看來就算是神，也還是會落入經典的誤導騙局裡。

紋伸向迷霧，而凱西爾感到他體內的力量急切地顫動著。這就是它們存在的原因；這就是它們存在的目的。他感覺到紋的渴望，感覺到她的疑問。她在哪裡感受過這種力量？

凱西爾將自己撞向滅絕，力量互相碰撞，將他的魂魄裸露出來。他那暗沉、傷痕累累的魂魄。

「當然是昇華之井，」凱西爾對紋說，「畢竟是同樣的力量。妳餵給依藍德吃的金屬，是固體；妳燃燒的水池，是液體；而水氣則出現於空氣中，僅限夜間出現，隱匿妳、保護妳……」

凱西爾深呼吸。他感覺到存留的能量正從他身上剝離。他感覺到滅絕的狂怒痛毆著他，將他活剝，貪婪地摧毀他。他在最後一刻感受著這世界。最遙遠的落灰；南方遠處的人們、盤曲的風和生命緊繃著——掙扎著——想要在這星球上延續下去。

接著凱西爾做出了有生以來最困難的事。

「給妳力量！」他對紋大吼，放開存留的精質，讓她得以持有它。

紋吸入迷霧。

而滅絕完全的狂怒迎向凱西爾，將他擊落，扯下他的魂魄。撕碎他。

8

凱西爾被那四處蔓延、撕心裂肺的痛楚扯得支離破碎——就像是骨頭被活生生抽出來一樣。他顫抖著，看不見也無法思考——在這樣的攻擊下，他除了尖叫之外什麼事也不能做。

他最終來到某個被迷霧包圍的地方，游移的迷霧遮掩住了一切。死亡，這次是真的嗎？不……但很接近。他能感覺到那股拉力再次來到身上，包覆住他，試著將他拉去那個其他所有人都會前往的遙遠之地。

他想要去。他非常痛苦。他要一切都結束，想要遠離。遠離一切。他只希望痛楚能停止。

他也曾經感受過這種絕望，就是在海司辛深坑裡的時候。不像當時，現在他沒有存留的聲音來引導他了，不過——啜泣著，顫抖著——他將雙手沉進周圍的迷霧空間中抓住。緊緊抓著，拒絕離開。否定那股呼喚著他、承諾著平和與結束的力量。

那股拉扯感最終平靜下來，逐漸淡去。他曾掌握神祇之力。除非他自己想要，否則最終的死亡無法帶走他。

又或著是他被完全消滅也行。他在迷霧中打著寒顫，感激著它們的包覆，但還是不確定他身在何處——也不確定爲什麼滅絕沒有祭出最後一擊。凱西爾感覺得到它是打算要那麼做的。幸運的是，當面對新的威脅，毀滅凱西爾就不再是優先事項了。

紋！她做到了！她昇華了！

凱西爾呻吟著，將自己拉向上方，他發覺滅絕的攻擊是如此強而有力，將他打進了意識界裡柔軟迷霧大地深處。雖然有些困難，他還是將自己拉了出來，癱倒在地面上。他的魂魄變形、扭曲，就像是被巨石砸中的軀體一般，暗色的煙從其上的數千個小洞中漏了出來。

就在他躺在那裡緩慢地復原時，那股疼痛——過了這麼久終於——消退了。好長一段時間流逝過去。他並不知道有多久，但至少是很多個小時以後了。他的人不在陸沙德。反昇華——然後被滅絕的力量擊碎——將他的魂魄拋離了城市很遠一段距離。

他眨了眨虛幻的眼睛。上方，整片天空都是白黑觸鬚所構成的風暴，就像是互相攻擊著的雲。他能聽見遠處有什麼東西，讓整個界域都在震動。他強迫自己起身行走，最終登上一座山丘時，他看見了——在下方——由光組成的人形們正在戰鬥。這是一場戰爭，人類對抗克羅司。

存留的計畫。他在最終時刻看見並瞭解了。滅絕的身體就是天金。那計畫是創造某種全新而特別的存在——能夠燒掉滅絕身體的人們，以此擺脫掉天金。

下方，人們爲了自己的生命而戰，他看見他們因爲燃燒著神的身體而超越了實體界。上方，滅絕與存留撞擊在一起。紋做得比凱西爾好得多了。她擁有迷霧的全部力量，但在那以外，她使用那股力量的方法不知爲何就是感覺比較自然。

凱西爾拍掉身上的灰塵，然後整理著衣服。還是同樣的襯衫與長褲，就是他很久以前與審判者打鬥時穿著的那一套衣物。他的背包，還有納哲給他的小刀怎麼了？它們都被丟失在從這裡到法德瑞斯之間無盡的灰燼原野上。

他穿過戰場，遠離路徑上的狂怒克羅司，以及那些可以看進靈魂界的人們，即便他們只能看見很侷限的一部分。

凱西爾登上並停留在山丘頂部。在前方另一座山丘上，雖然有段距離但還是近得足以辨認，依藍德．泛圖爾正站在屍體堆中與沼澤對打著。紋在上方盤旋，既寬廣又非凡，一個充滿亮光與神力的形體——就像是太陽與雲朵的原型。

依藍德．泛圖爾舉起手，接著爆發出光芒。白色的線條從他身上往所有方向散射而出，鑽進所有事物。線條將他聯繫到凱西爾、到未來，還有到過去。

他正在完整看見，凱西爾想。那處時間的間隙。

依藍德的劍最終落在沼澤的脖子前，他直接看向凱西爾，超越了三界域。

沼澤將斧頭砍進了依藍德的胸膛。

「不！」凱西爾尖叫。「不！」他從山丘上踉蹌而下，跑向泛圖爾。他翻越過屍體堆，它們在這邊就像影子一般，接著手腳並用，爬向依藍德死亡的地點。

他還沒到達那裡，沼澤就砍掉了依藍德的頭。

噢，紋。我很抱歉。

紋所有的注意力都圍繞著那個倒下的男子。凱西爾停下腳步，感覺麻木。她會陷入狂怒。她會失去控制。她會……

在光芒中崛起？

他敬畏地觀看著紋的力量凝聚。從她湧出的波動之中並沒有憎恨，將萬物平靜下來。在她之上，滅絕大笑著，又一次認定自己最了解一切。就在紋升向它的同時，那笑聲戛然而止，她是一柄輝煌、燦爛的力量之槍——毫不失控、充滿關愛、慈祥，但是無比堅強。

凱西爾現在瞭解爲何需要是她，而不是他，來做這件事。紋將她的力量衝撞向滅絕，讓它窒息。凱西爾走向山丘頂端，觀看著，感覺著那股熟悉的力量。他在紋進行終極的英雄作爲時，感受一股溫暖的親切感。

她將毀滅帶給了毀滅者。

一切在一股光芒的噴發中作結。黑白交雜的縷縷迷霧，開始從天上流瀉而下。凱西爾微笑，知道一切終於結束了。很快地，迷霧迴旋著構成兩道煙柱，聳立到不可能的高度。兩股力量都被釋放了。它們抖動著，游移不定，像是醞釀中的風暴。

沒有人持有它們……

凱西爾伸出手，膽怯地顫抖著。他可以……

依藍德．泛圖爾的靈魂，在他身旁跌進意識界中，絆了一跤跌在地上。他大聲呻吟著，而凱西爾對他咧嘴一笑。

依藍德在凱西爾伸出手時，眨了眨眼，「我總是想像在我死去時，」依藍德讓凱西爾協助他站起身來，「所有我愛的人會現身來迎接我。我可沒想過那會包括你。」

「你的注意力得要再好一點，小子。」凱西爾打量著他，「制服不錯啊。是你要求他們把你弄得像是個廉價的盜版統御主，還是這只是個意外？」

依藍德眨眼，「哇，我已經開始討厭你了。」

「需要多點時間適應。」凱西爾往他的背後一拍，「通常到最後就會淡化成輕微的惱怒而已。」他看著還在他們周圍盤旋著的力量，接著對著一個由光構成的人影皺眉，那人正忙亂地跑過原野。身形讓他感到很熟悉。那人影來到已經落在地上的紋的屍身旁邊。

「沙賽德。」凱西爾悄聲說，接著觸碰他。看見在這種狀況下的沙賽德，爲凱西爾帶來了許多情緒波動，他對此並沒有心理準備。沙賽德很害怕。不敢置信。被擊垮。滅絕已經死去，但這世界還是會終結。沙賽德以爲紋會拯救他們。老實說，凱西爾也是。

但看來永遠都還有另一個祕密。

「是他。」凱西爾說，「他才是永世英雄。」

依藍德‧泛圖爾把一隻手放在凱西爾的肩膀上，「你的注意力得要再好一點，」他補充著，「小子。」他將凱西爾拉離，沙賽德朝兩邊各伸出一隻手，取得了力量。

凱西爾爲兩股力量結合的方式感到驚嘆。他一直都將它們感受爲相反的存在，但它們在沙賽德旁盤旋的樣子，看起來就像是屬於彼此一樣。「怎麼會？」他悄聲說，「他怎麼會與兩者都有聯繫？爲什麼不是只有存留？」

「他在這一年之間變了。」依藍德說，「滅絕不只是死亡與毀滅。這股力量還代表了要能夠平和地接受這些事。」

轉變在持續，縱然這變化無比非凡，凱西爾的注意力卻被其他東西所吸引。在山丘頂部，力量開始凝聚在他附近。那組成了一名年輕女子的形體，她輕巧地滑進了意識界。她幾乎沒有踉蹌，令人覺得既合適卻又極度不公平。

紋瞥向凱西爾然後微笑。一個歡迎、溫暖的微笑。那是喜悅與包容的微笑，讓他感到無比驕傲。他是多麼希望自己能夠更早一些找到她，在梅兒還活著的時候。在紋需要父母的時候。

她先走向依藍德，給了他一個長長的擁抱。凱西爾瞥向沙賽德，他正在擴張成爲萬物。對他來說是件好事。那是項困難的工作，沙賽德可以盡量拿去沒關係。

依藍德向凱西爾點點頭，而紋走過來。「凱西爾，」她對他說，「噢，凱西爾。你真的永遠都有自己的玩法。」

他猶豫著，並沒有擁抱她。他伸出手，感覺奇怪地恭敬。紋接過他的手，指尖蜷曲在他的掌心上。

附近另一個人影從力量中凝聚現身，但凱西爾忽略那個傢伙。他往紋靠近了一步，

「我……」他要說什麼？老天，他不知道。

有生以來第一次，他不知道。

她擁抱了他，而他發現自己在啜泣。他從來沒能擁有的女兒，待在街頭上的小小孩。雖然她還是很小，但是已經成長、超越了他。而且就算如此，她還是愛著他。他緊抱著他的女兒，緊貼著他崩壞的魂魄。

「妳做到了，」他終於悄聲說，「沒有人能夠做到的事。妳獻出了自己。」

「因爲，」她說。「我有個好榜樣，你知道的。」

他將她更拉進懷裡，抱著她更久一些。不幸的是，他終究要放手。

滅絕在附近站起身，眨著眼。或者……不，那已不再是滅絕了。這只是那名載體，雅提。那名曾經持有力量的男子。雅提用手梳過他的紅髮，接著四處張望。「費克斯？」他聽起來很困惑。

「不好意思。」凱西爾對紋說，接著放開她，走近那名紅髮男子。

他狠狠揍了男子的臉一拳，將他完全撂倒在地。

「太棒了。」凱西爾甩著他的手。在他腳邊，那男人看向他，然後閉上眼睛嘆了口氣，就這樣被拉入永恆之中。

凱西爾走回到其他人身邊，經過了一個穿著泰瑞司長袍的人影，他雙手交疊在前，被垂下

的袖子所遮住。「嘿，」凱西爾說，然後看向天上正在發光的人形，「你不是……」

「一部分的我是。」沙賽德回答。他看向紋與依藍德，接著伸出他的雙手，一隻手分別朝向一人，「感謝你們兩人帶來了這個新的開始。我已經治癒了你們的身體。只要你們願意，現在就可以再回去了。」

紋看向依藍德。凱西爾驚恐地發現，她已經開始被拉走了。依藍德轉向某個凱西爾看不見的事物，某個彼端的事物，微笑著，接著走向那方向。

「我不認爲事情是那樣辦的，阿沙。」紋接著親了他的臉頰，「謝謝你。」她轉身，握住依藍德的手，然後開始被拉向那看不見、遙遠的所在。

「紋！」凱西爾大喊，抓住她的另一隻手，握住它。「不，紋。妳持有過力量，妳不必離開的。」

「我知道。」她越過肩膀回看著他。

「拜託，」凱西爾說，「別走。留下。和我一起。」

「啊，凱西爾，」她說，「關於愛，你還有很多要學的，是吧？」

「我懂得愛，紋。我做的所有事——帝國的殞落、我放棄的力量——全都是因爲愛。」

她微笑，「凱西爾。你是個偉大的人，也應該爲你的所作所爲感到驕傲。而且你的確有著愛。我知道的。但同一時間，我不認爲你了解愛。」

她將視線轉向依藍德，他已經消失，只剩下他的手——在她手中——還看得見。「謝謝你，凱西爾。」她悄聲說，回看向他，「因爲你所做的一切。你的犧牲很了不起。但是你做了那些你必須做的事，爲了保衛這世界，你必須成爲某種存在。某種令我擔憂的存在。

「曾經，你教了我一堂關於友誼的課程。我必須回報你一堂課。這是最後的禮物。你需要去了解，你需要去問。你做的事裡有多少是因爲愛，又有多少是爲了證明些什麼？證明你沒被背叛、沒被擊敗、沒被打倒？你能誠實地回答嗎，凱西爾？」

他迎向她的目光，然後看見那個隱含著的疑問。

有多少是爲了我們？它詢問著。又有多少是爲了你自己？

「我不知道。」他告訴她。

她捏了一下他的手，然後微笑——那個在他第一次找到她時，她還沒辦法露出的微笑。

那，比起其他所有事，更讓他爲她感到驕傲。

「謝謝你。」她再次悄聲說。

接著她放開他的手，跟著依藍德進入彼端。

9

大地在死去時搖動著、呻吟著，接著重生。

凱西爾在其上行走，雙手插在口袋裡。他漫步過世界的終結，力量往所有方向噴灑著，讓他看見三個界域的景象。

火焰從天而降；岩石相互撞擊，接著被扯開；海洋沸騰，然後那些蒸汽成爲空氣中全新的迷霧。

凱西爾繼續走著。他走著，就好像他的腳能夠帶著他從一個世界走到另一個，從一個生命走到另一個。他並沒有感覺被拋棄，但他的確覺得孤單。就像他是全世界留下的最後一人，一個紀元的最後目擊者。

灰燼被大地變成的岩漿所吞噬。在凱西爾身後，就像是跟著他腳步的節奏，山峰崩塌成了平地，河流從高地流瀉而下，填滿了海洋。生命出現，樹木萌芽伸向天空，在他四周形成森林。接著一切掠過，讓他身處在沙漠之中，周圍快速乾燥，沙賽德創造出的砂礫從地底深處噴湧而出。

眨眼間，十數種不同的景象掠過他，轉瞬後大地再次成形。凱西爾最終停在了一片聳立的高原上，俯瞰著新世界，來自三界域的風吹皺了他的衣著。細草從他腳底下長出，接著冒出花朵。梅兒的花朵。

他跪下來垂下頭，將手指放在其中一朵花上。

沙賽德出現在他身旁。緩緩地，凱西爾所見的真實世界景象淡去，他再次被困在了意識界裡，周遭的一切都變成了迷霧。

沙賽德在他身旁坐下，「我老實說吧，凱西爾。這不是我當初加入你的團隊時，所預想的結局。」

「叛逆的泰瑞司人。」凱西爾說。雖然他在迷霧構成的世界裡，他還是能——模糊地——看見現實世間中的雲朵。它們從他腳下經過，在山丘底部周圍湧動著。「你那時候就是個活著的悖論了，阿沙，我早該看出來的。」

「我沒辦法把他們帶回來，」沙賽德柔聲說，「還不行……也許永遠都不行。彼端是個我無法觸及的地方。」

「沒關係，」凱西爾說，「幫我個忙。你能替鬼影做些什麼嗎？他的身體狀態不太好。他太努力了。把他治好一些，好嗎？你在做的時候也許能順便把他變成迷霧之子。他們在即將面對的新世界裡，會需要一些鎔金術師。」

「我會考慮的。」沙賽德說。

他們一起坐在那裡。兩位朋友，在世界的邊緣，在時間的終結與起始。最終，沙賽德站起身向凱西爾鞠躬。對一位神來說，這可是個很崇敬的舉動。

「你覺得呢，阿沙？」凱西爾看向外面的世界，「有方法能讓我離開這裡，然後再次活在實體界嗎？」

沙賽德猶豫了，「不，我想沒有。」他拍了拍凱西爾的肩，接著消失。

哼，凱西爾想。他擁有兩倍創世的力量，一位神中之神。

結果他還是個差勁的騙子。

尾聲

鬼影對於自己能住在華宅，其他人卻都一無所有，感到很不自在。不過他們都這麼堅持——而且這其實也算不上什麼華宅。沒錯，這是棟兩層樓的木屋，別人都還住在棚屋裡。不過這房間很小，晚上還很悶熱。他們並沒有玻璃能拿來做窗戶，要是他不把窗板關起來的話，昆蟲就會跑進來。

在這個美麗新世界裡，正常的東西眞是令人失望得少。他打了個呵欠，關上門來。房間裡有張床及桌子，沒有蠟燭或檯燈；他們還沒有製作那些東西的資源。他滿腦子都是微風關於如何當王的教導，而他的手臂還因爲哈姆的訓練而疼痛著。貝爾黛馬上就會等著他去共進晚餐了。

樓下的一扇門關起，讓鬼影跳了一下。他一直預期過大的聲響會比實際上更刺痛他的耳朵，而且即便過了好幾週，他還是很不習慣像這樣子不遮住眼睛到處走。他的其中一個助手在桌上一塊小寫字板上——他們還沒有紙張——用木炭寫了字，列出明日的預定計畫。最底下則是一小段簡單的訊息。

我終於讓鐵匠照您的要求去做了，雖然他對於要使用審判者的尖刺感到很害怕。我不確定您爲什麼這麼想要這個，陛下。不過這就是您要的。

在寫字板的基座上有一支尖刺，被做成了耳環的形狀。鬼影將耳環拿起舉在眼前。他再問自己一次，爲什麼他會想要這個？他記得有某種東西在他的夢中低語著。去拿一支尖刺來鑄造成耳環。審判者的舊尖刺就可以了。你會在那座曾經位於克雷迪克．霄底下的洞窟裡，找到一名……

一個夢？他衡量著，接著——也許是違背了自己的最佳判斷——將耳環刺穿了耳朵。

凱西爾出現在房間裡。

「啊！」鬼影往後一跳，「是你！你已經死了。紋殺了你，阿沙的書裡說——」

「沒關係的，小子。」凱西爾說，「我是真的凱西爾。」

「我……」鬼影結巴著。「那……啊！」

凱西爾走了過來，將手臂搭在鬼影的肩上，「你看，我就知道這會成功。你現在兩者都有了。破損的心靈，以及血金術尖刺。你也已經能夠些許地看進意識界，這代表我們兩個可以一起合作了。」

「噢，老天。」鬼影說。

「拜託，別這樣好嗎？」凱西爾說，「我們的工作可是很重要的。生死交關。我們要去揭開這個宇宙，或著叫作寰宇，其中所包含的謎團。」

「你……你是什麼意思？」

凱西爾微笑。

「我覺得我快吐了。」鬼影說。

「外面的世界可是大得很呢，小子，」凱西爾說，「比我知道的大得多。無知差點就讓我們全盤皆輸，我可不會讓那再次發生。」他輕拍著鬼影的耳朵，「在我死時，我得到了一個機會，我的心智擴張了，而我學到了一些事情。我當時的注意力並不在這些尖刺上；我在想，如果我有的話，就可以完全弄懂它們了。不過我還是學到了很多，多到足以構成危險，但我們兩個也會把剩下的部分全都弄懂。」

鬼影向後退開身子。他現在是個獨立的人了！他不需要去做凱西爾所說的任何事。老天，他甚至不知道這是不是真的凱西爾。他已經被騙過一次。

「爲什麼？」鬼影質問著，「我爲什麼要去在乎這些事？」

凱西爾聳聳肩，「你知道，統御主是永生不死的。藉由結合不同力量，他成功讓自己不會老化——在大多數狀況下也不會死。你是個迷霧之子，鬼影。你已經走到半途了。難道你不會對其他可能性感到好奇嗎？我們有著一小堆審判者尖刺，沒用地堆在那裡……」

永生不死。

「你呢？」鬼影問，「你從中又能得到什麼好處？」

「沒什麼重要的啦，」凱西爾說，「只是件小事罷了。曾經有人這樣形容我遇到的問題：那條將我連結到實體界的弦被切斷了。」他的笑容漸寬，「這個嘛，我們只要替我找條新弦就行。」

後記

我在撰寫正傳三部曲時，就開始規畫這個故事了。在那時，我對我的編輯丟出了一個「由三部曲構成的三部曲」的想法（這個想法是基於『迷霧之子』系列會在寰宇逐漸成熟之際，在時代與科技發展程度上演變的緣故）。

我並不反對讓角色死亡。我相信每個我完成的系列，都會在視點角色群之中造成某些巨大、永久的死傷。但同時，我非常清楚凱西爾的故事還沒完結。他在第一冊的結局之中已經學到了一些事情，但還不至於功德圓滿。

因此，我早早就開始計劃怎麼把他救回來。我在《永世英雄》中塡滿了線索，暗示著他在幕後做了哪些好事，甚至打算四處插入一些更早的線索。對於一些詢問我的粉絲，我清楚地聲明了凱西爾從來就不擅長做他該做的事。

我非常清楚讓角色重生是個很危險的手法，而我仍然在摸索其中的平衡。我不認爲他會特別具有爭議性，有部分是因爲我已經做了些鋪陳。但我的確想讓死亡在我的故事中，是種極度眞實的危險，或者結局。

這表示，凱西爾從一開始就會回歸——雖然有好幾次，我一直搖擺著自己到底該不該寫這個故事。我擔心如果寫出來了，會變得不連貫，因爲時間已經過了太久，而且我說故事的技巧也大有改變。我在終於出版它之前就寫了好幾年，在章節間增增減減，東改西改。

直到我寫了《悼環》時，我突然明白，自己必須盡快對讀者有所交代。這讓我更加勤勉地寫作這個故事。最後，我很高興有如此的結果產生。它的確有一點不連貫，就如同我曾擔心的。然而，有個機會讓我終於能討論寰宇幕後發生的故事，實在非常值得，對我自己和粉絲而言皆然。

爲了避免更多的問題產生，我的確知道凱西爾跟鬼影在故事結束後做些了什麼，而我也知道凱西爾在瓦跟偉恩的時代中正做些什麼事情（在他們的書中有些提示，就如同原本的書中有這個故事的提示）。

我不能保證我會寫《祕史》的續篇。我的清單上已經有太多東西了，然而，這樣的可能性依然潛伏在我的腦海中呢。

有關凱西爾的旅程，是我在剛完成《迷霧之子：最後帝國》後就開始構思，那時大約是二〇〇三或二〇〇四年。身爲一個作家，這種事要在書迷提問時忍住不透露出來讓他們知道，實在很困難（我承認我破例了幾次，偷偷和某些心碎的書迷說過，要他們在之後的系列多留意凱西爾出現的徵兆）。

對於一個作家來說，讓角色起死回生是非常危險的。那有可能會破壞掉整個故事的後果，也會讓角色們承受的風險變得很小。但在同時，我知道凱西爾的故事還沒有結束。讀者們也有感覺到這點，這裡還有更多的故事能說。

能夠把這篇故事帶給大家是我的榮幸。許多年來，我並不確定我是否會寫這篇故事。凱西爾在做的事和「迷霧之子」系列是相互連結的（第三集中充滿著他想做的事情的提示）。然而，我不確定自己是否能將這寫成一篇完整的故事，而不只是列出一系列的附注而已。

到最後，我決定如果我不去寫這個故事，問題會更大——因爲凱西爾的離去在「迷霧之子」系列中留下了一個缺口。如果沒有這篇故事的話，原本三部曲中會有太多無法解釋的疑問。

總之，一如往常地，感謝各位能夠與我一起度過這段旅程。另外，對於那些還沒有閱讀過的讀者們，我要藉由這個機會推薦一下瓦與偉恩的系列（『迷霧之子』第二紀元，由《執法鎔金》做爲起始）。如果你喜歡這個故事，我想你也會喜歡那些作品。瓦與偉恩的系列是構築於正傳三部曲的基礎之上，將發生在司卡德利亞的故事，擴展到了許多很有意思的方面。

在那之外，如果你在看瓦與偉恩的系列時夠注意的話，也許能夠發現凱西爾在那個時間點打算做的事。

因爲他可還沒收山。還早得很呢。

注：本篇後記前半段爲實體書收錄版本，後半段爲電子書收錄版本。

致謝

我將這篇故事交給我的團隊時的情況，就像是一架隱形轟炸機發動攻擊一樣。他們已經因爲我們今年春天要出版的新書的美術部分忙得不可開交了，然後我又突然冒出了一篇中篇小說，問他們是否能準備好將它與《悼環》同時推出。

就算他們已經習慣了我做事的方式，但他們爲了〈迷霧之子：祕史〉努力做出的周旋，還是非常了不起。比起其他任何作品，他們這一次的出色表現更加值得讚賞。

極度可疑的Peter Ahlstrom在這本書裡，除了扮演了他平時的角色，另外還擔任了主編輯、版權編輯，以及校對的工作。在我告訴他，我有一篇最新的瘋狂故事想要出版時，他只翻了一次白眼而已；另外針對如何改善故事內容，他也給了一些非常好的建議。如果你們看見他，記得要感謝他。在我寫這段文章時，他正花了整個週六的時間，努力讓這本書能在下週出版。

Karen Ahlstrom做爲我們的連貫性編輯，表現得非常好，另外她還建構了故事的時間軸，發現了我犯的許多大錯誤，否則你們許多人肯定會想到抓破頭。

Issac Steward是美術指揮——他設計了美國版封面，另外還有書中那些超讚的鎔金術符號。Miranda Meeks繪製了美妙的插畫，我很開心終於能在「迷霧之子」系列的封面上見到凱西爾。

這本書的寫作團隊有 Emily Sanderson、Karen & Peter Ahlstrom、Darci & Eric James Stone、Alan Layton、Ben “布蘭登你認眞的?” Olsen、Kathleen Dorsey Sanderson、Kaylynn Zoball、Issac & Ethan

Skarstedt，以及 Issac Steward。

我們的第一、第二以及第三次試讀者有 Nikki Ramsay，Mark Lindberg，Lyndsey Luther，Alice Arneson，Kristina Kugler，Megan Kanne，Karen Ahlstrom，Josh Walker，Mi'chelle Walke，Eric Lake，Bob Kluttz，Kelly Neumann，Jakob Remick，以及 Gary Singer。

最後，感謝喬、達林、奧利佛以及愛蜜莉。感謝他們忍受我這麼多年。

鎔金祕典（ARS ARCANUM）

金屬能力快速對照表（Metals Quick-Reference Chart）

金屬	鎔金術能力	藏金術能力
鐵 Iron	拉引附近的金屬	儲存體重
鋼 Steel	鋼推附近的金屬	儲存速度
錫 Tin	增強感官	儲存感官
白鑞 Pewter	增強肢體力量	儲存力氣
鋅 Zinc	煽動（鼓譟）情緒	儲存心智（思考）速度
黃銅 Brass	安撫（抑制）情緒	儲存溫暖（溫度）
紅銅 Copper	隱藏鎔金脈動	儲存記憶
青銅 Bronze	顯示（聽到）鎔金脈動	儲存清醒
鎘 Cadmium	減緩時間	儲存呼吸
彎管合金 Bendalloy	加快時間	儲存能量
金 Gold	看到自己的過去	儲存健康
電金 Electrum	看到自己的未來	儲存決心
鉻 Chromium	清空其他鎔金術師體內所有金屬存量	儲存運氣
鎳鉻 Nicrosil	燒盡鎔金術師正在使用的金屬	儲存授予
鋁 Aluminum	消除鎔金術師體內所有金屬存量	儲存身分
硬鋁 Duralumin	增強下一個燃燒的金屬能力	儲存聯繫

名詞解釋

鋁（Aluminum）：燃燒鋁的鎔金術師會立刻消化掉體內所有金屬，毫無其他作用，同時消滅所有存量。可以燃燒鋁的迷霧人被稱爲鋁蟲（Aluminum Gnat），因爲這個能力本身毫不重要。眞我（Trueself）藏金術師可以將他們身分的靈魂意念轉移到鋁的金屬意識中。這個能力鮮少在泰瑞司族群以外被提起，即使是泰瑞司人也不甚了解這個能力。鋁本身跟其中幾樣合金不受鎔金術影響，無法被推或拉，同時也可以用來保護個人不受情緒鎔金術影響。

彎管合金（Bendalloy）：滑行（Slider）迷霧人燃燒彎管合金可以在一定圈子中壓縮周圍的時間，讓圈子裡的時間過得更快。從滑行的角度看來，圈子外的事物會以極爲緩慢的速度進行。呑蝕（Subsumer）藏金術師可以在彎管合金金屬意識中儲存養分與卡路里，在儲存時可以吃下大量的食物，不會感覺到飽或增加體重，而在使用金屬意識時便可以不需要進食。另一種彎管合金金屬意識則可以被用來調節液體需求。

黃銅（Brass）：安撫者（Smoother）迷霧人燃燒黃銅可以安撫（抑制）周遭人的情緒，可以針對單一個體或大範圍使用，同時安撫者可以針對單一情緒調整。火靈（Firesoul）藏金術師可以在黃銅金屬意識中儲存溫暖，在儲存的同時可以降低體溫，之後可以汲取金屬意識中的存量來讓自己溫暖。

青銅（Bronze）：搜尋者（Seeker）迷霧人可以燃燒青銅來「聽到」其他鎔金術師在燃燒金屬時散發的金屬脈動。不同的金屬有不同的脈動。哨兵（Sentry）藏金術師可在青銅金屬意識中儲存清醒，在儲存時會打瞌睡，之後可以汲取金屬意識來減低睡意或增強腦力。

鎘（Cadmium）：脈動（Pulser）迷霧人可以燃燒鎘來延緩自己周圍的時間流逝，讓時間過得比外面還慢。從脈動的角度看起來，外面的事件將會變成一片模糊。喘息（Gasper）藏金術師可以在鎘金屬意識中儲存呼吸。在儲存過程中，他們必須急促呼吸，好讓身體仍能擁有足夠的空氣，之後可以再取出呼吸，讓肺部不需要或減少對空氣的需求，同時也可以大量補充血液中的含氧量。

鉻（Chromium）：燃燒鉻的水蛭（Leecher）迷霧人在碰觸另一名鎔金術師時，可以清空該鎔金術師的所有金屬存量。旋轉（Spinner）藏金術師可在鉻金屬意識中儲存運氣，在一段十分不順的儲存過程後可汲取，增加好運。

紅銅：紅銅雲（Coppercloud，又稱煙陣Smoker）迷霧人可以燃燒紅銅，在自己周圍創造出隱形雲，讓附近的所有鎔金術師不被搜尋者發現，同時也可以讓周圍的人不受情緒鎔金術影響。庫藏（Archivist）藏金術師可以在紅銅金屬意識中儲存記憶，在儲存時，記憶從意識中消失，之後可以被完美地取出。

硬鋁（Duralumin）：燃燒硬鋁的迷霧之子可以立刻燃燒掉其他所有正在同時燃燒的金屬，釋放極大的總體金屬力量。燃燒硬鋁的迷霧人被稱爲硬鋁蟲（Duralumin Gnats）——因爲這個能力對其本身毫無用處。聯繫（Connecter）藏金術師可以在硬鋁金屬意識中儲存靈魂聯繫感，在儲存時降低他人對自我的意識跟友誼，之後取用時可以快速、立即與其他人建立起信任的關係。

電金（Electrum）：預言師（Oracle）迷霧人燃燒電金可以看到他們未來的可能道路，這通常限於幾秒鐘。頂峰（Pinnacle）藏金術師可以在電金金屬意識中儲存決心，在儲存過程中會進入憂鬱狀態，使用時則進入狂熱階段。

金（Gold）：命師（Augur）迷霧人燃燒金時可以看到過去的自己，或是做出不同選擇後的自己。製血者（Bloodmaker）藏金術師可以在金的金屬意識中儲存健康，在儲存時會減低健康狀態，之後使用時可快速癒合，或是超越身體正常癒合能力。

鐵（Iron）：扯手（Lurcher）迷霧人燃燒鐵時可以拉引附近金屬，但拉引必須是朝扯手的重心方向。掠影（Skimmer）藏金術師可以在鐵金屬意識中儲存體重，在儲存當下會減輕體重，使用時可以增強體重。

鎳鉻（Nicrosil）：鎳爆（Nicroburst）迷霧人在燃燒鎳鉻時如果碰觸另一名鎔金術師，將會立刻燒盡該鎔金術師正在使用的金屬，同時在對方體內釋放極大、甚至是出其意料之外的巨量金屬能力。承魂（Soulbearer）藏金術師可在鎳鉻金屬意識中儲存授予（Investiture）。這是少有人知的能力，我確信泰瑞司人在使用這些力量時，並不真正了解他們在做什麼。

白鑞（Pewter）：白鑞臂（Pewterarm，又名打手Thug）迷霧人在燃燒白鑞時可增加力氣、速度、耐力，同時增強身體癒合的能力。蠻力（Brute）藏金術師可以在白鑞金屬意識中儲存肢體力量，在儲存時力氣會變小，之後使用時可增加力氣。

鋼（Steel）：射幣（Coinshot）迷霧人在燃燒鋼時可鋼推附近的金屬，鋼推必須直接推離射幣的重心。鋼奔（Steelrunner）藏金術師可以在鋼的金屬意識中儲存速度，儲存時動作會變得緩慢，之後使用時可增加速度。

錫（Tin）：錫眼（Tineye）迷霧人燃燒錫時會增加五感的敏銳度，並且是五感同時增加。風語（Windwhisperer）藏金術師可將五感之一的敏銳度存在錫金屬意識中，不同的感官必須使用不同的金屬意識來儲存。儲存過程中，該感官的敏銳度會降低，而使用時則會提高。

鋅（Zin）：煽動者（Rioter）迷霧人在燃燒鋅時可煽動（鼓譟）附近的人的情緒，可以針對單一個人或大範圍的人群，煽動者同時可以操控特定的情緒。星火（Sparker）藏金術師可在鋅的金屬意識中儲存心智思考速度，儲存過程中會減緩思考與推理能力，使用時則可增加思考與推理速度。

論三大金屬技藝

在司卡德利亞，「授予」（Investiture）以三種主要方式展現。當地人稱之爲金屬技藝，但同時亦有別名。

三者中，最常見的爲**鎔金術**（Allomancy）。根據我的定義，我稱之爲正値（end-positive），意思是使用者從外在來源汲取力量，然後身體將力量消化成不同的形態——力量實際展現方式非施用者所能選擇，而是刻印於其靈網（Spiritweb）上。汲取力量的關鍵來自於不同金屬，同時必須是特定成分的金屬。雖然在過程中金屬本身會被消化，但力量並非來自於金屬，可以說金屬只是觸媒，啓動授予，同時維持授予的進行。

事實上，這與賽耳（Sel）上以型態爲主的授予並無太大差別，該處的規則是需要依靠特定的形狀，只是這裡的互動更爲受限。然而，鎔金術所帶來的純粹力量是無可否認的，對於施用者而言，可依靠直觀且直覺的方式使用，而賽耳型態爲主的授予則需要經過許多的研究與精準操作。

鎔金術暴力、原始、強大。基本金屬有十六種，但另外兩種金屬，當地稱爲「神金」（God Metals），又可各自製作出十六種不同的合金，但由於神金已經難以取得，因此其他的合金鮮少被使用。

司卡德利亞於此時，**藏金術**（Feruchemy）依舊廣爲人知且廣泛使用，可以說和過去藏金術只出現於遙遠的泰瑞司或被守護者隱藏的情況相比，如今要來得普遍得多。

藏金術屬於平值（end-neutral）的技藝，意思是該力量並非透過從外界得到，亦不會失去。該技藝同樣需要金屬做爲載體，但金屬並非被吞食，而是當作媒介，可將施用者本身的能力進行時空轉移，今天投資，改天取用。該技藝觸及的範圍相當全面，觸角延伸至肢體（Physical）、意識（Cognitive），甚至靈魂（Spiritual）三大層面。最後一方面的能力正由泰瑞司族群進行密集的實驗，且從不對外人提起。

值得一提的是，藏金術師與一般人的混血造成該力量大幅度地被稀釋，如今有更多人僅能使用十六種藏金術之一。有人推論如果能以神金的合金製造出金屬意識，還可以發現不同的能力。

血金術（Hemalurgy）於現代司卡德利亞上幾乎無人知曉，其祕密被度過世界重生的人嚴格守護，目前所知唯一的使用者是坎得拉，該族（大多數）侍奉和諧。

血金術爲負值（end-negative）的技藝，使用過程中會失去某些力量。雖然歷史上許多人都將其誤解爲「邪法」，但其實該授予並不邪惡。血金術的本質是將一個人身上的能力或特質轉移到另一人身上，主要與靈魂界有關，是我最有興趣的技藝。如果要說寰宇（Cosmere）之中的人們對三者有哪一項是特別關注，那必定是血金術。我認爲血金術的使用方式，仍有相當大的開拓空間。

雙技藝合成

在司卡德利亞的世界裡，的確有人天生便有鎔金術和藏金術兩種技藝。這也是近來我特別感興趣的一個主題，想想兩種不同的授予結合在一起，所碰撞出來的奇妙火花，我爲此摩拳擦掌，迫不及待。我們只需要看看羅沙（Roshar）所看見的兩種力量合成展現的威力，那是一種化學般的反應——兩種元素結合，產出另一種全新的新物質。

在司卡德利亞裡，同時擁有鎔金術和藏金術的人，叫做「雙生師」，只是這裡的雙生師的力量，比起羅沙的兩種封波術的結合稍加遜色一些。但我相信每種獨特的組合都是獨一無二，重點不在兩種技藝的組合，而是兩種技藝……所爆發出來的威力。這需要更多的挖掘和探索。

注：寰宇爲作者創作的所有作品之世界所存在的宇宙之名，賽耳爲《諸神之城：伊嵐翠》的背景世界之名，司卡德利亞則是「迷霧之子」系列的世界，另尚有「颶光典籍」系列的背景世界羅沙（Roshar）等等。

中英名詞對照表

A

A Sport of Spirits 精神競技
Abrigain 雅布禮更
Adamus Street 亞達莫斯街
Adonalsium 雅多納西
Ahlstrom 阿爾斯托
Ahlstrom Tower 阿爾斯托塔
Alendel 阿藍代
Alendi 艾蘭迪
Alernath 亞勒納斯
Allik Neverfar（Tall One）
亞利克・奈弗發（高個子）
Allomancer Jak / Gentleman Jak
鎔金賈克／紳士賈克
Allomancer 鎔金術師
Allomancy 鎔金術
Allomantic Agreement
鎔金術協議
Allri 亞爾里
Allriandre 歐琳安卓
Allrianne Ladrian
奧瑞安妮・拉德利安
Alonoe 艾隆諾
Aluminum 鋁
Aluminum Gnats 鋁蟲
Ambersairs 安博薩
Ancient 上古尊者
Annarel 安娜芮
Ape Manton 艾普・曼頓
Aramine 亞拉敏
Arbitan 奧比坦
Arcane Device 祕法裝置
Archivist 庫藏
Armal 愛爾瑪
Array 陣列
Article Eighty-Nine
第八十九條款
Ascendant Warrior 昇華戰士
Ascendant's Field 昇華之野
Ascended 昇華
Ashmounts 灰山
Ashweather Carriage and Coach
灰燼之境公共馬車場
Asinthew 亞辛修
Ati 雅提
Atium 天金
Augur 命師
Augustin Tekiel
奧古司丁・太齊爾
Aunt Gin 琴姨
Ausdenec 歐斯丹奈克
Aving Cett 亞凡・塞特

B

B. Sablerfils B・賽伯勒菲斯
Bands of Mourning 哀悼之環
Barl 巴爾
Barriangtons 巴靈頓
Basin Bill 灣森・比爾
Bastien Severington
貝斯汀・賽弗里頓
Bauxite 鋁土礦
Baz-Kor 巴茲寇爾
Beldre 貝爾黛
Beliefs Reborn 〈信仰重生〉

Bendalloy 彎管合金
Beyond 彼端
Bilming 比爾敏
Bilmy 彼敏
Bismuth 鉍
Bleeder 索血者
Blessings 祝福
Blome 布洛梅
Bloodmaker 製血者
Bloody Tan 血腥譚
Blossom Way 綻放路
Bonnweather Way 波昂維德路
Bookers 布克斯
Boris Brothers 包里斯兄弟
Bourton District 波頓區
Boxing 盒金
Brass 黃銅
Breaknaught 防破號
Breeze 微風
Bren 布倫
Brettin 布列廷
Broadsheets 傳紙
Bronze 青銅
Brunstell 布朗史坦爾號
Brute 蠻力
Buissonomme 比索諾姆
Burl 伯爾
Burlow 老布羅

C

Caberel 卡貝瑞兒
Cadmium Misting 鎘霧
Cadmium 鎘
Caldence 可拉登斯月
Callingfale 卡林菲
Calour Publications
卡羅爾出版社
Captain 大隊長
Canton Avenue 肯湯大道
Carlo's Bend 卡羅彎
Carmet 加枚特
Carmine Feltry 卡麥・菲兒曲
Catacendre 落灰之終
Cephandrius 賽凡琉斯
Cett 塞特
Chamblis Montreau 328
陳普利斯・蒙徹328型
Channerel Range 郤納瑞爾山脈
Chapaoau 恰寶
Chapmot Heviers
契莫特・海菲爾斯
Charetel 查瑞特
Chip 齊普
Chip 企浦
Chip Erikell 祺浦・艾瑞凱
Choc 巧克
Chromium 鉻
Church of the Survivor
倖存者教堂
Cimines 席邁斯
Citizen Migistrates 公僕
Cladence 可拉登斯
Clarvonne's Theater 克萊翁劇院
Claude Aradel
克勞德・亞拉戴爾
Clips 夾幣
Clotide 克羅泰德
Club 歪腳
Cob 考伯
Cobblesguilder 圓石會
Cognitive 意識
Cognitive Realm 意識界

Cognitive Shadow　意識之影
Coinshot　射幣
Colms　科姆斯
Compounder　複合師
Connection　聯繫
Consciousness　神智
Conservation of Momentum
動量守恆定律
Constable-General　總隊長
Coolerim　庫樂瑞廳
Copper Gate Hotel　銅關旅館
Coppercloud　紅銅雲
Corbeau Dam　柯爾波水壩
Cosmere　寰宇
Counselor of Gods　神之顧問
Counselor's Cup　顧問的酒杯
Covingtar　柯溫塔
Crasher　撞擊
Crate District　克雷特區
Crushed Blossoms　壓花
Cultivation　培養
Cunning Palace　機敏廣場

D

Daius　戴尤士
Dampmere Park　丹玫公園
Darm　達姆
Darriance　達里安斯
Daughnin　道夫尼恩
Daughters　道弗特斯
Dawnshot　曉擊
Dazarlomue　答薩落姆
Decan Street　迪坎街
Dechamp　戴札普
Dechane　迪肯納
Deepness　深闇
Demoux　德穆
Demoux Promenade　德穆大道
Deniers of Masks　反面具族
Dent　丹
Destra　戴絲卓雅
Destroyer　毀滅
Devlin Airs　戴弗林・艾爾斯
Devotion　奉獻
Dims　迪姆斯
Doctor Murnbru　莫布魯博士
Dominance Farmost　至遠統御區
Donal　多拿
Donny　唐尼
Donton　唐同
Doriel　多瑞爾
Dorise Chevalle　朵利絲・切娃兒
Douglas Venture　道格拉斯・文澤
Downtown　市中心
Dowser Maline　道澤・馬林
Doxil　多西爾
Doxonar Brand. Cigar
多克索納牌雪茄
Drapen　佐瑞本
Drawers　佐魯爾
Drewton　祖魯坦
Drifter　漂流者
Drim　祖印
Dryport　乾港
Drypost　乾崗
Dulsing　道爾辛
Duralumin　硬鋁
Duralumin Gnat　硬鋁蟲

E

Eastbridge　東橋
Edden Way　伊丹路

Edgard Ladrian
愛德格・拉德利安
Edwarn Ladrian
愛德溫・拉德利安
Ekaboron　鈧
Elder Vwafendal / Grandmother V
弗瓦菲達長老（弗祖母）
Electrum　電金
Elend Venture　依藍德・泛圖爾
Elendel　依藍戴
Elendel Basin　依藍戴盆地
Elendel Daily　《依藍戴日報》
Eliza Marin　愛麗莎・馬汀
Elizandra Dramali
愛麗珊卓・佐馬力
Elmsdel　艾姆戴
Elrao　俄瑞歐
Eltania　艾塔尼亞
Embel　尹貝爾
End-negative　負值
End-neutral　平值
End-positive　正值
Entrone　恩特隆
Entropy　熵
Eriola　艾里奧拉
Essence　精質
Ettmetal　埃金屬（埃金）
Evanoscope　埃諾瓦鏡
Evanotype　埃諾瓦式
Evenstrom Tekiel
伊分史托姆・太齊爾
Excisor　切割盤
Eyes Ree　矮仔瑞
Eyree　哀瑞

F

Faceless Immortals　無相永生者
Fadrex　法德瑞斯
Faleast　法理司特
Faleast Range　法理司特山脈
Fallen　降墮（部族）
Fanlike Acacias　扇形洋槐
Far Dorest　遠多瑞斯特
Faradana　法拉達那
Farnsward Dubs
法恩思華德・度柏斯
Farthing　法爾廷
Father Bin　賓神父
Fear & Ferociousness
《驚心與殘忍》
Feder Tower　菲德塔
Felise Demoux
菲莉絲・迪莫可斯
Feltrel　費特瑞
Feruchemist　藏金術師
Fetrel　費特瑞
Ferrings　藏金者
Field of Rebirth　重生之野
Final Ascension　最後昇華時期
Firefathers　火父
Firemothers　火母
First Contract　初約
First Insurance Bank
第一保險銀行
Firesoul　火靈
First who Ascended
第一代昇華者
Flog　弗洛格
Florin Malin　弗洛林・馬林
Forch　弗奇

Forgeron 弗吉昂
Fortune 運氣
Fronks Vif 弗朗克・微夫
Frue 弗露
Fuzz 阿糊

G

Galabris Menthon
卡拉普里斯・邁通
Garmet 加枚特
Gasper 喘息
Gave Entrone 蓋夫・恩特隆
Gavil's Carriages 加維馬車行
Gemmel 蓋莫爾
Geormin 吉爾明
Gilles & Gilles 基爾斯&基爾斯
Glimmering Point Docks
微光之尖碼頭
Glint 閃光手槍
God Beyond 遠古神
God Metals 神金
Gold 金
Goradel 葛拉道
Governor 總督
Granger Model 28 葛藍吉28型
Granite Joe 冷血喬
Great Catacendre 落灰之終
Great Being of Metals 金屬商人
Greater Basin Automotive Conglomerate
大盆地汽車聯盟
Grimes 葛萊姆
Guardian 捍衛者
Guffon Trenchant 古封・特倫長
Guillian 基里恩
Guillem Street 奎爾奈街
Gunsmith 鑄槍師

H

Halex 哈蕾克
Hammond Promenade
哈姆德人行道
Hammondar 哈姆達
Hammondar Bay 哈姆達灣
Handerwym 含德維
Hanlanaze 漢藍納茲
Harmony 和諧
Harmony's Band 和諧之環
Harrisel Hard 哈瑞瑟・哈德
Hasting 漢斯汀
Haunted Man 陰陽怪氣男
Hazekiller Round 殺霧者子彈
Hazekiller 殺霧者
Hemalurgy 血金術
Hero 英雄
Hero of Ages 世紀英雄
Herr 駭爾
Herve 荷弗
Higgens Effect 海根斯效應
High Imperial 上皇族語
High Lord 上主
Hinston Ladrian
辛思頓・拉德利安
Hinston 辛思頓
Hoid 霍德
Holy Books 聖書
Holiness 聖使
Homeland 家鄉
Horribles 《魂飛魄散》
Hughes Entrone 休斯・恩特隆
Hunters 獵手（部族）
Hutchen 哈臣

I

Ice Death 冰殲
Idashwy 艾達胥薇
Identity 身分
Image Projector 投影機
Immerling 艾莫林
Inis Julien 英毅斯・朱利安
Inquisitors 審判者
Invarian 因伐利安
Invest / Investiture 授予
Ire 埃瑞
Irich 艾力奇
Iron 鐵
Ironeyes 鐵眼
Irongate River 鐵門河
Ironpuller 鐵拉
Ironspine Building 鐵脊大樓
Ironstand 鐵架鎮
Isabaline Frellia
伊莎貝琳・弗雷力亞
Isaeuc's Bend 伊撒尤斯灣
Ishathon 伊夏森

J

Jackstom Harms
傑克史東・哈姆司
Jaggenmire 捷根邁爾
Jak 賈克
Jarrington 賈瑞頓
Javier DaLeuc 賈維爾・達魯可
Javie 賈非
Javies 賈非斯
Jendel 君戴爾
Johast 強斯特
Jon Deadfinger 死手指約恩
Jone 瓊
Jordis 喬迪絲
Joshin 約辛

K

Kaermeron 凱爾麥倫
Kalkis 卡爾奇斯
Kandra 坎得拉
Kelesina Shores
柯蕾西娜・薛爾絲
Kell 凱爾
Kelsier 凱西爾
Khriss 克里絲
Kig 克頭
Kip 奇普
Koloss 克羅司
Knobs 圓丘貧民窟
Kredik Shaw 克雷迪克・霄
Krent 克倫特
Kwashim 卡瓦琪

L

Ladrian Mansion 拉德利安宅邸
Ladrian Place 拉德利安廣場
Lady Mistborn 迷霧之子貴女
Lady Trath 眞相貴女
Lake Luthadel 陸沙德湖
Lake Tyrian 特瑞安湖
Lance of the Fountains 噴泉長矛
Landre 蘭祖兒
Larskpur 拉斯克波
Larsta 拉司達族
Last Emperor 末代帝王
Last Obligator 最後聖務官
Lavont 拉文特
Lawman For Hire 私家執法者

Leecher 水蛭
Lekals 勒卡爾
Lemes 勒尼
Lesan Calour 萊山・卡羅爾
Lessie 蕾希
Lestib Square 雷司提波廣場
Lestibournes 雷司提波恩
Lieutenant 中隊長
Limmi 麗米
Linville & Lyons
林非爾&里昂斯
Lion's Den 獅子窩
Longard 隆佳德
Longard Street 隆加德街
Longsfollow 隆司法洛
Long-necked Horse 長頸馬匹
Lord Ruler 統御主
Lord Stanton 史坦敦大人
Lurcher 扯手
Luthadel 陸沙德
Luthadel Square 陸沙德廣場
Lyndip 琳蒂普

M

Madam Penfor 潘弗女士
Madion Way 麥迪恩大道
Maelstrom 梅爾暴風
Maod 馬歐德
Mareweather 馬維瑟
Maindew 邁都
Maksil 馬克西
Malwish 麥威兮族
Marasi Colms（Mara）
瑪拉席・科姆斯（瑪拉）
Mare 梅兒
Mareweather 馬維瑟
Marewill Flower 梅兒花
Marksman 神射手
Marlie's Waystop 馬爾里小站
Marsh 沼澤
Marthin 瑪心
Master Tellingdwar 泰林瓦教長
Matieu 馬提禺
Maurin 慕林
Melaan / Milan 宓蘭
Meprisable's Animal Rendering
麥普力艾伯動物表演館
Merciful Domi 上神慈悲
Mereline 梅若萊
Metalborn 金屬之子
Metallic Art 金屬技藝
Metallurgy 金屬學
Metalmind 金屬意識
Mi'chelle 蜜雪兒
Midge 米居
Migs 米格斯
Mikaff 密卡夫
Miklin 米可林
Miles Dagouter 邁爾斯・達古特
Miles Hundredlives 百命邁爾斯
Mirabell 美拉貝爾
Miss Pink Garter
粉紅吊帶襪小姐
Mistborn 迷霧之子
Mister Coins 錢幣先生
Mister Cravat 領結先生
Mister Smart Man 聰明人先生
Mister Suit 套裝先生
Mistwraith 霧魅
Modicarm 摩迪卡
Morgothian District 瑪歌區
Mt.Morag 莫拉格山

Mulgrave　莫爾葛瑞芙
Mustache　小鬍子
Mycondwel　麥亢朵

N

Nazh　納哲
New Ascendancy　《新昇華報》
New Seran　新瑟藍
Nicelle Sauvage　妮索・索維吉
Nicki Savage（Nicelle）
妮奇・薩瓦奇（妮奇兒）
Nicroburst　鎳爆
Nicrosil　鎳鉻
Nightstreets　夜街幫
Nikolin　尼克林
Northern Roughs　北蠻橫區
Nouxil　弩西

O

Oaths of a Steward's Pacifism
管家和平誓言
Octant　捌分區
Old Terris　泰瑞司古國
Old Time Pub & Playhouse
老時光酒吧劇場
Oracle　預言師
Origin　初代
Originator Tomb　初代人陵墓
Ostlin　歐思特林
Outer Estates　外城區

P

Paalm　盼舞
Paclo The Dusty　灰兮兮帕可羅
Pars The Deadman　死人帕司
Pashadon Hall　帕夏冬大樓
Path　道
Pathian Gardens　道徒公園
Pectin-ADE　果膠ADE
Penelope Portreau
珮芮羅珀・波楚
Penfor　潘弗
Perchwither　高枯
Peret The Black　黑手派瑞特
Perpendicularity　垂裂點
Peterus　佩特魯斯
Petrine　珮特琳恩
Pewter　白鑞
Pewterarm　白鑞臂
Pewternauts　海中白鑞
Physical　實體
Pinnacle　頂峰
Pits of Hathsin　海司辛深坑
Pinecone Allomouser the Third
派松・鎔金鼠三世
Preservation　存留
Preservers　存留使徒
Preservation's Wings
存留的翅膀
Pull　鐵拉
Pulser　脈動
Push　鋼推

R

Ralen Place　雷倫廣場
Rame Maldor　瑞姆・莫德
Rancid　藍絲河
Rashek　拉剎克
Ranette　拉奈特
Rashekin　拉剎青
Razal　拉薩爾

Realms 界域
Realmatic Theory 界域理論
Red 紅赤
Red Rip 紅裂
Reddi 瑞迪
ReLuur 雷魯爾
Remin 蕾明
Remmingtel Tarcsel
雷明托・塔索
Reu 雷恩
Replar Innate
瑞普拉爾・英耐特
Rian 屢安
Rick Stranger 里克・史徹吉
Riina 蕊依娜
Rioter 煽動者
Riotings 煽亂手槍
Riotiug Parlor 煽動店
Roseweather 玫瑰之境
Roughs 蠻橫區
Rousseau 魯索
Ruin 滅絕
Ruin 廢墟
Ruman 魯曼街
Rusko 魯斯柯
Rust 鐵鏽

S

Sablerfils 賽柏兒菲兒絲
Saze（Sazed） 沙賽德（阿沙）
Scadrial 司卡德利亞
Sea of Lennes 勒尼海
Sea of mists 迷霧之海
Sea of Yomend 尤門海
Sel 賽耳
Selvest Vif 賽兒費特・微夫
Senate 參議院
Senna 瑟娜
Sentry 哨兵
Sequence 次序
Seran 瑟藍
Seran New District Cemetery
瑟藍新城墓園
Seran Range 瑟藍山脈
Seran River 瑟藍河
Set 組織
Shan wan 杉旺
Shard 碎神
Shayna 賽娜
Shewrman 修爾曼
Shores Mansion 薛爾絲宅邸
Sliverism 殘刺教
Sindren 辛德
Skaa 司卡
Skimmer 掠影
Skimming 輕掠
Slider 滑行
Slink 史林克
Smelter's Row 熔鐵場路
Smoother 安撫者
Smoothing Parlor 安撫店
Somewhere Else 別處
Sons 松斯
Soonie Cubs 迅迅狗玩偶
Soother's choice 舒和精品
Sophi Tarcsel 蘇菲・塔索
Soulbearer 承魂
Southern Roughs 南蠻橫區
Sovereign 君王
Spanky 阿尻
Sparker 星火
Spin 旋錢

Spiritual 靈魂的
Spiritual Realm 靈魂界
Spiritweb 靈網
Splinter 裂解
Stagin 史塔金
Stanoux 史坦努斯
Stansel Belt 史坦塞爾區
Stansi 史丹絲
Stanton Way 史坦敦路
Steel 鋼
Steelrunner 鋼奔
Steelsight 鋼視
Stefan Sauvage 斯特凡・索維吉
Steel Bubble 鋼圈
Steinel 斯坦奈
Steming 史坦明
Stenet 史丹奈特
Steris Harms 史特芮絲・哈姆司
Sterrion 史特瑞恩
Stranat Place 史徹納特廣場
Subastral 星域
Subsumer 吞蝕
Surefires 準頭幫
Survivor 倖存者
Survivor's Deadly Name
倖存者的致命之名
Survivor's Treasure
倖存者寶藏
Svel 斯維爾
Syles 賽爾斯
Synod 席諾德
Synod’s Lodge 席諾德小屋

T

Tage Street 塔吉街
Taldain 泰爾丹
Taraco 塔拉克
Tarier 塔瑞爾
Tarson 塔森
Tathed 塔斯德
Tathingdwel 塔辛朵
Taudr 陶德兒
Tekiel Tower 太齊爾塔
Tellingdwar 泰林瓦
Telsin 黛兒欣
Templeton Fig 譚普仁通・費格
Temporal Allomancers
時間鎔金術師
Tenement 泰那蒙特
Tensoon 坦迅
Terri 泰里
Terringul 27 太林谷27型
Terris 泰瑞司
Testimony of Hammond
《哈姆德書》
The Announcer 宣告者
The Argien-ohr Financial Circle
阿爾金—歐爾金融中心
The Ascendant Warrior
昇華戰士
The Breakouts 突圍區
The Canton of Cartography
製圖部
The Cobblers 補鞋匠幫派
The Dashir Boys 達許男孩
The Den of the Survivor
《倖存者的巢穴》
The Docksithium
〈多克森筆錄〉
The First Union 第一工會
The Horribles 《魂飛魄散》
The House Record 《議院紀實》

The House 議院
The Hub 圓環中心
The Last Breath
〈最後一口氣〉
The Last Emperor 末代帝王
The Trio 三塔摩天樓
The Set 組織
The Tyrant 暴君
The University 大學
The Village 村莊
The Weeping Bull 哭泣公牛
Thermoli 瑟莫里
Thomton Delacour
桑頓・迪拉克爾
Threnody 輓星
Thug 打手
Tillaume 提勞莫
Tim Vashin 提姆・瓦希
Tin 錫
Tin Gate 錫門
Tindwyl 廷朵
Tindwyl Promenade 廷朵步道
Tineye 錫眼
Tinningdar 錫褡
Trade Bureau 貿易局
Trade Union Party 商業聯盟黨
Transition 傳渡
Trell 特雷
Troncheau Way 徹丘路
True Madil 真馬迪
Trueself 真我
Twinborn 雙生師
Twofie 二鄉人
Tyrain 特瑞安
Tyrian Sea 特瑞安海

U

Uptown 上城
Uptown Trio Theater
上城三重唱戲院
Urteau 鄔都

V

Valette Entrone 瓦蕾特・恩特隆
Vanishers 消賊
Vax 費克斯
VenDell 文德爾
Vessel 載體
Vif Sparkle 微夫氣泡
Vin 紋
Vindication 問證
Vindiel-Cameux 紋迪爾卡穆
Vinuarch 紋弩亞期

W

Wax 瓦
War of Ash 落灰之戰
Ward 防衛術式
Waterman District 水人區
Waxillium Dawnshot
瓦希黎恩・曉擊
Waxillium Ladrian
瓦希黎恩・拉德利安
Wayne 偉恩
Weathering 耐抗鎮
Well of Ascension
昇華之井
Wells 威爾斯
Westweather Cett 西候・塞特
Wiestlow 韋斯特低地

Wilg　威爾格
Windwhisperer　風語
Winsting Innate
　溫斯汀・英耐特
Wombs of Stone
　地下胞宮
Words of Founding
《創始之書》
World of Ash　灰燼世界
Worldbringer　世界引領者
Wyllion　委黎恩

Y

Yomen　尤門
Yomen Street　尤門街

Z

Zin　鋅
Zinctongued Raven　鋅舌的烏鴉
Zobell　宙貝兒
Zobell Tower　宙貝兒塔

BEST 嚴選 104

迷霧之子─執法鎔金：悼環

原著書名／Mistborn：Bands of Mourning
作　　者／布蘭登・山德森（Brandon Sanderson）
譯　　者／李玉蘭、傅弘哲、吳冠璋
企劃選書人／王雪莉
責任編輯／王雪莉
資深行銷企劃／周丹蘋
業務主任／范光杰
行銷業務經理／李振東
副總編輯／王雪莉
發 行 人／何飛鵬
法律顧問／元禾法律事務所　王子文律師
出版／奇幻基地出版
城邦文化事業股份有限公司
臺北市 104 民生東路二段 141 號 8 樓
電話：(02)25007008　傳真：(02)25027676
網址：www.ffoundation.com.tw
e-mail：ffoundation@cite.com.tw
發行／英屬蓋曼群島商家庭傳媒股份有限公司城邦分公司
臺北市 104 民生東路二段 141 號 11 樓
書虫客服服務專線：(02)25007718・(02)25007719
24 小時傳眞服務：(02)25170999・(02)25001991
服務時間：週一至週五 09:30-12:00・13:30-17:00
郵撥帳號：19863813　戶名：書虫股份有限公司
讀者服務信箱 e-mail：service@readingclub.com.tw
歡迎光臨城邦讀書花園　網址：www.cite.com.tw
香港發行所／城邦（香港）出版集團有限公司
香港灣仔駱克道 193 號東超商業中心 1 樓
電話：(852) 2508-6231　傳眞：(852) 2578-9337
e-mail：hkcite@biznetvigator.com
馬新發行所／城邦（馬新）出版集團
【Cite(M)Sdn. Bhd】
41, Jalan Radin Anum, Bandar Baru Sri Petaling,
57000 Kuala Lumpur, Malaysia.
Tel: (603) 90578822　Fax:(603) 90576622
email:cite@cite.com.my

封面設計／捌子
文字編輯／李律
排　　版／極翔企業有限公司
印　　刷／高典印刷有限公司
■ 2018 年（民 107）2 月 1 日初版
■ 2022 年（民 111）6 月 29 日初版 8.8 刷
售價／ 520 元

國家圖書館出版品預行編目資料

迷霧之子：執法鎔金：悼環／布蘭登・山德森（Brandon Sanderson）作；李玉蘭，傅弘哲，吳冠璋譯 - 初版 - 臺北市：奇幻基地，城邦文化出版：家庭傳媒城邦分公司發行；民 107. 2
面：公分. -（BEST 嚴選：104）
譯自：Bands of Mourning
ISBN 978-986-95902-2-8（平裝）
874.57　106024187

ISBN　978-986-95902-2-8

Printed in Taiwan.

廣　告　回　函
北區郵政管理登記證
台北廣字第000791號
郵資已付，免貼郵票

104台北市民生東路二段141號11樓

英屬蓋曼群島商家庭傳媒股份有限公司城邦分公司 收

請沿虛線對摺，謝謝

奇幻基地

每個人都有一本奇幻文學的啓蒙書

奇幻基地官網：http://www.ffoundation.com.tw
奇幻基地粉絲團：http://www.facebook.com/ffoundation

書號：**1HB104**　　書名：迷霧之子—執法鎔金：悼環

請於此處用膠水黏貼

奇幻基地

讀者回函卡

謝謝您購買我們出版的書籍！請費心填寫此回函卡，我們將不定期寄上城邦集團最新的出版訊息。

姓名：＿＿＿＿＿＿＿＿＿＿ 性別：□男 □女

生日：西元＿＿＿＿年＿＿＿＿月＿＿＿＿日

地址：＿＿＿＿＿＿＿＿＿＿

聯絡電話：＿＿＿＿＿＿＿＿傳真：＿＿＿＿＿＿＿＿

E-mail：＿＿＿＿＿＿＿＿＿＿

學歷：□1.小學 □2.國中 □3.高中 □4.大專 □5.研究所以上

職業：□1.學生 □2.軍公教 □3.服務 □4.金融 □5.製造 □6.資訊 □7.傳播 □8.自由業 □9.農漁牧 □10.家管 □11.退休 □12.其他＿＿＿＿＿＿＿＿

您從何種方式得知本書消息？

□1.書店 □2.網路 □3.報紙 □4.雜誌 □5.廣播 □6.電視 □7.親友推薦 □8.其他＿＿＿＿＿＿＿＿

您通常以何種方式購書？

□1.書店 □2.網路 □3.傳真訂購 □4.郵局劃撥 □5.其他

您購買本書的原因是（單選）

□1.封面吸引人 □2.內容豐富 □3.價格合理

您喜歡以下哪一種類型的書籍？（可複選）

□1.科幻 □2.魔法奇幻 □3.恐怖 □4.偵探推理 □5.實用類型工具書籍

您是否為奇幻基地網站會員？

□1.是□2.否（若您非奇幻基地會員，歡迎您上網免費加入，可享有奇幻基地網站線上購書75折，以及不定時優惠活動：http://www.ffoundation.com.tw/）

對我們的建議：＿＿＿＿＿＿＿＿＿＿

＿＿＿＿＿＿＿＿＿＿

＿＿＿＿＿＿＿＿＿＿

請於此處用膠水黏貼

Brandon Sanderson

布蘭登・山德森

Brandon Sanderson

布蘭登・山德森